캘큐레이티드

CALCULATED

"Destiny doesn't always add up"

노바 맥비 지음 **공민희** 옮김

사유와공감

베서니 주(Bethany Zhu)와 청두 식구들,

우리 삶에 영원히 영향을 미쳤던 그 시절에 이 책을 바칩니다.

"무한대를 믿는 게 곧 스스로를 망치는 길이라고들 해.
불가능을 이루고 싶게 만드니까.
한계가 없는 세상, 심지어 영원히 변하지 않는 사랑까지도
꿈꾸게 하거든."

"나한테 무슨 일이 있었는지 누가 묻거든
난 그저 믿었을 뿐이라고 말해줘."

- 조 리버스

프롤로그

중국 상하이, 프랫

이름부터 밝히고 이야기를 시작할 생각이었지만 그래봐야 소용없을 것 같다. 나에겐 이름이 너무 많으니까. 나도 내가 누군지 모르겠고, 어떤 이름이 나 같은 애한테 어울리는지도 감이 안 온다. 그래서 그들이 날 부르는 명칭부터 알려 주려고 한다.

더블 에잇. 숫자 88.

난 중국에 산다. 아니, 산다는 건 선택을 의미하니까, 정정하자면 난 중국에 존재하고 이 존재 여부는 타고난 재능에 좌우된다.

운 따윈 믿지 않지만, 다들 내가 운이 좋다고 말한다. 물론 그들은 쉽게 수백만 달러를 벌어들이는 내 능력만 볼 뿐, 내면을 점령한 숫자들의 끝없는 폭격에 대한 건 알지 못한다.

난 재능을 이용하고 더 나아가 그 속에서 영리하게 움직이는 법을 배웠다. 인생이 이렇게 바뀔지 누가 알려줬다면 차라리 시궁창 쥐로 사는 쪽을 택했겠지만.

지난 2년 동안 내게 벌어진 일과는 전혀 관계없는 나의 엄마는 내가 이런 드문 재능을 갖고 태어난 이유가 있을 거라고 했다. 엄마가 눈을 반짝이며 날 쳐다보던 때가 기억난다.

"넌 세상을 바꿀 수도 있단다, 어린 갈매기."

내 천재적인 수학 능력이 어떻게 이용됐는지 엄마가 알았더라면, 너무 충격을 받아 무덤에서 벌떡 일어났을 거다.

한술 더 떠, 아빠와 마라 언니가 한 짓까지 알았더라면, 엄마는 원통해 두 번 죽고도 남았다. 자기 주변에서 벌어지는 일을 거의 다 예측하던 사람이 가족의 배신은 까마득히 몰랐다니. 생각만 해도 실소가 터질 것 같다.

그렇지만 내가 몰랐던 건 전적으로 타당하다고 본다. 난 가족을 사랑했고 사랑이란 계산하거나 수치로 측정할 수 없는 부류에 속하니까. 사랑에는 확실한 이론이 아니라, 보이지 않는 힘처럼 작용할 신뢰가 필요하다. 그래서 위험을 무릅쓸 때도 있고 가끔은 지기도 한다. 그러니 사랑 같은 건 최대한 멀리하는 쪽이 속 편할 것이다.

방정식을 통해 세상을 바라보지 못하는 사람들은 사랑이 우연히 생긴다고 한다. 하지만 우연이라는 건 내 숫자 속 세상에서는 농담일 뿐이다. 우연의 일치 같은 건 없다. 결국 여기까지 온 것이 단순한 우연이라고 말한다면 난 천재가 아니라 바보 멍청이일 테지.

그런데 어느 순간 누구에게나 드는 의구심이자 지금 내 마음속에서 불타고 있는 이 거대한 물음에는 아무리 계산해 봐도 답이 나오지 않는다.

어쩌다 내가 이렇게 됐을까?

내가 구석에서 몸을 앞뒤로 흔드는 펑즈(fengzi 疯子 정신이상자)가 되지 않게 해준 은인 레드는 각자에게 주어진 운명이 있다고 했다. 그 운명으로 걸어 들어가는 선택 역시 우리의 몫이라고. 그러면서 그는 내가 역사에 남을 수도 있다고 말했다.

하지만 고작 열일곱인 난 지금 장래 희망도, 만들어 갈 역사도 없다.

"운명이 생각처럼 '짠' 하고 나타나지 않으면 어떡하죠?"

난 레드에게 이렇게 물었다.

그러자 그의 강렬한 검은 눈동자가 날 쳐다보더니 말했다.

"그 부분은, 칭아이더(qin ai de 亲爱的 애야), 너에게 달렸단다."

CHAPTER 1

과거 : 조세핀

∞

워싱턴 주 시애틀 알카이 비치

아빠가 날 죽이려 들 거다. 절대 해선 안 된다고 한 일을 저질러 버렸다.

의도적으로 그런 건 아니었다. 아침에 눈 뜨자마자 '오늘은 아빠한테 대들어야지' 하고 계획할 사람은 없으니까. 진짜로, 우리 아빠는 세상에서 제일 좋은 아빠라서 전혀 그럴 생각이 없었다.

물론 아빠가 졸업식 사흘 전, 그것도 엄마의 기일에 아무 말도 안 해주고 날 아빠 회사에서 자르긴 했지만. 그때 내가 순순히 받아들였듯 아빠도 내가 전할 소식에 그렇게 해주면 좋겠다.

손가락 사이로 흰 백합 줄기를 비비적거리며 나만의 바다를 응시한 채, 아빠가 돌아오길 기다렸다. 언제나 그랬듯 내 계산

능력을 친구 삼아 이리저리 셈해보면서.

녹색 나이키 운동화를 신은 소녀가 해변을 가로질렀다.

모래에 찍힌 발자국으로 보아 보폭이 142센티미터, 그렇다면 키는 대략 170센티미터로 키에 비해 8센티미터 더 넓게 걷고 있다. 현재 보폭이라면 알카이 포인트 등대까지 15분 48초면 도착한다. 보폭을 줄이면 더 빨리 달려 1분 12초를 단축할 수 있을 텐데.

하지만 소녀는 이런 걸 생각조차 못 할 거다. 저 애는 내가 아니니까. 저 소녀는 인간 계산기가 아니다. 숫자가 그 애의 인생 모든 부분에 끼어들지 않을 것 같은 데다 열다섯에 수리 경제학으로 박사 학위를 딸 가능성도 없어 보였다.

날 위로해 주려고 아빠가 아이스크림을 사러 간 6분 32초 사이에 파도가 서른여덟 번 밀려들었다. 왜 날 회사에서 자른 건지 아직 파악하지 못했다.

아빠가 모퉁이 가게에서 2단 아이스크림콘 두 개를 양손에 들고나왔다. 민트 초코칩이 내 거고 피넛 버터 초콜릿은 아빠 거다. 우리는 늘 이렇게 먹었다.

횡단보도에 빨간 신호가 걸렸다. 정장 차림의 아빠는 자리에 가만히 서서 초록 불이 되길 기다렸다. 마른나무처럼 얼룩덜룩한 머리카락이 헝클어져 부스스했다.

엄마가 세상을 떠난 뒤로 아빠는 머리를 빗지 않았고, 예전처럼 멋지게 스타일을 내는 일도 없었다. 아빠가 날 보고 새끼손가락을 까닥였다.

신호가 바뀌기까지 45초 남았다. 숫자는 내 머릿속에서 나온

다. 시속 2.4킬로미터로 여든아홉 걸음을 걸으면 초록 불로 바뀌고 아빠가 건너오기까지는 채 35초도 안 걸릴 것이다.

초록 불이다.

머리 위로 갈매기 한 마리가 끼룩거렸다. 그 순간, 속에서 희비가 엇갈리는 익숙한 고통이 찌릿하게 올라왔다. 난 고개를 들어 짠 내 나는 파도를 향해 내려오는 갈매기를 응시했다. 갈매기를 볼 때면 늘 엄마 생각이 났다.

엄마도 나처럼 태평양을 좋아했다. 우리는 가능한 한 자주 아빠의 보트를 타고 바다로 나가 엄마를 추억하며 백합 한 송이를 물 위에 띄우곤 했다. 태평양은 우리가 여전히 엄마를 느낄 수 있는 장소였다.

엄마 생각이 나면 얼른, 좋았던 기억에 집중하는 훈련에 익숙해지기까지 몇 달이 걸렸다. 엄마가 좋아하던 꽃 이름을 따서 릴리라고 이름 지은 막내 여동생은 금방 예전 상태로 돌아갔지만, 마라 언니는 갈수록 상태가 나빠졌다.

엄마가 살아 있었을 때만 해도 언니는 내 절친이자 찐 팬이었다. 그런데 엄마가 죽은 뒤 언니는 나 때문에 자기 인생을 망쳤다고 믿기 시작했다. 내 재능 때문에 아빠가 나만 편애하고 언니와 릴리를 찬밥 신세로 만들었다면서.

당연히 그건 사실이 아니다. 물론 아빠가 내게 들인 시간과 돈을 계산해 봤을 때, 언니의 주장도 일리가 있다. 그렇다고 내가 뭘 어떻게 해야 했을까? 천재인 걸 그만두라고? 그래, 그렇게 될 수도 있겠지. 이미 그런 일이 일어날 가능성도 계산해 봤다. 나이가 들면서 평범해질 수도 있겠지만 그렇지 않을 가능성도 상당히 높았다.

아빠가 내 옆에 털썩 앉더니, 아이스크림콘을 건넸다. 찌푸린 눈썹 사이로 보이는 난처한 표정이 꼭 외출했다 폭풍우를 만난 사람 같았다.

“자, 우리 작은 갈매기 거.”

엄마가 붙인 옛 애칭을 들으니 그만 몸이 굳어버렸다. 지금 아빠랑 눈이 마주친다면 아마 난 울음을 참지 못할 거고 우리 대화는 눈물 바람이 될 게 뻔했다. 난 길게 숨을 내쉬고 아이스크림을 받았다.

“고마워요.”

아빠가 아이스크림 맨 위쪽을 베어 물고 말했다.

“그래, 내 말은 했으니 이제 네 차례야. 어서 털어놔 봐.”

난 아주 천천히 아이스크림을 핥았다.

“아빠, 제가 그러면 안 되는 이유를 지적하면서 화부터 내지 말고 제 말을 끝까지 들어보세요. 제가 졸업하자마자 곧장 일을 시작하길 바라지 않으신다는 걸 알지만 아무것도 안 하고 빈둥거릴 순 없잖아요. 안 그래도 마라 언니가 날마다 못 잡아먹어서 안달인데. 그래서 일하기로 했어요….”

그리고 난 폭탄을 떨어뜨렸다….

“프로디지 스텔스 설루션(Prodigy Stealth Solution, PSS)에서요…. 중국에 있는.”

아빠의 얼굴이 완전히 얼어붙어 손에 든 아이스크림보다 더 차갑게 변했다.

“조, 어떻게 그럴 수 있니?”

아빠는 확실히 상처받은 표정이었다.

"내가 PSS를 어떻게 생각하는지 알잖아."

아빠가 심각한 목소리로 분노를 드러냈다.

"그들은 어린애를 채용하면 안 돼. 이건 부당하다고. 위험한 일이야. 혹시라도 누가 네 능력을 알기라도 하면…."

"PSS는 평범한 아이들에게 일을 시키는 게 아니에요. 나이와 상관없이 천재들을 고용하는 거죠."

나는 의도한 것보다 더 짜증스럽게 말했다.

"천재들 대부분이 어려서 그렇게 된 것뿐이에요."

PSS는 두뇌 집단을 아웃소싱하는 민간 회사로 나 같은 천재들을 데려다 세계의 모든 경제, 농업, 정치 문제의 해결책을 찾는다. 이 회사는 그들이 고용한 천재들이 주목받지 않도록 극비리에 운영 중이다. 스탠리 1학년 때, 그들이 내게 제안했고, 우리 가족과 나는 그들에 대해 좀 더 알아보겠다고 한 것만으로도 기밀 유지 계약서에 사인해야 했다. 아빠는 대놓고 싫어했지만 난 항상 PSS가 하는 일에 관심이 있었다. 그들은 인류에게 도움이 되는 일을 했으니까.

내가 아는 다른 천재들처럼 나도 늘 뭔가 근사한 일을 하고 싶었다. 천재들 대부분은 엄청 지루한 회사에서 아주 높은 급여를 받고 일하는 게 거의 확정돼 있다. 거기에 만족하는 부류도 있지만 난 다르다. 나는 내가 재능을 갖고 태어난 이유를 알고 싶었다. 공공의 이익을 위해서, 아니면 그냥 먹고 마시고 즐기기 위해서? 애초에 이유가 중요하긴 할까?

나는 재능을 가지고 태어난 이유가 있을 거라던 엄마의 말이 사실이길 바랐다. 그렇지만 이건 수치로는 증명할 수 없다. 그래서 내가 어떻게 살고 싶은지 알아보는 과정에서 PSS에서 일해 보는 것도 괜찮겠다 싶었다.

“계약 기간은 얼마나 되니?”

아빠가 사무적인 목소리로 물었다.

“3주에서 최대 6주예요. 중국 아시아 은행에 경제 문제가 생겼는데 그쪽에선 증권 관련 문제라고 생각하나 봐요. 해결 못 하면 전 세계 증권 시장에 심각한 타격이 있을 거예요.”

“거기도 해당 분야 경제 전문가가 있을 텐데.”

“저처럼 천재는 아니겠죠.”

아시아 은행이 개입해 중국 위안화로 세계 경제를 안정시키기 전 유럽 연합이 내 이론을 활용해 지난 두 번의 경기 폭락을 해결했다는 점을 굳이 아빠에게 상기시켜 줄 필요는 없었다.

“PSS는 이 문제를 해결할 유일한 사람이 저라고 생각해요.”

나는 잠시 말을 멈추고 내 전략을 다시 살폈다. 아빠는 증권 시장이나 은행 이슈를 신경 쓰지 않는다. 아빠가 신경 쓰는 건 나다. 나는 한숨을 내쉬며 말했다.

“아빠, 누구도 저에 대해 아무것도 알아내지 못할 거예요. 제 능력 얘기는 아무한테도 말하지 않는다고 약속할게요.”

엄마가 돌아가신 뒤 우리 집은 묘지처럼 우중충해졌다.

우리 집 고양이 테일스조차 엄마를 찾아다니며 울어댔다. 그래서 난 아빠 사무실에 나갔고, 그곳에서 아직 드러나지 않았던 내 잠재력을 발견했다.

1년이 채 안 되어 아빠의 회사는 아빠나 내가 상상한 것 이상으로 많은 돈을 벌어들이게 되었다. 그 후로도 우리는 계속 많은 돈을 벌었다. 한동안은 신났지만, 모두가 생각하는 것만큼 돈이 최고는 아니었다. 돈이 있어도 사랑하는 사람을 다시 살려낼 수는 없었으니까.

결국 아빠는 내 재능에 두려움을 느꼈고 내가 이용당할까 봐 걱정하게 되었다. 아빠는 내가 사무실에서 무슨 일을 했는지 누구에게도, 어떤 상황에서도 말해서는 안 되고 심지어 자매들한테도 비밀로 하라고 맹세하게 했다.

"얘야, 나도 알아. 미안해. 아빤 널 믿어."

아빠가 콧등을 주무르며 말했다.

"아빤 그저 다른 사람을 못 믿는 거야. 너무 걱정돼서 그래."

졸업을 한 달 앞둔 무렵부터 우리 집에서 휴대전화 벨 소리는 멈출 줄 몰랐다. 전부 채용 제안이었다. 교수직부터 정부, 민간기업에 이르기까지 다양한 분야에서 제안이 들어왔다. 아빠는 모두에게 똑같이 말했다.

우리 애는 고작 열다섯이에요. 몇 년 더 있다가 연락하세요.

다행히 아빠는 화를 누그러뜨렸다.

"아빠, PSS는 위험한 곳이 아니에요. 괴짜들이 모여 수학을 하는 곳이죠. 누구도 이 일을 모를 거고요. PSS는 모든 게 기밀이니까요. 제가 거기서 머무는 동안 그쪽에서 절 보호하고 보살펴 줄 거예요."

난 아빠의 턱을 잡아 내 쪽으로 돌렸다.

"마음 푸세요. 저도 쓸모 있는 사람이 되고 싶어요. 엄마라면 제가 거기 가길 바랐을 거예요."

아빠는 한숨을 쉬며 백사장으로 올라오는 파도를 바라보았다. 아빠와 엄마가 처음 만난 곳도 중국이었다. 두 사람 다 젊을 때 거기서 일했고, 아빠는 모난 돌 같았지만, 엄마는 그쪽 문화에 잘 융화되었다고 했다. 외모만 봐도 아빠는 확실한 북유럽 혈통이었고 엄마는 여기저기 섞인 얼굴이었다. 난 엄마를 닮았다. 다만 머리카락은 갈색이 도는 검은색으로 부모님과는 다르다. 눈동자는 애매한 녹갈색이고 얼굴은 제대로 된 각도에서 봐도 어디서나 볼 법한 흔한 인상이다. 카멜레온 효과 같아서 개인적으론 꽤 마음에 든다.

차가운 액체가 다리를 타고 흘렀다. 난 콘 가장자리를 잡고 입안으로 아이스크림을 쭉 밀어 넣었다. 15초 동안 머리가 얼얼했다. 좀 가라앉자 다시 말을 이었다.

"이 일을 하고 싶은 이유가 하나 더 있어요. 마라 언니요. 언니는 저와 떨어져 있을 시간이 필요할 거예요…. 아주 잠깐이라고 해도요."

내 말에 아빠가 인상을 썼다.

"너희 둘, 예전으로 돌아갈 순 없겠니? 릴리와 아빠도 힘들어. 엄마도 가족이 이렇게 갈라지는 걸 원치 않을 텐데."

엄마를 언급하다니, 이미 벌어진 상처에 식초를 들이붓는 꼴이었다. 하지만 아빠의 말이 맞았다.

"그렇다면 이번 중국행을 우리 가족이 다시 뭉치기 위한 제 노력이라고 생각해 주세요. 제가 중국으로 가면 아빠는 마라 언니, 릴리와 오붓하게 시간을 보낼 수 있겠죠. 마라 언니도 혼자만의 시간을 가질 수 있고, 아빠는 사무실의 모든 문제를 직접 처리하게 될 거고요. 근데 정말, 아빠. 절 그런 식으로 자른 건 사업적으로 잘못된 결정이었어요."

난 어깨로 아빠를 툭 쳤다. 아빠가 긴장한 듯 웃었다.

"잘 알겠다. 중국에 가렴. 그렇지만 무슨 일이 있어도 네 능력을 다른 사람한테 말해선 안 돼."

"그럴게요."

아빠는 잠시 침묵하더니, 내 손을 잡았다.

"사랑한다, 조. 넌 수백만 달러 그 이상의 가치가 있단다. 그걸 기억해, 알았지?"

우리가 남긴 아이스크림처럼 내 마음도 녹아내렸다.

"고마워요, 아빠." 내가 대답했다.

"이제 절 회사에서 자른 이유를 말해 주실래요?"

아빠가 아이스크림을 한 입 베어 물었다.

"말로 설명하기는 어렵단다."

"아빠, 전 천재라고 불린다고요." 난 뻔뻔한 미소를 장착했다.

"제가 도움이 될지도 모르잖아요?"

아빠가 인상을 썼다.

"조, 아빠는 네가 회사 걱정은 안 했으면 좋겠구나. 다 괜찮아질 거야." 아빠의 눈빛은 불안해 보였다.

"이러면 어떻겠니. 네가 중국에서 돌아오면 다 같이 배를 타고 해안가로 나가자. 그때 아빠가 전부 말해줄게."

사람들이 고민거리를 감출 때 으레 그렇듯 아빠도 거짓말을 했지만, 난 아빠를 믿었다. 조금만 기다리면 다 말해주실 것이다.

"알았어요, 아빠."

아빠는 릴리가 금방 자라서 인형 놀이를 그만둔 걸 알았을 때처럼 헛헛한 미소를 지었다.

“넌 아주 빨리 자라는구나, 조. 며칠만 지나면 박사 과정을 마치겠지. 아빠가 영원히 널 붙잡아 둘 순 없겠어.” 아빠의 눈에 눈물이 가득 고였다.

난 가슴이 벅차올랐다. 몇 달 만에 처음 보는 아빠의 감성적인 모습이었다.

“아빠, 제 걱정은 하지 마세요. 전 괜찮을 거예요. 장담해요.”

CHAPTER 2

현재 : 더블 에잇

중국 상하이, 프랫

일주일 안에 납치가 일어날 거야. 대상은 바로 너고.

레드의 마지막 말이 머릿속에 맴돌았다. 21일 전이었다. 내게 '자유'를 약속하던 그의 목소리는 아주 확신에 차 있었다. 그리고 지금, 내 어두운 세상의 등불이었던 레드는 사라졌다. 죽었다. 방정식에 어떤 수치를 집어넣어도 그가 돌아올 경우의 수는 제로였다.

양배추 수프는 차가웠고, 강한 식초 향에 속이 메스꺼웠지만 몇 모금 만에 모조리 먹어 치웠다. 프랫에서 음식을 남기는 건 바보들이나 하는 짓이었다.

빈 그릇과 젓가락을 정리하는데, 가드인 산이 걸걸한 목소리로 날 불렀다. 그의 목소리에서 평소와 다른 긴박함이 느껴졌다.

"더블 에잇! 얼른 이리 와!"

산이 나에게 무슨 용건이지? 그는 내게 킹의 은밀한 투자를 손봐달라고 했고, 그 일은 이미 다 끝냈는데 말이다.

숫자 '88'과 수학 기호들이 벽에 빼곡히 새겨진 공간에서 몸이 반사적으로 문으로 향했다.

난 분필 조각을 집어서 나란히 그어진 선 네 개 위로 대각선을 하나 더 긋고 한숨을 쉬었다. 나의 바다를 못 본 지 700일째였다. 그곳의 파도 높이를 재본 지, 조류가 밀려드는 시간을 계산한 지, 그 바다의 짠 내음을 맡은 지가.

배신을 당한 지 700일째다.

물론 그 수치는 지금 내 마음속의 몇 배도 넘는 깊은 구렁텅이와 비교하면 아무것도 아니었다. 레드는 집에서 가족에게 둘러싸여 조용히 숨을 거둘 자격이 있는 사람이었다. 나와 같이 머무는 프랫의 아무짝에도 쓸모없는 금속 침대 위가 아니라.

난 더블 에잇이라는 이름이 더는 존재하지 않는 세상을 떠올리며 기계적으로 몸을 움직였다.

레드가 죽기 전 내게 새 이름을 지어 주었다. 딱 한 번 그 이름으로 불려봤다. 어쩌면 그때 난 레드와 마찬가지로, 정말로 새 출발할 수 있을 거라 믿었나 보다. 내가 타고난 재능이 사람들의 인생을 망치는 게 아니라 뭔가 위대한 일을 하는 데 쓰일 수 있을 거라고.

그러나 쥐가 득실거리는 이 낡아빠진 병동 건물에 갇혀 있는 한 그런 일은 절대로 일어나지 않겠지.

내 재킷 주머니에 작은 체스 말 하나가 들어 있다. 그걸 꺼내 엄지로 문질렀다. 나무로 조각한 작은 폰이라서 그런지 감촉이 매끄럽다.

폰을 다시 주머니에 넣고 단추를 채운 뒤 이 물건이 왜 그렇게 소중하게 느껴지는지 생각해 보았다. 직감이라는 뭔가가 내 운명이 이 낡은 폰과 함께하게 될 거라 말하고 있었다.

"더블 에잇!"

가드 산이 어두운 복도로 내려왔을 때 난 얼른 철문을 열었다. 그는 프랫을 감독하는 주요 가드 중 한 명이다. 덩치가 큰 데다 태도도 거칠고 얼굴에 자잘한 칼자국이 나 있어서 마치 투견판에 나온 핏불테리어 같았다. 하지만 실제로 그는 피도 눈물도 없는 범죄자와는 거리가 멀었다.

1년 전, 나는 도박 빚으로 가족을 잃게 생겼다고 복도 한 귀퉁이에서 미친 듯이 절규하던 그를 보았다. 그 일을 계기로 난 산의 신임을 얻었다. '가족'이라는 한마디에 마음이 이끌려 그를 도와주기로 했다.

그는 내가 숫자에 재능이 있단 이유로 납치되었다는 건 알지만 구체적으로 어떤 재능인지는 몰랐고, 지금도 모른다. 설명해봐야 다섯 살 꼬마에게 뉴턴의 만유인력 법칙을 이해시키는 모양새랄까. 그래서 아무 설명도 없이 그에게 가족을 구하기 위해 할 일만 말해줬다. 내 조언이 효과가 있었는지, 그 이후로 내 독방 문이 잠기는 일은 절대 없었고, 내 수프에는 살이 붙은 고깃덩어리가 슬쩍 들어가 있었으며, 프랫 내 다른 이들의 괴롭힘도 멈췄다.

하지만 산은 지금 불안한지 미간에 주름을 잔뜩 잡고 표정을 일그러뜨리고 있었다. 이 비밀 조직의 우두머리인 킹이 기분이 상했다는 이유로 보이는 족족 두들겨 패기라도 하는 걸까?

"이쪽이야. 서둘러, 그들이 오기 전에."

달려오는 발소리에 그가 얼른 고개를 돌렸다. 터널을 울리는 육중한 발소리로 보아 덩치가 큰 남성 두 명이다.

"누구예요? 무슨 일이죠?" 내가 물었다.

"조용히 해." 그가 주의를 줬다.

이쯤 되면 뭔가 잘못되었다는 것 정도는 천재가 아니라도 알 수 있었다. 하지만 난 산을 믿는다. 그는 킹의 수하에서 다치지 않게 해주겠다는 나와의 약속을 쭉 지켰다. 킹이 망가뜨리기엔 난 너무 가치가 큰 존재니까.

산의 커다란 손이 내 팔을 잡아끌어 향을 가득 피워도 지린내가 진동하는 복도로 나왔다.

레드가 머물던 방을 지날 때는 가슴이 미어졌다. 단출한 침대에는 그가 쓰던 낡은 울 매트리스와 얇은 면 담요가 아직 놓여 있었다. 시멘트벽에 흰 분필로 쓴 중국 글자도 그대로였다.

어두운 밤, 자신을 믿으라고 했던 그의 첫 마디와 날 두고 가지 말라고 애원하던 내 마지막 말은 여전히 가슴에서 요동쳤다.

기억에 모조리 잠식당하기 싫어서 난 산을 따라 걸으며 계산하기 시작했다.

바닥에 버려진 담배꽁초 19개, 결투장을 지나기까지 걸린 시간 39초, 이 터널의 높이와 너비 2.4×3미터. 산의 걸음이 평소보다 30퍼센트 더 빨라졌다는 것도 알아차렸다.

마침내 우리는 내가 한두 번 봤던 복도에 도착했다. 오른쪽 끝에 출구가 있는데 그들이 절대로 쓰지 않는 문이다.

갈림길에 도착하자, 그동안 우리를 따라오던 발소리가 모습을 드러냈다.

검정 양복을 입은 키 큰 남성 두 명이었다. 그들을 마주한 순간 내 안도감은 사라졌고, 산은 걸음을 멈췄다.

두 남성이 우리를 오른쪽이 아닌 왼쪽으로 데리고 가자, 산이 욕하며 주먹을 꽉 쥐었다. 그는 후회가 가득 담긴 눈길로 날 쳐다보며 "킹의 사무실이야."라고 했다. 평소와는 달리 프랫 전체에 다 들릴 정도로 쩌렁쩌렁한 목소리였다.

난 그만 다리가 풀려버렸다. '킹의 사무실'이라고?

머릿속에서 음수가 나타나기 시작했다. 수많은 가능성이 요동쳤다. 킹의 사무실은 길 끝에 있다. 수용자들이 그 용도나 기능을 다했을 때 그곳으로 간다.

난 못 믿겠다는 눈길로 산을 쳐다봤다.

"어째서죠? 내가 뭘 잘못했는데요?"

그의 슬픈 눈동자가 자신이 해줄 수 있는 건 아무것도 없다고 말하고 있었다. 그는 반드시 명령에 따라야만 하니까.

눅눅한 갈림길이 구부러지는 걸로 봐서 이제 문까지 17피트 남았다. 인치로 변환한 뒤 밀리미터로 바꾸고 내 발 길이로 걷지 않고 발을 질질 끌면 시간이 얼마나 걸릴지 계산해 보았다. 내겐 생각할 시간이 필요하다.

날 탈출시키려던 레드의 계획을 킹이 눈치챈 게 분명했다. 이제 그는 날 죽이려고 한다. 누군가가 내 진짜 정체를 알아챈 것이다. 아니면 또 다른 가능성이자 최악의 경우로 마담이 내가 아직 살아 있다는 걸 알아차린 걸지도….

어쩌면 킹의 사무실이 최고의 엔딩일지도 몰랐다. 마지막 자유, 집으로 돌아가는 진정한 방식. 그러면 지난 2년 6개월을 잊을 수 있었다. 내 모든 걸 빼앗은 다음 뼈에 붙은 살코기인 양, 킹에게 먹잇감으로 던져준 마담도 잊을 수 있다. 눈을 감으면 고요함과 침묵을 되찾을 수 있을지도 모른다. 가족들의 목소리 때문에 더 이상 내 귀에서 피가 흐르는 일도 없을 테고.

그런데 가슴 깊숙한 어딘가에서 레드의 목소리가 내 생각보다 더 크게 들렸다. 그가 부르던 구원의 노래가 날 일으켜 세우며 맞서 싸우라고, 고개를 들고 운명을 꽉 잡고 그 안으로 걸어가라고 다그쳤다. 내가 중국에서 찾을 수 있을 것으로 생각했던 운명을 향해서.

우리는 정장 차림의 두 남자가 지키고 있는 문 앞에 도착했다. 나는 그동안 가드 산이 감정을 드러내는 걸 거의 보지 못했다. 하지만 지금 그의 눈에는 눈물이 가득 고여 있었다. 그의 강인한 손이 내 팔을 살짝 잡았다. 내 독방 열쇠를 건네주고 프랫 안에서 권리를 주었던 그 손으로, 그 한 번의 움켜쥠으로, 산은 내게 작별 인사를 했다.

그도 내가 아는 것처럼 킹의 사무실로 들어간 사람이 살아서 다시 나오는 경우는 거의 없다는 걸 알고 있었다.

문 앞에 서 있던 사람 중 한 명이 담배 연기 자욱한 사무실 안으로 날 안내했다. 연기 너머로 남자 두 명이 보였다. 둘 다 킹이 아니었다.

사무실은 좁았고, 책상과 낡은 천 쿠션을 올린 나무 의자 세 개가 놓인 게 전부였다. 바닥은 터널보다는 매끈한 종류의 시멘트로 되어 있었고, 창문은 없었다. 은은한 전구 하나가 얇은 철삿줄에 대롱대롱 매달려, 그들의 얼굴과 모퉁이에 모인 먼지를 밝혀 주었다.

과체중으로 보이는 남자가 책상 앞에 앉아 손가락만 한 작은 유리잔에 든 투명한 액체를 들이켰다. 그리고 냅킨으로 대머리에 맺힌 땀을 닦았다. 나는 전에 그가 움직이는 걸 본 적이 있었기 때문에 벨트 위로 흘러나온 그의 넉넉한 뱃살에 방심하지 않았다. 이 남자는 마음만 먹으면 달려드는 황소도 때려눕힐 수 있도록 훈련받았다. 그는 바로 보공이다.

보공의 뒤쪽으로 용이 사자를 잡아먹는 형태의 황금 문장 장식이 인상적인 유리병이 보였다. 아주 비싼 술로 특별한 경우에만 마신다고 들었다. 프랫에서 볼 수 있는 평범한 백주가 아니었고 그의 붉은 얼굴로 미루어 보아 도수도 높은 듯했다. 무슨 일이길래 그 술을 마시는지, 뭘 축하하려는 건지, 그걸 내가 알고 싶어 하는지조차 모르겠다.

보공이 내게 고개를 까닥였다. 내 머리가 자동으로 반응했다.

여기 끌려왔던 첫해 말고는 그를 보지 못했다. 그는 늘 다른 누군가의 개인적인 일에 끼어들어 돈을 챙기고 그들의 인생을 혼란의 도가니로 만들었다. 나의 경우, 그에게 고마워할 수도, 그를 싫어할 수도 있었다. 마담에게 돈을 받고 날 양쯔강 바닥에 수장시키는 대신 킹을 위해 '일'하게 해준 장본인이니까. 내가 돈을 많이 벌어 주면 킹이 날 살려둘 거라는 점을 이해하자마자 난 프랫에서 살기로 했다.

또 다른 남자는 길고 가는 몸에 딱 떨어지는 비싼 양복을 걸쳤다. 그의 라펠에는 몰리, 즉 재스민 한 송이가 꽂혀 있다. 처음 보는 사람인데 담배도, 술도 하지 않고 있었다. 그는 이곳에 들락거리는 다른 사람들처럼 잔혹하고 냉철해 보이지 않았다. 오히려 불안해하고 있었다. 마치 엉뚱한 연못에 잘못 들어온 물고기처럼, 그는 자신이 처한 상황에 신경 쓰지 않는 듯 다른 이들처럼 날 가만히 쳐다보았다.

"더블 에잇, 프랫의 행운의 소녀." 보공이 말했다.

"잘 지냈니?"

빈정거리는 코웃음이 튀어나와 목이 막힐 뻔했다.

"당연히, 꿈같은 날들을 보내고 있어요. 한 해 중 지금이야말로 프랫이 가장 아름다울 때죠."

프랫은 킹, 혹은 중국어로 왕이 자기의 궁전이라고 부르는 곳이다. 한때 항구 건물이었던 이곳은 지금은 낡아 거의 비어 있다. 프랫 지하에는 최대 3.2킬로미터까지 펼쳐진 고대 터널이라는 귀한 유적이 숨겨져 있었다. 가끔 레드와 나처럼 운 없는 이들을 포함해서 범죄자들이 틀어박히기 딱 좋은 장소라 킹은 이곳에 수용자들을 가둬두고 자신을 위해 일하도록 협박했다. 프랫에서의 삶은 단순하다. 킹을 위해 일하거나, 아니면 자기 목숨 혹은 사랑하는 사람의 목숨을 위험에 빠트리거나. 둘 중 하나였다.

보공이 웃으니 그의 입에서 담배 연기가 새어 나왔다.

"많이 컸구나. 이제 말도 하고."

난 한기가 올라오는 눅눅한 회색 시멘트에 발을 비볐다.

“어쩐 일로 여기 다시 오셨어요?”

“네가 꾸민 탈출 계획 때문이지.”

내 얼굴에서 미소가 사라진 걸 본 보공은 더 활짝 웃었다.

“네가 그 계획을 꾸밀 동안…” 그가 말을 이었다.

“우린 네 죽음을 준비하고 있었어.”

죽음이라는 말이 1톤 치 벽돌처럼 내게 와르르 쏟아졌다.

나의 바다. 나의 맹세. 레드.

지취(jiche 机車 젠장)! 킹이 알고 있었다. 그 모든 일을 다 겪고도 새 인생을 시작할 수 있다고 믿었던 내가 얼마나 멍청했던가? 난 코웃음을 치고 고개를 저었다. 레드는 내게 확신에 가까운 희망을 주었다.

죽음을 계산해 봤을 때도 이런 결론에 도달한 적은 없었다. 이제 나에게 남은 유일한 선택지는 잘 죽는 것뿐일까? 앞에 있는 남자들을 보고 있자니 두려움보다 혼란스러움이 질병처럼 사방으로 퍼졌다. 내 안의 계산기는 질문에 대한 답으로 양수를 만들어냈다. 그 숫자들이 보공의 주변에서 토네이도를 일으키는 듯했다.

술에 취해 완전히 긴장이 풀린 보공은 다시 한 잔을 따르며 미소를 지었다. 그 옆에 있는 남자는 겁에 질려 자기 양복 재킷의 가장자리만 꽉 붙들고 있었다. 만약 그가 사형 집행자라면 그를 조금 더 경계해야 한다. 하지만 킹의 행동은 늘 예측할 수 없지 않은가.

심장 박동이 팔다리까지 퍼져 울리는 것 같다. 전에도 이런 아드레날린을 경험했지만, 이번엔 다르다. 이건 계산된 수치다. 내 경우의 수는 훌륭하다. 지금 움직이면 살 수 있다. 반드시 그래야 한다. 레드를 위해서.

내 안에서 무언가 번뜩였다. 레드의 믿음, 그의 사랑, 그의 광기가 살아났다. 난 그의 말을 붙들었다. 난 새로운 사람이고 내 운명의 주도권을 가지고 있다고.

더 생각할 것도 없이 난 비명을 지르며 공중으로 돌진했다. 두 마리 개와 대적하는 고양이처럼 난 내가 알지 못하는 누군가가 되어 있었다. 맹렬하고, 대담한.

사람들이 나를 궁지로 몰아넣은 날들은 끝났다. 이제 순순히 물러날 생각 따윈 사라졌다.

CHAPTER 3

현재 : 더블 에잇

중국 상하이, 프랫

의자가 바닥으로 넘어졌다. 내 주먹이 마른 남자의 코를 강타하자 피가 흘렀다. 닥치는 대로 긁고 잡아 뜯고 있었는데 눈치채지 못한 사이 보공이 내 양쪽 어깨를 붙들었다. 그는 아기를 데려가듯 손쉽게 날 남자에게 떼 놓았다. 그리고 나를 팔다리로 제압한 다음 얼굴을 바닥에 짓이긴 채 바둥거리지 않을 때까지 압박했다. 보공의 웃음소리가 귓가에 울렸다.

"재미난 구경거리였어." 그가 말했다.

"이래야 더 실감 나지. 하지만 운 좋은 소녀야, 이쪽은 네가 다치게 해선 안 되는 사람이야."

난 숨을 헐떡거리며 내가 얼굴을 때린 남자를 쳐다봤다.

"그게 무슨 말이야?" 내가 따져 물었다.

남자는 한 손으로 코를 움켜쥐고 고개를 뒤로 젖혔다. 다른 손으로는 흘러내린 피를 닦았다.

보공이 결박을 풀고 날 일으켜 세우고 의자를 내주었다.

"앉아. 우린 이런 식으로 일을 처리하지 않으니까."

난 머뭇거렸다.

"그럼 어떻게 할 건데? 고문부터 하려고?"

난 바닥에 피를 뱉었다. 혀에서 피가 나는 것 같다. 보공이 날 내동댕이쳤을 때 혀를 깨물었나 보다. 눈도 부어오르고 있는 걸로 봐서 확실했다.

"하." 그가 코웃음을 쳤다.

"그냥 좀 앉아 주지?"

"부탁이야, 어서."

다친 남자가 몸을 세우며 사정했다. 그의 콧등에 깊은 상처가 나서 양복과 넥타이로 피가 흘러내렸다. 저 옷은 이제 못 입게 될 테지.

그는 내 옆에 앉아도 괜찮은지 묻고 싶은 듯 보공을 슬쩍 쳐다봤다. 보공은 여기서 벌어진 상황이 즐거운지 그저 싱글거렸다. 남자가 자리에 앉았다.

빌어먹을. 좀 전까지 이 남자를 내 사형 집행자로 생각했는데, 지금 보공의 표정을 보니 그는 날 내보내 줄 티켓인 모양이었다. 프랫이 날 뭐로 바꾼 거지?

"난 챈황롱이라고 해." 그가 서둘러 말했다.

그는 아직도 코를 움켜잡고 있었다. 비음이 섞여 우스꽝스러운 목소리였지만 난 그의 이름을 듣고 충격을 받았다. 들어본 적이 있었다. 이 남자를 모르면 간첩일 정도로 그는 유명했다.

"당신이 여긴 왜 온 거지?"

아시아 최고 부자가 날 찾아올 확률을 계산하며 내가 물었다. 그에게 내 서비스가 필요할 리 없고.

"이런 식으로 만나는 게 좀 이상하다는 걸 알지만."

그는 최대한 침착하게 말하려고 애쓰고 있었다.

"누구도 죽음에 관해 이야기하고 싶어 하지는 않으니 어쩔 수 없었단다. 특히 자기 죽음이라면 더더욱."

"난 이미 두 번 죽었어." 내가 대꾸했다.

"이번에 또 죽는다고 딱히 힘들건 없지."

우리는 묵묵히 서로를 살폈다. 분명 챈은 킹의 지하 왕국에 와본 적이 없을 것이다. 그는 내 몰골을 보고 구역질이 올라오는 걸 참으려고 애썼으나 실패했다. 해져서 더러운 내 옷은 곰팡이, 담배 연기, 땀에 찌들어 악취를 풍겼다. 하지만 킹의 사람들은 이 냄새를 알아차리지 못한다. 프랫에선 모든 것이 악취를 풍기니까.

대단한 권력자인 그 역시 내 예상보다 더 많은 땀을 흘리면서 불안해했다.

"킹이랑 같이 일하러 온 건 아닐테고?" 내가 물었다.

킹은 완벽한 수출입 사업가 행세를 하고 있었지만, 누구든 그를 제대로 살펴보기만 한다면 그가 어딘가 미심쩍다는 걸 알아낼 수 있을 정도였다. 킹의 사업 미팅 절반이 밤에, 그것도 텅 빈 프랫 건물에서 이루어진다. 그는 신경 경련을 일으키듯 끊임없이 오른쪽, 왼쪽, 어깨 너머 순으로 사위(四圍)를 살핀다. 킹의 수행단도 인터폴 수배자 명단에 오른 사람 중에서 뽑은 것처럼 하나같이 험상궂은 얼굴이었다. 그는 부자지만, 극소수의 개인 고객에게만 항구 출입을 허락하고 실제로 화물을 보여준 적도 없다. 킹이 어떤 분야에 전문인지 아는 사람은 극히 적었다. 혹은 물어볼 엄두를 못 낸 것이거나.

난 진실을 알고 있다. 그는 조폭이고, 세계에서 가장 큰 범죄 조직 중 한 곳의 우두머리인 마담의 수하이자 넘버 2다. 킹이 상하이 국제항에 연줄이 있어서 마담이 그 자리에 앉힌 것이다. 그는 중국 상하이와 아시아 전역에서 마담을 위해 밀수, 도박, 횡령은 물론 매매춘 업장도 운영한다.

"아니, 난 널 보러 온 거야."

보공이 코피를 닦으라고 건네준 손수건을 받으며 그가 말했다.

"네 자유의 대가를 흥정하려고."

방금 챈황롱이 자유라고 말한 게 맞나, 아니면 내 착각일까? 그는 내가 누군지 아는 걸까?

레드다. 그가 해낸 거다. 근데 챈황롱과 함께?

레드에겐 분명히 비밀이 있었지만 그게 아시아에서 제일 부자인 사람과 아는 사이라는 것이었을까?

뭔가 앞뒤가 맞지 않았다. 챈은 내게 바라는 게 있다. 다들 뭔가를 바라니까. 하지만 이번에는 나 역시 바라는 쪽이다.

"납치로는 안 될 거야." 보공이 끼어들었다.

"넌 죽어서 이리로 왔으니 나갈 때도 죽어서 나가야겠지."

억만장자가 보공을 쳐다봤다.

"잠시 저 아이와 둘이서만 이야기할 수 있을까요?"

보공이 천천히 고개를 끄덕였다.

"전 준비하고 있겠습니다." 보공은 말을 마치고 사무실을 나섰다.

숨이 막혔다. 챈은 부자다. 이 순간 가장 큰 발언권을 가진 건 그의 돈이다. 날 만나기까지 분명 꽤 많은 돈이 들어갔을 거고, 보공을 구워삶는 데도 많이 들었을 거다. 그런데 나와 단둘이 만나게 해달라고 요구한다는 건 한 가지를 의미한다. 거래 속의 거래다. 부자들은 항상 자신만의 목적이 있다.

챈은 원목 테이블에 양손을 곱게 올리고 다시 날 유심히 쳐다봤다.

그의 눈동자는 뭐랄까, 청색과 회색으로만 색칠한 그림을 들여다보는 것 같은 서글픈 느낌을 주었다. 프랫이라는 건물 자체가 주는 두려움도 한몫했다. 이 건물에는 또렷한 안개처럼 사악한 기운이 사방에 퍼져 있었다. 몇 년이 흘렀지만, 아직도 난 이곳 공기에 소름이 끼친다.

"중국에서 산 지 얼마나 됐니?" 그가 물었다.

"이런 걸 산다고 하나? 웃기네!" 내가 빈정댔다.

"미국인이야?" 그가 툴툴거렸다.

난 조용히 머리를 굴렸다. 프랫에 있는 사람들은 내가 어느 나라 출신인지 잊어버렸다. 나조차도 그랬으니까. 게다가 어디까지 진실을 말해야 할지 확신이 서지 않는다. 중국어가 아무리 유창하다고 해도 내 라오웨이(laowai 老外 코쟁이) 얼굴을 가릴 수는 없다. 분명 레드가 나에 관해 알려줬겠지만 난 그가 계속 추측하게 만들어 볼 셈이다.

"몇 살이지?" 그가 새로운 질문을 던졌다.

"가드 말로는 여기 온 지 1년이 넘었다던데. 그러면 무슨 공부를 했든 한참 전에 그만뒀겠구나."

"관찰력이 좋으시네요." 내가 단호한 얼굴로 말했다.

"프랫에서 뭘 찾고 싶었는데요?"

"좀 더 나이가 있는 사람. 넌 어린애 같으니까."

"용건이 뭐죠?" 난 비웃으며 물었다.

"레드가 네 특별한 재능에 대해 말해 줬어." 그가 직설적으로 말했다.

어이가 없어서 고개를 젓는데 얼굴이 욱신거렸다.

"그가 그런 말을 했을 리 없어요."

"그가 아니었다면 내가 여기 올 일이 없었겠지."

레드는 누구보다 날 잘 알고, 내가 원하는 게 무엇인지도 안다. 또 다른 권력자의 소원을 이루어 주는 지니가 되는 건 내가 바라는 일이 아니었다.

"난 일자리를 구하고 있지 않아요." 내가 말했다.

"집에 가고 싶지 않니?"

집이라는 말이 가시로 포장한 선물이나 독으로 채운 아름다운 잔처럼 오싹하게 들렸다. 그는 미끼처럼 그 말을 던졌다. 하지만 난 그 미끼를 덥석 물 만큼 멍청하지도 않고, 그 정도로 간절하지도 않았다. 정말 날 낚으려면 그는 더 나은 뭔가를 제안해야만 한다.

"아무리 자유를 준다고 해도 킹을 위해 억지로 했던 일을 당신을 위해서 하진 않을 거예요."

"이건 제대로 된 일이야. 보수는 두둑하게 쳐줄게."

흥! 챈이 킹과 같은 부류라면 대화는 이걸로 끝났을 것이다. 하지만 그는 흥정하고 있고, 그 말은 그의 허풍에 응하는 게 생각보다 쉬울 수도 있다는 의미였다. 내가 이기면 이 남자를 제대로 이용할 수 있다.

"관심 없어요." 난 시간을 끌었다.

"더러운 돈의 대가는 충분히 치렀으니까."

"돈이 있는 모든 사람이 부도덕한 건 아니란다." 그가 인상을 쓰며 말했다.

"그럼, 당신은 어떤가요, 챈?"

"그건 공평하지 않은 질문이구나. 내가 해 온 일을 증언할 사람은 여기 나뿐이잖아. 그리고 레드가 아니라면 누가 이런 일을 준비했겠니."

그의 눈동자는 계속 내 눈을 바라보고 있었다.

"그렇지만 사업은 사업이야. 난 여기서 널 빼내는 데 2,000만 달러를 낼 거고 내 회사를 바꾸는 데 500만 달러를 더 쓸 거야."

"푼돈이네요. 난 한 시간이면 그 정도는 벌어요." 내가 씩 웃었다.

"어떻게? 레드가 그 부분은 말해 주지 않았는데."

"당연히 알고 싶겠죠. 사기꾼들은 다들 그래요. 내가 설명하려고 해도 이해할 머리가 되지 않는 게 문제지만."

내 말에 그가 자리를 박차고 나갈 거로 생각했다. 그렇게 내 자유의 티켓이 사라질 거라고. 그런데 내가 너무 세게 나갔는지 곱씹는 와중에도 그는 침착하게 자리에 앉아 있었다. 분명 그를 모욕했는데도 말이다.

그가 날 살폈다. 난 버릇없이 군 걸 후회했다. 나는 지금 이 남자를 킹처럼 대하고 있다.

한때는 나도 제 나이다운 소녀였는데 어쩌다 이렇게 된 걸까? 난 사람들을 돕고 싶었다. 이렇게 감정이라고는 없는 그런 인간이 아니었다.

챈이 지갑을 꺼냈다.

분명 더 많은 돈을 제안할 거라는 내 생각과는 달리 그는 한 장의 사진을 보여줬다.

"이 사람이 내가 사업에서도, 여자에게도 사기를 치지 않는다는 걸 증명해 줄 거야."

"이 사람이 누구죠?"

"내 아내."

그가 양복 라펠에 꽂아둔 꽃에 눈길을 보냈다.

"그 사람 입으로 직접 듣고 싶은데요."

프랫에서 그간 봐왔던 일들 때문에 의심만 가득 찬 나는 차갑게 대꾸했다.

"그녀는 이 세상 사람이 아니야."

챈이 인상을 찌푸리며 목소리를 한 옥타브 낮췄다. 난 그가 숨기려 한 감정을 놓치지 않았다.

"그렇다고 그녀에 대한 내 사랑이 사라진 건 아니야. 난 맨땅에서 사업을 일궜어. 열심히 일했지. 열심히 싸웠고."

"그런데 어쩌다 이곳에 왔어요?" 내가 물었다.

"네가 의심하는 게 그런 거라면, 난 범죄자들과는 거래하지 않는다고 말해 주고 싶다. 레드는 가격만 제대로 쳐주면 보공이 이 자리를 마련해줄 거라고 했어. 난 이런 곳이 존재하는 데 어떤 불법적인 일조도 하지 않았어."

그러니까 그는 프랫이 어떤 곳인지 안다는 뜻이다.

"당신과 레드는 어떤 관계죠?" 내가 물었다.

그가 눈을 내리깔았다.

"나와 어떤 약속을 한 시한부 환자지."

챈은 거짓말하고 있다. 분명 더 많은 사연이 있지만 그는 내게 말하려 하지 않았다.

대신 챈은 사업 미팅을 하는 것처럼 굳은 얼굴로 말했다.

"얘야. 내가 여기 온 건 네가 정직하다는 이야기를 들어서야. 넌 당연히 내 도움이 필요할 거고, 나도 네 도움이 필요한 상황이란다."

나는 그럴싸하게 받아치려다 문득 깨달았다.

챈황롱은 절박하다. 뭔가 잘못됐다. 그가 내게 하지 않은 말이 뭐든 우리는 사소한 일로 만난 게 아니었다. 리스크가 크다. 내 자유뿐만 아니라 엄청난 그의 돈도 걸려 있었다.

"문제가 뭐예요?" 내가 물었다.

"여기서 나간 뒤 모든 걸 보여줄게."

챈이 다시 손을 꼼지락거리다 손목시계를 슬쩍 확인했다. 그는 필요 이상으로 이곳에 머물길 원치 않는 모양이었다.

"내가 이미 준비해 두었단다. 내일 넌 자유의 몸이 될 거야. 네가 날 위해 번 모든 수익의 10퍼센트가 네 몫이 될 거다. 살 집도 줄 거고."

레드는 날 자기 품에서 보호해 주기 시작한 뒤로 단 한 번도 남에게 내 비밀을 발설해서 배신한 적이 없었다. 아무 생각 없이 일을 저지르는 스타일도 아니었고.

정말 레드가 챈을 보낸 거라면 내 안전은 보장된다. 지금 내게 필요한 건 여길 나가서 많은 돈을 버는 것이다. 그리고 챈은 쉽게 그걸 이뤄줄 능력자였다. 이게 엄마가 생각한 내 운명은 아닐지 몰라도 시작은 될 수 있겠지.

다만, 난 조금 더 바랐다.

"40퍼센트요." 내가 말했다.

"당신 문제를 해결해 준 뒤 난 떠나겠어요."

"절대 안 돼." 그가 말했다.

"내 회사에서 이익을 절반 가까이 가져가는 사람이 있는 건 곤란해. 20퍼센트. 게다가 난 한 노인의 말만 듣고 여기 왔어. 네가 뭘 할 수 있는지 보지도 못했지. 그리고 네가 여기서 나갈 수 있도록 돈까지 지불할 거고."

"내가 왜 여기 있는지는 킹에게 물어보세요. 아니면 보공이나. 그들은 내가 뭘 할 수 있는지 아니까요. 나는 당신이 원하는 걸 아니, 당신에게 필요한 걸 줄 수 있어요. 그러니 40퍼센트가 아니면 하지 않겠어요."

난 팔짱을 꼈다. 그는 내 동기를 알지 못한다. 내가 정말 소망하는 건 내 인생을 되찾는 것이다.

그는 손을 떨며 검지로 엄지손톱을 신경질적으로 비볐다. 나는 분명 그보다 고지를 점하고 있었는데 여전히 그 이유는 알 수 없었다.

"저기." 그가 손가락으로 꽃을 만지작거리며 입을 열었다.

"끔찍한 일이 벌어질 거야. 만일…."

난 그의 말을 잘랐다.

"주변을 살펴보세요, 챈."

난 책상 쪽으로 기대며 그의 얼굴에 가까이 다가갔다.

"끔찍한 게 뭔지 내가 모를 것 같아요?"

난 아직 가장 끔찍한 게 뭔지 얘기도 꺼내지 않았는데 억만장자는 매우 불편해 보였다.

"40퍼센트."

난 그의 눈을 똑바로 바라보며 다시 한번 강조했다. 그는 진실해 보였지만, 내 직감은 약해지지 말라고 당부했다.

챈이 고개를 돌리고 목을 이리저리 풀었다. 아까보다 더 땀을 흘리는 모습을 보니 의지가 꺾인 것이다. 이런 식으로 몰리는 게 그에게 흔히 있는 일은 아닌 듯했다.

"좋아." 그가 코에 티슈를 가져가며 동의했다.

"문제를 해결할 때까지만이야. 그리고 끝이야."

우리는 악수했다.

챈은 손을 뺀 뒤 이제 부어서 퍼렇게 된 코를 비볐다. 모든 것이 자리를 찾으며 잠시 고요해졌다. 그는 방금 자기 회사 이익의 상당 부분을 나에게 넘기기로 약속했다. 그가 생각에 빠진 사이 난 이 벽 너머에 있을 자유와 인생에 대해 이해하려고 노력했다.

마담이 700일 전 시작한 모든 일이 끝을 보게 되었어.

독이 바짝 오른 말벌처럼 그 생각이 머릿속에서 맹렬하게 윙

웅거렸다. 마침내 그녀를 멈출 수 있다. 레드와 했던 맹세를 지킬 수 있다. 잘못을 바로잡을 수 있다. 다시 시작하는 거다.

"그런데…." 30초 뒤, 침묵을 깨고 내가 물었다.

"날 어떻게 여기서 내보내 줄 건가요?"

CHAPTER 4

과거 : 조세핀

∞

워싱턴 주 시애틀, 워싱턴대학교

다섯 살 때, 엄마는 숫자들이 내 머릿속을 덮칠 때면 할 수 있는 게임을 만들어 주셨다.

우리는 그걸 갈매기 게임이라고 불렀다. 어느 날 해변에서 갈매기를 구경하다가 시작됐기 때문이다. 그 당시 난 정말 하늘을 날고 싶었다. 당연히 새가 나는 원리와 인간이 날 수 없는 이유 같은 건 수학적으로 알고 있었다. 하지만 어린 마음이라도 할 수 있는 것과 그렇지 않은 경우의 수를 아는 상태로는 아무리 재미있는 놀이라도 흥은 쉽게 깨졌다. 경우의 수는 너무나 명확했다. 팔을 제아무리 열심히, 빨리 펄럭거린들, 혹은 체중이 얼마나 가볍든, 그것도 아니면 그날의 풍속이 얼마나 강하든, 또는 내가 얼마나 오래 연습했든 지금 앉아 있는 벤치에서 날아오를 확률은 없었다.

그래서 엄마의 가슴에 얼굴을 묻고 서럽게 울었다.

"불가능해요, 엄마."

엄마가 내게 시선을 맞췄다.

"확률 같은 건 잊어버리렴, 조. 숫자는 절대 네가 누구고, 무엇을 할 수 있는지 정의할 수 없단다." 엄마가 알려 주었다.

"눈을 감고 날 수 있다고 상상해 봐. 어때? 우린 지금 갈매기가 되었어."

난 머릿속에서 숫자들이 떠오르지 않도록 눈을 꽉 감았다. 짭조름한 해풍에 얼굴과 팔다리를 내맡기니 금세 구름과 파도, 모래가 멀리 발아래에 있는 느낌이 들었다. 날 막아설 숫자는 없었다. 그대로 난 하늘로 올라갔다. 자유롭게.

아직도 가끔 그 게임을 한다고 엄마한테 말할 수 있으면 좋겠다. 지금 강당에서 내가 그 게임을 하는 건 단 한 가지 이유로 천 개의 얼굴들이 무대를 응시하고 있기 때문이었다. 그 이유는 바로 나였다. 모두 열다섯 천재 소녀가 박사 학위를 받는 광경을 지켜보고 있었다.

28분 5초간 앉아 있다가 내가 발표할 차례가 되었다. 난 긴 갈색 머리를 어깨 너머로 쓸어 넘기며 자리에서 일어났다.

가운의 매무새를 다듬은 뒤 스토르 학장님이 '조세핀 리버스'라고 소개할 때 무대를 가로질렀다.

보라색과 금색 학사모가 살짝 어색했다. 내 옆 동급생들은 다 잘 어울렸지만 난 그렇지 않았다. 그들은 수년간 열심히 노력해서 박사 학위를 땄다. 그런데 난? 일 년이 채 안 걸렸다. 다르게 생각해 보면 그들은 일곱 살에 알고리즘을 쓸 수 없었으니, 당연한 일이다.

주변에서 일어나는 일에 관한 수백 가지 변수와 가능성을 예측하는 내 출중한 재능을 맨 처음 정리해 준 곳은 하버드였다. 그들이 연구한 다른 수학 천재들은 방정식을 푸는 것으로 자기 세상을 즐겁게 하는 부류였으나, 난 수학이라는 렌즈를 통해 세상을 정의했다. 그 점이 날 유일무이한 존재로 만들었고, 비밀리에 PSS에서 일하기로 한 중요한 계기가 되었다.

물론 그 회사를 위해서가 아니었다. 나와 엄마를 위해 내린 결정이었다.

자신감을 가지라고 했던 아빠의 말이 떠올라 난 허리를 펴고 고개를 들었고 우와~ 하는 청중의 함성은 가볍게 무시했다. 땀 한줄기가 등을 타고 흘러내렸다. 난 주머니에서 손 글씨로 쓴 연설문을 꺼내 마이크 앞에서 낭독했다.

발표가 끝나고 더 많은 박수를 받은 뒤, 난 스토르 학장님이 박사 학위생 중 특별히 날 언급하는 부분에 집중했다.

"백여 년 만에 나온 우리 최연소 박사는… 미분 방정식, 경제학, 컴퓨터 시뮬레이션과 같은 분야에서 보인 그녀의 공헌은 우리의 이해도를 엄청나게 높여주었으며…."

스토르 학장님이 말을 이어가는 동안 무대 옆쪽에 서 있던 한 여자가 내 시선을 끌었다. 전에 본 적이 있는 얼굴로, 엄청난 미녀였다. 그녀는 돋보이는 진한 빨간 머리에 맞춘 듯한 빨간 립스틱을 바르고, 근사하게 차려입었다.

스탠리에서 면접을 볼 때도 그녀가 있었다. 거기 있어서는 안 되는데. 그녀는 교수도 심사위원도 아니었다. 실수로 끼어들었고, 지금 여기서도 다시 그러고 있었다.

아주 잠깐 그녀와 눈이 마주쳤다. 그녀와 나 사이를 음수가 가득 메웠다.

사람들이 나와 같은 눈으로 세상을 본다면, 이건 계산된 경우의 수이며 숫자가 퍼즐 조각처럼 일상을 구성한다는 걸 알 것이다. 이 말은, 이미 그녀를 두 번이나 봤다면 다시 그녀를 볼 확률이 있다는 뜻이다.

속이 거북한 걸 보니 그렇게 되는 걸 내가 좋아할 것 같진 않다.

∞

졸업식을 마친 뒤, 난 안내받은 우아한 방으로 들어갔다.

최근에 광을 낸 하드우드 바닥부터 벽에 쭉 들어선 책 선반 여섯 개, 머리 위 6.7056미터 높이에 달린 반짝이는 크리스털 샹들리에를 지나 내 눈길은 마침내 경제학 수업에서 여자애들이 일명 '서퍼 샘'이라고 부르는 남자에게로 향했다. 그는 완벽하게 태닝한 피부와 곱슬한 금발, 해변의 파도처럼 한번 빨려들면 그대로 휩쓸려 버릴 것 같은 눈빛의 소유자였다.

사무엘 데이비스가 나보다 나이 있는 졸업생들과 함께 있었다. 그들은 흰 리넨 테이블보 위에 치즈와 과일, 난 너무 어려서 마실 수 없는 와인이 세팅된 테이블 주위에 모여 있었다.

익숙한 목소리가 내 귀에 속삭였다.

"너도 축하해야지. 서퍼 샘이나 멍하게 보고 있지 말고."

PSS에서 온 또 다른 천재 브리타가 날 포옹했다.

"아무튼 저 남자와 관련해서 블로그에 뭘 올린 건 아니지?"

"브리타." 난 그 애를 봐서 좋았다.

"와줘서 고마워. 참고로, 블로그는 오래전에 닫았어. 게다가 난 저 남자의 진짜 이름도 모르고 얼굴을 똑바로 본 적도 없어. 똑똑하고 멋진 그가 그냥 내 앞에 서 있었을 뿐이거든."

"네 뇌는 이미 성인일지 몰라도 샘의 눈에 우린 아직 면허도 딸 수 없는 꼬맹이야. 이리 와." 브리타가 내 팔을 잡아끌었다.

아쉽지만 그 애의 말이 맞았다. 난 샘의 움직임과 버릇을 계산해 보았다. 내가 그에게 가졌던 것처럼 그가 내게 환상을 품을 가능성은 없었다. 그리고 솔직히 내가 그 점을 몰랐으면 했다. 평생 한 번 정도는 나도 남자 옆에 앉아서 그가 내 손을 잡을지, 궁금해하고 싶다. 물론 숫자가 가능성을 미리 말해 주지 않은 상태에서 말이다. 그저 순간을 위해 살며 가능성 같은 건 노력으로 바꿀 수 있다고 믿고 싶었다.

우리는 무알코올 음료가 있는 다른 테이블로 가서 국자로 핑크 펀치를 떠 유리잔에 따랐다. 딸기레모네이드처럼 달았다. 이내 졸업생 무리가 내 주변으로 모여들었다.

"자, 말해봐. 조 리버스는 어떤 인생을 살 생각이지?" 그들이 물었다.

우웩. 저런 식의 질문은 진절머리가 난다. 천재가 장래 희망이 아직 없다는 걸 믿기가 그렇게 어렵나?

난 브리타에게 도와달라고 애원하는 눈빛을 보냈지만, 그 애는 어깨를 으쓱이곤 입 모양으로 '미안'이라고 하며 우리 학과의 다른 친구를 마중하러 쏜살같이 가버렸다.

난 모인 이들에게 미소를 지었다.

“지금 여러 가지를 염두에 두고 있어요.” 내가 대답했다.

당연히 PSS에 대해선 입도 뻥긋하지 않았다. 그 기업에 관한 내용은 가족에게만 알릴 수 있게 되어 있다.

“아빠는 좀 쉬라고 해요. 여행을 가도 좋다고.” 완전 거짓말은 아니었다.

대학 신문사에서 나온 남자가 내게 다가왔다.

“수학 천재로 사는 기분은 어때?”

15분당 평균 20회 정도 이 질문을 받지만 난 아직도 어떻게 대답해야 할지 몰랐다. 내 머리에 숫자가 문신처럼, 책장의 책처럼 저장되어 필요에 따라 꺼내 쓸 수 있다고 어떻게 설명하지?

“천재가 아닌 사람으로 사는 기분이 어떤지 몰라서요.”

우리는 소소한 이야기로 넘어갔다. 3분 동안 이 남자는 ‘~같은’을 총 스물여섯 번 말했고 문법을 네 번 틀렸으며 욕설을 두 번 썼다. 하지만 누가 그런 걸 세나?

물리학과 여학생이 끼어들었다.

“숫자를 보면 그 자리에서 바로 외운다는 게 사실이야?”

그래, 그 이상이지. 난 생각했다. 새로운 이론, 차원, 혹은 전화번호가 내 라이브러리에 차곡차곡 쌓인다는 걸 설명하긴 힘들다. 잘난척쟁이, 괴짜, 혹은 지루한 애로 보일 테니까. 그래서 난 설명하려 들지 않았다. 대신 그냥 어깨만 으쓱였다.

“우리 모두 재능이 있잖아요.” 난 친절하게 말했다.

아빠는 아이디어 뱅크고 릴리는 피아노를 엄청나게 잘 치며 마라 언니는 보트를 잘 몬다. 엄마는 가진 재능이 문제가 아니라 그걸 어떻게 쓰느냐가 중요하다고 말하곤 했다.

대화를 뚫고 익숙한 목소리가 외쳤다.

“저기 있다! 조!”

“실례할게요.”

이 말과 함께 난 주변을 둘러싼 무리에서 빠져나왔다.

“가족들이 도착했거든요.”

연갈색 곱슬 다발이 찰랑거리며 날 향해 뛰어왔다. 릴리는 푸른 새틴 원피스에 엄마의 진주 목걸이를 하고 있었다. 그 애 옆의 아빠는 피곤한 얼굴이지만 자랑스러운 미소를 짓고 엄지 두 개를 치켜세웠다.

놀랍게도 마라 언니도 왔다. 평소처럼 잘난척하는 표정이 아니었고 달라 보였다…. 마치 유령처럼 창백했다.

“축하해, 조 언니.” 릴리가 날 꽉 안았다.

“언니가 무대에 선 걸 보니 진짜 멋졌어. 연설도 근사하더라. 난 영원히 그 모습을 기억하고 싶어.”

“고마워, 릴리.” 난 동생의 이마에 입을 맞췄다.

“나도 네가 무대에 올라갈 때마다 지켜볼 거야. 그러니까 피아노를 쭉 연습하자, 알겠지?”

난 줄지 노트에 엉망인 손 글씨로 쓴 구깃구깃한 쪽지를 꺼내서 릴리에게 주었다.

“자, 내 연설문이야.” 난 동생에게 윙크했다.

“영원히 간직해 줘.”

릴리는 쪽지를 가슴에 대고 눈을 반짝였다.

"그럴게."

그 말을 진심으로 받아들이는 사람이 있다면 바로 내 동생일 거다.

아빠가 날 껴안았다.

"아빠를 아주 뿌듯하게 해주는구나, 조. 엄마가 여기 와서 네 모습을 봤으면 좋았을 텐데."

가슴에 날카로운 비수가 꽂혔다. 한 번, 두 번, 세 번. 엄마가 이 자리에 있어야 했다. 엄마는 누구보다도 날 믿었던 사람이다. 아빠는 엄마를 입에 올리지 말았어야 했다는 듯 한숨을 쉬었다.

"고마워요, 아빠." 우디 계열의 향수 냄새가 나는 아빠의 가슴에 머리를 기댔다. 뺨에 닿는 실크 넥타이의 감촉이 부드럽다.

억지로 다정한 척하는 목소리가 들려 난 고개를 들었다.

"축하해, 조세핀. 근사한 졸업식이야. 물론 우린 엄청 오랜 시간 앉아 있어야 했지만."

마라 언니의 째려보는 눈길이 이렇게 말하고 있었다.

토 달면 죽을 줄 알아.

언니가 말한 '엄청 오랜 시간'을 정확히 풀어보자면 43분 11초다. 이게 나와 평범한 사람들의 짜증 나는 차이다. 내 세계에서 엄청 오랜 시간이란 없었다. 그게 무엇이든 정확한 시간을 알고 있으니까. 마라 언니는 내가 자기가 말한 시간을 정정해줄 때면 짜증을 냈지만, 언니와 다른 사람들이 "5분 안에 올게."라고 하고 20분이 지나도 나타나지 않는데 어떻게 지적하지 않을 수 있단 말인가?

아빠가 다과를 가지러 가자, 릴리도 따라나섰다. 마라 언니는 자리에 남아 입을 삐쭉거리며 팔짱을 꼈다.

"언니가 와줘서 기뻐."

지금 베푸는 호의가 언니를 한 시간이라도 달랠 수 있게 되길 바라며 내가 말했다.

"뭐, 그러시겠지." 언니가 코웃음을 쳤다.

"네 여행 얘기 들었어. 운이 좋구나. 꿈을 이루는 건 늘 첫째의 몫인데 말이야."

내 졸업식 날조차 언니가 질투를 억누르지 못하는 게 딱히 놀랍지도 않았다.

지난 세월 내 인생을 힘들게 했던 것처럼 오늘 저녁도 그렇게 만들도록 놔두지 않을 심산이었지만 그래도 언니의 말은 내게 생각보다 더 깊이 상처를 주었다.

우리는 친했다. 어렸을 때, 언니는 내가 더 똑똑하다는 것 따윈 신경도 안 썼고 그저 우리가 자매라는 걸 중요시했다. 지금 릴리가 내게 그러듯 나도 언니를 동경했었다. 그 시절로 되돌아갈 수 있다면 무슨 짓이든 할 수 있을 것 같았다.

난 눈물을 참으며 몸을 돌리다 아빠와 마주쳤다.

"무슨 일이니, 조?" 아빠가 내 표정을 보고 물었다.

"아무것도 아니에요." 마라 언니가 거짓으로 훌쩍이며 대답했다.

"조세핀이 내일 떠나는 것 때문에 우리가 좀 울컥해서 그래요."

"맞아요." 시선을 내리깐 채 내가 답했다.

내가 왜 언니를 감싸주고 있지? 마라 언니는 정기적으로 지적을 해줘야 했다. 하지만 아빠는 우리가 사이좋은 자매처럼 지내길 바라기 때문에 그럴 수 없다. 나도 아빠한테 그러겠다고 약속했고. 게다가 언니는 내 자매다. 난 여전히 언니를 사랑했다.

"내가 없는 동안 내 모든 건 다 언니 거야."

"어머, 그래도 돼?" 언니가 비아냥거리는 목소리로 말했다.

잠시 떨어져 있으면 우리 관계가 나아질 거라는 믿음이 있었기에 난 언니의 눈을 똑바로 바라봤다.

"언니를 위해서라면 뭐든 할 거야."

마라 언니가 눈빛을 번뜩이더니 씩 웃었고 아빠는 우리 둘을 양팔로 안았다.

"이제 진짜 자매 같구나." 아빠가 말했다.

아빠가 스파클링와인이 담긴 잔을 들었다.

"이제, 내 차례야. 내 딸과 딸의 밝은 미래를 위하여."

건배와 함께 우리의 유리잔이 서로 부딪쳤다. 그리고 학생들, 교수들, 다른 유명 학교 관계자들이 하나둘씩 날 축하해 주려고 찾아왔다. 우리 가족은 뒤쪽으로 밀려났다.

그들 뒤에서 마라 언니는 멍한 표정으로 서 있었다. 내가 했던 말이 진심이라는 걸 언니가 알아주면 좋겠다. 난 언니, 그리고 가족을 위해서 뭐든 할 수 있었다. 엄마가 안 계신 지금, 우리 가족을 하나로 묶을 수 있는 사람은 나뿐이었다.

음수가 제아무리 많아도 내 의지를 꺾을 순 없다.

CHAPTER 5

현재 : 더블 에잇

∞

중국 상하이, 프랫

프랫에서 어떻게 나를 꺼내줄 건지 묻고 있을 때 보공이 사무실로 들어왔고, 내 말은 묻혔다.

"내일 아침 일찍 내 개인 가드가 독방에서 죽어 있는 널 발견하게 될 거야."

"어째서 내일이죠?" 내가 물었다.

"해가 뜨기 전이라 보는 눈이 적을 테니까. 킹은 절대 아침에는 오지 않거든."

"전 어떻게 죽는데요?"

"음독자살. 킹이 네게 최후통첩했어. 넌 죽는 쪽을 택했고. 우리는 레드가 죽기 전, 널 가엾게 여겨 몰래 독약을 건넸다고 보고할 거야. 오늘 킹의 사무실로 너를 끌고 온 뒤라서 누구도 그

부분에 의문을 품진 않겠지. 특히 네 귀여운 난동도 있었으니."

죽음이 유일한 탈출 방법이라는 점이 마음에 들지 않을뿐더러 프랫 사람들이 내가 비겁하다고 생각하길 바라지도 않았다. 스스로를 증명하기 위해 많은 노력을 했고 그들의 신뢰도 얻은 마당에. 게다가 일부는 날 지금 동료로 여긴다. 분명 다른 방법이 있을 거다.

"싫어요. 오늘 밤, 지금 해요." 내가 말했다.

"내가 끝까지 맞서 싸웠다고 해요."

"뭐라고?"

"지금이 아니면 싫어요." 난 강하게 나갔다.

"킹에게 뭐라고 말하든 상관없지만 내 명예는 지켜달라고요."

보공이 잠시 생각에 잠겼다. 범죄자든 아니든, 모든 남자는 명예를 중요하게 여겼다.

"네가 챈을 친절하게 맞아준 덕분에 바닥에 피가 남아 있지. 이 방법도 먹히겠군. 다만 넌 나와 함께 가는 거야. 챈이 아니라."

보공이 총을 꺼내 총신을 열고 총알을 뺐다. 그는 책상을 뒤적거리더니 총알 비슷한 걸 더 많이 꺼내 큰 것들로 재장전했다. 난 총을 잘 모르고, 좋아하지도 않는다. 그래서 그가 뭘 하는지도 몰랐다. 그러다 퍼뜩 눈이 커졌다.

'끝까지 맞서 싸웠다'라는 내 주장과 실제 총이 무슨 관련이 있지? 그가 사람들에게 시신을 보여줘야 할까?

"공포탄이야."

내 표정을 보고 보공이 말했다.

"여기서 진짜 총을 쏠 순 없어. 그래도 여러 죄수에게 들릴 만큼 소리가 커야 하지. 산이 문 근처에 있으니 그가 제일 먼저 사람들에게 말할 거야. 그는 우리 계획을 전혀 몰라. 가여운 인간, 넌 그를 구슬려 널 성자로 떠받들게 했더군."

"당신은 날 어떻게 생각하는데요?" 내가 물었다.

"마담이 말한 것과는 딴판이야. 늙은 레드가 널 믿었다는 게 뭔가를 알려 주지."

그의 눈동자가 계속 내게 머물렀다.

"네가 누구든 넌 또 다른 죽음과 부활의 기회를 얻었어. 운이 좋아."

"이러는 이유가 뭐예요?" 난 그에게 물었다.

이 세계에선 배신을 예상해야 한다. 그러니 절대 누구도 믿어서는 안 됐다.

"왜냐하면 오늘 밤 나도 죽을 거거든." 그가 웃으며 말했다. "적어도 경찰 보고서에는 그렇게 적힐 거야."

그는 비밀을 알려 주려는 듯 몸을 앞으로 숙였다. 나도 궁금해서 가까이 고개를 댔다.

"난 여기서 나갈 거야." 그가 털어놨다.

어스름한 조명에 그의 핏발이 서고 지친 눈 주변 주름이 두드러져 보였다.

"영원히. 내일 아침이면 난 호주 브리즈번의 시민이 되어 있을 거야. 내 가족과 나는 이 일을 마무리하는 데 필요한 마지막 거액을 손에 넣고 잠적할 수 있게 되었어. 다 저 사람 덕분이야."

보공이 챈을 가리켰다.

"이제 킹만 제대로 속이면 끝이야."

가슴이 기대로 부풀어 올랐다. 생각보다 훨씬 괜찮은 계획이었다.

동전은 이미 던져졌고, 보공은 범죄에서 손을 씻으려고 했다. 레드가 말한 것처럼 법이 사람을 바꾸기 전에 사람의 마음이 바뀌는 쪽이 더 나았다. 그제야 비싼 술병이 여기 있었던 이유를 납득했다. 그는 내 눈길이 술병에 가 있는 걸 보고 우리 둘에게 한 잔씩 따랐다.

"자유를 위해서. 호주에 오게 되면 날 찾아. 찾을 수 있다면. 간베이(Ganbei 干杯 건배)!"

그는 잔을 들고 고개를 뒤로 젖혀 한 번에 털어 넣고 잔을 내려놨다. 나도 작은 유리잔을 쥐었다. 지금까지 누구도 내게 술을 권한 적이 없다. 뭐 어때? 나는 보공을 따라 재빨리 고개를 젖히고 한방에 들이켰다. 투명한 액체가 목구멍을 타고 내려가 불씨를 키우더니 위장에서 화염 폭탄을 터트렸다. 기침과 구역질이 올라왔다. 웩. 남자들은 이런 걸 왜 좋아하는 거야?

챈이 의자에서 일어섰다.

"그러면 오늘 밤이군요." 그가 다시 손을 꼼지락거렸다.

"제가 이 자리에 있어야 할까요, 음. 그러니까, 알잖아요?"

"아뇨. 이제 가세요." 보공이 재빨리 주소를 적어 그에게 건넸다.

"여기서 만납시다. 한 시간 뒤에."

챈은 볼일이 끝났으니, 시키는 대로 하려고 고개를 끄덕이며 자리에서 일어났다.

그가 나가기 전에 내가 챈의 팔을 붙잡았다.

"코에 상처를 내서 죄송해요."

그는 됐다는 듯 허공에서 손사래를 쳤다.

"괜찮아." 그가 날 쳐다봤다.

"그나저나 레드는 결코 네 이름을 알려 주지 않았는데."

난 챈을 쳐다보며 입을 열었다. 의심할 여지 없이 레드가 했던 모든 말이 지금 시작되고 있었다.

순금은 불을 두려워하지 않는다.

"제 이름은 피닉스예요."

챈이 킹의 사무실을 나섰고 그의 뒤로 문이 닫히자, 총소리가 울렸다.

그때 더블 에잇은 죽었다. 이렇게 나의 새 인생이 시작됐다.

CHAPTER 6

현재 : 피닉스

∞

중국 상하이, 프랑스 조계지

챈과 만난 작은 스파에서 샤워했지만, 새집 현관문이 열릴 때마다 난 여전히 스스로 더럽다고 느꼈다. 퍼렇게 멍든 내 눈도 디자이너의 인테리어 가구로 꾸민 근사한 이 집과 어울리지 않는 건 마찬가지였다. 반짝이는 대리석 바닥, 얼룩 한 점 없는 흰 가죽 소파, 금 프레임으로 된 거울엔 천장에 달린 샹들리에의 반짝임이 고스란히 담겼다.

문지방을 넘으려니 괜히 주눅이 들어 머뭇거렸다.

"사양 말고, 어서."

챈이 몸에 밴 친절한 태도로 내게 손을 흔들었다.

"들어와, 들어와."

관습에 따라 신발을 벗었다. 맨발에 닿는 대리석의 매끄러움과 서늘함에 실내는 밖에서 볼 때보다 더 춥게 느껴졌다. 난 걸치고 있던 얇은 검정 재킷을 꽉 붙잡았다.

챈이 수납장을 열어 근사한 호텔에서나 볼 법한 흰 슬리퍼를 꺼내 내 앞에 놔주었다. 슬리퍼를 신으며 마찬가지로 신발을 벗는 것이 예의인 마담의 호텔과 신발을 벗으면 다시 찾을 거란 보장이 없는 프랫이 머릿속에서 극명하게 대비됐다.

"우린 늘 중요한 손님을 이 빌라에 모셔."

챈이 안쪽에 있는 방으로 날 데려가며 말했다.

"약속한 것처럼, 날 위해 일하는 동안 여긴 네 집이란다. 월세도 낼 필요 없어."

그는 방을 가로질러 골동품과 그림들을 보여주었고, 당연히 얼마나 비싼지도 알려줬다.

퍽이나 내 집 같겠다. 여기서 집에 온 기분을 느끼라는 건 치과 진료 의자에 앉아 편하게 쉬라는 것과 마찬가지다.

중국판 〈보그〉 사진 속에 들어와 있는 기분이다. 응접실에는 아크릴로 채색한 키 큰 화병과 손으로 그린 족자가 걸려 있었다. 장식이 화려한 목제 가구는 중국이 공산주의 체제가 되기 100년도 더 전에 만들어진 것임에도 새것 같은 상태로 실크 카펫 위에 놓여 있었다.

"이곳 전체가 내 소유란다."

챈이 말하는 전체는 상하이에서 가장 부촌에 자리한, 전 스위스 영사관이자 지금은 프랑스 조계지(租界地)인 이 구역을 말한다.

처음 정문에 도착했을 때는 마치 중국을 떠나 버킹엄궁에 온 것 같았다. 정문만 해도 이 집만큼 비싸겠지. 조계지에는 프랑스 시골풍 빌라 두 채가 있는데 한 채는 아주 크고 빛바랜 분홍색에 흰 셔터 창문이 달렸고 현관도 으리으리했다. 지금 우리가 있는 다른 한 채는 큰 빌라의 쌍둥이 건물이지만 훨씬 작다. 두 집은 모두 엄청 넓고 깔끔하게 손질된 정원이 별도로 달려 있지만 하나의 길로 이어져 있었다.

난 창문 너머로 활짝 핀 재스민과 죽순을 감탄하며 쳐다봤다. 내가 정말 프랫에서 빠져나온 걸까? 전혀 현실 같지 않았다. 주변의 이 아름다운 풍경도 그렇고.

부지 뒤편에는 나무 돔 같은 것이 있었다. 내가 창밖으로 살피는 걸 챈이 알아차렸다.

"저건 뭐예요?"

"풀하우스란다. 작지만 깨끗해. 쓰고 싶을 때 언제든 쓰렴." 그가 말했다.

"정문 주위로 24대의 감시 카메라가 있어. 초대받지 않는 이상 누구도 네가 머무는 저택으로 들어올 수 없지. 간간이 개가 지나다니는 것만 빼면."

그는 계속해서 집의 이것저것을 설명하기 시작했다. 최근에 리모델링을 마쳤고 작은 지하 저장소가 있는데 거기에 20년도 더 된 차가 있다는 등등.

수영장이라고 하니 위험한 인물이 떠올라 챈의 말이 귀에 들어오지 않았다. 물이 생각날 때면 언제나 그랬던 것처럼 몸서리를 쳤다. 조만간 수영할 수 있게 될 것 같진 않았고 어쩌면 평생토록 못할지도 몰랐다.

"정원을 가로지르면 우리 집이야. 필요한 게 있으면 들르렴."

"우리요?" 갑자기 온몸이 긴장되었다.

"부인은 돌아가셨다고 했잖아요."

"아들이 있거든."

챈은 나 빼고 상하이 모든 사람이 그 사실을 안다는 듯 대답했다. 비로소 근육의 긴장이 풀렸다.

"내일 그 애를 만나게 될 거야. 지금 내 밑에서 인턴을 하고 있어서 그나마 얼굴이나 비칠 수 있는 거지."

마지막 부분에서 그가 투덜거렸다.

"그 애 학교에서 하는 프로그램이란다. 그 애도 너처럼 숫자에 강해. 자, 그러면 이만 실례해야겠구나. 난 다시 사무실로 가서 할 일이 있어. 너도 좀 쉬어야지."

그는 자리를 떠났고, 난 흥미로운 작은 성에 홀로 남게 되었다.

챈은 복도를 따라 방이 배치돼 있다고 알려 주었다. 난 방의 모든 치수를 살피며 귀를 기울였다. 복도에서 아무 소리도 나지 않으니 그 방향으로 걸어가서 살펴보면 되겠지.

가는 길에 문득 향기가 나서 멈췄다. 은은하지만 달콤하고 신선한, 익숙한 향기에 옛날 생각이 나 가슴이 설렜다.

모퉁이를 돌아 안방으로 가니 향기가 한층 강해졌다. 난 문 앞에 섰다. 협탁 램프가 켜있고 그 옆으로 꽃병이 있었다.

흰 백합. 우리 엄마가 제일 좋아하던 꽃이다. 내 인생을 통째로 뺏기기 전 내가 엄마를 위해 물에 놓았던 마지막 선물.

난 가방을 내려놓고 꽃잎을 향해 몸을 숙였다. 여기가 내 방이었다. 이 향이 마치 엄마가 나와 같이 여기 있는 것처럼, 모든 일이 잘될 거라는 징조처럼 날 취하게 했다. 살짝 입꼬리가 올라가면서 내 광대도 올라갔다.

어떻게 여기 꽃이 놓여 있는지 모르겠다. 분명한 건 백합 화병을 방에 놓은 건 챈의 아이디어가 아니라는 것이다. 거기에 내 목을 걸어도 좋다. 챈은 사업가다. 어쩌면 그에게는 이런 일을 따로 봐주는 하녀나 비서가 있을지도 몰랐다.

침대에 앉으려고 하는데 응접실에서 챈이 날 불렀다. 복도를 따라가니 우리가 처음 왔을 때는 보이지 않던 서류 가방을 들고 그가 문 앞에 서 있었다.

"오늘 밤에는 네게 새 옷을 가져다줄 수 없어서 유감이구나." 그가 서둘러 말했다. "아침에 비서에게 좀 사 오라고 할게."

"아니, 괜찮아요."

난 다른 사람이 내 옷을 사는 데 이골이 났다.

"제가 알아서 할게요."

"편한 대로 하렴." 그가 대꾸했다.

"다른 필요한 건 없니?"

난 고개를 저었다. 그가 문을 열었다.

"내일 보자꾸나."

진심인가? 새 인생을 파악할 시간이라고는 쥐꼬리만큼 줘놓고 내일부터 바로 일을 시작하라고? 난 한숨을 쉬었다. 다행인 건 나도 지금 챈 만큼 돈을 벌고 싶어 몸이 근질근질하다는 거다. 내가 인생을 다시 찾길 간절히 기다리는 동안 마담은 어떤 심판도 받지 않은 채 아주 잘 살아 있을 테니.

"안녕히 가세요, 챈." 난 인사를 하고 문을 닫았다.

데드볼트 세 개를 전부 잠갔지만 그래도 안심이 되지 않았다. 프랫은 여기서 80킬로미터 이상 떨어져 있지만 내가 아는 적들은 거리는 상관하지 않고, 자물쇠로도 그들을 막을 수 없다.

밖에서 어렴풋이 교통 소음이 들려왔고, 안에서는 전구가 파르르하는 더 작은 소리만 날 뿐 나의 새 보금자리는 적막 그 자체였다.

프랫에선 조용한 날이 없었는데. 내가 이 집에 적응할 수 있을지 모르겠다. 슬프게도 프랫이 어느새 왜곡된 편안함의 대명사가 돼버렸다. 적어도 거기선 주위에 사람들이 있었는데 여기엔 나 혼자뿐이라 뭘 해야 할지 전혀 감이 오지 않았다.

몸은 쉬게 해달라고 아우성을 쳤지만, 마음의 긴장이 풀리지 않아 쉴 수 없었다. 난 밖을 구경하면서 새집의 각종 수치를 계산해 보기로 했다.

주방 뒤쪽, 간이 식탁 너머로 슬라이드 유리문이 보였다. 다가가 보니, 열려 있었다. 챈은 문단속을 자주 잊어버릴까? 유리문을 열자, 시원한 바람이 밀려들었다. 멀리서 도시의 불빛이 반짝였다.

난 잘 다듬어진 식물과 나무로 가득 찬 정원을 바라보았다. 아름다웠다. 엄마가 봤으면 아주 좋아하면서 당장 손에 흙을 묻히며 정원 일에 몰두하겠지. 자매들은 숨바꼭질할 테고. 아주 잠깐 난 아빠가 잔디를 깎는 장면과 막 자른 잔디에서 나는 신선한 풀 냄새를 상상했다.

그만둬, 피닉스. 너한테 상처만 될 뿐이야. 가족들은 그만 잊어버려.

목이 멨다. 갑자기 이곳에 있기 싫어졌다.

어째서 챈은 호화로운 고층 아파트를 마다하고 마당과 울타리가 있는 저택에 사는 걸까? 내가 자랐던 집과 너무 비슷하다. 잔디 위로 발을 디딜 때, 그 생각에 소름이 끼쳤고 블랙베리 가시에 옷이 찔렸을 때처럼 소름이 멈추지 않을 것만 같았다.

마당을 살피는 동안 어느새 수학이 주도권을 잡았다. 아름다운 주변 풍경이 일련의 방정식, 그래프, 기능, 알고리즘, 수치, 매핑과 계산으로 변환되어 모든 공간과 움직임을 구성했다.

정원은 곧 숫자들로 이루어진 청사진이 되었다. 우선, 정원을 제곱미터로 환산한 다음 구획 별로 나누어 A 지점에서 B 지점까지의 거리를 측정했다. 잔디가 있는 곳, 잔디용 의자 네 개와 테이블 하나가 있는 곳에서 파티오까지 30.48미터였다. 그 옆 테니스코트부터 농구 골대까지 12.192미터. 나무 돔, 커다란 식물 화분 두 개, 꽃 네 송이가 핀 화분들, 작은 야자나무가 있는 또 다른 파티오. 이제 나무마다 숫자가 붙었다. 이런 게 사람들이 볼 수 없는 내 머릿속에서 벌어지는 일이었다.

늘 라디오를 배경 음악으로 깔아두는 것처럼, 끄기 버튼이 없는 내부 GPS가 내 모든 움직임을 살핀다. 방으로 들어서면 내 머리는 자동으로 방의 면적을 산출한다. 사람들의 팔 움직임, 서 있거나 앉았을 때의 모습도 계산한다. 난 단순히 면을 보는 게 아니라 대칭을 살핀다. 노을은 지평선에 걸려 있는 그저 아름다운 주황색 혹은 분홍색 풍경이 아니라 축, 회전, 시간대가 조밀하게 얽힌 체계다. 천문학에 대해서까지는 굳이 설명하지 않아도 되겠지.

순간 발에 나뭇가지가 밟혀 딱 하고 부러지는 소리에 생각이 멈췄다. 나무 돔에 불이 켜있었다.

챈은 여기 오지 않았다. 그는 아무도 이쪽으로 오지 않을 거라고 했다. 하지만 돔에는 유리 케이스에 든 작은 횃불처럼 보이는 조명 두 개가 켜져 있었고 사람의 그림자도 이리저리 움직였다.

알고 보니 이곳에 나 말고 다른 누군가가 있었다.

∞

내 머리에 가속도가 붙었고 숫자들은 불꽃처럼 튀었다.

몇 초 안에 난 탈출 루트 세 곳을 비롯해 화분과 정원 도구를 써서 방어하는 방법 세 가지도 파악했으나 숫자는 돔 안의 그림자가 그렇게 위협적이지 않다고 말했다. 그림자는 밖에 있는 날 상관하지 않고 천천히 느릿느릿 움직이고 있었다. 난 소리 없이 문을 열었다.

다시금 달콤한 향이 풍겼다. 모퉁이 작은 테이블 위에 더 많은 꽃 화분이 놓여 있다. 난초였다.

풀장에선 김이 모락모락 올라왔다. 습기가 끈적이는 담요처럼 내 몸을 감싸왔다. 물을 생각하니 여전히 몸서리가 쳐졌다.

한 청년이 풀장 옆에 쪼그리고 앉아 일하는 중이다. 회색 리넨 바지에 상의는 걸치지 않은 채였다. 그를 탓하고 싶진 않았다. 여긴 사우나처럼 더웠다. 그의 등과 팔은 날렵하면서도 강인한 조각 같았다.

내가 왔는지도 모르고 일에 몰두한 청년을 난 가만히 살폈다. 나보다 나이가 많지만, 엄청 많은 건 아니었다. 대략 열여덟 살쯤? 풀장에서 일하는 걸 보니 챈의 아들일 리 없다. 아마도 여기서 일하는 직원이겠지. 어째서 이렇게 늦은 시간까지 일하는 걸까?

청년이 움직이며 물에 약품을 풀고 여러 도구를 꺼내 온수기처럼 보이는 장치의 각기 다른 밸브를 만지작거렸다.

그는 발이 가벼운 데다 정확하고 절도 있게 움직였다. 단박에 알아봤다. 프랫에서 남자들은 마작, 카드, 싸움에 도박까지 한다. 내기 싸움이라고들 불렀다. 난 아무도 몰래 그 시합을 엄청 많이 봤다. 저 청년이 싸움꾼일 확률은 83퍼센트였다.

1분 뒤, 그가 도구를 정리했다. 그리고 등나무 의자에 걸쳐둔 티셔츠를 챙겨 입었다. 난 뒤로 물러나 그가 자리를 뜨길 기다렸으나 그는 난초 쪽으로 갔다. 손가락으로 잎사귀를 아주 소중히 만지는 걸로 보아 꽃을 좋아하는 것이 분명했고 그에 관한 숫자가 바뀌었다. 내 방에 있는 백합이 생각났다.

일을 마친 뒤, 그가 몸을 돌리고 중국인일지도 모르지만, 확실히 중국 얼굴은 아닌 날 보고 화들짝 놀랐다.

"누구세요? 여긴 어떻게 들어왔죠?"

그가 분명하고 거의 완벽한 영어로 물었다. 목소리는 낮고 침착했고 자신감도 넘쳤다.

"여긴 사유지입니다."

"난 여기 살아요."

내가 영어로 말했다. 여기서 지내는 첫날인데 이렇게 말하는 게 좀 웃겼지만, 모르는 사람한테 정보를 주는 것보다 진실을 살짝 비트는 편이 나았다.

"일 다 했으면 그만 가보세요."

난 가슴이 죄어왔다. 어째서 풀장 청소부가 내게 영어로 말하는 거지? 난 왜 영어로 대답하고 있고?

우리는 그 자리에서 서로를 빤히 쳐다보고 있다가 그가 웃음을 터트렸다.

"설마 아빠가 새로 고용한 직원은 아니겠지."

그가 날 머리부터 발끝까지 살피고 내 멍든 눈과 허름한 옷을 쳐다봤다.

"그녀는 내일 오기로 되어 있거든."

난 길게 한숨을 쉬었다. 그는 챈의 아들이었다.

"계획이 바뀌었어. 그리고 맞아, 내가 그 직원이야."

영어로 더듬거리는 목소리가 날 다시 작고 초라한 어린아이로 만들었다.

"헉." 그가 여전히 날 쳐다보며 대꾸했다.

"난 안경을 낀 백발을 상상했는데 너는…." 그가 웃긴 미소를 지으며 말했다.

"아니야."

그와 시선을 마주하자 열기가 뺨을 점령해 버렸다. 그래서 더 자신감 넘치는 피닉스가 쓰는 표준 중국어로 얼른 바꿨다.

"챈 이징 후이지아 러(Chan yijing huijia le)." 내가 말했다.

"챈이 여긴 나 혼자라고 했는데."

"여기에서의 첫날밤일 텐데. 널 겁먹게 했다면 미안해. 난 카이야."

그의 언어로 말하게 하려는 내 계획을 무시하고 그가 영어로 대답했다.

"수리공이 바빠서 내가 온수기를 고치고 전구도 갈고 가스도 점검했어. 그냥 몸 쓰는 일을 하면서 시간을 때웠다는 거지. 아버지는 내가 천한 노동을 하는 걸 싫어하거든."

머쓱해했지만, 농담 뒤 그의 눈빛은 강렬했다. 그는 날 살피는 중이었다. 지금 그처럼 심도 있게 날 관찰한 사람은 거의 없었다.

그는 내가 생각한 챈의 아들과는 달랐다. 누군가를 대충 보고 분류하는 건 치명적인 실수로 이어질 수 있다는 점을 배웠지만, 그를 신뢰하고 싶지 않다.

외모에 아버지의 흔적이 없다. 그의 모습 대부분이 어머니에게서 왔을 테지만 그래도 난 전에 어디서 본 것 같은 기분이 들었다. 크고 동그랗고 부드러운 검은 눈동자, 넓은 어깨와 잘 어울리는 강인한 턱선, 눈앞으로 흐트러진 검은 머리카락. 숫자가 이리저리 움직이며 얼굴의 모든 불완전한 대칭과 결점을 잡아냈지만 그래도 그의 얼굴은 마음을 사로잡는 구석이 있었고, 날 쳐다보는 방식과 아주 편안한 태도에서 자신이 매력적임을 그도 알고 있는 것 같았다.

"그만 가봐야겠어." 난 문을 향해 걸음을 옮겼다.

"아니, 내가 갈게." 그가 날 쫓아왔다.

"코티지에서 손을 씻고 내 물건을 챙긴 뒤 갈게. 부르기 전까지 다시 오지 않을 거야. 약속해."

"괜찮아. 아, 풀장을 고쳐줘서 고마워."

난 횡설수설하며 상황을 부드럽게 넘기려고 애썼다. 이건 그의 잘못이 아니었다. 그는 내가 오늘 밤에 올 줄 몰랐겠지만 그래도 그가 가줬으면 좋겠다.

그는 불을 끄고 정원을 지나 슬라이딩 유리문이 달린 작은 코티지로 안내했다.

안으로 들어가자, 그가 내 쪽으로 돌아보았다.

"이름이 뭐야?"

"내 이름은, 그러니까."

그의 눈길이 여전히 내게 머물렀다. 얼굴 때문에 집중이 안 된다…. 그를 본 적이 있거나 그 얼굴의 대칭을 본 적이 있거나. 어느 쪽이든 난 멍하게 있지 말고 대답해야 했다.

"피닉스야."

그가 가까이, 너무 가까이 다가와 손을 내밀었다.

"만나서 반가워, 피닉스." 그가 낮은 목소리로 말했다.

"여기가 처음이면 내가 주변 구경을 시켜줄 수도 있고…."

그의 크고 따뜻한 손이 내 작고 차가운 손을 감싸 작은 충격을 일으켰다. 셔츠를 입지 않은 그의 모습이 떠올랐다.

난 얼굴을 붉히며 재빨리 손을 뺐다.

"한동안 여기 살았었어. 아무튼 고마워."

카이는 코티지 안에서 개수대 위에 도구를 정리하고 싱크대에서 손을 씻었다. 이제 내 소유인 이곳에 그가 너무 친숙해 보였고, 역으로 내가 그의 공간을 침범한 것 같아 불편한 기분이 들었다. 상관없다. 어쨌든 난 최대한 빨리 여기서 나갈 거니까.

그리고 곧 나만의 공간을 찾을 것이다.

"식료품은 이미 다 채워뒀어." 그가 손을 닦고 냉장고 쪽으로 고갯짓했다.

"난 고등학교 때 일 년간 미국에 살았거든. 네가 원어민처럼 중국어를 잘한다 해도 여전히 빵, 우유, 치즈, 버터를 좋아할 거잖아. 내가 아는 다른 외국인들은 다들 그랬거든. 달걀과 과일도 있어."

그가 음식 이름을 말할 때, 프랫에서의 생활이 떠올랐다. 빵과 치즈와 우유를 그리워하며 잠들었지. 젊은 중국인들은 이런 걸 먹기 시작했다지만 대도시 밖에서는 일상적이지 않고 당연히 프랫 같은 곳에서는 찾을 수 없었다. 난 두유, 찐 만터우(mantou 馒头 만두), 죽에 적응하기까지 몇 달이 걸렸다.

먹고 자랐던 음식에 대한 욕망을 포기하고 자유로워지는 건 내가 겪어내야 하는 가장 힘든 일에 속했고 실질적으로도 불가능하다는 걸 깨달았다. 그런데 지금 30.48에서 60.96센티미터 옆에 그것들이 있었다. 섣부르게 받는 건 위험해 보였다. 피닉스라면 저걸 먹을까?

"난 중국 음식이 더 좋아." 난 그에게 손사래 쳤다.

그가 내 표정을 살피고 살짝 인상을 썼다. 그는 내 거만한 목소리에 물러났다.

"알았어." 그가 대꾸했다.

"내일 쇼핑을 더 하면 되니까."

어휴. 배은망덕하게 굴어버렸다. 첫 번째 규칙이다. 중국인들은 어떤 선물이든 선물을 받으면 좋아하는 표정을 짓는다. 그게 개 사료라고 해도 제일 좋아하는 것이라고 말해야 한다.

"근데 있잖아." 난 상황을 뒤집으려 노력했다.

"달걀 말고는 저런 걸 안 먹은 지 일 년 하고도 97일째야."

"와."

그는 내가 농담을 던졌다고 생각하는 듯 가만히 쳐다봤다.

"아주 정확한 수치네."

너무 정확해서 탈이지. 어쩌다 그 말이 입 밖으로 튀어나왔는지 모르겠다.

"내 말은."

난 부끄러움은 도로 삼키고 말을 이었다.

"이것들을 먹을 생각을 하니, 기대된다는 뜻이었어. 고마워."

내 목소리는 가식적이었지만, 아무튼 카이의 입꼬리는 위로 올라갔다. 난 상황을 그럭저럭 잘 넘겼다.

더는 음식 이야기를 하지 않아서 기뻤다. 그가 자기 아버지가 이미 알려준 것 이상의 정보를 알 필요는 없었다. 그리고 확실히 난 친구를 만들 필요도 없었다. 이곳에 어떤 인연도 만들고 싶지 않았다. 여길 떠날 때 완전히 잊어버리고 싶으니까.

문으로 걸어가며 난 그의 루트를 계산했다. 싱크대에서 문까지의 거리와 그가 테이블 주변으로 갈 경우 돌아야 하는 각도 두 가지 루트가 가능하다. 내 예측이 맞는다면 그는 의도적으로 나와 가까운 쪽을 택할 거다. 내가 최소 2.54센티미터 뒤로 물러나지 않으면 우리의 엉덩이가 부딪히게 된다. 그가 다시 나에게 닿는다고 생각하니 당혹감이 밀려왔다.

난 뒤로 물러나 방 안의 변수를 바꿨다. 그는 나와 충돌하지 않고 얼른 옆으로 지나갔다. 난 잠긴 자물쇠 세 개를 다시 여는 그를 따라갔다.

작은 계단 세 개가 있는 현관에 도착하기 전, 내 예측이 맞았는지 확인하고 싶은 마음에 그를 멈춰 세웠다.

"내 방에 있는 꽃은 누구한테 감사하다고 전해야 할까?"

그의 입가에 띤 미소가 대답을 대신했다.

"여자애라면 대부분 나이와 상관없이 꽃을 좋아한다는 소릴 어디서 들었어."

그가 장난꾸러기처럼 말했다.

"대부분은 그렇지."

난 그가 잘 보이려고 던지는 말인 줄 알고, 게다가 맞는 말이기도 해서 순순히 대꾸했다.

"고마워."

온기가 햇살처럼 온몸으로 퍼졌다. 온기란 참 이상한 느낌이다. 더운 여름밤, 오래전 내게 미소를 지어 주던 소년의 기억과 관련이 있다. 난 곧장 그 생각을 떨쳐버렸다. 그 감정이 늘 나빴던 건 아니지만 마음에 들지 않았다. 그저 내 새로운 인생에서 새로 파악해야 할 또 다른 부분일 뿐이었다. 이 말은 곧 내가 다시 누군가를 믿을 수 있게 될지를 뜻했다.

우리의 대화는 카이가 날 놀라게 하면서 끝났다.

"하지만 넌 다른 여자애들과는 다르잖아?"

또다시 뺨이 내 허락도 없이 빨개졌다. 카이의 얼굴에 드리운 미소가 날 부끄럽게 만드는 데 성공한 걸 즐거워하고 있다고 알려 주었다. 또다시.

"어째서 그렇게 말하는 거야?"

난 전혀 기쁘지 않은 척했고, 동시에 경각심도 생겨 물었다.

"우리 아버진 아무나 고용하지 않거든."

"두고 보면 알겠지."

난 허리에 손을 올리고 뭐라고 할지 몰라 손가락으로 낡은 머리끈을 만지작거렸다.

"만나서 반가웠어, 카이."

"잘 자, 피닉스."

난 문을 닫고 안방으로 가서 침대 위에 널브러졌다. 백합 향기가 어머니와 레드에 관한 생각과 한데 얽혔다.

심장의 통증이 팔로 옮겨갔지만, 허무함을 채울 대안은 없었다.

졸음이 쏟아졌다. 난 이제 내가 자유라는 것을 믿으려고 필사적으로 노력했다. 그렇지만 잘 알고 있었다. 자유라는 건 단순히 물리적인 것만을 뜻하는 게 아님을.

마침내 난 잠이 들었고, 그렇게 마담의 보트인 시크릿츠 호에 다시 오르게 되었다. 또 악몽이 시작됐다. 물은 마담의 립스틱과 같은 진홍색으로 변했고, 그녀는 유령 1,000명을 데리고 나타났다.

난 한밤중에 소스라치게 놀라 깼고, 땀을 흘리고 숨을 헐떡이며 지금 내가 어디 있는지 어리둥절해졌다. 가슴까지 무릎을 끌어당기고 조용히 스스로에게 속삭였다.

괜찮아. 넌 챈황롱의 집에 있어. 마담은 네가 살아 있다는 걸 몰라.

대체 내가 왜 이러는 걸까? 레드에게 새롭게 시작하겠다고 약속했는데. 다른 사람을 돕는 데 내 재능을 쓰겠다고. 잘못을 바로잡겠다고. 이 일을 끝내겠다고 약속했는데.

마담이 버젓이 활보하고 있는 걸 아는 마당에 내가 어떻게 인생을 영위하고, 사랑하거나 믿음을 가질 수 있을까? 그녀의 얼굴, 목소리, 그녀가 하는 일이 항상 날 쫓아다닐 것이다. 따뜻하고 친절하며 내 결심에 의문을 가졌던 또 한 쌍의 검은 눈동자도 날 쫓아다닐 것이다.

그걸 어떻게 할 수 있을까?

그녀를 막아야 한다.

마담이 자유롭게 돌아다니는 세상에서 새로운 인생을 시작하는 건 불가능했다.

CHAPTER 7

과거 : 조세핀

워싱턴 주 시애틀, 51번 부두

시애틀의 별칭이 에메랄드 시티라는 건 6월에 여실히 드러난다.

몇 킬로미터에 걸쳐 펼쳐진 푸른 언덕과 파란 바닷물은 내가 좋아할 만큼 모든 장소를 둘러싸고 있다. 스페이스 니들, 개스워크 공원, 그리고 우리가 가고 있는 시애틀 부두까지. 일반적으로 부두는 상업 선박과 개인 선박을 비롯해 피시앤칩스를 먹고 카푸치노를 마시는 관광객으로 가득 차지만 오늘은 달랐다. 부두는 텅 비어 있었다. 갑판 산책로에서 먹을 것을 뒤지는 갈매기조차 보기 힘들었다.

아빠가 도로변에 차를 세웠고, 그곳에는 날 에버렛에 있는 사설 공항으로 데려가기 위해 장 여사와 PSS의 상업용 선박이 기다리고 있었다.

검은 머리의 젊은 남자가 '조세핀 리버스'라고 적힌 플래카드를 들고 기다리고 있었다.

"도착했어."

아빠가 이렇게 말하고 차 트렁크에서 내 짐을 꺼냈다.

"리버스 양? 장 여사님이 기다리고 있어."

가여운 청년은 일주일 내내 한숨도 못 잔 사람처럼 피곤해 보였다. 창백한 얼굴에 다크서클이 길게 내려와 있었다. 어젯밤에 열차 사고라도 당했냐고 묻고 싶었지만, 그런 농담을 던질 만큼 잘 아는 사이가 아니었다. 아마 늦게까지 잠을 못 잤겠지.

내가 고개를 끄덕였다.

"네, 저 맞아요."

가족들이 내 주변으로 가까이 모였다.

"보고 싶을 거야."

릴리가 내 팔을 꽉 잡으며 말했다.

"네가 알기도 전에 금방 돌아와 있을 거야, 릴리."

난 동생의 이마에 입을 맞췄다.

"도착하면 전화하렴, 얘야." 아빠가 오늘 아침에만 벌써 여섯 번째인 작별 포옹을 다시 해 줬다. 릴리도 함께했다.

마라 언니는 날 유심히 쳐다봤다. 일 년여 만에 처음으로 언니가 날 안아줬다. 내게서 몸을 뗄 때 눈빛에서 무언가가 번뜩였지만 난 알아차리지 못했다.

"잘 가, 조. 재밌게 지내다 와."

"고마워. 잘 있어, 마라 언니."

난 청년을 향해 돌아섰고, 그가 내 짐가방을 들어 줬기에 난 백팩을 고쳐 맸다.

"날 따라와."

우리는 51번 부두로 향했다. 아빠의 보트가 여기 보관되어 있어서 이 동네에 익숙했다. 숫자들이 부두에 부딪혀 서로 상충하는 방정식을 만들어 냈다.

저 앞에서 왼쪽으로 꺾으면, PSS 대표 소유의 상업용 항구가 나온다. 방정식이 음수를 만들었고, 내 안에서 한 차례 메스꺼움처럼 요동쳤다.

아무 생각 없이 난 바로 그 청년을 분석했다. 그의 떨리는 손을 계산했다. 일정하지 못한 걸음걸이, 극심한 경계심. 내 마음속 거울은 거짓말 탐지기와 같다. 이 남자는 괴로워하고 있지만 난 그 이유를 모른다. 어쩌면 그는 몸이 안 좋은 걸까?

우리는 보트가 쭉 늘어선 길을 걸었다. 물 위로 가솔린이 만든 무지개가 반짝인다. 하늘에는 먹구름이 휘몰아치고 있다. 멀리서 여객선이 경적을 울렸다.

"저기요." 내가 물었다.

"지금 어디로 가는 거죠?"

"거의 다 왔어."

그는 내 눈을 쳐다보지 않았다. 그는 지난 2분 동안 일곱 번 어깨 너머를 살폈고, 두 번 손목시계를 쳐다봤으며, 내 새 백팩을 반복해서 흘끔거렸다.

"PSS에서 널 위해 가장 근사한 보트를 준비했거든."

그가 덧붙였다.

더 많은 음수다. 부정적인 예측이 나왔다. 그는 거짓말하고 있다. 난 여기서 멈추고 우리가 왔던 길을 되돌아가야 한다. 하지만 어째서 이런 기분이 드는지 이해할 수 없었다.

요트가 있는 항구의 독으로 걸어가자, 거북한 기분이 더 커졌다.

우리는 15.24미터짜리 스쿠너 옆에 멈췄다. 우현에 붉은 글씨로 시크릿츠 호라고 적혀 있었다. 난 보트의 치수를 입력했다. 숫자는 내 뇌에 문신처럼 영원히 새겨 있을 테니까. 그런데 음수를 설명할 길이 없다. 빌딩 앞에 서서 디자인을 무너뜨리는 건축가가 된 기분이다. 어떻게 지어졌는지를 보는 것이 아니라 어떻게 찢어버릴지를 본다. 갑자기 머리가 어지럽다.

왜 이런 일이 생긴 거지?

우리는 아름다운 가구로 꾸민 보트 안으로 들어갔다. 내 뒤로 문이 닫혔다. 젊은 남자가 내 여행 가방, 백팩, 재킷, 그리고 주머니 안에 들어 있는 휴대전화까지 가져갔다.

"아, 여기 오네. 엠 양이야."

그리고 남자는 자리를 떴다.

장 여사가 아닌, 한 여자가 키 큰 남자 여러 명을 데리고 방으로 들어왔다. 피가 얼어붙는 것 같았다. 가까이서 보니 엄마가 살아있었다면 비슷한 또래였을 40대 초반으로 보였다.

그녀는 처음 만났을 때처럼 근사했다. 어두운 붉은 머리카락, 거기에 어울리는 립스틱, 창백한 얼굴, 그리고 겨울처럼 황량한 회색 눈동자.

"조세핀 리버스." 그녀가 말했다.

"드디어 만나는구나."

스쿠너인 시크릿츠 호는 곧바로 북부에 있는 퓨젓사운드로 출발했다.

빨강 머리 여성이 내 앞으로 의자를 가져오더니 앉으라고 손짓했다. 그녀의 머리카락이 물처럼 좌르르 어깨로 떨어졌다. 진짜 머리인지 가발인지 궁금했다.

내 안의 계산기가 그녀의 목걸이, 귀걸이, 반지, 심지어 금으로 된 구두까지 값을 추정했고, 최소한 45,000달러라고 알려 주었다.

그녀는 왜소하며 날씬했고 나보다 2.54센티미터 작았다. 얼굴은 부자연스러울 정도로 하얐고 표정은 너무 강해 그녀의 차가운 눈동자를 오래 들여다보면 마법에 걸려버릴 것 같았다.

"음, 장 여사님은 어디 계시죠?" 내가 물었다.

"일하는 중이야. 앉으렴."

그녀가 이상한 억양으로 말했다.

테이블 위에는 고급스러운 육류, 치즈, 과일이 담긴 여덟 개의 접시가 있었고, 각 음식의 개수도 정확히 여덟 조각이었다.

"어서 먹어."

숫자들이 너무 빠르게 강타해 온 탓에 거의 인식하지 못했다. 엄청난 속도로 곱하고 나누면서 엄마가 죽은 날과 마찬가지로 내 계산기가 아드레날린을 맞은 것처럼 폭주했다. 예측과 가능성으로 정신이 아찔해졌다. 그래서 틱 장애가 있는 사람처럼 다리를 달달거렸다.

"고맙습니다."

목구멍에 돌이 걸린 것처럼 힘들었지만 겨우 대답했다.

아빠.

난 휴대전화를 찾았지만 그건 아까 젊은 남자가 가져간 내 재킷 안에 있었다. 그 남자도 지금 사라지고 없었다.

내 안의 끔찍한 감정이 돌아왔다. 가슴이 쿵쾅대는 걸 느끼며 부질없이 냅킨만 접었다 펴기를 반복했다.

심호흡을 해, 조. 잘못된 건 아무것도 없어.

"난 맥시마, 또는 엠이라고 해."

여자가 침착하고 상냥한 목소리로 말했다.

"아주 오랫동안 널 만나고 싶었어."

아주 오랫동안. 사람들은 왜 정확하게 말하려는 시도조차 하지 않는 거지? 가령, 그녀는 2년 하고 21일 전 스탠리 인터뷰 때 그리고 어제 강당에서 날 봤다. 그러니 실제로는 얼마 만이지?

"내 졸업식에 왔잖아요."

난 말을 던지고 그녀의 반응에 주목했다. 가만히 서서 버릇을 읽으려고 했지만, 죽은 물고기처럼 미동도 하지 않았다. 그녀는 불안하게 움찔하거나 눈을 씰룩거리는 등 움직임을 통해 생각을 겉으로 드러내지 않았다. 나는 다른 사람들처럼 그녀를 읽을 수 없었다.

"당신이 PSS에서 일하는 줄 몰랐어요."

"아, 맞아. PSS는 늘 내게 흥미로운 대상이었지. 난 모든 천재의 성장 과정을 쭉 지켜봤어."
그녀가 씩 웃었다.
"하지만 스탠리에서는 네 면접이 가장 인상 깊었단다. 넌 다른 아이들과는 달라. 너의 묘한 계산 능력을 봤을 때, 우리가 함께 일할 운명이라는 걸 알았지. 그걸 가능하게 해준 너희 언니에게 고마워해야겠구나."
"우리 언니요?" 내가 물었다.
"PSS가 아니고요?"
"PSS 이야기는 나중에 해. 지금은 너희 아빠 이야기부터 하자."
내 평생 가장 소름 끼치는 대화를 하는 중인데, 그녀의 목소리 톤은 그와 거리가 멀게 따뜻하고 친절했다.
"아빠가 아무 말도 안 했지?"
난 혼란스러워 고개를 저었다.
"뭘 말이죠?"
그러다 문득 떠올랐다. 아빠가 날 자른 이유. 중국에서 돌아오면 이야기해 준다고 약속했는데 이 일이 관계가 있을까?
여자가 신문을 집어 들어 내게 건넸다.
"너희 아빠는 수사받고 있어. 미 국세청과 회사 이사회의 회계 감사 중이고."
엠이 자기 손톱을 내려다보았다.
"기사를 읽어봐."
신문 기사는 졸업식 일주일 전의 것이다.

아이비전 CEO 제이슨 조셉 리버스, 내부자 거래 연루.

"내부자 거래라니. 말도 안 돼요. 아빠는 평생 불법적인 일 같은 건 하지 않았어요."

"미국 증권 거래 위원회는 그렇게 생각하지 않을 거야." 엠이 말했다.

"그럼, 너희 아버지의 실적을 어떻게 설명할 수 있지? 너희 아버지는 가진 걸 전부 잃게 될지도 몰라. 심하면 교도소에 갈 수도 있고."

난 의자에 푹 눌러앉았다. 이건 다 내 잘못이다. 내가 아빠에게 투자할 곳을 알려줬다. 우리가 많은 돈을 단기간에 투자했고 실패한 적이 없어서 '내부 정보'로 보일 거라는 생각은 했다. 아빠한테 조언해 주면서도 성공 여부는 확실히 몰랐다. 그저 내 머릿속에서 나온 가설이자 예측, 게임일 뿐이었으니까. 난 내가 성공할 것인지 알고 싶었다. 이 일로 아빠가 곤란해질 거라고는 상상도 못 했다.

"하지도 않은 일로 아빠가 감옥에 갈 순 없어요."

전혀 모르는 사람과 이런 대화를 해서는 안 된다는 건 어렴풋이 알았다. 아빠와 이야기해야 했다.

"아빠는 어째서 반박하지 않는 거죠?"

여자가 몸을 앞으로 구부렸다.

"죄책감을 느끼거나 아니면 누군가를 보호하려고 그러겠지."

"전 아직 중국에 갈 수 없어요. 아빠를 도와야 해요." 내가 말했다.

"돌아가야겠어요."

"그러기엔 너무 늦은 것 같구나."

"하지만 전 아빠의 무죄를 입증할 수 있어요."

난 입이 바짝바짝 타들어 갔다.

"그래?" 그녀가 손끝으로 입술을 눌렀다.

"어디, 설명해 보렴."

"전, 그러니까…."

아빠는 누구에게도 이 정보를 알리지 말라고 신신당부했지만, 난 아빠를 도울 수밖에 없었다. 아빠가 교도소에 가도록 놔둘 수 없으니까.

"아빠가 한 일이 아니에요. 제가 했어요. 전 어떤 투자가 성공할지 알아요. 거기엔 특정한 패턴이 있고 예측도 할 수 있어요. 그걸 제가 계산했고요."

"그걸 전부?" 여자가 인상을 찌푸렸다.

"네." 내 목소리가 갈라졌다.

"이제 우리 아빠를 도와줄래요?"

그녀가 한숨을 쉬었다.

"이미 도와줬어."

그녀는 키가 182.88센티미터인 금발의 남자와 외국어로 이야기한 뒤 자리에서 일어났다. 남자 세 명이 더 방으로 들어왔다.

숫자들이 화살처럼 날 공격했지만, 무슨 일이 일어나는지 이해할 만큼 머리가 빨리 돌아가지 않았다.

"당신은 PSS 소속이 아니죠?"

배 속에 돌을 삼킨 것처럼 끔찍한 상태로 내가 물었다.

"PSS는 내일 너와 만나기로 돼 있지." 엠이 차가운 목소리로 말했다.

"안타깝게도 넌 나타나지 않을 거고."

"당신은 누구죠? 왜 이러는 거예요?" 내가 물었다.

그녀가 손가락으로 딱 소리를 내자, 모퉁이에 있던 청년이 내 여권을 휘리릭 넘겨보며 다가왔다.

"곧 알게 될 거야."

난 재빨리 보트 문을 향해 뛰었다. 우리는 아직 해안가 가까이에 있다. 어쩔 수 없으면 물에라도 뛰어들어야 한다. 내가 가장자리까지 갔을 때, 키 큰 금발의 남자가 손에 뭔가를 들고 앞으로 성큼 걸어왔다. 계산하기 직전 내 얼굴로 미스트가 분사되었다. 오렌지와 염색약이 섞인 이상한 냄새가 났다. 주변 시야가 붉은 원이 되더니 노랑으로 바뀌었다. 느낄 수 있다. 내게 3초가 남았다.

3초. 색이 나타나며 숫자가 흐려졌지만 한 가지는 알았다.

2초. 난 여기서 벗어날 방법을 계산할 수 없다.

1초. 이것은….

어둠이 날 집어삼켰다.

∞

시끄러운 소리에 화들짝 놀라 깊은 잠에서 깨어났다.

눈앞에 회색 벽이 보였다. 빨강 머리 맥시마가 거기 서서 날 내려다봤다. 난 따가운 눈을 끔벅였다. 그리고 천천히 일어나 앉았다. 머리가 가슴 앞으로 흘러내렸다. 그때 내 머리가 더 이상 갈색이 아니라는 걸 알았다. 빨강, 그녀와 똑같았다.

"굿모닝, 옥타비아."
그녀가 소름 끼치게 다정한 목소리로 말해 당황했다.
"중국에 온 걸 환영해. 자, 이제 시작해 볼까?"

CHAPTER 8

현재 : 피닉스

∞

중국 상하이, 프랑스 조계지

밝은 빛이 챈의 코티지 창문으로 들어와 내 얼굴에 온기를 주며 아침을 알렸다. 난 손을 들어 뺨을 달구는 해를 만졌다. 어릴 때 엄마는 매일 아침, 내 방 커튼을 열어줬다.

"해님을 향해 몸을 굽혀보렴." 엄마가 말했다.

"해님이 너의 아침 뽀뽀를 받고 싶대."

그 기억에 난 움찔했다. *지금 왜 엄마 생각을 하는 거지?* 이건 다 꽃 때문일 거다.

밖에서 개 짖는 소리에 얼른 정신을 차렸다. 창틀에 몸을 기대 슬쩍 밖을 살폈다.

헝클어진 머리에 회색 트레이닝복을 입은 카이가 검은 래브라도레트리버와 터그놀이를 하고 있다. 래브라도레트리버는 장난으로 으르렁거렸고, 좋아서 미친 듯 꼬리를 흔들고 있었다. 카이도 웃는 얼굴로 같이 으르렁댔다.

그가 즐거워하는 모습을 보고 있자니 살짝 질투가 났다. 개와 놀고 있는 아무 근심 없는 소년. 카이가 몸을 웅크리고 발의 각도를 바꿨다. 그의 신장, 체중, 개를 향한 신체 위치로 계산해 볼 때, 다시 개가 장난감을 당기면 그는 3.2초 안에 바닥으로 넘어질 거다. 지금 경고해 주면 먼지를 먹지 않아도 되지만 난 관여하지 않았다. 내가 왜? 그는 다치지 않을 거다. 그냥, 어이구 하는 정도니까.

거 봐. 카이는 자리에서 일어나며 웃었다. 내 입에서 웃음소리가 흘러나와 조용한 방에 퍼졌다.

난 샤워하러 갔다. 벌써 아홉 시가 넘었다. 챈이 언제 날 데리러 올지 모르지만 얼른 수중에 정보를 챙기고 마담의 행방을 알고 싶어 몸이 근질근질했다.

안방 욕실에 들어가니 마담 생각이 모조리 사라졌다. 눈앞에 포슬린 욕조가 떡하니 있었다. 난 행복해서 탄성을 질렀다. 여유롭게 욕조에 몸을 담가본 게 언제인지.

욕조에 물을 가득 채우면서 손가락으로 이집트 면으로 된 타월의 촉감을 느꼈다. 서랍장에서 다양한 종류의 비누를 찾았고 하나씩 코로 가져가 냄새를 맡았다. 레몬, 라벤더, 민트. 선반에는 로션과 소금 입욕제가 갖춰져 있었다. 유리병에 든 보라색 입욕제를 욕조에 호화롭게 세 번 흩뿌렸다. 입욕제가 녹으면서 라벤더 향이 수증기 가득한 욕실을 채웠다. 상쾌함 때문인지 아니면 깨끗한 물 때문인지는 몰라도 희망이 솟구쳤다. 그 기분에 매달리게 될까 봐 두려우면서도 그 기분이 사라질까 봐 노심초사하며 욕조 안으로 들어갔다.

욕조에 몸을 담그니 근사했다. 22분간 눈을 감고 뜨거운 물과 향기 나는 소금 결정과 함께하면서 잊고 있던 사실을 떠올렸다. 난 매끄러운 피부를 가진 소녀고, 두려워할 필요 없이 아름다움을 느껴도 된다.

눈을 뜨자, 손목에 차고 있는 때 탄 머리끈이 보였고, 난 다시 현실로 돌아왔다. 이 머리끈은 내가 머리를 묶지 않는 이유를 되새기게 해주는 존재였다.

나는 손목에서 머리끈을 빼 쓰레기통으로 던지려고 했다. 그런데 내 의지와 달리 손이 목뒤로 향했다. 열기로 가득 한 욕실에서 소름이 온몸을 타고 흘렀다.

아름다움은 아주 쉽게 흉터를 남긴다. 난 머리끈을 다시 손목에 차고 욕조의 물을 뺐다.

머리를 말리고 나서 침대 위에 놓인 옷을 봤다. 어제와 똑같은 옷이다. 깔끔하게 몸을 씻었는데 프랫의 얼룩이 영원히 남아 있는 옷을 입어야 한다니, 당혹스러웠다. 그렇지만 다른 선택이 없기에 그걸 걸치고 사무실에서 퇴근한 후에 새 옷을 사러 가겠다고 메모했다.

열 시가 되니, 문 두드리는 소리가 났다.

챈의 아들이 아버지를 대신해서 찾아왔다. 찰나의 순간에 따스함이 내 가슴속에 맴돌았다. 난 걸음을 옮기며 밝게 행동하기로 마음먹었지만, 미소를 재빨리 지웠다.

"오늘 오후에 다시 연락드리겠습니다, 슈 선생님." 카이는 통화중이었다.

그가 손가락을 공중에 들어 올려서 난 뒤로 한 걸음 물러났다.

이것이 내가 기대한 챈의 아들의 모습이다. 아무 걱정 없이 개와 함께 놀고, 상의를 벗은 채 수영장을 수리하던 남자는 사라졌다. 그는 우리 아빠가 입었던 것처럼 비싼 맞춤 정장 차림이었다.

카이는 내 또래지만 지금은 챈과 마찬가지로 마네킹처럼 뻣뻣해 보였다. 어젯밤처럼 머리가 얼굴로 흘러내리지도 않았고 한쪽으로 깔끔하게 가르마를 타 머리를 고정해서 원자폭탄이 떨어져도 꿈쩍도 안 할 것 같았다. 비싼 구두는 오늘 아침에 광택을 낸 것처럼 보였다. 아빠는 구두가 그 사람의 많은 것을 말해준다고 했다. 옷과 헤어스타일 조합을 보니 카이는 그저 자기중심적인 부잣집 남자일 거라는 확신이 들었다.

"네, 당연합니다. 우리 최고의 고객님을 위해서라면 뭐든 해드려야죠."

그가 통화 상대에게 아부를 떨었다.

"곧바로 조치하겠습니다. 좋은 하루 보내세요. 그럴 자격이 있으신 분이시잖아요."

우웩. 챈의 고객에게 나도 저렇게 말해야 한다면 하루도 못 견디고 그만둘 거다.

그는 열두 번도 넘게 고맙고, 행운을 빈다고 말한 뒤 전화를 끊고 내게 몸을 돌렸다. 안달 난 얼굴이었다.

"좋은 아침이야."

놀랍게도 카이가 흰 뚜껑이 덮인 은색 컵을 내밀었다.

"커피 좋아해? 너 주려고 만들었어."

날 주려고 만들었다는 점이 아빠를 떠올리게 해서 커피를 좋아하지 않는데도 그냥 받았다.

"고마워."

"갈 준비는 됐어?" 그가 문에서 떨어져 차고 방향을 가리켰다. "우린 이미 늦었거든."

"응."

난 집 열쇠와 체스 폰만 챙겼다. 손목의 머리끈 말고 다른 소지품은 없다.

차고에는 종류가 다른 오토바이 세 대와 SUV 한 대가 있었다. 삐 소리가 크게 들렸고, 검정 레인지로버의 자동 잠금 장치가 풀렸다.

챈의 사무실로 향하는 길에 커피를 홀짝거리며 이 안에 우유가 한 방울이라도 들어있다면 얼마나 좋을까 생각했다. 우리는 중국 쿵후 영화 광고판을 지났다. 광고 속 남성들은 상의를 입지 않고 손에 검을 든 채 싸울 자세로 몸을 웅크리고 있어 근육이 두드러져 보였다. 그걸 보니 카이에게 묻고 싶은 질문이 생각났다.

"넌 어떤 운동을 해?"

어색한 침묵을 깨며 내가 물었다.

"우리 아버지가 말해주셨어?"

그가 놀라며 되물었다.

"걸음걸이와 움직임만 봐도 알지." 난 그를 쳐다봤다. "불행하게도 난 싸움꾼들을 많이 알거든."

"불행하게도?" 그가 되물었다.

프랫에서 도박하며 술에 취해 벌어진 싸움과 가드들이 정보를 빼내 벌이는 내기 싸움이 금방 머릿속에 떠올랐다. 심지어 내 몸에 생긴 흉터까지 욱신대며 박자를 맞췄다.

"맞아. 불행하게도."

"알았어. 네가 물었으니 알려 주는 건데 난 전통 쿵후를 배우는 학생이야." 그가 진지하게 말했다.

"쿵후는 싸움이 아니야. 해치기 위한 게 아니라 방어하기 위한 용도지."

빨강 신호가 걸려 잠시 멈췄을 때 그가 커피를 마셨다. 컵을 들고 있는 손이 매끈했다.

"아버진 네가 엄청난 재능을 가지고 있다고 말씀하셨지만 너한테 예리한 관찰 능력이 있다는 이야기는 없었는데. 자신의 환경과 주변 사람에 대해 아는 건 쿵후에서 중요한 부분이야. 감명받았어."

"너희 아버지가 나에 대해 다른 이야기는 안 하셨고?"

의도한 것보다 목소리가 세게 나갔다.

챈은 내가 어디 출신인지 누구에게도 말하지 않겠다고 약속했지만, 거기에 그의 아들도 속하는 걸까? 챈이 그에게 얼마나 자세히 말했을까? 범죄자 소굴에 살며 쓰레기 냄새를 풍기고 기적적으로 수백만 달러를 번다는 거? 내가 그의 코를 부러뜨렸다는 거?

"아버진 네가 자기 이야기를 하는 걸 싫어한다고 했어."

카이가 내 목소리 톤에 맞춰 대꾸하고 액셀러레이터를 밟았다.

사실 상하이로 들어올 때 챈이 그랬다. 대화를 이어가려고 나에게 아주 일상적인 질문을 하면서 노력했지만, 난 예의 바르게 대답을 거절했다. 그래도 그는 계속 물었다. 결국 내가 욱해서 다시는 내 인생에 대해 묻지 말라고 경고를 날렸다. 그리고 집에 도착할 때까지 서로 말을 나누지 않았다. 내가 얼마나 좋은 인상을 심어 주었는지 확실하게 안다.

그때와 마찬가지로 지금, 이 차 안도 다시 조용해졌다.

우리는 도시를 가로질렀다. 난 건물의 높이, 스쿠터, 자동차, 속도, 경적을 계산하느라 정신이 없었지만, 숫자가 들어와 입력되는 동안 마음은 계속 챈에게 있었다. 내 과거를 물어본다고 해서 그가 마담까지 모른다는 뜻은 아니었다. 레드가 말했을 수도 있고, 어쩌면 보공이 이야기했을 수도. 난 챈이 카이에게 필요 이상으로 알려 주진 않았을지 의구심이 생겼다.

나도 질문을 하려고 했다.

챈은 어떻게 레드와 아는 사이지? 어째서 레드가 프랫에 있는 걸까?

그런데 빨간불에서 차가 멈췄을 때 난 관두기로 했다. 서로에 대해 더 이상 묻지 않는 편이 나았고, 그러면 내 이야기로 정해진 진로를 벗어날 일도 없을 테니까. 지금 내 목표는 단 하나였고 난 이걸 위해 오랫동안 기다렸다. 반드시 집중해야 한다.

우리는 금융 지구이자 도시의 중심인 푸둥의 루자쭈이에 있었다. 부와 권력이 가득한 126층 건물 앞에 차가 섰다. 새로 보수한 상하이 타워가 도시의 스카이라인을 점유했고, 이 땅의 진정한 주인은 자본이라고 말하는 듯 반짝이는 창문들이 위용을 뽐냈다. 마담의 호텔에서 본 상하이의 랜드마크 중 한 곳이다. 언젠가 직접 가볼 수 있을지 늘 궁금했던 장소였다.

카이가 건물 앞 도어맨에게 손짓하자 그가 다가왔다.

"그가 널 안내해 줄 거야." 카이가 말했다.

"좋은 아침입니다, 챈 공쯔(Gongzi 公子 아드님)."

남자가 깍듯하게 그를 반기며 몇 분간 대화를 나누었다. 그는 카이 아버지의 안부를 묻고 양복을 칭찬하며 충성심, 이 경우 억만장자에게 하는 아부의 말로 마무리했다.

"이쪽은 피닉스 양, 아버지의 새 어시스턴트예요." 카이가 나를 소개했다.

"지금부터 무조건 이분을 출입시키세요. 출입증은 오늘 중으로 발급할 겁니다."

카이보다 한두 살 많아 보이는 남자가 문을 열어 주면서 날 인정한다는 듯 묵례했다. 그의 단정한 용모, 검은 머리와 번뜩이는 검은 눈동자가 금세 나를 사로잡았다. 우리는 키도 같았다.

"알겠습니다."

그가 고개를 숙였지만, 난 그의 얼굴에 드리운 잘난 체하는 미소를 놓치지 않았다.

"피닉스, 로비에서 만나."

카이는 차를 몰고 건물 지하로 갔고 난 남자와 남아 그의 자세, 언어 사용과 같은 버릇을 살피며 머릿속 계산기를 굴렸다.

그는 어울리지 않는 자리에 있었다. 자신감이 넘치고 주변 사람들을 상당히 잘 알았다. 완벽한 표준 중국어를 구사하며 상당히 수준 높은 중국어 표현에도 능숙했다. 제대로 교육받았거나 상위 계층 출신이다. 그런데 어째서 도어맨으로 일하는 거지? 그 질문이 내 머릿속을 간질였다. 숫자가 지배하는 내 세상에서는 모든 것이 무언가를 의미하며 그도 예외일 수 없다.

우리가 나서기 전, 난 그를 돌아봤다.

"이름이 뭐예요?"

그는 나를 이상하게 쳐다보았는데, 마치 내 사회적 지위 때문에 자기와 어울려서는 안 된다는 듯 보였지만 난 잘 알고 있다. 소수의 친구가 주머니에 가득 든 현찰보다 더 큰 가치가 있다는 진리를.

"유타이라고 합니다." 그가 대답했다.

로비는 어마어마해서 마치 5성급 호텔에 들어선 듯한 기분이 들었다. 거품처럼 부드러운 분수대에서 장미 향의 물이 흰 대리석 조각상을 타고 흘러내렸다. 왼쪽에는 창가를 따라 검정 가죽 소파들이 늘어서 있었다. 명나라 때의 것으로 보이는 크고 둥근 카펫 중앙에는 붉은색 상징이 있고, 그 위로는 현대식 샹들리에가 은은하게 반짝였다. 오른쪽에는 승강기와 회전식 복도가 있었다.

승강기의 불빛이 깜박이더니 문이 열렸다. 카이가 잘 차려입은 날씬한 여자와 함께 내렸다. 신기하게 꼬아 올린 올림머리가 인상적이었다. 반짝이는 귀걸이는 뺨에 닿을 때마다 달랑거렸다. 화려한 스타일을 좋아한다면 예쁘다고 느낄 것 같다. 두 사람이 소곤거리며 말하는 통에 내용을 알아듣진 못했다. 사업 이야기인지 개인적인 대화인지 알 길이 없다. 하지만 계속 카이의 팔을 만지는 것으로 봐서 그녀는 그를 좋아하거나 아니면 꼬드기는 타입일 것이다. 잠시 뒤, 여자가 손가락으로 작별 인사를 하고 자리를 뜨며 출입문으로 향했다.

카이가 날 보고 내 쪽으로 왔다.

그가 걸어올 때 난 곧 벌어질 부끄러운 충돌을 계산했다. 5초 안에, 휴대전화에다 소리 지르고 있는 남자가 정문에 서 있는 남자에게 손을 흔들다 뒷걸음질 치는 여자와 부딪힐 거다. 그녀는 뚜껑이 열린 텀블러를 들고 있다. 카이가 지금의 보폭대로 걸어 온다면 그녀가 넘어지지 않으려고 애쓰다 그에게 부딪힐 거고, 그녀가 텀블러를 쏟을 확률은 81퍼센트다. 나머지 두 사람은 피할 기회가 없다. 이미 실행에 들어간 상태다. 뉴턴의 운동 제2법칙에 따라 이 행동을 멈출 수는 없지만 카이가 날 보고 있기 때문에 기회는 있다.

난 손바닥을 앞으로 내밀며 만국 공통의 상징인 '멈춰'를 전하며 카이가 내 초라한 명령에 따르길 바랐다.

군인이 경고 신호에 적절히 대응하듯 그는 걷던 중간에 멈추며 이해가 안 간다는 표정을 지었다. 그리고 그의 코앞에서 여자가 넘어지며 차를 쏟았고, 통화하던 남성은 뒤로 넘어졌다. 누구도 다치지 않았고, 그저 부끄러운 정도에서 끝났다. 청소 직원들이 서둘러 바닥을 치웠다. 누구의 잘못도 아니었다. 그냥 부주의해서 벌어진 일일 뿐.

"이런 일이 벌어질 걸 어떻게 미리 알았어?"

카이가 내 쪽으로 걸어오며 물었다.

난 어깨만 으쓱였다.

“난 늘 좀 앞서가는 편이거든.”

재빨리 승강기 쪽으로 걸음을 옮겼지만 카이는 날 뚫어지게 쳐다보면서 자리에 서 있었다. 그의 표정을 보니 다른 남자애가 떠올랐다.

파사드 너머 날 보던, 날 구해줄 거라고 믿었던 소년, 라파엘.

그도 내게 저런 얼굴을 했었다. ‘앞서가는’이라고 말한 것과는 아무 상관이 없다.

CHAPTER 9

현재 : 피닉스

중국 상하이, 상하이 타워

위층에서, 사람들은 사무실 사이를 바쁘게 움직이며 각자 생각하는 중요한 업무를 하느라 분주했다. 전화벨이 울린다. 컴퓨터들은 켜져 있다. 프랫이나 마담의 엑스포와는 달랐다. 우리 아빠 회사처럼 진짜 사무실이었고, 모두 자신이 선택한 일로 정직하게 먹고 산다. 아주 오래전 PSS에서 날 채용했을 때 나도 이렇게 일하고 싶었다.

잠시 양심의 가책이 찾아왔다. 마담에 대한 내 계획이 날 이런 환경으로 불러왔다면 죄 없는 사람들과 날 다시 위험에 빠뜨릴 수도 있다. 그렇지만 내 맹세의 무게 쪽으로 추가 기울었다. 나의 재능을 좋은 일에 쓰겠다고, 레드에게 약속했다. 그녀를 막는 일이 내 시간을 잘 쓰는 게 아니라면 대체 뭔지 모르겠다.

우리가 복도를 걸어가는 동안 사람들은 카이를 깍듯하게 맞이하며 호기심 가득한 눈빛으로 날 쳐다봤다. 내 초라한 옷이든, 어린 라오웨이 얼굴이든 쏟아지는 그들의 시선을 무시했다. 난 주변을 살피며 크기, 공간, 사람, 가격을 가늠했고, 새 책을 읽는 것처럼 새로운 장소가 날 새롭게 해 주었다. 이내 진짜 나무 바닥, 더 많은 가죽 소파, 생화가 꽂힌 크리스털 화병을 넋이 나간 사람처럼 쳐다봤다는 걸 깨달았다. 책상, 바닥, 창문은 말 그대로 반짝였다. 난 사물이 이렇게 깨끗하고, 이렇게 평범할 수 있다는 것을 잊고 있었다.

"여기야."

카이가 모퉁이에 있는 그의 아버지 사무실로 날 데려다주었다. 난 한층 더 깊은 인상을 받았다. 이 방에 있는 모든 것이 펭수이(fengshui 風水 풍수)를 따랐고, 완벽하게 대칭을 이루고 있었다. 원형이다. 사무실 절반의 공간은 긴 통창으로 건물 주변은 매끄럽게 감싸는 유리로 되어 있다. 그 너머로 시내의 모든 골목과 도로를 비롯해 강을 따라 유명한 와이탄도 보였다.

사무실의 나머지 공간은 화강암 벽을 따라 흐르는 폭포로 이루어졌다. 사방이 식물과 몰리 꽃이다. 왜 몰리인지 궁금한데? 이 꽃은 거리에서 소작농들이나 파는 꽃이다. 이런 고급스러운 공간과는 거리가 멀었다. 참나무 책상, 긴 가죽 소파, 작은 명판이 달린 책장과 대리석 체스 세트가 보였다. 개인적인 물품은 거의 없었다.

챈은 클래식한 맞춤 양복 차림으로 라펠에 신선한 몰리 꽃을 달고 책상 앞에 앉았다. 난 그 맞은 편 의자에 자리를 잡고 커피를 작은 옥 찻잔 받침에 내려놓은 뒤 다리를 꼬았다.

"어서 오렴, 피닉스."

그가 예의 바른 눈빛으로 날 쳐다보며 말했다. 코에는 반창고가 붙어 있었고 왼쪽 눈 아래 살짝 멍 자국이 남아있었다. 내게 아직 화가 난 것 같았다.

"잠은 잘 잤나?"

그는 돈을 세며, 무심하게 물었다.

"푹 잤어요."

마오쩌둥 주석의 얼굴이 그려진 붉은 지폐 다발을 넣은 봉투가 내 손에 쥐어졌다.

"생활비가 필요할 거야. 첫 거래에서 이 돈은 공제할 거고."

내 첫 월급이었다. 현찰 뭉치의 너비로 계산했을 때 대략 20,000위안 정도다. 변수가 너무 많아서 정확하지는 않지만 일단 시작하기에는 충분한 액수였다. 난 봉투를 주머니에 넣었다.

"카이한테 들었는데 너희 둘이 정원에서 만났다고 하더구나. 어젯밤 그 애가 방해한 걸 대신 사과하마."

그가 뻣뻣하게 말했다.

"그 애는 보통은 집에 없어. 인턴십을 하느라 바쁘고 여자 친구, 아니 곧 약혼자가 될 사람도 만나야 하니까."

카이가 곧 약혼한다고? 어젯밤 그의 태도로 봐선 상상도 할 수 없다. 수치로 분석한 총계는 늘 애정이 담긴 작은 행동까지 알려주는데, 어젯밤에 그런 건 없었다. 특별히 중요해 보이는 건.

"괜찮아요." 내가 대답했다.

"다음에 그 애가 뭘 고치려고 덤비거든 그만 나가달라고 하고 나한테 전화하렴. 그 애는 학교 인턴십, 그러니까 우리 회사에서 일하는 데 집중해야 해. 결국 언젠가는 그 애의 회사가 될 거니까."

챈이 씁쓸하게 말하고 목청을 가다듬었다.

"이제 시작해 볼까?"

"저, 시작하기 전에." 난 주먹 쥔 손을 주머니에서 꺼내며 말했다.

시간이 지나 낡고 빛바랜 작은 체스 조각이 손안에 들어 있다. 이게 왜 그리 중요한지 나도 모르겠다. 더구나 이걸 줄 상대가 챈황롱일 줄은 상상도 못 했다. 그런데도 내 사명은 여기 들어 있었고, 이 작은 장신구가 그 목적을 이뤄줄 거라고 믿었다.

"뭔데?"

그의 눈빛이 부자연스럽게 변했다.

갑자기 난 지금은 때가 아니란 걸 알았다. 그래서 주머니에 체스를 다시 집어넣었다.

"그게…."

책상 옆으로 휴지통이 보이길래 난 재빨리 컵을 들어 그에게 건넸다.

"커피를 다 마셨거든요." 내가 천천히 말했다.

챈이 컵을 휴지통에 넣었다.

"그게 다니?"

난 목청을 가다듬었다.

"아니요."

챈과 분명히 해야 할 것이 남았다. 내가 살아 있다는 걸 마담이 알게 되면 그녀는 자신의 책상을 오가는 모든 투자에 날 의심할 거고 챈의 회사도 위험해질 수 있다. 난 조심해야 한다.

"이 사무실 밖에서는 저에게 중국어로만 이야기해 주세요. 전 미국인이 아니에요. 전 영어를 못하는 거예요. 아셨죠? 저와 관련된 모든 건 비밀로 해 주세요. 영어가 필요한 모든 회의에는 저에게 통역자를 붙여주세요. 카이한테도 똑같이 하라고 말해 주시고요."

그가 침을 꿀꺽 삼켰다. 그는 아직도 나와 일하는 부분에 의구심을 품고 있다. 내 정직함을 확신하지 못한다. 그에게 거짓말을 하라고 요구하는 지금, 이 순간은 특히 더.

마침내 그가 고개를 끄덕였다.

"알았어. 이제 시작해 볼까?"

나도 재빨리 고개를 끄덕였다. 이 순간에 대한 기대가 흔든 탄산음료처럼 뿜어져 나왔다.

마담의 시대는 곧 막을 내릴 거야.

놀랍게도 난 엄청나게 들뜨거나 불안하지 않았다. 덫을 준비하는 사냥꾼처럼 침착하고 차분했다.

그리고 사업상 회의에 갈 때면 입버릇처럼 킹이 외던 주문이 내 입에서 흘러나올 줄 상상도 하지 못했다.

"돈 벌 시간이야." 아이러니에 웃음이 터졌다.

"피닉스, 부탁인데 진지하게 굴어."

내가 웃자 챈이 무안을 줬다.

"우리 회사는 재정적으로 엉망인 상태야. 네가 주장한 것처럼 문제를 해결할 수 있다면…."

맞다. 챈의 회사에 문제가 있다는 사실을 까맣게 잊고 있었다.

"있다면?" 난 그의 말을 막고 눈을 똑바로 떴다.

"오해하지 마세요, 챈. 그렇지만 제가 당신의 재정 문제를 언제 해결하느냐가 더 중요하죠."

"어린 나이에 참으로 자신감이 넘치는구나. 지금은 레드의 판단을 믿을 수밖에. 네가 날 위해 뭘 할 수 있는지 난 보지 못했으니까." 그가 다시 말했다.

"제가 할 수 있는 한 가지는 돈을 버는 거예요. 솔직히 정직한 당신을 위해 일하게 돼서 신나요. 하지만 당신과 마찬가지로 저도 아직 직접 보지 못한걸요."

정직한 사업에 내 재능을 활용하겠다는 의지가 속에서 부풀어 올랐다. 그렇지만 챈은 내 게임에서 체스의 폰에 불과하다는 사실을 다시 상기했다. 그의 문제를 해결해서 그에게 진 빚을 갚고 마담을 끝장낼 거다. 그리고 내가 어렵게 번 돈을 가지고 시애틀로 돌아가서 새 인생을 만들어 나갈 거다. 이 인생에서 빨리 벗어날수록 더 좋다.

"일단 파일부터 보여주세요." 내가 말했다.

그의 책상에 펼쳐진 파일이 놓여 있고 서류 뭉치가 보였다.

"이게 다 문서인가요?"

"아니." 그가 말했다.

"이건 표준 보고서로 주로 이번 분기의 이익과 손실에 관한 거야."

그는 살짝 공포에 휩싸인 얼굴로 말했다.

"중국어를 읽을 줄은 아는 거지?"

난 대답하지 않고 파일을 들어 살펴보았다.

몇 분 뒤, 챈이 30.48센티미터 높이의 파일 더미를 내 앞에 쌓았다. 맙소사. 긴 하루가 될 것 같았다.

그가 자리에서 일어나 내게 따라오라고 손짓했다. 난 재정 보고서를 손에 든 채 따라갔다. 그는 타원형 테이블이 놓인 개인 사무실로 날 데려갔다.

"네 사무실이야."

공책과 펜, 휴대전화, 교통 카드, 프린터기와 컴퓨터가 보였다. *컴퓨터다!*

그런데 작은 창문 옆에 놓인 2인용 검은 가죽 안락의자가 마담과 킹을 떠올리게 해 소름이 끼쳤다. 난 코를 찡그렸다. 논리적이든 아니든 늘 검은 가죽을 가진 사람을 경계할 셈이었다.

그는 책상 위에 파일 더미를 가득 쌓았다.

"여기서 일하면 돼. 아무도 널 방해하지 않을 거야. 자, 이제 필요한 건 다 줬어."

그는 한숨을 쉰 다음 컴퓨터 모니터를 내 쪽으로 돌리고 게스트 유저용 코드를 입력했다.

"우선 회사에 익숙해지도록 해. 또한 문제가 뭔지 파악할 때까지 매주 월요일과 수요일 아침에 열리는 투자 회의에도 참석해 줬으면 좋겠구나."

"제가 뭘 찾아야 하는지, 아이디어를 얻을 수 있도록 문제를 대충 정리해서 설명해 주시겠어요?"

그가 길게 한숨을 늘어놓았다.

"무슨 조치를 하지 않으면 올해 안에 이 회사는 도산하고 말

거야."

벽에 듣는 귀라도 있는 것처럼 그는 주변을 불안하게 살폈다.

"보통 난 미신을 믿지 않아. 그런데 레드를 대신해 보공이 나를 찾아왔던 날, 회계 부서에서 이걸 내 책상에 올렸지. 숫자가 보이니?"

그가 다시 길게 숨을 쉬었다.

그는 내게 평범해 보이는 재정 보고서를 건넸다. 난 손익 및 현금 흐름표, 대차대조표를 훑었다. 모두 정상처럼 보이다 뭔가 눈에 들어왔다. 그 페이지 속의 숫자는 8퍼센트에서 4퍼센트로 혹은 80에서 40으로 떨어졌고… 자주 나타나지는 않았지만, 보고서마다 발견되었다.

난 믿기지 않아 눈썹을 치켜 올렸다. 경력이 많은 재정 전문가인 챈이 좀 더 논리적으로 설명할 거로 생각했다. 중국 사람들은 많은 숫자에 가치와 믿음을 부여한다. 예를 들어 8은 부와 번영을 의미하고 4는 죽음을 뜻한다. 챈의 거대 기업이 부당한 거래나 한두 번의 잘못된 투자로 쉽게 도산하지는 않겠지만, 그는 중국의 숫자 점에 따르면 그럴 수도 있다고 믿는 듯했다.

"진짜 증거가 있나요?"

살짝 겸손하게 내가 물었다.

"우리 회사의 현금 수지는 여름에 급격히 떨어졌어. 뭔가 잘못되었는데 문제의 원인을 찾을 수가 없어. 회계사도 잘못된 부분을 찾지 못했고. 현재 경기라면 나도 다른 사람들처럼 돈을 벌어야 마땅해. 어딘가에 실수가 있는 거야. 모두 다 잃기 전에 네가 그걸 찾아 고쳐주면 좋겠어. 이 마지막 재정 보고서가 일종의 징조였어."

"알겠어요. 그러니까 수입이 줄어들고 있군요." 내가 말했다.

"문제를 찾을게요. 분명히 주식과 관련이 있을 거예요."

"그럴 거야. 사업에서 일반적으로 발생하는 사소한 일 같겠지만 이런 경우는 한 번도 본 적이 없어. 특히 아시아 은행의 개입 이후에 말이야. 그 소식을 알고 있니?"

순간 난 과거에 멈췄다. 마담을 만나기 전, 난 아시아 은행을 돕기 위해 채용됐다. 분명 모든 일이 나 없이 해결된 것이다. 그 부분에 대해서는 챈에게 입도 뻥끗하지 않았다. 대신 이렇게 말했다.

"당연하죠. 살아 있는 사람이라면 모두 아시아 은행이 중국 위안화로 세계 안정화를 주도했다는 걸 알고 있어요."

"좋아. 네가 돈을 벌 수 있다고 했으니 증명해 보렴. 수치를 다시 돌려놓고, 그러는 동안 수수께끼의 다른 부분을 해결해야 해. 손실이 어디서 발생하는지 알아내야지. 최대한 빨리 시작해 줬으면 좋겠구나."

그는 절박한 표정이었다.

"투자 폴더를 찾아볼게."

챈이 캐비닛을 뒤지는 몇 분 동안 난 보고서를 살폈다.

그가 고개를 들었을 때, 난 분기별 보고서를 덮고 그의 앞에 놓았다.

"일단, 회계 담당자부터 자르세요. 새어나가는 돈이 너무 많아요."

"무슨 말이지?" 그가 물었다.

"지앙수 자동차 회사를 보세요. 상해보험으로 연간 20퍼센트씩 손해를 보고 있잖아요. 지금은 10시간 교대 근무를 하고 있는데, 이 보고서에는 모든 사고가 마지막 두 시간 동안 발생한다고 분명히 명시돼 있어요. 이건 전형적인 포드 딜레마예요. 하루 8시간 근무로 줄이세요. 그러면 사고는 줄어들고 생산성은 높아질 거예요."

그는 믿기지 않는다는 눈빛으로 날 쳐다봤다.

"두 번째로." 내가 말을 이었다.

"지푸 체인점을 파세요. 지금은 괜찮겠지만 분기 수치를 보니 그리 오래 가지 못할 거예요."

"거긴 제일 수익이 많이 나는 업체 중 하나야!" 챈이 강하게 말했다.

"절 못 믿겠으면 서류를 살펴보세요. 6개월 안에 제 말을 듣지 않은 걸 안타까워할 테니까."

그가 꼼지락거렸다. 불안하다는 표시일까? 아니면 그냥 내가 그를 사로잡았다는 의미일까?

"그리고 최고 경영진도 문제가 있어요. 일주일에 수천이 이유 없이 사라지고 있어요. 누군가 개인 투자용으로 회사 공금을 쓰는 거죠."

"이건 회계사가 몇 주간 준비한 자료야. 몇 분 만에 네가 그걸 다 봤다는 걸 나한테 믿으라는 거니?" 그의 얼굴이 발갛게 달아올랐다.

아, 그는 날 싫어하거나 다른 사람들과 마찬가지로 내가 어떤 사람인지 모르는 거다. 확실한 것 하나는 그가 절박하지 않았다면, 난 지금 같은 자유의 몸이 되지 못했다는 것이다.

"그래서 절 고용한 거 아닌가요? 전 그냥 도우려는 거예요."

난 이렇게 말하고, 다른 파일을 챙겼다.

그는 내가 방금 모자에서 토끼를 꺼낸 마술사인 양, 나를 쳐다봤다. 그는 그 토끼가 가짜인지 혹은 내가 가짜인지 확신이 없었고, 표정을 보니 아직도 모자 안에 구멍이 있는 건 아닌지 찾는 것 같다.

"음, 살펴볼게."

그가 웅얼거리면서 방을 나섰다.

그가 나간 뒤, 난 폴더를 옆으로 치우고 컴퓨터를 가까이 당겼다. 이 회사의 사소한 문제 따윈 나중에 파악해도 된다. 내겐 마담을 멈춰야 하는, 더 중요한 일이 있었다.

전에도 계획을 세운 적이 있다. 정확히 말하자면 433번이나. 계획을 레드에게 들려주었을 때, 그는 내가 더 잘할 수 있을 거라고 말했다.

"*고아는 소명을 꿈꾸지.*" 그가 속삭였다.

"*아들과 딸은 운명을 꿈꾸고.*"

레드는 역사에서 한몫할 내 운명을 믿었다. 그러나 마담이 세상을 망가뜨리고 있는 한, 난 아무것도 할 수 없다. 그녀가 멈추기 전에는, 영원히 멈추기 전까지는.

인터넷에서 맥시마 모로를 검색해 봤다. 다가오는 상하이 엑스포 광고가 화면에 나타났다. 맨 앞 중앙에 그녀가 있다. 알고 보니 그리 오래 기다릴 필요가 없던 거다.

그녀의 얼음장 같은 눈동자를 쳐다보며 사진을 클릭할 때 몸에 소름이 돋았다.

“당신을 폭로하는 데 한 번 실패했었죠.”

나는 그녀의 사진에 속삭였다.

“하지만 당신의 게임을 어떻게 플레이할지 생각할 시간이 생겼고, 단순한 계획 이상을 준비했어요. 난 계산했거든요.”

CHAPTER 10

과거 : 옥타비아

중국 상하이, 골든 에인절 호텔

마담이 하이힐을 신고 복도를 따라 걸을 때면 관에 망치로 못을 박는 것 같은 소리가 울려 퍼졌다. 그녀를 볼 생각을 하니 속에서 뱀이 기어가는 것처럼 메슥거렸다.

열흘이 지났지만 난 아직 여기가 어딘지, 왜 이곳에 와 있는지, 언제 집에 갈 수 있는지, 그녀가 날 왜 옥타비아라고 부르는지도 모른다.

깨어나기 전에 마지막으로 기억나는 건 그녀의 보트에 타고 있었다는 것뿐이다. 그녀가 내게 오렌지와 표백제 냄새가 나는 스프레이를 뿌렸다. 기절하기 직전 머릿속 숫자가 사라졌고, 깨어나 보니 비싼 선물과 옷이 가득 찬 호화로운 호텔 방이었다.

문이 열렸다. 맥시마 혹은 마담이란 이름을 가진 여성이 손가락을 마주치며 딱 소리를 냈다.

"날 따라와."

난 충혈된 눈으로 비틀거리며 자리에서 일어났다. 자연 서식지에서 강제로 끌려와 우리에 갇힌 채 구경거리로 전락한 동물이 된 느낌을 지울 수가 없다.

그녀는 내 질문에 대답하지 않았고, 내 간절한 부탁에도 응하지 않았다.

그녀의 차가운 손이 어제 내 손목에 채워둔 개 전기 목줄 같은 결박을 풀어줬다.

내 머리가 우리가 지나왔던 복도, 계단, 승강기, 거리, 규모를 계산했다. 우리는 어제와 같은 장소에 도착했고, 내 앞에는 또 다른 서류 더미가 놓여있다. 아빠 회사에서 봤던 것과 비슷한 투자 목록이다.

"부탁이에요, 아빠한테 전화하게 해 주세요."

사정했지만, 돌아오는 대답이 없다.

"최소한 PSS에 연락이라도 하게 해 주세요." 난 간곡히 부탁했다.

"그들은 절 믿고 있어요. 전 중요한 경제 문제를 해결하기 위해 고용되었다고요. 제가 그들을 돕지 않으면 일이 엄청나게 잘못될 수 있어요." 여전히 아무 반응이 없다.

"당신은 대체 누구세요?" 내가 물었다.

그녀는 날마다 내게 같은 말을 반복했다.

"곧 모든 걸 말해 줄게. 지금은 질문하지 말고 시키는 대로 해."

난 벌벌 떨면서 그녀가 시키는 일은 다 했다. 사실 뭘 하는지 잘 알지도 못하는 상태로 말이다. 그저 그녀를 기쁘게 해서 아빠한테 전화할 수 있길 바랐다.

주변의 분위기가 날 압도했다. 그녀의 냉정함, 방정식, 비밀스러운 투자 습성까지.

날마다 이 일을 했다. 근사한 음식과 마실 거리가 나에게 주어졌고 그녀가 내게 한 말은 이것뿐이었다.

"옥타비아, 살고 싶으면 질문하지 마. 시키는 대로 해."

11일째 저녁, 우리는 새로운 문을 통과했다. 내 마음속에는 오직 탈출이라는 단어밖에 남지 않았다. 차가운 금속의 결박도 이제 별 느낌이 없었다. 더 이상 제대로 생각할 수도 없었다.

내가 도망에 성공할 가능성은 1퍼센트가 채 되지 않았지만, 달아나고 싶은 욕구는 내 안전을 위한 욕구를 압도했다. 난 쏜살같이 문을 향해 있는 힘껏 달렸다.

계단까지 갔는데, 전류가 몸을 타고 흐르며 날 제압했다. 난 차가운 전기 충격에 모든 감각이 마비된 채 넘어졌다.

누군가 거칠게 잡아끌었다. 남자 두 명이 내 얼굴을 바닥으로 내리꽂았다. 마담이 내 목덜미를 꽉 움켜쥐었다. 그리고 지직하는 소리와 함께 가스 냄새가 났고 연기가 피어올랐다. 뭔가 타고 있었다.

잠시 뒤, 커다란 비명이 방을 가로질렀다. 소리를 지르는 사람이 나라는 걸 깨닫기까지 18초가 걸렸다. 내 목뒤에 직선으로 불이 붙었다. 살이 타는 냄새가 진동했다. 내 살이었다.

고통이 너무 심해서 몸이 마구 떨리기 시작했다. 난 쇼크 상태에 빠졌다. 난 죽을 것이다. 그녀가 불로 내 몸에 구멍을 내고 있다. 그녀는 불을 들어 올리고 내 귀에 입을 가져다 댔다.

"내가 널 거둬준 걸 고맙게 생각해. 네 아버지는 내부자 거래 혐의를 받고 있어. 그건 네가 저지른 일이야. 너 때문에 체포되었고, 내가 그 문제를 해결해 줬지. 네가 실종되면서 네 아버지는 여론의 동정을 얻었어. 그는 모든 걸 네 탓으로 돌릴 수 있었지. 그가 널 찾으러 올 것 같니? 아니, 네 아버지는 자기 걱정만 하고 있어. 그리고 너의 멍청한 언니가 PSS로 가는 네 일정을 전부 말해 줘서 내가 널 만날 수 있었던 거야."

마담이 맹렬하게 떨리는 목소리로 말했다.

마라 언니가 PSS에 대한 정보를 알려줬다고? *그럴 리가 없어… 언니는 자기가 뭘 했는지도 모를 거야…*.

내 심장은 내 살처럼 타들어 갔고, 데이고, 물집이 잡히고 있었다. 그저 고통만 더욱 커졌다.

"모르겠니? 그들은 결코 널 사랑한 적이 없단다. 그들은 자기들 생각만 한 거야. 넌 더 사랑받을 자격이 있어. 내가 널 데려와 준 걸 감사해야 해. 난 네가 성공하는 데 필요한 모든 걸 해줄 거야. 덕분에 넌 더없이 훌륭한 삶을 살 거고."

"내 가족은 절 사랑해요."

난 목이 메인 소리로 말했고, 눈물이 얼굴을 타고 흘렀다.

내 목에 다시 불길이 닿았다. 한 번 더 불이 피부를 그슬릴 때, 난 정신을 잃었고 기절 직전에 들은 그녀의 말은 내 마음을 태워버렸다.

"네게 상처를 주고 싶지 않아, 옥타비아. 이렇게 하는 건 이번

뿐이라고 약속할게. 그래야 내가 누구고 네가 누군지 알 테니까. 그리고 네가 다시 날 거역할 때, 어디를 잘라야 하는지 나도 알 수 있고."

∞

무한대는 아름다운 개념이지만, MIT 교수는 그걸 믿으면 스스로를 망칠 수 있다고 말할 것이다. 예전에 난 진정한 사랑이란, 무한해서 무슨 일이 생겨도 계속된다고 생각했다. 얼마나 바보 같았는지.

내 손이 목덜미로 향했다. 튀어나온 12.7센티미터 길이의 흉터를 만지자 소름이 끼쳤다. 흉터가 생긴 지 39일 7시간 38분이나 지났지만, 여전히 만지면 욱신거렸다. 물론 그렇다고 마담에게 말한 적은 없었다.

다리를 가슴까지 끌어올리고 스웨터로 둘둘 감쌌지만 달라지는 건 없었다. 검은 가죽 소파의 감촉은 여전히 차가웠다. 내 살이 타다 멈춘 뒤로 모든 게 차갑게 느껴졌다. 내게 중국의 모든 것은 차가웠다.

지금까지, 난 마담에게 정확히 187,000,000달러 치의 더러운 돈을 벌게 해 줬다.

문제는 그녀가 누구고, 무슨 일을 하는지 전혀 모른다는 것이다. 서류상으로 그녀는 맥시마 모로라는 성공한 국제적인 사업가로, 자신의 회사 M's 텍스타일을 통해 중국과 전 세계의 고품질 섬유와 실크를 취급한다. 그녀는 출장을 자주 다니고 세계에서 제일 중요한 섬유 박람회 네 곳, 상하이, 런던, 뉴욕, 밀라노 전에 꼭 참석한다.

내 수학적 재능을 살리면 진실을 파헤쳐 볼 수 있지만, 너무 두려웠다. 내가 그녀의 비밀을 알아낸다면 그녀는 날 죽일 것이다. 그녀 밑에서 내가 하는 일이 나쁘다는 걸 알지만 어쨌든 해야 했다. 그 탓에 난 날마다 죄책감, 수치심과 싸워야만 했다.

나는 101시간 울고 39일 동안 끝도 없이 계산한 뒤에야 탈출할 수 없다는 걸 알았다.

노크 소리에 화들짝 놀랐다. 마담이 신문을 들고 문 앞에 서 있었다.

"옥타비아, 이걸 좀 보렴. 너희 아버지 회사가 거의 파산했는데, 자기가 망한 게 네 탓이라고 하는구나."

나도 모르게 눈물이 흘러내렸다. 그녀 앞에서 울고 싶지 않았지만 어쩔 수 없었다. 그러자 그녀가 내게로 다가와 날 어루만졌고, 팔로 내 어깨를 살짝 감싸안았다.

어쩌면 이건 포옹일까? 포옹이라기보다 승강기에서 문이 열리자마자, 누군가 내리기 위해 날 짓밟고 가는 듯한 느낌이었다. 난 놀라서 몸을 뒤로 뺐다.

그녀의 얼굴이 고통으로 일그러졌다. 눈동자에 잠시 드리운 빛이 그녀를 완전히 다른 사람으로 보이게 했다. 마치 나쁜 소식을 들은 사람처럼, 겁에 질리고 궁핍한 아이 같았다.

처음 보는 그 표정, 동정심이 담긴 마담 셀리아의 눈빛이 내 증오 서린 눈과 마주쳤다. 1초도 안 되어 그녀는 바로 눈빛을 바꿨다.

"그런 배신자들은 잊어버려. 지금 너의 가족은 나야. 내 감시 아래서는 누구도 널 해칠 수 없어. 우리는 같은 부류야, 옥타비아. 힘이 있지. 그리고 난 널 더욱 힘 있게 만들어 줄 거야."

하이힐을 신은 그녀가 비틀거리며 자리를 떴고, 남은 하루를 사무실에 틀어박혀 나오지 않았다. 그날 갑자기 방이 줄어든 건지, 아니면 그녀의 키가 자라서 커 보였던 건지, 어느 쪽인진 몰라도 난 이미 그녀의 말로 갈기갈기 찢겼다. 아주 작은 먼지 입자라도 와서 나에게 부딪힌다면 그대로 산산조각 나 버릴 것만 같은 느낌이 들었다.

∞

내 인생에서 유일하게 진실이라고 믿을 수 있는 건 숫자뿐이다. 그리고 숫자는 마담이 항상 날 감시하지는 않는다고 알려 주었다. 그 말은, 탈출이 가능하다는 뜻이었다. 며칠 동안 철저히 혼자 있거나, 억지로 마담과 정신 산만한 저녁을 먹고 난 뒤엔 내 경계성 정신이상 증세가 발동해 여러 가지 계산을 내놓기 시작했는데 그 시발점은 내 방문이었다.

도어 록은 전자식 키패드로 안전하게 잠겨있다. 이런 방식의 키패드는 10만 가지 치환이 가능하다. 많은 사람이 이걸 번호 자물쇠라고 부르지만, 엄밀히 말하자면 틀린 표현이다. 번호 조합을 할 경우, 숫자의 순서는 상관이 없다. 치환에서만 특정 순서에 따른 번호가 필요한데 내 방문이 그렇다.

이건 계산식이다. 수학 천재에게는 엄청난 장점이다. 덕분에 가능한 숫자의 총조합과 성공 확률도 알 수 있으니. 그래서 난 하나씩 시도해 보았다. 그리고 마침내 내 방의 비밀번호를 풀었다.

밖에서 들리는 뿔피리 소리, 심벌즈 소리, 사람들의 비명과 폭죽의 불협화음이 오늘이 중국 춘절 전야라는 걸 알려 주었다.

내가 이곳에 온 지 8개월하고 2일 15시간이 지났다. 사람들은 뱀의 해를 축하하고 있다. *참 어이가 없지*. 밖을 내다보면 강에는 보트가 떠다니고, 밤하늘에는 풍등이 날아다니며, 길거리에서는 춘절 용 퍼레이드가 벌어지고 있을 것이다.

난 밖을 보지 않았다. 여기 온 후로 뱀을 너무 많이 봤다. 게다가 연기가 너무 자욱해서 뭘 제대로 볼 수조차 없었다.

벽에 걸린 금시계를 흘끔 살폈다. 시간이 거의 다 됐다. 그래서 소파에서 일어났다.

난 문으로 가 살짝 흥분한 상태로 숫자 81818을 입력했다. 예상보다 비밀번호를 푸는 시간이 더 오래 걸려서 속상했지만, 맥시마가 이렇게 간단한 비밀번호 조합을 했을 거라고는 상상 못 했다. 꼭 공개된 장소에 물건을 숨겨놓는 것과 같았다. 너무 뻔해서 누구도 거기 있다는 걸 모르도록…. PSS에 있는 인간 계산기 친구들이 알면 날 비웃을 일이다.

문이 열리자, 갈색 카펫이 깔린 복도와 백조를 타고 있는 천사 사진이 쭉 걸린 크림색 벽이 나타났다.

내가 찬 수갑은 호텔 반경을 넘을 때만 작동하기 때문에 내

방, 아니 내 독방 감시 카메라에 작은 결함을 일으켜 한 시간 동안은 들키지 않고 호텔을 돌아다닐 수 있게 해뒀다.

들키지 않고 날마다 빠져나온 지 6주째지만 그래도 조심해야 한다. 마담이나 맥시마 혹은 그녀의 이름이 뭐든 내가 방문 비밀번호를 알아낸 걸 들키면 내 목에 생긴 흉터는 가장 사소한 문제가 될 테니까.

난 슬그머니 방에서 빠져나와 지난 6주 동안 해온 일을 계속했다. 계산하고 꼼꼼히 살폈다. 사물을 보았다. 호텔의 16층까지 거의 다 외웠다. 이제 16층이 더 남았다.

이 호텔은 참 특별했다. 맥시마와 나는 꼭대기의 펜트하우스 스위트에 산다. 금색 커튼, 금색 시트가 깔린 최고급 킹사이즈 침대. 모퉁이에는 욕실이 있고 그 옆으로 커다란 안락의자가 있다. 광을 낸 책상 위에는 텔레비전이 있고, 문 앞에는 '옥타비아' 라고 쓴 명판이 달렸다.

"옥타비아."

내 이름을 읽을 때면 목구멍에 돌이 걸리는 기분이었다. 심지어 지금은 그 이름을 부르면, 대답까지 한다. 누군가에게 진짜 내가 누군지 말하고 싶은 마음이 굴뚝같았다.

난 몸을 떨며 계단실로 몰래 들어가 두 층을 내려가서 똑같은 복도로 들어섰다. 누가 쫓아오지 않는지 뒤를 살폈다.

비상 출입문을 통과할 때 나는 몸을 움츠렸다. 이 수갑을 제거하는 방법을 찾는다면 화재 대피로를 따라서 호텔에서 나갈 수 있는 아주 작은 기회가 생길 텐데. 그렇지만 내 목의 흉터가 날 저지했다. 마담은 다시 내게 상처를 입히지 않겠다고 약속했다. 심지어 그녀는 후회하는 것처럼 보였지만 나는 몇 달 동안 머리를 묶을 수 없었다.

손목에 찬 머리끈을 흘끗 쳐다봤다. 조세핀이라는 소녀였을 때를 증명해 주는 마지막 물건이었다. 지금 난 머리를 풀어 흉터를 감춘다. 확률이 높을 때 다시 탈출을 시도할 것이다.

복도를 들락날락하면서 외부 네트워크를 해킹할 수 있을지 생각해 봤다.

아무도 모르게 맥시마의 계정으로 들어갈 방법을 찾아야 한다. 최근 마담이 일하는 시간 동안 파일 하나가 컴퓨터 모니터에 갑자기 나타났다가 사라지곤 했다. 분명 플로팅 파일이었다. 기본적으로 네트워크의 사이버 공간 안에서 떠다니도록 설계된 숨겨진 파일이라 찾아내기 어려웠다. 플로팅 파일에는 주로 상당한 기밀 정보를 저장한다. 내가 그걸 아는 건 PSS에서도 민감한 업무 내용의 상당수를 이 파일 형식으로 저장하기 때문이다.

그 안에 그녀에 대해 알려 주는 단서나 증거 혹은 증빙 자료가 있을 거다. 어쩌면 내가 탈출할 때 쓸 만한 정보가 있을지도 모르고. 용기가 솟아올랐지만, 플로팅 파일을 다시 찾으려면 시간이 걸리고, 특히 마담은 자기 휴대전화로 내가 매일 한 일을 살피기 때문에 곤란했다.

난 순찰을 마무리하고 다시 스위트룸으로 향했다. 마담의 계정을 무사히 해킹할 수 있는 방법을 찾지 못한 채 또 하루가 지났다.

마담은 이례적인 인물이었다. 아직도 난 그녀를 파악하지 못했다. 날 납치해 강제로 일을 시키면서도 날 건드리는 이는 이유 불문 죽이겠다고 위협했다. 나에 대한 그녀의 집착은 기괴했다. 난 그 이유를 서른두 가지로 계산해 냈다. 내가 그녀를 위해 벌어들인 돈은 그 이유에 속하지 않는다.

난 방으로 돌아와서 도어 록을 해제했다. 슬그머니 안으로 들어가 문손잡이가 딸깍 소리가 나지 않도록 원래대로 조심스럽게 놓았다. 이미 상당히 조심하고 있었지만, 마담에게 거역하는 걸 들키는 건 끔찍한 일이어서 조심 또 조심하는 일이 몹시 중요했다.

숨을 내쉬고 책상을 향해 몸을 돌리다가 난 본능적으로 뒷걸음질 치며 문에 부딪혔다.

검은 가죽 소파에 누군가 앉아 있었다.

"딱 걸렸어."

CHAPTER 11

과거 : 옥타비아

중국 상하이, 골든 에인절 호텔

두 개의 검은 눈동자가 머리부터 발끝까지 날 훑었고, 사악한 웃음이 그의 얼굴 위로 퍼졌다.

"누군가 아주 큰 말썽을 피우고 있었네."

난 그 자리에 얼어붙어 두근거리는 가슴을 억누르며 방을 나섰던 핑곗거리를 생각하려고 노력했다. 그렇지만 머릿속은 하얗기만 했다.

"도망갈 길을 찾았지?"

그는 손가락으로 허공에 열다섯 살 내 몸의 실루엣을 따라 그렸다.

"이 작은 비밀을 지키는 대가로 뭘 줄 거니?"

역겨워 몸이 부들부들 떨렸다. 이 작자는 마담의 지저분한 남편 레브다. 그는 틈만 나면 바람을 피우는데, 마담은 그것도 모르고 남편이 자기밖에 모른다고 자랑한다. 내가 마담만큼 혐오하는 사람이 있다면 바로 이 인간이다.

레브는 근사한 맞춤 정장 차림이다. 그는 맥시마처럼 유럽인으로 프랑스 혈통이 섞였고 키가 182.88센티미터, 몸무게는 81.65킬로그램이다. 얼굴은 술에 절어서 늘 벌겋다. 그가 지금 이 일을 기억 못 할 만큼 취해있었으면 좋겠다.

마담이 누구도 날 건드리지 못하게 해줘서 고마웠다. 그녀는 단호히 나를 다른 누구도 아닌 자신의 것이라고 여겼다.

레브가 저녁 식사를 위해 좀 일찍 날 데리러 왔다가 이 사달이 났다. 그가 소파에서 일어나 눈빛을 번뜩이며 내게 다가왔다.

"어디 갔었어, 옥타비아?" 그가 가까이 오며 물었다.

"이 레브에게 말해 주지 않겠니? 키스 한 번이면 비밀을 지켜줄게. 어쩌면 우리가 비밀을 공유하는 사이가 될 수도 있잖아."

그는 다른 여성과 있을 때 하던 버릇대로 웃었다. 술과 뒤섞인 그의 향수 냄새가 역겨웠다. *토할 것 같다.*

"잠깐만요!"

난 화를 냈지만, 그러기엔 목소리가 너무 연약하게 들렸다. 마담은 내가 방에서 나갔다는 걸 모른다. 그녀가 내게 무슨 짓을 할지는 신만 알겠지.

협박이 유일한 방어책이었다. 난 위협 같은 덴 소질이 전혀 없어서 신중하게 단어를 고르면서 떨리는 손가락을 등 뒤로 숨겼다.

"우리가 비밀을 공유할 수도 있죠, 레브." 내가 속삭였다.

"지난번 맥시마가 밀라노에 갔을 때, 당신이 초대한 손님을 그녀가 알면 어떻게 생각할까요? 당신이 내 비밀을 지켜주면 나도 당신 비밀을 지킬게요."

그가 정색했다. 딱 걸린 거다.

"저녁 식사 준비는 끝났어." 그가 이를 갈며 말했다.

"앞장서, 귀여운 아가씨."

난 몸을 돌려 비밀번호 81818을 누르고 레브가 내 몸에 손대기 전에 서둘러 복도로 나왔다.

그는 문을 쾅 하고 닫은 뒤 날 따라잡으려고 빠르게 걸음을 옮겼다. 그가 팔로 내 허리를 감싸고 엉덩이를 움켜쥐었다. 두려움이 몸으로 퍼져 차갑게 떨렸다. 레브 주변의 모든 방정식이 음수다. 그는 위험하다.

그의 거친 숨소리가 내 귀를 뜨겁게 데웠다.

"넌 항상 너무 긴장돼 있어, 옥타비아." 그가 말했다.

우리가 조금 전 나눈 대화를 한 귀로 듣고 흘린 게 분명하다.

"긴장을 좀 풀 필요가 있어."

"당신 부인이 기다리고 있어요."

난 얼른 몸을 빼냈다. 눈가에 눈물이 맺혔다. 전적으로 무기력함이 느껴져서였다. 난 서둘러 내 보호자인 맥시마를 향해 걸었다.

레브의 일을 그녀에게 말해야 한다. 어떤 식으로 할지, 혹은 어떤 반응을 보일지 모르는 게 문제지만. 마담에게 한 가지 약점이 있다면 그건 바로 레브다.

충실한 배우자라는 믿음이 그녀가 얼마나 착각 속에 사는지 입증해 주고 있다. 그녀는 똑똑하지만, 거짓말 위에 세운 건 무엇이든 언젠가 산산조각 난다는 간단한 논리를 간과하고 있다. 다만 그날이 그리 빨리 오지 않을 것 같긴 했다.

그녀를 좋아한다는 내 거짓말 역시 탈출구를 찾는 순간 무너질 것이다. 그 거짓말은 오래 쓸 용도가 아니다. 날 도울 수단일 뿐.

납치 후 두 달이 지난 뒤, 난 빌고 울어봐야 도망치는 데 도움이 되지 않는다는 걸 깨우쳤다. 유일하게 효과가 있는 건 그녀가 원하는 걸 이뤄주고, 충성심, 존경심, 심지어 사랑을 연기하며 계속 보여주는 것뿐이었다.

그리고 거짓이 통했다.

덕분에 지금 그녀의 마음속에서 난 붙잡힌 포로가 아니라, 그녀의 제자, 그녀가 아끼는 옥타비아로 자리 잡았다.

어느 날, 드디어 마담이 말을 꺼냈다.

"널 옥타비아라고 부르는 이유를 아니?"

난 고개를 저었다.

"'여덟 번째'라는 뜻이야. 날 포함해서 우리 조직에는 일곱 명이 있어. 난 여덟 번째를 내 후계자로 삼을 거라고 내 자신과 약속했지. 이 모든 게 다 네 것이 될 거야. 넌 내 부와 왕국을 물려받을 거고. 너만이 그렇게 할 수 있어."

난 그녀를, 또 다른 이름인 셀리아라고 부를 수 있는 극소수 중 한 명이자 그녀의 스위트룸에 함께 산다. 나에 대한 그녀의 집착은 과거의 누군가에게서 비롯된 것이 분명했다. 내가 누군가를 떠올리게 하는 게 분명하다. 여동생, 어머니, 친구일지도. 그러나 그게 누구인지는 듣지 못했다.

그녀가 실제로 누구고, 왜 이러는지 알아내기 위해 난 터무니없지만 그녀의 질문에 대답했다. 처음에는 입을 떼기 너무 두려웠고 혼란스러웠지만 더 이상 거절할 수 없었다. 날마다 난 그녀와 대화할 정도로 충분한 용기를 채워나갔다. 엄마랑 했던 갈매기 게임이 어느 정도 도움이 되었다. 마담이 날 좋아한다고 상상했지만, 그건 내가 하늘을 나는 것만큼이나 불가능한 일이었다. 그렇지만 난 더 이상 갈매기가 아니다. 난 지금 먹잇감 주위를 빙글빙글 날고 있는 독수리다.

오붓한 다이닝 룸으로 들어가기 전 레브가 나에게서 멀찍이 거리를 두었다. 난 다시 계획을 떠올렸다.

그녀가 널 믿게 만들어야 해, 조. 이 여성의 실체를 알아내야 한다고.

레브가 몸을 구부려 맥시마에게 입을 맞췄다.

"봉수아레 마쉐리(Bon soirée, ma chérie 안녕, 내 사랑)." 그가 아내에게 말했다.

"자기가 부탁한 대로 옥타비아를 데려왔어."

"메르시 아무어(Merci, amour 고마워, 내 사랑)." 그녀가 입맞춤으로 화답했다.

어쩜 저렇게 평범한 사람 같을까?

"레브, 달링."

그녀가 말할 때 금목걸이가 반짝거렸다.

"오늘 밤은 옥타비아와 단둘이 이야기하고 싶어. 자긴 나중에 봐."

"비엔 수어(Bien sur 그렇게 해), 내 사랑."

그는 걸어 나가며 내게 눈을 찡긋해 보였다.

두 사람의 관계는 마담과 나의 관계와 상당히 비슷한 것이 분명하다. 일종의 계약. 맥시마는 우리가 그녀의 뜻에 순종하지 않으면 죽일 거라고 위협했고 우리는 거기에 복종하며 그녀에 대한 증오를 감추고 있다. 레브는 그녀를 떠나면 목숨을 잃게 될 걸 알기 때문에 그녀가 던져준 다른 여자들과 돈에서 자신의 자유를 찾는 것이다. 난 그의 기만행위가 이해됐다.

"새해 복 많이 받아, 옥타비아."

"새해 복 많이 받으세요, 셀리아."

내 시선이 곧바로 그녀의 접시 옆에 접힌 신문으로 향했다. 아마 날 주려고 가져온 거겠지. 처음 여기 왔을 때, 가족과 연락하게 해달라고 빌고 애원했다. 그렇게 해서 얻은 건 신문 기사가 전부였지만.

그녀가 차가운 미소를 짓더니 〈시애틀 타임스〉의 기사를 보여주었다.

"네 아버지 인터뷰야."

"뭐라고 했는데요?"

기사를 직접 볼까도 생각했지만, 그만뒀다. 신문을 보면 울 것 같았다. 지난번 셀리아가 기사를 보여줬을 때처럼. 그때 시애틀에서는 내 장례식이 열렸다. 난 공식적으로 사망한 몸이었다.

"너희 아버지 사업이 거의 끝장났어." 그녀가 말했다.

"그렇게 끝난 게 아주 속상한 모양이야. 긍정적인 면을 보면, 그는 네가 죽은 덕분에 세간의 많은 동정을 받았고 자매들도 그 어느 때보다 잘 지내고 있단다. 질투할 대상도 없고. 솔직히 조만간 릴리도 마라처럼 널 싫어하게 될 거야."

처음에는 난 그녀가 마라 언니나 아빠를 두고 하는 말을 믿지 않았다. 내가 봤을 때, 그녀는 모두에게 거짓말을 한다고 생각했다. 하지만 몇 달이 지나도 아빠에게 아무 연락도, 도움의 조짐도 없었고, 그러다 기사가 난 데다 진실은 흐려졌다. 난 그녀가 했던 말 일부가 사실이라고 믿기 시작했다.

너희 아버지는 네 능력을 사랑했지, 그 이상은 아니었어.

난 아직도 밤마다 감정의 줄다리기를 하고 있다. 사랑과 증오, 희망과 절망, 절박하게 가족들을 붙잡고 싶지만 날 찾지 않는 그들에 대한 비통함까지. 내 가슴에서 쓰린 뿌리가 자라나는 걸 부정할 수 없고, 나는 그들에 대한 사랑을 밀어내고 있었다.

가족들을 영원히 잊어버리는 쪽이 수월할 것이다. 하지만 아무리 노력해도 그럴 수 없었다. 가족들 생각을 억지로 지워버린 밤들이 내겐 가장 어두웠던 시간이었다.

"새로운 소식을 알려줘서 고맙지만 전 이제 정말로 신경 안 써요."

내 입에서 거짓말이 흘러나왔다.

셀리아가 기쁜 표정을 지었다.

"그럼 기쁜 얘기를 할게. 로마 일이 해결됐어."

난 놀랐다. 숫자는 알아차리지 못했다. 그렇게 늦게 프로젝트에 도전했는데, 말도 안 됐다.

"어떻게…?"

"얘야, 난 항상 한 걸음 앞서 있단다. 어서 먹으렴." 그녀가 테이블을 가리켰다.

음식은 따뜻했다. 이 방에서 감사는 없다. 기도나 말, 심지어 본아뻬티(bon appétit 맛있게 드세요)라는 말도 없이 그냥 먹는다. 젓가락을 들고 진수성찬을 살폈다. 김이 모락모락 나는 육류, 생선, 채소와 소스가 모두 예쁜 서빙용 그릇에 가지런하게 준비돼 있다. 난 붉은 소스와 치킨을 골랐다. 스위트 앤 사워다.

"옥타비아." 셀리아가 와인을 들이키며 말했다.

"너의 새로운 외모가 마음에 들면 좋겠어."

"아주 마음에 들어요, 셀리아." 내가 대답했다.

이번 달에 난 금발이다. 지난달에는 그녀처럼 빨강 머리였고.

"새 겨울옷은 어떠니?"

그녀가 조금도 굴하지 않고 날 뚫어지게 보며 물었다.

"엄청 좋아요."

난 마담과 매우 비슷하게 옷을 입는다. 비싼 가죽, 울, 실크. 마담은 값비싼 의류로 내 옷장을 가득 채우고 내 외모도 자주 바꾼다. 머리 염색과 컬러 렌즈로.

"내가 하자는 대로 하면 더 필요한 게 없을 거라고 했지?"

내 인생 빼고.

"그랬어요, 셀리아."

"또 다른 선물을 준비했단다. 개인 수영장이야. 아침에 출근하기 전, 한 시간 동안 혼자 수영할 수 있어. 마음에 드니?"

"네?"

치킨이 목구멍에 걸릴 뻔했다.

18일 전, 셀리아가 내게 가장 큰 두려움이 뭔지 물었다. 납치는 그녀가 원하는 대답이 아닌 것 같아서 난 수영이 최고의 취미이긴 하지만, 익사하는 게 가장 두려운 일이라고 대답했다. 그녀는 고개를 끄덕였다. 그녀가 사악한 기억 속 어딘가에 넣어두고 나중에 꺼내 쓸 거라고 예상했지만, 이런 일이 일어날 줄은 몰랐다.

내 반응을 기다리는 그녀의 눈에 다시 그 반짝임이 나타났다. 내가 거절하면 상심할 것 같은 어딘가 연약해 보이는 눈빛. 아니면 자식의 사랑을 얻으려고 돈을 마구 쓰는 워커홀릭 엄마의 모습이랄까? 뭐가 됐든 그녀는 내가 선물을 받길 바랐다.

거절하긴 너무 두려웠다. 거기다 다른 선물과는 달리 이건 정말 내가 바라던 거였다. 어떤 형태든 운동이 그리웠고, 수영은 고향을 떠올리게 해주며, 나라는 사람의 한 부분이기도 했으니까.

난 새우튀김을 집어 레몬그라스와 갈릭소스에 담갔다.

“너무 좋아요. 고마워요.”

내가 좋다고 하자, 그녀의 눈동자 속 빛은 사라졌다. 내가 이해할 수 있을 만큼 오래 지속되는 법이 없다. 셀리아는 지금 한층 침착해 보였다. 나는 레브가 내 방에 있었다는 걸 그녀에게 말해도 될지 고민했다.

밥을 먹으며 머릿속으로 문장을 만들어봤다.

레브가 바람을 피워요. 그가 나한테 치근덕거렸어요.

하지만 이 호텔에 갇혀 있는 것처럼 내 말도 목에 걸려 나오지 못했다. 내가 말하면 레브도 내 비밀을 발설할 게 분명했다.
"오늘따라 조용하구나." 셀리아가 말했다.
"고민거리라도 있니?"
그녀가 대놓고 물어보는 걸까? 지금이 말할 때라고 느꼈지만 내 계산은 혼합된 결과물이란 가능성을 제시했다. 수학적으로 따지자면, 느낌이란 항상 논리적이지 않다. 내 느낌을 믿어도 될까?
다리가 떨렸다. 두려움이 숫자를 뒤섞어버렸고, 용기가 사라졌다. 아직 그녀에게 말할 수 없었다.
"내일 출장을 간다니 걱정이 돼서요."
대신 이렇게 말했지만 사실이기도 했다.
그녀가 떠난다는 생각에 전율이 다리를 타고 흘렀다. 그녀는 날 납치한 사람이기도 하지만 내 보호자이기도 하니까.
셀리아가 숟가락을 내려놓았다.
"나의 소중한 옥타비아."
그녀가 어색한 목소리로 말했다.
잠시 시간이 좀 걸렸지만, 그녀는 어색하게 손을 뻗어 내 어깨를 어루만지며 위로하려 들었다. 그 손길은 짧았다. 내가 움츠리기도 전에 그녀가 먼저 손을 거둬들였다.
"고작 며칠인걸." 셀리아가 말했다.
며칠이라니. 정확한 일수를 말하는 사람은 아무도 없나? 지난번 그녀가 그렇게 말했던 며칠은 열흘이었다.
"알았어요." 내가 대답했다.
난 국자로 수프를 떠 그릇으로 옮기는 데 집중했다. 수프는 생선 향이 났고 가늘고 긴 미역 줄기가 들어 있었다. 난 숟가락으로 미역을 둘둘 말았다.

"무슨 말을 하려고 했어요?"

"널 승진시킬 거야." 그녀가 휴대전화를 꺼내 코드를 입력했다.

"가오가 하던 일을 네가 맡아줬으면 좋겠어. 그를 킹에게 보냈거든."

그 소리에 숟가락이 떨어지면서 작은 흰 그릇에 부딪혀 쨍그랑 소리가 났다.

킹이라고? 난 침을 꿀꺽 삼켰다. 소문에 따르면 킹을 만나느니 차라리 저승사자를 만나는 쪽이 낫다고 했다.

마담은 내 반응을 놓치지 않았다. 그녀는 자기 밑에서 일하던 가오가 언젠가 다른 일자리를 찾을 거로 생각하는 듯 조용히 수프만 떴다. 하지만 가오에게 숨이 붙어 있어야 다시 일자리를 찾을 수 있다.

내가 가오의 자리를 원했을까? 나한테 선택의 여지가 있긴 할까? 한번 잘못했다간 곧장 물고기 밥이 될지도 몰랐다. 혹은 그렇지 않을 수도. 모두 셀리아가 강철 심장을 가졌다고 하지만… 나는 예외다. 심지어 레브도 그녀가 날 쳐다보는 눈길을 눈치챘다. 날 승진시킨다는 건 날 믿는 그녀의 방식이다.

"옥타비아?" 그녀가 물었다.

"내가 한 말 들었니?"

"그 자리를 맡고 싶어요. 당신이 원하는 건 무엇이든 할 거예요."

난 또 가식으로 무장했다. 지금 멈출 수 없었다. 더군다나 지금은.

가오의 자리를 맡는다는 건 정보에 접속할 수 있다는 뜻이다. 난 여기서 벌어지는 일을 파악하고 거기에 맞춰 조치를 취할 준비가 되어 있다.

CHAPTER 12
과거 : 옥타비아

중국 상하이, 골든 에인절 호텔

동이 틀 무렵, 셀리아가 호텔을 나섰다.

수영장에서의 첫 아침은 매우 근사했다. 수행 가드 마를 제외하면 아무도 없었다. 난 온수 풀 바닥을 향해 다이빙했다. 아래로 쭉 활강한 뒤 손으로 바닥을 짚었다. 그리고 발을 힘껏 차며 표면으로 올라갔고 다시 내려가면서 한 시간을 채웠다.

자유형으로 수영을 마무리하고 풀장 가장자리에 걸터앉았다. 그때 털이 헝클어진 두 개의 살집이 눈에 들어왔다. 사람의 발이었다.

고개를 드니 수영복을 입은 레브가 있었다.

아침 일곱 시. 보통은 그가 잘 시간인데 정신 말짱한 상태로 광적인 눈동자를 번뜩이며 여기 서 있다니.

"수영복 근사하네. 새거니?" 레브가 하품을 억지로 참으며 물었다.

"아니요."

난 곧장 라운지를 향해 걸음을 옮겼다.

"벌써 가는 거야? 한동안 오붓하게 둘이 수영할 수 있을 줄 알았는데."

레브가 날 따라왔다.

"안타깝지만, 시간이 다 됐어요."

내가 손짓하자 가드인 마가 다가왔다.

"좋을 대로 해."

레브는 물속으로 뛰어들었고 난 서둘러 사무실로 돌아갔다.

인터넷이 제한되고 전화도 없었지만, 난 셀리아의 개인용 컴퓨터로 그녀의 투자 정보를 살폈다. 나의 새로운 직책에서 볼 수 있는 파일이 더 많을 거란 생각은 옳았지만, 그녀의 컴퓨터는 휴대전화와 연동되어 있어서 조심해야 했다. 그녀는 내가 한 모든 행동을 추적할 것이다.

6시간 비행이고 공짜 와이파이를 절대 쓰지 않기 때문에 이론상 그녀가 다시 온라인에 접속하기 전에 들어가서 보고 접근 내력을 전부 삭제하면 됐다. 이번이 내가 기다리던 기회다.

간단한 보안 프로토콜을 푸는 데 평소의 세 배 이상인 83분이 걸렸다. PSS에서도 보지 못한, 새 기술을 도입한 탓이었다.

드디어 그녀의 문서 파일로 들어갔다. 언뜻 보니 관리 업무와 여행 경비로 그녀가 누군지, 무슨 일을 했는지 입증할 만한 내용은 아무것도 없었다.

하지만 더 자세히 들여다보니 임시 게임 폴더 하나가 눈에 들어왔다. 마담은 게임 같은 건 하지 않는다. 파일을 클릭하니 암호화된 유령 폴더가 있었다. 암호와 씨름하고 나니 X 표시가 된 파일이 나타났다. 빙고, 플로팅 파일이다!

그걸 클릭했는데 누군가 문을 두드렸다.

문이 열리고 레브가 들어왔다. 난 안도의 한숨을 내쉬었다. 그는 컴퓨터와는 거리가 멀다. 지금은 그 점이 마음에 든다.

“아침 식사를 같이하려고 기다렸잖아.” 그는 삐딱한 청소년처럼 뿌루퉁하게 말했다.

“혼자 밥 먹는 거 싫단 말이야.”

속이 메스껍다. 심지어 저 인간의 목소리에서 징그러움까지 묻어났다. 수학적 진화에도 불구하고 정설은 없다지만, 레브는 실제로 슬라임에서 진화했을 가능성이 상당히 높았다.

“셀리아가 올 때까지 기다리세요.”

“그녀는 토요일까지 돌아오지 않아. 아직 이틀이나 남았다고.” 그가 징징거렸다.

“나중에 저녁 같이 먹을래?”

“안 돼요. 할 일이 너무 많아요.”

난 대답하며 그가 보지 못하도록 컴퓨터 화면을 기울였다. 파일 두 개가 더 남았다.

“셀리아가 일 처리에 정말 까다로운 거 알잖아요.”

그가 고개를 갸우뚱댔다.

“그녀가 네게 시키는 일은 이렇게 오래 걸리지 않아.”

성난 벌 떼처럼 숫자들이 몰려들었다. 레브는 셀리아의 일에 신경을 많이 쓸 것이고, 방금 그 말은 내 생각보다 더 가까이서 지켜보고 있었다는 뜻이다. 갑자기 경각심이 생겼다.

"저녁 식사 후에 술 한잔 어때?" 그가 간청했다.

"거절하지 마, 그녀가 없을 때 위로가 필요하단 말이야."

"미안해요, 레브. 안 돼요. 어젯밤에 잠을 못 잤거든요."

그는 패배자처럼 잠시 가만히 있었다.

"알았어. 또 잠이 안 오면 날 찾아와. 자장가를 불러줄게." 그가 속삭였다.

다행히 그는 자리를 떴고 난 얼른 플로팅 파일에 달려들어 열어보려고 애썼다.

15분이 지났지만, 여전히 벽을 깨지 못했다. 인간 계산기인 친구들과 함께라면 좋겠다고 생각했다. 그 친구들이 종종 하던 말이 뭐였더라?

그 사람에 대해 아는 것부터 시작하라. 제일 먼저 떠오른 건 셀리아가 금에 집착한다는 사실이다. 오늘 그녀가 어디로 갔지? 이탈리아다.

내 머릿속은 416가지 가능성과 함께 빙글빙글 돌다가 금과 라틴어를 조합해 냈다. 번역을 살펴본 뒤 난 라틴어로 '금'을 뜻하는 글자 '아룸'을 배열 코드에 넣었다. 알파벳 a-u-r-u-m을 숫자로 변환하면 120232013이 되고 이것을 다시 해독하면 1-20-23-20-13이 된다.

그리고 마침내, 암호를 풀었다. 전혀 어렵지 않았다. 그저 그 사람을 알기만 하면 될 뿐.

안에는 폴더 두 개가 있었다. 하나의 폴더는 숫자로 제목이 붙어 있었는데 열어보니 텅 빈 폴더였다. 파일의 숫자는 국제전화 국가 번호 +61로 시작하는 전화번호처럼 보였다. 다섯 살 때 난 모든 국가 번호를 외웠다. +61은 호주다.

이상하다. 그녀의 컨테이너는 한 번도 호주로 간 적이 없고 그곳에서는 엑스포가 열리지도 않는다. 내 머리 뒤쪽에서 방정식들이 요동쳤다. 의문이 가득 쌓였지만, 내일까진 이 전화번호를 알아볼 수 없었다. 그래서 일단 기억에 넣어두고 다음으로 넘어갔다. 지금은 집중해야 할 때니까.

두 번째 폴더도 비어 있는 것처럼 보였으나 내가 잘 알고 있는 분야다. 보이지 않게 잠가둔 조용한 코드.

조용한 코드는 아이들이 열 수 없도록 만든 뚜껑에 안전장치가 달린 약통 같은 것이다. 한 단계를 더 거쳐야 했다. 이 파일에서 난 그렇게 할 수 있었다.

나는 파일을 열어보고 놀라서 입이 쩍 벌어졌다. 구역질이 올라오는 걸 참기 위해 배를 꽉 움켜쥐었다. 셀리아의 왕국은 내가 생각한 것 이상이었다. 그녀는 세계 외딴 구석까지 연줄이 있었고 그들은 모두 전 세계 지명 수배자 명단에 올라와 있는 무시무시한 악당들이었다.

결국 난 그녀가 누군지 알았다. 마담이야말로 지상으로 올라온 지옥의 여왕이었다.

다음 날 아침, 수영장으로 가면서 마담의 끔찍한 왕국에서 내가 했던 더러운 역할을 염소를 뿌린 수영장 물에 씻어낼 수 있길 바랐다. 드디어 그녀가 밀수하는 품목이 무엇인지 알아냈다. 그녀의 화물이 이 호텔에 있을 수도 있었다.

파일에서 내가 읽었던 유엔 보고서가 고장 난 레코드판처럼 머릿속에서 계속 울려 퍼졌다.

세계적인 범죄 조직의 수장인 마담이 20년 넘게 체포망을 피하며 비밀 밀수 루트를 통해 벌어들인 수익은 알려진 것만 해도 10억 달러가 넘는다. 그녀의 정교한 조직은 총기, 마약, 매춘, 밀매를 일삼는 범죄 집단과 공통되는 부분이 많다.

밀수꾼.

밀매범.

범죄자 우두머리.

그녀가 투자한 모든 퍼즐 조각이 마침내 하나로 합쳐져 내게 완전한 그림을 보여주었다.

M's 텍스타일을 운영하면서 마담은 가장 소중한 수입품을 잘 보이는 곳에 완벽하게 숨겼다. 매번 새 엑스포에서 그녀는 공식적으로 시즌별 새 '라인'을 선보인다. 그녀의 제품은 희귀하고 고가이며 대칭적으로 완벽하다. 일부 고객은 젊은 여성이 걸친 이국적인 직물을 보고, 다른 고객들은 직물을 걸친 이국적인 여성을 본다.

사람의 목숨. 내 인생.

파일에는 각기 다른 사진이 가득 담긴 경찰의 기밀 보고서도 있었다. 금발에 푸른 눈동자의 여성들, 칠흑같이 새까만 머리칼, 녹색 눈동자, 안경, 갈색 머리와 핑크 립스틱. 차이점은 두드러졌지만 모두 그녀다. 그들 모두 마담이었다.

그리고 당연히 금은 그녀의 모든 부분에 녹아 있었다. 이름, 도시, 항공사. 그녀는 정말 집착이 심했다.

어젯밤 마담이 내 천부적인 능력을 자신의 사악한 기업 자금을 움직이는 데 이용했다는 걸 깨달으면서 상황이 암울해졌다. 그 범죄들이 내 머릿속에서 나온 걸 알기에 내 세상의 마지막 촛불은 꺼져버렸다.

내 안에서 요동치던 메스꺼운 죄책감이 이내 순수한 분노로 변했다. 빌어먹을 살인자라고 외치고 싶은 걸 참느라 애를 썼다. 그녀가 죽어서 재가 천 년 동안 지옥 불에서 탄다고 해도 그녀가 죽는 걸 바라진 않았다. 죽음은 너무 쉬우니까. 그녀에게 가졌던 조금의 자비도 모조리 사라졌다. 아드레날린이 난폭하게 치솟은 지금의 나라면 그녀의 종말에 너무 집중한 나머지 의도만으로도 그녀를 없앨 수 있을 것 같았다.

난 물속으로 뛰어들어 격렬하게 물살을 가르며 오늘의 계획을 세웠다.

우선 마담에 대한 정보와 내가 포로로 잡혀 있는 상황을 PSS가 개발한 편리한 애로우-메일을 통해 사이버 공간으로 전송해야 한다.

애로우-메일은 영리한 스팸으로 눈에 보이지 않으며, 한층 정확하다. 태그를 건 대상에게만 전달되고 보안 시스템을 통과할 수 있다. 대중에게 공개된 적이 없고, 이 메일을 아는 스탠리 관계자들도 비밀을 지키기로 맹세했다. 내가 규정을 어겨도 그쪽에서 용서해 줄 거라고 확신한다. 어느 관계 당국이 받든 내 말을 믿어 주기만을 바란다.

애로우-메일의 유일한 결함은 대용량 파일을 전송할 수 없다는 것이다. 한 번에 1메가바이트만 가능하다. 내 경우, 태그한 대상은 경찰, 인터폴, FBI, CIA라서 가장 관련 있는 정보를 먼저 보내야 했다. 안전을 위해 세 파일 모두 업로드했지만, 어젯밤에는 작은 파일 하나만 보냈다. 용량이 큰 파일 두 개는 오늘 보내야 한다. 시스템에 너무 오래 접속해 있으면 경고가 뜰 수도 있다.

셀리아는 오늘 밤 집으로 온다.

지금쯤 어느 기관에서 내가 보낸 첫 정보를 받았을 것이다. 그들이 추적한다면 결국 마담과 내게 닿게 되겠지. 어떤 기관이 먼저일지 궁금하다. FBI? 인터폴? CIA? 그쪽에서 이미 그녀를 추적하기 시작했을까?

락커 룸에서 마담이 사준 로브를 막 걸치는데, 술에 잔뜩 취한 레브가 들어왔다. 내 온몸의 근육에 힘이 들어갔다.

“안녕, 하녀 아가씨.”

그의 숨소리에서 바이주 냄새가 강하게 풍겼다. 눈동자가 게슴츠레한 게 밤새 잠을 못 잤나 보다. 계산해 보니 숫자가 탈출구 두 곳, 사용할 수 있는 무기 두 개, 도망칠 수 있는 방법 100가지를 도식으로 보여줬다. 난 뒤로 물러섰다. 그가 가까이 다가왔다.

"수영할래?"

"미안해요, 레브."

난 침착한 목소리로 말하려고 애썼다.

"난 이 성의 왕자가 아니잖아요. 일해야 한다고요."

주변에 가드가 없는지 살폈다.

"넌 날 왕자라고 생각하는 거야?"

그가 내 로브의 벨트를 잡아당겨 옷이 헐거워졌다. 뒤로 물러났지만, 그가 더 가까이 다가왔다. 너무 가까웠다. 그의 뱀 같은 숨결이 내 목에 닿았다.

"왕자가 노예 소녀와 사랑에 빠지면 어떻게 될까?"

난 그 자리에 얼어붙었고 머릿속에서 미친 듯 계산기가 돌아갔다. 빨리 이곳을 떠나야 한다.

"가드 마!"

난 큰 소리로 그를 불렀다. 하지만 마는 들어오지 않았다.

"그는 바빠." 레브가 내 손을 잡았다.

"날 따라와."

"싫어요. 저리 가요, 레브!"

그는 여전히 내 가운을 잡고 있었다. 가슴을 밀쳤으나 그가 내 옷소매를 붙들었다. 그에게서 떨어지려고 난 가운을 그의 손에 남겨둔 채 몸만 빼냈다.

젠장. 지금 난 수영복 차림으로 레브 앞에 있다. 문을 향해 뛰었는데 그가 쫓아왔다.

"더 이상 날 고문하지 마, 옥타비아." 그가 속삭였다.

"우리가 당연히 누려야 할 사랑을 셀리아가 멈추게 하지 말아줘. 넌 늘 혼자잖아. 나도 그래. 셀리아의 방식대로라면 우리는 영원히 혼자일 거야."

"아뇨, 레브. 셀리아는 당신을 사랑해요. 난 그녀를 배신하지 않을 거고요."

난 그의 다음 행동을 계산하고 재빨리 손을 막았다.

"그런데 난 너에 관한 뭔가를 가지고 있어. 그걸 돌려받고 싶다면 내 말대로 해야 할 거야."

내 뭔가를? 지금 무슨 말을 하는 거지?

하지만 그가 너무 가까이 와 있는 바람에 물어볼 수 없었다. 너무 불안하다. 그는 너무 굶주려 있다. 그를 멈출만한 말을 해야 한다. 다리가 후들후들 떨렸다.

"이러면 안 돼요. 당신의 행동을 그녀가 알기라도 하면…."

"지금 날 협박하는 거야?"

그는 이제 화를 내고 있었다. 테이블 위에 작은 나무 티슈 곽이 보였다. 난 그걸 잡으려고 애쓰면서 그가 눈치채지 않길 바랐다.

"당신이 다 가졌다는 걸 다시 한번 말해주고 싶어요." 난 목이 메었다.

"난 그냥 노예일 뿐이라고요."

"내가 널 자유롭게 해줄게. 우린 함께 탈출할 수 있어."

그가 또다시 부드러운 목소리로 말했다.

"싫어요."

난 있는 힘을 다해 티슈 곽을 그에게 던지고 재빨리 문으로 달려갔다.

가운은 레브의 손에 그대로 두고 수영복 차림으로 최대한 빨리 내 방을 향해 뛰었다. 마지막으로 내가 들은 건 레브의 위협적인 목소리였다.

"이 일을 후회하게 될 거야!"

∞

방에 도착했을 때, 문이 약간 열려 있었다.

레브가 날 찾아 방에 왔던 게 틀림없다. 난 코드를 조합하고 이중으로 잠갔다. 그가 들어올 방법은 없다.

안전한 방에서 난 바닥에 털썩 주저앉아 혐오스러움을 느끼며 눈물을 흘렸고 방금 벌어졌던 아니, 거의 벌어질 뻔한 일을 생각했다.

"넌 괜찮아, 조." 난 스스로에게 말하고 또 말했다.

"아무 일도 없었어. 넌 괜찮아."

몸이 부들부들 떨렸다. 날 보호해 줄, 걸칠 옷이 필요하다. 난 1분 정도 옷장에서 꼼지락거렸다. 손에 감각이 없고 덜덜 떨렸다. 내가 집어 든 건 모조리 회색의 두꺼운 옷들이다. 회색 청바지, 검정 스웨터, 진회색 가죽 재킷. 재킷 지퍼를 목까지 끌어올렸다. 그리고 무릎까지 올라오는 부츠를 신었다. 계속 껴입어서 그 속에 숨고 싶었다.

꽉꽉 껴입은 뒤에도 난 침대 뒤 거의 안 보이는 모퉁이를 찾아 그 좁은 공간에 비집고 들어가 망각의 존재가 되어 이 일을 제대로 생각해 보려고 애썼다. 마담에게 모든 걸 말할 때가 되었다.

재킷 지퍼를 더 끌어 올리려 했지만, 더 올라갈 곳이 없었다. 다시는 수영장에 가지 않을 것이다. 6분 뒤 책상으로 갔는데, 내 컴퓨터가 사라졌다!

내 귀에 속삭이던 레브의 목소리가 생생하게 들렸다.

난 너에 관한 뭔가를 가지고 있어….

컴퓨터가 없으면 파일을 더 이상 보낼 수 없다. 자유를 얻을 기회가 사라졌다. 마담을 세상에 폭로할 기회를 잃어버렸다.

가드 마를 불렀지만, 대답이 없었다. 다른 가드를 불렀다. 누구도 대답이 없다. 위험을 무릅쓰고 컴퓨터를 가져올 수는 있지만 레브가 무슨 짓을 할지 알 수 없었다.

난 무릎을 꿇고 털썩 주저앉고 말았다. 소리 없는 비명이 바닥으로 떨어졌다. 너무 늦었다. 마담이 집에 도착할 시간이 다 됐다.

CHAPTER 13
과거 : 옥타비아

∞

중국 상하이, 골든 에인절 호텔

내 방 벽에는 이상한 것이 수없이 많다. 찍힌 자국, 변색된 곳. 난 그 이유를 안다. 4시간 동안 그것들을 다시 세다 보니 가드가 인터폰으로 연락해 왔다.

"마담이 막 도착하셨습니다."

그가 내게 알려 주었다.

"지금 짐을 옮기는 중입니다. 당신을 보러 가십니다."

뭐라고 말해야 하지?

단어 선택을 신중히 해야 했다. 그녀에게 레브는 닻과도 같았다. 그의 배신이 얼마나 깊은지 알린다면, 그녀는 무너질지도 모른다. 말하지 않으면 상황은 더 나빠질 뿐이고. 왜 그녀에게 레브의 다른 여자들에 대해 말하지 않았을까? 그랬으면 일이 더 쉬워지고 그녀도 쉽게 믿었을 텐데. 하지만 어딘가 이상하게 왜곡된 방식으로 그녀는 날 신뢰하고, 날 사랑한다. 그녀가 다시 날 해치지 않겠다는 약속 하나에 내 기회를 걸었다.

그런데 내가 자기 컴퓨터에서 열어본 파일을 그녀가 봤다면 어떡하지?

저녁 식사 시간이 되었지만, 여전히 마담이 올 낌새는 없었다. 난 상황이 괜찮을 거로 생각하기 시작했다. 어쩌면 그녀는 레브의 비밀을 알고 있을지도 모른다. 어쩌면 그녀는 그와 거래하고 있을 수도 있다. 어쩌면 그 징그러운 뱀장어를 없애는 게 우리의 운명일지도 몰랐다.

난 검은 가죽 소파에 주저앉았다. 눈을 감고 긴장을 풀던 그때, 복도에서 비명이 들리더니 내 방문을 마구 두드리는 소리가 났다.

좋은 일이 발생할 가능성은 15퍼센트 미만이다.

키패드가 열리는 소리가 났다.

셀리아가 문 앞에 서 있었다. 영혼 없는 괴물처럼 일그러진 눈동자에 따뜻함이라고는 찾아볼 수 없는, 처음 만났던 그 모습과 같았다. 그녀의 손에 내 가운이 있었다.

그녀는 그걸 내 얼굴에 던지고 소리를 질렀다.

레브가 거짓말을 했다. 전부 다.

그리고 말도 안 되는 5분 동안 마담은 그가 지어낸 이야기를 반복했다. 요약하면, 몇 달 동안 내가 그를 꼬드기며 비밀리에 쫓아다녔다는 거다.

"난 너를 믿었어, 옥타비아. 내가 가진 모든 것과 함께."

그녀의 눈동자에 배반의 날이 섰다.

"난 널 선택했어. 네가 바로 그 인물이지. 더 잘 알아봤어야 했는데."

셀리아는 내게 상처를 주고 싶어 했지만, 이런 상황에서도 그녀는 뒷짐을 지고 서 있었다.

"어떻게 그럴 수 있어?" 그녀가 소리쳤다.

나는 그녀가 사람을 처벌하는 데 망설이는 걸 본 적이 없었다. 그녀는 절대 대놓고 말하지 않는다. 그런데 지금 그녀가 내게 그러고 있다고? 어쩌면 내 말을 들어줄지도 몰랐다.

난 이야기를 시작하면서 그녀가 보여준 한 줌의 인류애를 간절히 찾았다.

"셀리아." 나는 말문을 열었다.

"절대 그런 짓은 하지 않았다고 맹세해요. 당신이 자리를 비운 동안 레브는 여자들을 만나며 바람을 피웠어요. 더 일찍 당신한테 말했어야 했는데, 어떻게 말을 꺼내야 할지 몰랐어요. 당신이 모두에게 날 내버려두라고 경고해서 그가 내게 접근할 거라고는 생각조차 못 했어요."

그녀의 얼굴이 의구심으로 일그러졌다. 그녀가 다른 평범한 사람과 같다면 날 믿어 줄 확률에 도박을 걸 수 있다. 하지만 그녀의 광증을 고려하면….

3초간의 정적 뒤에 그녀의 차가운 얼굴이 돌아왔다.

"네 목숨을 부지하려고 감히 레브 탓을 하다니."

그 말이 나오는 순간, 그녀의 얼굴은 다시 일그러졌다.

"셀리아, 절 믿으세요. 당신이 진심으로 레브를 사랑하는 거 알아요. 하지만 그는 당신을 사랑하지 않아요."

그 말을 하는 순간, 그녀의 눈동자 속 소녀가 번뜩였다. 아무리 사악해도 그녀는 충실한 배우자를 원하는 여자였다. 난 더 대담해졌다.

"당신이 그런 대접을 받을 이유가 없어요. 그를 보내버려요. 난 당신 곁에 있을 거예요."

그녀가 고개를 저었다.

"난 널 보호하려고 했어, 옥타비아. 널 지키려고 했고, 너한테 모든 걸 다 주고 싶었지. 그런데 이제 되돌릴 수 없다는 걸 깨달았어."

그녀가 가드 마를 불렀다. 재빠른 그의 발소리가 복도에 울렸다.

"셀리아." 난 떨리는 목소리로 말했다.

"레브는 다시 당신에게 상처를 줄 거예요. 하지만 난 당신을 돕고 있잖아요, 안 그래요?"

"이제 넌 필요 없어. 네 덕분에 앞으로 10년간 내 수입이 세 배는 뛸 거야."

그녀가 차갑게 말하며 웃었다.

"타이밍 참 기가 막혀. 네 가족의 운명을 생각하면."

그녀의 입술이 일그러지고 잔주름이 잡혔다.

"무슨 말을 하는 거예요?"

그녀가 신문을 집어 들었다.

그걸 내 손바닥 위에 내려놓기 전 난 헤드라인과 날짜를 봤다.

시애틀에서 보트 사고로 일가족 세 명 사망

“우리가 해낼 거라고 했잖아. 너도 마침내 네 반역자 가족과 합류하게 됐어.”

난 바닥에 주저앉았다. 귀에서 윙윙 아니, 요란한 굉음이 울렸다. 머리기사가 내 머리에 구멍을 내고 내 가슴을 도려내며 위장을 통과하면서 어지럽고 속이 메스꺼워졌다.

그들이 죽었다고?

“날 어쩔 작정이에요?” 내가 소리쳤다.

“오후 내내 생각해 봤어.”

그녀는 우리가 함께 식사하던 그 많은 날처럼 다시 평범한 목소리로 돌아왔다.

“네가 가장 큰 두려움으로 고통받길 바라. 너를 오랫동안 물속에 있게 해줄 수 있는 적임자를 알고 있지. 마! 이 아이를 포트 랜즈로 데려가. 그리고 킹에게 줘 버려.”

CHAPTER 14

현재 : 피닉스

∞

중국 상하이, 상하이 타워

챈의 회사 출근 첫날도 절반이 지났다. 난 벌써 사흘 치 일을 끝냈지만, 마음은 1분밖에 지나지 않은 듯 느껴졌다. 커피를 열 잔 마신 사람처럼 초조해서 억지로 진정하려고 애썼다. 서두를 필요가 없었다. 가진 패를 다 동원할 거니까.

점심을 사무실에서 먹겠다고 하자, 챈은 놀란 눈치는 아니었다. 그런데 그의 회사 문제를 아직 발견하지 못했다고 말했을 때는 불안해했다. 하나도 살펴보지 않았다는 말은 하지 못했다. 정말로 그렇게 심각한 상황인 걸까?

점심을 먹은 뒤 다시 컴퓨터 앞으로 가서 마침내 추적할 수 없고, 검열이 없는 나만의 장비가 생긴 데 감사했다.

제일 먼저 할 일은 마담의 이상한 빈 파일에서 찾은 호주 전화번호를 검색하는 것이다. 한 요양원 홈페이지가 나타났다.

서머싯 요양원. 본사는 브리즈번에 있고 호주 전역에 지점을 갖춘, 재정 상태도 정상인 업체다. 건질 만한 게 아무것도 없었다.

당혹스럽다. 어째서 마담은 호주 양로원을 비밀 플로팅 파일에 보관해 둔 걸까? 자신을 위해서? 아는 사람이 그곳에 있나? 그녀가 그들의 시스템에 돈을 숨긴 걸까?

나는 그걸 알아봐 줄 PSS의 남자애를 알고 있다. 어쩌면 관심을 딴 곳으로 돌리려는 수법일 수도 있다. 살펴보는 건 나중 일이었다. 지금은 생각해야 한다.

두 번째로 애로우-메일 데이터베이스에 숨겨둔 파일을 불러왔다. 다행히 쉽게 복구할 수 있었다.

마담이 전 세계에 벌려둔 정보, 유통, 기업을 검토하면서 난 고개를 저었다. 세계 전역에 일곱 명의 리더가 있지만, 그녀가 제일 좋아하는 도시는 당연히 상하이였다. 상하이에는 세계에서 가장 분주한 컨테이너 부두가 있으니까. 그녀의 화물이 특별히 눈에 띄지 않고 들락날락할 수 있으며, 킹과 그녀의 충직한 부하들이 세관과 부두에 있는 건 말할 것도 없다. 그녀의 사업은 상하이 부두처럼 작은 제국이다.

그녀의 영역으로 들어가는 방법은 세 가지다. 부두, 선적 업체, 직물 업체.

난 그녀의 범죄 조직 리더 중 한 명인 미국 사업가 해덕이 운영하는, 추악한 업체인 골든 글로벌 쉬핑부터 시작했다. 화물이 뭔지 모르던 시절, 마담의 온라인 해운 계정 작업을 한 적이 있었지만 내 예전 접속 코드는 막혀 있었다.

내가 접속해서 들어간다면 부두로 가는 그녀의 선적 루트를 바꿔 관계 당국이 받을 수 있게 할 수 있다. 그렇게 그녀의 밀거래 수입을 차단하고 그녀를 세상에 폭로하고 망가뜨린다.

그녀와 함께 살고, 같은 테이블에서 밥을 먹는 사이 그녀가 세상을 약탈했다는 사실을 떠올리니 몸이 굳어졌다. 그리고 엑스포….

이번에 열리는 상하이 엑스포가 그녀의 마지막이 될 것이다.

정부에서는 왜 그녀가 잡히지 않았는지 의구심이 들겠지만, 이유는 뻔하다. 그녀는 존재하지 않는 것과도 같다. 밀수했다는 증거가 없다. 더러운 돈의 흔적도 없다.

무엇보다 그녀는 상당히 진보한 형태의 암호 화폐를 사용한다. 또한 그녀의 계좌는 복잡한 은행 식별 기호라는 거미줄로 복잡하게 엮여 있다. 돈이 그냥 사라진 거나 마찬가지다. 그녀의 제국을 정복하고 그녀를 폭로하려면 다른 방법이 없다. 계좌를 추적할 방법을 찾아야 한다.

파일에 남은 예전 엑스포 기록을 검토하는데 두드러지게 눈에 들어오는 숫자가 있었다. M's 텍스타일에는 두 가지 유형의 구매자가 있는데, 특정 구매자를 위해 그녀는 스핀 코드처럼 보이는 이체용 은행 식별 기호를 암호화해 두었다.

스핀 코드? 어쩌다 그걸 할 만큼 똑똑해졌지? 누가 그녀에게 가르쳐줬을까? 스핀 코드에 대해선 PSS만 알고 있는 줄 알았다. 근본적으로 이 코드는 백도어를 여는 비밀번호다. 간단하다. 은행 식별 번호를 입력하면 스핀 코드가 배열하며 암호를 해독하고 새로운 경로로 안내해 준다.

내 이론을 실험해 보기 위해 그중 하나를 클릭했다. 그러자 은행 식별 번호가 배열을 시작하더니 멈췄다.

만료됨.

난 다른 번호를 클릭해 봤다. 만료됐다.

그렇다. 셀리아는 스핀 코드를 사용해서 이체하기 때문에 은행이나 관계 기관에서 추적할 수 없다. 그런 다음 그녀가 중간 계좌를 제거하는 식이다. 지극히 간단하다.

숫자 배열이 너무 빠르게 진행되기 때문에 스핀 코드를 추적할 수 있는 사람은 극소수다. 다행히 난 볼 수만 있으면 가능하다. 그리고 유효한 스핀 코드를 알아내면 그걸로 연쇄적으로 그녀의 모든 계정에 들어가 모든 돈에 접근할 수 있다.

하지만 구매자들은 언제, 어떻게 은행 식별 번호를 받는 걸까?

킹에게 받을 수도 있지만 셀리아가 엑스포에서 구매자와 거래한다는 쪽이 더 논리적인 대답이다. 공개적이고 합법적인 환경에서 불법으로 운영하는 것이다. 한번 거래가 끝나면 식별 번호의 유효 기간은 만료된다. 셀리아는 항상 한발 앞서간다.

즉 이론적으로 구매자는 보증된 단기 은행 식별 번호를 받는다. 마담은 평범한 구매자, 심지어 경찰도 스핀 코드로 은행 식별 번호를 추적할 수 없다는 걸 안다. 아주 짧은 몇 초 안에 배열되기에…. 그렇지만 나 같은 구매자는 가능하다. 난 조합이 시작될 때 외울 수 있다. 유일하게 내가 원하는 걸 얻는 보장된 방법은 그것뿐이다.

난 손가락이 얼얼한 상태로 컴퓨터에서 멀어졌다.

나는 지금까진 감금된 방에서 컴퓨터 한 대만 쓰던 옥타비아,

혹은 프랫에 갇힌 더블 에잇처럼 생각해 왔다. 하지만 피닉스로서 난 어디든, 심지어 엑스포에도 갈 수 있다.

내가 구매자가 될 수 있다. 그녀의 계정에 접속할 권한을 얻는 거다. 증거를 챙기는 거다. 그녀를 망가뜨리기 위해.

엑스포 광고가 화면에 깜박이며 내 시선을 끌었다. 난 광고를 봤다. 마담 모로의 근사한 얼굴, 눈에 띄는 붉은색 머리와 같은 색의 립스틱을 바른 그녀의 사진도 실려 있었다.

손가락을 떨며 난 눈을 감았다. 그게 무슨 의미인지 알아차리자. 심박수가 30퍼센트 올라가고 어지러웠다. 난 늘 한발 물러나 모든 걸 처리하는 상상을 했다.

내가 구매자가 된다면 그녀가 있는 건물로 들어가 다시는 하고 싶지 않은 일을 해야 한다. 마담을 만나야 하는 것이다.

하루를 마무리하면서 난 챈에게 줄 투자처 세 곳을 준비했다. 모두 마담과 관련된 곳으로 결국 내가 그녀의 제국을 통제하는 데 도움이 될 것이다. 챈의 일반적인 투자 포트폴리오에 들어 있는 곳은 아니지만 내가 왜 여기를 골랐는지, 그는 그 이유를 예측하지 못할 것이다. 그의 동의를 얻으려면 숫자로 그를 놀라게 해야 한다.

노크 소리가 나서 난 화들짝 놀라며 반사적으로 컴퓨터를 덮었다. 챈이 문으로 고개를 빼곡 내밀고 희망찬 눈빛으로 물었다.

"뭐 중요한 거 찾은 게 있나?"

우리가 마지막으로 대화한 지 2시간밖에 지나지 않았다.

내 얼굴이 창백해졌다.

"아뇨, 아직. 파일을 훑어보는 데 시간이 좀 걸릴 것 같아요."

"물론이지." 그가 헛기침했다.

"어쩌면 내일 찾을지도 모르고."

"여기요."

난 그에게 보고서를 건넸다.

"고려해 볼 만한 일부 수익 투자처예요."

"시에시에(Xie Xie 谢谢 고맙구나)."

그는 상자 여러 개가 들어 있는 쇼핑백을 건넸다.

"회사에서 주는 선물이야."

슬쩍 안을 들여다봤다. 옷, 신발, 코트. 내 건 직접 사고 싶다고 그에게 말했던 것 같은데?

카이가 들어왔다. 그는 넥타이를 벗어 던졌고, 카라의 단추도 풀었다. 놀랍게도 머리는 하루 종일 레슬링을 한 것처럼 엉망이 되어 있었다.

"카이가 널 데려다줄 거야."

그는 집으로 가는 길에 우리의 유일한 공통점인 회사에 관한 이야기를 꺼냈다. 예의는 차렸지만, 감정이 전혀 없었다. 그가 여기 있는 건 아버지가 시켰기 때문인 게 분명했다.

잠시 난 카이에게 뭘 하며 살고 싶은지, 물어볼까도 생각했지만, 마음을 고쳐먹었다. 그래서 주제를 바꾸고 챈의 회사 도어맨인 유타이에 관해 물었다. 그가 도어맨처럼 행동하지 않는 게 여전히 머릿속에 궁금증으로 남았다. 난 알고 싶었다.

"누구? 그의 이름을 알아?" 카이가 놀랐다.

"미안. 난 그 사람이 누군지도 몰라. 그냥 도어맨이잖아."

"그러니까 알 가치가 없다는 거네?" 내가 쏘아댔다.

프랫에서 잘난 애를 알아보는 건 목숨을 구하는 기술인데. 사람이 쉽게 저평가될 수 있다는 점이 신경 쓰였다.

"난 그렇게 말하지 않았어." 그가 반박했다.

"그냥 같은 관심사가 없잖아. 우린 달라. 그것뿐이야."

"해와 달도 다른 건 마찬가지야." 난 이 말을 하며 창밖을 쳐다봤다.

"하지만 둘 다 세상에 빛을 가져다주잖아."

카이가 내 쪽으로 고개를 획 돌렸고, 그의 시선이 느껴졌다.

"그런 말은 어디서 배웠어?"

그의 반응에 난 놀랐다. 속이 울렁거렸지만, 굳은 표정을 유지했다. 레드가 그 말을 한 장본인이라고 밝힐 만큼 어리석지 않으니까.

"여기 중국에서 살면서 주워들은 격언일 거야. 왜?"

"우리 엄마 말고 그 말을 하는 사람을 본 적이 없어서." 그가 눈썹을 찡그리며 말했다.

그는 어깨를 으쓱였다.

"네 말이 맞겠지. 중국에는 격언이 수백 개도 넘으니까. 아무튼, 이제 다 왔어."

그걸로 떨쳐 버려야 했는데 그러지 못했다. 카이의 어머니도 같은 사람에게서 그 말을 똑같이 배웠을 거라는 생각이 자꾸 들었다.

16분 뒤 정문에 차를 세웠을 때, 난 카이에게 고맙다고 말하고 서둘러 빌라로 들어갔다. 내 머릿속은 위험한 방정식 구름으로 가득 찼다. 마담을 직접 만나는 건 리스크가 너무 컸다. 그녀가 날 알아볼 테니까.

백합 향기와 옆구리가 욱신거리는 마담의 익숙한 바늘자국을 제외하고 빌라 안의 모든 게 낯설었다. 난 침실로 가서 문을 잠갔다. 눈을 감고 창가 옆 바닥에 무릎을 꿇었다. 남은 해가 거의 지면서 마담이 블랙홀처럼 나타났다. 그녀를 무너뜨릴 다른 방법이 없다. 무슨 일이 있어도 난 구매자가 되어야 했다.

마음 깊은 곳 한 귀퉁이에서 레드의 목소리가 울렸다.

운명이 널 이곳으로 데려온 거란다….

그래. 고통받게 하려고 날 데려온 건가? 정의를 실현하려는 날 죽이려고? 레드는 내가 뭘 하길 바랄까?

난 레드에게 잘못된 일을 바로잡겠다고 맹세했다. 킹을 막고, 마담을 무너뜨리고, 내 재능을 좋은 일에 쓰겠다고. 레드는 신념으로 똘똘 뭉친 사람이다. 그는 자신이 볼 수 없는 걸 믿었다. 그의 고결한 운명 이상향과 정의는 실체가 없고, 그저 옛 시구절 속 신화일 뿐이라면? 그가 내 능력을 너무 과신한 거라면?

현실에서는 내 옆구리에 박힌 가시가 뒤틀리고 불타고 비명을 지르며 빼달라고 아우성치고 있었다. 6주 안에 난 그걸 제거할 것이다. 그 행위가 레드를 만나게 되는 걸 의미한다고 할지라도.

가로등이 켜지고 난 불빛에서 시선을 돌렸다. 잠들기 전에 커튼부터 쳐야 했다.

다음 날 아침 10시, 현관문을 여니 카이가 서 있었다. 우디 향의 향수가 내 감각 속으로 퍼졌다. 남자라면 이런 향이 나야 한다고 생각했다. 신선한 공기와 바위 숲으로 둘러싸인 산에서 열심히 일하고 온 것 같은. 다만 내 앞에 서 있는 남자애는 평생 도시를 떠나본 적이 없어 보인다. 검은 정장에 넥타이를 가지런히 맨 걸 보니 비싼 점심을 먹을 준비가 되어 보였다.

"자오샹하오(Zao shang hao 早上好), 카이."

나는 그에게 중국어로 굿 모닝이라고 인사했다.

카이가 잠시 멈칫했다. 나와 마주 보던 눈동자가 발까지 내려갔다. 난 뺨이 달아올랐다.

챈이 사준 원피스와 신발은 내 스타일에 비해 너무 화려하지만, 낡은 내 옷은 피부에 붙을 정도로 해져서 어느 쪽을 선택하느냐는 쉬웠다.

"원피스가 근사하네."

"시에시에."

난 부끄러워하며 그에게 고맙다고 말했다.

나중에 쇼핑하러 가야겠다고 머릿속에 메모했다. 우리는 맥박이 세 번 뛸 동안 잠자코 서 있었고, 내가 거북해하는 걸 눈치챈 카이는 차고로 안내했다.

차를 타고 가면서, 카이는 열한 살에 아버지에게서 주식 거래를 배웠고, 그 이후로 차이나 제너레이션에서 일하기 위해 어떤 준비를 해 왔는지 말해 줬다. 그의 목소리에서 묻어나는 짜증을 쉽게 느낄 수 있었다. 확실히 그는 다른 일을 하고 싶어 했다. 하지만 그는 평범한 열여덟 살 소년과는 거리가 멀었다.

내가 전문가는 아니지만, 이 나이 또래 남자애들은 비디오 게임을 하고 여자애들을 수영장으로 밀치는 장난을 친다. 카이는 무술과 오토바이를 좋아했다. 그게 중요한 것 같다. 솔직히 말하자면, 천재도 아닌데 그의 주식 시장에 대한 이해도는 상당히 놀라웠다.

보통 때는 대수롭지 않게 여기던 작은 부분조차 내가 계산하고 있다는 걸 알았다.

그의 턱선, 목에서 어깨로 이어지는 작은 근육들. 그의 얼굴이 너무 낯익다. 풀하우스에서 만났던 날 밤에 떠올렸던 의구심이 다시 생겼다.

카이의 엄마는 누굴까? 레드는 챈과 어떻게 아는 사이일까? 어째서 카이는 레드를 모르고 있지? 카이가 하고 싶은 일은 뭘까?

그는 내가 자기를 뚫어져라 쳐다본다는 걸 눈치챘다.

"칸 션머(Kan shenme 看什么 뭘 그렇게 봐)?"

"미안, 널 보니 누가 생각나는데 그게 누군지 기억이 안 나서."

"신기하네. 사람들을 날 보면 우리 아버지를 떠올리는데. 아니면 아버지의 돈이나."

카이가 한숨을 쉬었다.

가슴에서 짜릿하게 공감이 밀려왔다. 어떤 기분인지 정확히 알 수 있다. 고향 사람들은 항상 아빠 아니면 내 재능만 봤다. 그들이 있는 그대로의 날 본 적이 있는지 궁금했다.

"내가 본 사람은, 확실히 너희 아버지는 아니야." 난 그에게 확답을 줬다.

"그렇다면 네가 좋아하는 누군가이면 좋겠네."

그가 은근히 미소를 지었다.

우리는 잠깐 서로에게 시선을 고정했다. 내 속이 요동쳤다. 확실히 내가 좋아하는 사람이다. 하지만 그렇다고 카이에게 말할 수도, 계속 쳐다보고 있을 수도 없었다.

사무실에 도착하자마자, 챈이 문을 두드렸다.

"피닉스." 그가 책상 쪽으로 다가왔다.

"어제 네가 준 투자처를 살펴봤어. 봄 분기에 괜찮은 수익을 낼 것 같아. 그러니 이제 우리 회사에만 집중해 줬으면 좋겠구나. 급한 건 재정 보고서의 이상 징후니까."

그건 내가 제일 나중에 하고 싶은 일이었지만 난 약속했다. 사소하고 간단한, 순전히 주식 문제일 확률이 높았다. 그걸 해결한 다음 내 계획으로 넘어가면 된다. 채 하루도 걸리지 않겠지.

"알겠어요, 챈." 내가 말했다.

"문제를 찾을게요."

그가 사무실을 나간 뒤, 난 심호흡을 길게 한 다음 첫 번째 폴더를 열었다.

처음 한 시간은 꽤 지루했다. 난 설립 당시부터 지금까지의 회사 재정 기록을 살폈다. 챈은 전형적인 중국판 워런 버핏이었다. 그는 주식을 보유하고, 수백만 달러 규모의 기업 여러 곳을 소유하고 있을 뿐 아니라 원하는 곳이면 어디든 투자했다.

다음으로 최근 은행 거래 내용을 살폈다. 이상은 없었는데 딱

한 번 국가 번호 +61인 은행으로 2,000만 달러를 개인 송금한 이력이 있었다. 내 머릿속에 딸깍 신호가 왔다. 호주다.

핀볼 머신처럼 머릿속에 양로원을 포함한 호주 37곳의 번호가 펼쳐졌다. 그런데 챈의 송금은 밥 리라는 사람에게 갔고, 이건 딱 한 사람일 수밖에 없었다. 난 크게 웃음을 터트렸다. 보공은 내가 그를 찾는데 그리 어렵게 해 두지 않았다.

더 파헤쳐보니 챈이 자선단체에 보낸 선물과 저임금 직원들에게 지급한 상여금 목록이 있었다. 난 그가 그렇게 인심이 좋은 줄 몰랐다. 이 부분을 제외하면 사업적인 모든 부분은 평범했다. 그러다 지난 6개월간의 재정 보고서로 넘어가니 수치가 달라졌다.

감소하는 숫자들을 따라가다 보니 패턴이 떠올랐다. 기본 경제학을 공부할 때 봤던 거다.

몇 개의 파일을 더 살펴본 결과, 아시아에서 가장 튼튼한 회사인 챈의 기업과 유사한, 아까와 동일한 패턴이 전부 한 은행과 연결된 걸 알게 되었다. 바로 아시아 은행이다.

PSS가 아시아 은행 문제를 해결하려고 날 채용했다. 그것과 관련이 있을까? 아시아 은행과 PSS를 생각 안 한 지 몇 달이 지났다. 만약 문제가 해결되지 않았고 지금 통제 불능 수준이 되었다면?

내가 틀렸기를 바라면서 난 방정식을 수정해 향후 수입과 손실을 예측해 보았다.

어쩌면 또 다른 경기 침체일까. 2008년 혹은 2017년에 있었던 것처럼? 아니면 2022년? 그렇다면 쉽게 고칠 수 있을 것이다.

하지만 실패와 성장의 일반적인 경제 주기와는 다른 패턴이었다. 사실 역사에서 본 패턴과 거의 동일하다. 다만 미완성이라 나무에 천 개의 가지가 있는데도 사진에는 한두 개의 작은 가지만 보이는 것과 같다고나 할까.

여기서 내 재능이 빛을 발한다. 전문가나 천재 친구들은 이 패턴의 실질적인 결과를 예측할 수 없지만 난 할 수 있다.

기분이 좋지 않았다. 끔찍한 차가움이 가슴을 타고 배, 팔, 손가락으로 퍼졌다. 난 고개를 숙여 손으로 턱을 받쳤다. 챈이 옳았다. 그의 회사는 올해 말경 도산할 것이다. 하지만 문제는 그의 회사가 아니었다.

한층 더 큰 위협이 도사리고 있다. 이제 차가워진 내 손가락은 머릿속으로 수학 모델을 구상하면서 책상을 두드렸고, 이 여파가 중국, 미국, 그리고 전 세계로 퍼질 거라고 알렸다. 나에게까지 영향을 미치는 건 말할 것도 없고.

난 다시 사무실로 점심을 갖다 달라고 하고 계속 파헤치기 시작했다. 수치를 흔들만한 뭔가를 찾아냈다.

저녁 무렵, 챈이 찾아왔다.

"피닉스, 뭐 좀 찾은 게 있나?"

난 그에게 말할까도 고민했지만 아직은 하지 않았다. 차 한잔하며 가볍게 나눌 이야기가 아니었지만 이렇게 나쁜 뉴스를 알려줄 완벽한 타이밍 또한 없었다. 그래도 내가 100퍼센트 확신하기 전까진 챈이나 다른 누군가에게 아무 말도 할 수 없다. 수학 이론상 예측에 의존할 수 없다. 증거, 그리고 해결책이 필요하다.

"사장님, 우선 이것부터 끝내고 싶어요."

걱정스러운 표정을 들키지 않길 바라며 난 고개를 들지 않고 말했다.

"나중에 택시를 타고 갈게요."

그가 고개를 끄덕였다.

"중역용 레스토랑에 저녁을 준비해서 보내라고 해 두마."

그는 문을 닫았고, 난 계속 일했다. 배에서 꼬르륵 소리가 나서 보니 저녁 식사 시간이 한참 지나 있었다.

밥을 먹기 전에 숫자, 이론, 은행을 전부 비교해 보았다. 미국의 경제 역사와 근대 중국의 역사를 비교하고 챈의 회사에서 발생한 작은 문제가 내 생각 이상으로 큰 문제라는 데 의심의 여지가 없을 때까지.

엄지손가락 마디를 깨물며 확률을 저주했다. 왜 재난은 항상 나를 찾아오는 걸까? 나는 이 문제에 집중하고 싶지 않고, 해결할 시간도 없다. 내 목표는 단 하나. 마담의 왕국을 무너뜨리고 내 인생을 다시 시작하는 것이다.

나는 책상에 팔꿈치를 올리고 큰 숨을 쉬었다. 12분 하고도 11초간 벽을 쳐다봤다. 시애틀의 광경이 눈앞에 떠올랐다. 다시는 갈 수 없는 그곳에 대한 생각이. 이젠 그냥 비행기를 타고 바다를 건너는 일이 아니었다. 10억 개의 숫자, 말, 인물, 건물, 경제, 국가, 꿈을 건너는 일이었다.

고향으로 돌아간다면 어떤 삶을 살게 될까? 내 바다 근처에서 정말 새로 시작할 수 있을까? 오늘 아침이 오기 전까지만 해도 고향이 가깝게 느껴졌다. 그런데 지금은….

시계가 새벽 4시를 가리켰다. 차 열두 잔, 찬물, 소금 한 꼬집 밖에 섭취한 게 없어 몸이 말을 안 들었다. 창가에 놓인 소파가 지금 앉아 있는 의자보다 편해 보였지만, 날 빨아들여 프랫으로 돌려보낼 블랙홀처럼 느껴져 외면해 왔다.

몇 분 동안 움찔거리다 결국 소파에 지친 몸을 뉘었다.

이 사무실이 마담이나 킹의 사무실보다 더 근사할지 몰라도 이곳에서 알게 된 소식은 그곳들만큼이나 나쁘다. 내가 찾은 게 그냥 가설로 끝났으면 좋겠다. 하지만 그렇지 않다. 내 계산이 옳다면, 연말 전에 글로벌 경제 위기가 도래할 것이고, 산사태처럼 멈추는 게 불가능해 보인다.

막을 수 있는 희망을 찾자면, 나 같은 누군가가 해결책을 찾는 것뿐이다. 하지만 그 말은 마담을 막으려는 내 계획이 지연된다는 뜻이고, 그건 용납할 수 없는 일이었다.

CHAPTER 15

과거 : 더블 에잇

∞

중국 상하이, 프랫

내 마지막 기억은 킹의 손이다. 거칠고, 강하고, 사악한 두 손. 사람을 죽여본 적이 있는 손. 그리고 지금 나를 죽이려는 손. 그 손이 날 물속으로 집어넣었다. 60초, 70초, 80초….

세상에서 가장 끔찍한 손아귀에 내 목이 졸리고 있다. 이제 10초도 채 안 되어 내 폐로 물이 들어올 거고 난 익사하고 말겠지. 난 버티려고 애썼고 릴리의 생일, 부모님 결혼기념일, 내가 수영을 처음 배운 날 등 중요한 일자가 거품과 함께 올라왔다.

얼굴로 피가 쏠리며 고통이 폭죽처럼 퍼졌지만, 물이 들어와 불타는 것 같은 폐의 고통에 비하면 아무것도 아니었다.

헉! 킹이 날 물 밖으로 꺼냈다.

"네가 마담에게 그렇게 특별한 이유가 뭐지? 그녀 밑에서 무슨 일을 했어? 그런데 왜 널 내게 보낸 건데?"

질문을 들었다. 대답하려고 했지만, 머리가 빙글빙글 돌고 기침이 멈추지 않았다. 숨을 참기도 전에 내 머리가 다시 물속으로 들어갔다. 30초, 40초, 50초….

엄마가 내 옆에 떠 있었다. 산소가 부족해서 환각이 보였다. 엄마의 눈동자가 내게 힘내라고 말했다. 1분만 더 참으라고. 킹에게 대답하라고.

그가 내 목을 잡아 끌어올렸다. 난 무릎을 꿇고 주저앉아 부들부들 떨었다. 후두에 상처가 생겨 말을 제대로 못 할 확률이 85퍼센트다. 폐에서 물이 쏟아져 나왔다. 난 쌕쌕거리고, 컥컥거리고, 침을 뱉으며 반쯤 익사한 상태에서 숨을 쉬려고 발버둥치면서도 여전히 죽지 않고 킹에게서 살아남을 확률을 계산해봤다.

그는 내 얼굴을 잡고 뒤쪽으로 꺾었다. 고통에 숫자가 뒤섞여 갈라진 내 세상이 두 가지 선택이 있다고 알려 주었다. 난 죽고 싶다. 난 죽고 싶지 않다.

"내게 모든 것을 털어놓을 마지막 기회야, 꼬맹이." 그가 으르렁거리듯 말했다.

"그렇지 않으면 다음 물과의 데이트가 네 마지막이 될 거다."

발버둥질. 내 머릿속에서 빙글빙글 도는 가능성의 수치로 내가 할 수 있는 일은 발버둥질뿐이었다. 내 다리. 땅. 내 입술. 난 발버둥 쳤고, 입에서는 간신히 쉰 목소리로 목메는 속삭임이 흘러나왔다.

"돈이에요. 마담에게 많은 돈을 벌어줬어요."

다친 후두로 최선을 다해 난 그가 알고 싶어 하는 모든 걸 말했다.

내 말이 끝나자, 그는 지니가 있는 황금 램프를 찾은 것처럼 양손을 비볐다. 킹은 탐욕으로 가득 찬 인물이어서 마담이 날 죽이라고 한 명령은 없던 일이 되었다. 난 이제 새로운 용의 은신처로 들어갈 것이고, 그는 이미 금을 산처럼 쌓아둔 사람이었다.

"네가 가진 힘을 시험해 봐야 하니 살려둘 거야, 행운의 소녀."

그의 얼굴로 잔인한 미소가 번졌다. 다시 60초간 물속에 처박힌 뒤 난 그에게 고용됐다.

∞

38일이 지나고….

프랫의 터널은 어둡고, 진창길에 으슬으슬하다. 담배와 땀, 흰곰팡이 냄새가 코를 자극했다. 난 소매로 얼굴을 가린 채 걸었다.

킹과 나는 복도 끝으로 가서 다른 경비 초소를 지났다. 터널의 이 구간에는 다른 방과 떨어진 독방 두 개가 있다. 한 곳은 비어 있었고, 다른 한 곳이 내 방이었다. 매번 방으로 들어갈 때마다 사형수가 되었다는 느낌을 지울 수 없다. 내 뒤에서 육중하고 큰 자물쇠 소리가 났다. 내 무덤 위에 세운 비석같이 압도적인 느낌이었다.

다시 말할 수는 있지만 여기서 숨은 못 쉴 것 같다.

마담에게 쫓겨났을 당시 입고 있던 가죽 재킷, 회색 청바지와 스웨터가 38일이 지나는 동안 바싹 말랐지만, 여전히 난 뼛속까지 시렸다. 두려움이 몸 안에 완전히 자리를 틀었다. 앞으로도 계속 가슴을 졸이게 될지도 모른다.

손이 떨리는 것 말고는 더 이상 아무것도 느낄 수 없었다. 감각이 없다. 엄청난 돈을 벌어 주면 킹이 살려줄 거란 걸 알아차린 즉시 난 영혼을 팔았다. 킹 밑에서 일하는 다른 사람들처럼 나도 위협을 받으며 일했다.

위장이 고통을 호소하며 먹을 걸 달라고 아우성치는데도 식욕이 전혀 없었다. 여기서도 갈매기 게임을 해보려 했으나 잘 되지 않았다. 진짜 하늘을 거의 보지 못하는 점도 한몫하는 것 같다.

눈이 너무 충혈되어 시야가 흐렸다. 난 작은 철제 침대 위로 쓰러져 앙상한 몸 위로 얇은 담요를 끌어당겼다. 어둠이 주변을 감쌌다. 숫자조차도 머릿속을 채우지 못했다. 난 이 방과 저 복도에 있는 모든 걸 이미 463번이나 계산했다. 정신은 이미 잠들었다. 몽롱한 상태에 들어서면서도 모든 가능성을 극복하고 깨어 있길 바랐다.

추운 곳에서 한두 시간 선잠을 자다 깨니, 옆방 창살 너머로 날 쳐다보는 두 개의 눈동자가 보였다. 난 놀라 뒤로 홱 몸을 움직이며 눈길을 피했다.

그들의 눈동자 같지 않았지만 날 향해 팔을 뻗었고, 도우려는 건지 해치려는 건지 감이 안 왔다. 겁이 났지만, 다시 쳐다보니 한 남자의 눈길이 내게 와 있었다. 셀리아의 눈처럼 검고 휑하지 않았고 킹의 눈처럼 사악하고 탐욕스럽지도 않았다. 어쩌면 내가 망상에 빠져 반쯤 꿈을 꾸고 있는 건지도 몰랐지만 그의 존재 자체가 어둠 속 촛불처럼 빛났다. 그는 예리한 육감에 몰두하는 듯 가만히 날 살폈다. 나는 그가 뭘 보고 있는지 궁금했다.

그가 천천히 일어서더니, 자기 방문을 열었다. 0.2초간 난 어떻게 문이 열려 있는지 궁금했지만 재빨리 그가 말할 가능성이 84퍼센트임을 계산했다. 나는 힘이 없었지만 얼른 다리를 침대 아래로 내리고 자리에 앉아 담요를 꽉 움켜쥐었다.

그의 얼굴은 일그러져 있었다. 그는 자기가 본 걸 고통스러워하는 중이었다. 그제야 의문이 풀렸다. 내가 느끼는 것보다 내 몰골이 훨씬 더 끔찍한 게 틀림없었다.

그가 내 독방 쪽으로 다가와 철창을 잡았다.

"날 믿어도 돼."

그는 거의 완벽한 영어 억양을 구사하며 낮은 목소리로 그 말만 하고 몸을 돌려 자기 철제 침대로 가서 드러누웠다.

그리고 난 꿈에서 그를 만났다고 생각했다. 현실이라기엔 너무 좋았기 때문이다. 내가 누군가를 다시 믿을 수 있을지 모르겠다.

아침이 되자, 가드 산이 돌아와 묽은 밥이 담긴 그릇을 내 앞에 놓았다.

"저 사람은 누구죠?"

난 손가락으로 복도를 가로질러 그를 가리키며 물었다.

산이 슬쩍 돌아보곤 말했다.

"미치광이 홍 말이니?"

"그는 이곳 죄수예요, 아니면 직원이에요?" 내가 물었다.

"그의 방은 잠겨있지도 않았어요."

산은 대답도, 한 번 더 흘끔거리지도 않고 웃으며 가버렸다.

난 밥그릇을 들고 입으로 한 모금씩 밀어 넣었다.

이후, 사흘 동안 노인은 문이 열린 독방을 들락거리며 내 쪽을 흘끔거렸다. 간혹 오후에 킹을 위해 일하라고 산이 날 데리러 왔을 때도 그는 나를 쳐다봤다.

나흘째 되던 날, 노인이 작은 흰 그릇을 들고 다가왔다. 놀랍게도 그는 그걸 내게 줬다.

"쌀죽 먹을래?"

그는 내 감방 옆 바닥에 앉아 손에 든 밥그릇을 창살 사이로 내밀었다.

"난 홍루이란다. 레드라고 부르면 돼."

너무 배가 고픈 나머지 난 밥그릇을 쳐다봤다. 실망스럽게도 거기엔 지난 사흘간 내가 먹었던 음식이 가득 담겨있었다. 질퍽하고 곤죽 같은 쌀로 만든 수프. 그들은 이걸 시판(xifan 稀饭 죽)이라고 부른다. 미지근한 데다 맛도 없고, 식감은 이유식 같았다. 그 위에는 피클 같은 절임인데, 해조처럼 미끄덩거리고 톡 쏘는 냄새가 나는, 실 같은 녹색 채소가 올려져 있다. 어젯밤에 이것 때문에 속이 메스꺼웠다. 그 냄새에 코가 벌렁거리고 입술이 오므라들었다.

그가 내 표정을 봤다. 감사할 줄 모른다거나 혐오감을 드러내려던 건 아니었지만 그 음식을 먹을 수가 없었다. 보기만 해도 속이 울렁거렸다.

"배부른 사람은 꿀을 마다하는 법이지."

그가 낮은 목소리로 말하고 그릇을 자기 입으로 가져갔다.

"하지만 굶주린 사람에게는 쓴 음식도 달게 느껴진단다."

그리고 그는 자신의 죽을 후루룩 들이켜고 자리를 떴다.

제대로 된 비유였지만 내겐 역효과가 났다. 꿀이 생각나면서 버터와 따뜻한 토스트가 떠올랐다. 위장이 요동쳤다. 내가 얼마나 배가 고픈지 깨달았고, 그날 내내 더 많은 음식을 위장에 넣을 기회를 거절한 스스로를 욕했다.

다음 날, 그가 다시 찾아왔다. 난 독방 뒤쪽으로 물러섰다. 그는 내 독방 끄트머리에 천천히 쪼그리고 앉았다.

"여기 왜 있는 거니?"

난 대답하지 않았다. 킹은 날 살려둔 걸 마담에게 들키는 게 두려워, 여기 있는 그 누구도 내 전적을 언급하지 못하게 했다. 게다가 이 지하 감옥에 있는 누구도 내게 말을 걸지 않는데, 이 노인만 그러는 게 이상했다.

내가 대답하지 않자, 그는 더러운 주머니에서 흰 분필 조각을 꺼내 바닥에 기호 같은 걸 갈겨썼다. 뭔가 적고 있다고 판단했지만 내게 중국 글자는 다 똑같아 보였다. 더 가까이에서 보기 전까지는.

그의 손이 위에서 아래로, 왼쪽에서 오른쪽으로 이어지자 패턴이 나타났다. 난 각 문자의 왼쪽에 다른 줄이 있다는 걸 알아차렸다. 내가 좋아하든 좋아하지 않든 내 머리는 글자의 각기 다른 부분의 수치를 파악했다. 난 더 가까이 다가서서 관찰했다.

내 안에서 어떤 즐거움이 솟았다. 흥분. 언어는 퍼즐이다. 난 모르는 방정식 속 첫 변수를 얻었다. *난 배우고 있었다.*

레드라는 남자는 내가 쳐다보는 걸 알아차리고 멈췄다. 그가 자리에서 일어났다. 그는 강렬한 눈동자로 다시 내 얼굴을 뚫어지게 쳐다보며 다가왔다.

"글을 읽을 수 있니?"

난 침묵을 지켰다.

"내 영어가 독일어로 들리는 거냐?"

그는 자기 귀가 문제인 척 다시 물었다.

난 고개를 저었다.

"아하, 넌 알아듣는구나." 그가 말했다.

"그들이 네 방에 숫자 8을 두 개 새겼어. 중국에서 88이 무슨 의미인지 아니?"

난 또다시 고개를 저었다.

"엄청난 부의 상징이지. 아마 중국에서 가장 운 좋은 숫자일 거야. 그게 네 정체니? 행운?"

난 알았다. 킹이 새 이름으로 날 조롱한다는 걸. 이 노인도 아마 그럴 거다. 가드인 산이 그를 미치광이라고 하지 않았나?

"저는 운 같은 건 믿지 않아요."

나지막한 목소리로 내가 말했다.

"흥미롭구나."

"왜 저한테 말을 거는 거예요?" 내가 물을 때 목소리가 살짝 갈라졌다.

"아무도 나한테 말을 걸지 않는데."

"아무도 널 존중하지 않지."

"어째서죠?"

나는 신경질적으로 소리쳤다. 난 그저 코너에 몰린 쥐에 불과했다.

"첫째, 넌 킹의 소유야. 둘째, 넌 우리와 달라. 넌 라오웨이, 이방인이지. 우리 방식을 하나도 모르고 우리 말도 못 해. 우리가 왜 너한테 시간 낭비를 해? 특히 프랫에서. 여기서는 네가 존중을 얻어 내야 해."

"당신은 내게 뭘 바라는 거예요?"

"아무것도 바라지 않아." 그가 말했다.

"넌 나한테 뭘 바라니?"

그 질문이 날 당황하게 했다. 그의 말이 무슨 의미인지 궁금해지면서 난 두려움에 몸을 떨었다. 제대로 된 대답을 생각하기도 전에 입이 먼저 맞받아쳤다.

"아무것도 바라지 않아요."

그는 강렬한 눈빛으로 한 번 더 날 쳐다본 후 고개를 떨구고 자리를 떴다.

그가 가는 걸 지켜보면서 나 자신에게 욕한 게 이번이 두 번째다. 내게 말을 걸고, 정보를 주고, 원하는 걸 물어봐 준 사람을 나는 왜 내쫓았을까? 내가 원하는 게 집에 가고 싶다는 건 분명하지 않나? 당연히 그랬겠지. 하지만 그가 물어본 건 그런 의미가 아니었을 것이다.

그렇다면 그는 내게 뭘 물어본 걸까? 가능성으로 이루어진 거미줄이 머릿속에서 빙빙 돌았다. 내가 그에게 바라는 게 있을까? 있다면, 그건 뭘까?

CHAPTER 16

과거 : 더블 에잇

∞

중국 상하이, 프랫

눈가리개가 벗겨진 후, 난 주변을 살폈다.

포트 랜즈는 버려진 건물, 낡고 녹슨 보트들의 무덤 같았고 수명을 다한 등대는 킹이 감시탑으로 썼다. 부두용 표지가 있지만, 지금은 그저 부서진 나무 조각에 지나지 않았다. 바다가 가까이 있지만 볼 수 없었다. 쭉 들어선 나무, 작은 강줄기, 흉물스러운 창고가 시야를 가리고 있었다.

나는 심호흡을 했다. 이곳의 공기는 화학물질과 석탄 냄새가 바다의 짠 내를 좀 덮었지만 그래도 프랫 지하 터널 아래 공기보다는 훨씬 나았다.

가드 산을 따라 7번 건물의 지하 계단을 내려가면서 난 몸서리를 쳤다. 누구도 이 불모지에 이렇게 복잡하게 구성된 낡은 터널이 숨어 있다고 믿지 못할 것이다. 벽이 낡은 정도로 보아 여기에 빛을 좀 비춰본다면, 단순히 낡은 정도가 아니라 아주 케케묵은 역사를 가졌다는 걸 알 수 있을 거라고 확신했다.

가드 산을 따라가 어쩔 수 없이 눅눅한 공기를 다시 마시며, 주인을 위해 횡령하는 하루를 보냈다. 복도를 걸으며 킹의 개인 감옥과 범죄자의 안전 가옥이 섞인 특이한 거주지에 사는 다른 사기꾼들을 지나쳤다.

처음 나오는 독방 집단에 있던 한 무리의 중국인 남자들이 카드를 내려놓고 날 쳐다봤다. 난 프랫에 있는 몇 안 되는 여자 중 한 명이었다. 아직 어리고 발육이 덜 되었다는 점은 중요치 않았다. 남자들의 독방을 지나갈 때마다, 그들의 시선은 내 몸 한 두 군데의 곡선을 훑었다. 그들 중 한 명이 가드에게 물었다.

"저 애가 언제 자라서 우리한테 진짜 쇼를 보여주려나?"

난 혐오감에 몸서리치며 재킷을 더 꽉 여몄다.

레드의 말이 내 마음속에 울려 퍼졌다.

아무도 널 존중하지 않아. 여기선 네가 존중을 얻어 내야 해.

이제야 그게 무슨 말인지 알 것 같았다. 미국에선 내 말투 혹은 말하는 주제로 인해 날 훨씬 성숙하게 보는 경우가 많았다. 그러나 저 남자들은 오직 육체만 보았기에 난 내가 실제로 얼마나 어린지 기억해 낼 수 있었다.

더 내려가니 내기 싸움을 하는 러시아와 아제르바이잔 사람들이 보였다. 그들은 철장에 얼굴을 대며 누가 오는지 보았다. 킹이 아니라는 사실에 안도하며 다시 땀과 피로 얼룩진 시합으로 돌아갔다.

내 독방이 있는 복도에 도착했을 때, 레드가 가드 중 한 명과 이야기하고 있었다. 표준 중국어도 아니고 그들이 말하는 속어도 아니었다. 사투리였다. 영어를 제외하고 그가 다른 언어로 바꿔가며 이야기하는 걸 들은 게 벌써 세 번째다. 그는 몇 개 국어를 할까? 왜 여기 있는 걸까? 이곳에 대해 얼마나 알고 있을까?

레드는 내가 돌아오는 걸 알아차리곤 가드에게 잘 가라고 인사했다. 그가 날 응시하더니 다가왔다. 얼굴과 귀에는 동상 때문에 생긴 걸로 보이는 얼룩덜룩한 반점이 잔뜩 있었다. 치아는 변색했고, 몸은 햇빛을 쬐면 부스러질 것처럼 앙상했다. 그는 이곳에서 끔찍한 존재임이 틀림없을 것이다. 눈빛이 또렷하고 멀쩡하다는 건 인정하지만.

그는 주머니에서 작은 상자를 꺼냈다. 상자를 펼치니 작은 체스 판으로 변했다. 그는 거기다 말을 올려놓았다.

"한판 둘래?"

난 슬쩍 체스 판을 쳐다보았다. 그는 정말 미치광이였다. 아무리 다른 재소자들처럼 소름 끼치진 않다고 해도 이곳에서 내가 제일 하고 싶지 않은 게 여기 있는 다른 사람들처럼 퍼질러져 게임하거나 도박하는 것이다. 그는 어딘가 다른 듯했지만, 단순히 쥐구멍에 갇혀 미쳐버린 노인이라 그런 것일지도 모른다.

"싫어요."

난 실망한 투로 대꾸했다.

"원한다면 가르쳐줄게."

왠지 모르게 그 말에 짜증이 치솟았다. 킹은 내가 똑똑한 걸 알지만 다른 이들은 몰랐고, 단순히 날 궁지에 몰린 가엾은 새끼 고양이처럼 쳐다보는 데 이골이 났다.
“체스 두는 방법은 알아요.” 난 거만하게 말했다.
“솔직히 체스는 나한테 너무 쉽거든요.”
“너무 쉽다고?” 그가 턱을 문지르며 말했다.
“아, 그렇구나.”
“그건 숫자와 확률 게임이에요.” 내가 말했다.
“상대의 공격을 예측하는 거죠. 너무 쉬워요.”
“아하, 넌 특별하구나.” 그가 말했다.
“하지만 모든 게임에서 킹과 퀸은 약점이 달라지고 모든 폰도 다른 강점을 가지고 있지. 매 게임이 다르다는 것을 잊은 모양이구나. 나도 역공에 강하다면 어떡할래?”
“관심 없어요.”
그가 그저 가늘게 눈을 떴을 뿐인데도 그 작은 틈이 날 두렵게 했다.
“그래. 그럼, 네가 관심 있는 건… 금이니?” 그는 음…, 하며 뭔가를 생각하는 것 같았다.
“킹이 널 독방에 가뒀어. 널 보호해 주고. 그에게 넌 금이야. 그중 어떤 종류라고 할 수 있을까? 여긴 온갖 종류의 금이 있거든.”
금이라는 말을 들으니 셀리아가 떠올랐고, 난 완전히 폭발해 버렸다.
“금 이야기 좀 그만해요! 금이라면 진절머리가 나니까!” 내가 소리쳤다.
이 노인도 금에 집착하는 또 다른 욕심 많은 미치광이라고 생각했다.

“난 돈이 싫어요. 돈을 좋아하는 사람도 싫어요. 당신도 그들과 똑같아요. 내가 뭘 원하는지 물었죠?”

난 목소리를 높였고, 화가 3.7제곱미터인 독방을 가득 채웠다.

“이 빌어먹을 곳에서 나가고 싶고, 당신이 날 좀 가만히 뒀으면 좋겠어요!”

난 눈물을 꾹 참고 두 발로 서서 방구석으로 가 그가 가길 기다렸다. 마담의 소굴에서 그랬듯 여기서도 스스로를 고립시키고 싶었다. 슬쩍 어깨너머를 보았다. 그가 욕 같은 걸 하고 떠날 거로 생각했는데, 그는 벌겋게 달아올라 뾰로통한 내 얼굴에 어떤 대응을 할 생각도 없이 침착한 표정으로 가만히 있었다. 체스 말을 내려놓고 기계적으로 정리하면서도 한 치의 분노도 보이지 않았다. 그래서 기분이 더 끔찍해졌다.

그가 자리에서 일어나 내 독방 철창에 얼굴을 댔다. 우리는 서로 시선을 마주했다.

“넌 자신에 대한 두려움보다 네 상황을 더 두려워하고 있구나. 순금은 불을 두려워하지 않아. 불을 견디지. 결국 금은 햇살보다 더 밝게 빛날 거고 햇살은 철창에 가둬둘 수 없단다.”

그 말을 남긴 그는 자기 방으로 돌아갔다.

3주 동안 그가 했던 말이 내 머릿속을 울렸다.

순금은 불을 두려워하지 않아…. 너 자신에 대한 두려움보다 네 상황을 더…. 어떤 의미로 그런 말을 했을까?

그의 독방은 내 방 바로 옆에 있었지만, 우리는 그날 이후 서로 이야기하지 않았다. 거래를 위해 킹이 날 프랫 밖으로 데려가기도 했고, 그 후에도 세탁실 옆 다른 방에서 여러 투자 건을 작업해야 했기 때문이다.

그리고 다시 레드를 만났을 때, 그는 분필로 벽에 뭔가를 쓰고 있었다. 자세히 살펴보니 내 머리가 언어를 해독하기 시작했다. 난 이제 100가지 글자를 알아볼 수 있었다. 그것들이 전부 무슨 뜻인지 묻고 싶었지만 그러지 않았다. 대신 그가 날 위해 글을 쓰는 거라고 느껴져서 그의 눈길을 피했다.

순금, 그가 말했다. *온갖 종류의 금이 여기 있거든*.

그는 미쳤을지 몰라도 이 장소에 대해 내가 알지 못하는 뭔가를 알고 있었고, 이유는 모르겠지만 기꺼이 그 정보를 내게 알려 주려고 했다. 숫자가 머릿속에서 움직이더니 내가 정말 바라는 것이 무엇인지에 대한 해답을 내놓았다.

킹은 화요일에 내가 벌어다 준 40,000달러를 가지고 홍콩 국경 맞은편에 있는 선전에 가 있었다. 그가 어떤 극악무도한 짓을 계획하는지 궁금해할 필요가 없는 일주일이 내게 생긴 것이다. 레드와 이야기할 수 있는 좋은 시점이다.

솔직해지자면, 다른 사람과 이야기를 나누는 게 내 첫 바람일지도 몰랐다. 킹에게 영어로 몇 마디 하는 건 대화로 치지 않는데다 예나 아니오, 혹은 숫자를 말하는 것뿐이라 난 누구와도 이야기해 본 적이 없었다. 레드는 제대로 대화할 수 있을 정도로 영어를 구사하는 유일한 사람이었다.

그는 내가 손을 흔드는 걸 보고 다가왔다.

"저기…." 난 사과하려고 입을 뗐다.

"지난번에…."

"다 잊어버렸어." 그가 대답했다.

난 고개를 끄덕이고 용기를 내서 질문을 던졌다.

"다른 재소자들의 말을 어떻게 전부 다 알아들어요?"

"난 많은 사투리를 쓸 줄 알거든." 그가 말했다.

"그리고 네가 분명히 듣고 있을 영어도."

"다 어떻게 배웠어요?" 내가 물었다.

"좋은 귀와 몇 년의 시간을 들였지. 난 교사란다."

"교사였다고요?"

난 창살 쪽을 흘끗 쳐다봤다.

"지금도 그래. 창살은 네가 누구인지 바꿀 수 없어."

그는 다시 글을 쓰기 시작했다.

"지금은 뭘 쓰고 있는데요?"

"고전 한시. 이 거대한 세상에서 아주 작은 꽃 한 송이도 존재의 목표가 있다는 내용이란다." 그가 분필을 옆에 내려놓았다.

"네 존재의 목표는 뭐니?"

난 세 개의 벽과 내 앞에 있는 창살을 슬쩍 쳐다봤다.

"그런 거 없어요."

"그럴 리 없어." 그가 말했다.

"우리 모두 가지고 있단다. 네가 찾을 의지만 있다면."

"미국으로 돌아가게 된다면 알 수 있을지도 모르겠네요."

"아, 메이꾸어(Meiguo 미국). 아름다운 나라지." 그가 말했다.

"여기서는 네 목표가 없다고 확신할 수 있니?"

"중국을 무시하는 건 아니지만 오늘 떠날 수 있다면 다신 돌아오지 않을 거예요."

그가 인상을 찌푸렸다. 속에서 아찔한 통증이 느껴졌다. 그는 나한테 아무 짓도 하지 않았는데.

그의 입꼬리가 누그러졌다.

"그래. 중국과 미국은 아주 달라. 해와 달도 다른 건 마찬가지지만 양쪽 다 세상에 빛을 가져다주지. 어쩌면 너도 때가 되면 알게 될 거야. 우선 지금은 뭘 하고 싶은데?"

"당신이 절 가르쳐줬으면 좋겠어요." 내가 대답했다.

"당신이 전에 말한 존중을 얻고 싶어요. 중국어, 지역 방언, 시를 말하고, 프랫 안에서 쓰는 말들을 알아듣고 싶어요."

그의 표정엔 변화가 없었다.

"어째서지?"

"여기 오기 전, 제가 바라던 건 인생의 목표를 갖는 거였어요. 하지만 그걸 빼앗겼어요. 지금 제가 바라는 단 한 가지는 제 삶을 다시 찾는 거예요." 내가 말했다.

난 조력자와 여기서 나가게 해줄 언어가 필요하다는 부연 설명은 하지 않았다. 내 고통의 원천인 맥시마와 복수는커녕 무방비로 쫓겨난 부분에 대해서도 입을 굳게 다물었다. 그러나 레드는 맹인이 아니었다. 그는 내 눈에서 불꽃처럼 이글거리는 분노를 보았다.

그는 머리를 긁적이며 고민하더니 입가에 진지한 미소가 나타났다.

"언제부터 시작할래?"

"지금이요."

그가 실눈을 떴다. 눈을 뜨고 있는지조차 제대로 보이지 않았다.

"하오(Hao 좋아)."

그가 분필을 집었다.

"첫 번째 수업이야. 내 이름은 레드지만 넌 날 할아버지라고 불러야 해."

그 소리에 난 코웃음을 쳤다.

"왜 그래야 해요? 당신은 우리 할아버지가 아닌데."

난 그의 재킷에 난 구멍과 다 헤진 검은색 신발을 쳐다봤다.

"문화와 언어는 따로 떼어낼 수 없어."

그의 두 눈이 내게 고정됐다.

"이렇게 하지 않으면 넌 말은 배우더라도 절대로 이해하진 못할 거야."

내가 살던 세상에서 할아버지라는 말은 생일, 미식축구 경기, 가족과 연관된 아주 친밀한 용어다. 근데 지금 가족을 떠올리면 칼날이 속을 마구 헤집는 것 같았다. 그러나 논리적으로 따져보면 언어 공부에 있어선 필요한 부분이었고 난 중국어를 배우고 싶었다.

"좋아요." 마지못해 내가 말했다.

"여전히 이해가 안 되지만요."

"넌 나이 든 사람을 존중하는 법을 몰라." 그가 말했다.

"난 네가 할아버지라고 불러도 될 정도로 충분히 나이가 많지. 그러니 넌 날 존중하고 예의를 갖춰서 대해야 해. 날 레드라고 부르면 너는 나를 같은 급이라고 여기는 거고, 네가 날 무시하는 게 되지. 그걸 허락하는 건 네가 중국인이 아니라서야. 존칭을 사용해야 우리가 수업을 시작할 수 있단다. 무슨 말인지 알겠니?"

"네." 난 받아들였다.

그의 표정을 보니 내가 증명하길 바라는 듯했다. 말이 목구멍에 걸려 좀처럼 나오지 않았다. 레드는 잠자코 기다렸다.

난 시멘트 바닥의 뜯긴 부분에서 무언가 튀어나와 날 잡아챌까 봐 경계하듯 시선을 그 자리에 고정했다.

"네, 할아버지." 마침내 그 단어가 튀어나왔다.

"대답으로 난 널 손녀라고 부를 거야." 그가 말했다.

"그리고 이곳에서 널 내 가족처럼 대할 거야. 내가 아는 모든 걸 가르쳐주고 혈육처럼 사랑해 줄 거란다."

난 고개를 바짝 들고 아버지 같은 그의 눈빛과 마주했다.

사랑?

몇 달간 누구한테도 그 말을 들어보지 못했고, 그 단어가 존재한다는 사실도 잊고 있었다. 그 필요성과 그 말이 전하는 무게, 그 속에 담긴 힘을 간과했다. 스스로에게 사랑이란 실제가 아니라고 했고 그렇게 생각할 당시에 난 사실 절박하게 사랑을 찾고 있었다.

곧바로 엄마가 보고 싶어졌고 목소리도 듣고 싶었다. 엄마라면 날 꼭 끌어안고 사랑한다고 말해 줄 텐데. 그 말이 내 안에서 튕겨 나온 것처럼 날 사로잡았다.

사랑. 사랑. 사랑. 사랑하고. 사랑받고.

머릿속에서 무한대가 폭주했다. 두 개의 고리가 하나의 길로 연결되어 영원히 서로를 쫓고 또 쫓는다. 한계가 없는 세상, 무한대 속에서 내 가슴은 불타오르고 동시에 얼음처럼 차가워졌다. 난 총에 맞아 죽었다가 부활했다. 굶주리고, 목마르고, 용감하고, 미쳤다. 밀려왔다가 빠져나가는 파도처럼 통제 불능이었다. 사랑은 무한대여야 한다. 사랑은 지속되도록 만들어졌다. 그런데 어째서 난 혼자일까?

뜨거운 눈물이 뺨을 타고 흘렀다. 난 뺨에 손을 가져갔다. 엄마를 위해, 아빠를 위해, 누군가를 위해 흘린 눈물이었다. 하지만 그들은 모두 사라졌다. 난 사랑하던 사람을 모두 잃었고 레드는 내 눈을 통해 그 사실을 알았다.

그가 몸을 구부려 내 옆에 앉았다. 따뜻하고 가벼운 그의 늙은 손이 철창 사이 내 어깨로 내려왔다.

"그래, 손녀야. 사랑이야. 우리는 사랑을 위해 태어났지. 사랑으로 하나가 될 수 있도록 말이다. 사랑이 없으면 우린 죽는단다. 그보다 더 강력한 교훈은 없어." 그가 말했다.

"자, 이제 수업을 시작해 보자."

CHAPTER 17

현재 : 피닉스

중국 상하이, 상하이 타워

창문으로 들어오는 환한 햇살에 난 눈을 깜박였다. 시계를 보니 아직 여섯 시 전이었다. 책상 위에는 지구를 향해 떨어지는 운석처럼 불길한 소식이 놓여 있었다. 전문가라면 패턴을 알아차릴 수도 있겠지만 안타깝게도 너무 늦기 전까지는 이 일의 파장이 얼마나 클지 이해할 수 없을 것이다. 부디 챈의 미신 앓이가 그에게 충분한 확신을 주면 좋겠다.

난 욕실로 갔다. 커다란 거울을 통해 한 소녀가 눈물 자국을 씻는 모습이 보였다. 지금 거울을 들여다보는 사람은 피닉스가 아니다. 내가 모르는 소녀로, 자기 모습을 있는 그대로 사랑해 줄 사람이 없는지 묻고 있다. 돈이 아닌, 특출난 재능이 아닌, 용모도 아닌, 진짜 그녀가 누구든 이 소녀를 있는 그대로 사랑해 줄 사람이 있을까?

내가 누구든 간에.

조세핀, 옥타비아, 더블 에잇, 밀라, 피닉스, 미국인, 라오웨이.

74걸음을 걸어 사무실로 돌아온 뒤 어렸을 적 나에 관한 기사를 출력했다. 예전의 내 모습을 보고 싶었다. 그 애였던 기분이 어땠는지 기억하고 싶어서. 프린터에서 따끈하고 선명한 인쇄물을 꺼냈다. 하지만 도저히 읽을 수 없었다. 쳐다볼 수도 없었다. 그래서 그냥 서랍에 집어넣어 버렸다.

자리에서 일어나 창가로 갔다. 손끝으로 유리창을 만지며 멍하게 도시를 바라보았다. 붉은 태양이 연무가 낀 동쪽 하늘에서 왕좌를 차지하기 위해 고군분투 중이었다. 상하이 금융 지구의 거리와 광장은 수백만 명의 사람들로 붐비기 전 마지막 몇 분의 고요함을 즐기고 있었다.

스카이라인을 점령하고 있는 타워들은 세계에서 가장 높은 건물들이다. 난 상하이의 아이콘인 동방명주를 바라보며 감탄했다. 잠이 부족한 상태에서 보면 보라색과 파란색으로 반짝이는 거품 기둥 같았다. 어릴 때 시애틀에서 부모님, 자매들과 함께 스페이스 니들에 갔던 일이 기억났다.

거기다 이 시각 와이탄은 마법처럼 신비로웠다. 황푸강부터 서쪽 강둑을 따라 늘어선 100년 된 건물들로 이어지는 유서 깊은 산책로를 눈으로 쭉 훑었다. 고딕, 바로크, 로마네스크, 클래식, 르네상스 등 다양한 건축 양식이 현대 중국과 조화를 이루었다. 100년 전만 해도 작은 어촌이던 상하이가 국제 요충지로 발돋움하게 될 거라고 옛사람들은 상상이나 했을까?

강을 넘고 강둑을 지나면 수천 개의 아파트 단지, 상업 센터, 호텔들로 이루어진 커다란 지구가 나오고 그곳에선 4,000만 명이 넘는 사람들이 먹고, 자고, 씻고, 일하고, 웃고, 운다. 내 안에서 온기가 마구 요동쳤다. 그 사달을 겪고도 여전히 난 가족, 집, 사랑을 원하고 있었다.

레드의 사랑에 대한 기억이 마구 몰려와 눈이 따끔거렸다. 레드라면 저 건물 안에 사는 사람을 한 명도 빼놓지 않고 챙겼을 테지. 그라면 챈을 도왔을 테지. 그리고 범죄자들을 막았을 거다. 복수 같은 건 생각하지 않고 행동 방식만 고민했을 거다. 그저 운명에 집중한 상태로. 그는 한 소녀의 인생에 큰 영향을 끼쳤다. 스스로 큰일을 할 수 있다고 믿었던 어떤 순진한 소녀의 인생에.

거리 맞은편 건물에서 불이 깜박였다. 창문을 통해 한 중국 여자가 소녀의 머리를 뒤로 빗어 넘겨주는 걸 보았다. 그리고 그녀는 몸을 구부려 소녀를 안아 주었다. 난 가슴이 벅차올랐다. 그럴 가치가 있다고 생각했다. 저 사소한 순간에도 사랑이 승리한다. 가능성은 희박하지만 난 거기에 걸어보기로 했다.

갑자기 레드가 이 방에 있는 것 같은 자각이 들었다. 내 복수 계획은 길로 쏟아져 나오는 사람의 수를 세면서 어느 순간 사그라들었다.

순금은 불을 두려워하지 않아.

저 얼굴들은 숫자나 통계보다 더 의미 있었다. 그들에게는 꿈도, 삶의 목표도, 그걸 이룰 수십억 개의 방법도 있다.

동틀 녘, 도시의 경이로움을 어린아이처럼 나가서 구경하고 싫어졌다. 그때 별로 어렵지 않은 수학 문제 한두 개를 풀러 이곳 PSS로 왔다면, 여길 좋아했을까?

레드 덕분에 대답은 '예'였다. 그가 마담과 킹이 오염시킨 껍데기를 벗기고 나의 깊이와 아름다움이 드러날 수 있게 해 주었다. 다시는 그들이 나의 원래 모습을 빼앗도록 놔두지 않을 것이다.

이제 도시는 잠에서 깼다. 버스가 사람들을 가득 싣고 골목을 누볐다. 지하철 출구에서도 서류 가방과 텀블러를 든 사람들이 마구 쏟아져 나왔다. 학생들은 무거운 가방 아래로 어깨를 부딪치며 광장을 가로질렀다. 연인들은 손을 잡고 입을 맞추며 앞으로 떨어져 있을 여덟 시간의 아쉬움을 달랬는데…. 그건 곧 이곳으로 사람들이 출근할 거라는 의미다.

난 자리에 앉아 고개를 옆으로 움직이며 뭉친 목 근육을 풀었다. 한번 움직일 때마다 챈과 어디서부터 논쟁을 시작할지 생각했다.

8시가 되기 전, 챈이 문 앞으로 왔다. 그는 내 얼굴을 보고 그 자리에 꼼짝하지 않고 섰다.

"여기서 밤을 새웠어?"

내 머리와 초췌한 얼굴을 보고 그가 물었다.

"안타깝게도요."

난 5초간 눈을 감은 채 타오르는 센세이션을 억누르고 어디서부터 이야기를 시작해야 할지 생각했다.

챈이 내 신호를 알아차렸다. 그는 날 자기 사무실로 데리고 가서 옆 책상에 앉으라고 했다.

"내 말이 맞았던 거지, 그렇지?" 그가 물었다.

"내 회사가 망하고 있는 거구나."

"그게 유일한 문제라면 걱정할 필요도 없죠." 내가 말했다.

"마음 단단히 먹어요. 생각보다 훨씬 안 좋으니까."

챈은 극심한 두통이 찾아온 사람처럼 이마를 비볐다. 그가 전화기 호출 버튼을 눌렀다.

"홍차, 아주 진하게 한잔 부탁해." 차를 주문한 뒤 그는 날 쳐다봤다.

"전부 말해 주렴."

난 입술을 깨물었다. 이걸 어떻게 설명해야 할까?

"부탁인데, 기다리게 하지 말아줘. 얼마나 끔찍한 거야?"

챈이 불안해하며 다그쳤다.

그에게 말하고 싶지 않았다. 사람들의 문제를 해결하는 데 이골이 났고, 다른 사람이 원하는 일을 하는 게 지긋지긋했다. 내 삶은 점점 멀어져가는데 다른 사람의 일을 모두 봐줘야 하는 게 싫었다. 날 뚫어져라 보던 챈의 얼굴이 점차 붉어지더니 뭐 이런 괴짜가 다 있느냐는 듯 씩씩댔다.

그러나 난 꿈과 현실, 복종과 반역 사이 어디쯤 갇혀 있었다. 무엇이 옳은지 알지만 더 이상 신경 쓰지 않는 아이처럼.

"저기?" 그가 말했다.

"해결책은 찾았어?"

문제가 뭔지도 모르면서 그저 내가 해결할 수 있는지 알고 싶다는 그의 생각이 날 미치게 했다. 해결은 고사하고, 그는 내가 이 문제를 알아차릴 거의 유일한 사람이라는 걸 전혀 짐작하지 못하고 있었다.

열심히 궁리한 뒤에 그를 공격할 거야. PSS는 날 믿어줬어. 그들은 내가 문제를 해결할 유일한 사람이라고 믿었어.

유일하다는 부분이 전적으로 사실은 아니었다. 난 혼자선 이 문제를 해결할 수 없다.

레드는 마담이나 PSS가 아니더라도 결국 나는 여기에 왔을 거라고 말한 적이 있다.

어째서요? 내가 물었다.

우리는 결국 필요한 곳으로 가게 되는 경우가 많거든. 그는 이렇게 대답했다.

그가 말한 게 이런 거였을까? *우연의 일치란 없다.* 그런 거겠지? 그 생각이 무쇠 위 망치처럼 날 가격했다. 밤새도록 난 이 문제를 생각하면서 이걸 혼자 해결하는 게 얼마나 불가능한지, 여기에 집중하려면 어느 정도 내 계획을 포기해야 하는지 곰곰이 살폈다. 그런데 나 혼자가 아니라면?

"피닉스?"

"잠시만요."

난 얼른 책상에서 펜과 메모지를 집은 다음 미친 듯 방정식을 써 나갔다.

내 머릿속은 별처럼 많은 가능성으로 휘청거렸다. 그걸 추려내기란 세계 평화를 가져오는 것만큼이나 어렵겠지만, 나에게는 쉬웠다. 숫자는 신경보다 빨랐고 마침내 해결책은 하나로 완성되었다. 챈의 자원과 내 재능이 결합하면 가능할지도 모른다.

챈이 뭐라고 웅얼거렸지만, 그의 말 따윈 귀에 들어오지 않았다. 앞에 놓인 찻잔에서 김이 올라가는 걸 보고서야 비서가 챈의 홍차를 가져다주었다는 걸 알았다.

난 새로운 공식을 살폈다. 벅찼다. 이론적으로는 성공할 확률이 약간 있는데, 그것도 내 앞에 있는 이 사람 덕분이다.

침묵과 계산으로 9분이 흘렀다. 고개를 들어보니, 챈은 넥타이를 풀고 재킷도 벗고 있었다. 이마에는 땀이 송골송골 맺혔다. 그는 단단히 화가 났다. 내가 그를 기다리게 한 모양이다. 또 다시.

"당신이 옳았어요."

난 고개를 절레절레 저으며 말했다. 그리고 책상 위에 파일을 펼쳤다.

"많은 부분이 위태로워요."

챈은 눈이 휘둥그레져서 공황 상태와 짜증을 오갔다.

"평범한 시각으로는 볼 수 없어요. 하지만 챈, 당신은 이걸 봐야 하는 사람이죠."

레드는 이런 순간이 올 거라고 말했다. 내 잘못을 바로잡을 기회, 내 재능을 좋은 곳에 쓸 기회.

레드에게 한 맹세를 이런 식으로 지키게 되는 건가? 속에서 무언가 울컥했다.

마담을 막는 일은 어쩌고? 킹은? 심판은?

"전 이 문제를 해결할 수 없어요." 내가 말했다.

그는 두려움으로 사색이 되어 바닥으로 시선을 떨궜다.

"하지만 당신은 할 수 있어요."

"뭐가 문제인지 말하지 않았잖니."

"전 경제 현상을 발견했어요." 내가 말했다.

"일종의 주기 같은 거예요."

"예를 들면?"

"지난 세기, 세계는 아주 비슷한 경제 패턴으로 10년 이상 힘들었죠. 그 패턴이 세계 경제에 40년 동안 영향을 끼쳤고 경제 충돌로까지 이어졌어요. 그 이후로 우리 세상은 이따금 작은 경제 충돌을 겪어 왔죠. 하지만 엄청나게 큰 건 경험하지 못했어요. 아직은."

그는 두려움을 억누른 채 날 쳐다봤다.

"1930년대 미국 경제 대공황을 말하는 거니?"

"맞아요." 내가 대답했다.

그는 아무 말 없이 고개를 끄덕였다.

"제 예측이 맞다면, 올해가 다 가기 전에 또 다른 경제 위기가 중국을 강타할 거예요. 엄청난 불황으로 미국보다 더 큰 규모겠죠. 중국에 경제 충돌이 발생하면 다른 곳들도 마찬가지예요. 하지만 당신은 이걸 막을 수 있어요. 세계 전역으로 확산하는 걸 막을 수 있다고요. 널리 퍼진 빈곤을 해결할 수도 있고요. 사업 해체와 업계 붕괴, 이민, 기아, 극단, 심지어 전쟁까지도요."

"전쟁이라니?" 그가 웃었다.

"너도 레드만큼 제정신이 아니구나. 이건 말도 안 돼. 미치광이랑 이야기하는 것 같아."

"대공황 직후 무슨 일이 일어났죠?"

난 진지하게 그에게 물었다. 그가 대답하지 않아 내가 말했다.

"제2차 세계 대전이잖아요! 이번에도 같은 패턴이에요. 인플레이션, 부채. 이번에는 중국을 먼저 강타한 다음 세계은행 체제를 무너뜨릴 거예요. 사람들은 일자리를 잃고, 집도 잃고 사방에서 도산하겠죠. 100년 전 세계화는 그저 시작일 뿐이었지만 지금은 서로 관련되지 않는 곳을 찾기가 더 어려워요. 중국이 무너지면 우리 모두 무너질 거예요."

나는 메모해 둔 노트를 활용해 주식 시장과 세계 경제에서 중국이 하는 역할을 자세히 설명했다. 그는 여전히 멍하니 날 쳐다보았다.

"불가능해." 그가 탄식했다.

"마지막 경제 충돌은 거셌고, 사람들은 일자리를 잃었지. 힘든 시기가 있었고 좀 불안했어도 전반적으로 생각해 보면 재앙은 찾아오지 않았어. 물론 전쟁도 없었고. 불황은 왔다가 사라지는 거야. 호황도 늘 돌아오고."

그는 믿을 수 없다는 듯 고개를 저었다. 왼손을 창문에 대고 스스로를 추슬렀다.

"대공황은 산업계를 초토화했어요. 번영하던 지역에는 빈민가가 생겼고, 아기들은 길거리에서 죽어 나갔죠. 사방에서 범죄율이 치솟았고요. 가족은 뿔뿔이 흩어졌고 국가도 분열됐어요. 독재자들이 권위주의적 이상향과 더불어 등장했죠. 히틀러, 스탈린, 무솔리니!"

난 잠시 숨을 골랐다.

"100년 전 경제 문제가 그 정도였는데 지금이라면 어떻겠어요?"

챈이 관자놀이를 비볐다. 그는 더 많은 빈곤을 양산하는 경제 충돌은 고사하고 빈곤이 존재한다는 것 자체를 인식하길 원하지 않는 유형인 듯싶었다.

“있잖아요.”

난 고개를 계속 똑바로 들고 있으려고 애쓰며 말했다.

“저도 이게 사실이 아니길 바라지만 236가지 시나리오를 계산해 봤고 결과는 늘 똑같았어요. 당신이 미래의 진로를 바꾸지 않는 한.”

“지금 무슨 소릴 하는 거니?”

“퍼즐 조각이요. 제가 당신 회사에 있는 게 우연이 아니라는 말이에요.” 난 한숨을 쉬었다.

“당신 덕분에 우리는 다가올 재앙을 발견한 거예요. 거기 대응할 시간까지 딱 맞췄죠. 당신한텐 천억 달러가 넘는 순자산이 있으니 이 문제에 힘을 보탤 수 있고 제 방정식을 사용하면 성공할 수 있어요. 당신이 역사를 만드는 거예요, 챈.”

난 그게 얼마나 큰일인지 그에게 받아들일 시간을 주려고 말을 멈췄다.

거의 2년간 내 삶을 통제할 수 없었는데, 결국 챈황롱의 사무실에서 때마침 다가오는 재앙을 발견한 것이다. 마치 내가 꼭 여기 와서 그를 도와야 하는 운명처럼 느껴졌다. 시애틀에서 마담에게로, 다시 프랫으로, 그리고 내가 이 사무실로 오게 될 확률은 10억 개의 건초 더미에서 원숭이가 바늘 하나를 찾을 확률보다 더 낮았으니까.

갑자기 이해됐다. 운명, 혹은 내가 찾는 게 뭐든 역사나 미래에 관한 건 아니었다. 내가 지금 이 자리에서 내리는 결정에 관한 거지.

그러나 지금 챈은 평소 사업 거래처럼 속을 알 수 없는 얼굴을 한 까닭에 난 세세한 설명을 늘어놓을 수밖에 없었다. 사업에 있어서는 누구도 챈황룽의 눈을 속이지 못할 테니 내 말이 거짓이 아니라는 것쯤은 그가 분명히 알아줄 거라 믿었다.

"보세요, 챈. 너무 많은 투자가 허위로 이뤄졌어요. 각 정부는 회복 수준을 넘어서는 주식 시장의 홍수를 겪을 거예요. 당신과의 관련성을 살펴보죠."

난 조사한 내용과 수치를 그에게 건넸다. 수학, 그는 이건 이해한다. 그가 여전히 고심하는 건 그 너머의 너무나 충격적인 예측이다.

"이 일이 얼마나 심각한지, 또 저에 대한 건 아직 누구에게도 말해선 안 돼요."

챈이 무겁게 한숨을 쉬었다.

"네 말이 맞는 것 같구나."

그가 양손을 허벅지 위쪽으로 쓸어내렸다.

"내 회사에는 이 일이 어떤 의미일까?"

그가 날 믿기 시작한 걸까?

"당신 회사는 쉽게 살릴 수 있어요." 내가 대답했다.

"거기다 당신 돈을 두 배로 불릴 수도 있죠. 그러려면 지금 당장 움직여야 해요."

"우리한테 시간이 얼마나 있는데?" 그가 혼란스러운 표정으로 물었다.

"6주, 최대로 잡으면 8주요. 경제 충돌은 여러 해 동안 지속될 거예요. 이 홍수를 견딜 방법을 찾았으니까 당신이 절 도와줄 의지가 있다면 6주 안에 이 계획을 실행해야 해요."

"나더러 네 계획을 실행하라고? 그게 무슨 뜻이지?"

그는 이제 자리 끄트머리에 허리를 펴고 앉았다.

"네가 하고 싶은 말이 정확히 뭐니, 피닉스?"

난 챈에게 폭탄을 투하했다.

"당신 돈이요. 당신 돈을 움직여야 해요."

챈의 손이 책상을 쳤다. 쿵 하는 소리와 함께 펜이 날아가 바닥으로 떨어졌다. 하지만 난 그럴 걸 알았기에 꿈쩍도 하지 않았다. 그는 땀을 너무 많이 흘려 죽거나 내장까지 토하기 직전의 상태였다.

"넌 제정신이 아니야." 그가 양손으로 테이블을 내리쳤다.

"네가 온 뒤로 안 좋은 운만 따라왔어. 2,000만 달러가 줄었고, 코도 부러졌지. 그리고 지금 날 보고 전 재산을 포기하라고? 절대 그렇게 못 해!"

챈은 의자에 걸쳐둔 재킷에서 파란색 양복 손수건을 꺼내 코를 두드렸다. 그의 얼굴은 여전히 화가 나 벌건 상태였다.

"은행, 세계은행이 이 문제를 해결하게 둬!"

"은행은 도와줄 수가 없어요, 당신이 없으면요. 제가 설명해 줄게요." 내가 말했다.

"가장 간단하게 말하면, 저는 긴급 구제 금융 계획을 세운 거예요. 우리가 통화 시스템에 엄청난 양의 현금을 공급하는 거예요. 금융위기가 발생한 첫해에 말이죠. 그러면 재앙이 일어나도 피해는 크게 줄어들 거예요. 우리가 할 수 있어요. 제가 당신과 함께 일해서 돈을 더 많이 벌면요."

챈의 얼굴은 굳어졌지만, 그가 아무 말도 하지 않아서 난 말을 이어갔다.

"방식은 이래요. 당신 자산의 반을 통화, 주식 시장, 은행에 투자하고. 나머지 반은 주요 기업과 사업에 슈퍼 본드를 제공해 계속 운영할 수 있도록 하는 거예요."

챈은 눈썹을 한 일자로 만들고 생각에 잠겼다.

"그리고 당신이 주축이 되어 아시아 은행을 사들여 자금 유통을 한 다음…."

"싫어."

그가 강한 눈길로 날 쳐다봤다. 처음엔 그의 얼굴에서 열정의 불꽃이 튀었지만 이내 사라져 버렸다.

"싫어."

그가 고개를 저었고, 다시 비즈니스 모드로 돌아왔다.

"네 생각은 기특하지만 난 내 수익을 보호해야 해. 우리는 거래했어. 내 회사를 다시 살리는 데 집중하기로. 경제 위기가 온다면 난 적절한 예방 조치를 취할 거야."

그는 더 이상 논의는 없다는 듯, 팔짱을 끼고 고개를 들었다. 그러고는 눈도 깜빡하지 않고 단호하고 길게 날 쳐다봤다.

"네 조언으로 생긴 회사 수익의 40퍼센트를 네게 줄 거야. 내 수익이 다시 오를 때까지. 넌 네 돈으로 하고 싶은 걸 해. 난 내가 최선이라고 생각하는 걸 할 테니까."

"이론상으로 당신이 투자한 모든 게 10배가 되어 돌아올 거예요."

"싫어."

나도 얼굴이 벌겋게 달아올라 그를 노려보았다. 잠시 난 그에게서 킹의 얼굴을 보았다. 사람이 탐욕에 찌들었을 때의 표정은 다 똑같은 것 같다. 내가 어리석었다. 레드가 챈을 골랐다면 해피 엔딩이 될 수 있을 거라고, 일종의 운명이 이 관계를 잘 마무리할 거라고 믿었다. 레드가 틀렸다. 아니면 지금 내가 틀렸을 수도 있다. 어느 쪽이든 챈이 바라는 건 분명하다. 그의 수익, 돈, 인생. 이기적이다. 난 화를 터트리지 않으려고 애썼다.

"아무것도 하지 않을 거예요?" 내가 다시 물었다.

"그들의 일은 나와는 상관없는 일이야."

그는 시선을 떨구고 지갑에서 꺼낸 무언가를 쳐다봤다. 아내의 사진일까?

"일이요?" 내가 반문했다.

"전 지금 사람들, 가족, 아이들 이야기를 하고 있어요. 당신이 충분히 도울 수 있는데도 그들을 돕지 않겠다고요?"

그는 대화는 이제 끝났다는 듯 몸을 돌려 창밖을 쳐다봤다.

"내가 레드처럼 모든 걸 포기하는 성인군자가 되길 기대하지 마. 그래서 그가 어떻게 됐는지 봤잖아!"

그의 목소리는 속삭임보다 조금 더 큰 정도라 감추고 있는 게 분노인지, 슬픔인지 갈피가 안 잡혔다.

"난, 세상을 구하는 일에 관심 없어." 그가 말했다.

"당신 말이 맞아요. 당신은 전혀 레드 같지 않아요." 내가 그에게 대꾸했다.

날 외면한 채 말하지 못하게 하려고 그가 서 있는 쪽으로 다가갔다.

"당신만을 위해 산다면 후대에 유산을 남길 수 없어요."

챈의 감정은 화를 넘어섰다. 양손으로 주먹을 꽉 쥐고 얼굴을 내 코앞까지 바짝 붙였다.

"레드가 무슨 일이 있었는지 말해 줬니? 그가 왜 그 감옥에 갇혀 있었는지 너한테 말해 줬냐고?"

그 질문에 난 입을 다물었다. 난 몰랐다. 두 사람이 어떻게 아는 사이인지조차 확신이 없다.

그가 창문으로 다가가 천천히 길게 숨을 내쉬며 자세를 고쳤다.

"그럴 줄 알았어." 독을 뱉듯 그가 말을 던졌다.

"한 가지만 분명히 해 두자. 레드처럼 필요 이상으로 내 인생에 대한 네 조언 따윈 듣고 싶지 않을뿐더러 내가 돈을 어디다 쓰든 왈가왈부하지 마. 넌 네 일을 해. 난 내 일을 할 테니까. 우린 거래를 했어. 이걸로 대화는 끝이야."

"알았어요." 난 그에게서 시선을 떼지 않고 대답했다.

이대로 그냥 나가버릴까도 생각했다. 다시 돌아오지 않을 셈으로. 챈이 날 소유한 건 아니다. 내가 거래를 했다고 해도 떠나는 건 자유였다. 지금 나에겐 신선한 공기가 좀 필요했다. 그렇지 않으면 질식할지도 몰랐다.

"여기요. 당신의 수십억 달러를 두 배로 만드는 첫 번째 단계예요."

난 미리 준비해 둔 메모를 내동댕이쳤다.

“이번 주말까지 이렇게 하면 당신 회사는 정상으로 돌아올 거예요. 내 수익 40퍼센트를 기다리고 있을게요. 안녕히 계세요.”

“지금 어디 가는 거야?” 그가 큰 소리로 말했다.

“넌 여기서 나갈 수 없어. 할 일이 더 있잖아. 우리는 거래했다고!”

그때, 노크 소리가 났고 카이가 들어왔다.

“당신이 직접 하세요.”

난 책상 아래로 의자를 세게 밀어 넣었다.

주머니에 체스 폰이 있는 게 기억나서 꺼냈다. 챈이 뭔가를 말하려는 찰나 난 주먹을 올리고 손가락을 펼쳤다. 세월에 긁히고 닳아 버린 작은 체스 조각이 내 손바닥 위에 있었다.

“선물이에요. 당신은 이게 어디서 왔는지 알 것 같아서요.”

난 폰을 테이블 위에 탁 내려놓았다.

챈은 체스 조각을 바라보며 침을 꿀꺽 삼켰다. 마치 부고장을 받은 사람처럼 그의 얼굴이 일그러졌다.

“무슨 일이에요, 두 사람?”

카이가 물었지만, 그의 아버지는 대답하지 않았다.

카이가 문을 막았다. 난 어깨를 밀치며 말했다.

“너희 아버지한테 물어봐.”

CHAPTER 18
현재 : 피닉스

중국 상하이, 상하이 타워

밖으로 나오니 어지러움이 머리에서 온몸으로 퍼졌다.

숫자와 챈이 했던 말이 번갈아 가며 파도처럼 내 머릿속을 뒤덮었다. 잠을 자지 못한 것도 한몫했다. 눈이 충혈되었지만 챈의 빌라로 되돌아가고 싶지 않았다.

택시가 내 앞에 섰을 때, 카이가 막 건물에서 나왔다. 그가 날 향해 손을 흔들었다.

"피닉스! 기다려!"

그가 소리쳤지만 난 이미 택시에 올라탔고 차는 출발했다.

"차를 세울까요?"

카이가 보도를 뛰어오는 걸 보고 운전사가 물었다.

"아니요."

난 그의 목소리가 들리지도 않고, 그가 보이지도 않는 것처럼 정면을 응시했다.

"가까운 쇼핑몰로 가주세요."

챈이 준 봉투를 꺼냈다. 붉은 지폐에서 마오 주석의 근엄한 얼굴이 날 쳐다봤다. 나는 몇천 위안을 주머니에 넣고, 봉투를 재킷 안쪽 주머니에 안전하게 넣었다.

도시의 거리를 가로지르니, 카이가 떠올라 죄책감이 들었다. 그 애는 왜 날 쫓아왔을까? 자기 아버지가 옳다는 걸 나에게 확신시키고 싶었던 걸까? 다음번 경제 위기를 예고하는 내가 정신이상자라고? 이유가 뭐든 내 마음 한구석에선 그가 뛰쳐나온 게 순전히 날 위한 거라고 믿고 싶었다. 누군가 날 걱정해 준다고. 하지만 바보 같은 생각이었다. 너무 지쳐서 제정신이 아닌 게 틀림없다.

운전사가 내 중국어 실력을 칭찬하면서 원치 않는 주변 소개를 시작했다. 3분 뒤, 그는 상하이 인민 광장 근처에서 빨간불에 멈춰서서 이렇게 물었다.

"북쪽의 가장 유명한 쇼핑 거리인 난징루는 어떠세요? 아니면 남쪽의 후아이 하이가로 갈까요?"

그는 흥미로워 보이는 세 곳을 더 말했다. 시애틀의 택시 기사는 손님을 기쁘게 해 주려고 절대로 이 정도까지의 열성은 보이지 않는다.

머리가 지끈거렸다. 지금은 그의 질문을 받아줄 수 없어서 내려서 걷겠다고 했다. 다만 도움을 줘서 고맙다는 표시로 그에게 팁을 줬다.

난 인민 광장 모퉁이에 멍하니 서서 계산해 보았다. 내 주변으로 도시는 시끌벅적했다. 내가 막기도 전에 숫자가 내 과거와 함께 거미줄처럼 엉켜 움직였다. 그 안에는 엄마의 생일, 아빠의 휴대전화 번호, 내 베프의 주소가 들어 있었다. 모두 그 속에 숨어 있었다.

쇼핑몰로 직진하는 대신 반짝거리는 장식이 가득한 분수대로 가서 자리를 찾았다. 광장의 천사들이 날 삼켜 버렸다. 공공장소가 숨기에 제일 좋은 곳이라는 사실이 참 우습다.

따뜻한 옷으로 무장한 행인들이 쇼핑백을 들고 즐거운 시간을 보내고 있었다. 웃음소리와 미소. 모퉁이 건물 중 한 곳에 설치해 둔 대형 스크린에서 새해 활동에 관한 방송이 나왔다.

이런 게 '평범한' 삶이다. 세상의 어두운 모퉁이에서 사악한 거래가 이루어지고 거기에 경제 위기가 도사리는 줄도, 유괴된 아이들이 누군가 자기를 찾아 주길 바라는 줄도 모른 채 수많은 사람이 즐겁게 돌아다니며 행복하게 차를 마시고 있었다. 난 얼른 벤치에 기대 팔짱을 꼈다. 내가 화를 내는 대상은 그들이 아니다.

챈을 생각하니, 화가 치밀어올랐다. 세상이 또 다른 끔찍한 상황에 직면하기 직전인데, 난 하룻밤의 자유도 가져보지 못하고, 상황을 해결할 수 있는 능력을 갖춘 사람은 다른 이들처럼 고집이 센 데다 이기적이어서 나서지 않을 거란다. 이제 내 앞에는 또 다른 선택이 남았다. 그 문제를 두고 나는 어떻게 할 것인가?

난 번 돈을 가지고 마담을 칠 계획이었다. 그런데 이 새로운 정보를 알고 난 뒤 혼란스러웠다. 레드가 원하는 게 무엇인지 안다. 하지만 내가 할 수 있을지, 확신이 없었다.

불현듯 한 가지 생각이 떠올랐다. 킹의 사람들은 어둠 속에서, 골목과 밤의 그늘에서 주로 거래하는 반면, 마담은 훤한 대낮에 엑스포나 이런 광장에서 일하는 걸 좋아한다.

여학생 한 무리가 깔깔거리며 지나갔다. 분홍빛 뺨과 커다란 갈색 눈동자. 킹이나 마담이 데려간 소녀들은 저런 소녀들이었을까? 사랑해 줄 남자와 일자리가 기다리고 있다고 믿게 만든 다음 그들의 무자비한 소굴로 걸어 들어오게 했을까?

난 훈련받은 개처럼 광장에 있는 소녀들의 얼굴을 살폈고, 그건 막을 수 없는 본능이었다. 매번 소녀가 지나갈 때면 내 눈초리가 손목이나 귀를 살피며 마담의 소유물을 나타내는 작은 X 자가 있는지 확인했다. 눈으로 137명을 좇았고 망상이 더 커질 무렵, 찬 바람이 광장에 휘몰아쳐 난 몸을 떨었다. 덕분에 이 터무니없는 붉은 원피스를 입고 있었다는 사실을 깨달았다. 장소를 옮겨야 했다.

쇼핑몰 안으로 한 걸음 들어서자, 실링팬에서 나오는 열기가 몸을 데워주었다. 앞으로 쭉 가서 에스컬레이터를 타고 네 층을 올라간 다음 두 층을 내려왔다. 밝은 조명, 음악, 사람들이 사방에서 쏟아져나왔다. 더 많은 방정식이 머릿속에 등장했지만, 너무 지쳐서 레드가 내게 가르쳐준 대로 그것들을 걸러낼 수 없었다. 방정식이 머릿속을 채우는 바람에 천천히 움직여야 했다.

쇼핑하는 사람들의 말소리는 밖의 소란만큼이나 컸다. 프랫감방만 돌아다녔던 내게 쇼핑몰은 궁전처럼 느껴져야 정상이었다. 높은 천장과 넓은 통로가 있다고 해도 날 옥죄는 기분은 똑같았다.

나는 갑자기 다시 불안해졌고 지나가는 모든 얼굴을 살폈다. 내 맞은편으로 지나가는 한 소녀가 머리를 포니테일로 묶었다. 작은 X자 문신이 그녀의 귓불에 새겨 있다고 확신했는데 문신은 은색이었다. 자세히 보니 그냥 귀걸이였다.

휴대전화를 들여다보고 있던 남자가 나와 부딪혔다. 그의 손이 내 팔을 잡을 때 몸에 긴장이 들어갔다. 난 세게 홱 몸을 빼며 그의 손에서 벗어나려고 했는데, 그는 내가 넘어질까 봐 잡아줬을 뿐이었다. 남자는 몇 번이나 사과한 뒤 서둘러 자리를 떴다.

정신 좀 차려, 피닉스.

내 앞으로 쇼핑몰을 따라 걷고 있는 연인이 보였다. 서른 중반으로 보이는 남자는 분홍 스웨터에 밝은색 립스틱의 젊은 여자와 말다툼을 벌이고 있었다. 외모로 봐선 내 또래다. 다툼이 심해져 여자가 상대를 향해 목소리를 높였다. 남자는 애인을 출입구 쪽으로 잡아끌었지만, 여자가 뿌리쳤다. 몇몇 사람이 힐끔거리는데도 연인은 아무 일도 아닌 듯 계속 걸었다.

내가 본 상황은 다르다. 남자가 한 마디 웅얼거리자 여자는 싸움을 그만뒀다. 그녀는 속상해하며 사람들 쪽으로 시선을 돌리다 나와 눈이 마주쳤다.

파일 안에 있던 여자애들과 같은 표정이다. 내 모습과도 같았다. 절박함. 난 얼른 달려가 그녀를 구하라고 내 발에 지시했지만 몸이 말을 듣지 않았다. 숫자가 내가 잘못 본 거라고 알렸지만 이번엔 심장이 듣지 않았다. 도와달라고 외쳐도 내 목소리는 꿈속에서처럼 밖으로 나오지 않고 사라졌다.

난 저 여자애를 도와줄 운명이었다. 레드에게 그들을 돕겠다고 맹세했다. 그런데 왜 몸이 움직이지 않는 걸까?

무력함을 느끼며 내 손가락 사이로 빠져나가는 그녀를 지켜보았다. 걸음마다 가족과 생이별한 소녀들의 모습이 칼로 도려내듯 나를 고통스럽게 했다.

고개를 앞뒤로 돌려가며 킹이나 마담이 있는지 살폈다. 그들이 언제고 여기 올 걸 안다. 사람들이 날 쳐다보며 손가락질하는 듯했고, 어쩌면 그들은 그저 자기들 이야기를 하는 건지도 모른다. 모두 휴대전화를 손에 들고 있다. 지금 마담에게 전화하는 건가? 아니면 경찰? 머릿속이 뒤죽박죽이다. 시끄러운 소리가 밀려와 내 방정식을 몇 배 더 복잡하게 했다.

세상은 너무 넓다. 숫자가 너무 많다. 어느 것도 내가 풀 수 없다. 난 그저 한 사람에 불과하니까.

찰싹하는 큰 소리에 정신이 번쩍 들었다.

여자의 오른손이 허공을 날아 남자의 얼굴을 내리쳤다. 난 남자가 무자비하게 그녀에게 달려들 거라고 생각했다. 하지만 그는 움찔하고선 그녀에게 떠나지 말라고 간절히 빌며 사과했다. 이내 그들은 서로를 껴안고 키스했다.

그냥 연인 간의 다툼이었고 그녀는 X 문신 소녀도, 나도 아니었다. 납치당한 소녀가 아니다.

정신이 분열되고 있었다. 두 시간밖에 못 자서 이런 상태가 된 거다. 생각을 정리하려면 자리를 옮겨야 했다.

내게 필요한 건 레드다. 하지만 그는 더 이상 선택지에 없다.

그래서 머릿속에 있는 그의 목소리를 끄집어냈다.

인생에서 확실한 건 세 가지란다. 그는 말하곤 했다. 목적, 변화, 그리고 죽음.

지금까지 난 죽음을 피했다. 목적은 이룰 셈이다. 그리고 변화할 수 있다.

지금 난 피닉스잖아, 내 안에서 말하고 있다. 피닉스는 약간의 변화를 줄 수 있다.

머리 위 하늘이 어두워졌다. 난 생각을 말끔하게 정리하고 결심한 상태로 자리에서 일어났다. 새로운 계획이 생성됐다. 뭘 해야 할지 안다. 어디로 가야 할지도. 난 내가 원하는 걸 얻을 때까지 멈추지 않을 것이다.

∞

쇼핑몰 폐점 시간이 되었다. 에스컬레이터에 올라타면서 가까이 있는 거울을 들여다봤다.

새로운 내 모습에 깜짝 놀랐다. 시애틀에서 알던 갈색 머리 소녀는 사라졌다. 뺨의 윤곽이 도드라지고 입술은 풍만하다. 이미 9회차 인생을 끝낸 듯, 눈빛은 열일곱보다 더 돼 보였다. 여전히 말랐지만, 몸에 여성적인 곡선이 이 정도로 생겼는지 몰랐다.

미용실에서 진한 에스프레소 빛깔로 머리카락을 염색하고 눈썹도 새로운 모양으로 다듬었다. 웨이브가 들어간 머리카락은 스트레이트로 펴고, 얼굴 주변으로 층을 냈다. 스타일리스트가 메이크업을 해 줬는데 실제로 화장하는 건 이번이 처음이다. 진한 아이라이너, 아이섀도, 마스카라를 하고 나니, 내 진짜 눈동자 색이 얼마나 밝은지 티가 나서 다크 브라운 컬러렌즈를 샀다. 이제 난 완전히 딴사람이 됐다. 나조차도 알아보기 힘든데 마담이 무슨 수로 날 알아볼까?

어깨와 손에 주렁주렁 걸린 쇼핑백에는 정장과 캐주얼한 옷가지가 들었다. 신발, 부츠, 재킷, 원피스, 심지어 수영복도 샀다. 쇼핑백이 팔을 짓눌렀다. 빨리 이것들을 내려놓고 싶었다.

밖으로 나가니 택시 승강장에 차가 서 있었다. 난 문을 열고 올라탔다.

"프랑스 조계지의 우루무치가로 가 주세요." 쇼핑백을 자리에 놓으며 내가 말했다.

택시가 도심을 가로질렀다. 마담의 X 소녀들을 도울 방법을 찾는다고 해도 지금 내 처지로서는 그 애들이 머물 곳을 제공해 줄 수 없었다. 챈의 집도 너무 이목을 끌어 안전하지 않았다. 모든 사람이 챈과 카이를 알고 있다 보니, 마담과 킹이 내가 어디 있는지 알아내는 건 시간문제다.

운영할 만한 장소가 필요했다. 숨을 수 있는 곳, 여자애들을 데려다 놓을 수 있는 곳. 내게 필요한 건 안전한 가옥이다. 하지만 어디서 그런 곳을 찾을 수 있을까?

빌라에 도착하니, 개가 짖어대서 안전 가옥 생각이 싹 달아났다. 지금 내가 생각할 수 있는 건 레드뿐이었고 난 쇼핑백을 들고 어설픈 걸음으로 정문으로 향했다.

"누구시죠?"

정문 안쪽의 가드가 저지하며 물었다.

"피닉스예요." 내가 대답했다.

"네?"

그는 내 새 외모를 흘끔거리며 내가 지난번에도 이런 모습이었는지 확인하려 했다. 난 아무 설명도 하지 않았다.

"좀 들어드릴까요?"

"고맙지만 괜찮아요."

그렇게 말했지만, 어깨가 저리고 온몸이 피곤한 건 부정할 수 없었다.

"챈 도련님이 제게 오늘 밤 당신을 잘 봐달라고 하셨습니다." 가드인 레이가 말했다.

"도착하는 대로 알려달라고요."

그의 뒤에서 또 다른 목소리가 말했다.

"괜찮아. 내가 봤으니까."

카이는 다른 말 없이 주머니에 휴대전화를 집어넣고 내 손에 든 쇼핑백을 받아서 들었다.

가드가 정문을 잠그고 우리에게 잘 자라고 인사했다. 난 아까 카이를 못 본 척했던 부끄러움이 밀려드는 걸 애써 감췄다. 카이는 쇼핑백을 들고 따라왔다.

"고마워."

한쪽은 내 집 문 쪽으로, 다른 한쪽은 그의 집으로 길이 갈라지는 정원에 도착했을 때 내가 말했다.

"쇼핑했어?"

우리는 게스트하우스 문 쪽으로 향했다.

"여자들은 화가 나면 그렇게 하는구나."

그는 농담이라며, 웃어줬고 나의 새 헤어스타일과 메이크업을 보고 갸우뚱했다.

"네가 말하기 전까진 너인 줄 몰랐어."

내가 외모를 바꾼 건, 살아남는 것과 같다는 설명을 하기엔 너무 기력이 없었다.

"너도 달라 보이는데…. 나가는 길이었어? " 내가 말했다.

그는 더 이상 정장 차림은 아니었으나 여전히 캐주얼한 상황에는 어울리지 않게 너무 잘 차려입었다. 남색 슬랙스에 연청색 버튼 업 셔츠를 입고 갈색 가죽 재킷을 걸쳤다. 가죽 모터사이클 부츠는 좀 닳았어도 관리를 아주 잘해서 벨트, 시계와 잘 어울렸다. 그의 재킷은 완전히 새것은 아니지만, 오늘 아침에 산 것처럼 살짝 빳빳해 보였다. 그럼에도 난 그가 아주 잘생겼다는 것을 부정할 수 없었다. 그의 얼굴, 목소리에는 사람을 차분하게 만드는 뭔가가 있어 몇 년 동안 알고 지낸 사이 같았다. 우리는 불과 하루 이틀 전까지만 해도 서로 모르는 사이였는데 말이다.

"맞아, 누굴 만나러 가는 길이었는데 널 도와줄 시간은 있어."

그가 대답했고, 우리는 현관에 도착했다.

"있잖아, 아버지가 널 속상하게 했다면 내가 대신 사과할게. 평소에는 그런 분이 아니야."

오늘 아침, 카이는 차갑고 멀게 느껴졌다. 처음 그를 만났을 때와 지금과는 달리. 어느 쪽이 진짜 카이의 모습인지 모르겠고, 내가 그걸 신경 쓰는지조차도 모르겠다.

"너희 아버지가 말해 줬어? 경기 침체 이야기?" 내가 물었다.

"응."

카이는 짧게 대답하고 깊은 생각에 잠겼다. 그는 내 눈을 똑바로 바라봤다.

"너희 아버지가 손 쓸 수 있어."

"아버진 뭘 믿어야 할지 모르는 거야."

카이는 뭔가를 더 말하려는 것 같았지만, 그쯤에서 멈추기로 결심한 듯 보였다.

그 부분에 속이 상해서 난 티 나게 거리를 두고 바닥에 놓인 바보 같은 갈색 발 매트만 쳐다봤다. 두 번씩이나 긴 강의를 해 줄 생각이 없었다. 게다가 더 이상 핑계도 듣기 싫었다. 열쇠를 찾느라 꾸물거릴 때, 우린 둘 다 말없이 생각에 잠긴 채 진짜 하고 싶은 말은 접어두었다. 우리의 성격과는 모순된 일처럼 느껴졌다.

문이 열렸고, 난 왼손으로 전등 스위치를 찾으려 더듬거렸지만 찾지 못했다.

"오른쪽이야." 카이가 덤덤하게 말했다.

손을 옮기자, 곧바로 스위치를 찾을 수 있었다.

"고마워."

난 이렇게만 대꾸하고 부츠를 벗은 뒤 흰 실내화를 찾았다.

카이가 현관에 내 쇼핑백을 내려놓고 안으로 들어오라고 말해 주길 기다리는 사람처럼 서 있었지만 난 그가 여기 있는 게 싫었다. 그는 친구를 만나러 가는 길이라고 했다. 아무리 거짓말로 숨 쉬고 먹고사는 사람들과 일한다고 해도 나는 여전히 그 사람들이 자기가 한 말을 지키길 바라는 사람이다. 게다가 난 지금 지쳐서 쓰러지기 일보 직전이었다.

"너도 내 주장이 미친 것 같아?" 문을 닫기 전 그에게 물었다.

"꼭 그런 건 아니야." 그가 대답했다.

"그렇지만 또 다른 대공황이 온다고? 전문가들은 예측하지 못하는? 게다가 이론적으론 우리 아버지가 막을 수 있다고?"

"거짓말 아니야."

"네가 거짓말한다고 한 적 없어. 받아들일 시간이 좀 필요한 것 같아."

"그래."

난 그렇게만 대답하고 그가 가길 기다렸다. 진짜, 더 이상 이 일로 이러쿵저러쿵하고 싶지 않았다.

"너 약속에 늦겠어."

"그건 걱정 안 해도 돼, 그녀는 맨날 늦거든." 그는 내 눈을 똑바로 보고 말했다.

그녀. 사무실에서 본 그 여자애? 그의 여자 친구?

"도와줘서 고마워, 카이. 내일 보자."

"그러니까 내일 회사에 일하러 온다는 거지?" 카이가 놀라서 물었다.

"난 계약했잖아, 안 그래?"

그가 멋쩍게 웃었다.

"네가 나갈 때 우리 아버진 확실히 겁을 먹었지." 그가 알려주었다.

"아버진 널 완전히 잃었다고 생각했거든."

"그래, 뭐. 경제 공황 소식에는 겁먹지 않았으니, 나라도 그랬어야 했나 봐."

내 말에 카이가 웃었다.

"아버지는 한 번도 너 같은 사람을 겪어보지 못했어. 아무도 아버지한테 그런 식으로 대등하게 맞서지 못하거든."

대등하게? 난 항상 누군가와 대등한 관계에 있다거나 제대로 된 경쟁 관계에 있다고 생각해 본 적이 없었다. 그 생각을 하니 기분이 좀 나아졌다. 챈이 날 잃을까 겁먹었다는 사실과 날 동등한 사람, 적어도 고용인으로 봐주려고 했다는 걸 알고 나니 기분이 좋았다.

그렇게 생각하니… 자유의 몸이 된 것만 같았다.

"부탁할 게 있어. 다음번엔." 그가 말했다.

"너랑 아버지 사이에서 그런 일이 생기면 뛰쳐나가기 전에 날 먼저 찾아와 줘. 내가 도와줄 수 있으니까."

나는 그의 친절한 말을 알아들었다는 뜻으로 미소를 지었지만, 고개를 저었다. 솔직히 카이의 제안은 얼토당토않았다. 그는 나에 대해 아무것도 몰랐고 그의 관심사는 오로지 챈의 관심사에 달려 있을 테니까. 경제가 소용돌이치는 상황이라면 그가 얼마나 오래 내 편에서 날 격려해 줄 수 있을는지.

"아침에 태워줄까?" 그가 물었다.

"지하철 타고 갈게."

"피닉스, 우린 같은 주소지에 살고 같은 곳에서 일해." 그가 편안하게 말했다.

"전혀 문제 될 거 없잖아."

"알았어, 고마워." 그냥 그렇게 대답했다.

다른 말을 더 하면 그가 의심할지도 몰랐다. 벽 한편에 머리를 기대고 천천히 문을 닫았다. 그는 그게 무슨 의미인지 알아들었다.

"잘 자."

그리고 카이는 사라졌다.

피로가 엄습해 왔지만 난 쇼핑백 딱 하나만 들고 복도로 나섰다. 잠들기 전에 해야 할 일이 있었다. 옷 갈아입기. 새로 산 스웨트 셔츠와 바지로 갈아입은 다음 낡은 옷을 고이 접어 들고 젖은 먼지, 차가운 시멘트, 마지막으로 마신 녹차가 뒤섞인 퀴퀴한 냄새를 들이켰다. 주방으로 가면서 서랍에서 성냥을 몇 개 꺼내고 기름병을 챙긴 다음 슬쩍 뒷문으로 나갔다.

챈의 집은 어두웠다. 카이는 외출했으니, 누구도 날 방해하지 않을 것이다.

난 풀하우스 파티오 뒤편으로 갔다.

정원 물뿌리개 옆에 빈 양동이가 있었다. 낡은 옷을 그 안에 던져 넣고 주방에서 가져온 땅콩기름을 좀 뿌린 다음 성냥을 그었다.

처음에는 불이 천천히 일다가 점차 커졌다. 밤바람이 불어 양동이에서 올라오는 연기의 방향이 바뀌었다. 열기를 맞은 내 옷은 검게 타들어 가며 쭈글쭈글해졌다.

"잘 가, 더블 에잇."

내가 나지막이 말했다.

신에게 어째서 답을 주지 않냐고 기도하던 그 모든 추운 밤들과 함께 옷도 타버렸다. 아빠를 잡으려고 절박하게 팔을 뻗었던 악몽이 연기와 함께 하늘로 올라갔다. 마라 언니에 대한 내 사랑과 분노도 열기 속으로 사라졌다. 불길 안에서 릴리의 피아노 멜로디가 들렸다.

천은 불을 이길 수 없다. 그저 쪼그라든다. 직물일 뿐이니까. 이내 옷은 재가 되고 완전히 타서 냄새도 얼룩도 남지 않았다. 재가 공중으로 피어올라 밤하늘을 떠다니며 바람의 방향에 따라 이리저리 나부끼다 소멸했다.

"레드. 이제 당신이 무사하다는 걸 알아요." 난 천국을 바라보았다.

"전 아직 여기 있어요. 포기하지 않을 거예요. 당신이 옳았어요. 불은 나를 파괴할 수 없어요. 우리가 이야기했던 대로 할 거예요. 바로 당신을 위해서요."

CHAPTER 19

과거 : 더블 에잇

∞

중국 상하이, 프랫

다시 숨 쉴 수 있을 것 같았다.

47일 동안 매일 밤 레드와 만나 내가 바란 것보다 더 많은 걸 배웠다. 다시 재능을 통제할 수 있게 되어 기분이 좋았다. 언젠가 킹과 마담의 눈앞에 똑똑히 보여줄 거다.

중국어는 나와 내 재능을 위해 만들어진 언어였다. 이번 달에만 2,376자도 넘게 익혔고, 이는 하루 평균 100자를 통달하는 속도였다. 전에는 중국어가 스테로이드 위에 쓰인 상형문자처럼 보였는데 지금은 복잡하지만 뚜렷하고 논리적인 획으로 이루어진 숫자로 보인다.

다른 언어를 배울 때보다 두 배 더 빨리 익혔고 평범한 사람의 학습 속도보다 50퍼센트 더 빠른 건 부수 체계 덕분이었다.

중국어는 로마 숫자보다 훨씬 논리적이었다. 이제 킹의 일을 처리하는 시간이 3분의 1로 줄었고, 물론 그전에도 그다지 오래 걸린 건 아니었지만 아무튼 모든 것이 빨라졌다. 내 두뇌가 중국식으로 사고하기 시작했다.

중국인들은 숫자와 그 의미에 대해 집착했다. 내 이름 88을 예로 들어보면, 숫자 8인 '바'는 발음이 '파'처럼 들리는데, 이는 행운이라는 의미다. 8은 중국에서 최고 행운의 숫자라서 번영, 성공, 사회적 지위와 관련이 깊다. 사람이든 사업이든 제대로 된 번호에는 큰돈을 지불하기도 하고 특히 숫자 8은 전화번호, 비행기 편명, 자동차 번호에서 중요했다. 중국의 철학과 미신은 수학과 불가분의 관계로 뒤엉켜 있다.

레드가 들어왔고, 그가 씩 웃자 콧수염이 함께 말려 올라갔다.

"투 페이 멍 진(Tu fei meng jin 突飛猛進 돌비맹진)." 그가 수많은 사자성어 중 하나를 언급했다.

"네 중국어가 비약적으로 발전했구나."

프랫에서 처음으로 가슴 가득 뿌듯함을 느꼈다.

"넌 배우는 데 재능이 있어." 그가 말했다.

"조만간 내가 구사하는 모든 사투리까지 알게 될 거란다. 어쩌면 그렇게 빨리 배울 수가 있어? 킹 밑에서 하는 일이 뭐지?"

그가 1인치 두께의 매트를 내 감방 창살 사이로 밀어 넣어 바닥에 놓았다. 난 그 위에 양반다리를 하고 앉았다.

"제가 가진 숫자라는 재능으로 많은 돈을 벌어요."

"천재라는 말이니?"

"맞아요, 할아버지." 내가 대답했다.

"전 수학을 결합해요. 두 개 이상의 수학 원칙을 하나로 이어 아주 복잡한 뭔가를 풀어요. 하지만 전 특별해요. 숫자가 단순히 페이지에 적혀 있는 게 아니라 제가 보고 살피는 모든 것을 자동으로 필터링하거든요."

"어떻게 그럴 수 있지?"

"다른 방정식으로 걸러내는 것과 부분적으론 비슷한데 열 배 더 빠르고 범위도 넓어요."

그는 멍한 표정이 되었다.

"용어는 신경 쓰지 마세요. 간단히 말하자면, 하늘에서 떨어지는 공을 잡는다고 쳐요. 그 속도를 알기 위해선 중력과 공기 저항을 전부 고려해야 하죠. 전 공의 크기, 무게, 소재를 살펴요. 그런 다음 공의 가속도, 시간으로써의 속도를 결정해요. 이 모든 걸 몇 초 안에 계산할 수 있어요."

그는 더 멍한 표정이 되었다.

"이렇게 생각해 보세요." 내가 말했다.

"전 벌어질 일을 미리 알 수 있는데 그건 일이 벌어지기 전 일어날 가능성을 계산할 수 있어서예요."

그가 잠시 고개를 끄덕였다.

"난 너한테 중국어만 가르쳐주는 걸로 하자." 그 소리에 우리 둘 다 웃었다.

"질문 하나 해도 돼요?" 내가 물었다.

"그러려무나." 레드가 대답했다.

"여기 사람들이 왜 할아버지를 미치광이 홍이라고 불러요?" 내가 물었다.

"가드 산은 할아버지가 여기 온 뒤로, 신비주의 시인으로 사람이 바뀌었다고 했는데 전 그 이유가 아닌 걸 알아요."

"아, 어쩌면 내가 나쁜 사람들이 변한다고 믿기 때문이 아닐까?"

난 안달이 나서 한숨을 쉬었다.

결국 그가 대답했다.

"난 갚지 못할 빚을 졌어."

"무슨 빚인데요?"

"이곳에 있으라는 협박을 받았어. 킹은 돈을 원했지. 난 돈을 가진 사람을 알고."

"그러니까 할아버지가 여기서 나갈 수 있도록 몸값을 내줄 사람 말인가요?"

"그래. 하지만 그렇게 간단하지 않단다."

"왜 나가지 않으셨어요?"

"아직 때가 되지 않았거든." 그가 말했다.

"난 반드시 치쿠(chi ku 吃苦 고통 받다)해야 해."

"고통을 참고 견딘다고요?" 내가 물었다.

"8년간 그랬으면 충분하지 않을까요?"

"음, 엄청난 쓴맛을 본 뒤에는 모든 게 꿀처럼 달콤하다는 걸 잊지 말거라."

그는 평소처럼 수수께끼 같은 말을 던졌지만 내가 오해한 게 아니라면 그의 얼굴에는 씁쓸한 미소가 드리워져 있었다. 그가 자리에서 일어났다.

"처음 여기 오게 된 이유를 말해 주실 순 없어요?"

난 투정을 부렸다. 이번 주에만 벌써 세 번째 묻는 건데 제대로 된 대답을 듣지 못했다.

"잘못된 것을 모두 바로잡는 중이야."

그는 슬픈 목소리로 말하며 또다시 진짜 대답을 피했다.

"자, 우린 할 일이 많단다."

난 지상으로 올라가 킹이 매끈한 검은색 자동차에 올라타고 떠나는 모습을 지켜보았다. 그는 자신의 하인들과 같이 살지 않지만, 내일 다른 이의 실수에서 뭘 착취하러 돌아올 것이다. 그의 서비스를 이용하는 사람이 마담뿐만은 아니었다.

킹은 아는 게 너무 많아서 다른 사람의 쓰레기를 그냥 던져버리지 않고 그 안을 샅샅이 뒤졌다. 그는 정보를 좋아해서 단순히 '사업을 관리'하는 게 아니라 뭔가 유용한 걸 배워서 늘 우위에 섰다. 킹은 이걸 자기가 징수하는 '세금'이라고 불렀다.

가끔 내 머리를 물속에 집어넣는 것만 빼면 킹은 돈이 제대로 굴러가는 한, 날 가만히 두었다. 그래서 난 많은 시간을 조용히 보냈지만, 우리가 프랫 밖으로 나갔을 땐 특히 집중하고 계산했다. 눈가리개를 해야 했지만 난 우리가 가는 거리와 방향을 기록하고 어디서 도는지, 몇 킬로미터, 몇 미터, 몇 분을 가는지 살폈다. 그렇게 내 머릿속에서 지도가 그려지고 있었다.

지금은 눈을 가리고도 프랫에서 포트까지 걸어갈 수 있지만, 창고까지 가는 길을 제대로 기록해 두고 싶었다. 킹과 마담의 모든 자료가 거기 있다. 한번 가본 적이 있는데 그 앞뒤로 많은 일이 정신없이 벌어진 탓에 돌아오는 길에 지도를 그릴 여유가 없었다.

한번은 킹이 내 눈을 바로 가리는 걸 잊어버렸고, 그때 난 표지판과 송 밸리라는 시내 이름을 봤다. 그날 늦게 레드에게 거기가 어디냐고 물었는데, 그의 눈빛이 어두워졌다. 난 그가 이야기하길 원치 않는다는 걸 알 수 있어서 그냥 넘어갔다.

하지만 프랫 안에서는 눈가리개를 하지 않기 때문에 어젯밤 여기서 벌어진 일 같은 걸 잊기까지는 며칠이 걸린다.

킹이 술을 진탕 퍼마셨다. 난 가만히 앉아서 그가 마담의 구매자에게 털어놓아서는 안 되는 비밀을 흘리는 걸 지켜보았다.

"우리가 강 상류로 보내는 선적 컨테이너는 절대 검수받지 않아요." 그는 쇳소리를 내며 웃었다.

"주로 내 부하들이 화물 샘플을 보살피고 내보내니까요."

마담의 숨겨진 파일을 발견한 뒤 난 그 화물이 바로 소녀들이라는 걸 알고 토할 뻔했다.

두 남자의 노골적인 언급이 내 마음을 후벼 파서 마른 피가 흐를 지경이었다. 내 얼굴은 눈물로 얼룩졌다. 마지막 남은 내 양심이 비난의 목소리를 퍼부었다.

넌 저들이 저지르는 범죄를 돕고 있어.

내가 이걸 끝낼 거다. 난 맹세했다. 가드들의 신임을 얻어 모두가 킹에게 등을 돌리게 할 것이다. 그리고 몰래 창고에 잠입한 다음 불을 지르고, 그렇게 소녀들을 구할 것이다. 구매자들은 각자의 구렁텅이에 빠트려 버리고.

그리고 사실, 멍청이인 킹이라면 창고에 저장해 둔 그의 선적 기록, 새 선적 일자, 구매자 정보, 심지어 마담을 위해 일하는 썩은 세관 직원들의 이름까지 전부 까발릴 것이다. 마담과 킹을 파멸로 이끌려면 그 정보가 꼭 필요했다.

그들을 무너뜨릴 계획을 세웠다고 해서 내 안에서 부패해 가는 죄책감이란 아수라장을 잠재울 수는 없다. 유일한 위안은 레드를 만나는 것이었다. 날마다 그에게 내 고통을 조금씩 열어 보였다. 심지어 마라 언니와 우리 가족 이야기도 했다.

맞은편에서 들린 심한 기침 소리가 멍한 나를 깨웠다. 레드가 돌아왔으니 우리 수업이 곧 시작될 것이다. 난 자리에서 일어나 그의 독방을 향해 성큼성큼 다가갔다.

"오늘 밤에는 뭘 배우나요, 할아버지?"

그의 침대 옆 바닥에 앉으며, 난 존경의 뜻으로 시선을 내렸다.

"시로 시작할 거란다." 그가 말했다.

"네 지역 방언과 비속어 활용 능력은 훌륭하지만, 전통 중국어는 한참 멀었어. 나중에 지리, 경제, 역사도 배우게 될 거야."

"네, 할아버지."

난 분필을 집어 들고 레드가 수업 시작 때마다 해야 한다고 했던 고전 시를 중국어로 적었다. 분필이 벽을 따라 미끄러지면서 나도 시를 읽었다.

하얀 햇살이 산에 기대었다가 사라지네.
황하는 바다로 흘러간다.
당신의 눈이 1,000마일 앞을 보고 싶어 하거든 한 계단 더 올라가라.

내가 마무리했다.

"다시, 이번에는 완벽한 베이징 억양으로 해보렴." 그가 지시했다.

"할아버지, 같은 시를 왜 매일 반복하는 거예요?"

"이 시는 유명하단다. 모두가 왕지환이 지은 이 시를 알지." 그가 설명했다.

"너한테 이 시를 가르치지 않는다면 아무것도 가르쳤다고 할 수 없어."

마지못해 난 다시 시를 읽었다. 베이징 사람들이 끝 음을 굴리는 특색을 살리면서 킹과 내가 그를 위해 벌어준 돈을 생각했다. 그 돈이 다 어디로 갔는지 아직도 확신이 안 섰다.

"할아버지?"

시를 다 읽고 나서 내가 물었다.

"우리가 처음 만났을 때 저한테 킹이 '온갖 종류의 금'을 가지고 있다고 하셨잖아요. 근데 실제로 그에게는 개인 계좌가 없고 그 말은 곧 어디에 몰래 숨겨놨다는 뜻이죠. 제 말이 맞아요? 그런 의미로 하신 말이에요?"

레드가 한숨을 쉬며 고심하는 걸로 봐서 그는 알고 있다. 하지만 그는 내 질문을 무시했다.

"집중하렴, 손녀야. 네 숫자를 잘 다룰 줄 아는 법을 익히는 게 더 중요하단다."

"아무렴 그러시겠죠."

난 그가 그냥 넘어가지 못하게 막았다.

"할아버지는 킹이 재산을 어디 숨겼는지 아세요. 전 할아버지가 안다는 걸 알아요. 우리가 그걸 가질 방법을 찾는다면 자유의 몸이 되고 킹은 대가를 치를 수 있어요. 얼른요."

난 떼를 썼다.

"어디 있는지 말해 주세요."

"아니. 넌 내가 가르치고자 하는 것이 무엇인지 이해하지 못하고 있구나. 잘못을 바로잡는 정의를 추구할 순 있어도 복수를 모색해선 안 돼. 넌 그쪽으론 균형이 맞지 않아."

난 105라고 표시된 벽으로 눈길을 돌렸다. 내가 이 독방에 들어앉은 날짜다.

"그는 죽이고, 훔치고, 파괴해요. 그가 죽길 바라는 게 어째서 나쁜 건가요?"

"그는 죽을 거야. 언젠간 너와 나도 죽을 거고. 인생에서 확실한 건 세 가지란다. 목적, 변화, 그리고 죽음. 그런데 죽음은 우리에게 바꿀 기회를 주지 않아. 우리는 살아 있는 동안 선택해야 해. 그건 킹도 마찬가지고."

"제가 하지 않으면 누가 제 목적을 이뤄주는데요?"

"어리석긴." 그가 말했다.

"고아들이나 그런 생각하는 거지!"

"전 고아예요!" 내가 되받아쳤다.

"저희 부모님은 돌아가셨어요! 전 납치를 당했고, 지금은 노예나 다름없는 신세라고요!"

"넌 그렇게 되려고 태어난 게 아니야!" 그가 쏘아붙였다.

"이제 더는 상관없어요! 전 심판을 원해요! 그 소녀들에게는 정의가 간절하다고요!"

"고아는 소명을 꿈꾸지. 아들과 딸들은 운명을 꿈꾸고." 그가 낮은 목소리로 말했다.

"넌 아직 준비되지 않았어. 내 가르침을 이해하지 못하고 있구나. 다시 킹의 숨겨둔 재산을 입에 올리지 마."

∞

화요일이 되었다. 킹에게 수익이 나는 투자를 해 준 또 하루가 흘렀다. 킹의 비리는 마치 방사선 같았다. 내 척추를 타고 핵이 흐르는 것 같은 느낌을 지울 수 없었다.

눈은 내리깔아도 귀는 늘 쫑긋하게 세웠다. 덕분에 또 다른 정보를 얻었다. 킹의 말에 따르면 X 소녀들의 절반이 마담이 소위 '로 파이브'라고 부르는 고급 호텔, 마사지 숍, 구멍가게 골목, 개인 구매자들로 이루어진 상하이에 체계적으로 유통된다. 더 많은 정보가 창고에 저장되어 있다.

밤이 찾아왔다. 두부 수프로 허기를 채운 뒤 레드가 내 재능에 대해 말을 꺼냈다.

"네 이익을 위해 재능을 써선 안 돼."

"무슨 뜻이에요?" 난 수프를 후루룩 마시며 물었다.

"천재 치곤, 이해력이 꽤 느리구나." 그가 이렇게 말하고는 재빨리 미소를 지었다.

"네 재능은 돈 버는 것보다 훨씬 나은 일을 위한 거야. 그게 네 운명을 여는 열쇠지. 넌 앞으로 일어날 일을 미리 볼 수 있다고 했잖니?"

"이론상으로는요."

"그렇다면 다른 사람보다 더 빠르게 움직일 수 있어." 그가 말했다.

"네게 필요한 것을 얻고, 믿을 만한 사람에게 배우고, 스스로 운명을 키우렴. 운명이 널 여기로 데려왔으니 반드시 그 이유를 물어야 해. 거기서 역사가 좌우되니까."

레드가 운명에 대해 이야기한 것은 모두 무의미했다. 프랫에 있는 한 난 아무것도 할 수 없을 테니까.

"할아버지, 절 여기로 보낸 건 운명이 아니라 배신이라니까요." 난 그에게 다시 확인시켜 줬다.

"그럴지도 모르지. 하지만 운명이든 아니든, 넌 지금 여기 있어." 레드가 말했다.

"자, 이제 숫자에 집중하렴."

"힘들어요. 가끔 숫자가 제 머리를 헤집어놔요." 내가 인정했다.

"수많은 가능성을 보여주죠. 어떤 결과를 따라야 할지 늘 아는 건 아니에요. 모든 결과를 볼 수 있지만 선택할 수가 없어요."

"넌 아직도 너와 숫자가 별개인 듯 행동하고 있구나. 네가 주도권을 잡고 그것들을 이어 봐. 숫자와 하나가 되는 거야. 숫자가 널 이끌고 이미 네 안에 있는 걸 알려 주게 놔두렴. 그럼 넌 어디서 도움을 찾고 어떤 답을 골라야 할지 알게 될 거다."

"제 안에 뭐가 있는지 어떻게 알아요?"

"갈매기 게임처럼 숫자가 네게 가르쳐주도록 해봐." 그가 말했다.

"넌 운명으로 가득 차 있어. 네 꿈과 희망은 일을 바로잡고, X 소녀들을 풀어 주고, 킹과 마담을 막는 거지. 매번 방정식을 볼 때 그 대답에 반응해 봐. 네 진정한 자아에 적합한지 확인하는 것도 잊지 말고. 그게 핵심이란다. 여기서 답을 찾을 수 없다면 어디서도 찾지 못할 거야."

그는 자기 가슴을 두드렸다.

"전 두려워요."

"뭐가?"

"여기가요." 나도 가슴을 두드렸다.

"할아버지, 전 자신을 잃고 있어요. 느껴져요. 누구도 믿고 싶지 않아요. 할아버지만 빼고요. 제가 복수를 원한다는 할아버지 말이 맞아요. 전 그 사람들이 우리처럼 고통받길 바라거든요. 그들이 프랫에서 몇 년씩 썩어가며 꿀꿀이 죽을 먹고 손가락 동상을 겪으면서, 여기 사람들이 모든 걸 빼앗긴 순간을 체험해 보길 바라요."

"복수는 정의가 아니란다. 정의가 알아서 그들을 찾아갈 거야. 우선 넌 운명을 찾겠다고 약속하렴."

"무슨 운명 말이에요, 할아버지? 왜 계속 그런 말을 하세요? 제가 뭘 하려고 태어났는지 모른다고요!"

"아무것도 이해가 안 가니? 운명은 네가 해야 할 일을 말하는 게 아니야. 운명이 바로 너란다. 모든 게 네가 누구인지에서 시작해 네가 하는 모든 걸로 귀결되지."

레드는 분노하고 근엄했지만 동시에 침착했다.

"운명은 베풀고, 구하고, 사랑하지. 운명은 전설과 역사를 만들어. 역사가 그냥 일어난 일이라고 생각하니? 아니, 역사는 만들어진 게 아니야. 계산된 거지."

"그렇다면 어째서 전 이런 재능을 가졌을까요?"

"자신의 목소리를 들어 봐!" 그가 단호한 얼굴로 날 쳐다봤다. "우연의 일치란 없다고 말한 게 너 아니었니? 날마다 넌 상황이 구성되는 걸 본다며?"

내가 고개를 끄덕였다.

"그렇다면 똑바로 서서 그만 툴툴거려! 네 본질과 네게 주어진 재능은 세상에 영향을 줄 수 있어. 지금 여기서 바로 시작해. 기다리지 말고. 네 재능을 네가 누구인지 파악하는 데 활용하렴."

그는 침착했지만, 그 안의 강렬함은 불길처럼 커져 내 안에서도 타오르기 시작했다.

"넌 순식간에 아주 중요한 결정을 내릴 수 있는 능력이 있어. 누구보다 일찍 미래를 볼 수 있으니까. 그러니 작은 결정도 충분히 내릴 수 있을 거야. 네 재능을 활용해 사람들을 네 편으로 끌어들이렴. 그들에게 더 나은 방법이 있다는 걸 보여줘. 친구는 돈보다 더 큰 가치가 있단다. 내 말을 믿니?"

"물론이에요."

"그럼 내 말대로 하고 다른 사람들도 믿어. 그렇지 않으면 네 욕망은 결코 축복받을 수 없을 거야." 레드가 말했다.

킹을 위해 일하러 갈 때가 되자, 산이 아닌 젊은 가드가 날 데리러 왔다. 난 레드에게 인사하고 머릿속이 복잡한 채 터널을 걸었다.

난 누구지? 내 운명은 뭘까?

가드가 나를 산의 사무실 앞에 데려다주었지만 거긴 아무도 없었다. 젊은 가드가 내게 기다리라고 했다. 5분이 흘렀지만 아무도 오지 않았다. 모퉁이로 고개를 내밀어 봤다. 가드 산의 의자가 여전히 비어 있었다.

"가드 산?"

나는 복도를 더 내려가 봤다. 그가 구석에 몸을 웅크리고 손으로 머리를 감싸고 있었다. 그는 한 번도 내게 친절한 적이 없었다. 그냥 지나치고 싶었는데 내 안의 무언가가 그러지 말라고 종용했다.

"무슨 일이에요?" 그에게 물었다.

그는 고개를 들지 않았다. 큰 빚을 갚지 않으면 가족을 잃게 된다는 뭐 그런 말을 웅얼거렸다.

가슴에서 동요가 일었다. 난 할 일, 아니 그보다는 내가 하고 싶은 일이 무엇인지 깨달았다.

내 숫자와 내 가슴이 일치한다면? 그것들이 내가 누구인지 보여줄까? 가슴이 쿵쾅대기 시작했다. 불안했다.

난 작은 보폭으로 한 걸음 다가서서 이렇게 속삭였다.

"내가 도와줄게요."

가드 산이 고개를 들고 인상을 썼다.

"네가 왜?"

한 걸음 더 다가가서 손을 내밀었다.

"왜냐하면 난 할 수 있으니까요"

레드의 말이 옳다면, 이 작은 결정이 프랫에서의 인간관계뿐 아니라 내 미래에도 영향을 미칠 것이다.

CHAPTER 20

과거 : 더블 에잇

∞

중국 상하이, 프랫

어두운 복도 위 지직거리는 흐릿한 형광등을 쳐다봤다. 저녁에 고기를 먹어 기분이 좋았다. 난 저 지직거리는 소리가 뜨거운 여름밤 야외에 누웠을 때 들리는 매미 울음소리라고 상상했다. 양은 그리 많지 않았지만 그래도 가드 산이 공짜로 넣어준 고기였다. 또한 9일 연속으로 그는 내 독방 문을 잠그지 않았다.

등을 대고 양손에 머리를 받친 채, 내 재능을 활용했던 지난 주의 일들을 떠올려 보았다. 다리를 다친 죄수에게 조언해 준 일, 도박 게임에서 다른 이들을 제치고 이긴 일, 카드 게임으로 그들을 놀라게 했던 일. 이제 내가 지나갈 때면 그들은 날 알아보았고 이따금 그들의 대화에 끼기도 했다.

프랫이 달라지고 있다. 난 존중받고 있었다. 계속 그렇게 하면 내가 프랫을 조종할 수 있을 거라고 레드가 말해 주었다. 그 말은 곧 자유의 몸이 될 수 있다는 소리였다.

난 자리에서 일어나 레드가 알려준 대로 터널을 돌아다니며 머릿속 지도에 이리저리 얽히고설킨 길을 입력했다. 100년 전, 외국 상인들이 이 지역에 '포트 랜즈(Port Lands)'라는 이름을 붙였다. 이곳 중국인들이 '프랫 랜즈(Pratt Lands)'라고 생각하고 잘못 발음하는 통에 결국 줄여서 프랫이 되었다.

상하이의 항구들은 양쯔강 삼각주에 자리했다. 시간이 지나며 삼각주를 따라 진흙과 모래가 퇴적되어 해안선이 남쪽으로 옮겨가 지금의 주요 항구 자리가 생겼다.

레드는 누가 처음 이 지하 터널을 발견했는지, 이곳이 어떻게 들키지 않고 비밀리에 남아 있는지는 확실하게 알지 못했다. 그렇지만 해안선이 움직이면서 거의 3.2킬로미터에 달하는 지하 터널이 어느 순간 모습을 드러냈다는 사실은 알 수 있었다.

그는 이곳이 송나라 시절, 이 지방 전설에 등장하는 장소 중 일부로 황제와의 관계가 소원해진 아들이 이 지하 동굴을 만들어 배를 타고 바다를 왔다 갔다 하며 이곳에 보물을 숨겨두었다는 설을 믿고 있었다. 그렇지만 사람들은 그 전설을 거짓이라고 판명했다. 역사학자와 고고학자들은 터널도, 보물도 전혀 발견하지 못했기 때문이었다.

그렇지만 지금 우리는 엄청 오래된 이 토끼 굴처럼 복잡한 터널에 갇혀 있다. 킹이 역사엔 전혀 관심이 없어서 이곳이 비밀리에 유지될 수 있었다. 한때 송 밸리 지역이 이 터널과 연결되었던 것이 분명했다.

그 생각을 하니 킹의 창고가 떠올랐다. 난 그 창고가 송 밸리에 있는 킹의 집 근처에 있으리라 추측했지만, 어쨌거나 터널과 가까운 부두에 인접해 있을 터였다. 머릿속으로 지도를 펼쳐보았다. 그 위치가 확실히 보였다.

복도 아래에서 레드의 거친 기침 소리가 들렸다.

"할아버지, 거기 계세요?"

떨림은 그대로였지만 내가 도착하자, 그의 목소리가 부드러워졌다.

"그래."

난 레드에게 들릴 정도로 크게 대답했다.

"이리 올 거니?"

그의 목소리는 힘이 없고 가냘팠다. 겨울 들어 레드의 기침이 점점 더 심해지고 있었다.

가드 산이 저녁 식사 시간에 날 데리러 올 테니 마작에서 자길 쓰러뜨려 보라는, 뭐 그런 이야기를 한 뒤에 레드에게 가보라고 손짓했다.

"1분만 주세요, 할아버지."

난 내 방으로 들어갔다. 습기로 눅눅한 벽에 두 글자가 적혀 있다.

순금.

그 아래 갈라진 틈에서는 끈적끈적한 물질이 수액처럼 흘러내렸다. 바닥엔 사과가 썩어가는 중이었다. 그게 거기 있는지 깜박했다. 작고 검은 벌레들이 그 위로 잔뜩 기어다녔다.

땅 위에서 보내는 내 시간은 따뜻했다. 이제 해가 없는 프랫의 한기가 날 파고들어 뼛속까지 으슬으슬했던 지난날이 떠올랐다. 유일하게 있는 코트인 가죽 재킷으로 팔을 집어넣었다. 가죽은 색이 바래고 닳았지만, 구멍이 날 정도는 아니었다. 마담에게 쫓겨날 때 이걸 입고 있어서 다행이다.

옆방은 열려 있었다. 레드는 작은 철제 침대에서 담요로 몸을 돌돌 말고 누워 있었다. 어째서 그는 한 번도 도망치려고 하지 않았을까? 물론 달리 갈 곳도 없겠지만. 프랫의 출입문은 아주 단단히 잠겨있고 터널은 너무 넓어서 나가는 길을 찾다가 죽을 수도 있다. 진짜 그런 사람도 있었고. 레드는 자신의 때가 올 거라고 말했다. 그때까지 그 한 가지 희망을 버리지 않았다.

방으로 들어가니 레드가 이마로 흘러내린 가는 백발을 뒤로 넘기며 그가 느끼고 있는 고통과 고단함을 감추려고 애썼다. 그는 종일 기침을 해댔다. 그의 몸은 날마다 1년씩 쇠약해지는 것 같았다. 하지만 곧 프랫에서는 찾아보기 힘든 그의 다정함이 밝게 퍼졌다.

"공부할 시간이구나."

그가 자리에서 일어났다. 난 재킷을 벗어 그의 어깨에 걸쳐줬다.

미국에 사는 평범한 학생이라면, 깨어 있는 시간에 별일이 없는 한 무조건 공부시키는 어른을 싫어할 거다. 그렇지만 내게는 이곳에서 그에게 배우는 수업이 생명과 같았다. 학술적인 부분뿐만 아니라 레드가 하는 말은 내게 스탠리의 그 어느 교수가 알려준 가르침보다 더 훌륭했다.

"전 준비됐어요."

이후 한 시간 동안 전통 중국어와 역사를 배웠고, 그는 당나라와 명나라 역사 일부를 내게 다시 말해보라고 했다.

수업이 끝났을 때 레드가 눈을 감으라고 했다. 난 그가 뭘 물어볼지 알았다. 그래서 길게 호흡을 가다듬었다.

"햇살이 제 얼굴을 주황색과 빨간색으로 물들여요." 내가 시작했다.

"큰 파도가 밀려올 때 바다의 짠 내와 해초 향이 근사하게 어우러져요. 걸어 들어가니 바닷물이 차가워요. 파도가 밀려들 때마다 포말의 신선함, 발가락 사이로 들어오는 모래가 마치…."

난 거기서 멈췄다. 그리고 손을 앞머리 사이로 밀어 넣어 이마를 짚었다.

"더 이상 못 하겠어요. 거기 있는 척한다고 그곳에 갈 수 있는 건 아니잖아요. 이건 바보 같은 게임이에요."

"이건 너의 게임이야." 그가 갈매기 게임을 언급했다.

"그리고 네 고향이기도 하고. 네가 잊지 않길 바라."

"제 고향은 사라졌어요, 할아버지. 전 다시 집으로 돌아갈 수 없어요."

"장례식을 재연해 보자. 지난번에 끝내지 못했잖니. 눈을 감아."

"못 하겠어요. 전 노력했다고요."

그렇게 대꾸하며 난 레드에게 갈매기 게임 이야기를 한 걸 후회했다. 집으로 돌아가는 걸 시각화하라는 것도 그렇고, 내 가족의 가짜 장례식을 연출하기도 싫었다.

"제게 보이는 거라고는 날 밀쳐낸 마라 언니의 얼굴뿐이에요. 할아버지가 듣고 싶어 하는 그런 착한 단어를 말할 수 없어요."

"그 기억에서 진짜 벗어나고 싶다면 이 문제를 반드시 해결해야 해. 자, 다시 해보렴. 그때로 돌아가 봐. 네 가족을 평화롭게 묻어 주고 이 일을 끝내는 거야."

"그들은 이미 죽었어요!"

"그런데 넌 점점 안 좋아지고 있잖니. 억울함이란 바다 밑에 가라앉아서. 수면에는 여전히 삶이 있는데도 말이야." 그가 말했다.

"네가 수영하는 법을 배운다면 돌아갈 수 있어."

"할아버지."

난 반항이 아니라 고통에 빠져 울부짖었다. 가족들을 생각하면 심장을 바늘로 찌르는 것처럼 아팠다. 가족들과 이야기하고 싶고 레드가 말한 것처럼 그들을 보내주고 싶지만 기회가 사라졌다는 생각이 드는 건 어쩔 수가 없었다. 다시는 그들을 보지 못할 것이다. 난 양손에 머리를 묻고 눈물이 나려는 걸 애써 참았다.

"우리 가족은 죽었어요."

"지금." 그가 말했다.

"네 고통에는 사랑이 들어 있지 않아. 그리고 사랑은 항상 고통보다 강한 법이야. 이런 식으로 그들을 놓아줘서는 안 돼. 평화롭게 용서하며 묻어야지. 그 평화와 용서를 통해 넌 다시 태어날 거야."

난 고개를 들었다.

"자, 다시 할 준비가 됐니?"
"네."
난 그의 어깨에 머리를 기댔다. 내가 노력할 때마다 뜨거운 눈물이 차가운 뺨을 타고 한 방울씩 흘러내렸다. 상관하지 않고 레드가 알려준 대로 난 행복했던 기억으로 돌아갔다. 이내 난 마라 언니와 해변에서 웃고 있었고, 언니와 이야기하기 시작했다.

∞

석 달이 지나자, 프랫의 모든 사람이 내 이름을 알게 되었다. 뭐, 진짜 이름은 아니었지만. 누군가는 날 더블 에잇이라고 불렀고, 다른 사람들은 날 라오웨이라고 했지만, 모두 내가 누군지 알고 날 존중해 주었다. 마담이 염색해 준 금발 브릿지는 오래전에 색이 빠져 연갈색이 되었다. 그들은 내 백인 얼굴의 모든 특성뿐만 아니라 내가 중국어를 유창하게 할 수 없었을 때, 심지어 여러 방언을 모르던 때조차 잊어버렸다. 물론 그보다 중요한 건 난 그들이 누군지 안다는 점이다.
킹과 레드를 제외하고 진짜 내가 누군지 아는 사람은 없었다. 존중받는 건 좋은 느낌이었지만 마담 밑에서 여자애들을 납치한다는 걸 알고 난 뒤로 킹을 돕는다는 죄책감이 날마다 날 무겁게 짓눌렀다. 내가 도와줘서 생긴 잘못된 일 전부를 어떻게든 보상하고 싶었다. 레드는 내게 그럴 기회가 찾아올 거라고 확신했다.

"맨 위에서부터 시작하렴."

레드가 분필로 벽 위에 표시했다.

눈이 멍해졌다. 보통은 레드가 시키는 대로 한다. 하지만 오늘을 그럴 수 없었다. 킹이 뇌물 세 건, 협박 두 건, 피를 부른 싸움 한 건과 법률을 몇 차례 어기고 10만 유로를 편취한 걸 목격하고 온 참이었다.

"머릿속이 너무 복잡해요."

"무슨 일이니, 손녀?"

"돈이요. 전 돈이 싫어요."

침을 뱉듯 그 말을 내뱉었다.

"바보로 태어났으면 좋았을 거예요. 그러면 여기 있지도 않았겠죠. 언니가 날 싫어할 이유도 없었을 거고요. 아빠는 날 있는 그대로 사랑해 줬을 거예요. 밀수꾼이 전 세계로 사람을 팔아넘기는 걸 돕지 않아도 됐고요. 평범하게 살다 죽었을 테지만 그래도 행복했을 거예요. 적어도 죄를 짓지는 않았을 거라고요."

레드가 등을 기댔다.

"꿀을 맛보면…."

"또 다른 속담을 들을 기분이 아니에요, 할아버지." 나는 그의 말을 잘랐다.

"이건 속담이 아니야. 너한테 가르쳐주려는 거지."

그는 다시 똑바로 앉으려 했지만, 너무 쇠약했다. 난 그를 부축했다.

"돈은 선하지도, 악하지도 않아. 중립이지. 돈은 허기를 채울 수도 있고 억누를 수도 있어. 사람은 선하거나 악하고, 호의를 베풀기도 하지만 욕심도 많아. 돈은 모두 탐내지만 각자 쟁취해야 해. 호의가 여기서 시작될까?"

그가 주머니에 손을 찔러 넣었다.

"아니면 여기일까?"

그가 손으로 가슴을 두드렸다.

"맞아. 가슴이 비어 있다면 네가 얼마를 가졌든 주머니가 빈 것과 같단다."

"돈을 싫다고 할 사람이 어디 있어요? 마담을 보세요. 킹을 보세요. 심지어 제 가족들도 그런데요."

"사람은 반드시 선택해야 해. 넌 네게 주어진 걸 어떻게 사용할 거지?" 그가 말했다.

"네가 돈을 믿는다면 네 세상은 실패할 거야. 돈은 사랑도 충성심도 없어. 우리에게 묻지 않고 왔다가 사라지는 거지. 경제는 좋았다가도 나빠지고. 역사를 보렴."

"킹과 마담은 그런 것 따윈 신경 쓰지 않아요."

"아, 그렇지만 그들은 한 가지를 잊어버리고 있어. 꿀을 훔치면 언젠가 벌에 쏘이게 된다는 걸."

난 웃으며 고개를 저었다.

"할아버진 꿀을 너무 좋아해요." 내 입꼬리가 올라갔다.

그가 배를 두드리며 내게 윙크하더니 말을 이었다.

"마담과 킹은 자기 삶과 부를 악을 위해 쓰기로 선택한 거야. 그런 건 인생이 아니지. 그들은 진정한 축복으로 가는 길을 잃었어."

"축복으로 가는 길이 어느 쪽인데요?"

"사랑으로 가는 쪽이지. 사랑을 따라 살면 이 세상보다 더 고귀한 규칙을 가진 길을 걸을 수 있단다. 거기서 넌 늘 번성할 거야."

그가 가슴까지 담요를 끌어당겼다.

"많은 것들이 사랑과 같아. 네가 많이 줄수록 더 많이 받게 돼. 그리고 얼마나 많이 사랑에서 벗어나 있든 상관없이 사랑은 항상 자라서 네게로 돌아올 거란다. 무한대로."

무한대.

난 그와 논쟁하지 않기로 했다. 항상 무한대와 영원히 지속되는 사랑이란 걸 믿고 싶었다. 문제는 그 믿음에 사람들이 늘 방해가 된다는 점이었다. 그들은 완벽하지 않고, 완벽하지 않으면 영원한 루프를 돌 수 없었다. 그래서 간단히 이렇게만 말했다.

"무슨 말인지 모르겠어요."

"사람들 대부분이 이해하지 못해. 이 세상에는 우리가 바로 이해할 수 없는 것들도 있단다. 우리 생각과 엄청나게 먼 모순 위에 세워져 있지. 다만 그 규칙에서 사는 법을 배우면 절대 실패하지 않아. 시도해 보렴."

나는 독방으로 돌아와 그가 말한 도전을 생각해 봤다. 불완전한 방정식이 무한대를 멈추는 원인이 된다고 해도 무한대가 얼마나 유지될 수 있는지 살폈다. 37분 뒤, 난 하나의 결론에 도달했다. 너무 신나서 레드가 자고 있다고 해도 당장 알려 주고 싶었다.

"할아버지." 난 그의 어깨를 두드리며 속삭였다.

"일어나 보세요. 할 말이 있어요."

"그래?"

그가 웅얼거리며 몸을 살짝 움직였다. 그리고 극심한 기침을 쏟아냈다.

그의 얼굴이 고통으로 일그러졌다. 입에서 신음이 새어 나왔지만 거의 들리지 않았고 그는 옆으로 누워 다시 잠들었다.

눈물이 흘러내렸다. 왜 지금 레드를 깨웠는지 이유가 기억나지 않았다. 이제는 상관없어졌다. 머릿속에 떠오른 단 하나의 생각이자 걱정거리는 레드, 그가 죽어가고 있다는 것이다.

∞

"생일 축하해."

김이 모락모락 나는 그릇을 건네며 레드가 말했다.

"국수야. 장수를 상징한단다."

난 그를 씩 흘겨봤다.

"좀 더 일찍 말해 주셨어야죠." 내가 농담을 던졌다.

"그러면 몇 그릇 더 먹을 수 있었잖아요."

난 그에게 감사하고 레드가 밥그릇을 자기 입에 가져갈 기력조차 없다는 점을 무시하려고 애썼다. 허기에 후루룩거리는 내 입소리뿐, 우리는 말없이 밥을 먹었다.

마침내 레드가 자기 그릇을 옆으로 치웠다.

"내가 아는 모든 걸 이미 네게 다 가르쳤단다. 이제 너한테 선물을 주고 싶구나."

"좋아요. 뭔데요, 할아버지?"

난 팔로 가볍게 그를 쿡 찔렀다. 프랫에서는 선물 증정식 같은 게 없었지만 레드는 우리가 서로 마음을 주었다고 했다. 새 옷이나 신발보다 훨씬 값진 선물이었다. 물론 새 부츠가 간절히 필요하긴 했지만.

"절 위해 할아버지 국수를 챙겨뒀다고 하진 마세요." 난 농담조로 말했다.

"할아버진 뭘 좀 드셔야 해요. 너무 야위었잖아요."

"하하." 그가 웃었다.

"아니, 그런 게 아니야."

그가 분필 조각을 꺼냈다. 부서질 것 같은 그의 손가락이 벽에 그림을 그렸다. 윤곽을 보니 새 같았다.

"음식보다 훨씬 중요한 선물이야."

그의 손이 날개, 부리, 눈으로 옮겨갔다. 내가 날 수 있다는 암시일까? 내 갈매기 게임처럼? 비유적으로 내 꿈속에서 날아오르라고?

난 그의 수수께끼 속에 숨은 코드를 찾아내는 데 익숙하지만, 이번엔 달랐다. 레드가 그리는 건 내가 생각하는 갈매기가 아니었다. 이 새는 몸이 날렵하고 매처럼 날개에 좁은 곡선이 있고, 꼬리를 쫙 펼치고 있으며, 머리에 작은 왕관처럼 생긴 깃털이 나 있었다. 레드는 뭔가 다른 이야기를 하려고 했다. 새는 땅에서 나왔다. 그리고 난 보았다. 잿더미에서 솟아난 새를.

"불사조군요." 내가 말했다.

"맞아. 내 선물은 네가 사용할 새 이름을 지어 주는 거란다. 넌 이제부터 피닉스(불사조)야." 그가 말했다.

"이제 날아오를 때가 됐어. 잿더미에서 너의 운명으로. 여길 나가면 운명을 찾을 때까지 이 이름을 쓰려무나."

여길 나갔을 때. 그는 아주 원대한 희망을 품고 있었다. 내 생일이라고 기운을 북돋아 주려는 걸까? 어쨌든 난 그 이름이 마음에 들었다. 게다가 레드가 하는 모든 행동에는 어떤 의미가 담겨 있었으니 그가 내가 피닉스로 불리길 바란다면 난 그렇게 할 것이다.

"할아버지, 생일 선물 고마워요." 내가 대답했다.

그는 1초간 미소 짓다가 얼굴을 찡그렸다.

"왜 그러세요?"

"지금부터 내가 할 말이 네 마음을 아프게 할 거야." 그가 조용히 말했다.

"그럼 하지 마세요." 내가 대꾸했다.

"전 이미 너무 많이 아파 봤어요."

"착한 손녀야, 내가 뭘 가르쳐줬니?" 그가 기침하며 말했다.

"이리 가까이 오거라."

내게 있었던 가족만큼이나 친밀한 사이였기에 난 시키는 대로 했다. 이 시간쯤이면 보통은 인사하고 그가 잠자리에 들 수 있게 해 줬다. 그런데 오늘 밤, 그는 너무 약해져서 혼자 침대로 들어갈 수조차 없었다. 내가 그를 부축해 다리를 침대로 올리고 담요를 덮어 주었다. 프랫이 그의 인생을 갉아먹고 있다. 난 그의 손을 잡았다.

"내가 너한테 뭘 가르쳐줬지?"

"순금은 불을 두려워하지 않아요." 난 레드가 알려준 많은 교훈 중 하나를 되뇌었다.

"그래. 네 안에 든 것이 무엇인지 기억하렴. 고통은 그걸 태워 버릴 수 없어. 불을 더 많이 피울수록 넌 더 순수해질 거야. 난 널 믿는단다. 자, 이제 내 말을 들으려무나."

그의 부서질 듯한 가슴에 난 고개를 가져갔다. 난 그가 할 말이 안 좋은 소식일 거라 짐작했다. 그의 힘없는 손이 내 머리카락 위에 놓였다.

"난 죽어가고 있단다." 레드가 말했다.

"넌 오래전부터 알고 있었겠지."

그건 비밀이 아니었지만 그럼에도 그의 말은 내 가슴에 비수처럼 꽂혔다. 레드가 내 곁을 떠나는 생각이 떠오를 때마다 억지로 치워버리곤 했다.

"날 보렴."

난 고개를 들었다. 그의 촉촉한 눈을 찾았다. 그는 슬퍼하고 있었지만 죽어가기에 그런 게 아니었다. 레드는 죽음을 두려워하지 않았다. 우리는 그 이야기를 엄청 많이 했다. 그가 내게 전하려는 소식은 그게 아니었다. 내 머릿속은 계산하기 시작했다. 그가 하려는 말을 추려 보니 숨이 턱 막혔다.

한 번도 이 가능성이 우리의 계획이 될 거라고는 생각해 보지 않았다. 그가 절대로 그러지 않을 거라 믿었다. 하지만 그는 그렇게 했고, 그래서 슬퍼하고 있었다.

"넌 한 가지 소망이 있어. 그렇지?"

그의 말이 맞다. 그는 죽기 전에 가족을 보고 싶어 했고, 자기 잘못이 무엇이든 바로잡으려고 했다.

“맞아요.”

가슴에 꽂힌 비수가 이제 온몸으로 퍼져 난 얼음물 속에 담긴 사람처럼 전율을 느꼈다. 눈물이 흘러내렸다. 지난해 내가 얻은 유일하게 좋은 하나를 잃게 될 순간이다. 난 다시 혼자가 될 것이었다.

“널 위해서.” 그가 말했다.

“네?” 내가 울먹였다.

“일주일 안에 납치 사건이 일어날 거야. 대상은 바로 너고.” 그가 말했다.

“내 오랜 친구가 널 데리러 올 거란다.”

그는 침대 귀퉁이에 걸린 재킷 주머니에 손을 넣어 체스 조각을 하나 꺼냈다. 폰이었다. 그는 그걸 내 손바닥에 올려놓았다.

“여길 나가면 그에게 이걸 주렴. 그러면 그가 기억할 거야.”

“할아버지, 안 돼요. 이건 아니잖아요. 할아버지는 가족을 만나야 한다고요. 여기서 나갈 자격이 있어요.”

그의 옷소매를 붙잡았지만, 너무 세게 쥔 탓에 그의 약한 팔을 내가 부러뜨렸을까 봐 겁이 났다.

“저한테 떠나라고 하지 마세요. 할아버지가 제 유일한 가족이에요.”

“딸아, 울지 마.” 그의 눈동자가 초점을 잃어가고 있었다.

“내가 뭘 가르쳐줬지?”

그가 다시 심하게 기침을 했다.

“할아버지, 제발.”

눈이 따끔거리고 목이 메어 참을 수 없었다.

"네 재능을 좋은 데 쓰겠다고 약속해 주렴." 그가 힘들게 말했다.

"우리 모두 각자의 운명이 있다는 걸 기억해야 한다. 그 속으로 들어갈지는 우리의 선택에 달린 거야. 그렇게 한 사람들은 역사에 길이 남았지."

"할아버지." 그의 단호한 목소리에 난 겁이 나서 애원했다.

"할아버지의 목표는 어쩌고요? 할아버지가 잘못을 바로잡겠다고 했던 건요?"

"난 오랜 시간 동안 여기 있었어. 그게 킹을 위해서라고 믿었지. 내가 틀렸어. 그건 날 위한 거였단다."

그의 손이 내 손에서 빠져나갔다.

"킹이 숨긴 것들을 찾으렴. 악이 저지른 걸 되돌리려면 그것들이 필요할 거야."

"제가 어떻게요? 그가 어디에 감춰뒀는지 말 안 해 주셨잖아요."

"넌 어디 있는지 이미 알고 있단다."

난 몰랐다. 그가 말해 준 적이 없었으니까. 하지만 지금 중요한 건 그게 아니었다.

"할아버지, 제 말 좀 들어보세요. 할아버지는 다시 기력을 찾을 거예요. 가드 산에게 약을 더 달라고 할게요. 두고 보면 되잖아요."

"내가 뭘 가르쳐줬지?" 그가 내 눈을 바라보며 웅얼거렸다.

내 머리가 시간, 일간, 월간의 수업을 살폈다. 이 사람이 내게 가르쳐 준 모든 걸 어떻게 정리할 수 있을까? 그는 나에게 얼마나 많은 걸 주었던가? 지금 난 울고 있다. 단순한 훌쩍거림을 넘은 흐느낌이었다.

"날 믿으라고 했잖아." 그가 말했다.

"넌 날 떠나게 될 거야. 하지만 넌 혼자가 아닐 거란다. 언젠가 또 다른 가족이 생길 테니까."

그가 내 뺨에 흐르는 눈물을 닦아 주었다.

"너도 내게 뭔가를 가르쳐 주었단다. 네가 기억할 만한 건데."

"전 아무것도 가르쳐 드리지 않았어요."

정말 말도 안 됐다. 레드가 친근하게 굴었을 때, 난 되레 겁먹고 화낸 쪽이었다.

"아니야. 넌 내가 확률을 이길 수 있다고 믿게 해 줬고 실제로 그랬지. 난 한 번도 딸을 가진 적이 없었단다."

그의 목소리는 이제 거의 속삭임에 가까워졌다.

"운명이 널 내게 데려다준 거야. 지금부터 일주일 뒤… 너도 확률을 이길 거란다. 내 가족… 누이…."

그는 말이 안 되는 소리를 했다. 죽어가는 사람이 보는 환각일 뿐이었다. 그가 내게 거짓 희망을 심어준 적이 없다는 것만 빼고. 이 남자는 거짓말이라고는 하지 않는 사람이었다. 난 납치 같은 말은 잊고, 그의 손을 꼭 잡아주었다.

"제가 할아버지도 데리고 갈게요."

그의 손이 내게서 미끄러졌다. 그리고 움직임을 멈췄다. 난 그의 노쇠한 팔에 들러붙어 앙상한 뼈 위에 남은 주름진 가죽을 쓰다듬었다. 그는 내게 집중하느라 기력을 소진했다.

"아니, 날 평화와 사랑 속에 묻어 주렴. 난 항상 너와 함께할 거야.”

그가 눈을 감았다.

“잘 있어, 딸아….” 그가 내 손을 찾았다.

“잘 있으라고요? 당신을 묻으라고요? 그런 식으로 말하지 마세요.”

하지만 그는 대답이 없었다.

“할아버지?”

그의 손은 생명이 빠진 채 내 손아귀에서 미끄러졌다. 난 그의 입을 확인했다. 숨을 쉬지 않는다.

“안 돼요, 할아버지. 절 두고 가지 마세요!” 난 그를 흔들었다.

“일어나세요, 할아버지!”

그의 손목을 잡아봤다. 맥박이 뛰지 않았다. 그제야 나에게 작별 인사를 해 준 그에게, 난 날마다 해야 했던 말을 하지 못했다는 걸 깨달았다.

“모든 게 감사해요.”

난 그의 가슴에서 울부짖었다.

“고마워요. 정말 고마워요. 고맙습니다.”

그는 내 말을 들을 수 없었다. 난 흐느낌으로 말할 수 없을 때까지 계속 그에게 말했다.

어두웠다.

92분 뒤 갈 시간이 되었다. 내 얼굴은 그의 얼굴에서 겨우 몇 센티미터 떨어져 있었다. 어둠 속 내 등불이 꺼졌다. 난 억지로 몸을 일으켰다.

레드는 자신의 작은 침대에 누워 손가락으로 닳은 울 담요를 쥔 상태였다. 마지막으로 그를 한번 쳐다보면서 그 모습을 기억에 담았다. 그는 언제나처럼 침착하고 조용했다. 죽은 뒤에도 그의 눈썹은 즐거운 생각에 빠진 사람처럼 들려 있었다. 그는 이 세상에서 다음 세상으로 넘어갔다. 그곳에는 프랫도 존재하지 않을 거고 추위도 고통도 굶주림도, 어둠 속에 울리는 비명도 없을 것이다.

세상은 이 사람을 제대로 대접하지 않았다. 그랬더라면 아주 많은 사람이 그의 지성과 친절함으로부터 배움을 얻었을 텐데. 그는 이 작은 독방에서 삶을 보내야 했다. 킹의 지하 감옥이 아니라 성에 살아야 마땅한 사람이었는데.

쇠창살을 닫고 나오자, 현실이 가차 없이 날 때렸다. 다시는 레드를 보지 못할 것이다. 눈물이 또 하염없이 흘러내렸다. 내 방으로 건너와 바닥에 주저앉아 침대 위에 팔을 올리고 머리를 댔다. 난 밤새 그리고 아침까지 울고 또 울었다.

레드를 잃은 고통, 다시는 가족들로부터 구조받지 못한다는 아픔, 혼란과 두려움. 열 시간 동안 그 모든 것을 떨쳐버렸다.

아침이 찾아왔다. 난 자리에서 일어나 소매로 눈과 얼굴을 닦았다. 그리고 몸을 펴고 내 독방에 섰다. 새로운 계획을 세웠고 형태가 잡혔다. 난 돌처럼 단호한 얼굴이었고, 결심이 홍수처럼 내 안에서 차올랐다. 내 손에서 고통받을 인물은 마담뿐만이 아니다.

킹도. 죗값을. 치를 것이다.

CHAPTER 21

현재 : 피닉스

∞

중국 상하이, 프랑스 조계지

아침 식사는 끔찍했다. 스크램블드에그, 버터와 잼을 곁들인 토스트. 이런 건 미국인의 평범한 아침이고 난 그렇게 먹으며 자랐다. 프랫에 있을 때 이런 음식을 먹길 얼마나 고대했던가? 그런데 지금 내 입에서는 낯선 맛이 났다. 토스트는 건조했고 잼은 너무 달았다. 무엇보다 싫은 건 그 맛이 아니었다. 매번 베어 물 때마다 테이블 맞은편에 아빠가 보였고 학교에 가기 전 주방에서 언니와 동생이 떠드는 소리가 들리는 데다 엄마가 내 이마에 입 맞추는 감촉까지 느껴졌다.

눈물이 앞을 가리기 전에 접시를 치웠다. 그들을 생각하지 않으려면 몇 년이나 걸릴까? 모든 사물, 심지어 달걀에서도 그들의 모습을 떠올리지 않으려면?

조세핀의 가족은 죽었다. 그녀는 이미 가족을 추모했다. 난 다시 슬픔으로 돌아가지 않을 거다. 절대.

더 중요한 일들을 생각해야 했다. 경제 위기를 해결할 방법과 동시에 마담을 멈출 방법도 생각해야 한다. 일거양득.

초인종이 울렸다. 또 열 시가 되었다. 카이다. 그는 늘 이렇게 늦게 출근할까?

"좋은 아침이야."

언제나처럼 영어로 인사하고 그가 날 샅샅이 훑었다. 그의 표정이 바뀌었다.

잠시 난 정체성을 잃어버린 프랫의 소녀가 된 것 같았다.

"왜?"

난 좀 과하다 싶을 정도로 퉁명스럽게 물었다.

"또 완전히 달라 보이네." 그가 놀라며 말했다.

난 머리부터 발끝까지 짙은 색 바지, 회색 블라우스, 파란 스카프, 메리노 울 안감이 들어 있는 검은 가죽 재킷으로 새 단장했다. 검은 부츠는 바지 위로 충분히 올라와 있었다. 새것이라 빳빳해서 심지어 좀 뻣뻣한 느낌까지 든다. 어제 입었던 여성스러운 옷에서 완전히 벗어나 화장도 다르게 했다. 난 고개를 들어 머리를 전부 뒤로 넘기고 모든 게 정상인 듯 행동하려고 했다.

"익숙해지도록 해봐."

"내 말을 오해하지 말아줘."

그는 날 위해 문을 잡아 주면서 부드럽게 말했다.

"네 모습은 헨 메이(hen mei 很美 아름다워)야."

그는 칭찬하며 수줍게 고개를 돌렸다. 난 그의 뺨이 붉어지는 걸 순간 알아차렸다. 그렇구나. 억만장자 플레이보이도 얼굴이 빨개지는구나.

"고마워."

난 이번에는 상냥하게 대답했다.

우리는 차고로 가서 말없이 레인지로버에 올라탔다. 오늘은 그가 내 커피를 가져오지 않았고, 날 흘끔 두 번 살핀 것 말고는 어제와 그대로였다. 난 그냥 무시했다.

밖의 도시는 잿빛 미세 먼지에 휩싸였다. 그걸 보니 화가 났다. 마담과 같은 사람들이 수입의 0.01퍼센트만 기부해도 5년 안에 환경 오염 문제가 해결될 것이다. 하지만 그녀는 자기 돈 한 푼이 남의 수중에 들어가는 꼴은 절대 못 봐서 차라리 태워 버릴 위인이었다.

귀가 찢어질 듯한 큰 경적이 3초 동안 울려 퍼뜩 정신을 차렸다. 우리는 어마어마한 교통 체증에 갇혀 있었다.

"타이 나오 후어 러(Tai nao huo le 太恼火了 아, 열받네)!"

카이가 살짝 안달이 나 중국어로 말했다.

난 잠자코 있었다. 교통 체증이 전혀 거슬리지 않았다. 깨끗한 차에 있으니까 오히려 편안했다. 게다가 내 인생의 주인이기도 하고. 붐비는 도로 따윈 내 근심 목록 거의 밑바닥에 있는 수준이랄까.

"뒷길로 갈게." 카이가 유턴하며 말했다.

그는 작은 골목으로 진입했다. 큰 건물들을 지나 오래된 동네로 들어오니 길이 좁아졌다.

"난 이쪽 지리를 잘 알아. 아버지가 여기서 공장을 운영했거든."

"공장?" 난 귀가 쫑긋해서 물었다.

"그의 보고서에서 공장에 관한 내용은 못 봤는데."

"십 년 이상 비어 있어서 그럴 거야." 그가 대답했다.

"쓸 일이 없어?"

"내가 아는 한 그래."

"얼마나 큰데?" 불현듯 아이디어가 떠올랐다.

이 동네는 번쩍번쩍한 도시가 아니었다. 사람도 별로 없고 아주 조용했다.

"3층 건물이야." 그가 좁은 골목을 누비며 말했다.

"직원들이 숙식하던 시대에 지은 건물이지. 낡아서 수리해야 해."

"나한테 보여줄 수 있어?" 내가 물었다.

신호가 바뀌어 카이가 브레이크를 밟았다.

"왜?"

난 대답하지 않았다. 다행히 신호등이 금방 초록색으로 바뀌었다. 그가 천천히 가속 페달을 밟았다.

"우린 이미 지각이야. 보통 사람들은 8시 반에 출근한다고."

"일은 잊어버려. 너도 사무실을 싫어하잖아? 게다가 너희 아버진 백만 달러라면 한 시간은 더 기다려 주실 거야."

난 그렇게 말하고 챈을 골탕 먹이려는 마음에 문손잡이를 잡고 다시 차가 멈추면 내리려고 준비했다. 카이 혹은 다른 누구라도 날 쥐고 흔들게 놔둘 생각은 없었다. 내가 힘들이지 않고 상하이를 그에게 넘겨줄 수 있을 때가 와도 그러지 않을 거다.

카이가 날 다시 쳐다보고 자기 아버지의 반응을 생각하는 듯했다. 하지만 그의 눈동자가 반짝이는 걸로 봐서 땡땡이가 이번이 처음은 아닌 것 같았다.

"알았어. 대신 또다시 날 못 본 척하고 달아나지 않겠다고 약속해."

그랬다. 그는 내가 택시에서 그를 못 본 척한 걸 알고 있었다. 그는 앞만 보고 운전했지만, 입술이 짓궂은 미소로 우글거렸다.

"그럴게." 내가 대답했다.

어쩌면 카이는 자기 입으로 털어놓은 것보다 더 면밀하게 날 관찰하고 있는지도 모르겠다. 더 자세히 살피는 쪽이 나라는 걸 알지 못한 채.

카이는 벽돌 건물들 사이 골목에 차를 세웠다.

"전형적인 옛날 중국 동네야." 그가 말했다.

커다란 화분에 심은 식물이 거리에 일렬로 서서 칙칙한 붉은 벽돌을 녹색으로 뒤덮었다. 사람들은 길거리에서 요리하고 있었다. 마늘 냄새가 진동했다. 창문에는 빨래가 널려있고 쇠망을 단 난간에는 부추 다발, 줄줄이 엮인 소시지, 셀러리, 호박을 널어둔 광경도 눈에 들어왔다.

이 지역에는 낡은 공장이 가득 들어차 있었다. 고층 빌딩으로 뒤덮인 시내에만 있다가 여길 보니 근사했다. 구석에서 이주 노동자들이 모여 떠들고 있었다. 책에서 읽은 중국을 연상시켰다.

카이가 날 모퉁이로 데려가더니 '차이나 제너레이션'이라고 적힌 간판을 올려보았다.

"여기야."

내가 보기에 465.5제곱미터의 건물 전체를 벽 하나가 둘러싸고 있었고 기둥에는 기능을 상실한 낡은 카메라 세 대가 있었다. 시멘트벽으로 된 정문 꼭대기에는 몇십 년 전에 흔하게 볼 수 있던 방범 수단인, 침입자를 막는 뾰족한 유리 조각들이 꽂혀 있었다.

"지금은 전기가 없어서 정문이 작동되지 않아. 최소 1년은 여기에 누구도 오지 않았으니까. 우린 뒷문으로 들어가야 할 거야."

담장 주변으로 걷다가 공장별로 길이 하나씩 있고 그 앞에 키 큰 철문이 달린 걸 보았다. 외부 정문은 맨 처음 중국에 도착해 두려움을 줬던 기억을 떠올리게 했다. 갇히는 기분이 들었다. 지금 그곳을 지나가면서 난 다른 용도의 문이 떠올랐다. 원치 않는 이들이 들어오지 못하게 막는 문.

카이가 앞장섰다. 난 공간들, 보안, 여기서 생산한 제품들에 대해 계속 물으며 그를 괴롭혔다.

"그렇게까지 흥미를 보이는 이유가 뭐야?" 그가 물었다.

"난 오래된 건물을 좋아하거든."

내 대답은 사실이다. 드러나지 않는 가치가 분명히 있다는 걸 아니까.

우리는 커다란 문틀 안, 작은 철문 앞에 도착했다. 잠겨 있었다. 카이가 빈 양동이 위에 올라가서 문의 갈고리 부분을 들어 올리니 녹슨 열쇠가 나왔다.

"우리 아버지가 처음 공장을 시작한 곳이야." 카이가 설명해 주었다.

우리는 풀이 무성한 공장 뒤뜰로 들어갔다. 공간은 완전히 막혀 외부로부터 사생활이 잘 보장되어 있었다. 건물은 더럽긴 했어도 겉으로 보기에 무너진 곳은 없었다.

안을 봤을 때도 난 실망하지 않았다. 갈색 먼지가 두껍게 내려앉은 것 말고는 상태가 좋았다.

챈의 취향은 항상 탁월했던 모양이다. 창문은 모두 온전했고 대부분의 중국 공장과는 달리 이중 유리로 되어 있었다. 바닥은 시멘트가 아닌 원목으로 되어 있었는데 이 또한 근사한 선택이다. 전실에는 아치형 천장이 있고 별 모양으로 천장 전체에 환풍기가 있었다.

출입구 옆 모퉁이에 자리한 대기실에는 싱크대와 수납용 찬장이 딸려 있다. 의약품을 넣어두기에 딱 좋은 공간이라고 생각했다. 카이가 고장 난 찬장을 보았다.

"천천히 둘러봐." 그가 말했다.

"난 이걸 고쳐야겠어."

그가 경첩을 손보는 걸 잠시 지켜보다가 난 위층으로 올라갔다.

침실은 널찍해서 침대 여러 개가 들어갔다. 욕실과 주방도 사용 가능하고 라운지는 편안한 거실 역할을 하기에 적당히 넓었다. 딱 내게 필요한 곳이었다.

아래층으로 내려와 보니, 카이가 바지에 묻은 먼지를 털고 있었다.

"찬장은 어때?" 내가 물었다.

"새것처럼 고쳐놨어."

"너희 아버지가 나한테 네가 다시 몸 쓰는 일을 하는 걸 보면 말해달라고 했어."

"부탁이니 이르지 마. 아버지가 날 해고할지도 몰라."

그는 기도하듯 두 손을 모으고 후회하는 척하더니 손을 치웠다.

"다시 생각해 보니, 부디 아버지한테 말해 주면 좋겠는데."

내 입에서 작게 킥킥거리는 웃음이 튀어나와서 난 놀랐다. 레드가 죽은 후로 나의 웃는 소리를 들어본 적이 없었는데. 누군가와 농담을 주고받으니 기분이 좋아지는 건 부인할 수 없었다.

우리의 투어가 끝났고, 카이는 날 데리고 밖으로 나왔다.

골목을 걸어가는데 그가 공장에 관해 더 이야기해 주었다.

"지하철과 거리가 좀 있다는 게 유일한 흠이야."

"그렇게 먼 것도 아니야." 난 아무 생각 없이 내뱉고 말았다.

"마지막 지하철 출구에서 고작 1126.8미터 떨어져 있는걸. 1마일도 채 안 돼."

그가 눈썹을 들썩였다. 그리고 뭐라고 말하려는데 차 한 대가 갑자기 거리에서 튀어나왔다. 본능적으로 카이가 내 팔을 잡고 길가로 끌어당겼다. 나도 그를 잡아당겼다.

차의 속도와 도로의 움푹 팬 정도를 봤을 때, 차는 오른쪽으로 확 방향을 틀어 낡은 쓰레기통에 부딪힐 것이다.

"엉망이 되겠네." 내 입에서 자동으로 말이 흘러나왔다.

몇 초 뒤, 차는 쓰레기통으로 돌진했고 쓰레기는 길 사방으로 흩뿌려졌다.

"너 어떻게…?"

내가 경계를 늦춘 게 이번이 두 번째였다. *대체 왜 이러는 거지?* 난 안전하다고 생각되는 사람한테만 이렇게 하는데.

카이는 4초간 날 빤히 쳐다봤다. 내 손은 여전히 그의 팔을 잡고 있다. 정장을 걸치고 있지만 그 안의 팔뚝이 얼마나 단단한지 느낄 수 있었다. 머리카락은 회계사처럼 빳빳하게 세웠지만, 눈동자는 아주 친절하고 상냥했다. 난 대답하지 않았다.

"넌 참 흥미로운 아이야, 피닉스."

"그냥 좀 빠른 것뿐이야. 기억하지?" 난 부끄러워서 더 빨리 걸었다.

차에 도착할 때쯤 내가 물었다.

"너희 아버진 왜 공장을 팔지 않으셨어?"

"네가 믿을지 모르겠지만 아버진 감성적인 분이야. 그곳이 어머니를 떠올리게 한대. 어머니가 돌아가시기 전에 두 분이 마지막으로 대화를 나눈 장소거든. 그 뒤로 아버지는 지역을 옮겼지만, 거길 팔 생각은 절대로 하지 않으셨어."

카이의 걸음이 느려졌다.

난 침을 꿀꺽 삼키고 중국 문화에서는 다소 무례한 질문을 과감히 던졌다.

"어머닌 어떻게 돌아가셨어?"

"나도 몰라. 아버지가 절대 말 안 해 주셨거든." 그가 어깨를 으쓱였다.

엄마가 어떻게 죽었는지 아들이 모른다고? 그렇다면 자연사나 병사는 제외해야 했다. 우선, 그녀는 젊었을 것이다. 하지만 챈이 아내의 죽음을 아들에게 이야기하지 않고 숨기는 중인 데다 챈이 레드와 관련 있다는 사실에서 뭔가 냄새가 났다. 판돈을 걸 수 있다면 난 그녀의 죽음이 사고가 아니라는 데 걸겠다.

나는 더 이상 그의 어머니에 관해 묻지 않았다. 그렇지만 공장 이야기는 계속 이어 나가기로 했다.

"제대로 된 제안이 들어오기만 한다면 너희 아버진 공장을 포기하실 거라고 봐."

"경제 위기가 오고 있으니, 그럴지도 모르지. 근데 넌 왜 관심을 보이는 거야?"

"네가 상관할 일이 아니야."

퉁명스럽다 못해 심지어 무례할 정도의 목소리가 나와 버렸다. 난 사람들이 꼬치꼬치 캐묻는 게 싫었다. 카이가 너무 많은 질문을 하지 않았으면 좋겠다.

"미안해." 그가 사과했다.

"그냥 궁금했어."

카이의 사과를 받으니 우울해졌다. 지난 며칠간 그는 내게 잘해 줬고, 공장을 보여주려고 회사까지 빠졌는데. 난 카이나 챈을 믿지 못하고, 내 계획이 들킬까 봐 전전긍긍했다. 특히 안전가옥을 찾은 지금은 더욱 불안했다.

∞

이후 한 주는 조용히 지나갔다. 곧 있을 경제 위기를 두고 내가 몰아붙이지만 않으면 챈은 상냥했다. 투자 조언을 하러 가면 날 압박하지 않고 진짜 직원처럼 대했고 출근할 때마다 인사도 해 주었다. 어쩌면 너무 심하게 구는 쪽은 나였을까? 심지어 다른 직원들도 내게 더 친절해졌다. 이곳 생활도 그리 나쁘지 않았다.

또 다른 투자 건에 대한 내 제안서가 마무리될 즈음, 옆방인 챈의 사무실에서 큰 소리가 들렸다. 난 슬금슬금 다가가 내 사무실 문을 살짝 열었다.

"내가 널 위해 쌓은 유산을 망가뜨리려는 거니? 내 모든 역작을 한낱 잿더미로 만들 거야?"

그렇게까지 화가 난 챈의 목소리는 처음 들어봤다.

"아뇨, 아버지. 그런 게 아니에요. 제가 보기에는…."

카이의 목소리가 너무 작아져 알아듣기 힘들었다.

"네가 하고 싶은 대로 해, 카이!" 챈은 계속 격양된 목소리로 외쳤다.

"하지만 그 여자애는 안 돼! 그 애는 골칫덩어리지, 여기 어울리는 사람이 아니야. 이 일이 끝나면 그 애를 보내 버릴 거야. 우리 삶에서 영원히 배제할 거라고!"

난 주먹으로 배를 얻어맞은 것처럼 속이 아팠다. 그가 말한 그 여자애는 딱 한 사람밖에 없었다. 챈이 실제로 날 어떻게 생각하는지, 그가 한 말에는 전혀 숨겨진 게 없었다. 놀랄 일이 아니라는 걸 알지만 그래도 레드가 나에게서 본 걸 챈도 봐주길 바랐다. 내가 정말 어떤 사람인지. 프랫에선 다들 남들 생각은 신경 안 쓴다고 말했지만 그건 거짓말이었다. 감정의 잔재는 그대로였다. 사람들은 마음을 쉽게 닫고 벽도 높이 쌓는다. 내 경우, 벽을 쌓는 건 쉬웠다. 하지만 그걸 부수는 건 다른 이야기였다.

난 다시 사무실로 들어와 문을 닫았다.

"난 챈이나 카이 때문에 여기 있는 게 아니야."

컴퓨터 화면으로 숨을 내쉬며 날카롭게 속삭였다. 내겐 더 큰 걱정거리가 있었었다…. 새로운 계획 같은 것 말이다.

재앙을 막을 자원을 가진 챈은 아무것도 하지 않으려 했고, 그 말은 상상 이상의 엄청난 돈을 지키는 일이 내 손에 달렸다는 뜻이다.

계산을 점검해 봤다. 꼬맹이가 거인의 앞길을 막아서는 것처럼 버거운 일이다. 곧 닥칠 위기의 카운트다운이 시작된 상태에서 모험을 건 시도지만 이번엔 돕지 못했다는 죄책감을 느끼진 않을 것이다.

우선 챈의 투자에서 내 몫을 뗀 다음 내가 생각하는 최선의 투자를 할 거다. 더 많은 돈을 만들어 통화 흐름, 은행과 주식 시장을 유지하고 슈퍼 본드를 준비할 생각이었다.

둘째, 불가능을 추구하면서 더러운 부자 후원자를 찾아야 한다. 다행히 내 경우 더러운 인간 찾기는 그리 어렵지 않은 일이었다. 찾기만 한다면 그들 눈을 가리고 괴롭히는 것 같은 기쁨을 누릴 수 있다.

금요일, 난 상하이 타워 앞에서 126층짜리 건물을 올려다보고 있었다. 지난주 공장에 대한 걸 제안했기에 챈에게서 좋은 소식이 있기를 희망하고 있기도 했다. 도어맨 유타이가 부동자세로 서서 날 쳐다보았다.

"날이 좋네요. 그렇죠, 유 시푸(shifu 师傅 사부님)?" 내가 중국어로 물었다.

"당신처럼 아름답죠, 피닉스 양." 그가 문을 열어 주었다.

"실례지만 유 시푸, 다른 데서도 일하세요?"

"전 부업으로 운전기사를 하고 있어요."

그가 명함을 꺼냈다. 난 관습에 따라 두 손으로 공손히 받았다. 개인 운전사? 다시금 예상이 빗나갔다.

엘리베이터를 향해 걸어가면서 생각했다. 유타이의 인생은 내가 상관할 바가 아니다. 지금 난 다른 미스터리를 풀 필요가 없다. 그저 사소하게 지나칠 수 없을 뿐. 누가 그에게 이곳에 일자리를 줬는지 알 수 있다면 기분이 나아질 텐데.

79층에 도착하니 다들 바쁘게 움직이고 있었다. 난 마음속에서 유타이 생각을 지웠다. 지금은 일을 해야 했다.

정오가 되었다. 챈에게 공장 사용 인가를 받고 싶어 미칠 것 같은데, 그는 어디서도 찾을 수 없었다. 카이에게 그가 어디 갔는지 물어보려고 사무실에 가봤더니 카이도 자리를 비웠다.

난 엘리베이터를 타고 중역 전용 식당으로 올라갔다.

카이가 테이블에 앉아 웃고 있었다. 평소처럼 딱딱한 비즈니스 정장 차림이지만 편안한 자세에 검은 머리를 젤로 단단하게 뒤로 넘긴 게 아니라 강력한 턱선을 따라 흐르게 놔뒀다. 잠시 그를 봐서 기쁜 나머지 난 다가가 말을 걸고 싶은 마음이 생겼다.

카이에 이어 다정하고 섬세한 웃음소리가 들렸다. 내가 있어야 할 자리 같은데 그의 맞은편에 앉아 있는 젊은 여자가 눈에 들어왔다. 처음 출근한 날 봤던 그 여자다. 챈이 말한 여자애일까?

그녀는 짧은 미니스커트에 치렁치렁하게 내려오는 진주 목걸이를 했다. 머리카락은 귀엽게 말아 올렸다. 난 손목에 찬 머리끈을 튕기며 나도 올림머리를 하고 싶다고 생각하다가 들키지 않게 빠져나오려고 슬금슬금 뒷걸음질 쳤다.

"피닉스?" 카이가 불렀다.

맙소사. 민첩하게 움직이지 못했다.

"방해하고 싶지 않아서." 난 중국어로 이렇게 말하며 몸을 돌렸다.

"나중에 얘기하자."

그가 자리에서 일어나더니 날 향해 걸어왔다.

"샤오얀과 이제 막 이야기를 끝냈어."

그가 날 가리켰다.

"이쪽은 피닉스야."

그녀가 입술을 꾹 다물고 손을 뻗었다.

"안녕하세요."

높은음의 목소리가 진한 바닐라 향과 잘 어울렸다. 그녀의 손을 잡으니 무슨 도자기 인형처럼 가냘팠다. 조금만 힘을 줘도 부서질 것 같았다.

"오늘 밤에 보는 거지, 카이?"

그녀가 날 무시한 채 물었다. 그리고 그에게 팔짱을 꼈다.

"오늘 밤은 안 돼." 그가 말했다.

"난 바빠."

그녀는 실망한 표정을 보이지 않으려고 애썼다. 그리고 다음 번에 꼭 약속을 지키라고 한 뒤 작별 인사를 건넸다. 난 그녀 뒤를 따라 나가려고 했다.

"잠깐만, 피닉스." 카이가 불렀다.

"너한테 볼일이 있어."

그녀가 가고 난 순간부터 카이는 영어로 말했다.

몸을 돌려 그를 쳐다보니 챈이 했던 말이 머릿속에서 다시 울렸다.

그 여자애는 안 돼.

챈이 카이에게 내 일에 대해 말하지 않았길 바랐지만 지금 보니 카이는 늘 나와 챈 사이에 있던 일을 알고 있었다. 그 반대도 가능할 것 같았다.

"뭔데?" 난 아무것도 모른다는 듯 물었다.

그가 열쇠 꾸러미를 손에 쥐어 보였다.

"공장 말이야. 이제 네 거야."

그의 커다란 눈동자는 잔뜩 신이 나 있었다.

"고마워."

난 별일 아닌 것처럼 열쇠를 받았다.

"넌 또다시 불가능한 일을 해냈네." 카이가 농담조로 말했다.

"비결이 뭐야?"

의미 없이 난 인상을 썼다. 너무 많은 감정이 속에서 피어올라 뒤섞였다. 그가 저런 얼굴로 날 쳐다보지 않으면 좋겠다. 마치 내가 자기와 함께 이 일을 축하할 것처럼. 우리 둘 사이에 동지애라도 흐르는 것처럼. 부자가 다투는 걸 복도에서 엿듣고 난 뒤라 더더욱 그랬다.

레드가 깨부수려고 그렇게 노력했던 내 껍데기가 다시 스멀스멀 기어 올라왔다. 셀리아가 떠올라 떨쳐내려고 애썼다. 친절한 말도 의심하며 차갑고 단호하게 받아들이는 그녀처럼 되고 싶지 않았으니까. 좋은 소식을 들으면 선물을 받은 것처럼 뛸 듯이 기뻐하는, 그런 따뜻한 가슴을 가진 아이가 되고 싶었다. 아니면 내가 레드를 믿었던 것처럼 누군가를 믿을 수 있는 그런 사람.

하지만 챈의 반대가 날 막았다. 내가 절대 친해져서는 안 되는 대상이 그의 아들이었다. 난 사람을 쉽게 믿지 않는다. 돈을 가진 사람의 경우는 더 그렇고.

"너희 아버지가 말 안 해 주셨어? 내 수익을 35퍼센트로 줄였거든. 말했잖아, 돈이면 다 된다고."

난 자리를 뜨려고 했다.

"나중에 봐."

"잠시만."

내가 움직이지 않으면 그의 팔 근육이 쭉 늘어나서 그의 손이 날 잡을 확률이 30퍼센트였다. 선택까지 3초의 시간이 있다. 그가 내 어깨에 손을 올렸다.

"오늘 밤에 바빠?"

"아니, 그렇지만…."

난 말끝을 흐리며 핑계를 대려고 했지만, 어깨가 찌릿찌릿해서 아무 생각도 안 들었다. 게다가 마담과 그렇게 많이 연습했지만 난 능청스럽게 거짓말을 하지 못했다. 더 연습하고 싶지도 않았다. 내 대답보다 그가 왜 그걸 물어보는지가 궁금해졌다.

"도시에서 벗어나고 싶지 않아?" 그가 물었다.

"넌 옛날 건물을 좋아한다며."

카이의 제안에 놀랐다. 중국에서 자식들은 부모의 말이라면 무조건 따라야 했다. 챈이 나와 어울리지 말라고 그에게 말하는 걸 똑똑히 들었다. 게다가 그가 나한테 이러면 안 되는 또 다른 이유가 있었다.

"방금 네 친구한텐 오늘 밤 바쁘다고 했잖아." 내가 대답했다.

"그랬지. 난 널 데려가고 싶거든." 소년 같은 미소로 그가 말했다.

"어딜?"

"그 장소가 사물을 보는 너의 몇 가지 관점을 바꿔준다면 좋겠는데." 그가 씽긋 웃었다.

내가 머뭇거리는데 레드의 목소리가 머릿속을 울렸다.

성장하려면 신뢰가 필요하단다.

그 말을 떠올리고 나니, 다시 챈을 화나게 만드는 일 따윈 마음에 걸리지 않았다.

카이가 눈썹을 들썩이며 내 대답을 기다렸다. 양복을 입고 서 있는 그는 단호해 보였다. 한순간 휴대전화로 지시를 내리다가도 다른 순간에는 풀하우스에서의 밤처럼 친절하게 변하는 청년을 난 믿고 싶지 않았다.

"같이 가자. 송 밸리는 그리 멀지도 않아. 저녁에는 돌아올 거야."

송 밸리라고? 나는 깜짝 놀랐다. 숫자가 고함을 지를 수 있다면, 내 머릿속에서 그렇게 하고 있을 것이다. *내가 본 탈출구 표지였다.*

카이의 제안에 나는 잔뜩 흥미가 생겼다.

"계속 그 정장을 입고 있을 거야?"

분위기를 가볍게 하려고 내가 농담을 던졌다.

"옷을 갈아입겠다고 약속하면 같이 갈래?" 그가 씩 웃었다.

"퇴근하고 갈까?"

"좋아."

난 대답했다. 뭐 어떻겠어? 다 괜찮을 거다. *그렇지 않을까?*

CHAPTER 22

현재 : 피닉스

중국, 송 밸리

퇴근 후, 카이와 나는 시내를 빠져나갔다. 우리는 강 동쪽을 따라 해안으로 향했다. 스모그로 가득 찬 메트로폴리스를 빠져나가니 건물들의 크기가 한층 작아졌다. 교통 체증과 자동차 경적에서 벗어나 다시 자연을 보고 느린 삶 속으로 들어오니 좋았다.

한 시간 뒤 카이가 송 밸리라고 적힌 출구 방향으로 차를 몰았다. 난 눈을 감고 마음속 숫자들을 뚫고 들어가 송 밸리 표지판을 두고 기억하는 전부를 꺼내려고 했지만, 카이가 이야기하는 통에 집중할 수가 없었다.

“피닉스?” 카이가 물었다.

“방금 내가 한 말 들었어? 한동안 넌 정신이 딴 데 팔린 사람

같았어."

한동안이라니. 난 속으로 한숨을 쉬었다. 그 말은 내가 4분 23초간 자기를 무시했다는 뜻이다. 하지만 시간이 얼마였는지는 사실 중요하지 않았다. 내가 듣고 있어야 했으니까.

"미안. 그만 시골 정취에 반했지 뭐야."

내가 눈을 감고 있었던 것만 빼면.

맙소사. 다행히 카이는 아무 말도 하지 않았다.

길이 좁아질수록 세세한 풍경이 더욱 살아났다. 농부들이 소를 끌고 논 위로 쟁기질하고, 동물들이 풀을 뜯으며, 낡은 타일 지붕으로 된 가옥과 길가에 옥수수를 말리는 모습. 어느 것도 익숙하지 않았다. 속으로 난 도로를 배치해 봤다. 하지만 난 여기 온 적이 없었다.

카이가 도롯가에 있는 작은 목조 주택 앞에 멈췄다. 플라스틱 배너에 '마 이모네 오리바비큐'라고 적혀 있다.

"여기서 잠시 기다려 줘."

8분 뒤 그가 커다란 테이크아웃 상자 두 개를 들고 돌아왔다.

"따뜻한 빵 두 개, 브라운 딥 소스, 월넛 밀크티, 그리고 당연히 오리고기도 사 왔어. 완벽하게 잘 구워졌어."

그가 시동을 걸고 풀숲으로 향하는 길처럼 보이는 작은 자갈길로 들어섰다.

"우리가 좀 일찍 왔어." 그가 말했다.

"그러니 여기서 먹고 가자."

바비큐 냄새가 날 유혹했다. 숨을 쉴 때마다 당장 저 바삭한 오리 조각을 뜯고 싶어 미칠 지경이었다. 3분 뒤 우리는 풀숲과

덤불을 지나 작은 만 앞에 도착했고 난 가슴이 쿵 내려앉았다. 바로 앞에 휘몰아치는 파도가 나타났다.

바다다.

동중국해지만 그 이상이다. 여긴 태평양이었다.

나의 바다다.

내가 자란 곳과는 다른 모습이지만 같은 바다다. 그저 내가 세상의 엉뚱한 쪽에 와 있을 뿐. 난 차창을 열어 숨을 들이마셨다. 바다 내음으로 오리바비큐 생각은 사라졌다. 산뜻한 짠 내음이 안으로 들어와 내 감각을 괴롭혔다. 부딪히는 파도의 함성과 조류가 내 안으로 들어와 날 과거로 밀어 넣었다. 갑자기 난 붉은 테두리가 있는 우리 비치 하우스에서 열세 번째 생일을 맞는 아이가 되어 있었다. 멀리서 여객선이 기적을 울리며 출발을 알렸다. 머리 위로 갈매기가 빙빙 돌며 퍼덕거렸다. 난 물속, 그네가 달린 부두로 이어지는 길에 서 있다. 아빠가 거기 앉아 있다. 아빠가 내게 뭔가 말하려고 한다.

"피닉스." 카이가 내 어깨를 흔들었다.

"괜찮아?"

뜨거운 물줄기가 뺨으로 흘러내렸다. 눈물? *정신 차려, 피닉스.* 난 스스로를 꾸짖고 카이가 알아차리지 못하게 얼굴을 닦으려고 했다.

"신선한 공기를 좀 쐬어야겠어."

난 차 문을 열고 내려서 차에서 7.62미터 떨어진 곳까지 걸었다. 그리고 몸을 웅크리고 손가락으로 차가운 모래 표면을 만졌다.

예전에 내게 모래는 편안함을 줬다. 내 보물이자, 내 머리가 계산하지 않는 변칙 중 하나였다. 난 아르키메데스가 아니다. 모래는 그저 흙, 바위가 부서져 오랜 시간이 지나 알갱이가 된, 자연의 일부였다. 난 타월을 깔지 않고 모래 위에 눕곤 했다. 나중에 머리와 옷에 모래가 잔뜩 묻어도 신경 쓰지 않았다. 모래는 모두에게, 심지어 나에게조차 세상에 숨은 보물이 있다고 알려줬으니까.

난 부츠를 벗고 발가락 사이로 모래를 느끼며 물을 향해 걸었다. 매번 파도가 부딪치면서 날 맞이해 주는 것 같다. 내가 그리웠다는 듯, 내가 필요했다는 듯. 파도에 부탁하면 날 집으로 데려다줄까?

이것이 나와 내 예전 삶을 갈라놓는 전부였다. 이 바다 하나, 세상에서 가장 큰 바다. 갑자기 바다의 소리와 냄새에 취했다. 그 모든 세월이 흘렀지만, 바다는 여전히 내게 같은 영향을 줬다. 고향을 떠올리게 하는 다른 것들과 마찬가지로 강제로 지워버릴 수 없었다.

태평양의 향취가 묻은 바람이 내 뺨을 어루만지며 맨살에 서늘함을 전했다. 가족 생각이 나는데 심장이 가만히 있는 건 오랜만에 있는 일이었다. 어쩌면 바다를 보는 것이 영원히 내게서 프랫을 씻어버리거나 마담의 증오로부터 날 정화해 주는, 신의 선물일지도 몰랐다. 숨을 쉴 때마다 새롭게 시작하는 것 같다. 파도가 부딪칠 때마다 희망이 생기는 것 같다. 난 새로운 해변을 가질 수 있었다. 새로운 집도, 새로운 인생도.

어깨 위 따뜻한 손길에 놀라 최면에서 깨어났다. 난 고개를 들고 카이를 보았다. 그는 날 찾으러 왔고 내가 일어날 수 있도록 손을 내밀었다. 그의 손을 잡고 일어나 서니 그와 눈이 마주쳤다. 난 감정에 푹 빠진 상태였고 그도 그걸 볼 수 있었지만, 우린 둘 다 고개를 돌리지 않았다.

그의 손은 여전히 내 손 안에 있었고 온기가 온몸으로 퍼지는 걸 느낄 수 있었다. 이내 난 그의 품 혹은 누군가의 품에 안기고 싶다는 생각이 들었다. 꼭 안아줬으면. 포옹을 안 한 지 너무 오래되었다.

하지만 난 그의 손을 놓았다. 뺨이 빨갛게 달아올랐고 우리는 서로 눈길을 피했다. 둘 다 할 말을 찾고 있었다.

"오리고기가 식고 있어." 카이가 먼저 입을 열었다.

난 옅은 미소를 짓고 한 번 더 용기를 내 그의 얼굴을 슬쩍 본 다음 함께 레인지로버로 향했다. 차 안으로 들어가니 그가 음식을 차렸다. 저녁 식사가 시작됐다.

"마음에 들어?"

그가 오리 조각을 더 찢으며 물었다.

아래를 보니 그는 자기 몫의 절반을 거의 비웠다.

"오리바비큐 말이야, 바다 말이야?"

차를 여기 댄 뒤 내가 말을 별로 하지 않았다는 걸 깨달았다.

"넌 오리에 거의 손도 안 댔잖아." 그가 내게 한 조각을 건넸다.

"난 전망 이야기하는 거야."

"아름다워." 난 가까스로 대답했다.

"바다를 못 본 지 2년도 더 됐어. 난 저쪽으로 4,828킬로미터 떨어진 웨스트 시애틀에서 자랐거든."

나는 손가락으로 끝없이 펼쳐진 회색 지평선을 가리켰다.

"피닉스."

그가 내 팔을 잡자 또다시 몸에 전율이 일었다.

"너 방금 뭘 했는지 알아?"

"내가 뭘 했는데?"

난 잠꼬대하다 들킨 사람처럼 갑자기 불안했다.

"방금 너에 대해서 이야기했어."

그의 말이 맞다. 그냥 입 밖으로 나와버렸다. 마치 내 지독한 사연을 다 늘어놓은 것처럼 순간적으로 공포에 사로잡혔다. 하지만 그는 다시 오리를 뜯었고 난 이내 부담감을 떨쳐냈다.

두려움은 대부분 허상이란다. 그냥 비웃어 주렴. 레드가 말하곤 했다.

"그게 거짓말일지 어떻게 알아?"

난 농담처럼 말하며 브라운소스가 담긴 작은 플라스틱 용기 뚜껑을 열었다.

"왜냐면 난 널 믿으니까." 그가 말했다.

날 믿는다고? 내가 누구인지조차 모르면서.

"그러니 너도 날 믿는다면 네 이야기를 더 많이 해 줄지도 모르잖아. 너무 끔찍할 것 같진 않은데, 안 그래?"

그는 아무것도 몰랐다. 그의 가장 두려워하는 것들이 실재하며, 두 사람, 마담과 킹 안에 존재한다고 알려 주면 평화로운 그의 밤은 산산이 부서지겠지.

그가 내게 따뜻한 차를 건넸다. 난 양손으로 잔을 꽉 잡고 손가락을 데웠다.

"그러니까 넌 2년 동안 집에 못 갔다는 거지? 그 시간 동안 뭘 했어?"

"네 운을 너무 믿지 마."

난 그렇게 대꾸하고 오리 조각을 입안으로 밀어 넣었다. 짭조름하면서도 부드럽고 육즙이 꽉 찬 게 정신을 차릴 수 없게 만들었다.

"우리가 왜 여기 왔는지 말해 줄래?"

"내가 쿵후를 공부하는 곳에 갈 거야. 내 스승님 두 분을 만나러."

그가 마지막 빵 조각을 입에 넣었다.

"샤오얀을 데려가지 그랬어?"

그녀의 이미지가 머릿속에서 귀찮은 파리처럼 아직 윙윙거리고 있다.

"그 애는 쿵후에 담긴 예술을 이해하지 못하거든." 그가 차에 시동을 걸며 말했다.

"난 이해할 거 같고?"

"아마도. 아니면 우리는 살인 병기로 훈련받는 게 아니라, 옳다고 여기는 걸 보호하려는 남자들이라는 걸 네가 알 필요가 있어서일 수도 있고."

난 단호한 표정을 지었다.

"나한테 왜 이러는 건데?"

"이러냐니 뭘? 난 그냥 네 친구가 되고 싶을 뿐이야."

카이가 날 이곳으로 데려온 진짜 목적이 뭔지 확신이 안 섰다. 날 잘 알지도 못하면서 벌써 내게 필요한 걸 추측했다고? 그 점이 짜증 났다. 한편으로 그는 내가 왔을 때부터 줄곧 보호 비슷한 걸 해 줬다. 어쩌면 내 친구가 되는 게 그가 바라는 전부일 수도 있다. 어쩌면 내가 바라는 것일 수도 있고. 친구…. 그리 나쁘게 들리진 않는다.

"알았어." 내가 대답했다.

"가자."

우리는 작은 거리를 따라 고대 마을로 진입했다. 카이 말이 맞았다. 옛 건물들은 근사했다. 세월이 고스란히 녹아 있는 회색 기와, 곡선이 살아 있는 지붕, 자갈로 된 거리가 날 즐겁게 해 주었다. 난 출입구 난간을 넘어 길게 줄 선 남자들과 붉은 실크로 얼굴을 가리고 부채 뒤에 숨은 여자들이 만나 서로 인사하는, 그런 광경을 어느 정도 상상했다.

킹에 대한 어떤 단서가 있는지도 눈을 크게 뜨고 살폈지만 아무것도 찾지 못했다.

우리는 마을을 나와 사방이 텃밭으로 둘러싸인 검은 타일 지붕으로 된 농가에 도착했다. 카이가 자기 스승 두 분이 이웃을 도우며 자연 속에서 살고 있다고 알려줬다.

"웅장한 이상을 품었지만 소박하게 살아가는 분들이야." 카이가 말했다.

"어떻게 만나게 된 거야?" 내가 물었다.

"어머니가 돌아가신 뒤 난 괴물이 되었지." 그가 녹색 밭에 시선을 고정했다.

"어머니가 그리웠어. 나이가 들수록 난 더 가만히 있지 못했지. 그래서 사고를 많이 쳤어."

엄마가 세상을 떠났을 때를 떠올려 봤다. 난 학업에 열중하고 아빠 회사에서 일하며 고통을 덮기 위해 무엇이든 했다. 어쩌면 카이와 난 생각한 것보다 공통점이 많을지도 몰랐다. 갑자기 그의 사연에 더 관심이 갔다.

"뭘 때려 부수면 도움이 될 거로 생각했어. 그래서 아버지의 말을 거스르고 송 밸리로 왔지. 밖을 배회하는 날 두 분이 찾은 거야. 난 스승님께 쿵후를 배우고 싶다고 했어. 강해져서 고통을 잊고 싶다고. 그러자 도장에 있는 것들을 주먹으로 때리고 차면서 어머니를 잃은 슬픔이 사라지면 다시 찾아오라고 하셨어. 그런 다음 날 가르쳐주겠다고."

"그러기까지 얼마나 걸렸는데?"

그의 팔뚝이 얼마나 큰지, 팔꿈치부터 손목까지 자잘하게 난 상처들을 알아차리며 내가 물었다.

"두 달. 분노와 싸움이 고통에 도움이 되지 않는다는 걸 마침내 깨닫자 두 분이 날 제자로 받아 주었어. 그게 내 첫 번째 교훈이었지. 누군가를 잃는 것의 반대는 누군가를 살리는 거라고 말씀하셨어. 우리가 죽음 대신 삶에 집중한다면 스스로와 타인을 치유할 수 있다고."

그의 이야기를 들으며 나에 대해 생각해 보았다. 그가 하는 말이 상당히 일리 있었다. 어쩌면 내가 아직도 중국에 있는 건 물건처럼 팔려 다닐 소녀들을 구하고 경제 위기를 막으려고 챈을 도우면서 내 고통을 치유하기 위해서일지도 몰랐다. 어쩌면 지난 1년 반이 치유될 수도 있었다. 어쩌면 나도 치유할 수 있을

지 모른다.

카이가 차를 세웠다.

"스승님인 상 형제들이 내 인생을 바꿨어. 우리 아버지와는 아주 다른 분들이야. 어머니가 돌아가신 뒤 아버지는 금융 시장을 상대로 싸웠고 승리하셨지. 아버지에게는 잘된 일이야. 하지만 결국 아버지가 어떻게 됐는지 봐. 지금 아버지는 내가 그 길을 따르길 바라. 자신이 행복하지 않더라도. 예전에 알던 우리 아버지가 아니야."

카이가 고개를 저었다.

"엄마가 죽고 나서 우리 아빠도 똑같았어."

내 말에 카이가 놀란 표정을 지었지만, 난 이상할 정도로 침착했다. 누구에게도 아빠의 슬픔을 말해본 적이 없었다. 무슨 영문인지 그걸 입 밖으로 꺼내는 게 옳다는 느낌이 들었다. 자연스러운 거라고. 그가 날 이해할 거라서 말하는 거고 다른 사람에게 이야기를 옮길 걱정도 없다고 스스로 인정하고 있었다.

그러나 아빠 이야기를 털어놓는 걸 내 귀로 듣고 있자니 좀 이상했다. 나는 아빠를 사랑했으나 솔직히 아빠는 챈과 같은 길을 걸었던 사람이었다. 한 번도 내가 벌어다 준 돈을 쓰도록 허락해 주지 않았다. 그저 더 많이 벌길 원했을 뿐. 아빠가 예전의 자아로 돌아갔다면 우리 모두에게 좀 더 시간이 있지 않았을지, 궁금했다. 물론 절대 알 수 없는 일이었고 계산해 봐야 소용도 없었다.

카이가 손에 열쇠를 들고 날 쳐다보며 다른 질문을 할지 말지 고심했다.

내가 대신 결정해 주었다.

"더 이상의 질문은 사양하겠어."

난 차에서 내렸다. 다행히 카이도 내 가족에 관해 입도 벙긋하지 않고 내렸다.

카이는 나를 수풀이 울창한 작은 돌길로 안내했다. 길 끝에 나무 모형들이 잔뜩 보이고, 시멘트 바닥에는 대나무 막대가 솟아 있으며, 커다란 사각형 돌들과 밧줄로 감싼 펀칭백이 매달려 있는 장소에 도착했다.

남성 두 명이 우리를 마중 나왔다. 소박한 농부의 옷차림이었다. 진한 청 재킷과 바지, 흰 티셔츠, 맨발에 검은 우븐 슈즈를 신고 있었다. 그들은 천천히 걸었다. 난 외모에 속지 않는다. 10초 만에 난 그들을 적으로 만들어서는 안 되는 충분한 정보를 파악했다.

그들은 나보다 조금 더 키가 컸지만, 둘 다 그 키의 평균 남자들보다 상체가 두 배는 더 컸다. 두 사람 모두 발끝으로 가볍게 걷는 걸로 봐서 정확한 균형 감각의 소유자다. 여가시간에 주먹으로 돌을 박살 내는 듯 손은 거칠고 굳은살이 여기저기 박였다. 외모를 제외하고 그들의 자신감 넘치는 표정이 아무것도 두려워하지 않는다고 말해 주었다. 이 남자들은 사자였다.

숫자가 내게 그들이 위협적이지 않다고 알려줬지만 난 곧장 카이 가까이에 붙었다.

놀랍게도 그들은 위대한 사자가 그런 것처럼 내 두려움을 감지했다. 그들은 내 쪽으로 다가오는 대신 인정하고 물러섰다.

그들은 양처럼, 레드의 친절함처럼 점잖아졌다. 난 경계심을 내려놓았다. 이 정도의 점잖음과 힘의 조합을 지닌 남자는 찾아보기 어렵다. 그들은 자기들의 강함을 알지만, 신뢰를 얻기 위해 곧장 그걸 내려놓을 수 있는 사람이다. 난 카이의 첫 번째 교훈이 기억났다.

싸움이 고통을 치유할 수 없다.

그 즉시 난 그들을 좋아하기로 마음먹었다.

"피닉스 메이메이(meimei 妹妹 여동생)."

둘 중 형으로 보이는 사람이 말했다. 그가 팔을 들더니 왼손이 오른손 주먹을 가리는 전통적인 쿵후 인사 자세를 취했다.

"전 마스터 상 타오, 이쪽은 제 동생 마스터 상 한입니다. 누추한 곳까지 와줘서 고마워요."

난 그들이 쓰는 방언을 알아들었다. 레드가 쓰는 말과 똑같았다.

송 밸리가 레드의 고향일까?

나도 주먹을 감싸고 그의 인사에 존중을 표했다.

"고맙습니다. 진정한 두 쿵후 스승님의 집에 오게 되어 영광입니다."

"샤오 카이가 우리 얘길 과장했나 보군요. 안타깝지만 쿵후의 고대 전통은 죽어가고 있어요. 세상에 우리가 있을 곳은 없답니다. 지금 우리는 그저 농부일 뿐이지요."

"쿵후는 어째서 죽어가고 있나요?"

"고대 쿵후는 죽음에 이르는 기준을 낮췄어요. 쿵후는 옳음, 순수함, 정의를 대변합니다. 우리를 필요로 하는 곳이 전보다 크게 줄어들었지요. 그 탓에 어둠 속에서 비틀거리듯 어디에도 정착하지 못했습니다. 우리는 오로지 한 가지, 즉 목표만을 바랐지만 그걸 찾지 못한 거랍니다."

그의 말이 슬프게 들린 건 나 역시 예전 인생에서 목표를 찾으려고 했기 때문이었다. 우리에게 유일한 해답은 새롭게 시작하는 것뿐이었다.

"오늘 우리 전통 너머의 마음을 보실 수 있길 바랍니다." 그의 동생이 말했다.

"네. 그럴게요." 대답하면서 내 머릿속은 가능성으로 요동쳤다.

남자들을 따라 스파링용 실내 마당으로 들어갔다.

"당신을 위해 준비했답니다."

마스터 상 타오가 뜨거운 차, 방금 깎은 과일, 다양한 견과류, 육포가 놓인 테이블에 앉으라고 손짓했다. 테이블 옆으로 단단한 둥근 베개가 보였다. 난 다시 인사하고 자리에 앉아 다리를 앞으로 꼬았다.

한편 카이는 축구공만 한 돌을 집어 들고 장난스러운 표정으로 내 쪽으로 걸어왔다. 그는 돌을 내 옆에 놓고 말했다.

"우리를 볼 때 이 돌을 염두에 둬."

그가 이 공간 너머 정원에 차곡차곡 쌓인 계단식 돌 위로 흘러내리는 작은 폭포를 가리켰다.

"저 물도."

두 스승이 좁은 복도를 따라 나갔다.

"돌과 물을?" 내가 눈썹을 들썩였다.

"뭔가 은유적인 이야기를 하는 거야?"

카이가 웃었다.

"있잖아, 누군가가 얼마나 강인한지는 팔뚝만 봐도 알 수 있어." 그가 자기 팔 아래쪽을 두드렸다. "멍이 들고 뼈에 굳은살이 박이며 팔뚝이 단단해지고 나무, 벽돌, 뼈 등을 부술 만큼 강해지는 거야. 쿵후는 근육이 전부가 아니야."

카이가 길게 숨을 고르더니 팔을 펼쳤다. 그리고 서예를 하듯 팔로 부드럽게 공기를 갈랐다.

"쿵후는 돌처럼 단단한 규칙과 미덕, 내면의 집중에 관한 거야. 또한 물과 같아. 유동적이고 부드럽고 빠르고 잡을 수도, 부술 수도 없지."

"물과 같다는 게 무슨 의미야?" 난 동의하는 척하며 물었다.

"일어나 봐, 내가 보여줄게." 그가 말했다.

스파링하는 곳 주변을 감싼 턱 위로 뛰어오르며 카이는 손가락을 물에 담갔다.

"쿵후에는 두 가지 방어법이 있어. 물과 바위야. 물은 누군가 자신보다 더 강인한 팔을 가지고 있을 때 쓸 수 있어. 물 주변으로 이동하며 움직임을 피하는 거지." 그가 손끝의 물을 털었다.

"팔을 들어봐."

그의 주먹이 내 쪽으로 왔고, 그는 내 팔을 자기 팔과 같이 미끄러지도록 하면서 내가 주먹에 맞지 않도록 피하게 했다.

"넌 이 기술을 배워야 해. 하지만 네가 더 강한 경우 바위를 적용해서 그들의 움직임을 막는 거야. 단순한 방어가 공격으로 바뀔 수 있지."

“넌 쿵후가 남을 다치게 하려는 목적이 아니라고 했잖아.” 내가 그에게 일깨워 주었다.

“그 말이 맞아. 쿵후의 근본 가르침은 8가지 손으로, 핵심은 8개의 방어 기법이지. 그런 다음에는 또 다른 방어 기법인 36가지 팔꿈치가 있어. 모두 방어야. 36가지 팔꿈치는 하나의 연결 동작으로 배워. 움직임을 연결하는 법을 배우는 게 핵심이야. 이걸 할 수 있는 사람은 그리 많지 않아. 하지만 네가 할 수 있다면 연결 동작 덕분에 한 번에 많은 사람과 싸울 수 있어.”

“넌 그 연결 동작은 다 익혔어?” 호기심에 내가 물어봤다.

“거기다 쿵후는 겸손에 관한 학문이지.” 카이가 활짝 웃었다. 굳이 내게 답을 알려줄 필요가 없었으니까.

“자, 이제 옷을 갈아입고 올게.”

그가 몸을 돌려 스승들이 갔던 복도로 걸었다.

세 사람이 검은색과 흰색 쿵후 도복을 입고 돌아왔다. 그들은 곧바로 몸을 풀었다. 팔로 나무 모형을 내리치고 물 흐르듯 펀칭백 주변으로 움직였다.

그들은 내가 알아차리기도 전에 스파링을 시작했다. 바위 같은 방어와 물 같은 유연함을 자세히 살폈다. 매번 그들의 움직임은 카이가 말한 그대로 정확하게 실행됐다. 프랫에서 벌어진 남자들의 싸움은 그저 잔인했고 누구든 주먹이 빠른 쪽이 승리했다. 하지만 쿵후는 수학적인 춤처럼 보였다.

카이가 우아하게 움직였다. 그의 발걸음이 너무 가벼워 눈을 감으면 아무 소리도 안 들릴 것 같았다. 팔의 모든 근육이 풀려 그 위용을 드러냈다. 그는 고개를 똑바로 들고 마음속에 하나의 목표만 있는 사람처럼 집중했다. 하지만 그 목표 뒤에는 고요함이 자리하고 있었다.

스파링이 한층 역동적으로 변했다. 움직임은 여전히 매끄럽고 마치 춤사위 같았으나 숨소리가 차츰 거칠어지더니 가을에 한바탕 몰아치는 바람 소리처럼 들렸다. 그러다 카이가 나를 흘긋 바라봤다. 구슬땀이 맺힌 얼굴의 그는 두 스승이 함께 그에게 덤비기 직전 내게 미소를 지어 보였다. 36가지 팔꿈치 기법을 지금 사용하는 중일까? 평범한 싸움꾼은 카이의 상대가 되지 않을 게 분명했다. 하지만 스승들은 수련이 잘 되어 있는 데다 너무 강했다. 카이는 7분 3초간 그들을 막았고, 곧 내동댕이쳐졌다.

스파링이 끝났다. 세 사람 모두 땀 범벅이었지만 누구도 지쳐 보이지 않았다. 내가 박수로 환호하자 그들이 인사했다.

카이가 행복한 표정을 지으며 다가왔다.

"어땠어?"

"인상적이야." 내가 대답했다.

"쿵후가 내 관점을 조금 바꿨다는 걸 인정할게."

그는 자랑스러운 눈빛을 뽐냈다.

"우린 씻으러 갈게. 금방 나올 거야." 그들은 다시 복도로 걸어갔다.

난 마당 주변을 살피다가 벽에 걸린 여러 가지 명판을 쳐다봤다. 송 밸리의 역사가 담긴 두루마리가 이목을 끌었다. 난 자리에서 일어나 기사를 살피고 도시의 지도를 꼼꼼히 살폈다. 식은 땀이 척추를 따라 흘렀다. 내 눈가리개가 벗겨지는 순간이었다.

킹. 난 그의 고향에 와 있었다.

나는 벽에 붙은 송 밸리의 지도에 최면에 빠지듯 심취했다. 전 왕조의 폐허 유적지로 여기서 터널이 시작되었다. 킹과 레드의 고향이 이곳이었다. 난 이곳 전부를 다녀본 게 아니라 내 계산보다는 규모가 작았지만, 지도에 보이는 거리는 머릿속에서 이미 파악해 둔 지도와 완벽하게 맞아떨어졌다. 뒷길로 달리면 프랫과 포트, 송 밸리로 빨리 들어올 수 있고 게다가… *창고가 여기서 불과 몇 분 거리에 있었다.*

오늘이 기회일까?

킹과 아주 가까이 있다고 생각하니 속에서 두려움이 꿈틀거렸다. 내 일부는 멀리 도망치라고 외쳤다. 하지만 우연히 일어나는 일은 없다. 적어도 레드는 그렇게 믿었다.

작은 테이블 옆에서 향초가 타고 있었다. 성냥 한 갑이 그 옆에 놓여 있었다. 난 그걸 집어 주머니에 넣었다. 결심했다.

그 기록을 가지러 가야 했다. 그리고 어떤 화물이라도 있다면 챙긴 다음 그 자리에 불을 질러버릴 셈이었다.

카이가 돌아왔을 땐 날이 어둑어둑해진 후였다. 그는 슬랙스와 진회색 버튼 다운 셔츠로 갈아입었다. 우리는 10분 동안 고마움을 전한 뒤 고개를 숙이며 작별 인사를 하고 다시 만날 계획을 세웠다. 그 시간이 영원처럼 길게 느껴졌다.

마침내 우리는 차에 도착했다. 카이가 자동 개폐장치를 눌렀고 난 올라탔다.

그가 자리에 앉기도 전에 내 입에서 말이 튀어나왔다.

"우리 드라이브 할래? 항구는 어때?"

어두운 밤이었지만 난 선글라스를 쓰고 스카프로 머리를 감싸고 있었다. 카이는 내게 우습다는 표정을 지었다.

"좋아."

그가 내 표정을 살피며 대답했다. 엔진이 굉음을 내며 살아났다.

차를 몰며 카이가 이 지역 역사에 대해 알려 주었다.

"여긴 고대부터 있던 마을이야. 송 왕조 때의 오랜 전설이 남아 있지. 그래서 송 밸리라는 이름이 붙었어. 전에는 오래된 항구 마을이었는데 삼각주가 해안 대부분을 침식시켰어. 서쪽으로 조금 더 가면 옛 항구 자리에서 돌 구조물을 볼 수 있어."

그는 무지할 정도로 프랫을 묘사했다. 중국 정부에서 낡은 막사 같은 건물에 지하 묘지가 있고 그걸 어떤 용도로 사용 중인지 알았더라면 좋았을 텐데.

난 말없이 고개만 끄덕였다. 그에게 이곳의 역사를 더 말해 줄 수 있었지만 하지 않았다.

"새 항구는 축구 경기장 500개를 합친 것만큼 커."

그가 갑자기 말했다. 그리고 그는 예상치 못한 정보로 날 놀라게 했다.

"옛 항구는 지금 사유지야. 유 챈이라는 사람이 소유하고 있어."

"유?" 내가 물었다.

"킹이라는 남자의 소유인 줄 알았는데."

"그럴 수도 있어. 마을에 사고가 난 뒤 토지분쟁이 있었거든.

실제 소유주인 유가 실종되는 바람에 청구가 취하되었지. 토지가 팔렸다면 증서는 절대 등록되지 않았을 거야.”

“어떻게 그렇게 여기를 잘 알아?”

난 머릿속에 진짜 소유주의 정확한 위치를 찾아야겠다고 메모하며 물었다.

“우리 아버지 덕분이지. 아버지는 여기에서 벌어진 모든 일을 추적하셨어.”

“너희 아버지는 어째서 송 밸리에 그렇게 관심이 많은 건데?”

“나도 몰라. 아버지는 항구가 여기 있는 걸 싫어해. 갱들이 여기 산다고 생각하거든.”

그는 웃으며 어깨를 으쓱였다.

“어디서 그런 소리를 들으셨는지 몰라.”

확실해졌다. 챈은 프랫에 대해 아들에게 말하지 않았다. 참 다행이었다.

우리는 항구 정문에 도착했다. 카이가 모퉁이를 천천히 돌아 차를 세웠다.

“여기서 일하던 사람을 알아.”

난 항구를 가리켰지만, 시선은 창고로 향하는 작은 길로 가 있었다.

“잠시 들러 인사하고 가도 될까?”

“뭐라고? 친구 같은 사이야?” 그가 물었다.

“왜, 충격 받았어?” 내가 짓궂게 반문했다.

친구는 당연히 적절한 말이 아니다. 하지만 난 카이가 연루되는 걸 원치 않았다.

그는 날도 어두운데 돌아다니는 건 좋지 않은 생각이라고 말하려는 듯 보였는데, 그 순간 그의 휴대전화가 울렸다. 목소리가 달라지고 눈썹이 올라가는 걸로 봐서 중요한 전화다.

"15분만 줄래?"

내가 조용히 속삭였다. 그가 어쩔 수 없이 고개를 끄덕이면서 시간이 좀 걸릴 것 같다는 듯 손으로 전화기를 가리켰다. 잘됐다.

우선은 슬쩍 살펴보기만 할 거다. 내 계산에 의존해야 한다. 위험할 확률이 낮은 경우에만 전진하고 안전하지 않으면 후퇴할 생각이다.

난 차에서 내려 뒤쪽 화물 출입구로 걸었다. 거기 작은 웅덩이가 있길래 부츠에 진흙을 슬쩍 묻혀 카이의 차 번호판을 가렸다. 가드 산이 쓰던 방식이었다.

나무가 있는 공터를 가로질러 창고로 가는 길로 접어들었다. 커다란 회색 건물이 나타났다. 창고다. 1분간 규모를 계산한 다음 전략을 수정했다.

창고의 문들은 활짝 열려 있었다. 안에는 커다란 금색 글자로 '골든 쉬핑'이라고 적힌 컨테이너가 놓였는데 화물을 수송하는 마담의 회사 이름이다. 이제 반드시 안으로 들어가야만 했다.

창고 안을 먼저 살펴보았다.

산업용 형광등이 내부를 환히 밝혔다. 세 사람이 보였다. 가드 유니폼을 입은 두 사람은 카드 게임 중이다. 담배를 피우는 한 명은 과체중이고, 다른 한 명은 휴대전화를 보고 있었다. 가드들은 잔뜩 경계하는 법이 없다. 열심히 일하는 사람은 보공뿐이었다. 심지어 당시에도 그는 뭔가 옳은 일을 하려고 했었다.

세 번째 남자야말로 주의가 필요한 인물이었다. 그는 창고 주변을 돌아다니며 무언가를 열심히 찾고 있었다. 전에 본 적이 있는 사람인지 아닌지 가늠할 수 없었다. 외국인에 키가 크고 머리카락이 검었다. 구매자일 수도 있다. 아니면 동업자거나. 어느 쪽이든 꼭 위협적이라고 여길 필요는 없었다.

아직 내 머릿속에 창고의 전체 규모 기록이 남아 있다. 전에 이곳을 측정하고 탈출 계획을 세운 적이 있으니까. 안에 들어갔다 나오는 건 문제없었다. 사실 모든 방정식이 내게 진행해도 안전하다고 말해 주고 있었다.

목표 시간을 11분으로 잡았다. 자료와 일지를 챙기고 만약 여자애들이 있는 경우, 다시 계산해야 한다. 가드와 정문 사이 거리는 12.192미터. 다른 남자가 창고 뒤쪽을 돌고 있다. 난 가까이 다가갔다.

가드들을 지나치는 건 식은 죽 먹기다. 심지어 지금도 전혀 위협이 느껴지지 않는다. 29퍼센트 과체중인 가드는 오른쪽 다리에 하중을 실었고, 다른 한 명은 아직도 휴대전화에 빠져 있다. 필요한 경우 그들을 모두 앞질러 달릴 수 있다. 정장을 입은 세 번째 남자는 호리호리해 보이지만 창고 남쪽의 또 다른 세상에서 길을 잃은 듯하다. 그가 정신을 놓고 있는 걸 기뻐하며 난 반대 방향으로 갔다.

첫 번째 컨테이너로 살금살금 다가갔다. 문이 열려 있고 안은 비었다. 반쯤은 안심했지만, 성에 차지 않아 다른 컨테이너도 확인했다. 비었다. 철제 상자만 나뒹굴고 있었다. 전부 X 표시가 되어 있고 나사로 봉해뒀다. 무기, 마약 아니면 직물일까?

창고를 3분 45초간 살펴봤지만, 화물이나 다른 범죄의 흔적을 찾을 수 없었다. 그래서 사무실 쪽으로 방향을 틀었다. 자료와 일지가 꼭 필요했다.

내가 목표로 한 11분이 거의 다 됐다. 카이를 걱정시키고 싶지 않았다. 아직 3분 남았다. 1분은 일지를 챙기는데, 2분은 몰래 빠져나오는 데 쓰면 된다. 할 수 있다. 난 사무실을 향해 전력 질주했다.

그때 갑자기 고함 소리가 들렸다.

"여긴 개인 사유지입니다!"

그들이 날 지칭한 줄 알고 화들짝 놀랐다. 날 알아차릴 수는 없는데? 슬쩍 살피니, 카이가 모퉁이에서 두리번거리며 친구를 찾는다고 말하는 중이었다.

"맙소사, 날 쫓아온 거야?" 탄식이 절로 나왔다.

"내가 15분이라고 했는데."

사람들은 어째서 늘 정확한 내 계획을 망치는 거지?

내 방정식이 다시 계산에 들어갔다. 전부 음수다. 시간을 끌 방법이 없다. 가드 두 명이 문 앞에 나타나 상황이 더 안 좋아졌다. 그들에게 정체를 들키지 않으려면 저기로는 나갈 수 없다. 선반과 상자들 사이를 통과하면서, 카이가 뒤로 물러나면서도 여전히 시선으로 날 찾고 있었다. 그러다 그가 다시 길로 들어서는 걸 확인했다. 정장을 입은 세 번째 남자가 보이지 않았다.

"문 닫아."

휴대전화를 보던 남자가 다리를 다친 가드에게 외쳤다. 그가 자동문을 누르자, 셔터가 아래로 내려왔다. 오직 뒷문만이 유일한 탈출구다.

난 재빨리 복도로 내려갔다. 경보기가 큰 소리로 울리며 자동 잠금을 알렸다. 크게 찰칵하는 소리와 함께 사무실 문이 잠겼다. 뒷문도 닫혔다.

안 돼! 난 빠져나가야 한다고! 여기 갇힐 수 없어!

뒷문은 버튼식 잠금장치가 아니었다. 옛날식 자물쇠다. ID나 열쇠를 사용해야 했다. 난 모퉁이 주변, 창고 더 깊은 곳에 섰다.

생각해. 왼쪽으로 3미터를 가면 화장실이 있다. 발걸음 숫자와 목소리가 들리는 거리로 봤을 때, 숫자는 두 가드가 나와 4.57미터 떨어져 있고, 날 아직 못 봤다는 사실을 알려 주었다.

화장실로 갈 수만 있다면 창문으로 빠져나가면 된다. 이 모퉁이를 돌면 들키지 않을 확률은 줄어들지만 도망칠 시간은 충분하다. 시도해 볼 만했다.

오른발을 내딛으려는데, 누군가가 외쳤다.

"거기 서!"

그 목소리다. 저 목소리, 들은 적이 있다. 양복을 입은 남자일까? 난 몸이 굳어서 주변을 살폈다.

도망쳐, 멍청아. 하지만 그럴 수 없었다. 숫자들이 미쳐 날뛰었다.

살짝 억양이 있고, 그의 아버지처럼 낮은 목소리. 그럴 수가 있나? 난 머뭇거렸고 그러다가….

남자가 내 손목을 잡아챘다. 난 발버둥 쳤고 선글라스가 바닥으로 떨어졌다. 그는 분명 전문적으로 훈련받은 사람이 아니었다. 동작이 허술했다. 난 재빨리 결박에서 벗어났다.

도망쳐야 하는데 갈색 곱슬머리, 녹색 눈동자와 보조개가 날 멈춰 세웠다.

바로 그였다. 라파엘, 내가 믿어도 된다고 생각했던 유일한 소년.

CHAPTER 23

과거 : 밀라

중국 상하이, 프랫

킹을 위해 일하는 날들이야말로 가장 끔찍했다. 거기서 오는 죄책감이 너무 무겁고 너무 더러워서 따로 떼어 놓기까지 며칠이 걸렸다. 땅 위로 잠시 올라올 수 있다는 것만이 유일한 보상이었다.

갈색 연무가 낀 흠집 난 하늘 위로 상하이의 태양이 지는 오늘 밤, 검은색 메르세데스 한 대가 멈춰 섰다. 선팅한 창문이 열리고, 자욱한 연기 뒤로 아는 목소리가 들렸다.

"어서 타."

검은 피부에 상처가 난 얼굴이 갈색 미소를 지었다. 그는 내게 윙크했다. 킹이 윙크할 때마다 매번 그랬듯 혐오감에 몸서리를 쳤다.

가드 산의 커다란 손이 내 팔을 잡았다. 그가 내려다보자, 험악한 인상이 드러났다.

"서둘러, 킹이 한 말 들었잖아."

나는 차 안의 자욱한 담배 연기에 갇혔다. 가죽 시트에 앉아 본능적으로 안전벨트를 찾았지만 없었다. 언제나처럼 좌석 아래로 내려져 있다. 뭐 하러 벨트 따위를 신경 쓰는 거지?

차량 두 대가 우리 앞에 있다가 모퉁이를 돌아 사라졌다. 우리는 다른 배달을 위해서 항구로 가는 중이다.

프랫을 벗어날 때 모래와 먼지가 우리 주변을 덮쳤다. 일곱 개의 빌딩이 모여 있는 곳을 지나갔다. 건물들은 작은 아시아 유령 마을처럼 한데 모여 있었다. 비록 모두 용도를 상실했지만, 그 안에는 아주 복잡한 조직이 철저히 숨겨져 있다. 3번 건물은 거래용이었고, 7번 건물은 프랫으로 들어가는 입구였다. 등대를 제외한 나머지는 저장소였다.

시멘트 블록의 잔해, 낡은 6.1미터짜리 혹은 TEU라고 칭하는 컨테이너 유닛의 부서진 골조가 바닥에서 비바람을 맞고 있었다. 킹은 이 고철 처리장을 자신의 왕국이라고 불렀다. 주도로에 접어들자, 가드 산이 내게 소리쳤다.

"눈 가려."

"오늘 누가 오는데요?"

난 눈가리개를 착용하며 물었다.

킹은 두 당사자가 한 계약서에 서명하는 며칠 동안 날 여기로 데려왔다. 그는 모든 거래에서 자신이 갑이라는 걸 확인하기 위해 내 눈과 숫자가 필요했다. 누구도 내가 누군지 묻지 않았다.

난 프랫 밖으로 나올 수 있어서 끔찍하면서도 기분이 좋았다.

"알렉시와 체사레."

난 이름을 듣고 놀랐다. 알렉시는 마담의 러시아 대리인이다. 그는 마담이 거느린 일곱 명의 리더 중 한 명으로 위험한 인물이었다. 최근 그는 중국에 아주 오래 머물렀다.

체사레 디 수사라는 남자는 뚱뚱한 이탈리아인으로 쾰른에서 활동하며 각종 범죄에 가담하고 있었다. 본래 체사레는 킹과 같은 밀수업자였으나 마담의 제국에서 무시당하는 부류였기에 소모품으로 전락하고 말았다. 그는 킹이 제공하는 급전 때문에 여기에 와 있다.

체사레는 중국 물건을 이탈리아로 수출하고 간간이 킹을 통해 마담에게 가는 수금책 일도 했다. 킹의 동료를 통틀어 가장 거만하지만 제일 존재감이 떨어진다. 그런 점에서 햇살 같은 웃음을 지닌 라파엘의 아버지라는 사실이 믿기지 않는다.

"아, 그래요?" 난 아무렇지 않게 행동하려고 애썼다.

"체사레의 아들도 오나요?"

"라이(lai 來 온다)."

가드 산이 비릿한 웃음을 지으며 대답했다.

라파엘은 열일곱 살로 나보다 두 살 더 많다. 여기 있는 11개월 동안 처음 본 내 또래다. 그가 처음 프랫에 왔을 때, 난 그에게서 눈을 떼지 못했다. 성긴 갈색 곱슬머리, 상록수 같은 초록색 눈동자, 커다란 보조개.

자기 아버지가 어떤 도둑인지 제대로 모른다는 거만 빼면 똑똑했다. 난 그를 비난하지 않았다. 사랑에 빠져 아무것도 안 보였으니까.

라파엘은 미팅 자리에 결코 참석하는 법이 없었다. 그와는 두 번 정도 이야기를 나눈 적이 있는데, 그 내용으로 미루어 볼 때, 그는 자신의 아버지가 킹과 합법적인 사업을 하고 있다고 진심으로 믿고 있었다. 체사레도 그렇게 생각하고 있을지도 모른다. 비록 그럴 경우의 수는 아주 낮지만 말이다.

그런데 체사레가 이 정도로 순진하다는 건 라파엘은 더 순진하다는 의미였다. 그들에게 난 킹의 동업자였다.

차가 창고를 지나고 주 항구로 진입한 뒤 도로 끝에 도착하자, 그들이 내 눈가리개를 풀었다. 상하이항은 그 자체로 거대한 바다와 같았다. 커다란 컨테이너선이 기둥마다 정박해 대롱거리고, 수천 개의 TEU가 체계적으로 줄지어 있으며, 많은 자동차, 트럭, 크레인, 장비가 화물을 싣고 내린다. 세계에서 가장 큰 항구인 이 금속과 철의 범주 안에서 은밀한 일이 이루어지는 건 놀라운 게 아니었다.

우리는 킹의 개인 부두에 차를 세웠다. 차가 멈추자, 갑자기 어지러웠다. 숫자들이 머릿속에서 폭주했다. 정신을 차리려고 가드 산의 팔을 꽉 잡았다. 가끔 내가 이해할 수 있는 속도를 훨씬 넘어 머릿속 계산이 이루어진다. 숫자는 나보다도 먼저 일어날 일을 안다.

난 억지로 눈을 뜨려고 했다. 이런 일이 생겼을 때 잘 살피겠다고 레드와 약속했다. 내가 부두에 집중하자 숫자가 주변에 대해 알려 주었다.

거리, 높이, 속도, 소리까지 반경 30.48미터 내의 모든 것을.

처음에는 배, 그 규모, 보트를 내리는 남자들, 램프로 오는 컨테이너들, 밸러스트 제어, 차분한 바다, 킹의 동업자들, 그들의 차량 번호판, 일자, 새벽 12시 45분, 일요일, 오늘 밤에 일하는 작업자의 수가 평소보다 많다는 점, 대부분이 내가 모르는 사람이라는 점을 기록하고 등식에 적용했다. 목록이 작성되고 있었다.

모든 게 잘못됐다. 숫자는 여태 킹에게 잘못됐다고 말한 적이 없었다. 솔직히 그가 하는 모든 게 잘못된 거였으니까.

머릿속에 변수들, 가능성, 예측이 몇 초 만에 쭉 펼쳐졌다. 그걸 전부 계산하느라 난 이내 속이 메스꺼워졌고 그러다 숫자의 범위가 보트 자체로 좁아졌다.

음수다.

저 배는 위험했다. 아직 그 이유를 확신할 수가 없었다.

숫자가 머릿속에서 방정식을 돌리는 동안 난 주변을 둘러보았다. 특이한 점은 보이지 않았다.

킹이 먼저 내려서 배로 걸어갔고 우리에게 따라오라고 손짓했다. 그가 세관 서류에 서명하고 마담 대신 현찰을 받으면 가드들이 컨테이너를 챙겨서 창고로 가져간다. 그 사이 킹은 언제나처럼 보트 위에서 거래를 마무리한다.

킹은 감히 반항할 수 없는 카리스마를 보이는 인물이기에 내가 저 배에 오르지 않아야 하는 합당한 이유를 찾아야 했다. 아직은 머릿속의 부정적인 숫자들이 가지 말라고 하는 게 전부였다. 그걸로는 부족했다.

가드 산이 날 위해 차 문을 열어줬다. 난 움직이지 않았다. 그가 안을 들여다볼 때, 난 고개를 저었다. 산이 재빨리 눈치채고 내가 머뭇거린다는 걸 간파했다. 그가 건물을 살폈지만, 수상한 점은 없는 듯했다.

“어서, 움직여.”

그가 차갑게 말했다. 그리고 누그러진 목소리로 덧붙였다.

“안 그러면 나도 쭉 여기 있을 거야.”

선택의 여지가 없어서 앞으로 2.54센티미터만 걸었다. 그래도 옆에 가드 산이 있어서 좀 안심이 된다. 게다가 이렇게 평범해 보이는, 전적으로 불법적인 거래에 숫자가 왜 빨간불을 켜는지 아직 몰랐다. 다만 난 여태까지의 경험으로 숫자는 거짓말을 하지 않는다는 걸 배웠을 뿐이다.

해가 지평선 아래로 가라앉자, 부두에 불이 켜졌다. 우리는 갑판 위를 걸어 컨테이너에서 짐을 내리는 광경을 지켜보았다. 난 곧장 나무 벤치가 있는 작은 객실로 안내되었고, 괜찮은 거래인지 확인하기 위해 날 부를 때까지 그곳에서 기다려야 했다. 다른 가드 한 명이 근처에 서 있었다. 킹은 내 옆에 서류 가방을 바이주 한 병과 같이 놓았다.

난 기다렸다. 배에 올랐던 적이 한두 번밖에 없긴 했지만, 다른 밸러스트 옆에 있던 배럴을 본 기억이 나지 않았다.

정확히 4분 뒤, 체사레와 라파엘이 갑판 위로 걸어왔다. 킹이 그들을 맞이하며 악수했다. 체사레의 기름진 검은 머리가 부두의 빛을 받아 반짝였고, 3미터나 떨어져 있는 나한테까지 술 냄새가 풍겼다.

반면, 라파엘에게서는 상큼한 향기가 났다. 그는 고개를 돌려 주변을 두리번거렸다. 아마 날 찾는 거겠지. 같은 또래의 사람이 서로에게 관심을 쏟는다는 게 참 우습다. 마침내 그가 날 찾았다. 우리는 시선을 마주쳤다.

처음 라파엘이 프랫에 왔을 때, 체사레와 킹은 거래 전 사적인 부분을 논의하고 있었다. 체사레가 아들이 미팅에 참석하지 못하게 막은 걸로 봐서 잠시 도덕적 딜레마에 빠졌던 것이 분명했다. 그날 3번 빌딩의 잠긴 방에 라파엘과 단둘이 있었던 32분을 결코 잊지 못할 것 같다. 왜 그렇게 되도록 킹이 내버려뒀는지 모르겠다.

잘생긴 이탈리아 청년이 내 이름이 무엇인지와 같은, 나의 가장 은밀한 비밀을 물었을 때, 난 그 자리에 얼어붙어 멍하게 있었다. 더블 에잇? 조세핀? 옥타비아? 어느 것도 내 이름이 아니었다. 그러자 그는 완벽하게 평범한 다른 질문을 쭉 늘어놓았다.

중국에서 뭘 하는지, 어디 출신인지, 어떤 언어를 구사하는지.

그 중 어느 것에도 난 대답할 수 없었다.

마침내 그가 내가 대답할 수 있는 질문을 했다.

"너 말은 할 수 있는 거지?"

"응."

난 부끄러운 웃음을 터트리며 대답했다.

내 어색함에도 그는 흥미를 잃지 않고 웃었다.

"1,000가지 비밀을 가진 소녀라." 그가 말했다.

"그럼 난 널 밀라라고 부를게. 이탈리아어로 1,000을 의미해. 바 베네(Va bene 괜찮지)?"

나는 미소를 지었다. 밀라는 발음도 예쁘고 더블 에잇보다 훨씬 나았으니까.

"좋아."

남은 시간 동안 우리는 로마와 중국 역사를 비교하고 그가 고향으로 돌아가 대학에 들어갈지, 아니면 중국에 머물면서 아버지의 수출 사업을 도울지에 관해 이야기를 나누었다. 난 그에게 고향으로 돌아가라고 강하게 권했다.

"중국도 그렇게 나쁘진 않아." 그가 날 응시하며 말했다.

"특히 내가 탐험해 보고 싶은 걸 찾았을 땐 말이야."

이후 8분간 내 뺨이 달아올랐다. 얼굴 붉히기 기네스 신기록일 거라 자신한다.

난 그와 함께했던 53일간의 밤을 생각해 보았다. 라파엘이 말할 때 보이는 손짓, 날 반겨주며 두 볼에 입을 맞출 때 입술의 온기, 우스꽝스러운 오페라 모창. 그와 시간을 보내면 다시 평범해진 것 같았다. 나는 그가 어떻게든 날 구해줄 거라는 희망으로 가득 찼다.

오늘 밤은 우리의 네 번째 대면 만남이었다.

알렉시가 배를 옆에 세웠고 난 기분이 나빠졌다. 난 절대 알렉시를 믿지 않는다. 그의 보디랭귀지는 속내와 달랐다. 그와 킹의 공통점이 있다면 주변에 있는 사람들이 전혀 안전하지 않다는 것이다.

알렉시는 내가 본 적 없는 중국 남자 두 명을 데리고 왔다. 그들을 살펴보니 옷차림이 특이했다. 옷에 이상한 광택이 돌고 있었다. 알렉시의 옷도 그랬다. 지금은 봄인데 그들은 두툼한 장갑까지 꼈다. 보트에서 물건을 내리는 일을 도울 생각일까? 뒷

주머니도 불룩했다. 저 안에 뭐가 들었을까? 알렉시가 수하들에게 컨테이너의 짐을 내리라고 명령했다. 그걸로 장갑 낀 이유는 알 것 같다. 그들 주변으로 음수가 요동쳤다.

그중 한 명이 몸을 돌렸을 때, 난 남자의 목 옆에 새긴 문신을 보았다. 중국어로 재물과 힘을 뜻하는 차이(cai 才)와 리(li 力)다. 순간 나의 세상 전부를 요약해 놓은 것 같아서 잠시 씁쓸한 웃음을 지었다.

킹이 내가 있는 객실의 유리창 없는 창문으로 몸을 구부렸다.

"더블 에잇." 그는 손가락으로 내 얼굴을 쓸어내렸다.

"고객에게 줄 서류는 어디 있지?"

"여기요." 난 고개를 살짝 내렸다.

그가 원하는 건 한 시간 안에 끝냈지만, 난 서류 준비에만 일주일이 걸렸다. 물론 그 점을 그에게 말하지는 않았다.

"좋아. 여기 있어. 결정을 내리기 전에 가드 산이 널 부를 거야. 넌 내 소속이야. 내가 대장이라고. 알아들어?"

그가 내 반응을 살폈다. 난 무조건 주인에게 복종하도록 훈련받은 개처럼 다시 고개를 숙이고 눈을 바닥으로 깔았다.

"잊지 마, 메이누(mei nu 没女 보잘것없는 애야). 돈 벌 시간이라는 걸."

킹이 갑판 아래 체사레와 알렉시에게 돌아갔다. 난 내 쪽으로 오는 라파엘에게 시선을 돌렸다. 배가 살짝 흔들리며 라파엘이 중심을 잃었지만 넘어지지 않고 중심을 잡았다. 그는 웃음을 터트리고 어깨를 으쓱였다.

"거참 이상하네."

그의 말이 맞았다. 그렇게 휘청거릴 정도로 바다가 출렁이지 않았다. 난 짐을 내리는 컨테이너에 시선을 고정했다. 킹의 수하들이 짐을 내리는 배는 알렉시의 중국인 동료들이 입은 옷과 같은 광택이 났고, 그들 역시 새로운 컨테이너를 내리고 있었다. 더 많은 숫자가 빙글빙글 돌았다.

난 창문 너머로 고개를 쭉 뺐다. 라파엘은 자기를 환영하려고 그런다고 생각했지만 사실 메스껍고 좁은 공간이 내 기분을 더 나쁘게 만들어서였다.

“차오(Ciao 안녕), 밀라.” 라파엘이 인사했다.

“거기 같이 있어도 돼?”

가드가 그를 내 객실 안으로 들어올 수 있게 해 주었다.

그의 미소가 2초간 메스꺼움을 잊게 해 줬는데, 그러다 난 문신을 한 남성이 모퉁이에서 칼로 뭔가를 찌르는 걸 보았다. 알렉시의 다른 동료가 다른 남자의 도움으로 배럴을 아래층으로 옮기고 있었다. 더 자세히 보고 싶었는데, 그때 라파엘이 환영의 인사로 내 왼쪽 뺨에 입을 맞췄다. 난 평범하게 반응하려고 했지만, 이 작은 애정 표현에서 느껴지는 혼란스러운 감정을 숨길 수 없었다. 그래서 어색하게 고개를 돌려 오른쪽 뺨도 내밀었다.

“코메 스타이(Come stai 잘 지냈어)?”

그가 내 얼굴에서 겨우 3인치 떨어져 안부를 물었다.

“난 잘 지냈어, 고마워. 넌 어때?” 나도 물었다.

매끄러운 얼굴로 흘러내린 머리카락과 눈썹 한올 한올을 보며, 난 그가 입양되었을 가능성을 계산했다. 킹과 함께 첫 위스

키 잔을 비우는 중인, 아르마니를 걸친 저 꼴사나운 인간과 라파엘이 핏줄로 이어진 사이라는 건 불가능했다.

라파엘은 시칠리아에서 보낸 휴가를 이야기해 주었다. 에트나 화산에 갔고, 배를 타고 스트롬볼리섬에 가서…. 난 알렉시의 수하들에게 계속 눈길이 가 이야기를 반쯤 흘려듣고 있다는 걸 깨달았다. 어째서 킹과 알렉시의 수하들이 특정 컨테이너에 남아 있고, 새로운 인물들이 오는 거지? 그들 모두 알렉시 밑에서 일한다면 킹의 수하들은 수적으로 엄청 열세였다. 어째서 배럴을 아래로 가져가는 걸까?

"그래서, 지노스트라까지 갔다 왔으니." 라파엘이 말을 이었다.

"난 세상에서 가장 작고, 가장 큰 항구 모두 다 다녀온 셈이야!"

"근사한데."

난 완전 딴생각에 잠겨 건성으로 대꾸했다. 뉴턴의 운동 제2법칙이 내 머릿속에서 펼쳐졌고, 갑자기 균형을 잡는 환경을 설정했다. 역동적인 시스템이 그래프로 장면을 보여주었다.

난 모든 걸 분석해 차트로 만들었다. 대형 선박의 규모, 무게, 그들이 실어 나르는 컨테이너들.

문신한 남자가 난간에 엉덩이를 올리고 앉자, 뒷주머니에 들어 있던 불룩한 것이 바닥으로 떨어졌다. 마스크처럼 생겼는데? 더 많은 남자가 아래층으로 향했다. 가드 산이 계단 옆 새로운 곳에 자리를 잡았다. 나는 이렇게 오래 경호 없이 남겨진 적이 없었다.

또다시 배가 살짝 흔들려 라파엘 쪽으로 내 몸이 기울였다. 그는 따뜻하고 강하다. 소금기와 민트 향이 났다.

난 부끄러워하며 몸을 옆으로 뗐지만, 라파엘 쪽으로 다시 딸려 갔는데 그가 멋져서가 아니다. 배를 들어 올리는 걸까? 음수 방정식이 내게 배럴에 집중하라고 알려줬다.

보트, 배럴, 추가 인원. 그리고 난 보았다. 안 돼. 계산이 눈앞에 펼쳐지는 것이 느껴졌다.

이제 내 심장은 미친 듯 빠르게 뛰었다. 우리는 배에서 내려야 한다.

무릎이 따뜻해져 내려다보니 라파엘의 손이 올라와 있었다.

"밀라." 라파엘이 입을 열었다.

"지난번 만난 후로 쭉 네 생각을 했고, 너한테 부탁할 게 있어…."

그는 적절한 말을 찾으려고 고심했다.

짜릿함이 무릎을 타고 몸으로 번져 뺨까지 달아올랐다. 그는 무슨 말을 하려는 걸까? 난 정말로, 정말로 알고 싶었다. 하지만 지금은 아니었다. 시간이 없다. 가드 산에게 말해야 한다. 하지만 그때 깨달았다. 킹이 갑판 아래에 있다는걸. 가드 산은 내 객실에서 6미터도 넘게 떨어져 있었다. 난 램프로부터 3미터가 채 되지 않는 곳에 있고.

난 탈출할 수 있다.

하지만 우선 라파엘이 나가야 했고, 그렇지 않으면 가드 산이 의심할 것이다.

"라파엘."

난 우리에게 남은 시간이 얼마인지 확인하고 재빨리 말했다.

"나가."

그가 얼굴을 찡그렸다.

"왜 그래?" 그가 실망해서 대꾸했다.

난 그 말이 얼마나 안 좋게 들렸는지 알아차리고는 고개를 저었다.

"내 말은, 우린 지금 대화할 수가 없어. 뭔가 잘못됐어."

"내가 잘못됐다는 거야?"

"아니."

찰나의 순간, 난 그에게 많은 걸 말하지 않고 뭔가를 말할 방법을 생각했다. 하지만 그건 너무 복잡했다.

"항구 산책이나 하자."

내 입에서 덜컥 그 소리가 나왔다.

그의 표정이 심각해졌다.

"미안, 또 말이 헛나왔어. 5분 뒤에 항구에서 봐, 알겠지?"

"그냥 여기서 말하면 안 돼? 우리는 배를 떠나면 안 되잖아."

난 다른 전술을 쓰려고 했다.

"물가에 세워둔 너희 아버지 차가 더 은밀하잖아. 너 먼저 가."

"나랑 이야기하기 싫은 거지?"

난 지금 다른 누구와도 이야기하고 싶지 않고, 우리가 계속 여기 있으면 다시는 이야기할 수 없을지도 모른다고 소리치고 싶었다. 하지만 그럴 수 없었다. 그 말이 나오지 않는 건 내 머릿속에서 너무 많은 일이 벌어지고 있어서다.

"그냥 가. 거기서 만나자."

하지만 그는 자리를 뜨지 않았다. 그는 내 말을 있는 그대로 들으려 하지 않고 그 속에 숨은 뜻을 해석하려고 했다. 정말, 남자애들이란!

라파엘은 실망한 표정을 지었다.

"그래. 무슨 의미인지 알겠어, 밀라. 좋아, 내가 먼저 갈게."

다행이다. 나중에 모든 걸 설명하면 된다. 이제 그가 가니까 나도 자유롭게 도망칠 수 있다.

그런데 그는 배에서 떠나지 않고 더 안쪽으로 들어갔다.

아니! 거긴 안 돼! 난 속으로 신음했다.

"라파엘…."

하지만 그는 대답하지 않았다. 그는 계단으로 향한 뒤 내가 가지 못하게 막으려고 했던 현장 안으로 들어가 버렸다.

난 의자를 내리쳤고, 손바닥이 따끔거렸다.

"배 위에선 안 돼! 아래층도 안 돼." 나는 나지막이 말했다.

"이건 습격이라고!"

CHAPTER 24

과거 : 밀라

∞

중국 상하이, 부둣가

도망쳐.

그건 끔찍한 생각이었다. 하지만 모든 수치가 지금 라파엘을 포함해 모두를 버리고 나가면 가능하다고 말하고 있다.

마지막 변수가 나타난 뒤로 난 모든 걸 확실하게 알았다. 이 배는 침몰할 것이다.

알렉시가 우리를 죽이려고 복잡한 계획을 짜서 실행에 옮겼다. 우리의 죽음을 컨테이너선 사고로 위장하려는 거다. 하지만 모든 준비가 끝난 건 아니었다.

컨테이너들은 무슨 이유에선지 체계 없이 내렸다가 실리기를 반복하고 있었다. 비록 컨테이너선처럼 크진 않았어도 우리 아빠가 보트를 가지고 있었기에 난 알았다. 모든 배에는 균형을 잡기 위한 뭔가가 있다. 밸러스트다.

이 배의 경우 짐을 마구잡이로 내리면 균형이 깨져서 한쪽으로 기울 것이고 밸러스트를 옮기지 않는 한 뒤집힐 수 있었다.

알렉시는 또 다른 요소를 추가했다. 불이다. 난 첫눈에 그들의 옷을 보고 의심했다. 녹는점이 엄청나게 높은 합성 섬유인 셀라판(selafane) 같은 반짝거림이 있었다. 방화복이었다. 그들 뒷주머니의 불룩했던 물건의 정체는 마스크였다. 장갑은 손을 보호하기 위한 것이다. 아래로 가져간 배럴에는 분명히 폭발물이 가득 들었을 것이다. 기관실에 불을 지르겠지. 그러면 완벽한 사고사가 될 테니까.

추가로 데려온 남자들은 아래층 기관실 직원들을 제압하기 위해서였다.

다른 컨테이너들이 출구를 막았다. 그들은 우리를 불 속에 가두고 배를 뒤집고 그사이 어떤 증거도 남기지 않고 탈출할 수 있었다. 이중으로 벌어질 사고였다. 진실을 밝힐 방법이 없다.

킹은 알렉시와 자주 일했으니 아무것도 의심하지 않았다. 하지만 알렉시는 늘 킹이 가진 걸 원했다. 체사레와 달리 그는 프랫 지하에 뭐가 있는지 알았다.

하지만 그들은 물품도 챙기려고 했고 아직 내려야 할 컨테이너가 두 개 더 있었다. 하나를 내리는데 2~5분이 걸린다.

내 계산이 정확하다면 3분 안에 보트의 밸러스트를 옮길 경우 배는 다시 균형을 잡을 거다. 그렇지 않으면 우리는 가라앉은 배에서 불길의 장벽에 갇힌 채 옴짝달싹 못 하는 신세가 되겠지.

문신한 남자가 노란 옷을 입은 남자에게 고개를 끄덕여 신호를 보내자, 그가 다른 선원들에게 고개를 끄덕였다. 남은 두 컨테이너 중 하나가 지금 나가고 있다.

누구도 날 감시하고 있지 않다. 지난 2년 동안 이런 기회를 기다려 왔다. 도망칠 수 있다. 자유의 몸이 될 수 있다. 내 포획자이자 마담의 아동 인신매매책이며 범죄자들의 비밀을 거래하는 킹은 여기서 죽을 거고 세상은 그로 인해 더 나은 곳이 될 것이다. 그저 앞으로 75초 안에 여기서 빠져나가기만 하면 된다. 킹은 내가 도망칠 거라고 결코 예상하지 못할 것이다. 그건 가드 산도 마찬가지고.

그런데 또 다른 생각을 떨치기 어려웠다. *라파엘이 여기 있다.* 그는 죄가 없었다. 그리고 이제 내 친구가 된 가드 산과 기관실의 사람들, 다른 가드들이 있다. 그들이 무고한 건 아니지만 죽어 마땅할 정도는 아니었다. 그들의 인생도 마찬가지로 킹에 의해 망가졌다. 그리고 레드가 있다.

내가 도망쳐도 여전히 그를 구할 수 있을까?

"아이야(Aiya 哎呀 아얏)!"

주먹을 너무 세게 쥐고 눈을 너무 꽉 감아서인지 두통이 왔다. *도망쳐.* 그들이 다음 컨테이너를 옮기기까지 20초가 남았다. 난 창고의 길을 따라 프랫으로 돌아갈 수 있다. 감시 초소의 가드는 부두에서 벌어진 소란에 신경 쓰느라 알아채지 못할 것이다.

라파엘이 나와 같이 배에서 나선다고 해도 그는 똑똑하다. 단서들을 조합해 배에 화재가 날 걸 알고 자기 아버지를 죽게 놔둔 나를 절대로 용서하지 않겠지.

자기 아버지가 인간쓰레기라는 걸 어떻게 모를 수 있을까?

바보야, 그건 그의 아버지이기 때문이잖아.

숫자가 내 머리를 점령하기 시작했다. 또 다른 배럴이 아래로 내려갔다. 남자들이 마지막 컨테이너를 옮기고 각자 자리를 잡고 배의 입구를 막았다. 여전히 누구도 내 낌새를 알아차리지 못했다.

이 미팅은 킹이 모든 가치를 움켜쥐고 알렉시를 차기 킹으로 올리려는 자리다. 전에도 이런 일이 있었지만 킹은 항상 대비해 왔다. 배신자의 최후는 죽음뿐이다. 결국은 죄의 대가를 직접 치러야 하니까. 오늘 모두가 죽을 테고 또 다른 괴물이 킹을 대신하겠지. 뭔가 조치하지 않는다면….

마음이 갈팡질팡했다. 만약 내가 여기서 킹에게 경고하면, 아무도 죽지 않겠지만 난 노예로 남게 될 것이다. 내가 도망치면 라파엘, 가드 산, 레드의 목숨이 가혹한 운명 속에 내팽개쳐질 것이다.

이제 도망칠 수 있는 시간은 10초밖에 남지 않았다. 마지막 컨테이너를 내리기까지 4분이 걸리고.

난 발밑에 있던 술을 집어 들었다. 이 행동으로 인해 프랫에 남게 되겠지만 난 자리를 박차고 나와 소리를 질렀다.

"킹!"

내 고함에 남자들이 화들짝 놀라 고개를 들었다. 난데없이 여자애가 나타났으니.

"킹이 술을 깜박했어요."

내가 큰 소리로 말했다. 난 최대한 자연스럽게 병을 흔들었다. 이런 거짓말엔 영 소질이 없지만. 가드 산이 두 걸음 만에 내 옆으로 왔다. 그가 고개를 빳빳이 들었다. 난 눈을 왼쪽으로 굴리며 남자들을 바라봤다.

"그가 서덜랜드를 까먹었을 때랑 똑같네요."

그 이름이 내 경고를 충분히 전달했길 바랐다. 서덜랜드는 석 달 전 킹을 배신하려던 라오웨이다.

가드 산은 곧바로 힌트를 알아차렸다.

"네가 가져다드리는 게 좋겠네. 아래로 내려가서 오른쪽 첫 번째 방이야."

그가 휴대전화를 꺼냈다. 곧 추가 병력이 도착할 것이다.

난 바이주 병을 들고 서둘러 아래층으로 내려가다 라파엘과 맞닥뜨렸다.

"보일러실을 찾아서 배가 한쪽으로 기울어졌다고 말해. 그들이 밸러스트를 옮길 수 있는 시간이 3분도 채 남지 않았어. 기관실에 가스가 있다고 알려 주고. 그런 다음 배에서 내려."

"뭐라고?" 그가 물었다.

"어서! 빨리 가, 부탁이야. 그리고 조용히 움직여야 해."

라파엘은 놀란 눈빛을 보내더니, 보일러실을 찾아 뛰었다.

오른쪽에 있는 작은 사무실 안 테이블에 모두 앉아 있었다. 그들은 짜증이 난 표정으로 날 쳐다봤다. 킹은 내게 인상을 썼고, 난 병을 내밀었다.

"술을 놔두고 갔어요."

그들이 전부, 특히 알렉시가 날 뚫어져라 보고 있어서 나는 잔뜩 주눅 들었다.

킹은 누구로부터 명령도 받지 않는 독불장군이지만 바보는 아니었다. 그의 오른쪽 눈이 떨렸다.

"다른 건 없어?"

"있어요." 내가 말했다.

"서류의 회계 부분에 제 이름 서명하는 걸 잊었는데, 해도 될까요?"

나는 몸을 구부려 펜을 집어 들고 서류 맨 아래를 찾았다. 회계사용 자리가 아니다. 일자를 적는 칸이다. 난 알렉시가 쳐다보지 않길 바랐다. 내 이름 대신 서덜랜드, 2분이라고 적었다.

킹은 눈도 깜빡하지 않았다.

"여러분. 서류가 준비되었습니다. 여기 있는 내 조수가 우리에게 큰돈이 들어올 거라고 하는군요. 가드 펑, 이 애를 데리고 나가 봐. 우리가 축배를 들 더 고급스러운 술을 가져오도록."

그가 날 쳐다봤다. 우리 둘 다 다른 술이 없다는 걸 안다. 그는 날 믿었다. 가드 펑이 킹의 말을 알아들었다. 킹이 체사레에게 몸을 돌렸다.

"가서 돈을 챙기시죠."

돈을 가져오는 건 킹이 아닌, 체사레의 일이었다.

체사레는 영문을 몰랐고, 가드 펑이 그 말도 알아들어서 체사레에게 따라오라고 손짓했다. 우리가 문을 닫자마자, 부서지고 쪼개지고 창문이 깨지는 것 같은 소리가 났다.

그다음에 정신없이 시끄러운 소동이 벌어졌다. 배 전체에 경고음이 울렸다.

알렉시의 수하들이 아래층으로 달려와 배럴에 불을 붙이라고 소리쳤고 킹의 수하들이 뒤를 쫓았다.

라파엘이 배의 직원들을 따라 기관실에서 뛰쳐나왔다.

"배에서 내려요! 어서!" 직원들이 외쳤다.

하지만 우리는 그럴 수 없었다. 위에선 더 많은 싸움이 벌어지고 있었다. 가드 산은 분명 많은 병력을 불렀을 거고 마지막 컨테이너가 램프를 막고 있다. 열린 컨테이너 근처에 있던 배럴 중 하나가 불꽃을 일으키며 폭발했다. 이제 우리는 정말로 배에서 내릴 수 없게 되었다.

위로 올라가는 동안 체사레도 가드 펑과 함께 싸움에 가담했다. 누군가 라파엘을 옆으로 밀쳤다. 그는 균형을 잡으며 날 잡았고, 우리는 객실 안으로 뛰어들어 바닥에 납작 엎드렸다. 연기가 공간을 채웠다.

이후 벌어진 일들을 보지 못했어도 아수라장은 14분을 채 끌지 못했고 킹의 부하들이 알렉시의 부하들을 제압하면서 끝났다. 우리가 고개를 들었을 때는 기관실 직원이 소화기로 불을 끄고 있었다. 다행히 다른 배럴에는 불이 붙지 않았다.

가드 산이 다시 이쪽으로 다가왔고 킹의 수하들이 알렉시와 문신한 남자를 에워싼 채 배에서 나갔다. 난 알렉시와 그의 일당이 우리의 새로운 프랫 메이트 3명이 될지, 아니면 더 영구적으로 고통받을 운명이 될지 궁금했다.

"나와." 가드 산이 소리쳤다.

그가 내 팔을 잡고 컨테이너 근처 킹의 차로 데려갔다. 라파엘의 눈길이 날 계속 쫓았다. 웃고 있지 않아서 보조개는 보이지 않았다. 대신 녹색 눈동자, 그 상록수 같은 눈빛이 날 비난하고 있었다. 그는 마침내 지금 벌어진 일이 순수하지도 않을뿐더러 어쨌든 내가 일조하고 있는 것으로 이해한 모양이었다.

차에 도착하기 전, 선원 한 명이 라파엘에게 달려갔다.

"이 배가 되돌릴 수 없이 뒤집히기까지 2분이 남은 상태였어요. 그들이 마구잡이로 짐을 내려서 그래요. 당신이 아니었다면, 우린 지금쯤 모두 물 밑에 가라앉았을 겁니다."

라파엘이 다시 나와 눈이 마주쳤다. 그는 자신이 한 일이 아닌 걸 알았다. 라파엘은 체사레의 손을 뿌리치고 내게 달려왔다.

"밀라, 어떻게 알았어?"

"그냥 감이 좋아서?"

"그건 불가능해." 그가 말했다.

"우리가 객실에 있을 때부터 넌 그걸 알았어. 아니야? 넌 천재, 아니 천사 뭐 그런 존재처럼 모든 걸 안 거야. 네가 우리를 살린 거야."

그 순간 난 놀라서 말문이 막혔다. 누구도 내게 그런 말을 한 적이 없었다. 누구도 그렇게 나를 자세히 살피지 않았다. 그는 쭉 신경 쓰고 있었던 것이다.

그가 날 바라보고 있었어.

내가 바라는 건 누군가 알아주는 것이고 지금 이 소년이 날 알아줬다. 어쩌면 그가 도와줄지도 모른다. 하지만 오늘 밤 이후에 가능할까?

"라파엘, 비에니(vieni 이리 와)."

체사레가 아들의 팔을 잡아끌며 상황을 설명하려고 했다.

라파엘이 몸을 돌렸다.

"이 일을 잊지 않을게, 밀라. 필요한 게 있으면 내가 도와줄게. 그러니 제발 네 진짜 이름을 말해줘."

눈으로 말할 수 있다면, 난 그에게 모든 걸 털어놨을 것이다. 하지만 가드 산이 내 팔을 잡고 있어 그의 부탁을 들어주는 건 불가능했다. 다음번에는 그에게 모든 걸 말하겠다고, 난 스스로와 약속했다.

하지만 며칠, 몇 주, 몇 달이 지나도 그를 볼 수 없었고, 내게 다시 그런 기회가 찾아올지 알 수 없었다.

CHAPTER 25

현재 : 피닉스

∞

중국, 송 밸리 창고

라파엘은 전처럼 호리호리한 체격이 아니었다. 어깨가 떡 벌어지고 이목구비가 한층 또렷해졌다. 그는 성숙해 보였고, 더 진지해졌다.

"라파엘?"

미소를 지으려고 했지만 언짢은 얼굴이 되고 말았다.

그는 근사한 정장을 차려입고 창고에 있는데 그건 한 가지, 즉 그가 근무 중이라는 걸 의미한다. 그러므로 그는 자기 아버지가 어떤 사람인지 알게 됐음에도 합류한 것이다. 난 그를 위해 내 목숨을 걸었었다. 그는 아버지와 다르다고 믿었기 때문에 내 자유도 바쳤다. 게다가 우리 사이에는 작지만 진실한 뭔가가 있지 않았나?

그는 프랫에서 내 인생이 다시 평범해질 수 있다고 믿게 해준 유일한 희망이었다. 날 알아준 유일한 소년, 유일하게 순수한 사람. 적어도 난 그렇다고 생각했다.

오만가지 감정이 다 들었다. 실망, 분노, 안타까움, 혐오. 희망도 표면으로 올라오려고 했다. 그에게 하고 싶었던 말이 목까지 차올랐다. 진짜 내가 누구고, 그들이 내게 무슨 짓을 했는지. 이곳, 이 삶에서 함께 도망치자고 간청하고 싶었다. 하지만 그럴 시간도 없고 더 지체했다가는 가드들이 여기로 올 것이다. 난 잡혀선 안 된다. 내 안의 시계가 째깍거리며 재촉했다.

난 단숨에 말했다.

"지금이 신세를 갚기 딱 좋은 때야."

라파엘은 나의 검은 머리, 화장, 옷 사이를 힘겹게 살폈다. 13초 뒤 그가 속삭였다.

"너, 밀라 맞아?"

난 고개를 끄덕였다. 그는 날 알아보곤 눈이 휘둥그레졌고 이내 엄청난 혼란에 빠졌다. 그가 여태 무슨 소리를 들었을지, 혹은 다른 이들에게 어떻게 말할지 상상할 수가 없었다. 하지만 지금은 설명할 시간이 없다. 그는 내가 죽지 않은 걸 분명히 알게 됐지만, 더 얼쩡대다가는 진짜로 죽을 판이었다.

"부탁이야, 라파엘." 내가 입을 열었다.

"넌 나를 보지도, 본 적도 없는 거야."

그게 내가 할 수 있는 말의 전부였다. 가드들이 가까이 오고 있다. 그들은 육중한 발걸음으로 창고를 달려오면서 소리를 질렀다.

"라파엘! 누구 못 봤어?"

그는 내가 여기 있어서는 안 된다는 걸 알았고, 그도 여기 있어서는 안 됐다. 그의 눈빛이 내 눈빛을 읽었다. 심지어 그는 수줍어하는 것 같았다.

"어서 가."

그가 화장실 쪽을 가리켰다.

난 달려가 문을 열었다. 세면대 위로 작은 창이 나 있었는데, 가로 38.1센티미터에 세로 20.32센티미터 크기였다. 각을 잘 맞추면 내 몸은 충분히 들어가고도 남는다. 난 창문을 열었다.

라파엘이 외치는 소리가 들렸다.

"놓쳤어요. 빨리 9번 통로로 가세요!"

난 한동안 고마워하다가 감시 카메라가 기억나서 멈칫했다. 날 도운 게 발각되면 그들이 라파엘에게 무슨 짓을 할지 모른다.

거의 다 빠져나왔을 때, 진한 색 SUV가 나타나 모퉁이에서 먼지구름을 일으키고 돌을 튀기며 급브레이크를 밟았다. 난 도망칠 곳이 없었다.

"피닉스!"

카이의 머리가 창밖으로 나왔다. 다행이다.

"피닉스, 너 맞지?"

지춰! 그는 내가 창고 옆 창문에서 기어 나오는 걸 봐버렸다. 난 바닥으로 떨어졌다.

"대체 무슨 생각이었어?" 난 그가 모든 걸 망친 게 속상해서 소리쳤다.

"내가?" 그가 문을 열어 주며 소리쳤다.

"너는 뭐 하는 건데?"

난 미친 듯 차를 향해 달렸다. 가드들이 건물 옆으로 돌아왔고, 난 때마침 조수석으로 뛰어들어 고개를 숙였다.

"얼른 가!" 내가 소리쳤다.

"빨리!"

카이는 아무것도 묻지 않고 페달을 세게 밟아 속도를 높였다.

난 계속 고개를 숙이고 있었다. 남자들이 우리 뒤에서 소리쳤다.

"저 차 사진을 찍어, 이 멍청이들아!"

카이가 걱정스러운 얼굴로 날 쳐다봤다.

"걱정하지 마." 내가 말했다.

"번호판에 진흙을 묻혀놨거든."

"네가 뭘 했다고?"

차가 전속력으로 달리다 움푹 팬 곳을 통과하면서 우리는 몸이 앞으로 쏠렸다. 난 대시보드에 머리를 박았다.

"아이야!"

나는 머리를 감싸며 소리쳤다. 혹이 생길 것 같았다.

항구를 나설 때, 바퀴에 돌이 튕기며 날아갔다. 마치 뒤에서 총을 쏘는 것처럼 날카롭고 큰 소리가 났다. 도로가 매끄러운 콘크리트로 바뀐 지 한참이 지나도록 난 머리를 숙이고 있었다.

"이제 나와도 돼."

카이가 이를 꽉 깨물고 무심한 듯 말했다. 이제 우리는 고속도로에 있다. 그는 평소보다 속도를 냈다. 그를 탓하지 않는다. 아무도 우릴 따라오지 않기만을 바랄 뿐이다.

내가 몸을 세우고 안전벨트를 맬 때도 자동차 안은 무거운 정적만 감돌았다.

"친구를 만난다고?"

카이가 도로에 시선을 고정한 채 말했다.

"네가 차에서 기다렸다면 다 괜찮았을 거야."

난 짜증이 나서 쏘아붙였다.

"잘도 그랬겠다. 그런 사람이 창문으로 몰래 빠져나온 거야?" 그가 따지듯 물었다.

"내가 널 구하러 가지 않았다면? 그럼 어쩔 뻔했어? 그 남자들이 너한테 무슨 짓을 할 줄 알고?"

애초에 날 찾으러 오지 않았다면, 11분 안에 돌아갔을 거고 아무 일도 일어나지 않았을 거라고 설명할 기력이 없었다. 하지만 난 화가 났고 그래서 말다툼을 벌이고 있었다.

"네 도움은 필요 없어, 카이."

"정말? 안 그래 보이던데." 그가 쏘아붙였다.

"그 사람들은 누구야?"

"어쩌면 너희 아버지가 얘기한 갱단일지도 모르지."

내가 삐딱하게 말했다. 일부는 사실이지만 전체를 다 말하는 것보다는 괜찮게 들리니까.

아, 난 그냥 내 인생을 망친 인간들을 보고 싶어서 들린 거였어. 그들은 비밀 범죄 조직을 운영하고 있거든. 그건 그렇고, 내가 열다섯에 세계에서 가장 지독한 밀매업자한테 납치당했다는 이야기했었나?

퍽이나 이렇게 말하겠다.

"알았어. 그들이 누군지는 말하지 마. 대신 네가 누구인지, 거기서 뭘 하려고 했는지 말해줘."

그의 목소리는 다시 진정되었고 심지어 침착하게 들리기까지 했지만, 여전히 화가 난 건 분명했다.

"무슨 생각이었는지는 나도 모르겠어."

이제 나에게 화가 났다. 너무 충동적이었고 그에게 항구로 가자고 해선 안 됐다. 그는 이 일에 연루될 필요가 없었는데. 오늘 이미 충분히 위험을 감수했는데도 나는 일지를 입수하지 못했다.

43초간 내가 피닉스라면, 이 상황을 어떻게 연출할지 그려봤다. 어떤 끔찍한 일을 당한 소녀가 그 일을 잊고 싶고, 자기를 구해준 사람에게 고맙다고 말하고 싶어 한다. 마침내 난 기력을 모아 조용히 말했다.

"장소를 착각했어. 그리고 사람들도. 그들은 정말 화가 나 보였어. 날 찾으러 와줘서 고마워."

카이는 못 믿겠다는 눈길로 슬쩍 날 살폈지만 더 이상 묻지 않았다. 그는 전방만 주시했다.

"이 일을 비밀로 해 줄 수 있을까?" 내가 얌전히 물었다.

"너희 아버지가 걱정하는 걸 바라지 않아."

"네가 좋을 대로 해, 피닉스." 그는 돌아가는 내내 말이 없었다.

됐어, 이걸로 끝이야. 난 생각했다.

이제 겨우 해변에서 그에게 마음을 열었고, 그가 내게 다신 없을 것 같은 친구라는 존재가 되고 싶어 한다는 점도 납득한 이 마당에.

∞

카이의 차 대시보드에 부딪힌 자국이 시퍼런 혹이 되어 주말 동안 이마를 가리고 다녀야 했다. 내 머리는 엘리베이터에 낀 상태로 층을 올라갈 때마다 부딪힌 것 같은 꼴이었다. 상황이 어쩌면 이리도 안 도와주는지, 혹이 가장 흉측할 때 급한 미팅 건으로 챈이 날 불렀다. 내 멍을 보고 그가 무슨 생각을 할지 궁금하다. 더 중요한 건 그가 무슨 말을 하고자 나를 불렀는지였지만.

지난번 불시에 그가 날 찾았을 때, 그는 딱딱한 말투로 새 회계사를 고용했다고 알려 주었다. 그의 사무실에서의 첫날, 고위 경영진이 공금을 횡령하고 있다는 부분이나 체인과 보험 건에 대해 내가 옳았다는 말은 할 필요가 없었다. 그는 내게 한 번도 고맙다고 하지 않았다. 대신 그는 내게 질문하는 걸 멈췄다. 그 날 난 1시간 37분 동안 얼굴에 미소를 띠고 있었다.

난 그의 깔끔한 사무실로 걸어 들어갔다. 챈은 몸을 구부리고 바닥에 놓인 몰리 화분 하나에서 향기를 맡으며 생각에 잠겨있었다. 난 헛기침을 했다.

"아, 피닉스."

그의 눈길이 곧바로 내 이마에 난 커다란 혹으로 향했다. 나에 대한 그의 의심을 제대로 확인시켜 준 셈이다.

"내기 싸움이 그리웠던 건가?"

그렇게 물으며 그의 손가락이 무의식적으로 내가 부러뜨린 코로 갔다.

난 어깨를 으쓱였다.

"그냥 부주의해서 생긴 거예요."

그가 날 비웃을까?

그는 내 말을 믿지 않는지 눈썹을 치켜올렸다. 고맙게도 카이는 우리 사이의 비밀을 지킨 모양이다. 난 적어도 킹의 창고에서 도망쳤다고 말하진 않을 것이다.

"그래, 괜찮나?" 그가 한층 진지한 목소리로 물었다.

"다른 데 다친 곳은 없고?"

난 고개를 획 들었다.

방금 제대로 들었나? 챈이 날 걱정해 주는 건가? 그는 당황스러워하는 내 표정을 알아챘다.

"네가 얼마나 똑똑한지는 상관 안 해." 그가 말했다.

"그래봐야 넌 아직 부모가 없는 어린애니까. 과거도 없고. 누구도 널 보살펴 주지 않잖니."

그러니까 그가 정말로 하고 싶은 말은 내가 엉망진창인 고아라는 거다.

"전 괜찮아요."

고맙게도 그는 바쁜 사업가라 대화 주제는 쉽게 바뀌었다.

"그렇다면 불평하지 않으마."

그는 사업 이야기로 넘어갔다.

"네가 약속한 대로 내 계좌 전부가 순익을 내고 있어. 그런데…."

그가 책상에서 파일 하나를 집어 들었다.

"소식 들었니?"

난 고개를 저었다.

그는 살짝 이마를 문지르며, 다시 헛기침했다.

"다른 회사들이 그렇게 잘하고 있지는 않아."

무슨 말을 하려는 건지 모르지만 쉽게 말을 꺼내기 어려워하는 눈치였다.

"난 아시아 은행 위원회에 우리 수치를 검토해달라고 부탁했어. 그쪽 전문가는 어딘가 잘못됐다는 데 동의하더구나."

"그래서 그들이 뭘 찾아냈대요?"

"네가 내 회사의 미래를 보장해 주면 좋겠어." 그가 말했다.

"그리고 내일 세계은행과 미팅이 있어. 네가 같이 가서…."

"그들이 뭘 찾았냐니까요, 챈?" 내가 다시 물었다.

대부분의 사람은 자신의 주장 또는 신념이 미쳤다거나 어리석다는 소리를 들으면, 그게 사실로 판명 났을 때의 기쁨을 즐긴다. 하지만 이번 일은 그런 부류가 아니었다.

제발 말하지 마세요.

난 그의 입에서 나올 말을 계산하며 생각했다. 하지만 그가 입을 열었다.

"네가 옳았어, 피닉스." 그가 천천히 말했다.

"모두 다."

아시아 은행 위원회가 경제 위기가 닥칠 거라는데 동의한 뒤로 챈이 내 계획에 귀를 기울일 거라고 생각했다. 하지만 그는 황소고집을 넘어 똥고집에 가까운 사람이다. 아직도 정부나 은행이, 중국이 수면 위에 있도록 돕지 못한다는 점을 이해하지 못하고, 내가 그걸 할 수 있다는 것도 믿지 못하고 있다.

어찌어찌해서 챈이 가진 돈의 4분의 1을 내가 번다고 해도 그 돈을 유통할 정도로 규모가 큰 유일한 기관인 아시아 은행은 내가 무작정 개입하도록 두고 보지 않을 것이다.

무엇보다 엑스포가 3주도 채 남지 않았는데, 난 아직 선적 일정이나 자료 혹은 어떤 구매자 정보도 얻지 못했다. 엑스포에 갈 만큼 내가 대담해진 건지도 판단이 서질 않는다. 소녀들을 구하려고 세운 계획 모두 수학적으로 맞지 않았다.

그리고 이 남자 문제가 있다. 자기 아버지를 위해 카이가 날 주시하고 있다. 적어도 그래 보인다. 아니라면, 송 밸리에서 있었던 일 이후로 그가 보이는 이상한 행동을 어떻게 설명할 수 있을까? 그는 그 일에 관해 입도 뻥긋하지 않았지만, 지속적으로 날 살피러 왔다. 염탐하는 것 같긴 한데, 경멸하는 사람을 보는 것치곤 한참 동안 시선을 주는 게 이상했다.

마침, 카이가 문을 열고 들어왔다. 오늘만 해도 벌써 두 번째다. 손에 찻잔을 들고 있었다. 그는 들고 있던 찻잔을 천천히 내려놓고 내 사무실과 컴퓨터를 힐끔거렸다. 그의 차가운 친절은 조화롭게 지내야 한다는 문화적 압박에 순응하는 거겠지만 뭔가 꿍꿍이가 있어 보였다.

"따뜻한 비터루트 차야."

그의 목소리는 컵에서 올라오는 김처럼 따뜻하지 않았다.

"앞으로 한 시간 동안은 문제를 일으키지 말고 있어 줄래? 곧 중요한 회의가 있어서."

그는 꼬박 일주일 동안 이런 식이었다. 참다못한 내가 화를 냈다.

"있잖아, 카이. 너희 아버지가 너한테 내가 '골칫덩어리'라고 한 걸 알아. 내가 직접 너한테 증명하기까지 했지. 그런데 왜 자꾸 내 주변을 살피는 거야? 너희 아버지에게 줄 더 많은 증거를 찾는 게 아니라면 그만 날 내버려두면 좋겠는데."

그가 천장을 쳐다보며 길게 한숨을 쉬었다. 큰소리친 건 미안했다. 잘못한 쪽은 내가 아니던가?

"네 말이 맞아." 그가 빠르게 문으로 걸어가며 말했다.

"넌 골칫덩어리야. 난 좋은 쪽으로 그런 줄 알았지."

그는 유령처럼 재빨리 말없이 자리를 떴다.

내 가슴에 커다란 구멍이 생겼다. 그날 해변에서 그런 일이 벌어지지 않았더라면 좋았을 텐데. 그에게 내 이야기를 하지 말았어야 했는데. 그랬다면 상실감 같은 성가신 감정도 들지 않았을 거고. 그래도 그와 만들어 가던 관계가 좋았다는 것은 부정할 수 없었다.

난 카이에 대한 생각을 머리 한쪽으로 밀어 보냈는데, 그 영역에는 이미 정장을 입은 라파엘이 들어 있어서 비좁았다. 라파엘을 치워버리는 게 카이 생각보다는 쉬웠다. 라파엘을 잊는 법을 쭉 연습해 온 덕분이다.

그래서 카이가 창고에서 있었던 사고를 잊고, 나까지 잊기를 바라면서 같이 출근하자는 그의 제안을 거절했다. 작은 내 사무실에 숨어 눈은 컴퓨터에 고정해 있다가 퇴근하면 공장을 찾았다. 내게 필요한 것들로 천천히 그곳을 채웠다. 컴퓨터, 보안카메라, PSS에서 쓰는 천재용 기기들, 응급 의료용품, 담요와 옷까지. 또한 실내에 두껍게 쌓인 먼지를 털어낼 때면 이 모든 일이 실제로 얼마나 실현 불가능한지를 여실히 깨달았다.

오직 나 혼자서 챈 밑에서 일하고, 빛을 보지 못할 수도 있는 슈퍼 본드를 만들며, 킹과 마담에게 정의를 실현하는 일까지 다 감당할 수 없었다. 스트레스는 날마다 가중됐다. 날짜는 다가오는데 여기 앉아서 카이의 행동이나 분석하며 시간을 낭비하고 있다니!

레드라면 이미 자기 방으로 들어가 내게 집중하라고 했을 것이다. 남자애로 인한 스트레스는 내 걱정거리 중 가장 하찮은 거니까.

집중! 목록에서 다음 목표를 확인했다. 골든 글로벌 쉬핑. 그곳을 해킹할 수 없어서 기업 안에서 제어해 보기로 했다. 지금 챈이 그곳의 대주주였다. 접근 권한이 커지면 선적 항로를 변경하고 선박을 내가 원하는 항구로 보낼 수 있다. 모든 선적물이 킹의 포트로 보내지는 것뿐만 아니라 그가 비용을 지불하게 만들 수도 있다. 그 돈은 처음에는 내 주머니에, 그다음에는 슈퍼 본드로 들어갈 것이다.

이론상으로는 슈퍼 본드가 꾸려지면 누가 그걸 운용해도 한두 해 안에 지구에서 가장 큰 권력자가 될 것이다. 그렇게 되면 난 또 다른 비이성적인 결정에 직면하게 된다. 소녀들을 돕는 일을 제외하면, 내 몫은 경제 상황이 해결되기 전까진 내가 설계한 끝없는 자금 운용 주기 안에서 돌게 될 거다. 즉 내게는 아무것도 없을 거라는 말이다.

아무것도 없다는 말은 나쁘게 들리지만, 실제로는 그렇지 않다. 난 아무것도 없이 살아왔고, 전부 다 가지고도 살아봤다. 한 가지 확실한 것은 돈이 행복을 보장하진 않았다.

이 행동 배경에는 다른 동기가 있다. 레드를 향한 내 맹세. 내가 만든 잘못을 돌려놓기로 했다. 난 경우의 수를 이기고 싶었다. 전부 시도해 보고 나에게 되돌아오는 게 있는지 알고 싶다. 레드가 말한 더 고귀한 법칙을 따르는 길 같은 게 정말 있다면, 그 길을 가고 싶다. 지금 난 그 길이 있다고 믿기에 반드시 노력해야 했다.

종이 한 장을 꺼내 레드가 가르쳐준 시구를 적어 벽에 붙였다. 그걸 쳐다보며 그가 내게 준 모든 걸 떠올렸다. 내 입장이라면 그도 똑같이 했을 것이다. 그 생각을 하니 절로 미소가 번졌다.

문득 아빠가 이 모든 걸 어떻게 생각할지 궁금했다. 아빠도 챈이나 레드처럼 굴까? 난 온라인으로 들어가 스스로 하지 말자고 했던 약속을 깼다. 새 창을 열긴 했지만, 죽은 아빠를 불러오면 어떻게 될지 확신이 없다. 그래도 내 손가락은 어쩔 수 없이 이름을 치고 있다. 제-이 리-버-스.

아이비전 시절 아빠의 옛 사진이 나타났다. 경찰 수사와 내 납치 직후 아이비전의 파산에 관한 기사들을 훑어봤다. 시애틀의 우리 집을 검색해 보니, 주소는 새 소유주 앞으로 되어 있었다. 놀랄 필요는 없다. 내 가족에 대한 최근 정보는 아무것도 없었다. 더 이상 가족들의 죽음에 관한 기사조차 찾을 수 없다. 이미 죽은 정보였다. 그들처럼.

난 프랫에서 레드와 함께 내 분노를 이미 날려버렸다.

날 배신한 아빠를 용서할게요. 아빠가 돈을 사랑한 것도요.

난 과거를 놔주어야 하지 않았나? 하지만 내가 고향으로 돌아간대도 다시 시작할 수 있을까? 이 사진들만 봐도 가슴이 아팠다. 이 느낌은 씁쓸함이나 분노가 아닌 슬픔이었다. 내가 누구고 무슨 짓을 했든, 가족들이 날 사랑했을 거라 믿고 싶었다. 확인해 볼 기회는 영영 사라졌다. 죽음은 우리에게 두 번 다시 기회를 주지 않는다. 그래서 난 마음을 정하고 컴퓨터를 닫았다.

주변 시야에 레드의 시가 들어왔다. 그래서 가만히 서서 그가 전에 시키던 대로 시구를 암송해 보았다.

하얀 햇살이 산에 기대었다가 사라지네(White sun leans on the mountain then vanishes).
황하는 바다로 흘러간다(Yellow river flows into the sea).
당신의 눈이 1,000마일 앞을 보고 싶어 하거든 한 계단 더 올라가라(If your eyes desire to see a thousand miles, go up one more floor).

레드는 내 운명을 이야기하면서 이 시를 86번이나 언급했다. 기본적으로 '높은 목표'를 정하고 '목표에 도달하고 싶다면 더 올라가야 한다. 더 열심히 하고 견뎌라'라는 의미였다.

중국 사람들은 늘 말과 소리로 장난을 친다. 많은 중국 단어가 발음은 같아도 뜻이 다르다. 레드는 이 시에서만큼은 결코 그런 장난을 치지 않았다. 이유는 모르겠지만, 지금 난 그렇게 해봤다.

첫 줄에 나오는 '사라지다(vanish)'는 의미의 단어 진(jin 盡)이 눈에 들어왔다. 발음이 금(金 jin)과 같다. 문장을 다시 읽어봤다.

"하얀 햇살이 황금 산을 드러낸다(White sun reveals a mountain of gold)."

두 번째 문장에서 '흐르다(flow)'라는 의미의 리우(liu 留)는 숫자 6(六 liu)과 발음이 같고, 강은 물을 의미하므로 '6의 물'이 된다.

그리고 세 번째 문장과 네 번째 문장에서 더 많은 단어를 숫자 1,000과 1로 바꿨다. 처음으로 이 시를 완전히 새로운 관점에서 보게 됐다. 웃음이 터져 나왔다.

하얀 햇살이 황금 산을 드러낸다(White sun reveals a mountain of gold).
6의 물을 가로지르며(Across the river in six)
1,000개의 터널(A thousand tunnels)
한 층 더 올라가라(Go up one floor).

레드는 천재다. 그는 첫날부터 줄곧 내게 킹이 보물을 숨겨둔 곳을 알려 주고 있었다. 개울 건너 6번 건물의 낡은 등대 안이라고.

CHAPTER 26

현재 : 피닉스

∞

중국 상하이, 상하이 타워

아무리 계산을 해봐도 프랫으로 들어가 등대를 약탈하는 안전한 방법은 없었다. 슈퍼 본드와 다른 대출 건의 지침을 최대한 간단히 기록해 둔 이유가 거기에 있었다. 이제 프랫, 창고, 혹은 엑스포에서 내게 무슨 일이 생기면 중학생이라도 경제를 안정시킬 수 있는 내 자세한 계획안을 실행할 수 있을 것이다.

슈퍼 본드의 이름을 생각하는데 아빠가 떠올랐다. 아빠는 늘 영감을 주는 것을 따서 투자 프로젝트의 이름을 지었다. 한두 개를 키보드로 입력했다가 바로 삭제했다. 어느 것도 어울리지 않았다.

주위를 분산시키기 위해 작게 프랫의 지도를 그려둔 또 다른 종이를 꺼냈다. 기쁜 마음으로 터널을 살폈다. 킹의 보물을 빼앗는 건 그의 심장에 칼을 꽂는 것이고, 중국 경제에는 자비로운 기부가 되리라. 결국 누군가는 그가 책임지도록 해야 하니까.

몇 시간 동안 고개를 숙이고 일만 했더니 목이 아프기 시작했다. 그때 챈의 비서가 날 호출했다.

"당신을 찾는 사람이 있어요. 내선 1번입니다."

난 놀랐고 경계심이 피어올랐다. 회사에서 카이나 챈 말고 다른 사람에게 연락이 온 건 이번이 처음이다. 아무도 날 모른다. 누구한테도 연락이 올 수 없다. 출근 첫 주, 난 챈에게 직원들한테 내가 질문이나 방문을 원치 않는다고 알려달라고 했다.

"린, 누구에게 온 연락이죠?"

난 창밖으로 시선을 고정한 채 한기에 몸을 떨며 물었다.

"안내 데스크에서도 확실히 모르겠답니다. 그녀가 이름을 밝히지 않았대요. 급한 용무고 당신이 연락받으면 좋아할 거라고 하면서요."

그녀라고?

속이 뒤집힐 것 같았다. 이건 불가능했다. 마담은 내가 죽었다고 생각한다. 킹도 내가 죽었다고 생각한다. *조는 죽었다*. 난 지금 피닉스고, 내 이름이 세 번 바뀐 건 아무도 모른다. 마담일 리 없다. 다시 내선이 울렸다.

난 전화를 받고 정체를 숨기려고 쓰촨성 억양을 썼다.

"누구세요?"

날카로운 목소리로 내가 물었다.

"지금은 말하지 않는 편이 좋겠어요. 직접 만나서 이야기하죠."

목소리가 부드러운 게 마담은 아니었다. 여전히 누군지 모르겠다.

"중요한 일로 당신에게 연락했어요. 전할 것이 있거든요."

함정이다. 거짓말. 이런 데 다시는 속아 넘어가지 않는다.

"관심 없어요."

전화를 끊으려는데 그녀가 말했다,

"잠시만요. 아주 귀중한 화물이에요."

화물이라는 말이 날 그물망처럼 가둬 버렸다. 전화를 끊을 수가 없었다. 머릿속에서 가능성이 펼쳐지기 시작했다.

이건 어떤 의미도 될 수 있어. 저 여자를 믿으면 안 돼.

"차이나 제너레이션으로 약속을 잡으세요." 나는 중국어로 말했다.

"화물에 대한 세부 사항은 이쪽 주소로 보내시고요."

"그럴 순 없어요. 내가 당신에게 직접 전해야 해요, 피닉스." 여자가 말했다.

"화물은 엄청나게 이국적이고 값비싼 데다 X 표시가 되어 있어요."

X 표시가 되어 있다고? 내가 생각하는 그것일 리가. 하지만 달리 설명할 방법은 없었다.

"당신을 믿을 수 있도록 뭔가를 알려줘요."

"아." 그녀가 말했다.

"신뢰가 문제가 될 거라고 그가 말하더군요."

"누가 그렇게 말했죠?"

"당신 할아버지가요."

내 마음이 다시 감방으로 돌아갔다. 난 더블 에잇이 되었고 레드가 속삭였다.

날 믿어도 좋아.

그녀가 레드를 안다면 거짓이 아닐 확률이 80퍼센트다. 하지만 내 마음을 움직인 건 그게 아니다. 이 순간 난 괜찮을 거라는 느낌이 들었다.

"좋아요." 난 익숙하지 않은 믿음의 도약을 하기로 했다.

"하이가 34번 정문에서 저녁 8시에 만나요."

그게 화물이라면 그곳으로 가져가야 했다.

전화를 끊고 어깨에 힘을 뺐다. 낯선 사람을 믿어도 될까? 내 직감이 틀리지 않기를.

약속에 늦기도 싫고 추궁받기도 싫어서 좀 일찍 퇴근했다. 베일에 싸인 여성을 만나기 전 해야 할 일이 몇 가지 있었다. 로비에서 난 마담처럼 빨간 립스틱을 진하게 발랐다. 선글라스를 쓰고 긴 원피스형 코트로 몸을 감췄다.

그런 다음 정문으로 향했다. 머릿속으로 쇼핑 목록을 작성했다. 식료품, 의료용품, 베개. 그녀의 화물이 내가 생각하는 것과 같다면 충분한 준비가 되어 있길 바라서다.

도어맨 유타이가 문을 열어줬다. 그는 업무 복장이 아니다. 난 유타이가 운전기사 명함을 준 게 기억나서 그의 서비스를 활용하기로 했다.

"시간이 되면 나를 어디에 좀 데려다줄 수 있나요?

다시 나에게 놀랐다. 진짜로 24시간 안에 낯선 사람을 두 명이나 믿다니.

"그럼요."

우리는 장소와 가격을 합의했다. 유타이가 날 데리러 왔을 때, 우린 모든 걸 차에 실은 후였다. 운전은 20분 이상 걸리지 않을 것이다. 그 정도면 유타이가 어떤 인물인지 파악하기에 적당한 시간이다.

난 그의 눈부터 보았다. 흘끔거림이 없고 앞만 똑바로 보는 게 내 의심을 확신시켜 주었다. 그는 고개를 돌리거나 내가 뭘 볼지 두려워하지 않았다. 사회성이 뛰어나 카이와 챈 혹은 다른 사업가들과 있을 때 자신도 그 부류인 것처럼 행동했다.

"도어맨을 하기 전에는 무슨 일을 했어요?" 내가 물었다.

"내 눈에 당신은 화이트칼라처럼 보이는데."

내 말에 그가 놀라 목에 뭐가 걸린 사람처럼 굴었다. 코를 긁고 목을 풀었다. 그는 일격을 당했다.

"당신은 여기 오기 전에 무슨 일을 했어요?" 그가 반문했다.

"내가 볼 때 당신은 챈의 재정 조수가 되기에는 너무 어린 데다 잘 알려지지 않은 사람인데요."

좋은 지적이다. 우리 둘 다 잠자코 있었다. 내가 그를 살필 때 그도 날 살폈다. 흥미롭다. 침묵이 길어졌다. 또 다른 공통점이다. 양쪽 모두 먼저 털어놓기 싫어했다.

"우리가 교착 상태에 있는 것 같군요." 그가 말했다.

"그런 모양이네요."

"다 가졌다가 다 잃었다고 해 두죠." 그가 말했다.

"그래서 지금 여기 있고요."

"상하이 타워에서 일하는 건 당신 생각이었어요?" 내가 물었다.

"사실 당신 상관 생각이었죠. 그가 이 일자리를 줬거든요." 유타이가 말했다.

"우리 아버지와 아는 사이라서요."

꽌시(Guanxi 關係 인맥)다. 내가 옳았다. 챈이 그에게 일자리를 준 거였다.

"몰랐다니 말해 주는 건데, 챈은 나 같은 청년을 잘 고용하는 편이죠." 그가 설명했다.

"모두가 그를 좋아하는 이유가 뭐겠어요?"

사람들이 챈을 좋아한다고? 너무 놀라서 더 물어보고 싶지만, 계획해 놓은 질문을 던질 수 있는 몇 분밖에 남지 않았다.

"그럼, 당신은 상하이 출신인가요?"

"아뇨."

아주 당연하다는 듯 대꾸하는 걸로 봐서 우리 대화가 끝났다는 걸 알았기에 정확히 어디냐고 캐물을 수 없었다. 하지만 대답을 들을 수 있는 좋은 아이디어가 떠올랐다.

1분 뒤, 우리는 목적지에 도착했다. 공장에서 두 블록 떨어진 곳에 있는 작은 상점이다. 유타이가 서둘러 문을 열어 주고 상자들을 내렸다. 난 그에게 돈을 주면서 레드의 고향 사투리로 고맙다고 말했다.

그러자 그는 곧장 같은 방언으로 대답한 다음 밴에 올라 자리를 떴다. 거기서 자란 사람만이 그렇게 자연스럽게 반응할 수 있다. 그는 레드와 마찬가지로 송 밸리 출신이었다. 킹과 마찬가지로. 내가 예상했던 것처럼.

난 작은 택시를 불러 남은 두 블록까지 갔다. 상황이 잘못되면 실행할 백업 계획을 계산하며, 위층 방을 치우고 침대를 정돈한 뒤 냉장고에 음식을 넣었다.

한 시간 뒤, 여자 세 명(성인 한 명과 미성년자 두 명)이 정문 앞에 나타났다. *화물, 소녀다*. 이럴 줄 알았다.

난 문을 열지 않고 정문으로 다가가면서 그들의 움직임을 계산했다. 함정이라 하기엔 그들의 몸에서 전혀 긴장감을 찾을 수 없었다. 어린 두 소녀는 검은 긴 머리에 좌우 대칭인 아름다운 얼굴을 하고 팔을 배 주변에 두른 채 떨고 있었다. 그들은 겁에 질려 날 쳐다봤다. 물론 같은 여성이라고 안심할 수는 없다. 그 점을 잊어서는 안 된다.

소녀들은 내가 자기들을 살피고 있다는 걸 눈치채고 움츠러들었다. 그들은 두꺼운 재킷에 배기팬츠 차림으로 팔짱을 끼며 불안함을 감추고자 했다. 눈동자는 공허했다. 그들은 망가져 있었다. 언제 다시 정상으로 돌아올지는 신만 아실 테지.

그들의 목에서 'X' 표식을 찾는 건 어렵지 않았다. 마담은 서류에 남기지 않는 방식으로 자신의 업적을 증명하는 걸 좋아했다. 자국을 남기는 건 마담의 망가진 자존심을 뜻했다. 내 목에 난 상처가 항상 그것을 알려줬다. 난 문을 열었다.

암탉이 새끼를 품듯 성인 여자가 소녀들을 챙겼다. 모두 서로에게 꽉 붙어 걸어왔다.

여자가 눈을 마주할 정도로 가까이 왔을 때, 난 유령을 본 줄 알았다.

"피닉스. 마침내 만나는군요."

예상치 못한 포옹에 난 당황했다. 등을 토닥이는 조심스러운 손길에 질색하면서도 왜 저 소녀들이 그녀 옆에 병아리처럼 붙어 있는지 이해할 수 있었다. 엄마 이후로 이런 감촉을 느껴본 적이 없었다. 난 재빨리 물러선 다음, 그들을 정문 안으로 안내했다.

"이쪽이에요."

그렇게 말하고 난 문을 잠갔다.

"오빠가 당신 얘기를 많이 해 줬어요."

그녀는 공장 정문으로 소녀들을 이끌었다.

"당신은 레드의 여동생이군요."

난 그녀의 얼굴과 레드의 얼굴을 비교해 보았다.

"맞아요, 링 박사라고 한답니다."

그녀는 긴장한 얼굴로 공장을 살폈다.

"어떻게 알았어요?"

"눈이 닮았어요."

"제가 제일 막내예요. 오빠가 당신을 찾을 방법을 메모로 남겨 주었죠. 더 빨리 오지 못한 것과 슬픈 소식을 가져와서 유감이에요."

그녀의 목소리에서 살짝 떨림이 묻어났다.

"안타깝게도 우린 시간이 별로 없어요."

처음에 난 그녀가 경제 위기에 대해 안다고 생각했지만, 그 때문이라기에는 너무 겁에 질려 있어서 물어봤다.

"무슨 일인데요?"

"내가 병원에서 소녀들을 탈출시킨 걸 킹이 알아요. 지금 날 찾느라 매일 가드를 병원으로 보내서 돌아갈 수가 없어요.” 그녀가 떨며 말했다.

“그가 마담에게 알리는 바람에 그녀도 날 찾는다고 하고요. 우리는 안전하지 않아요. 어디에도 숨을 곳이 없어요.”

이렇게 안전 가옥의 활동이 시작되었다. 경보 장치를 실험하기 좋은 때가 찾아온 것이다.

후아메이와 안잉에게 이 낡은 공장이 안전하다고 설득하는 데 56분이 걸렸다. 나 자신도 확신을 가져야 했다. 링 박사는 우리를 위해 식사 준비를 하느라 분주했고, 난 떨고 있는 소녀들이 따뜻한 물에 목욕할 수 있도록 최선을 다했다. 소녀들이 씻고 나오기를 기다리는데 주방에서 링 박사가 흥얼거리는 콧노래 소리가 들렸다. 두려운 상황에서도 옛 중국 민요 가락으로 안정을 찾는 박사의 모습은 내게 위안이 돼주었다. 레드와 그의 시처럼.

소녀들이 깨끗한 새 옷으로 갈아입은 뒤, 난 그들이 지낼 새로운 공간을 보여주고 나에 대해서도 조금 알려줬다. 내 목을 보여주며 마담에게 속한 아이였다고 말했지만, 엄청 겁에 질려 극도로 경계하는 소녀들에게 차마 내가 납치당했었다는 사실까지 밝힌 순 없었다.

내가 받은 학대는 그들과 다를지 모르지만 우리는 모두 마담과 킹의 손아귀에서 포로로 살았었다. 그들은 날 믿기 시작했다.

국수와 간장에 조린 채소를 먹으며 링 박사는 레드 때문에 킹에 대해 잘 알고 있다고 말해 줬지만, 어떻게 레드가 납치당했는지는 알려 주지 않았다. 혹시 내가 이미 알고 있다고 생각하는 걸까? 난 더 묻지 않았다.

"오빠는 자신이 저지른 일로 잡혀간 후, 우리를 보호하기 위해 킹의 본거지에 머물렀어요. 우리 가족들은 멀리 떠나라는 위협을 받았죠. 슬프게도 우린 그렇게 했어요. 이미 많은 걸 내주었는데도 킹은 멈추지 않고 거주민들을 위협했어요. 점차 모두 이사하거나 강제로 다른 곳에 보내졌죠. 오빠가 죽기 전, 프랫안에 사는 한 남자에게서 오빠의 편지를 받았어요. 편지에는 당신과 킹, 마담에 관한 이야기가 있었어요. 난 바로 당신을 돕고 싶었지만, 저 애들을 만나 지체됐어요."

박사가 소녀들을 가리켰다.

"저 아이들은 남친을 자처하는 남자들과 억지로 병원에 온 거예요. 난 그들이 조폭은 아닌지 의심했죠." 그녀가 말했다.

"킹은 여자애들을 여러 병원으로 나누어 보내 눈에 띄지 않게 만든 이력이 있으니까요. 거기다 저 두 명은 목에 X 표시가 있었죠. 오빠가 X 표시가 있는 소녀들 이야기를 했던 게 기억났어요. 그래서 아이들에게 도움이 필요한지 물었어요. 보호자라고 온 남자들이 복도에 있어서 위험이 컸고, 소녀들은 입을 열지 않았어요. 하지만 진단이 나온 뒤에는 어쨌든 전 저 애들을 데리고 나가야겠다고 결심했어요."

"그래서 간호사에게 남자 보호자에게 가서 소녀들이 합병증이 있는지 살펴야 해서 입원해야 한다고 말하라고 시켰어요. 그렇게 전하니 남자들이 화를 냈다고 간호사가 알려 주더군요. 소녀들은 겁에 질렸죠. 간호사는 남자들한테 아침에 와서 소녀들을 데려가라고 설득했고요. 마침내 남자들이 동의하고 병원을 나섰어요. 그러자 소녀들이 모든 걸 털어놓기 시작했죠. 그다음 전 애들을 데리고 쑤저우의 사촌 집으로 갔어요. 병원에서는 제가 무슨 일을 벌인지 몰랐으니 전 그냥 나올 수 있었죠. 진료 기록지에 소녀들을 다른 병원으로 이송했다고 적었어요. 하지만 킹의 남자들은 제가 누군지 알아내 우리 집을 쑥대밭으로 만들었어요. 그들은 이런 메모를 남겼죠.

'레드가 묵던 독방이 남아 있다.' 우리는 한 달 동안 이곳저곳을 떠돌았어요. 당신이 나오는 게 언제인지 정확히 몰랐거든요. 오빠의 편지는 모호했지만 전 이 일이 챈과 관련이 있다는 걸 알았어요. 그래서 마침내, 전화를 걸어 당신이 있는지 물어보기로 한 거예요."

"처음에 왜 소녀들이 병원에 온 거죠?"

"낙태가 잘못되어서요."

속이 뒤틀렸다. 난 머릿속으로 마담의 파일을 쭉 훑어내렸다.

지금 링 박사는 단호했다.

"우리에게는 킹에 대해 기꺼이 진술해 줄 두 소녀가 있죠. 당신도 있고요. 경찰을 불러야 해요."

"아뇨. 우린 기다려야 해요."

"기다려요? 제정신으로 하는 말인가요?"

"여자아이 두 명으론 킹을 감방에 오래 집어넣지 못할 거예요. 전 프랫에서 벌어지는 일을 폭로하고 레드가 시작한 일을 끝내야 하고요."

난 내 가족이나 내 이야기를 하지 않으려고 조심했다. 최대한 그 이야기는 빼고, 그녀에게 다가올 경제 위기에 대한 정보를 간략히 알려 주고, 일부지만 킹과 마담의 돈을 먼저 챙기는 내 계획을 말했다. 그런 다음 경찰에 가야 한다고 덧붙였다.

링 박사가 인상을 썼다.

"너무 위험한데요." 그녀가 말했다.

"당신은 아직 미성년자잖아요. 지금 그들을 넘겨야 해요. 경찰이 킹과 마담을 상대하도록."

"아뇨."

난 강하게 주장했다. 링 박사와 관계 당국은 나만큼 경제를 제대로 이해하지 못하고, 확실히 킹과 마담도 나만큼 이해하지 못하고 있을 것이다. 그들을 막을 유일한 사람은 나다.

"이게 유일한 방법이에요. 그들을 위해 내가 벌어들인 돈을 모두 다시 뺏어오는 것. 레드와 전 그전까지 아무것도 할 수 없었지만, 지금 전 할 수 있어요. 원한다면 당신은 손을 떼도 괜찮아요. 하지만 전 그들을 막을 거예요."

"아니." 그녀가 말했다.

"난 안 떠나요. 오빠가 당신을 믿었으니 나도 돕고 싶어요."

그녀의 대답과는 별개로 난 그녀가 어쨌든 함께할 거라는 사실을 알았다. 이상한 방식이긴 해도 우린 가족이었으니까. 난 소녀들에게 몸을 돌렸다.

"나한테 말해 주겠어? 이름은? 주소는? 기억 나는 건 뭐든 좋아."

그들은 자기들이 아는 걸 말했지만 기껏 해봐야 모호한 정보가 다였다. 링 박사와 나는 그들이 한 말을 정리했다. 마담과 킹은 상하이에 일곱 군데 주요 지점을 운영한다. 마사지 숍, 호텔, 파티장. 소녀들은 그중 몇 곳의 주소와 구매자 이름 정도만 기억했다.

"골든 앨리." 후아메이가 말했다.

"가장 끔찍한 곳이지만 제일 접근하기 편해요. 적어도 금요일마다 운영하니까요."

갑자기 아드레날린이 치솟았다. 오늘이 금요일이다.

"금요일에 운영한다니? 골든 앨리가 뭔데?"

"골든 앨리는 마약 소굴이에요. 진짜 거친 곳이죠. 금요일 밤마다 여자애들을 지점 이곳저곳으로 보내요."

"골든 앨리…." 내가 웅얼거렸다.

왜 그 거리를 생각하지 못했을까? 마담은 금과 관련된 거라면 어느 것도 놓치지 않는데.

"내가 거기로 가볼게. 마담이 거리 전체를 소유하고 있을 거야. 확실해."

"거긴 사유지예요." 안잉이 말했다.

"문 표시조차 없지만, 호텔처럼 가드가 있진 않아요."

"피닉스, 잠시만요." 링 박사가 말했다.

"혼자 가는 건 너무 위험해요. 같이 갈 사람 없어요?"

"아뇨." 내가 대답했다.

혼자 가야 카이가 창고에서 그랬던 것처럼 내 계획을 망칠 사람이 없다.

"집에 가는 길에 있으니 그냥 살펴만 볼게요. 전 무사할 거예요. 섣불리 움직이지도 않을 거고요. 가서 정보, 수치 정도만 얻어 계획을 세워볼게요. 약속해요."

골든 앨리는 어둡고 텅 빈 데다 '출입 금지' 표시만 잔뜩 붙어 있었다. 먹을 걸 찾아 돌아다니는 유기견 한 마리 말고 어떤 생명체의 흔적도 보이지 않았다. 여기일 리 없다. 지난 50년간 아무 일도 없었던 것 같은 모습이다. 87분간 숨어서 지켜보다가 그만 집으로 돌아가야겠다고 마음먹었다.

길을 나서는데 뭔가 두드리는 듯한 이상한 소리가 시작됐다. 어디서 누가 망치질을 하나? 그리고 다시 소리가 났다. 가만히 서서 귀를 기울였으나 소리 사이에 뚜렷한 패턴이 될 만한 리듬은 없었다. 오른쪽 골목을 살폈다. 아무것도 없었다. 그래서 왼쪽으로 걸었던 길을 되짚어갔지만, 누구도 보이지 않았다. 6분 동안 더 들어봤지만, 더 이상 두드리는 소리는 나지 않았다.

불길한 느낌이 온몸으로 퍼졌다. 내 마음이 경고하는 것일 수도 있고, 내가 목적지에 가까이 왔다고 알려 주는 것인지도 모른다. 레드라면 느낌이 뭔가를 말한다고 했을 거다. 하지만 벌써 108분이나 여기 있었고, 난 지쳤다. 내일 회사 일은 엄청 힘들 거고, 논리적으로 보면 집에 가는 것이 옳았다.

다음 주 금요일에 다시 오기로 마음먹었다. 그리고 소녀들을 찾을 때까지 매주 금요일마다 여기 올 작정이다.

CHAPTER 27

현재 : 피닉스

중국 상하이, 상하이 타워

다음날, 퇴근 후 카이가 문 앞에서 날 멈춰 세웠다.

"안녕, 골칫덩어리. 집까지 태워줄게."

그의 목소리는 친절하고도 익살스러웠다.

"네가 어둠 속 어딘가에서 방황하길 바라지 않아. 마침, 할 말도 있고."

이상한 핑계였지만, 오늘 난 공장에 가지 않기 때문에 수락했다.

이내 집에 도착했고, 우리는 정문을 지나 차고로 갔다. 카이는 시동을 끈 후 보통 차에서 바로 내리는데 이번에는 기다렸다. 나는 재빨리 차 문을 열었다. 오른발을 밖으로 빼는데 카이가 내 팔을 잡았다. 그의 부드러운 터치에 팔에 짜릿함이 느껴졌다.

"기다려." 낮고 진지한 목소리다.

"너한테 할 말이 있어."

난 차 안으로 다리를 다시 넣고 문을 닫은 뒤 그를 향해 몸을 돌렸다. 그의 검은 머리카락이 눈앞으로 다가왔다. 그는 잠시 시간을 들여 머리를 귀 뒤로 넘겼다. 저렇게 자연스러운 광택이 나고 완벽하게 찰랑이는 머릿결인 줄 전에는 몰랐다. 물론 지금 그런 생각을 할 때인지도 모르겠고. 난 허리를 곧게 세웠다.

"뭔데?"

"난 부두에서 무슨 일이 일어났는지 모르겠고 지금은 상관없어. 왜냐하면 그 일을 계기로 옳고 그름, 내가 어떤 사람이 되고 싶은지 생각해 봤거든. 나도 인생에서 뭔가를 하고 싶어. 내 생각이 분명한 건지, 아니면 그냥 복잡한 머저리가 된 건지 모르겠지만 나 자신보다 더 큰 무언가를 하고 싶어. 그리고 지금 그 일이 시작된 거야."

"이를테면?"

나는 얼빠진 채 물었다.

"나도 합류할게."

그의 눈빛은 자기가 한 말을 내가 알아들었다고 암시했지만, 난 몰랐다. 킹에 관한 걸까? 아니면 내 과거? 그가 기적적으로 내 생각을 읽는 법을 배운 걸까?

그는 혼란스러운 내 표정을 즐기고 있었는지 웃음을 터트렸다.

"경제 위기 말이야." 그가 말했다.

"너한테 어떤 계획이 있다고 아버지가 말씀하셨어. 아버지가 돕지 않아도 내가 도울게. 나한테도 물려받은 유산이 꽤 있거든."

난 가슴이 두근거렸다. 돕겠다는 그의 제안에 감동한 건 부인할 수 없는 사실이다. 이렇게 되어야 한다. 사람들이 어려운 과제에 도전해야 한다. 하지만 세상은 그렇게 흑백 논리로 딱 떨어지지 않는다. 뒤에서는 거짓과 시기가 난무해 종잡을 수 없고, 탐욕과 이기심, 두려움과 실패가 서로를 믿지 말라고 가르친다. 마음이 시키는 대로 하는 그런 위험을 감수하지 말라고 말이다.

"지금은 아버지만큼 돈이 많지 않아." 그가 말했다.

"하지만 이거라도 너에게 줄게. 네가 그걸 활용해서 두 배로 만들어줘. 우리를 위해, 모두를 위해. 이 경제 위기를 예방하기 위해 할 수 있는 건 다 해보자고."

그가 손가락으로 매끄러운 머리를 다시 쓸어 넘겼다. 지금 그는 수영장에서 만났던 소년이다. 강하고 용기 있는, 내가 믿을 수 있는 소년. 어쩌면.

그런데 돈을 투자해서 다시 돌려받는다는 실질적인 보장도 없는데 그가 동의한다는 건 믿기 어려웠다. 그리고 약혼녀와 다름없는 여자애 문제가 남았다. 그녀는 확실히 이 계획에 찬성하지 않을 테니까. 그녀가 걸친 모든 진주도 그럴 거고….

카이는 핸들에 손을 올리고 앞만 쳐다봤다.

"날 안 믿는 거지?"

"이건 게임이 아니야, 카이." 내가 차분하게 입을 열었다.

"사람들의 목숨이 걸려 있어. 계획을 세우고 투자한 뒤에는 널 뺄 수 없어. 게다가 너희 아버지가 뭐라고 하실까? 네 약혼녀는? 그녀에게 네 계획은 말했어? 네 결혼과 행복한 미래를 위해서라면 저축해야지."

"약혼녀?" 그가 날 쳐다봤다.

"무슨 이야기하는 거야?"

"너희 아버지한테 네 결혼 상대가 이미 정해져 있다고 들었어. 네가 돈으로 도박할 거라면 그녀가 알아야 한다고 생각하는데."

카이가 화를 낼 줄 알았는데, 오히려 웃음을 터트려서 난 놀랐다.

"샤오얀 말이야?"

난 어깨를 으쓱였다.

"아버지가 너한테 그랬다고?"

그가 고개를 절레절레 흔들었다.

"내가 알았어야 했는데. 있잖아, 피닉스. 난 약혼하지 않았어. 그런데도 아버진 이 결혼을 기정사실인 것처럼 이야기하셔. 그녀도 그렇고. 하지만 난 아무것도 동의한 적 없어. 아버지들끼리 친구 사이야. 작년 내내 우릴 엮으려고 애쓰셨지. 중국 부모님은 자녀에게 사회적 지위가 같은 부류끼리 결혼하라고 압박해. 어른들의 머릿속엔 그게 올바른 일이라는 생각이 박혀 있거든. 그뿐이야."

"이해해. 너희 둘 다 중국 엘리트잖아."

"누군가를 사랑해 봤다면 말도 안 되는 소리라는 걸 알 거야.

노력해 봐도 난 샤오얀처럼 될 수 없어. 확실히 그녀는 예쁘고 부유한 가문 출신이지. 그렇지만 날 행복하게 해 줄 수 있는 사람은 아니야.” 카이가 말했다.

“너희 아버지는 그걸 아셔?”

그가 길게 한숨을 쉬었다.

“중국 부모님은 이런 일을 쉽게 입에 올리지 못하게 해. 아버지는 엄청나게 화내시겠지. 수년째 나한테 사회적 지위가 같은 부류에서 결혼 상대를 찾아야 한다고 말씀하셨거든. 좋은 가문, 직업, 목표. 이런 게 우리 아버지의 전통이지.”

“무슨 말이야?”

“네가 원하는 것, 네 목표에 부합하는 여성을 찾아 프러포즈한 다음 손을 잡아라. 이해가 가?” 그가 손을 흔들었다.

“같은 그룹 안에서 다른 애를 찾지 않으면 아버진 질색하실 거야. 하지만 그 말이 화가 나. 당신은 규칙을 따르지 않았으면서 말이야.”

“그건 또 무슨 소리야?”

“아버지는 사랑에 빠져서 부모님을 거역하고 부모님이 반대하는 상대와 결혼했어. 그리고 어머니는 돌아가신 거야. 어머니의 사랑과 죽음이 아버지를 영원히 망가뜨렸지. 아버진 절대 극복하지 못하실 거야. 그래서 그의 조언을 따르라고 나한테 단호하게 말했어. 나중에 닥칠 고통에서 날 구해주는 거라면서.”

“너희 어머니는 명문가 출신이 아니야?”

“전혀. 물론 아버지는 어머니가 인간이 아니라 천사라고 하셨어. 하지만 지금 아버진 천사와 결혼하는 건 현실적이지 않다고 말씀하실 테지. 두 분은 다른 삶을 사셨고 무슨 말을 하든 자신의 방법을 고수했어. 아버지가 한번은 나한테 만일 어머니가 자신 같은 계급이었다면 어머니 스스로 그런 선택을 하지 않았을 거고, 지금까지도 살아 계셨을 거라고 하셨어. 결국 아버진 날 상실로부터 구하려고 하는 거야. 그때 이후로 한 번도 다른 여자를 사랑하지 않았거든."

차 안에 정적이 흘렀다. 챈이 사랑에 빠져 행동했다는 게 상상이 가지 않았다. 막이다. 우리는 모두 복잡한 막으로 덮여 있으며 어떤 막은 고통스럽고 어떤 막은 정말로 아름답다. 돈을 좇는 냉혈한 같은 챈은 내 생각보다 많은 걸 가진 모양이었다.

"나도 그렇게 되고 싶어." 카이가 말을 이었다.

"아버지가 어머니를 사랑하셨던 방식대로 누군가를 사랑하고 싶어."

그의 검은 눈동자가 내 눈을 똑바로 보았다. 갑자기 차 안이 엄청 덥게 느껴졌다. 뭐라고 해야 할지 몰랐는데 다행히 카이가 먼저 눈길을 거뒀다. 난 가족과 레드 말고 누군가를 사랑해 본 적이 없었다. 카이의 말이 이해가 가는 건 우리 부모님이 서로를 사랑한 방식을 알기 때문이다. 난 이해했다. 누군가를 사랑하면 고통이 두렵지 않다. 기꺼이 위험을 무릅쓴다.

1분 30초간 침묵이 흘렀다. 카이의 숨소리만이 이곳을 채웠다. 아주 고르고 침착해서 난 그의 들숨과 날숨을 셌다. 그의 규칙적인 리듬도, 지금 이 차 안에서 느끼는 내 감정도 놓치고 싶지 않았다.

"그럼, 넌 이 일에 확신이 있는 거지?" 경제 위기 건에 대해 내가 물었다.

"왜냐하면 내일부터 시작하면 할 일이 엄청 많을 거거든."

"해보자." 그가 잘해보자는 뜻으로 내게 손을 내밀었다.

난 그 손을 잡았다. 그는 부드럽게 내 손을 잡고 평균 악수보다 2초, 3초, 4초 더 오래 끌었다. 토끼 심장처럼 내 심장이 마구 나댔다. 그가 천천히 손을 빼더니 차에서 내려 문을 열어 주고 게스트하우스 현관까지 바래다주었다.

"잘 자, 피닉스."

"잘 자, 카이."

난 대답하고 문을 닫았다. 그리고 곧장 침실로 들어가지 않고 창문 앞으로 가 그가 서른여덟 걸음을 옮겨 집 안으로 사라지는 걸 지켜보았다.

∞

다음 날 아침, 카이는 입에서 물을 뿜을 뻔했다.

"진심이야? 이 모든 계획이 가설을 토대로 한다고? 그리고 우리한테 필요한 금액의 10분의 1조차도 없다고?"

난 계속 무표정을 유지했다.

"불가능해 보인다는 거 알아. 누구도 이런 일을 시도한 적이 없으니까. 하지만 하겠다고 한 건 너야."

"그러니까 내가 정리해 볼게." 카이가 말했다.

"우리는 일 년 동안 경제를 안정시키면 된다는 거지?"

난 고개를 끄덕였다.

"그래. 말했듯이 난 내 몫을 전부 포기했어. 너도 그러라고 요구하는 건 아니야. 빠지고 싶다면 그래도 괜찮아." 내가 말했다.

"모든 투자에는 리스크가 있어. 이번 건 다른 어느 것보다 더 큰 거고."

카이가 곰곰이 생각에 잠겼다.

"넌 미쳤어. 그거 알아? 내 몫을 포기하겠다고 장담하진 못하지만 그래도 계속할게. 시도는 해봐야 하잖아? 좋았어. 그다음에는?"

"그러고 나서 슈퍼 본드를 발행할 거야. 일 년 이상 지속할 거고. 본드가 망해가는 회사에 현찰을 공급하면서 경제가 다시 제 궤도를 찾을 때까지 유지되게 해 줄 거야. 그런 다음 우리는 유용한 분야, 즉 에너지, 은행, 수송, 식료품, 토지에 투자해. 이 모든 게 더 많은 슈퍼 본드를 발행하기 위한 자금이 될 테고, 그걸로 계속 안정화를 유지하는 거지. 이론상으론 중국 전역과 전 세계의 업체들이 사려고 달려들 거야."

"이 슈퍼 본드를 뭐라고 부르는데?"

그에게 내가 마침내 선택한 명칭을 말해 주고 싶지만 망설였다. 그를 믿어야 할지 말지 자신이 없었다. 그런데 다시 생각해 보니 카이는 이미 우리 아빠 이야기를 좀 알고 있었고, 내게 상처를 주지 않을 것 같았다.

"J.J. 본드 혹은 지에지앙 본드."

"어째서 지에지앙이야?"

"지에는 용감함을 뜻해. 상하이에는 지앙강이 있잖아. 그게 다야."

내 계산 능력을 알아차렸을 때처럼 그가 고개를 갸우뚱했다.

"왜 그래, 피닉스. 넌 그렇게 단순하지 않잖아."

난 놀라서 숨이 막힐 뻔했다. 지금 내 앞에 있는 누군가가 날 봐주고 관심을 기울이고 있다는 것에 감동해 눈물이 나려고 했다. 경계심이 살짝 수그러들었다.

"알았어. 우리 아빠 이름을 딴 거야. 아빠는 사람들이 자기 꿈을 알 수 있도록 돕는 데 돈을 투자한다는 신념이 있었어. 근본적으로 우리가 해야 하는 일도 그래. 아빠가 내 이름을 어디서 따왔냐면…."

바로 그 자신이라고 말할 생각이었는데 그러지 못했다.

카이는 내 진짜 이름을 모르니까. 카이에게 우리 아빠 이름은 중국어로 하면 '지에'고 성은 강을 뜻하는 '지앙'이며 J.J는 제이슨 조셉, 그의 이름에서 내 이름을 따왔다는 사실도 말하지 않을 셈이었다.

난 감정을 추스르고 대신 레드를 언급했다.

"아, 내 이름 피닉스는 잿더미에서 피어올라 가치 있는 일을 하라는 뜻이야. 우리가 이 계획을 실천한다면 내 이름이 마침내 의미 있게 되겠지."

"멋진데." 그가 감탄했다.

"그런데 우리가 어떻게 아시아 은행을 살 수 있어?"

"그건 좀 까다로울 거야."

나는 입술을 깨물었다. 계획을 실행하려면 솔직히 우리에겐 챈이 필요했다. 이 계획을 유지할 충분한 자금을 확보한 유일한 인물은 그니까.

"우린 훨씬 더 많은 돈이 필요해. 기부자, 후원자. 그리고 경제 위기에 대한 정보를 얻을 수 있는 정계 속 너희 아버지 인맥?"

"내가 알아볼게."

"좋아. 나도 후원자들을 좀 보유하고 있어." 내가 말했다.

"그들의 자금을 안정시킬 시간이 좀 더 필요할 뿐이야."

"잘됐네." 그가 미소 지었다.

하지만 난 굳은 표정이었다. 프랫과 엑스포를 생각하니, 심장이 바닥까지 쿵 내려앉는 기분이 들었다. 기부자는 내가 훔치는 데 성공해야만 생긴다. 그건 곧 마담, 킹과 마주해 살아남아야 한다는 뜻이었다.

두 부분으로 이루어진 내 계획에 카이가 여력을 다해 투자해 자신이 충실한 파트너임을 입증했다. 인턴십으로 일하는 와중에 그는 은행과 회사들, 잠재적인 기부자들에게 연락했다. 덕분에 난 마담과 킹에게 집중할 수 있었다. 상하이 엑스포 티켓을 샀고, 맥시마 모로의 여름 신상 라인을 최대한 알아두려고 노력했다. 7월 10일에 무슨 일이 벌어질지 몰랐다.

경찰의 도움이 필요한 순간이 생길 것이다. 선적에 대해 그들에게 넌지시 귀띔해 둬야 할까? 호텔도? 프랫도? 하지만 누구에게? 경찰 내부에 믿을 만한 조력자가 필요했다.

1~2주 안에 중국으로 도착하는 선적이 내 계획의 일부다. 돈과 소녀들이 모두 거기에 있다. 킹 또한 그 자리에 나타날 거다. 난 돈을 다 챙겨야 하고, 무엇보다 킹을 현행범으로 잡는 데 성공해야 한다. 그런 다음 경찰을 개입시켜야 했다. 열여덟 개의

시나리오가 실패했고, 여전히 빠져나올 방법을 찾지 못했다. 머리를 좀 식혀야 한다. 그래서 몇 주 전 인쇄해 둔 내 기사를 서랍에서 꺼냈다.

사진 속 어린 소녀의 눈을 들여다보고 기사를 열여섯 번 읽었다. 기사를 내려놓는데, 때마침 카이가 들어와 내 책상에 커피 한 잔을 올려놓았다.

"크림 하나, 설탕 없이, 맞지?"

그는 문으로 갔지만 그 전에 기사를 봤다.

"그건 뭐야?" 그가 물었다.

가슴이 두근두근 뛰었다. 그가 2초 동안 타이틀을 읽었고 그사이 난 왜 그걸 읽는지 설명할 이유 열일곱 가지를 생각해 냈다.

"어린 천재라고?" 다행히 그는 어깨만 으쓱거리고 말았다.

"경제 위기 기사인 줄 알았네. 점심 같이 먹을 거지?"

난 고개를 끄덕이고 안도감에 한숨을 쉬었다.

"커피 고마워, 카이."

그가 자리를 떴다.

숨을 고르고 난 뒤 커피를 마셨다. 다크 로스트다. 차는 질리도록 마셨다. 커피 향을 맡는 것만으로도 기운이 났다. 중국 소년이 스타벅스의 본고장에서 태어난 소녀에게 커피를 좋아하도록 가르쳐줄 확률은 얼마나 될까? 카이를 볼 때면 아빠 생각이 났다. 챈의 최근 거래 세부 사항을 훑어보며 한 모금 한 모금 음미하고 있는데, 비서가 호출로 곧바로 챈의 사무실로 오라고 알렸다.

난 조세핀 리버스에 대한 기사를 책상 안으로 치운 뒤 문을 나섰다.

챈이 아시아 은행에 대한 마음을 바꾼 걸까? 이 일을 해결할 자원을 가진 지상의 유일한 사람과 한 사무실 떨어져 있는 건 고문과도 같다. 다시 난 우리를 같은 도시에 있게 한 상황에 놀랐다. 우연이 아니었다. 이 생각은 고작 53초밖에 지속되지 않았는데 챈의 사무실까지 걸어가는 시간이 딱 그만큼이라서다.

내가 들어서는 순간, 그의 두 눈은 불처럼 타올랐다.

"출근하기로 했구나."

대답 대신 난 파일을 건네며 내 투자로 벌어들인 돈으로 그가 감탄하게 만들고, 한 번에 일을 마무리하려고 했다.

"좋은 아침이에요."

그가 파일을 열고 내용을 슬쩍 보더니, 옆에 놓았다.

"맥시마 모로의 텍스타일에 투자한 이유가 뭐지? 새 회계사가 그러는데 넌 그녀의 사업을 주시하고 있다던데."

"그녀의 투자가 우리 모두에게 이윤을 남기니까요."

난 간단히 설명했다. 내가 진짜 구매자라고 믿게 할 투자가 필요했고 아니면 엑스포는 실패할 테니까. 그가 신문을 집어 들었다.

"그리고 차이나 제너레이션이 세계 해운, 호텔 체인, 4,047제곱킬로미터가 넘는 농장에 투자한 이유는? 넌 뭘 하는 거니?"

그는 내 일거수일투족을 감시하는 걸까?

"당신 수익이 오르고 있잖아요." 내가 대꾸했다.

"어디에 투자할지는 제가 결정해요. 그게 거래조건이었고요."

"6개월 더…."

"뭐라고요?"

"6개월 더 하렴. 그런 다음 그만두었으면 한다."

곧장 머릿속에서 몇 달이 며칠과 몇 분으로 나누어졌다. 그 정도면 킹과 마담은 끝장날 거다. 난 자유가 되어 집으로 돌아가 다시 시작할 거고. 어쩌면 우리 가족의 무덤을 찾아갈지도 모른다. 난 행복해져야 하는데, 그 생각을 하니 눈물이 날 것 같았다.

"알았어요." 내가 대답했다.

"하나 더…."

그가 내 머리를 살폈다. 난 더 진한 갈색으로 염색했다. 립스틱은 좀 더 연한 소프트 핑크로 발랐지만. 혹시 또 다른 멍 자국이 있는지 살피는 건지도 모른다.

"너랑 카이가 많은 시간을 함께 보내는 이유가 뭐지?"

"제가 그를 음지로 끌어들이고 있거든요."

난 무미건조하게 말하며 그의 얼굴에 드리운 공포를 즐겼다. 난 한숨을 쉰 다음 고개를 저었다.

"그냥 비즈니스예요, 챈. 알잖아요."

카이는 자기 아버지에게 날 돕겠다는 의사를 알렸다. 하지만 여기 와서 보니 챈은 오늘 아침에 카이가 내게 커피를 가져다준 걸 더 걱정하는 건지도 모른다. 이걸 어떻게 받아들여야 할지는 나도 아는 바가 없지만.

챈이 자기 입술로 손가락을 가져갔다. 그가 날 참아 주는 건 투자 수익이 두 배로 늘어나서다. 그는 내가 따로 투자한다는 걸 알면서도 묻지 않았다. 그는 여전히 날 믿지 못하고 있고, 나도 그를 못 믿는 것 같다.

“그러는 편이 좋을 거야, 피닉스.” 그가 조용히 말했다.

“우리 아들에게는 미래가 있어. 네가 그 애의 발목을 잡지 않았으면 한다. 우리는 중국 사람이야. 네가 아무리 중국어를 유창하게 한대도 상관없어. 넌 절대 우리 일원이 될 수 없을 거야. 너희 둘 사이에 다른 뭔가가 있다는 걸 알게 되면 그걸로 거래는 끝이야. 네가 물러나길 바라마.”

이것이 그가 날 부른 이유였다. 카이 때문에.

난 카이와 같이 점심 먹는 게 일상이 되었다. 물론 회사 동료로서. 경제 위기를 해결하는 방법에 대해 서로 의견을 주고받기도 하는 자리였다. 간혹 그가 시내의 고급 레스토랑에 데려가 거기서 난 새우 한 마리 가격을 날짜, 연도, 사람 수로 계산해야 했지만 그래도 여전히 그가 하는 이야기를 들으면 즐거웠다.

그런데 최근에 카이가 같이 밥을 먹자고 할 때마다 챈이 미팅 일정을 잡거나 살펴볼 새로운 회사들의 목록을 내게 줬다. 이제 그 이유를 알았다. 이게 날 카이에게서 떼어 놓는 그의 방식이었다. 그리고 경제 위기를 예방하기 위해서라도 난 반드시 그의 뜻에 따라야 했다.

“좋아요. 마음대로 하세요.” 속에서 울컥하는 뭔가가 올라왔다.

“더 할 말 있어요?”

그가 고개를 들었다. 그의 얼굴에 걱정이 드리웠다.

“전에 너한테 계획이 있다고 했었지. 그걸 듣고 싶구나.”

난 재빨리 그의 눈을 똑바로 보았다.

"도와줄 건가요?"

"아니. 내 아들이 뭐 때문에 거기에 매료됐는지 알고 싶어서. 그것뿐이야."

"잘 알겠어요."

내가 두 부분으로 나뉜 계획과 J.J. 본드가 어떻게 운영될지 설명하는 동안 그는 한마디도 하지 않았다. 그의 눈은 사무실 모퉁이의 작은 물건에 고정돼 있었다. 선반 위로 레드가 준 낡은 폰이 보였다.

CHAPTER 28

현재 : 피닉스

중국 상하이, 상하이 타워

이후 사흘간 챈은 날 주시했는데, 특히 카이와 있을 때는 더욱 심했다. 또한 그는 날 개처럼 부려 먹었다.

고향을 생각하니 머릿속이 복잡해졌다. 시애틀도 경제 위기의 영향을 받을 것이다. 대공황 때 후버 대통령의 주도로 시애틀에 빈민을 위한 저렴한 주택 단지인 '후버빌'이 들어섰지만 그건 실패작이었다. 그 탓에 내가 전에 살던 근사한 동네가 도박, 매춘, 각종 범죄가 급격히 증가해 프랫과 같은 빈민가로 전락했다. 챈이 슈퍼 본드에 참여하지 않으면 그런 일이 다시 일어날 게 분명하다. 마담과 킹은 착한 사람들이 고통받을 동안 더 부자가 될 테고.

내 동생 릴리가 프랫 같은 곳에서 사는 모습이 머릿속에 퍼뜩 스치니 몸서리가 쳐졌다. 릴리의 육신은 죽었을지 몰라도 그 애의 영혼은 그렇지 않을 것이다. 그렇게 되도록 내버려둘 수 없다. 누구에게 그런 일이 일어나든 간에.

경기 침체를 겪던 어린 시절, 아빠에게 내가 벌어준 돈으로 새 컴퓨터를 사달라고 했는데 아빠는 안 된다고 했다. 돌이켜보니, 아빠는 한 번도 내게 돈에 관한 주도권을 내준 적이 없었다.

갑자기 슬픔이 밀려왔다. 마담이, 아빠한테 연락했지만 내 몸값 치르는 걸 거절했다고 다섯 번이나 말해 줬다. 날 그저 돈벌이 수단으로 여기다 더 이상 이용할 수 없게 됐으니 거절한 거라고 말이다. 그녀는 아빠가 날 찾으려고 한 적이 한 번도 없었다고 했다. 몇 달의 기다림 끝에야… 이해가 갔다. 전에는 그 점을 결코 보지 못했던 것 같다. 결국 엄마가 죽었을 때, 아빠는 사업에 몰두하며 그것이 자신의 치료법이라고 말했다.

아빠한테도 가슴이 따뜻하던 시절이 있었다. 항상 돈에 좌우되는 사람은 아니었다. 형편이 어려운 이웃의 보험료를 내준 적도 있었다. 심지어 마라 언니는 그들을 위해 초콜릿 쿠키도 구워주었는데. 그렇게 우리 가족들도 보살피며 살 때가 있었다. 대체 무슨 일이 벌어진 걸까? 남을 돕는 일에 대한 아빠의 비전은 언제 사라졌던 걸까? 난 의자에 깊이 파묻혔다. 다 쓸데없는 질문이다. 그들이 내게 대답해 줄 수 없으니 그만 궁금해해야 한다.

모든 게 사라졌다. 내 가족, 아빠의 회사인 아이비전, 내 집. 집이라는 개념마저도 이제 흐릿하다. 지금 내가 매달릴 수 있는 건 카이와 같이 갔던 해변의 그 감촉뿐이다. 내 바다와의 새로운 시작.

문을 두드리는 소리에 얼른 정신을 차렸다. 카이가 슬그머니 들어왔다. 내 주위를 환기해 준 그가 고마웠다.

"오늘 메뉴는 이탈리아 음식이야."

카이가 사무실 의자에 걸쳐둔 내 재킷을 집었다.

"미안해, 카이." 나는 재킷을 도로 잡아당겼다.

"난 못 가."

이러면 카이가 속상하겠지만, 난 그에게 괜찮은 짝을 찾을 시간을 주어야 했다. 그가 차에서 설명했던 그런 상대를. 결코 난 그런 애가 될 수 없으니까. 내가 이런 생각을 한 것 자체가 놀랍고 슬펐다.

그 상대가 되고 싶다고 바란 적이 있었나?

"무슨 일이야?"

카이가 내 앞 의자에 털썩 주저앉으며 물었다.

"아무 일도 없어."

난 손에서 펜을 굴리며 대꾸했다.

걱정으로 가득 찬 그의 눈빛을 보니 죄책감이 들었다. 그에게 한 번이라도 내게 일어난 일을 털어놓을 수 있다면 좋을 텐데. 레드는 수치와 약점, 고통을 이해했다. 하지만 카이는 가족의 사랑만 먹고 자란 부류다. 내가 어떻게 배신과 납치를 당해 끔찍한 일을 강제로 할 수밖에 없었다는 걸 그에게 고백하는 순간 그는 내가 얼마나 약한 존재인지 알게 될 거고, 무엇보다 끔찍한 건 내가 사랑받지 못해서 그렇게 된 거라고 이해할 것이라는 점이었다. 그는 내게 어떤 문제가 있는지 알고 싶을 것이다. 가끔 나 자신도 그러는 것처럼.

난 마음속에서 올라오는 생각을 억눌렀다.

"진전은 있어?"

"은행 몇 곳에 연락했고 네가 제안했던 주식 일부랑 기술 기업들에도 투자했어. 또 우리 회사는 세계에서 가장 큰 낙농업, 옥수수, 감자 농장에 상당 부분 투자하고 있으니 실질적 소유주나 다름없어." 카이가 말했다.

갑작스러운 카이의 말에 놀랐다. 돈과 시간뿐 아니라 내 아이디어에 대한 믿음까지 투자했다. 가끔 내가 수학적인 부분을 이야기할 때 그는 방정식을 설명해달라고 했다. 그는 바보가 아니었다. 그는 내가 단순한 수학 영재 이상이라는 걸 알고 있었다.

"잘했어." 내가 대답해 줬다.

"어젯밤에 상 스승님들과 만났어."

그가 웃으며 3분간 그의 쿵푸 연습 이야기를 들려줬고, 나도 같이 웃었다.

챈과 달리 카이는 사회성이 아주 좋고 창의적이다. 그런 그가 아버지의 뒤를 잇는다니, 상상하기 어렵다. 게다가 그 얼굴까지…. 난 가만히 그를 바라봤다. 매끈한 갈색 피부, 말할 때 생기는 눈웃음. 내가 볼 수 있는 유일한 것처럼 느껴지는….

잠깐만….

내 눈에는 그의 눈만 보였다. 숫자가 아니라 그냥 날 쳐다보고 있는 두 개의 검은 눈동자다.

숫자가 사라졌다!

충직한 숫자들이 모든 걸 알려 주지 않으면 난 앞을 볼 수 없는 것과 마찬가지다. 내 세상이 어두워졌다. 막 공포심이 빠지려는 찰나, 숫자가 스위치처럼 하나씩 다시 켜졌다. 그래프, 측정치, 수치로 이루어진 완전한 화면으로 모든 게 정상으로 돌아왔다. 난 안도의 한숨을 쉬었다.

방금 그건 뭐였지?

아주 잠깐 있었던 일이지만 두뇌가 이유를 찾기 시작하면서 두려움에 빠졌다. 내 주변을 변수로 두고 이 방 안 모든 걸 가능성의 요인으로 추가했다. 조명, 커피, 알레르기, 카이? 모조리 다.

"난 다시 일해야 해, 카이."

대놓고 불편한 목소리로 내가 말했다.

"알겠어. 집에 갈 때 태워줄까?" 그가 물었다.

"아니면 지난 몇 주처럼 퇴근 후 쏜살같이 나가버릴 거야?"

카이의 의구심이 점점 커지는 중이다. 지난주에 그는 매일 저녁 같이 퇴근하자고 했지만 내가 거절했다. 난 더 많은 X 소녀를 찾아 사방을 돌아다녔다. 시내 광장, 호텔과 골든 앨리 주변을 어슬렁거렸지만, 건진 건 거의 없었다. 좌절만 쌓이는 중이었다. 호텔에 혼자 들어갈 수도, 그들의 구매자가 되는 것도, 아직은 리스크가 너무 컸다.

"고맙지만 태워주지 않아도 돼. 오늘 저녁은 바쁘거든." 내가 대답했다.

"남자 친구를 만나는 거야?" 그가 물었다.

그 말에 웃음이 터져 나왔다.

"지금 농담하는 거지? 우리가 하는 일을 보고서도 그래? 남친을 사귀기엔 난 너무 바쁘고….”

“그래, 그러면 됐어. 비밀 연애로 인한 제2차 대공황이 벌어지는 건 원치 않으니까.” 그가 웃었다.

“솔직히 말해봐, 밤마다 어딜 가는 거야?”

“매춘부들과 어울려.”

내가 진지한 목소리로 말했다. 그가 정색하더니 눈이 휘둥그레졌다.

“농담이야. 그냥 혼자 있는 것이 좋아서 그래. 생각할 시간도 필요하고, 알잖아.”

내가 어깨를 으쓱였다.

“생각할 시간이라고?” 그가 되묻더니 고개를 끄덕였다.

“그렇다면 난 네 생각으로 들어가는 방법을 찾는 수밖에.”

그 말에 내 뺨이 발그레 달아올랐다. 카이는 내 시선을 응시하다 자리를 떴다. 그는 내게 꽂혔고, 내가 뭘 하는지 찾기로 마음먹었다. 내가 아는 카이라면 그리 오랜 시간이 걸리지 않을 것이다.

∞

오늘 난 챈의 이름 없는 개인 조수 역할을 했다. 우리는 재정과 행정 전문가 스물다섯 명과 한자리에 모였다. 챈이 대공황 이면의 패턴을 설명할 때 그들의 얼굴은 창백하게 바뀌었다.

얼굴이 둥근 경제학자가 입을 열었다.

“이미 가스 가격이 오르고 있습니다. 주식 시장도 급격히 떨어지고 있고요. 항공 업계도 마찬가지로 큰 손실을 내고 있다고 합니다. 어느 정도까지 나빠지겠습니까?"

"최악의 상황은 아직 오지 않았습니다."

챈은 카이와 내가 그중 일부 주식을 살려내지 않았더라면 상황이 엄청 더 나빠졌을 거라는 말은 하지 않았다.

"아시겠지만 중국이 무너진다면 다른 국가로 심각한 여파가 미칠 겁니다. 우리는 피해를 줄일 수 있는 가능한 해결책을 제시하고자 합니다…."

챈이 내게 자리를 내주었고 난 긴급 구제 계획과 J.J. 슈퍼 본드를 설명했다. 말하는 동안은 차트에만 시선을 두었다. 순수 베이징 사투리에 북쪽 지방 언어를 섞어 내 출신을 가렸다. 딱히 중요하지 않은 내 이름도 말하지 않았다. 이 계획이 승인을 얻으려면 챈이 낸 것처럼 보여야 했다.

"고맙지만 우리 정부에도 자체 프로토콜이 있습니다."

제안한 계획에 대한 답변으로 한 정부 관계자가 말했다.

"그걸 실행할 거지만 그쪽의 슈퍼 본드 프로그램도 공식적으로 지원해 줄 테니 민간 기업과 개인에게 도움을 주길 바랍니다."

"감사합니다."

챈은 '내가 노력했잖아'라는 듯 내 눈을 바라봤다. 그 프로토콜이 경제를 구하지 못할뿐더러 챈의 돈 없이 내 해결책이 실현 불가능하다고 다시 설명하는 건 부질없는 일이었다. 난 좌절한 채 자리를 나서며 챈이 마음을 바꾸거나 킹과 마담의 금이 아주 많길 바라는 바보 같은 소망에 매달릴 수밖에 없었다.

퇴근 후 공장으로 갔다. 배당해 둔 돈으로 링 박사가 리모델링을 진행했고, 이제 안전 가옥은 한층 안락한 모습으로 전면 운영되었다. 의료실, 운동실, 식품 저장 창고 그리고 기술 장비로 가득 차고 호화로운 러그와 편안한 의자가 놓인 나만의 '해킹 룸'도 있었다.

"와우!"

공장을 둘러보며 난 탄성을 내뱉었다.

"전부 근사하네요. 기록이 남진 않았죠?"

"네." 그녀가 대답했다.

"전부 사촌의 계정으로 샀어요. 그리고 옆 공장으로 단체 배송을 시켰죠. 모든 건 규정을 따르고 있고요."

난 한숨을 쉬었다. 링 박사는 킹과 마담이 감옥에 갈 때까지 여기서 지내겠다고 약속했다. 하지만 이래서는 되레 이들이 감옥에 갇힌 꼴이었다. 지금 공장은 감시 카메라, 경보 장치에 규정까지 있어 완전 폐쇄적으로 운영 중이었다.

보안에 있어서 링 박사는 아주 요령이 좋았다. 소녀들이 돌아가며 매주 지역 시장으로 장을 보러 가기에 누구도 그들을 알아보지 못했다. 하루에 한두 시간만 밖으로 나가고 이 동네를 거의 벗어나지 않았다. 하지만 영원히 여기서 이런 식으로 살 순 없었다. 이 일을 끝내야 한다는 압박감이 커졌다.

난 셀 수 없을 만큼 많은 돈뭉치를 꺼냈다.

"당신과 소녀들에게 쓸 자금이에요. 원하는 만큼 가족들에게 주세요. 죄송해요."

그녀는 어머니처럼 내 팔을 잡았다.

“우리 걱정은 말아요. 곧 끝날 테니까. 애들은 안전해요. 그게 제일 중요하잖아요.”

그녀가 여기 있는 이유는 복수가 아니다. 회복이다. 레드가 오래전부터 원했던 것을 이행하는 것. 난 그들을 실망하게 할 수 없다.

링 박사가 아니었다면, 소녀들을 어떻게 대해야 할지 솔직히 엄두가 안 났을 것이다. 그녀는 나보다 나이가 많고 현명하며 침착했다. 상실과 트라우마를 경험했으면서도 자신의 가치를 오염시키지 않은 채 안정적이고 희망찬 사람으로 남은 덕분에 그녀는 소녀들의 이야기를 들으면서도 이성의 끈을 놓지 않을 수 있었다. 그녀는 내가 결코 할 수 없는 방식으로 그들의 치료에 도움을 주었다.

치료의 일종으로 링 박사는 소녀들에게 아주 평범한 것들, 이를테면 독서, 요리, 그림 그리기, 꾸미기와 같은 걸 마음대로 할 수 있게 해 주었다. 그들은 조금씩 회복해 나갔다. 그 모습을 보면서 내 일부도 나아지고 있는지 궁금해졌다.

소녀들에게 더 많은 자유를 줄 수 있다면 좋을 텐데. 금요일마다 골든 앨리로 가지만 수확이 없었다. 하지만 숫자는 내게 언젠가 목적을 이룰 테니 포기하지 말라고 알려 주었다. 그래서 포기하지 않을 거다. 왜냐하면 한 명을 찾으면 전부 다 찾아낼 수 있고, 끝내 모두를 구할 수 있을 거라고 무언가가 내게 말하고 있기 때문이다. 그리고 어쩌면 나 자신도 구할 수 있을지도 몰랐다.

상하이의 여름 노을은 오렌지, 자몽, 딸기가 섞인 색이다. 대기 오염으로 색이 더 짙어졌다고 해도 그냥 무시하기엔 여전히 너무 아름다웠다.

오늘 세계은행이 경기 침체에 대한 경고를 대대적으로 발표했다. 앞으로 몇 달 동안 절약하면서 물자와 자원을 보존하라고. 전문가들이 아주 신중하게 빠른 해결책을 고안 중이라고 확신했다.

내 사무실은 습하고 갑갑하다. 건물 다른 곳에는 에어컨이 돌아가지만 난 사용하지 않기로 했다. 냉기를 즐기기엔 추운 곳에 너무 오래 있었다. 게다가 추위에 돈을 낸다는 건 내게는 납득이 가지 않는 부분이었다.

노크 소리가 났다.

"전자 사본은 이메일로 이미 보냈어요, 챈." 난 문을 쳐다보지 않고 말했다.

"그 챈이 아니야." 친절한 목소리에 난 움찔했다.

돌아보니 카이가 천천히 안으로 걸어들어왔다. 평소처럼 정장 차림이다.

"밥 먹었어?"

"아니, 12시간 8분째 사무실에 있는 중이야."

"그럼 나머지 48분을 음식에 투자하면 좋을 것 같은데." 카이가 농담을 던졌다.

"어서, 이미 밤이 찾아왔어. 내가 저녁을 사줄게. 거절은 사양하겠어."

난 그의 핀스트라이프 무늬 넥타이를 쳐다봤다.

"근사한 곳에 갈 기분 아니야."

"나도 그래. 이제 우린 서로 신뢰하는 사이니까 널 내 비밀 아지트이자 제일 좋아하는 레스토랑으로 데려갈 거야. 우리 아버지도 모르는 곳이지." 그가 씩 웃으며 말했다.

"우리가 서로를 신뢰하는 사이라고?"

난 농담하며 웃었다. 뭐, 절반은 농담이었다.

"너랑 나 단둘이만, 하오 부 하오(hao bu hao 好 不好 좋아, 싫어)? "

그가 날 바라보는 방식, 자신이 누구인지 알고 뭘 원하는지 확신하는 그 방식이 챈의 경고를 잊어버리게 했다.

난 컴퓨터를 껐다.

"하오."

"정확히 10분하고 37초 뒤에 1층에서 만나."

그가 씩 웃으며 고개를 끄덕였다.

정확하게 그 시간에 맞추는 게 나한테는 어려운 일이 아니라는 걸 그는 잘 몰랐다.

CHAPTER 29

현재 : 피닉스

∞

중국 상하이, 푸동

난 허벅지에 들러붙은 원피스 자락을 살살 잡아당기며 그가 눈치채지 않길 바랐다. 그리고 언제부터 내가 카이의 생각을 신경 쓰기 시작한 건지 궁금해졌다.

다른 날 밤이라면 광장에서 사람들의 얼굴을 살피고 있었을 것이다. 길 맞은편에서는 매콤한 돼지 바비큐 냄새가 풍겼고, 아이들은 알록달록한 가판에서 버블티를 사고 있다. 대기 오염으로 붉게 반짝이는 상하이의 스카이라인에 대해 언급하며 우리가 어떻게 할지 이야기할 수도 있겠지만, 오늘 밤은 어느 것도 하지 않을 셈이다. 대신 난 속으로 습한 밤과 오늘 나의 옷차림새를 못마땅해했다.

"날 어디로 데려가는 거야?" 그에게 물었다.

"그리고 옷은 왜 그렇게 입었어?"

아래층에서 만났을 때 그는 옷을 갈아입었다. 매끄러운 검은 머리를 뉴욕 양키스 야구 모자로 가렸다. 그는 청바지에 흰 브이넥 티셔츠 차림이다. 평소의 슬랙스에 넥타이 차림과는 거리가 멀었다.

"말했잖아." 그가 장난스럽게 대꾸했다.

"아버지가 우릴 찾을 수 없는 곳에 간다고."

그가 미소를 지으니 검은 눈동자가 작아졌다.

"그리고 오늘 밤, 난 너처럼 미국인이야."

"고마워. 옷이 모든 걸 바꾸는구나. 정말 넌 이제 중국 사람이 아닌 것 같아."

"잘됐네, 왜냐하면 너도 이제 미국 사람 같지 않거든."

그가 가볍게 대꾸하고 내 손을 잡았다. 그가 한 말은 사실이었고 내게 강하게 와 닿았지만, 그가 손을 잡는 바람에 정신이 나가버려서 제대로 생각할 수 없었다. 난 더 이상 내가 누군지 몰랐다.

아는 거라고는 그의 손이 열기로 뜨겁고 끈적여도 강인해서 내게 안정감을 준다는 점이었다. 이 손을 놓기 싫었다.

우리는 강 건너편을 바라보며 와이탄 거리를 걸었다. 별 대신 광고판이 밤하늘을 밝혔다. 차이나 제너레이션의 아이콘이 다른 광고들과 함께 반짝였다. 한번 반짝일 때마다 난 우리의 세상이 얼마나 다른지 떠올렸다.

"이쪽이야."

그가 말했고, 우리는 길을 건넜다. 그는 다시 어둡고 지저분한 작은 골목을 가리켰다. 악몽에나 나올 법한 거리다.

우리는 두 청년이 연석에 쪼그리고 있는 곳에서 멈췄다. 해바라기씨 껍데기와 담배꽁초가 그들 앞에 버려져 있었다. 난 시멘트벽 안으로 움푹 들어간 작은 슬라이딩 유리문을 보았다. 연기, 기름, 고추의 톡 쏘는 냄새가 문틈으로 새어 나와 콜록거렸다.

"도착했어." 카이가 유리문을 가리키며 말했다.

"럭키 누들스(Lucky Noodles)야."

그가 창문에 붉은색으로 적힌 중국어를 가리켰다.

중국어 옆으로 철자가 틀린 영어 간판이 보였다.

"록키 녹들스(Luoky Nocdles)가 아니고?" 내가 말하며 웃었다.

"네 생각이 맞았어. 너희 아버지는 절대 여기 오고 싶어 하지 않겠네."

레스토랑은 거의 비었고, 작은 공간은 다채로운 색의 플라스틱 칸막이 가구들로 꾸며져 있었다. 얼굴이 벌건 남자 세 명이 뒤쪽 모퉁이에서 담배를 피우고 있었다. 막 식사를 마친 것 같은데, 바이주는 아직 반병 남아 있었다. 그들은 왁자지껄 떠드느라 우리가 들어온 걸 전혀 눈치채지 못했다.

"여긴 어떻게 찾았어?" 내가 물었다.

프랫에서 살았던 나한테 이렇게 좁고 어두운 공간은 별로 상관없었지만 카이 같은 도시 출신이?

"상하이의 가장 잘 숨겨진 비밀이지." 그가 말했다.

"상하이 최고의 유탕면 집이야."

"그러니까 네 발로 여길 찾아온 거라고?"

카이가 평소에 식사하는 근사한 레스토랑을 떠올리며 내가 비아냥거리듯 물었다. 거기선 여러 명이 그의 테이블 근처에 대기하면서 왕자에게 꼭 맞는 연회를 베풀기 위해, 그의 필요에 의해 움직일 준비를 한다. 이곳은 대장균에 감염되지 않고 걸어나갈 수 있으면 그나마 다행인 곳 같았다.

"난 우리 아버지가 아니야, 피닉스." 그의 얼굴이 진지해졌다.

"내겐 돈보다 더 중요한 것들이 있다고. 너한테 이미 증명했다고 생각하는데."

그의 손이 내 손을 더 꽉 잡았다. 그의 눈동자는 쿵후 스승과 대련하던 날, 그 눈빛과 똑같았다. 계산적이고, 결의에 차고 자신감이 넘쳤다.

붉은 앞치마를 두른, 체구가 작은 중국 여성이 뒤집어 놓은 테이블을 닦고 있었다. 흰 주방장 옷을 입은 남성이 대걸레를 들고나왔다. 그들은 문을 닫는 중이었지만 우리를 보고는 어쨌든지 반겨줬다.

황금색 마네키네코가 카운터 위에 혼자 앉아 기계적으로 손을 위아래로 흔들며 부의 정령이 들어오는 걸 환영했다. 그 고양이가 내 옆에 누가 있는지 알고 그러는지 궁금했다.

우리는 매끄러운 흰 타일을 가로질러 테이블 하나를 골라 자리에 앉았다. 중국어로 '축복'을 뜻하는 푸(fu 福) 네 개가 벽마다 걸려 있는 것 말곤 아무 장식도 없었다.

"오늘 너무 덥네."

머리카락이 목에 들러붙는 걸 멈춰보려고 손부채질하며 내가 투덜댔다.

"난 여자를 잘 모르지만." 카이가 말했다.

"널 알기 시작한 후로 네가 쭉 손목에 차고 있는 그 간편한 머리끈을 사용하는 모습을 한 번도 보지 못했어. 그걸로 머리를 묶으면 훨씬 시원할 것 같은데."

쓰지도 않는 머리끈같이 다른 사람은 알아차리지 못하는 걸 카이는 어떻게 찾아내는 걸까? 하지만 그가 내 상처를 봤다면 분명 이게 뭐냐고 물어봤을 것이다.

"아니. 난 머리를 내리는 게 좋아." 난 어깨를 으쓱였다.

플라스틱 테이블 커버 아래 메뉴판이 놓여 있었다.

"편리하네."

난 메뉴를 보려고 냅킨으로 테이블 먼지를 닦았다. 난 두부가 들어간 칭탕미엔(qing tang mian 淸湯麵)을, 카이는 소고기가 들어가는 차오미엔(chao mian 炒麵)을 골랐다. 우리는 종업원을 불렀다.

옆 테이블의 남자아이와 그의 어머니가 국수를 먹다 말고 한동안 우리를 쳐다봤다.

"라오웨이."

아이 엄마는 내가 못 알아들을 거라 확신하고 아들에게 말했다.

"백인들은 젓가락질을 잘 못 해."

내가 상하이 속어를 쓰며 국수를 주문하는 걸 듣고 그녀의 표정이 달라졌다. 나중에 우리 음식이 나왔을 때, 그녀는 계속 내 젓가락질과 내가 입은 중국 전통 원피스를 가지고 품평해 댔다.

"봐, 카이." 국물을 다 마시고 내가 말했다.

“네 야구 모자와 내 원피스는 아무것도 바꾸지 못해. 우리는 보이는 그대로야.”

“우린 우리가 정의하는 대로야. 다른 사람이 아니라.”

그가 모자를 벗고 손가락으로 검은 머리를 쓸어 넘겼다.

“난 이제 모르겠어.”

“해와 달은 다르지만, 둘 다 세상을 밝히잖아? 있잖아.” 그가 조용히 말했다.

“너한테 다른 일이 있다는 거 알아. 느낄 수 있어. 넌 아시아 은행 일 말고 다른 것도 계획했다는 걸. 나도 돕고 싶지만 우선 네가 할 일이 있어.”

“그게 뭔데? 너처럼 싸우는 법을 배우라고?” 내가 물었다.

“이 일은 이기기 위해 무기가 필요하지 않아. 필요한 건 나한테 다 있고.”

“아니, 싸움을 말하는 게 아니야. 넌 이미 살아남는 법을 배웠잖아. 그 정도는 나도 알아.” 그의 눈길이 차분해졌고 다시 내 손을 잡았다.

“새로운 교훈을 배울 때야.”

“아, 그래?”

난 그에게서 손을 뺐다.

“그래, 마음을 열어. 사람들을 받아들여. 날 믿어 봐.”

그는 다시 내 손을 잡으려고 했다. 난 손을 뒤로 숨겼다. 카이가 쳐다봤다.

“네가 말하지 않는데 어떻게 알겠어? 어떻게 도울 수 있겠냐고?”

목이 멨다. 그가 하는 말이 옳다. 심지어 레드도 내게 반드시 이렇게 말하고 도움을 구하라고 했다. 하지만 난 고집을 버리지 못하는 중이었다. 내 심장을 붙들고 있는 손아귀 힘이 너무 거셌다. 만약 이걸 놓는다면 내가 완전히 흐트러질까 두려웠다. 지금 이런 걸로 일을 망칠 수는 없다.

"넌 이미 날 돕고 있잖아." 내가 말했다.

"경제 문제를 말하는 게 아니야. 너에 대한 거라고."

"넌 충분히 알고 있어." 내가 조용히 대꾸했다.

"뭘 알고 있는데? 어느 날, 넌 갑자기 나타났어. 수학에 능하고 우리 아버지 회사 일을 돕고? 넌 누구보다 빨리 다음 대공황을 알아차렸지. 게다가 옛날 건물을 좋아한다면서 우리 아버지의 공장을 샀어. 아, 부두에서 있었던 사건도 잊지 마. 그땐 정말 운이 좋았으니까." 그가 고개를 저었다.

"이 모든 일을 겪고도 난 아직도 네가 누구고, 어디서 왔는지… 거기다 네가 의도한 것이 아니라고 말하는 그 일이 끝나고 난 뒤에도 얼마나 더 여기 있을지, 난 모른다고. 나한테 말해줄 수 없는 거야?"

"내가 왜 그래야 하는데?" 내가 물었다.

"난 네 친구가 되려고 노력했어. 모르겠어? 내가 보기에 넌 누구도 털어놓을 사람이 없어. 너한테 다른 친구라고는 전혀 없으니까."

정통으로 급소를 맞은 것처럼 내 안에 강한 울림이 느껴졌다. 슬프지만 그 말은 사실이었다. 나에게는 다른 친구가 없다. 하지만 그가 정말 내 친구일까? 내 일부는 그를 믿고 싶어 했지만,

다른 일부는 더 큰 고통으로부터 날 보호하고 싶어 한다. 우리 아빠는 날 사랑한다고 말했지만 난 아빠를 믿을 수 없었다. 그런데 어째서 카이한테 기회를 줘야 할까? 평범한 사람들은 이해하지 못할 것이다.

감정에 대한 것도 숫자가 알려 주면 좋겠는데, 그러지 못해서 싫었다. 레드는 머리가 아닌 마음이 시키는 대로 하라고 했다. *숫자가 네게 가르쳐줄 거야*. 그가 말했지만 지금 숫자는 도움이 되지 않았다.

레드는 나에게 새로운 시작을 위한 다음 단계인 신뢰로 나아가라고 했다. 하지만 계산은 날 어지럽게 만들고 숫자는 카이를 볼 때면 그의 눈 주변 어딘가로 숨어버렸다. 몇 번 눈을 깜박여야 숫자들이 돌아오는데 이 점이 날 더 두렵게 했다. 분명 그건 스트레스 탓일 것이고 카이는 스트레스를 악화시키는 원인이었다.

나중에는 그에게 말할지도 모르지만, 지금은 아니다. 난 지금 이 자리를 벗어나고 싶었다.

"저녁 잘 먹었어." 난 이렇게 말하며 자리에서 일어났다.

"걸어서 집에 갈게."

카이가 팔을 잡았지만 난 홱 뿌리쳤다.

"저기, 널 화나게 하려던 건 아니야. 그냥 네 친구가 되고 싶어서 그래." 그가 말했다.

"부탁이니 널 데려다줄 수 있게 해줘."

"아니, 난 혼자 가는 게 좋을 것 같아." 난 가슴이 시키는 대로 하지 않았다.

"내일 봐, 쩌 웨이(Ze Wei 澤偉 왕자님)."

밖에서 난 무심결에 담배꽁초 통을 차버렸다. 메케한 연기가 코를 찔렀다.

난 혼란스러운 감정으로 럭키 누들스를 나왔다.

그의 말이 옳다는 걸 알아.

멍청이! 어째서 내 입은 그렇게 딱 붙어 있었을까? 자신도 돕지 못하는 주제에 다른 사람을 돕는 중이다. 엉망인 내 주변을 살피지 않았고 이길 가능성이 적다는 확률도 못 본 척하며 아직 포기하지도 않고 있다.

단순한 방정식이 아무리 작은 리스크라고 해도 그 너머에는 엄청난 변화가 있고 그것이 확률을 이기는 큰 요인이 될 수 있다고 알려 주었다. 그 길을 따른다면, 난 정말로 바뀔 수 있고 세상도 마찬가지였다. 카이에게 마음을 여는 건 작은 리스크였는데 방금 기회를 놓치고 말았다.

내 안에서 감정이 토네이도처럼 휘몰아쳤다. 난 빠르게 걸음을 옮겼다. 집에 가고 싶지 않았다. 머릿속을 정리할 필요가 있다. 잘못을 바로잡고 싶었다. 다음 교차로에서야 나는 내가 어디에 있는지 알게 됐다. 오늘이 금요일인 것도.

어쩌면 아직 오늘 밤을 위해 뭔가를 할 시간이 있을지도 몰랐다.

난 골든 앨리 쪽으로 방향을 잡았다.

CHAPTER 30

현재 : 피닉스

중국 상하이, 골든 앨리

도착한 즉시, 내 머릿속에서 방정식이 음수를 내놓았다. 골든 앨리에는 처음으로 차량이 주차돼 있었다. 새것처럼 빛나는 파란 밴이었는데 상하이 번호판이 아니다. 난 차 옆으로 천천히 걸었다.

밴 뒤로 다가갔을 때쯤 또 다른 밴이 같은 종류의 번호판을 달고 골목에 멈췄다. 한 소녀가 비틀거리더니 무릎부터 떨어졌다. 얼굴은 피투성이였다. 남자가 따라 내렸는데 저 사람이 그 애를 밀친 사람일까? 이번이야말로 골든 앨리로 입장하는 길을 찾은 걸지도 모른다.

남자가 여자애를 질질 끌고 길을 가로질러 회색 문 앞에 도착했다. 그가 문을 세 번 두드렸다. 소녀는 빌고 또 빌었다. 피가 흐르는 입술에서 반복적으로 흘러나오는 '부탁이에요'가 소녀를 붙들고 있는 남자를 지나 나에게까지 전해졌다. 그는 소녀가 고개를 들길 기다렸다가 주먹으로 옆통수를 후려쳤다.

소녀의 몸이 시멘트 바닥으로 고꾸라지면서 더러운 물이 남자의 바지에 튀었다. 천박한 욕설을 뱉으며 남자가 소녀의 갈비뼈를 걷어찼다.

또다시 '부탁이에요' 소리가 들렸지만, 이번에는 속삭임에 가까웠다. 누구도 노크에 반응하지 않자 남자는 화가 난 듯했지만 난 다행이다 싶었다. 그 문이 어디로 향하는지 알았고, 수많은 방정식이 내게 달아나라고 외쳤지만 내가 상대해야 하는 사람이 한 명뿐이라는 것도 알고 있었다.

이번에는 진짜 엉망진창이 되어 보려고 한다. 내게 유리하지 않은 건 분명하다. 이 남자는 내 두 배로 덩치가 크고 보기에도 싸움을 많이 한 것 같다. 왼쪽 뺨에 흉터가 있었고, 주먹이 크며 어둠 속에서도 눈동자에 영혼이 없다는 게 보였다.

어떻게 그냥 지나칠 수 있을까? 우연의 일치라는 말은 내 머릿속에서는 유치한 생각이다. 아니, 난 이 거리를 걸어 내려가는 쪽을 선택했다. 저 소녀는 의도하지 않았겠지만 나에게 간청한 것이나 다름없다. 그들이 텅 빈 거리라고 생각하는 곳에서 벌어진 이 잔혹한 상황의 목격자는 내가 유일했다.

머릿속 숫자들이 그녀를 도울 방법이 전혀 없다고 말했다. 모든 방정식이 양쪽에 부정적인 수를 내놨다. 우리는 그 남자를 따돌리고 도망칠 수도, 그와 싸워 이길 수도 없다.

결심대로 진행한다면 난 다치거나 죽을 것이고, 더 끔찍한 경우 잡혀갈 수도 있다. 마담한테 돌아갈 수 없다. 그럴 순 없다. 지금 난 떨고 있다.

도망쳐, 피닉스.

경찰을 불러야 한다.

아니, 그럴 시간이 없다. 난 다리를 덜덜 떨며, 폭풍우처럼 미친 속도로 계산에 몰두했다. 선택해야 한다.

이 소녀를 도울 수 없다는 건 분명하다. 내가 지금 지나치면 미래에 더 많은 소녀를 구할 수 있고 마담이 이 세상을 오염시키는 걸 막을 수 있다. 그게 더 나은 선택이지만…. 속에 있는 무언가가 불편했다.

고개를 똑바로 들고 난 문을 살폈다. 가로등에서 연한 빛이 흘러나왔다. 쓰레기와 소변 냄새가 진동했다.

여길 벗어나.

내가 뒷걸음질 쳤을 때, 소녀의 작은 목소리가 또다시 들렸다.

한 걸음 더 물러서.

난 어둠 속 벽에 기댔다. 그들은 날 보지 못했다. 그러니 들키지 않고 도망칠 수 있다. 모퉁이에 큰 도로가 있다. 경찰에 연락해야 한다. 누군가에게 도움을 요청해야 한다.

이 망할 원피스! 주머니가 없어서 휴대전화를 놓고 왔다. 난 뒤돌아 걸었다. 아마도 한동안 내가 한 일 중에 가장 똑똑한 선택일 것이다.

"부탁이에요."

소녀에게서 나온 말은 그게 다였다. 그 말을 할 때마다 남자는 소녀를 때렸다. 그녀는 왜 입을 다물지 않을까? 난 이유를 안다. 포기하고 싶지 않아서다.

머릿속 방정식을 떨쳐 내버릴 수가 없다. *지금 네가 가버리면 저 앤 죽어*.

비록 숫자는 음수를 내놨지만, 난 작은 리스크가 경우의 수를 바꿀 가능성 1퍼센트에 집중했고, 그러자 심장이 쿵쿵 뛰었다.

배수로에 빈 맥주병이 굴러다녔다. 새로운 변수다. 여전히 가능성은 작았고 리스크는 컸다. 하지만 내가 다시 돌아서긴 충분했다.

난 온 힘과 속도를 다해 움직여 도롯가에서 병을 집어 들었다. 남자가 돌아보고 내가 오는 걸 봤지만 자신을 방어할 충분한 시간이 없었다. 난 사력을 다해 병으로 남자의 머리를 내리쳤다. 세게 쳤는데도 병은 깨지지 않았고, 내 손 안으로 다시 튀었다.

그가 머리를 감싸더니 놀란 얼굴로 날 쳐다봤다. 나도 놀랐다. 병이 깨질 줄 알았는데 끄떡도 없었다.

아드레날린이 급증한 상태로 난 다음 움직임을 선택했다. 싸움꾼은 아니지만, 남자의 어디를 차야 할지 알고 세게 걷어찼다. 그가 무릎을 꿇으며 고꾸라졌다. 난 다시 한번 들고 있던 병으로 그의 머리를 더 세게 내리쳤다. 마침내 남자가 인도에 쓰러졌다. 내가 병을 옆으로 던지자 깨지는 소리가 났다.

그는 적어도 잠깐은 이렇게 쓰러져 있을 것이다. 소녀에게로 다가가 보니, 다리와 팔이 멍투성이였다. 싸구려 액세서리를 걸쳤고, 셔츠 앞은 찢어져 있었다. 스커트는 속옷을 가려 주지 못했다. 그녀의 목에 새겨진 작은 X자와 그 아래 붉은 다이아몬드

점이 눈에 들어왔다.

마담의 소녀다! 눈이 퉁퉁 부었고 입술에서는 아직 피가 흐르고 있었다.

서둘러, 피닉스. 이 애가 죽으면 도와줄 수 없어.

"내 목소리 들려? 어서 일어나야 해." 내가 소리쳤다.

남자가 정신을 차리기까지 몇 초밖에 남지 않았다.

그녀는 날 두려워하며 고개를 들었다. 이미 의식불명 상태에 빠져들고 있었다. 팔로 감싸며 일으켜 세우려고 했지만, 그녀의 몸은 자꾸만 축 늘어졌다. 45킬로그램도 채 되지 않아 보이는 그녀를 들어 올릴 수가 없었다.

그때, 남자가 미친개처럼 괴성을 지르며 일어섰다.

"정신 차려!"

난 소녀에게 외치며 미친 듯이 사방을 살피며 도와줄 사람을 찾았다. 주변에는 아무도 없었다. 혼자 집에 가지 말라던 카이의 말을 들었어야 했다.

남자는 머리를 움켜쥔 채 자리에서 일어났다. 멍한 눈빛 때문에 표정을 알 수가 없다. 그는 다쳤지만 움직이지 못할 정도는 아니었다. 그가 주머니에서 휴대전화를 꺼냈다.

난 몇 분 안에 안전한 곳으로 도망칠 수 있지만, 발이 움직이지 않았다.

"도와주세요!"

본능적으로 그 말이 튀어나왔다. 소녀의 겨드랑이 밑으로 손을 넣고 천천히 끌었다. 길 끝까지 갈 수 있다면 도움을 찾을 수 있다. 12.192미터만 더 가면 됐다.

남성이 누군가와 통화했지만, 난 움직임에 집중하느라 듣지 못했다. 그녀는 무겁고, 미끄러지고 있었다. 그녀를 떨어뜨려 더 다치게 하고 싶지 않았다. 난 팔을 바꾸며 더 빨리 움직였다. 6.096미터만 더 가면 됐다.

남자가 다리를 절룩이며 천천히, 그러나 목적을 갖고 길로 나왔다.

난 소녀를 버릴 수 없다.

길 끄트머리에 이르러 거의 성공했다고 생각했을 때, 남자가 아까 두드렸던 문이 열렸다. 낡은 검은 정장을 입은 남자 두 명이 뛰어나왔다.

"저기다!"

그중 한 명이 소리치며 우리 쪽을 가리켰다.

난 소녀를 더 빨리 잡아끌었다. 남자들이 우리 주변으로 가까이 왔고, 나는 소녀를 놓치고 말았다. 카이가 내게 가르쳐준 호신술이 머릿속에 떠올랐지만 써먹기엔 너무 늦었다. 둘 중 한 사람이 이미 내 머리 위까지 다다랐다. 뼈보다 단단한 뭔가가 내 이마를 가격했다. 금속 링인가? 얼굴 옆쪽이 타들어 가는 느낌이었고, 입에서는 피 맛이 났다.

난 차갑고 젖은 시멘트 위에 여자애와 함께 나뒹굴었다. 부츠를 신은 한쪽 발이 내 복부를 가격하자, 폐가 공기를 찾아 헐떡거렸다. 급격한 복통이 찾아왔지만, 그보다 끔찍한 건 그들이 소녀에게 미스트를 뿌렸다는 점이다. 난 숨을 참으며 고개를 돌렸지만 분명 오렌지와 표백제가 뒤섞인 향이었다. 마담의 보트에 날 태울 때 썼던 그 미스트다.

난 기절하지 않았다. 미친 듯이 바닥에 침을 뱉었으나 너무 늦었다. 일부가 내 입으로 들어왔다. 환각을 느낄 정도는 아니어도 숫자가 사라지기엔 충분했다.

내가 때린 남자가 욕지거리를 내뱉었지만 내 귀가 너무 크게 울리는 바람에 소리가 들리지 않았다. 그들은 X 소녀를 들고 골목의 문으로 향했다. 다음은 나다. 그들은 내게 미스트를 뿌릴 것이고 난 정신을 잃을 테지. 그러면 끝이다.

난 무릎을 세우고 기었다. 시간을 좀 벌 수 있다는 유일한 계산이 섰다. 그때, 손 하나가 날 바닥으로 밀쳤다. 난 뒤로 나동그라졌다가 다리를 들어 최대한 세게 남자의 얼굴을 찼다. 그가 날 때리려고 손을 들었고 난 앞으로 받을 충격에 대비해 몸을 움츠렸다.

그 순간, 빠르고 날렵한 누군가가 남자를 향해 달려들었다. 그는 단번에 남자를 쓰러뜨렸다. 다른 두 남자가 그를 돕기 위해 달려왔지만, 낯선 그 남자가 더 빨랐다. 팔과 다리의 재빠른 타격에 문 앞에 있던 남자가 크게 신음하고 첫 번째 남자 위로 넘어졌고, 이내 내가 병으로 때린 남자도 그들처럼 쓰러졌다.

한 얼굴이 내게 몸을 구부렸고, 난 그제야 미소를 지었다.

카이였다. 하지만 그는 내게 웃어 보이지 않았다.

"여기서 뭘 하는 거야?" 그가 화를 내며 소리쳤다.

"여긴 집으로 가는 길이 아니잖아!"

난 신음밖에 낼 수 없었다.

"혼자서 알아서 할 수 있다던 말은 다 뭐였어? 널 지켜보고 있던 누군가가 있어서 망정이지."

카이는 여자애의 심박을 체크했고 다른 중요한 부상이 있는지 살폈다.

그리고 내가 일어설 수 있게 도와줬다. 통증이 심했지만 난 이런 일을 당해 본 적이 있어서 견딜 정도는 됐다. 무엇보다 걱정되는 건 소녀였다. 난 비틀거리며 그녀에게 가서 무릎을 꿇고 맥박을 살폈다. 살아 있었다.

카이는 아무 말도 하지 않았지만 이미 팔로 그녀를 둘러업고 큰 도로로 나갔다. 난 그의 뒤에 바짝 붙었다. 그가 택시를 잡았다.

"이 애를 병원으로 데려가야 해."

"아니, 우리를 공장으로 좀 데려다줘."

난 편두통이 찾아오듯 어지럽고 화끈거리는 머리를 부여잡고 말했다. 내 시스템에 안개가 꼈다. 전에 그랬던 것처럼 숫자들은 사라졌으나 기절할 정도는 아니었다. 카이는 나도 뇌진탕에 걸린 환자라 여겨 내 말을 반박하려고 쳐다봤다.

"날 믿어줘." 내가 말했다.

그는 이내 수그러들며 받아들였다.

"하이가 34번지로 가주세요."

그가 운전기사에게 말하며 소녀의 머리를 가슴 가까이에 두어 피 묻은 얼굴을 가리고 더 다치지 않게 목을 부드럽게 보호했다. 그녀는 추위에 정신이 나간 듯했다. 지금 나처럼 고통을 겪느니 차라리 그쪽이 나았다. 운전사는 아무것도 묻지 않았다.

머리를 움켜쥐고 숫자들이 다시 나타나길 기다리는데 카이가 흥분하며 소리쳤다.

"이 동네를 왜 혼자 어슬렁거렸어? 이 늦은 시간에? 제정신이야? 목숨을 잃을 수도 있었다고! 대체 어쩌려고 했어?" 그가 화를 쏟아냈다.

"두 번 다시 이러지 마! 내 말 알아들어?"

"네가 언제부터 나한테 이래라저래라했어?"

그의 말이 옳다는 걸 알지만 난 오히려 화를 냈다.

카이는 아무 말도 하지 않았다. 그저 아주 긴 한숨을 쉬며 고개를 저었다. 난 정말로 그를 화나게 했고 오늘 밤에만 벌써 두 번째였다.

마침내 그가 손가락으로 이마를 문지르고 천천히 머리카락을 넘겼다.

"있잖아, 난 네가 그렇게 다치는 걸 두고 볼 수 없어. 알아?"

그는 내 눈을 똑바로 보며 말했다.

"알았어, 내가 더 조심할게."

"그걸로는 부족해, 피닉스. 다시는 그 거리에 가지 않겠다고 약속해."

그가 내 턱을 잡고 들어 올렸다. 난 부풀어 오르지 않은 왼쪽 눈으로 그를 바라봤다.

"약속해."

그의 목소리는 날카롭고 감정적이었다.

"약속할게."

난 대답했다. 그리고 그의 손이 여전히 내 턱을 잡고 있다는 걸 알아차렸다.

왜 그런지는 몰라도 손이 떨리고 있었다.

CHAPTER 31
현재 : 피닉스

중국 상하이, 공장

우리는 7분간 차에 있었다. 숫자가 돌아왔다. 이제 머리가 울리는 증상만 멈추면 됐다.

내가 머리를 만지자, 카이가 얼굴을 찡그리며 물었다.

"괜찮아?"

그의 목소리에는 여전히 긴장감이 흘렀다.

"괜찮아."

난 피를 닦으며 대답했다.

우리는 하이가 정문 앞에 도착했다.

"피닉스, 우린 이 애를 의사한테 데려가야 해."

카이가 축 늘어진 소녀를 업고 차에서 내리며 말했다.

"이 안에도 한 명 있어."

그는 내가 제정신이 아니라는 듯 쳐다봤지만, 어쨌든 옛 차이나 제너레이션 창고였던 차고 정문 앞으로 갔다. 안으로 들어간 뒤, 카이는 바뀐 내부를 보고 놀랐다.

안잉이 얼른 나오다가 카이를 보고 놀라 멈췄다.

"저 남자는 누구예요?"

"가서 링 박사님을 깨워줘."

나는 상하이 사투리로 소녀에게 말했다.

우리는 엘리베이터를 타고 꼭대기 층으로 올라갔다. 카이가 소녀를 밀실로 데려갔다.

그녀를 링 박사의 손에 손에 안전하게 맡긴 뒤, 카이는 로비에 있는 작은 화장실에서 상처를 소독하는 나와 같이 있어 주었다.

카이가 내 손에 감긴 플란넬 천을 풀고 얼굴에 묻은 피를 씻어 주었다. 그는 속상하고 혼란스러운 상태였지만 분명 세심하게 신경 쓰는 눈치였다. 아드레날린 때문인지 모르겠지만 그는 눈을 떼면 내가 사라져 버리기라도 할 것 같은지 나에게 시선을 고정했다. 오늘 밤 내가 정말 그를 겁먹게 했나 보다. 그가 날 잃을까 봐 두려워하는 게 정말일까?

"오늘, 날 따라와 줘서 고마워." 난 수습하려고 노력했다.

"상황이 더 나빴을 수도 있으니까."

"어째서 공장이 FBI용 호텔처럼 바뀐 거야?" 그가 바로 본론으로 들어갔다.

"저 사람들은 누구야? 이미 이 사달이 난 마당인데 내가 널 믿어야 하는 이유를 하나쯤 말해주는 게 어때?"

난 침묵하며 생각하고 분석했다. 모든 걸 다 말하지 않고 무언가를 어떻게 말해줄 수 있을까? 목구멍에서 또 뭔가 올라왔다.

"됐어. 말하지 마. 그렇게 누구한테도 아무것도 말하지 마!" 카이가 소리쳤다.

가버릴 줄 알았는데, 그는 소독약이 묻은 솜과 항생제를 가져와 내 상처에 대주었다.

"난 잘하고 있어."

나 자신을 변호하려고 입을 열었지만, 카이가 날 구해주러 온 판국에 뭐라고 둘러댈 수 있을까? 그는 다시 나와 같이 있다. 그에게 털어놓을 수 있는 두 번째 기회가 생겼다. 숫자는 두 번째 기회가 없다고 했는데, 지금 내가 얻은 셈이다.

"그래, 창고에서와 똑같지. 안 그래?"

"넌 이해 못 해."

난 붕대를 감은 손을 쳐다보며 말했다. 그걸 풀 때 눈물이 나려고 했다.

그는 개수대 옆 의자에 앉았다.

"그럼, 네가 설명해 주면 안 될까?"

"내가 말하지 않으면, 그들은 나한테서 더 이상 빼앗을 게 없어." 내가 말했다.

"뭘 말하지 않는다는 거야?"

"숫자에 관한 내 재능."

"네가 숫자에 재능이 있다는 건 비밀이 아냐. 나 역시 그렇지만 난 아버지의 회사를 위해 너처럼 할 수 없어. 무슨 일인지 내가 이해하길 바란다면, 넌 내게 더 많은 걸 알려줘야 해. 난 널 이해하고 싶어."

카이의 말이 맞았다.

레드가 죽었다. 내 가족도 죽었다. 진짜 내 모습을 아는 사람은 아무도 없다. 근데 무슨 상관이람? 그게 중요한가? 아니, 그건 사실이 아니다. 내 머리가 날 속이고 있는 거다. 내 안에서는 사연을 알리고 도움을 받고 사랑받고 싶다고 외치고 있다. 내가 알리지 않으면 바다처럼 죽음에 잠식당할 것이고, 파도가 밀려들 때마다 날 조용히 집어삼키겠지. 지금 카이에게 말하지 않으면 그 누구에게도 말할 수 없을 것이다.

카이는 좌절한 채 욕실을 나섰다. 문을 나와 그가 관자놀이를 비비는 걸 봤다. 그리고 5분 36초가 흐른 뒤, 난 살짝 움직이며 신음했다. 얼굴, 등, 다리, 온몸이 아파 살균된 흰 화장실에서 조금 더 오래 머물렀다.

이곳은 색이 없었다. 악취가 나는 것들은 전부 없앴다. 여길 나서서 내 인생을 누군가와 나누지 않으면 내 삶도 이곳 같겠지. 그렇지만 그가 내 상황을 어떻게 이해할 수 있을까? 그 확률은 거의 없기에 오히려 그는 내가 거짓말한다고 생각할지도 모른다. 그리고 그가 날 믿는다고 해도 날 동정하거나 자기가 날 치료해 줘야 한다고 생각할 수도 있다.

해변에서 우리가 나눴던 대화가 떠올랐다. 거기서 그는 자연스럽게 내가 내 이야기를 하게 만들었다. 그 순간을 간단히 설명한다면 그 감정은… 치유였다.

한때 난 치유라는 것은 고통을 묻고 그 고통이 천천히 분해된 뒤에 찾아오는 것으로 생각했다. 하지만 어쩌면 치유는 고통을 다시 파헤쳤을 때 오는 것일까? 드러내서 보내줄 때 말이다.

난 작업대를 밀어내고 욕실에서 나왔다. 카이가 라운지 소파에 앉아 있었다. 다리를 꼰 채 팔짱을 끼고 있었다. 그는 고개를 들었고, 그 강렬한 시선이 내게 앉으라고 말했다.

그래. 카이는 내 과거라는 무거운 짐을 짊어질 행운의 소년이다. 불안이 밀려왔다.

"오늘 거기 갔을 때, 내 계산은 호의적이진 않았어. 사실 숫자는 내가 여전히 살아 있는 이유야."

"그게 무슨 말이야?"

아직 화가 덜 풀린 채 그가 물었다.

"넌 다양한 방정식에 익숙하지?"

질문이 대답보다 더 큰 의미가 있다. 그는 수학과 재정에 관해 자신이 공부한 모든 걸 알고 있을 것이다. 그가 고개를 끄덕였다.

"그 개념들이 한 사람 안에 있다고 상상해 봐."

카이가 미간을 찡그렸다. 그가 이해하지 못한 듯해서, 난 숫자들이 컴퓨터보다 빠른 속도로 내 머릿속에서 움직이며 주변의 모든 걸 계산하는 방식을 설명해 주었다.

"난 인간 계산기야. 그래서 너희 아버지 밑에서 일하는 거지. 뭐든 계산할 수 있는데 그중 돈이 가장 쉬워."

그는 열심히 문제를 푸는 사람처럼 조용했다. 그 문제는 나였고.

"잠시만, 그게 사실이라면 아까 골목에서 숫자는 뭘 예측했어?"

마침내 그가 물었고, 이번에는 침착한 목소리였다.

"부정적인 결과. 적어도 나한테는."

"그런데도 넌 강행했잖아?" 그가 몸을 구부렸다.

난 고개를 끄덕였다.

"다칠 걸 알았어?"

난 다시 고개를 끄덕였다.

"위험을 감수한 거야. 여자애의 목숨을 살리고 싶었어. 항상 큰 리스크가 작은 확률을 이기는 약간의 가능성이 존재해. 이번에는 확실히 그랬지. 우리가 소녀를 구했잖아."

"난 이해할 수 없어. 매춘부를 위해 목숨을 거는 이유가 뭐야?"

"저 애는 매춘부가 아니야." 나는 날카롭게 받아쳤다.

"어쨌든 자기 선택이 아니라고. 그래서 내가 마담을 막아야 하는 거야."

"마담이 누군데? 무슨 말 하는 거야?"

"마담은 백만장자야. 살인자고. 거짓말쟁이인 데다가 세계적인 밀수꾼이면서 날… 납치한 사람이야."

내 머리가 빙글빙글 돌았고 그도 마찬가지일 게 분명하다. 더 이야기하면 그는 무슨 생각을 할까?

"그녀는 다른 이름으로 더 유명해. 이를테면 맥시마 모로."

"잠시만, 맥시마 모로가 마담이라고?"

"동일 인물이야."

"처음부터 말해 봐." 그가 말했다.

"네가 중국에 오게 된 상황부터. 네 가족은 어떻게 목숨을 잃었지? 넌 어떻게 여기 오게 된 거야? 사무실에 있던 어린 소녀

기사를 네가 왜 가지고 있어?"

그래, 그날 그는 허락된 것보다 더 많은 걸 봤다. 카이가 형사라면 벌써 나에 대해 두꺼운 파일을 가지고 있을 것이다. 더 이상 숨길 수 없다.

"내가 바로 그 소녀야." 난 침을 꿀꺽 삼켰다.

"내가 천재 소녀라고."

그의 눈이 휘둥그레졌다. 놀랍게도 나는 나에 대해 말하기 시작했다.

먼저, 내 가족과 시애틀에서의 삶, 우리 엄마 이야기부터 시작했다. 그 이야기를 하면서 닫힌 문들이 부서지고 말이 홍수처럼 쏟아졌다.

내가 구체적인 부분을 다시 말할 때, 카이는 입을 꾹 다물었다. 그의 눈빛은 전혀 움찔거리지 않았다. 그저 강인하게 내 눈을 똑바로 봤다.

그리고 아빠가 어떻게 날 다시 찾지 못하게 됐는지, 마라 언니가 마담에게 내 PSS 일에 대한 정보를 알려준 부분으로 넘어갔다. 몇 년 동안의 무거움은 무너져 내렸으나 여전히 아팠다. 언젠가 진심으로 이 일들에서 벗어날 수 있을까? 아직은 잘 모르겠다.

"너희 언니는 마담이 누군지 알았어?"

"그럴 가능성은 극히 적어. 하지만 PSS는 비밀 기관이고, 어쨌든 언니가 발설한 건 사실이니까. 마라 언니는 마담이 가족들을 죽일 계획인 걸 몰랐던 게 확실해. 물론 그게 늘 마담의 계획이긴 하지만. 마담은 내가 돌아갈 곳이 전혀 없길 바란 거야."

지금쯤 카이는 그만 듣고 싶을지도 모르지만, 그는 날 위해 계속하라고 고개를 끄덕였다.

"옥타비아는 '여덟 번째'라는 뜻이야. 날 소유하는 게 그녀의 집착이었지…."

아직도 내 머릿속에서 그녀의 목소리가 들렸다.

우리는 같은 부류야, 옥타비아. 힘이 있지. 그리고 난 널 더욱 힘 있게 만들어 줄 거야.

"어째서 너야? 돈이 아니라면 그녀가 집착하는 게 뭔데?" 그가 물었다.

"나도 모르겠어." 내가 대답했다.

"그걸 파악할 만큼 그곳에 오래 있지 못했거든. 이상하게 들리겠지만 그녀는 날 사랑하려고 했어. 다른 소녀들처럼 고통받는 건 원치 않았지. 내가 진짜 누구였는지, 뭐가 진짜인지, 뭐가 옳고 그른지, 기억하는 게 점점 힘들어졌어. 레드가 아니었다면 난 구제 불능이 됐을 거야."

카이가 눈을 비볐다. 레드가 누군지, 자기 아버지가 레드와 어떻게 아는 사이인지 그가 알고 있었다면 레드에 관해서는 말하지 않았을 거다. 난 챈이 내게 말해줄 때까지 기다리라고 한 레드의 의견을 존중해 주고 싶었다. 그 말은 내가 절대 알지 못할 수도 있다는 의미였다.

난 마담에게 복종하며 밤마다 죄책감에 휩싸인다고 설명했다.

"난, 난 선택의 여지가 없었어." 나는 머리를 한쪽으로 넘겼다.

"내가 늘 머리를 내리고 다니는 이유가 이거 때문이야."

그는 흉터를 보더니 움찔했다.

"그리고 마담의 남편 레브가 왔고…."

난 카이에게 레브가 날 어떻게 공격했고, 내가 왜 프랫에 가게 되었는지 모조리 말했다. 레드부터 챈을 만나기까지, 그리고 그날 창고에서 있었던 일도. 내가 말하는 동안 카이는 주먹을 꽉 쥐었다. 그가 뭘 내려칠 줄 알았지만, 그러지 않고 내게 계속 이야기하라고 재촉했다.

특정 부분에서 난 목이 막혔지만 무언가가 나한테 계속 이야기하라고, 이 이야기를 전부 다 뱉어내라고 부추겼다. 눈물이 천천히 맺히다 세 방울이 내 턱으로 흘러내렸다.

카이가 고개를 저었다. 그는 뭐라고 해야 할지 모르는 모양새였다. 잠자코 내 이야기를 듣던 그가 자리에서 벌떡 일어섰다.

"우리는 바로 경찰에 연락해야 해. 마담, 킹. 그들을 체포해야 해. 지금 당장."

"그럴 수 없어. 아직은."

그는 혼란에 빠졌다. 난 카이를 다시 소파에 앉혔다.

"저녁 먹을 때, 네가 나한테 무슨 꿍꿍이가 있냐고 물었지. 난 그들의 범죄 인생을 의미 있게 만들 거야."

"지금 무슨 말을 하는 거야?"

난 입가에 살짝 미소를 지었다.

"후한 슈퍼 본드 기부자."

"어떻게 하려고?" 그가 물었다.

내가 입술을 깨물었다.

"너희 아버지."

"불법적인 일을 저지르는 건 아니지?"

"아니야." 난 길게 숨을 골랐다.

"내가 설명해 줄게."

"강탈? 그게 네 계획이야?"

카이가 크게 한숨을 쉬고 손으로 머리를 쓸어 넘겼다.

난 공장 사무실에서 더 많은 파일을 가져와 그에게 보여줬다.

"이게 유일한 방법이야." 내가 결론을 냈다.

"너희 아버지는 이 슈퍼 본드를 지원할 수 있는 유일한 사람이지만 우리는 여전히 더 많은 돈이 필요해. 마담과 킹은 그만한 돈을 가지고 있고. 그들이 악행으로 번 돈이야. 선을 위해 그걸 쓰는 게 공평하잖아."

카이는 모든 메모를 훑어봤다.

"원대한 계획이야. 넌 그들의 돈을 전부 훔쳐서 그걸 우리 채권에 밀어 넣은 다음 소녀들을 구하고 그사이 그들의 범죄 조직을 소탕한다… 혼자서?"

그가 날 뚫어지게 봤다.

"잘될 거야." 난 눈길을 돌리며 대답했다.

서류상으로는 쉽게 보이지만 실제로 난 전부를 파악하지 못했다. 하지만 내 안에서 잘될 거라는 느낌이 왔다. 그런데 어떻게 포기할 수 있을까? 레드에 대한 맹세를 지킬 기회였다. 그의 죽음이 헛되지 않도록.

카이가 턱의 까슬까슬한 부분을 문지르며 생각에 잠겼다. 그가 지금 내게서 뭘 볼지 궁금하다. 투지? 절망? 정신이상?

"그럼 송 밸리는?" 그가 다시 물었다.

난 기억에 의존해 그려놓은 지도를 꺼내 프랫에서 창고와 항구까지 가는 터널, 건물, 도로를 살폈다.

"돈과 훔친 귀중품 상당수가 프랫에 있어." 내가 등대를 가리켰다.

"그게 첫 번째 기부가 될 거야."

난 킹에 대한 모든 걸 오늘 밤에 다 털어놓고 끝낼 생각이었다. 화장이 번진 소녀의 얼굴이 내 머릿속에 생생하다. 날카로운 고통도 함께 찾아왔다. 한때 화물로 취급당한 사람.

"두 번째 기부는 이럴 거야. 내가 골든 글로벌 쉬핑에서 킹의 선적 일지를 입수하면 마담이 킹에게 보내는 화물을 상하이 항구의 개인 부두로 향하도록 경로를 바꿀 수 있어."

난 이게 성공하려면 2주 안에 해야 한다고 설명했다.

"내가 화물을 가로챌 수 있다면 일거양득이야. 소녀들을 구하고 5억 달러의 현찰도 생기지. 매수된 세관 직원, 킹, 마담의 오른팔이 잘려 나갈 거야. 난 그저 일정과 구매자 목록만 있으면 돼. 그래서 우리가 창고에서 잡히지 않았던 게 그렇게 중요했던 거야."

선적 얘기를 한 뒤, 마지막 이야기로 넘어갔다.

"세 번째 기부는 엑스포야."

내게 필요한 건 마담의 숨겨진 계정에 접속할 수 있는 스핀 코드가 담긴 은행 식별 기호라고 설명했다. 카이한테는 내가 직접 구매자가 될 계획이라고 말하지 않았다.

그는 집중해서 들으며 절대 내게서 눈을 떼지 않았다.

"언제 경찰을 부를 거야?"

"돈이랑 소녀들을 구한 뒤에."

그리고 심판한 뒤에.

"경제가 무너지는 걸 우리가 막을 수 있다면, 그 돈을 정부의 간섭 없이 시스템 안에 집어넣을 수 있어. 그다음에는 그냥 놔두면 돼."

"마담이 쓰는 모든 국제 루트와 다른 소속 리더들의 몫은 경찰에게 넘겨주면 어떨까? 그러면 넌 중국 선적을 유지하면서 경찰의 신뢰도 얻을 수 있어."

난 그 가능성도 계산해 봤다.

"그것도 좋을 것 같아."

카이가 씩 웃었다.

"조세핀 리버스, 천재 꼬맹이. 그 기사를 우리 아버지에게 보여줘야 해. 열다섯 살에 박사 학위를 땄다고. 그러면 아버지도 마침내 감탄하겠지."

"그렇진 않을 거야." 내가 히죽거렸다.

"너희 아버진 돈과 학위가 죽은 사람을 살릴 수 없다는 걸 아셔. 나도 그런 것에 연연하지 않고. 내 인생을 되찾는 것, 그게 내가 바라는 전부야. 다시 시작하는 거. 아직은 그럴 수가 없어. 난 경제 위기를 멈추는 일을 도우려고 여기 왔어. 아니면 적어도 시도하기 위해서."

난 카이와 이야기한다는 잊다는 걸 잠시 잊고 내 사연을 외부에서 보았다. 내가 고른 건 아니지만 나는 지금 여기, 상하이에 와 있다. 어두운 구석으로 밀려났지만 보호받았고 킹과 마담과 같은 세계적 규모의 범죄자에게 일을 배울 거라고 상상이나 했을까? 퍼즐 조각이다. 모든 조각이 하나로 맞춰졌고 쓸모없는 건 아무것도 없었다.

성공하면 난 역사 속 한 부분이 되겠지. 선으로 악과 싸우겠다는 레드와의 맹세도 지킨 것일 테고.

이제야 선택을 놓고 레드가 한 말이 무슨 뜻인지 알았다. 난 도망칠 수도 있었다. 돈을 벌고 세상이 가라앉을 동안 나 혼자 떠 있을 수 있었다. 분노와 씁쓸함을 남긴 채 모든 걸 잊고 새로 시작할 수도 있었다. 킹과 마담이 누구의 방해도 받지 않고 길거리를 배회하도록 놔둘 수도 있었다.

하지만 난 그러지 않았다. *여기 남는 걸 내가 선택했다*. 내가 경제 위기를 막거나 소녀들을 구할 수 있을지 모르겠지만, 해보는 쪽으로 리스크를 선택했다. 확률을 이길 수 있다는 걸 믿는다. 이게 바로 나다. 수학이 있든 없든, 그것이 내 운명이다.

"있잖아, 네가 이 일을 하는 방식을 보면." 카이가 끼어들었다. "누구도 네가 경제 위기를 막았다는 걸 모를 거야."

"그건 중요하지 않아." 내가 대답했다. "난 역사책에 남지 않아도 돼. 그냥 내 역할을 하고 싶어."

카이는 잠자코 있었다. 1분, 2분, 3분이 지났다. 어쩌면 그는 내 계획이 바보 같다거나 위험하다고 생각할지도 모른다. 어쩌면 J.J. 본드 자체에 혼란이 왔거나 내 우울한 인생사를 듣고 위축됐을지도. 그가 뭐라고 말할 수 있을까? 네 인생이 참 불쌍하다고?

그런다고 바뀌는 건 없다. 내 비밀은 바닥에 떨어져 있는 보석과도 같다. 그걸 주워서 보석으로 삼을지는 그에게 달렸다.

카이의 크고 검은 눈동자가 내 눈을 들여다보자, 닭살이 돋았다. 눈은 숫자가 계산하는 것이나 말로 표현하는 것보다 더 깊이 소통한다. 지금 말은 필요치 않고 숫자는 내가 그의 눈을 들여다보면서 느끼는 감정을 설명해 주지 못한다. 긴장과 두려움이 뒤섞였다. 미지가 희망, 욕망과 부딪혔다.

4분의 1초마다 그의 응시가 강렬해지면서 꼭 그가 내 가슴속으로 향하는 또 다른 벽을 기어오르는 것 같았다. 난 헐벗은 기분이 들었다. 그는 무슨 생각을 하는 걸까? 이제 날 다르게 여기는 걸까? 그를 믿어도 될까?

숫자가 다시 희미해졌다. 미스트의 후유증일까? 지금 당장은 상관없었다. 속에서 무언가 찌릿찌릿함이 올라왔다. 그가 팔을 뻗었고 손가락이 내 머리를 쓸어내리며 뺨으로 왔다. 따뜻하다.

"무언가를 배로 늘릴 능력이 나에게 있다면 바로 널 그렇게 했을 거야." 그의 손이 내 손을 찾았다.

"전 세계에 네가 더 많이 있어야 해. 하지만 동시에 난 네가 한 명뿐이어서 기뻐. 그리고 지금 여기 나와 함께 있는 게. 이건 우연의 일치가 아니야, 안 그래?"

"뭐라고?"

멋쩍게 대답하는 내 뺨이 붉어졌다.

"내 말은 우연이 아니라는 거야…." 그가 더 가까이 다가왔다.

"우리의 길이 서로 만났잖아." 그가 몸을 구부렸다.

"넌 내게서 5센티미터 떨어져 있어." 우리의 무릎이 서로 닿았다.

"그리고 넌 아름다워." 그의 양손이 내 뺨을 감쌌다.

"우린 서로가 필요해." 우리의 입술이 닿았다. 그의 따뜻한 숨결이 내 입에 닿았다.

"아버진 이렇게 될 걸 경고하신 거야. 하지만 너무 늦었어. 조세핀."

그는 부드럽게 내 입술에 입맞춤하며 날 자기 쪽으로 잡아당겼다. 첫 키스는 내가 생각했던 것보다 부드럽고 열세 살 소녀가 상상한 것보다 더 완벽했지만, 키스가 내 마음속에 전기를 흐르게 한 건 아니었다.

카이가 날 조세핀이라고 불렀어.

700일이 넘어서야 처음으로 누군가 내 진짜 이름을 불렀다. 음악 같고 마법 같다. 그는 내가 무슨 생각을 하는지 알아차리고 내 얼굴의 다른 부분에 입을 맞추는 사이마다 귀에 내 이름을 속삭였다. 그 소리를 들을 때마다 조세핀이 조금씩 되살아났다.

마침내, 카이가 팔로 날 두르고 꽉 껴안았다. 그의 품에 안겨 난 그의 가슴에 얼굴을 묻었다. 어떤 담요보다 따뜻했고, 어떤 잠긴 문보다 안전한 느낌이 들었다.

CHAPTER 32

현재 : 피닉스

∞

중국 상하이, 공장

새벽 두 시였다. 우리 둘 다 움직이기엔 너무 피곤했고, 택시를 잡고 집으로 갈 엄두도 나지 않았다. 내 눈은 부풀어 올랐고 몸은 욱신거렸다. 난 공장에서 자고 아침에 움직이자고 제안했다. 카이도 동의했다.

둘이 계단을 올라 비어 있는 3층으로 갔다. 현대적으로 꾸몄지만, 따뜻하고 포근했다. 카이가 방 하나를 차지했다. 난 다른 방으로 들어갔다.

작은 침대에 생기 잃은 몸을 뉘었지만, 정신은 오히려 더 말짱했다. 깜박이는 전등처럼 그날 저녁의 장면이 눈앞에 나타났다 사라졌다. 소녀, 싸움, 카이, 카이는 제대로 된 명문가 소녀와 결혼해야 한다는 챈의 말. 어느 순간, 난 그 부분에 동의했지만,

지금은 그 생각이 카이의 입술이 내게 닿은 기억과 충돌하고 있었다.

그는 지난 몇 달간 좋은 친구가 되어 주었다. 난 그에게 어떤 감정을 느꼈지만 이게 사랑인 걸까? 어릴 때 항상 엄마와 아빠 같은 관계를 나눌 누군가를 마음속에 그렸다. 편하게 만나서 사랑에 빠지고 '죽음이 갈라놓을 때'까지 결혼 생활을 유지하는 것. 두 분은 약속을 지켰다.

사랑. 그 지독한 주제는 수학으로 설명할 수 없다. 통계학은 국제결혼이 같은 문화권의 결혼보다 더 스트레스를 유발하며 성공 확률이 낮다고 예측한다. 여기에 내 경험 부족을 더해야 한다. 신뢰 부족과 사랑에 대한 불신도. 어떻게 해야 할지 나에겐 확신이 없고 혹시 그가 진지하게 다가온다면… 그렇다고 해도…. 레드는 그 사랑이 진짜이길 바란다고 내게 말했다.

눈이 따끔거렸다. 계속 계산하기엔 너무 피곤했다. 두려워하기에도 너무 피곤했다. 오늘 한 가지 배운 게 있다면 어떨 땐 위험을 감수할 필요가 있다는 것이다.

사랑도 그런 것 중 하나였다.

난 화들짝 놀라 잠에서 깼다. 카이가 침대에 앉아 날 쳐다보고 있었다. 한쪽 눈꺼풀이 움직이지 않아 다른 쪽을 깜박이자 그의 부드러운 미소가 눈에 들어왔다. 깊이 잠들어 그가 들어오는 소리를 듣지 못한 듯했다. 벌써 아침 10시가 훌쩍 지난 시간이었다.

내 안에서 에너지가 불끈 솟아올라 얼른 일어나 앉았다. 그가 날 자기 품으로 끌어당겼다. 그의 팔은 손만큼이나 강인하다. 잠깐 이 품 안에서 잠들고 싶다는 생각이 들었다. 그에게서 산, 숲, 비가 풍기는 향이 나서 꼭 신록이 넘실거리는 곳에 있는 것만 같았다. 도시 청년에게서 어떻게 이런 향기가 날 수 있을까?

"언제 일어났어?" 내가 물었다.

그는 잠시도 가만히 있지 못하는 성격이고, 난 아래층에 커피가 없다는 것도 안다.

"몇 시간 됐어."

"정말?" 난 하품했다.

"대단하네."

"이제 난 네 진짜 이름을 아는데 뭐라고 부를까?" 카이가 낮은 목소리로 물었다.

"어…."

거기까지는 생각 못 했다. 대답할 수가 없다. 정체를 드러낸 대가로 내 계획이 완전히 박살 날지도 모른다. 그가 날 계속 조라고 부른다면. 그에 대한 대답은 내 표정이 말하고 있었다.

"네 비밀은 꼭 지켜줄게, 피닉스." 그가 내 귀에 대고 말했다.

어젯밤과 똑같이 짜릿한 전기를 느꼈다. 굳이 말하지 않아도 때가 될 때까지는 그가 날 조라고 부르지 않을 걸 안다. 그가 날 잡고 있다. 3초 동안 나는 침대에서 나오기 싫었다.

"3주 맞지?"

난 퍼뜩 눈을 떴다.

"우린 회사에 가야 해! 할 일이 있잖아."

난 침대에서 일어나다가 그를 바닥으로 넘어뜨릴 뻔했다.

"나중에 가자." 그가 말했다.

"우선 옷을 입어. 10분 뒤 아래층 안쪽 회의실에서 봐. 너한테 줄 깜짝선물이 있어."

욕실에서 얼굴을 씻으며 왼쪽에 연달아 생긴 멍을 살폈다. 왼쪽 눈은 부풀어 보라색이 되었는데 완전히 다 감긴 정도에서 좀 나아졌다. 그래도 메이크업으로 가릴 수는 없었다.

2층에는 여분의 옷이 걸린 옷장이 있다. 난 내려가서 좀 편한 옷이 있는지 찾아봤다. 길고 헐렁한 블라우스에 검은 레깅스를 골랐다. 후아메이가 방으로 들어오다 비명을 질렀다.

"지에(Jie 姐 언니)!" 그녀가 상하이 억양으로 소리쳤다.

"얼굴이 왜 그래요?"

"내 걱정은 마." 난 머리 위로 셔츠를 벗었다.

"새로 들어온 여자애 이야기는 들었어?"

난 전부 설명했다. 그 애가 한바탕 내 걱정을 하는 통에 괜찮다고 안심시키는 데 애를 먹었다.

여기에 7분이 소요됐다.

밖으로 나가니, 링 박사가 소녀가 잠들어 있는 문 앞에 서 있었다.

"좀 어때요?" 내가 물었다.

"안정을 찾았어요. 하루 이틀 자겠지만 목숨에는 지장이 없을 거예요."

난 슬쩍 안을 들여다봤다. 소녀는 아침 햇살을 받으며 침대 위에서 평화롭게 자고 있었다. 화장이 지워져 멍이 훨씬 더 잘 보였다. 그 애가 어떤 삶을 살아왔는지 생각하니 몸서리가 쳐졌다.

손으로 내 멍을 만지며 문 앞에서 박사에게 속삭였다.
“박사님 최고예요.”
그렇게 또 3분이 지나갔다.
“카이랑 다른 분들이 회의실에서 당신을 기다리고 있어요.” 링 박사가 말했다.
“다른 분들이요?”
너무 빨리 돌아서는 바람에 내 발에 걸려 넘어질 뻔했다.
카이는 어젯밤 이곳에 왔는데 벌써 다른 사람들을 안에 들였다고?
난 재빨리 아래층으로 내려가며 나 자신을 질책했다. 실제로 그를 믿을 수 있다고 생각하다니, 얼마나 어리석었나.
문을 너무 세게 열어젖히는 바람에 반대쪽 벽에 부딪혔다.
“이게 다 뭐야?”
회의실 테이블 주변에 한 무리의 사람들이 있었다. 그들의 얼굴을 알아보기까지 1분이 걸렸다. 길에서 볼 수 있는 평범한 옷차림, 하지만 긴 흰색 바지와 검은 벨트를 보고 상 형제임을 알았다. 그들이 날 향해 고개를 끄덕였다. 그 옆으로 유타이가 잘난 체하는 미소와 함께 앉아 있었다.
내가 모르는 사람 세 명도 테이블에 모여 있다. 백인 남자 한 명과 흑인 소녀 한 명인데 둘 다 안경을 썼다. 백인 남자는 대학생 또래로, 똑똑하고 범생이 같았는데, 흑인 소녀는 카이와 내 또래로 보여 불안했다. 마지막 낯선 사람은 어깨가 넓고 아주 단호한 얼굴을 한 중국 남자로, 그가 날 잡으러 온 건 아닐지 두려웠다.

난 쌓여 있는 의료품 상자와 모퉁이의 식품 저장고를 지나 카이에게 갔고, 그는 내게 의자를 빼주었다.

"웃으면 눈이 더 괜찮아 보일 텐데." 카이가 말했다.

그는 내가 앉자, 의자를 밀어 넣어 주었다. 모두 간단하게 아침 인사를 건넸다.

"고맙습니다."

난 퉁명스럽게 말하고 의심스러운 눈으로 주변을 살폈다.

"상 스승님들께서 여기 웬일이세요?"

난 그들을 향해 묵례했다.

"카이, 저 셋은 누구야?"

"좀 진정해 봐." 카이가 모두를 향해 입을 열었다.

"와 주셔서 감사합니다. 이제 시작할게요."

그가 사업 미팅 때의 목소리로 말했다.

"피닉스, 넌 3주 동안 소녀 한 명을 구했어."

"세 명이야." 내가 정정했다.

"링 박사님이 우연히 두 명을 찾은 거지."

"난 우연을 믿지 않아." 난 목소리에 날을 세웠다.

"부탁인데 말을 끝까지 들어줘." 그가 침착하게 대꾸했다.

"네 계획은 나쁘지 않아. 하지만 난 네가 더 잘할 수 있다고 생각해."

"난 최선을 다하고 있어."

살짝 실망한 목소리로 내가 대꾸했다. 카이는 내가 하는 일을 아는 유일한 사람이었다. 슈퍼 본드, 킹, 마담, 소녀들까지. 이건 공평하지 않았지만 난 그들을 입에 올리지 않으려고 애썼다.

"더 노력할 게 뭔지 모르겠어."

"피닉스, 내 말 끝까지 들어." 그가 다시 말했다.

레드는 다 듣지 않고 말하는 건 어리석다고 했다. 난 의자에 앉아 팔짱을 꼈다.

"알았어, 지금 듣고 있잖아."

"네 말에 따르면, 마담과 연결된 주요 조직 리더는 총 일곱 명이야. 넌 그들을 무너뜨리고 그들이 너에게서 가져간 걸 되찾고자 하지. 그보다 더 중요한 건 네가 소녀들을 구하고 싶어 한다는 거야. 그 일을 너 혼자선 할 수 없어. 어젯밤 부상이 그 점을 증명해 주었고."

카이의 이야기를 들으며 난 부은 눈을 만졌다. 눈에서 느껴지는 통증은 카이가 내 계획에 반대하는 것만큼 아프진 않았다.

어젯밤에는 나한테 옳은 일을 했다고 해놓고서 지금은 그렇게 생각하지 않는다고? 난 따지고 싶었다. 하지만 그는 끝까지 자기 이야기를 듣기로 합의하지 않았냐는 신호를 보내듯 쳐다봤고, 난 입을 꾹 다물었다.

"네게 필요한 건 인력이야. 더 많은 증거, 스파이, 힘, 집행. 아무래도 팀이랄까?" 그가 말했다.

난 몸을 똑바로 세웠다. 지금 제대로 들은 게 맞나? 보이는 쪽 눈으로 모두를 더 자세히 보려고 시야를 좁혔다.

"네가 유타이를 언급했지. 그 뒤로 아버지에게 그에 관해 물어봤어. 흥미로운 사실이 밝혀졌지. 유타이, 이 자리에서 이야기해 줄래요?"

유타이가 카이에게 고개를 끄덕인 뒤, 자리에서 일어나 말했다.

"챈 밑에서 일하기 전 뭘 했는지, 물었었죠. 난 우리 아버지처럼 사업 공부를 했는데, 킹이 우리 가족에게서 모든 걸 앗아갔어요. 우리 아버지까지도."

곧바로 난 다른 사람에게 느껴본 적 없던 동지애를 그에게서 느꼈다.

"그것 말고 그가 가져간 게 더 있나요?" 내가 물었다.

"프랫." 그가 말했다.

"우리 아버지는 그곳의 정당한 소유주였어요. 아버지가 살해당했을 때, 내게 소유권이 넘어왔고, 도망친 사람은 나예요."

그날 해변에서 카이가 프랫의 실제 소유주가 실종됐다고 말해 줬다. 난 그제야 이유를 알았다.

"난 특별하지 않아요. 송 밸리의 사람들은 킹의 손에서 엄청나게 고통받고 있지만, 누구도 그를 막을 용기를 내지 못했어요. 다들 너무 두려워하고 있거든요. 하지만 난 더 이상 두렵지 않아요. 그의 테러를 끝내고 킹이 훔쳐 간 걸 되찾기 위해서라면 뭐든 할 겁니다."

그의 목소리에 담긴 결의에 몸에 소름이 쫙 퍼졌다. 킹은 결국 모든 걸 그에게 돌려줘야 할 것이다. 유타이가 자리에 앉았다.

"상 스승님." 카이가 말했다.

"스승님 차례입니다."

"피닉스, 메이메이."

상 스승이 인사했다. 그는 한 손으로 다른 손 주먹을 감쌌다.

"네, 상 스승님."

나도 인사에 보답하고 고개를 숙였다.

쿵후 마스터는 정신과 육체가 깨지지 않는 바위처럼 단단하고 고요하게 의자에 앉아 있었다.

"우리가 왜 여기 왔는지 아시죠?"

상이 자리에서 일어났다. 그렇게 큰 키는 아니었지만, 그의 존재만으로도 난 주눅이 들었다.

그는 큰 소리로 말할 필요가 없었다. 난 송 밸리에서 우리가 나눈 대화를 기억한다.

목표. 그의 말이 가슴속에 세게 와닿았다. 비전도 목표도 없는 게 어떤 건지 난 안다. 내가 누구고, 왜 여기 있는지 궁금해하면서.

"카이는 우리가 들어야 할 이야기를 해 줬어요. 우리는 당신이 시키는 대로 할 겁니다. 우리와 우리 형제들이 하겠습니다."

그의 제안에 내 가슴이 녹아내렸다.

쿵후 마스터가 자리에 앉자, 카이가 내가 모르는 남은 세 명을 소개해 줬다.

"저 두 천재는 우리 부서에서 데려왔어. 옥스퍼드 출신인 제시카와 필립이야. 단기로 상하이에 와서 리서치하다가 우연히 아시아 은행에서 인턴 일을 시작했지. 네 슈퍼 본드 일을 돕고 싶어 해."

"흥미로운데."

"그리고 덩치 큰 사람은 내 사촌 바이 요원이야."

"경찰이야?" 난 불안해하며 물었다.

"경찰보다 더 낫지." 카이가 미소 지으며 말했다.

“그는 프라이빗 글로벌 포스(PGF), 세계 최대 글로벌 보안 회사에서 일해. 지구상의 모든 보안과 법 집행과 연결되어 있고 우리가 고용할 수 있어. 그는 우리가 요청하는 일이라면 법의 범주 안에서 뭐든 해줄 거야. 네가 알지 못하는 자원까지도.”

머릿속이 가능성으로 빙빙 돌았다.

엑스포와 화물 수송까지 21일 남았다. 숫자들이 점을 연결해 확실한 청사진을 구성했다. 우리는 프랫, 호텔, 세관 직원들을 무너뜨리고, 마담과 킹의 돈을 찾아 채권에 투자할 것이다. 내가 결코 가질 수 없었던 게 인력이다. 이 팀이 나와 함께 일한다면 모두 가능하다.

난 한 명씩 얼굴을 살폈다. 강하고, 빠르고, 조용하고, 현명한 사람들이다. 이 일의 적임자들이다.

난 다른 사람들이 날 도울 수 있거나, 도와줄 거라고는 생각하지 못했다. 그리고 지금, 마치 선물처럼 그들은 내가 원하는 걸 해 주고 있다. 레드가 바라던 것과 똑같이.

새로운 계산이 이루어질 때처럼 무릎을 두드렸다. 카이가 목청을 가다듬었다. 그는 미소를 지으며 내 승인을 기다렸다.

작게 웃음이 터져 나왔다.

“그럼, 우리 비밀 악수, 뭐 그런 거라도 해야 할까요?”

CHAPTER 33

현재 : 피닉스

중국 상하이, 공장

내 꿈이 현실이 되고 있었다. 우리는 이후 한 주 동안, 세부 사항을 논의하고 계획을 조정했다. 킹과 마담의 세상은 리히터 규모 10인 지진이 일어난 것처럼 무너질 것이고 그들은 아주 늦게서야 무슨 일이 벌어졌는지 알게 될 것이다.

새로운 팀은 내가 계산한 것보다 자원이 한층 많았고, 지침에 정확하게 따라 주었다.

상 형제는 마지막 남은 스무 명의 진정한 쿵후 제자들을 모집해 골든 에인절 호텔에서 구출한 소녀들을 수송하는 일을 담당하기로 했다. 유타이는 킹 때문에 인생을 망친 송 밸리 주민 스물네 명을 모았다. 그들은 프랫을 비롯해 잃어버린 것들에 대한 공식 항의서와 청구권을 작성했다. 이 정도면 절대로 빠져나올 수 없는 법의 구렁텅이에 킹을 묻고도 남을 것이다.

카이의 사촌인 바이 요원은 정말 수완이 뛰어났다. 그는 용의주도하게 내 진짜 이름으로 된 새 여권을 만들어 주었을 뿐만 아니라 추가 인력과 감시용 장비도 가져왔고, 인터폴 연줄로 네덜란드인 한센 경감이 간접적으로 우리에게 협조해 주기로 했다.

알고 보니 내가 애로우-메일로 보낸 파일을 인터폴에서 가로챘었다. 그 파일은 한센 경감이 사건을 구성하는 데 도움을 주었고, 그 이후로 그는 다섯 개의 나라에서 마담을 추적해 왔다. 그들은 내게 셀리아의 진짜 이름은 마리엄 마타로, 프랑스에서 터키인 어머니에게서 태어났다고 알려줬다.

"좋아요. 우리에겐 13일이라는 시간이 남았어요."

나에게 있는 줄도 몰랐던 강인한 목소리로 팀에 말했다. 잠시 스스로 감탄했다. 어떤 면에서는 내가 그들의 리더였다. 아주 오래전 세워둔 계획에 설계 그대로 팔다리가 생기다니.

"선적 3곳, 호텔 16곳, 남은 '로 파이브'가 있어요."

난 그들에게 이름, 약도, 날짜가 적힌 세세한 지도를 건넸다. 모두 지난 한 주간 각자 움직임에 대한 정보를 외우고 계획하며 시간을 보냈기에 이미 잘 숙지했겠지만 그래도 읽어 보았다.

"챈의 투자 덕분에 우리는 마담이 운영하는 대형 호텔 네 곳을 소유하게 되었습니다. 마담은 아무것도 모릅니다. 우리는 적시에 움직일 거예요. 지금 필요한 건 선적 일자입니다. 거기에 뇌물을 받은 세관 직원, 구매자명, 픽업과 드롭오프를 담당할 남자들 명단이 적혀 있어요. 그런 다음 제가 마담의 화물이 항구에서 킹의 부두로 도착하도록 경로를 조정하면 우리는 마담의 세관원을 우리 쪽 사람으로 바꿀 수 있어요. 그러고 나서 프랫과 창고를 정리하면 됩니다."

"일정은 어떻게 입수하나요? 그냥 프랫에 가서 물어볼 수도 없는데." 상 형제가 물었다.

"아." 내가 알려 주었다.

"거기가 스승님이 들어갈 곳이에요. 쿵후에서는 납치를 용납하지 않는 거죠?"

난 무엇, 아니 그보다는 누가 필요한지 자세히 설명했다. 형제들이 곧바로 나섰다.

우리의 회의는 계속되었다.

"마지막 조각이 바로 상하이 엑스포입니다." 내가 설명했다.

"인터폴에서 셀리아의 구매자를 그들의 사람으로 바꿔치기할 겁니다. 그들이 카메라를 몸에 차고 있을 거예요. 전 누가 마담인지 알려 주고 그녀의 주요 계좌로 들어갈 수 있는 은행 식별 기호를 따로 분리할 겁니다. 그 후 그들이 그녀를 체포할 거고요."

모두가 고개를 끄덕였다.

"대략 30억 달러의 현찰, 화물, 소녀들을 우리가 확보하는 겁니다."

"피닉스가 마담에게 근접하는 건 위험하지 않을까요?" 카이가 바이 요원에게 물었다.

"그렇진 않을 거야." 그가 안심시켰다.

"우리가 길 맞은편 1층에 안전한 사무실을 만들고 근처에 요원들을 배치할 거야. 피닉스는 위성을 통해 작업하면 돼."

내 마음 한구석에서는 그녀에게 더 가까이 가야 한다는 걸 알았다. 수학을 할 수 있는 사람은 나니까. 그들은 나처럼 가능한 결과를 미리 볼 수 없다. 하지만 바이 요원은 내 존재가 마담에게 드러나는 위험을 원치 않았다. 한번은 나도 동의했다.

회의가 끝났다. 카이는 남아서 채권 작업을 도와주기로 했다. 그를 보고 있으니 미소가 절로 났다. 그는 아주 조금씩 내게 다가왔다. 마음을 열 수 있도록 들어 주고, 부드럽게 어루만지고 안아 주고 키스해 주었다. 그는 내가 그를 더 믿을 수 있게 인내심을 가지고 기다렸다. 그래서 어렵지 않았다.

나중에 난 상 형제들을 생각했다. 애초에 우리가 세관 직원이나 구매자의 명단을 얻지 못하면 계획에 차질이 생긴다.

그들은 어디쯤 있을까?

어둠이 내렸다. 짐을 챙기고 불을 끄려는데, 형제가 눈가리개를 한 남자를 데리고 문을 벌컥 열며 들어왔다.

그들이 그를 잡아 온 것이다.

난 걸어가서 마스크를 벗겼다. 녹색 눈동자 두 개가 미친 듯이 사방을 살피다 내게로 왔다. 그는 믿을 수 없다는 듯 눈이 휘둥그레졌다.

난 미소를 지으며 입을 열었다.

"안녕, 라파엘."

"밀라."

라파엘이 몸을 구부리고 내 양쪽 뺨에 입을 맞췄다.

"1,000개의 비밀을 가진 소녀."

우리는 오랜만에 만난 친구들이 하듯 서로 머리부터 발끝까지 살폈다. 그가 미소를 지었다. 보조개가 여전히 순수한 느낌을 주었다. 나도 미소로 화답했지만, 카이가 가까이 다가와 내 허리를 손으로 감싸길래 그걸 풀었다.

"날 피닉스라고 불러."

난 어깨 너머로 말하며 작은 스툴이 딸린 테이블을 가리켰다.

"얘기 좀 해."

차를 따랐다. 상 형제가 라파엘의 양옆에 앉았다. 라파엘의 시선이 날 감싸고 있는 카이의 팔을 쳐다보다가 내 눈을 바라봤다.

"너 킹 밑에서 일했던 거 아니지, 베로(vero 진짜)?"

난 고개를 저었다.

"네가 추측해 볼래?"

놀랍게도 내 납치 이야기를 하며 프랫에서의 상황까지 간단히 설명해 버렸다.

카이와 이야기할 때와는 달랐다. 난 감정을 배제한 회계 보고서처럼 사실만 전달했다. 이야기를 듣는 라파엘의 얼굴은 창백했다.

"라파엘, 네가 가족 사업에 합류한 걸 봤어. 세상을 더 나은 곳으로 만들려는 거야?"

헐뜯고 싶은 건 아니었지만 기쁜 척도 할 수 없었다.

"왜 그랬어? 너까지 감옥에 가는 건 정말 보고 싶지 않아. 넌 다르다고 생각했어."

"센티(senti 들어봐), 난 내가 무슨 일을 하는지 몰랐어." 그가 허공으로 손을 저었다.

"우리 아버지 일이잖아. 난 아버지를 믿었어. 아버지는 그냥 무역 일이라고 하셨어. 그날 밤, 불이 난 게 요행이라고 설명하셨고. 난 아버지가 무슨 일을 하는지 지금도 확실히 몰라."

난 그 부분은 믿었다. 그의 아버지는 머저리다. 체사레는 조종하기 너무 쉬운 인물이라 킹은 한 번도 그를 위협적이라고 생각해 본 적이 없다.

"그날이 내 첫 거래 성사 날이어야 했지. 그런데 네가 천사처럼 나타나 날 흔들어 현실을 보여줬어. 조각들이 한곳으로 모이기 시작한 거야. 그리고 지금까지도 우리 아버지는 날 의심하고 계셔. 난 아버지가 하는 일에 지원할 수 없었어. 안 그래도 빠져나갈 궁리를 하고 있는데, 저 사람들이 날 찾은 거야."

난 형제들에게 몸을 돌렸다. 그들에게 여기로 데려오기 전 정보부터 얻으라고 단단히 일러뒀다.

"그는 아는 게 별로 없었어요. 피닉스." 마스터 상이 말했다.

"처음부터 협조적이었고."

"방금 한 말을 입증하고 싶다면, 우릴 도와줘야 할 거야. 시간이 별로 없는 관계로 단도직입적으로 말할게. 우리는 킹의 사업을 무너뜨릴 거야. 그의 협박, 매춘, 도박, 항구에서의 횡령까지. 여름의 거래가 그의 마지막이 될 거야. 난 국내와 해외 발송 일정, 픽업과 하차 담당자들, 가드, 협조자, 세관 직원의 명단이 필요해. 또한 상하이 엑스포 구매자 목록도. 네가 그걸 우리한테 가져다줘야겠어."

"시, 호 카피토(Si, Ho capito 그래, 알겠어). 시간은 좀 걸릴 거야."

"우리에겐 시간이 없어."

"바 베네. 상하이에서 누가 픽업하는지는 알려줄게."

그가 바닥으로 시선을 내리깔았다. 난 그 이유를 안다.

"마담이 너희 아버지에게 얼마를 줬지?" 내가 물었다.

"30만 유로."

"알았어. 금액을 바꾸지 마. 킹이 모든 비즈니스가 평소처럼 돌아간다고 생각해야 하니까." 내가 말했다.

"킹에게도 전해. 마담한테 그가 흥미 있어 할 새로운 구매자가 생겼다고."

"다른 건?" 라파엘이 물었다.

"있어. 7번 건물, 3번 건물, 1번 건물과 창고의 출입증이 필요해."

"그건 불가능해. 내가 비밀번호, 코드, 열쇠까지 확보해야 한다니! 그걸 전부 달라고 하면 가드들이 바로 의심할 거야."

"방법을 찾아." 내가 말했다.

"네가 우리를 돕지 않으면, 너도 그 배와 함께 가라앉게 될 거니까."

라파엘이 한숨을 쉬었다.

"방법을 찾아볼게."

"이 사람들이 널 도와줄 거야." 난 카이와 형제들을 가리켰다.

"킹을 잡으면 마담에 대한 모든 정보를 얻어내야 해요. 그는 라파엘처럼 순순히 협조하지 않을 테고 그땐 어떻게 해야 하는지 아시겠죠."

"우리 아버지는 어쩌고?" 라파엘이 물었다.

"너희 아버지가 내린 잘못된 결정을 내가 어쩔 순 없어."

난 라파엘의 눈에 드리운 고통에 공감했다.

"그래도 너희 아버지에겐 아직 옳은 선택을 할 기회가 남아 있어. 우리에게 연결망을 제공하고 이탈리아 쪽 세관, 구매자 및 아는 모든 연락처를 넘겨주면 돼. 거기에 동의하면 우리는 네 아버지가 중국이 아닌, 이탈리아에서 재판받을 수 있도록 손 쓸 거야. 미안해, 라파엘. 그게 내가 해줄 수 있는 최선이야."

"데 카르도(D'accordo 동의해). 아버지한테 말해 보겠지만 어떤 것도 강요할 순 없을 거야."

우린 서로 눈이 마주쳤다. 그의 안에서는 고통, 실망, 혼란이 소용돌이치고 있었다.

"넌 어떻게 할 건데?" 그가 물었다.

"이 모든 일이 끝나면 어디로 갈 거야? 뭘 할 거야?"

카이의 손가락이 내 손가락을 찾아 꽉 쥐었다.

"좋은 질문이야."

∞

숫자는 아무리 완벽한 계획이라도 그 길에는 시련이 있기 마련이라고 예측한다. 그러니 내 계획도 예외는 아니다. 일주일 내내 혼돈의 연속이었다.

경제는 날마다 더욱 휘청거렸다. 미국도 영향을 받기 시작했다. 뉴스에는 당혹스러운 소식들이 넘쳐났다. 세계은행은 공식적으로 J.J. 슈퍼 본드를 지원했고, 초기 지원 접수가 시작됐다.

천 곳도 넘는 회사가 이미 인터뷰에 지원했다. 모든 게 다음 주에 있을 일에 달렸다.

도시 전체에 긴장감이 감돌았다. 하지만 진짜 긴장은 내 안에 있었다. J.J. 본드는 우리가 필요한 현금 유동성 규모에 근접하지도 못했다. 프랫을 뒤집어 놓는 데 성공해서 마담과 킹의 은닉 자금을 얻는다고 해도 여전히 경제 긴급 구제와 슈퍼 본드를 충당하긴 역부족이었다.

그 사이 바이 요원이 마담의 마사지 숍 두 곳에 관한 정보를 경찰에게 흘렸다. 그들이 급습해 하룻밤에 26명의 소녀를 구했다. 마담은 형식적인 단속이라 여겨 아무 조치도 하지 않을 것이다.

사무실 문 노크 소리가 나더니, 유타이가 손에 서류를 들고 들어왔다.

"증서를 찾았어요?"

그가 고개를 끄덕였다.

"킹이 원본을 없앴지만, 바이 요원이 기밀 정보 취급 허가를 내준 덕분에 시의 문서를 열람하고 복사해 왔어요."

"유타이, 이 일이 끝나면 당신에게 걸맞은 새로운 삶을 시작할 수 있을 거예요." 내가 말했다.

"명예는 되찾겠지만, 침식 때문에 부동산으로는 가치가 없어요. 새로운 부두를 개발할 기회도 없을 거고." 그가 말했다.

"잠깐만요." 난 웃었다.

"모르고 있어요?"

"뭘 말이죠?"

"킹이 당신 아버지 소유의 건물을 원한 건 그 아래 있는 것 때문이었어요. 송나라 시대부터 이어진 고대 지하 묘지."

"전설 얘기예요? 그게 진짜였어요?"

난 고개를 끄덕였다.

"역사의 새로운 장이 시작되겠죠. 관광객은 물론이고 유명한 고고학자, 지리학자, 역사가들이 모조리 금을 들고 몰려와서 당신한테 거기 들어가게 해달라고 빌 거예요. 두고 봐요."

유타이는 어안이 벙벙해졌지만, 더없이 행복한 표정으로 걸어 나갔다.

2분 18초 뒤, 라파엘이 서류 가방을 들고 들어왔다.

"본 조르노(Buon giorno 좋은 아침)."

그가 이탈리아어로 인사하며, 내 뺨에 입을 맞췄다.

"좋은 아침이야." 나도 인사했다.

"있잖아, 넌 내가 기억하는 것보다 더 예뻐졌는걸."

"그라치에(Grazie 고마워)."

난 뺨을 붉혔다. 우리는 서로를 쳐다봤다. 우리 사이에 뭔가가 흘렀다. 난 그가 무슨 생각을 하는지 알고 있었다. 나도 같은 생각을 하고 있어서다. 다른 삶이었다면, 우린 어떤 사이가 될 수 있었을지도 모르겠다. 그러나 기회는 지나갔다. 그가 프랫에 왔던 날, 내가 느낀 불꽃은 당시엔 진심이었다. 억류된 상황에서 그는 희망이라는 선물과도 같았다. 나도 이성에게 감정을 느낄 수 있는 평범한 소녀라는 점을 일깨워준 건 그였다. 하지만 라파엘은 지금 내게 필요한 사람이 아니었다.

그렇게 난 과거의 기억들과 라파엘에 대한 의구심을 다 내려놓았다. 이미 대답을 얻었다. 더 이상 거기에 연연하고 싶지 않았다. 청바지에 티셔츠를 입은 카이의 모습이 머릿속에 떠올랐고, 일로 인해 그럴 겨를이 없었다.

"그래, 뭘 가지고 왔어?"

"와서 봐."

그가 서류 가방을 열었다. 안에는 열쇠, 암호, USB, 일지와 명단 복사본이 들었다. 심지어 미스트 한 병까지.

미스트는 막판에 부탁한 것이다. 쿵후 형제가 진입했을 때, 소녀들이 전쟁 통처럼 난리를 피울까, 걱정돼서. 전쟁 포로들처럼 소녀들도 가끔 구원의 손길을 내밀어도 환멸을 느끼고, 이게 또 다른 함정이라고 여기며 맞서 싸우기도 한다. 난 형제들에게 그런 상황이 오면 미스트가 그들을 구하는 가장 온전한 방법이 될 거라고 알려줬다.

난 됐다는 의미로 라파엘에게 고개를 끄덕였다. 그는 자기가 한 말을 지켰다. 우리가 그에게 요구한 전부를 구해 왔다.

"너희 아버지는?" 내가 물었다.

"아버지는 기꺼이 연락처를 포기하고 널 위해 한몫을 남겨둔 다음, 첫 비행기로 이탈리아로 돌아가셨어." 라파엘이 내게 불룩한 봉투를 건넸다.

"킹은 아직도 금요일에 아버지와 만나는 걸로 알고 있어. 난 바이 요원을 찾아가서 아는 걸 전부 진술해 기록으로 남겼고. 금요일까지 여기 남아서 돕다가 그런 다음에 돌아갈 거야. 로마나 런던으로 가게 될 것 같아."

"고마워, 라파엘."

"내가 호의를 갚을 거라고 말했잖아. 밀라."

"내 진짜 이름은 조세핀이야." 내가 알려줬다.

"열일곱 살이고 시애틀 출신이야. 그리고 네 예상대로 난 천재가 맞아."

그는 뿌듯한 눈빛으로 내 손을 잡았다. 일주일 안에 다시 보겠지만 작별 인사를 나누고 행운을 빌었다. 우리에게는 지금 이 자리가 이제까지 가져보지 못한 마지막 순간이기에.

준비가 끝났다. 명단, 일정도 확보했다. 나중에 팀원들이 사무실로 올 것이다. 최종적으로 세부 사항을 점검할 예정이었다. 선적 경로를 바꾸고 구매자와 세관 직원들을 살피고 그들을 우리 쪽 인물로 교체한다. 난 쉴 틈 없이 몰아치는 성난 파도처럼 신경이 곤두섰다.

마지막으로 한 번 더 계획 전체를 살필 것이다. 내일은 골든 앨리, 사흘 뒤에는 프랫, 닷새 뒤엔 엑스포다.

부디 우리가 잡히지 않고, 5일 이상 함께하길 바란다.

CHAPTER 34

현재 : 피닉스

∞

중국 상하이, 골든 앨리

우리는 골든 앨리에서 두 블록 떨어진 곳에 있었다. 바이 요원이 내가 귀에 찬 작은 블루투스 기기를 조정하며 자기와 카이가 연결이 잘 되어 있는지 확인했다.

"잘 들려요." 난 삼자 대화처럼 모든 걸 들으면서 말했다.

"실시간으로 상황을 알려 주세요."

"그럴게요."

상 형제, 바이 요원, 유타이, 카이가 골든 앨리로 진입했고, 그 사이, 난 북적거리고 밝은 모퉁이에서 대기했다. 소녀들을 구하기 위해 나도 그들과 함께 가고 싶었다. 하지만 폭력배들을 제압하기 전엔 굳이 내가 있을 필요가 없다고 모두가 설득하는 바람에 신호를 줄 때까지 기다리기로 했다.

금요일이다. 후아메이가 금요일에는 늘 구매자가 있고 그 대부분이 길거리 쓰레기 같은 놈들이라고 알려줬다.

난 기다리면서 어제 아침 일을 떠올렸다. 쿵후 형제가 호텔에 잠입한 첫날이었다. 네 곳의 호텔이 함락됐고 전부 계획대로 진행됐다. 그들이 마담의 수하들을 마스터 쪽 사람들로 '바꿔치기'했다. 겉으로는 아무 일 없는 듯 유지했다. 대금 지불자들이 움직이고 평소처럼 사업을 진행했다. 누구도, 무엇도 의심하지 않았다.

카이의 말을 빌리면, 구매자들은 소녀가 아니라 우람한 쿵후 마스터가 호텔에 들어오는 걸 보고 꽤 큰 충격을 받았단다. 난 그들의 표정을 상상하며 웃었다.

우리는 구매자 35명으로부터 자백을 받았다. 86명의 소녀를 안전하게 구조했고 그들 중 52명은 치료가 필요했다. 아직도 카이의 목소리가 귓가에 생생하다….

이런 끔찍한 곳이 존재한다니, 정말 생각지도 못했어.

오늘 밤도 어제처럼 신속하고 효과적으로 끝나길 기대한다. 수준 낮은 조직들은 호텔처럼 복잡하게 운영되지 않기에 누워서 떡 먹기처럼 처리하기 쉽다.

이제 카이의 목소리가 귀에 들렸다.

"지금 들어가." 그리고 크게 갈라지는 소리가 났다.

"문을 열었어."

78초 동안 가벼운 숨소리만 들리다가 화난 남자의 욕설이 들리고 바이 요원이 소리치기 시작했다.

"물러서!"

"무슨 일이에요?" 내가 물었다.

아무 대답이 없다. 또다시 심하게 부서지는 소리와 함께 외침이 들렸다. 배경에서 소녀들이 발작하듯 비명을 질렀고, 세게 부딪히는 소리가 났다. 싸움이 일어났다.

"마스터 상! 엄호해 주세요!" 바이 요원이 소리쳤다.

"저기, 더 많은 매수자가 있어요!" 카이의 목소리다.

"저항이 너무 심해. 유타이, 미스트를 뿌려요!"

"빨리 밴으로 가!"

"무슨 일이에요?" 내가 소리쳤다.

머릿속에서 일련의 계산이 빠르게 이어졌지만, 더 많은 변수가 필요하다. 신호를 받지 않았지만 난 두근거리는 심장을 안고 골목을 향해 뛰었다.

도착해 보니, 길거리로 사람들이 미친 듯 쏟아져 나왔다. 난 숫자를 세며 놀랐다. 이렇게 많은 여자애가 어떻게 여기 갇혀 있었을까? 성 매수자들이 이렇게 많다고?

혼란 속에서 카이를 찾는데 도로 전체에 경고가 울렸다.

사이렌이다.

난 심각하고 걱정스러운 카이의 눈빛과 마주쳤다.

"여기서 나가, 피닉스!" 카이가 소리쳤다.

"어서!"

난 그의 말에 토를 달지 않았다. 큰 도로에서 택시를 찾고 최대한 빨리 공장으로 돌아가면서 내가 방금 목격한 장면을 살폈다. 수십 명의 소녀가 문으로 뛰쳐나오며 비명을 지르고 발버둥치다 실신했다. 매수자들이 마스터 상을 공격했다. 바이 요원이 또 다른 남자를 바닥에 내동댕이치며 수갑을 채웠다.

레드가 가르쳐준 시구절이 머릿속에서 파도처럼 밀려들며 날 진정시키려 했다.

태양이 황금빛으로 빛나고….

잡음이 섞인 바이 요원의 목소리가 귀에 들려와 정신이 들었다.

“사람들이… 모여들었어!… 경찰이!… 사라졌어!”

또 다른 사이렌 소리가 울려 퍼지며 내 머릿속 숫자들이 유리처럼 산산조각이 났다. 우리의 계획이 성공할 확률이 매 순간 낮아지고 있었다. 이 일이 공론화되면 마담이 그 전말을 알아차리고 호텔로 올 거고 그런 다음 배가 우리에게 닿을 테니까. 그러면 완전히 망하는 거다.

∞

어젯밤의 실패가 아침 뉴스를 장식했다. 인터폴 대변인이 우리를 대신해 통상적인 단속이었다고 설명했지만, 난 마담이 꿰뚫어 볼 거라는 안 좋은 예감이 본능적으로 들어 떨렸다.

점심때는 더 안 좋은 소식이 잇달아 도착했다. 인플레가 지난 두 달간 급격히 높아졌다. 소규모 상점이 문을 닫기 시작했고 학교는 예산을 줄였다. 뉴스에서는 일상의 주기가 자체 조정기에 들어가야 한다고 했다.

사람들은 진짜 뭐가 다가오고 있는지 아무 생각이 없었다.

난 흰 밥그릇을 입으로 가져가 젓가락으로 남은 밥을 입안에 마구 욱여넣었다. 오늘 이 밥 한 그릇의 가격은 1달러가 채 되지 않지만, 슈퍼 본드와 경제의 자유 낙하를 막아줄 돈을 안정적으로 확보하지 못한다면 이내 밥 한 그릇이 20달러 이상이 될 것이다. 수개월 동안 굶주리게 될 거고. 그렇게 되도록 놔둘 순 없다.

서둘러 사무실로 갔다. 채권과 대출 상담을 준비하는데, 갑자기 카이가 들어왔다.

"안녕, 잘 쉬었어?" 그가 물었다.

어젯밤 그의 얼굴에 생긴 멍이 아주 시퍼렇다. 이걸 자기 아버지한테 어떻게 설명했을지 궁금했다.

"뭐가 잘못됐어?" 내가 물었다.

그는 프랫을 손에 넣기 위해 바이 요원과 마지막으로 세부 사항을 조율하고 있어야 했다.

"내 도움이 필요해?"

"맞아." 그가 내 뺨에 입을 맞추고 물러서서 내 눈을 지그시 바라보았다.

"계획을 살피는 중이었어."

온몸이 전기로 짜릿했다. 아직도 그의 접촉에 익숙해지는 중이었다.

"모든 게 순리대로 진행되고 있어. 그냥 네가 보고 싶어서 들른 거야."

그가 몸을 돌려 내 책상에 놓인 서류들을 뒤졌다.

"어젯밤 일로 많이 힘들었잖아. 좀 어때?"

"너처럼 긍정적이진 않아."

"이야기해 줄 거야?"

"중국 경제에 집어넣을 1조 2천억 달러에 달하는 돈을 찾을 곳만 알려 주면 난 괜찮아질 거야."

곧 폭발이 일어날 거라는 느낌이 왔다.

"우리는 악명 높은 범죄자 두 명의 재산 전부를 경찰에게 알리지도 않고 강탈했지만, 아직도 이걸로 충분한지 확신할 수 없어. 이제 마담이 엑스포 전에 움직일지도 몰라! 게다가 아시아 은행 없이는 마지막 분할 금액을 채울 수 없다고."

난 책상 위로 고개를 떨궜다.

"이 산더미 같은 서류가 떨어져서 날 묻고 다신 일어날 수 없게 해주면 좋겠어. 그러면 해결책을 찾아야 하는 책임이 다른 누군가에게로 가겠지. 과학 발전을 위해 기꺼이 내 두뇌를 기증할게. 내 머리를 열면 그 안에 해결책이 들어 있을지도 모르니까."

등 한가운데가 따뜻해졌다. 카이의 손이 부드럽게 원을 그렸다.

"네가 이 일을 하는 이유를 떠올려 봐. 넌 이 일을 해야 할 운명이야. 난 여기 있어. 필요한 만큼 시간을 들이면서 한 번에 한 가지씩 하는 거야. 우리는 충분한 자본을 얻을 거야. 너도 알게 될 거고."

난 한숨을 쉬었다.

"내가 불평해서는 안 됐는데. 나한테는 도와주는 이들이 있으니까."

난 복도를 가로질러 다른 두 천재인 제시카와 필립이 문제를 풀고 J.J. 슈퍼 본드 지침에 따라 소규모 은행에 새로운 시스템을 적용하고 있는 모습을 가리켰다.

"마담에 대한 소식은 더 없어?"

"없어. 네가 머물렀던 곳이자 마지막 남은 호텔인 골든 에인절 호텔을 작업 중이야. 셀리아가 엑스포 기간에 거기 머물 예정이라서 쉽지 않네."

그녀의 이름이 나오자 난 몸서리를 쳤고 카이는 나를 안아줬다.

"괜찮아. 더는 그녀 걱정을 하지 않아도 돼." 그가 말했다. "그러려고 우리가 여기 있잖아."

"고마워."

그렇게 대답하긴 했지만 스스로 진심이 아니란 걸 알았다. 엑스포가 코앞이다.

카이가 내 머리를 가슴으로 끌어당겼다. 그의 심장 박동을 듣는 1분 동안 두려움이 사라졌다. 스스로에게 한동안 허락하지 않았던 즐거운 일들이 머릿속에 떠올랐다. 해변에서 먹는 아이스크림, 벽난로 앞에서 책을 읽는 겨울밤, 사랑. 절대 지치지 않는 그의 심장 소리를 들으니 도무지 헤어 나올 수가 없다. 심장은 계속해서 강하고 안정적으로 뛰었다.

뭔가 잘못됐다. 보통 난 심박수를 정확히 기록하는데 지금은 그러지 않았고, 그 말은 내가 박동을 세지 않는다는 거고, 그 뜻은….

퍼뜩 눈을 뜨고 방 주위를 살폈다. 나와 문 사이의 거리, 창문 크기, 책상과 의자. 내 사무실에 수치로 정의된 것이 아무것도 없다. 숫자가 사라졌다. 마치 꿈속에 있을 때처럼. 하지만 지금 난 깨어 있다. 여전히 미동도 하지 않은 상태고 카이의 쿵쿵거리는 심장 박동이 아직 내 귓가에 울리며 앞으로 벌어질 일에 대한 기대를 증폭시켰다.

여러 번 눈을 꽉 감았다 뜨니 스위치처럼 숫자가 다시 켜졌다. 계산이 돌아왔다. 카이의 평균 심박수는 분당 88회다.

음, 이상한 일이네.

난 분명 우연일 거로 생각했다. 그러나 한편으로 난 우연의 일치를 믿지 않는다.

CHAPTER 35

현재 : 피닉스

중국 상하이, 공장

순수 금속의 경우 최고 녹는점은 섭씨 3,422.2도다. 이 사실만으로도 과학자들은 놀라 나자빠지겠지만 난 스스로 그 금속처럼 될 거라 여기기에 높은 온도가 그리 놀랍지 않다. 컴퓨터 같은 내 두뇌는 처리 분야에 높은 적성을 나타냈다. 그런데 요즘 내 두뇌가 점점 이상해지고 있다. 라디오 주파수처럼 숫자들이 오락가락한다.

J.J. 슈퍼 본드를 너무 오래 보고 있거나 카이를 쳐다볼 때 아니면 자고 일어난 직후에 그런 증상이 발생했다. 지금까지 이런 적은 처음이라 걱정이 컸다.

내 앞에는 처리해야 하는 서류가 엄청나게 쌓여 있는데, 숫자가 이런 식으로 정신을 흩트리는 통에 집중할 수 없다. 커피는 도움이 되지 않았다. 손끝으로 관자놀이를 꾹꾹 마사지해 줬지만 소용없었다. 그래서 난 핸드백을 집어 들었다. 나가서 좀 걸으면 정신이 맑아질지도 모른다.

공장 쪽으로 걸어가는데, 내 머리가 자동으로 새로 들어온 소녀, 루루를 떠올렸다. 그 애는 걸을 수도 있고 다시 웃기도 했다. 링 박사도 거기 있을 것이다. 그 애가 나에게 무슨 일이 있었는지 말해줄 수도 있다.

뒷문으로 들어가는데, 왼쪽으로 6미터 거리에서 발소리가 나 놀랐다. 얼른 문 뒤로 숨었다. 발밑에 작은 꽃 화분이 있다. 큰 건 아니지만 일단 두 손으로 집어 들었다. 난 몸을 웅크리고 모퉁이를 살폈다. 내 쪽으로 오는 크고 날렵한 남성을 보고, 이내 방어 태세를 풀었다.

"여긴 어쩐 일이에요, 챈?"

"공장을 보러 왔어." 그가 말했다.

"어떻게 들어왔어요?" 난 화를 내며 물었다.

이제 카이가 여길 알았으니 온갖 새로운 일이 다 일어나는 것 같았다.

"제가 자물쇠를 바꿨는데요."

"네가 불법적인 일을 하지 않는지 알아볼 권리가 나한테 있으니까." 그가 내 첫 질문을 피하며 말했다.

"특히 내 아들이 연루돼 있잖니. 얼굴에 멍이 들어서 왔으니 말이야."

"그러니까 감시하러 온 거군요." 난 조금 상처받은 표정으로 말했다.

"제가 불법적인 일을 벌일 거로 생각하다니, 믿을 수 없네요."

"네가 널 어디서 만났는지 생각하…." 그가 얼른 말을 멈췄다.

챈은 더 이상 날 쳐다보지 않았고 마치 유령이라도 본 것처럼 못 믿겠다는 얼굴로 눈이 휘둥그레져서 내 뒤를 쳐다봤다.

"안녕하세요, 챈 다거(Da Ge 大哥 큰오빠)."

얼른 고개를 돌리니, 링 박사가 챈을 쳐다보고 있었다. 그녀의 입가에 천천히 편안한 미소가 감돌았다.

다거?

내가 환청을 들었나, 아니면 박사님이 그를 '큰 오빠'라고 부른 건가? 그와 긴밀한 사이가 아니라면 그런 존칭을 쓰지 않았을 거다.

"링 시아후이(Ling Xia Hui 泠夏惠)."

뭐가 됐든 그는 말문을 막히게 한 걸 없애려고 목청을 가다듬었다. 그리고 머리부터 발끝까지 그녀를 살폈다.

"세월이 정말 많이 흘렀구나."

"십 년도 더 지났어요."

박사는 평소처럼 침착하게 대답했지만, 눈가에 눈물이 맺혀 있었다. 어쨌든 그들에게 난 투명 인간이 된 듯했다.

"마지막으로 널 봤을 때는 아직 꼬맹이였는데." 그가 올바른 말을 찾아 고심했다.

"많이 변했구나."

챈이 자신 없는 소녀의 모습으로 바뀐 걸 보니 화가 사라졌다. 대체 링 박사가 누구길래 그를 내가 모르는 누군가로 바꿔 놓은 걸까? 레드가 그와 어떤 관계인지 내가 알 수 있을까?

"오빠는 하나도 안 변했네요." 박사가 말했다.

"얼굴이 더 진지해진 거 빼곤."

"너희 오빠, 너희 가족에겐 유감이야… 일이 그렇게 돼버려서…."

그가 시선을 피했다. 그는 목이 멨다. 고통이 얼굴을 타고 이리저리 올라와서 나도 잘 아는 욱신거림으로 바뀌었다. 인생을 빼앗긴 사람의 표정이다. 그런데 어떻게?

"과거는 과거일 뿐이에요. 레드 오빠는 거기서 잘 살지 못했죠. 나도 마찬가지고요. 우리 가족을 알잖아요, 챈 거. 당신 잘못이 아니에요." 그녀가 입술을 떨며 말했다.

"보고 싶었어요. 우리 모두가 그랬어요."

챈은 시선을 떨궜고, 눈물이 뺨을 타고 흘러내렸다. 그는 헛기침했다. 한 번, 두 번, 세 번.

"미안하구나, 링링."

"다 용서했어요. 일단 지금은 더 안 좋은 소식이 있는데…."

마비됐던 그의 지각이 살아났다. 그는 다시 현실로 돌아왔고 나도 그의 시야에 들어왔다.

"저 애를 어떻게 알아?" 챈이 날 가리켰다.

"여기서 뭘 하는 거니?"

그는 갑자기 아주 혼란스러워하며 물었다. 그녀의 눈동자가 뭐라고 대답할지 내게 물었다.

어색한 침묵이 이어졌다. 내가 끼어들었다.

"챈, 우리가 무얼 하는지 당신이 알 때가 된 것 같아요. 하지만 여기서 한 말을 발설하지 않겠다고 약속해 주세요. 사람의 목숨이 달린 문제예요." 내가 말했다.

그의 태도가 긴장 탓에 평소의 꼿꼿함으로 돌아갔다. 그는 이런 처지에 처한 적이 있는 사람처럼, 그래서 다시는 궁지에 몰리지 않으려고 뒷걸음질 쳤다.

링 박사가 그에게 다가갔다. 그녀의 둥근 눈동자가 그를 올려다보며, 지옥에서 벗어날 수 있도록 조용히 기도했다. 바로 그때, 난 그녀가 얼마나 아름다운지 알게 됐다. 생명과 타인을 돕는 일에 대한 그녀의 열정이 레드처럼 사방으로 퍼졌다.

챈이 그녀의 친절한 눈길에 무너졌다. 그는 이내 수긍하듯 고개를 숙이고 박사에게 다가섰다.

"내가 알아야 할까?" 그가 속삭였다.

"레드 오빠라면 그렇다고 했을 거예요."

그녀의 목소리는 거의 들리지 않았지만 건조한 산을 타고 졸졸 흐르는 충실한 개울처럼 차분하고 침착했다.

레드와 챈의 관계에 대한 13가지 질문이 내 머릿속에서 생겼다. 그들의 과거에 대한 부분이었다. 하지만 난 묻지 않았다. 그럴 시간이 없다. 내일 밤, 우리는 프랫을 쳐야 한다. 둘 사이에 뭐가 오가는지 내가 이해하지 못하는 사이 공장 운영을 설명할 사람도 내가 아니라는 걸 이해했다.

"링 박사님이 안내해 주실 거예요. 전 꼭 해야 할 다른 일이 있어요." 링 박사를 보며 내가 말했다.

"위층 소녀들은 그냥 두세요. 그에게 공장 시설을 보여주고 우리의 비전을 설명해 주면 돼요."

"소녀들? 무슨 소녀들?" 의구심이 커지며 챈이 물었다.

"여기서 대체 무슨 일을 하는 거야?"

"우리 가족을 믿었던 것처럼 절 믿어 보세요." 링 박사가 말했다.

"전부 다 말해 줄게요."

난 새로운 위험 요인이 더해진 걸 느끼며 조용히 뒷문으로 빠져나왔다. 링 박사가 어떻게 말하느냐에 따라 챈이 내일 저녁 일을 성사할 수도, 망칠 수도 있다.

∞

오늘 밤, 킹은 정의의 심판을 받을 것이다.

아직 챈은 방해하지 않았다. 사실 그는 예상치 못한 행보를 보였다. 하루 휴가를 내고 모든 회의를 취소하더니, 일찍 퇴근하면서 카이에게 어딜 가는지, 언제 돌아올 건지 말하지 않았다.

한편으로 난 걱정이 됐지만 다른 한편으로는 잘된 일이다 싶었다. 그가 종일 우리 눈에서 사라졌으니 남은 밤도 그러길 바랐다.

프랫을 감싸고 쭉 들어서 있는 나무들 바로 뒤에 서 있으니, 익숙한 숫자가 버려진 낡은 건물과 낡은 TEU 컨테이너들을 정의해 주었다. 아드레날린 탓인지 온몸이 떨렸다. 프랫은 어둡고 버려진 것처럼 보이지만 난 실상을 잘 안다. 저 아래는 그 어느 때보다 분주하게 움직이고 있다는 걸.

난 라파엘을 돌아보았다.

"지하 가드들만 보초를 서고 있는 게 확실해?" 내가 물었다.

라파엘은 내가 요구한 것보다 더 많이, 어쩌면 너무 과할 정도로 해 줘서 내 계산이 부정적인 방정식을 내놨다.

"맞아. 내가 가드들을 창고로 재배치했어. 카메라는 해체했고, 건물 문들은 다 열려 있어. 7번 건물 지하에 남은 가드들을 진압하는 데 문제가 없을 거야. 우리 걸 찾은 다음 떠나면 돼."

너무 쉽잖아.

난 생각했다. 쥐는 해체된 덫에 놓인 치즈를 의심 없이 가져가지 않는다. 그래도 난 라파엘을 믿어야 했다. 그가 프랫에서 신임을 얻었다는 부분뿐 아니라 그가 없인 우리 계획이 제대로 진행되지 못할 거라는 점까지.

"주변은 안전해요."

바이 요원이 확인해 주었고 그다음 그가 자기 부하들을 각 건물로 보냈다.

"좋았어, 가자."

등대 옆 작은 지하실 문이 벌써 열려 있다. 레드만 여기서 프랫으로 연결되는 입구를 안다. 난 이곳이 킹이 재물을 숨겨둔 곳이라고 확신했다. 그렇게 믿고 있다.

우리에겐 계획을 실행할 시간이 3시간밖에 없어서 많이 지체되면 곤란했다. 제일 먼저 등대에서 귀중품을 챙기고, 그다음 부두로 제때 물건이 들어오도록 해야 한다. 마지막으로 프랫을 비우면 끝이다.

유타이가 땅 위에서 대기하고 있다가 신호를 받으면 물품을 싣고 나오기로 했다.

카이와 나는 출입구를 열고 지하실로 들어갔다. 낡은 상자와 쓸모없는 보트 장비들이 가득 쌓인 곳을 밟고 지나다가 또 다른 출입구 앞에 도착했다. 안에는 등대에서 곧바로 아래로 이어지는 나선형 계단이 있었다.

흰 곰팡내, 변소 냄새. 익숙한 악취가 코를 찔렀다. 이 지하 묘지는 많이 사용하진 않은 것 같았다. 손전등을 비추니, 지네와 거미가 숨을 곳을 찾아 기어다니고 있었다.

10미터 더 들어가니, 문이 나왔다. 그 너머로 또 다른 잠긴 문이 있었다.

"찾았어."

자물쇠를 여는데 2분이 채 걸리지 않았다. 난 현찰만 가득 든 보관소를 예상했지만, 불을 비춰보니 내가 틀렸다는 걸 깨달았다. 여긴 해적의 보물 상자였고, 혹시 짐작할지 모르겠지만 진짜 용의 은신처 같았다. 작은 터널로 된 공간에 천장까지 선반이 짜여 있고 전 세계의 모든 통화가 다 있었는데 달러, 유로, 위안화가 주를 차지했다. 전 후원자에게서 갈취한 게 분명해 보이는 보석과 장신구는 금속 상자에 안전하게 보관 중이었다. 킹의 은퇴 자금은 상상 이상으로 많았고 그중 상당수는 내 도움으로 마련한 것이었다.

"들어와."

카이가 유타이를 불렀다. 그런데 대답이 없다.

"바이 요원?" 내가 불렀다.

카이의 눈빛이 흔들렸다.

"연결이 끊어졌어. 뭐가 잘못된 거야."

카이는 우리가 들어온 길 쪽으로 날 잡아끌었다.

"그쪽이 아니야." 내가 말했다.

"날 따라와."

우리는 재빨리 익숙한 프랫의 한 곳으로 향하는 또 다른 터널로 들어갔다. 난 눈을 감고 머릿속으로 지도를 봤다.

"왼쪽으로 가."

우리는 3번 건물에 도착했고, 또 다른 출구로 살금살금 다가가 밖에서 벌어진 상황을 살폈다. 완전히 무장한 킹의 가드들이 전부 출동해 사방에 있었다. 어두웠지만 세어보니 적어도 48명은 되었다. 바이 요원과 그 팀은 25명, 여기에 유타이와 카이를 더해도 상대가 되지 않는다. 이렇게 많은 인원이 근무를 설 리 없는데. 그들은 창고에 가 있어야 하는데, 그게 아니라면…. 우리가 오는 걸 눈치챈 것이다.

진입로 근처에서 누군가 움직이는 모습이 눈에 들어왔다. 유타이다! 그는 다른 사람들 모르게 몰래 빠져나와 자신의 밴에 올라타고 전속력으로 달렸다!

우릴 버린 거야?

골든 앨리 건이 머릿속에 떠올랐다. 또다시 실패할 순 없어! 내 머리는 가능성을 파악하기 시작했다. 수학적으로 우리가 이길 확률이 있다. 우리 쪽이 더 단련됐고 조직적이나 유혈 사태와 킹이 알아차릴 위험은 피할 수 없다.

그가 이미 알고 있다면?

지체되는 것만으로도 우리는 항구를 대가로 치러야 할지도 모르고, 더 이상 다치는 위험을 감수할 수 없었다. 특히 라파엘은. 이 계획을 끝내기 위해 우리에겐 그가 필요했다.

난 공포에 사로잡혔다. 라파엘은 어디 있지? 그는 어디에서도 보이지 않았다. 유타이처럼 도망간 걸까?

바로 그때, 덩치 큰 가드가 바닥에 한 남자를 내동댕이치고, 그를 잡아 목에 칼을 댔다.

난 카이의 팔을 잡고 숨을 헐떡였다. 안 돼! 라파엘은 안 돼!

또 다른 가드가 바이 요원을 향해 조준하고 라파엘을 잡고 있는 가드에게 외쳤다.

"킹에게 연락해야 해."

"내 선에서 해결할 수 있어. 킹한테는 더 큰 걱정거리가 있거든."

내 귀에 오래전 친숙하고 낮은 목소리가 울려 확률을 완전히 뒤바꿔 놓았다. 난 그 목소리가 누구인지 감안해 기회를 다시 계산했고, 오늘이 가장 중요한 선적일이 아니었다면, 킹이 지금쯤 여기로 들이닥치고도 남았을 거라고 판단했다. 오늘 밤 반드시 성공해야 한다. 다만 모든 계산은 이제 누가, 누구에게 더 충직한지에 달렸다.

"네게 뭔 꿍꿍이가 있다는 걸 알았어, 꼬맹이." 가드가 인상을 쓰며 으르렁댔다.

"누굴 위해서 일하는지 말해. 아니면 너희 아빠가 아주 슬퍼하도록 쥐도 새도 모르게 없애주겠어."

더 이상 기다릴 시간이 없다. 난 위험을 감수해야 한다. 아니면 라파엘이 죽을 수도 있고 우리 계획은 실패할지도 모른다. 내가 프랫에서 신임을 얻고자 그토록 노력했던 날들이 가치가 있다는 걸 지금 알게 됐다.

난 문을 향해 달려갔다.

"그를 놔둬요, 가드 산!" 난 소리치며 원 안으로 달려갔다.

"그는 내 밑에서 일해요."

가드 산이 고개를 홱 들어, 내 눈을 쳐다봤다.

그는 나를 보자, 너무 놀라 칼을 떨어뜨렸다.

"더블 에잇? 살아 있었어?"

CHAPTER 36
현재 : 피닉스

중국 상하이, 프랫

"그럴 리 없어. 넌 죽었잖아."

산은 유령을 본 사람처럼 날 쳐다봤다.

"저예요, 오랜 친구." 난 나의 예전 간수에게 말했다.

"제가 어떻게 살아 있는지는 나중에 설명할게요. 우선 절 좀 도와주세요."

난 간수 무리를 살폈다. 내가 어떤 식으로든 도움을 준 사람이 많았다. 그들은 날 알고 날 존중했고, 날 그들의 일부로 봐줬다.

다른 가드들이 웅성거리기 시작했다.

"더블 에잇이야."

하나둘씩 무기를 내려놓았다.

"맞아요. 제가 누군지 아시죠. 저도 여러분이 누군지 알아요. 킹은 우리 모두에게서 뭔가를 빼앗았어요. 돈, 가족, 일자리, 자유. 그걸 다시 찾을 때예요. 제가 여러분에게 두 번째 기회를 줄게요…."

내가 말하는 동안 가드 산은 몇 년 전 복도 모퉁이에서 엉망인 채로 날 만났던 때로 돌아갔다. 그가 킹의 분노를 사면서 새 인생을 살 기회를 잡을까? 모두 이 계획에 동의하지는 않을 거다. 일부는 아무리 좋은 쪽이라고 해도 변화를 두려워할 테니까. 난 그 점을 알지만 레드를 위해선 시도해야 한다. 아주 오래전 그가 내게 가르쳐준 걸 지금 말해야 한다고 느꼈다.

"형제들, 지금 여러분은 원래의 모습이 아니잖아요. 오늘 밤 그만 끝내버려요."

킹의 수하들이 서로를 쳐다보고 다시 날 보는 11초 동안 프랫에 침묵이 흘렀다.

그때, 시끄러운 소리가 나면서 유타이의 밴이 프랫을 밀고 들어왔고, 다른 차들이 쭉 뒤를 이었다. 알고 보니 그는 우릴 버리지 않았다. 평상복을 입고 레드의 억양을 쓰는 많은 사람이 차에서 쏟아져 나왔다. 킹 때문에 인생이 틀어진 송 밸리의 사람들이다. 그들이 마침내 킹에게 대적하려고 일어선 것이다.

"킹은 이미 우리 마을에 큰 피해를 줬어."

한 노인이 킹의 수하들에게 맞서 소리쳤다. 그는 분명 킹의 수하들 일부와 안면이 있는 듯했다. 대부분이 예전에 이웃이거나 범죄자의 친척일 테니. 나머지 송 밸리 주민들도 경계하면서 노인 옆에 섰다.

가드 산이 내게 다가왔다.

"난 도울게."

많은 사람 중 처음으로 그가 내게 손을 내밀었다. 가슴이 뻥 뚫리는 듯했다. 밤이 거의 끝나가고 있다. 마침내 새벽이 찾아올 거고, 내 생각보다 더 많은 정의가 오늘 밤 실현될 것이다.

∞

우리가 도착했을 때, 내가 경로를 바꾼 배 세 척이 이미 항구에 들어와 있었다. 난 앞으로 일어날 일과 스스로에 대해서도 뿌듯해야 하지만 수백 명이 넘는 소녀들이 사라졌다는 점을 잊지 않았다.

난 카이의 손을 잡고 용기를 모았다.

"마음 단단히 먹어." 카이가 내 귀에 속삭였다.

"그들에겐 네가 필요해."

바이 요원과 유타이가 모든 물자와 화물을 수송할 준비를 마쳤으니 내 역할만 제대로 하면 된다.

첫 번째 배에 실린 칸이 열렸고, 내가 안으로 들어갔다. 휘둥그레 뜬 눈들이 깜박였고 구석에 웅크린 사람들이 보였다. 안에서 고약한 냄새가 났다. 불을 밝히고 세어봤다.

151, 152, 153명의 소녀가 꼬질꼬질한 상태로 겁에 질려 있었다. 한 명은 일어설 수가 없고 다른 한 명은 상태가 아주 심했다. 그들은 병을 앓았고 일부는 자기 대변 위에 누워 있었다. 그들 중 일부는 너무 어려서 마음이 아팠다.

목이 멨다. 내가 납치당하던 때가 떠올랐다. 100명의 어린 조세핀이 두려움에 떨며 날 쳐다봤다.

빛이 어둠을 몰아내 주도록 문을 최대한 활짝 열었다.

"내 이름은 피닉스예요."

난 그중 가장 어린 소녀를 가슴에 안으려고 몸을 구부렸다.

"여러분을 도와주려고 여기 왔어요."

318명의 소녀가 마담의 사악한 계획에서 벗어났다. 그들 눈동자에 담긴 깊은 감사가 내게 영원히 기억될 것이다.

"괜찮아?"

카이가 팔로 날 감싸며 물었다.

입을 열면 울음이 터질 것 같아 난 고개만 끄덕였다.

"일부지만 우리가 구해냈어, 카이."

억눌렀지만 눈물이 기어코 볼을 타고 흘러내렸다.

"저 애들은 집으로 돌아갈 수 있어."

카이가 내 손을 꼭 잡았다.

"언젠가 너도 돌아갈 수 있어."

그 생각이 단두대 칼날처럼 쿵 하고 떨어졌다. 난 돌아갈 집이 없다.

시계를 봤다. 킹이 곧 도착할 거다. 그들이 화물을 내리면 난 킹에게 줄 선물을 준비하면 된다.

새벽 12시 30분에 킹이 항구에 도착했다. 라파엘이 체사레의 차를 몰고 그 옆에 주차했다. 카이는 만약을 대비해 라파엘을 도와줄 수 있는 곳으로 이동했다.

피부가 따끔거렸다. 이 순간을 오래 기다려 왔다. 지금, 난 이곳에 있고 오늘 밤은 더 이상 나만을 위해서가 아니라는 걸 깨달았다. 다른 사람들은 나보다 더 오래 기다려 왔다. 오늘 밤은 송 밸리 사람들을 위한 것이었고, 그 일을 내가 진행할 것이다.

바이 요원은 이미 경찰에게 오늘 밤 벌어질 일의 여파에 대해 귀띔해 뒀다. 우리는 일을 마친 뒤 인터폴에 모든 걸 넘겨 법에 따라 적합한 처벌을 받도록 할 것이다. 바이 요원이 킹의 가드에게 실토할 기회를 줬고, 그렇게 하지 않은 이들은 우리가 경찰에 넘기려고 가둬 놨다.

가드 산은 나를 전적으로 지원해 줬고, 다른 많은 이들도 마찬가지였다. 난 레드를 떠올리며 조용히 그에게 감사했다.

킹이 도착했다. 그는 특유의 으스대는 걸음걸이로 차에서 내려 담배에 불을 붙였다. 난 라파엘과 가드 산에게 심어둔 마이크를 통해 들을 수 있었다.

"배 세 척이 대체 여기서 뭘 하는 거야?" 킹이 고함쳤다.

그는 항구 주변을 슬쩍 살폈다.

"선원들은 어디 있어? 체사레는?"

"같이 계신 줄 알았는데요."

라파엘이 모르는 척 자기 아버지에게 두 번 전화했다. 체사레는 당연히 받지 않았다.

"창고를 살펴봐."

킹은 기다렸다는 듯 말했다. 라파엘이 차를 몰고 프랫으로 돌아갔다.

킹과 가드 산이 첫 번째 배에 올랐다. 컨테이너가 내려져 있고 안이 텅 빈 걸 보자, 킹은 총을 빼 들었다.

"이게 뭔 일이야?" 그가 소리쳤다.

"주변 경계를 강화해."

그가 평소에 늘 거래를 협상하는 테이블 위에 작은 상자가 놓였다. 그는 상자를 열고 안에서 종이 한 장을 꺼내 들었다. 프랫의 증서다. 그 아래에는 그에 대한 수백 건의 빚과 법적 청구를 보여주는 법원 명령서가 한 무더기 쌓였다.

"이게 뭐야?"

킹이 불안하게 주변을 살피더니, 서류를 뜯어 봤고 혼란에 빠졌다.

"내 돈은 어디 있어?"

가드 산이 어깨를 으쓱였다. 그들은 두 번째 배를 살폈다. 그곳에도 화물은 사라져 버렸고 평소 보던 세관 직원과 자금 운반책도 없었다. 대신 작은 서류 가방이 놓여 있었다. 킹이 가방을 열어보니 명절에 아이들에게 세뱃돈을 줄 때 쓰는 작고 붉은 봉투, 홍바오(hongbao 红包) 두 개가 들어 있었다.

첫 번째 봉투 안에는 죽음과 절망을 상징하는, 가장 재수 없는 숫자 44 인민폐가 들었다.

두 번째 봉투에도 또다시 44 인민폐가 들었다. 총액은 88이다. 킹에게 주는 내 선물이다.

킹은 움찔했지만 겁먹진 않았다. 그는 욕을 내뱉으며 세 번째 배로 갔다. 그가 도착했을 때, 내 심장이 내려앉았다.

세 번째 배에는 개인적으로 제일 마음에 드는 선물을 가져다 두었다. 킹은 바보가 아니라서 화물 컨테이너를 찾을 생각도 하지 않았다.

그는 곧장 테이블에 놓인 봉투를 집었다. 봉투에는 홍바오는 없고 그냥 88 인민폐와 쪽지가 들어 있었다. 쪽지에는 이렇게 적혀 있었다.

친애하는 킹,
등대 고마워요. 돈 벌 시간이군요.
당신의 유령, 88(더블 에잇)로부터

"당장 프랫으로 돌아가! 어서!" 그의 얼굴이 일그러졌다.

킹은 코너에 몰린 곰과 다름없었다. 자신의 성을 둘러싼 적의 수가 우세한 상황에서 전투에 참여하게 된 것이다. 그는 차로 가는 내내 욕지거리를 내뱉으며 길길이 날뛰었다.

그들은 생사가 걸린 사람처럼 프랫을 향해 질주했다. 우리는 그들을 뒤쫓았고, 난 난 심장이 마구 뛰었다.

킹은 제일 먼저 등대를 살필 것이므로, 우리는 프랫의 주 터널을 통해 그가 확인할 게 분명한 감옥 쪽으로 몰래 잠입할 시간이 있었다. 킹은 뭐가 자신을 기다리고 있는지 모른다. 등대는 두 시간 전에 이미 싹 비워뒀다.

흐릿한 불빛 아래서 카이가 거미줄을 치울 때, 우리는 미치광이가 프랫의 중심인 감옥 구역으로 벌컥 들어와 의자와 선반을 넘어뜨리며 소리치는 걸 들었다.

"내 돈이 다 어디로 갔어?"

수감자들은 자기 방에 없었다. 주변에 아무도 없었다. 킹은 가드들을 찾았다.

"다들 어디 간 거야?"

마지막으로 그는 자신의 사무실 뒤쪽 터널로 가는 문을 열었고, 또 다른 길고 넓은 공간이 지금은 재물 하나 없이 텅 비어 있었다. 불빛은 흐릿했지만, 그는 무슨 일이 벌어지고 있는지 알아챘다.

킹의 얼굴이 충격에 휩싸였다. 그는 재빨리 문으로 향했지만 도착하기 전에 문이 쾅 닫혔다.

누군가 랜턴을 켠 것처럼 불빛이 밝아졌다. 제일 먼저 유타이가 걸어 나왔고, 그다음에 상 형제가 모습을 드러냈다.

"날 기억해요? 난 유챈의 아들이에요."

링 박사가 다음으로 나섰다.

"난 레드의 여동생이고요."

송 밸리 사람들이 한 명씩, 여전히 두려워하면서도 앞으로 나와 자신들의 억울함을 말했다. 또 다른 터널에서 프랫 재소자 여러 명과 라파엘, 가드 산, 가드 펑, 그리고 킹이 협박했던 다른 가드들이 나왔다.

"어떻게 좀 해봐!" 킹이 가드 산과 가드 펑에게 소리쳤다.

그때, 바이 요원이 배지를 번쩍이며 앞으로 나왔다.

아무도 움직이지 않았다. 그들은 옆으로 걸어 뒤에 있는 누군가가 앞으로 올 수 있도록 길을 터줬다.

바로 나였다.

"안녕하세요, 킹." 내가 말했다.

"세금 납부 기한이 다 되었어요."

그에게서 두려움과 땀 냄새가 배어 나와 이곳 지하실의 축축한 공기와 한데 섞였다. 킹은 들개처럼 얼굴을 일그러뜨렸다.

바이 요원이 수갑을 채우기 전, 킹이 몸을 움직여 요원의 눈두덩이에 힘껏 주먹을 날렸다. 어떻게 그랬는지 모르겠지만 그는 아무 이유 없이 프랫의 왕이 된 게 아니었다. 킹이 프랫의 터널 중 한 곳으로 도망가려고 문을 향해 돌격했다. 상 형제가 그를 쫓았다. 송 밸리 주민들도 뒤따랐고 모두가 미친 듯 함성을 질렀다.

킹은 그들에게서 도망칠 수 없고 멀리 갈 수도 없다. 모든 출구는 더 많은 프랫 재소자가 막고 있었고 그들은 킹에게 작별인사를 할 기회가 오기만을 간절히 기다리고 있으니까.

내가 아는 킹이라면 바로 항복하진 않겠지만, 이번에는 이길 수 없을 게 확실했다. 프랫의 왕은 이제 더 이상 왕좌에 앉아 있는 게 아니니까.

CHAPTER 37

현재 : 피닉스

중국 상하이, 프랫

킹을 추궁한 뒤, 우리는 전 세계에서 운영되는 조직에 대한 더 많은 정보를 얻었으나 마담에 대한 새로운 정보는 없었다.

"죽었다더니?"

킹은 피범벅이 된 얼굴로 나한테 불같이 화를 냈다.

"그 바보 같은 거짓말을 믿었던 건, 가드 산이 슬픔을 감추지 않아서였는데."

그가 걸걸한 목소리로 웃었는데, 마치 기침하는 것처럼 들렸다.

"넌 내 가드도 매수했구나. 놀라운데."

"그럴 필요가 없었어요. 그들은 내 친구니까요. 난 당신이 빼앗아 간 걸 도로 찾은 것뿐이에요. 당신을 망친 건 당신 자신이에요, 킹."

그는 조금도 당황한 기색이 없었다.

"그래서 이제 만족하나?"

"아직 안 끝났어요. 난 마담의 비밀을 알고 싶어요."

"그녀는 괴짜야. 화요일마다 금식하지. 금에 집착하고 호주 출신의 매수인은 거절해. 아마 내가 모르는, 백 개도 넘는 신경증적 충동이 있을 거야. 네가 나보다 더 잘 알 거 아냐."

그가 진실을 말할 가능성도 있었다. 하지만 난 그가 마담에 관련된 더 많은 정보를 사들였을 거라는 의심이 들었다.

"그녀를 잡을 수 있다고 생각하면 넌 멍청한 거야, 더블 에잇. 그녀는 사방에 있어."

그녀라면 그럴 수 있다는 걸 알기에 나도 모르게 몸서리가 쳐졌다. 그녀는 늘 한 걸음 앞서 있다.

카이가 들어왔다.

"경찰이 왔어요."

"이제 킹은 당신 거예요."

바이 요원에게 말하며 난 킹을 쳐다봤다.

"협조하면 그들이 잘 봐줄지도 몰라요."

킹은 거만하게 노려보더니, 내게 욕설을 내뱉으며 으르렁댔다.

난 프랫 안에 갇혀 있는, 침체되어 질식할 것 같은 공기를 마지막으로 들이마신 뒤, 위층으로 올라가 그 잊지 못할 문밖으로 빠져나왔다.

지상으로 올라와 신선한 공기를 한 움큼 들이키며 전에 느껴보지 못한 자유를 만끽했다.

카이가 내 손을 잡았다.

"넌 다신 여기 돌아올 필요가 없어. 관광객이면 또 몰라도."

유타이는 새로 발견된 송나라 황제의 전설적인 지하 묘지를 웅장한 전시관으로 만들 계획을 세웠다.

난 뒤도 돌아보지 않고 차에 탔다.

"됐어. 난 이미 전부 둘러봤는걸."

화창한 아침 햇살과 새들의 노랫소리 덕분에 잠에서 깼다. 나처럼 새들도 프랫이 깨끗이 정리됐다는 걸 알겠지. 재소자들은 모두 풀려났다. 킹의 통치 시대는 끝났다. 만물이 크게 기뻐하는 게 당연하지 않나.

난 창틀에 팔꿈치를 괴고 정원을 바라보았다. 꽃이 활짝 피었고 식물은 어느 때보다 푸르렀다. 그러나 아직 아시아 은행의 대안을 찾지 못했기 때문에 이런 좋은 날이 오래갈 순 없었다.

경제 위기가 다가오고 있었다. 사람들은 직장을 잃기 시작했다. 내가 아무리 돈을 투자해도 우리가 가진 것으로는 어림도 없겠지. 그래도 오늘 밤 엑스포에서 마담에게 넉넉한 후원을 받기 전까진 지레 겁먹지 않을 것이다.

샤워하고 정장으로 갈아입은 뒤, 짙은 빨간색 숄을 둘렀다. 연핑크 글로시 립스틱을 바르고 카이의 집으로 연결되는 길을 따라 걸었다.

바이 요원이 벌써 컴퓨터 앞에서 텀블러에 담긴 차를 마시며 킹, 호텔 긴급 단속, 납치된 소녀들, 자백 건을 포함한 자료를 취합하고 있었다. 그는 가드 산과 다른 이들의 죄를 탕감할 방법을 찾았다. 어느 정도 처벌은 피할 수 없겠지만 그들은 다시 시작할 수 있을 거다.

"30분만 줘요."

바이 요원이 내게 말하며 킹에게 맞아 보랏빛으로 물든 뺨을 어루만졌다.

난 카이가 카운터에 내려 놓은 커피 한 잔을 들고 소파에 앉았다.

커피 테이블 위에는 J.J. 슈퍼 본드 수치가 놓여 있었다. 난 프로젝션 시트를 들어 마담에 관해 찾아보다 카이가 와서 중간에 그만뒀다.

그는 검정 브이넥 티셔츠와 회색 청바지를 걸쳤는데, 좀 붙는 핏이라 그의 근육질 몸이 잘 드러났다. 내 시선이 이두박근에서 시작해 손으로 내려갔다가 다시 올라가 브이넥의 깊이 파진 부분에 멈췄다. 그의 가슴은 그 자체로 너무 유혹적이라 고개를 파묻으면 경제 위기든 엑스포든 뭐든 다 잊을 수 있을 것 같았다.

"피닉스?"

눈을 어디에 둘지 몰라 당혹해하는 내 모습을 즐기며 카이가 불렀다.

"네가 뭐라고 했더라?"

카이가 오른쪽 이두박근을 풀었다.

"커피가 충분히 강하지 않다며? 슈퍼 본드에는 더 강한 뭔가가 필요하다며?"

난 얼굴로 열이 올라 고개를 저었다.

"오, 아틀라스. 당신의 근육으로 세상을 구해 주세요."

그가 날 끌어안으려고 덤볐고, 우리는 서로 웃었다.

"오늘 저녁 일이 순조롭게 흘러가면 자금 회수에 필요한 금액을 충당할 수 있어. 내가 마담에게 벌어다 준 모든 게 마침내 좋은 곳으로 가게 될 거고, 그녀는 감옥행이겠지. 정의 구현이라는 거야."

카이의 팔이 내 어깨를 감쌌다. 우리는 그 상태로 3분 동안 가만히 있었다. 챈의 반대가 떠올랐다. 그는 내게 이 관계는 안 된다고 경고했다. 한숨이 나왔다. 난 몸을 풀고 지원 서류를 살피며 더 많은 수치를 집계했다.

"준비됐어?" 카이가 부드러운 목소리로 물었다.

"다시 그녀를 볼 수 있을 것 같아?"

"꼭 그녀를 볼 필요는 없어." 난 그를 확신시켰다.

"내 역할은 100퍼센트 원격이야. 길 건너편 안전한 사무실에서 여섯 남자의 경호를 받거든. 어쨌든 그래. 난 이 일을 끝낼 준비가 됐어."

카이가 몸을 구부려 내게 키스했다. 길고 부드러운 키스다. 내 손이 그의 어깨를 타고 팔로 내려갔다.

난 몸을 떼고 재빨리 눈을 떴다. 내 안의 숫자 계산이 저번처럼 멈췄다. 주변이 그저 벽과 의자, 카펫과 카이뿐이었다.

카이는 내가 혼란에 빠진 걸 알아차렸다.

"왜 그래?"

그가 내 무릎에 손을 올렸다.

난 재빨리 내 무릎을 쳐다보다 다시 그에게로 시선을 옮겼다. 그냥 작은 손짓일 뿐이지만, 그가 내게 손을 대기 전까지 난 그가 손을 댈 줄 몰랐기 때문에 영향이 컸다. 더 정확하게 말하자면, 난 그의 움직임을 계산하지 못한 것이다.

공포에 사로잡히려는 찰나, 천천히 하나의 방정식이 문의 넓이를 표시하고 그다음 바닥부터 천장까지, 그리고 내 세상에서 나갔던 숫자 그래프들이 다시 들어와 정상으로 돌아왔다. 난 고개를 저었다.

이런 일이 더 자주 벌어지고 있어.

카이는 내 대답을 기다리고 있었다.

"아무것도 아니야."

난 거짓말을 했다. 30분 남았다.

"이제 시작하자."

인터폴과 바이 요원 쪽 사람들이 거대한 엑스포 센터 주위로 배치됐다. 문 하나, 창문, 벽에 난 틈 어디로도 달아날 수 없도록.

난 맞은편 거리에서 바이 요원의 동료 옌 요원과 함께 엑스포장을 살폈다. 문밖에는 여섯 명의 요원이 더 있다.

14분 동안 지켜본 결과, 문이 429번 열리고 931명의 남자와 여자가 정장과 하이힐 차림으로 엑스포 센터로 입장했다. 바이 요원이 내 귀로 상황을 알려 주었고, 내 컴퓨터 화면도 켜져 있는 상태다.

수백 개의 가판과 부스에 세계 각지에서 온 제품이 전시되었다. 실내에서 열리는 작은 패션쇼 같다.

"잘 보여요." 내가 말했다.

컴퓨터에는 3개의 분할 화면이 떠 있다. 마담이 자리한 3층에 있는 바이 요원의 팀 시점과 구매자로 위장한 다른 두 요원의 시점이다.

계획은 간단하다. 바이 요원 일행이 불법 구매자 네 명으로 위장해 엑스포에 참가한다. 우리는 그들 중 한 명에게서 은행 식별 번호를 추적할 수 있지만, 추가 보험으로 다른 구매자들도 전부 추적하기로 했다. 구매자가 구매할 때 식별 번호를 받을 거고 그럼 난 그녀의 모든 계정에 연쇄적으로 접속할 수 있다. 계좌를 추적한 다음 돈을 챈의 회사에 내가 만들어 놓은 슈퍼 본드 계좌로 이체한다. 이 일이 끝나면 우리는 구매자와 국제 밀수의 증거를 넘기면 된다. 그러면 인터폴이 일을 넘겨받을 거다.

"첫 번째 구매자가 들어갑니다." 바이 요원이 말했다.

난 화면을 통해 구매자가 진입하는 모습을 살폈다. M's 텍스타일 로고가 제일 먼저 눈에 들어왔다. 모퉁이에서 셀리아가 남자 두 명을 데리고 나타났다. 등골이 오싹해졌다.

"저 사람이 마담이에요."

"목표물 확보."

셀리아는 구매자와 악수를 나눈 다음, 어둠 속으로 걸어 들어갔고, 고개를 돌려 주변을 살폈다. 그녀는 무언가 또는 누군가를 찾았다. 자신을 주시하는 눈들을 알아차린 걸까? 그녀도 언제나 등에 칼을 꽂고 싶어 안달했던 대상인 킹처럼 변할까? 그녀는 불안한 기색도 없고 오히려 신나 보였다. 이유가 뭔지는 몰라도 마음이 엑스포에 있는 건 아닌 게 확실하다.

셀리아의 조수인 청년이 구매자에게 다가와 구매 과정을 설명했다. 구매자가 보는 게 내 화면에 나타났다. 그가 비용을 지급할 때 식별 코드는 전혀 없었다. 평범한 계좌 번호였다. 이런.

합법적인 구매자 한두 명이 더 온 뒤에 또 다른 불법 구매자가 활동을 개시했다. 이번에는 스핀 코드가 나타났고, 난 그걸 외운 뒤 곧장 시도해 봤다. 하지만 연계 접속이 거부됐다.

“이건 아니네요.” 내가 알려줬다.

“인내를 가져요. 결국 우리 손에 들어올 테니까.”

바이 요원이 식별 번호가 있는 마법의 코드가 나타나기 전에는 움직이지 않을 거라고 약속했다.

다음 불법 구매자도 똑같은 번호를 받았지만, 거부됐다. 슬슬 걱정되기 시작했다. 내가 틀린 거라면? 이건 그냥 이론에 불과한 건가.

3시간이 흘렀다. 우리는 구매자들이 이체에 사용한 모든 번호를 추적했다. 하나씩. 전부 막다른 끝이었다.

셀리아를 쳐다보는 시간이 길어지니 더 많은 기억이 돌아왔다.

난 널 선택했어, 옥타비아….

마지막 두 명 중 한 사람이 지불하니, 컴퓨터 화면이 밝아졌다. 일련번호가 움직이더니 식별 번호가 나타났다. 입력해 보니 이번에는 연속 접속 승인 허가가 났다.

이거다!

식별 번호가 날 거대한 계좌의 거미줄로 연결해 줬고 눈앞에 엄청난 액수의 달러가 나타났다. 난 그 속으로 들어갔다. 그녀의 모든 계좌가 탁 트인 초원처럼 내 앞에 펼쳐졌다. 난 전액을 차이나 제너레이션의 슈퍼 본드 계좌로 이체했다. 제대로 된다!

난 계산하느라 바빠서 바이 요원에게 좋은 소식을 알려 주는 걸 잊었고 그가 먼저 내게 말했다.

"피닉스?"

"됐어요."

"움직이지 말아요. 그녀를 놓쳤어요. 지금 그쪽으로 갈게요."

화면이 검게 변했고, 내 머릿속에서 마구잡이로 날짜가 떠올랐다.

마라 언니의 열다섯 번째 생일. 우리 부모님의 열 번째 결혼기념일. 릴리의 마지막 피아노 발표회. 킹과 일하던 첫날. 레드가 세상을 떠난 날.

난 실수를 깨닫고 책상을 쳤다. 우리는 마지막 두 명이 남을 때까지 기다렸다. 그 사이 시간이 엄청나게 흘렀고….

"옌 요원?"

그에게서 대답이 없다. 그때 난 그의 머리가 책상에 엎어진 걸 보았다.

불이 꺼졌고, 얼음처럼 차가운 손가락이 내 뺨을 쓸어내렸다. 또다시 난 열다섯 살로 돌아가 홀로 악몽 속에 남겨졌다.

CHAPTER 38
현재 : 피닉스

∞

중국 상하이, 엑스포 센터

난 인접한 사무실로 끌려갔고 불과 4미터 떨어진 곳에 여섯 명의 가드가 기절한 채 바닥에 널브러진 모습이 보였다. 셀리아는 내게 총을 겨눈 두 남자와 함께 서 있었다. 난 탈출 확률을 계산했다. 양수가 아니다.

“다시 내게 돌아왔구나, 옥타비아.”

악마가 숙주가 될 육신을 찾듯, 그녀의 눈길이 내 눈 속으로 들어왔지만, 난 그 눈길을 버티며 그녀를 밀쳤다.

“그건 내 이름이 아니에요.”

그녀가 기이하게 웃어 뼛속까지 시려왔다. 난 재킷을 꽉 여몄다.

“더 이상 난 항구에서 당신이 데려간 어린아이가 아니라고요.

당신이 무슨 짓을 하든 이제 날 이래라저래라 할 수 없어요."
"살아 있었구나."
그녀는 내 말을 무시했고 반짝이는 붉은 입술은 미소로 번졌다.
"나도 이제 자유야. 우리 둘 다 그렇지."
난 혼란스러워 고개를 갸우뚱했다. 그녀는 내가 태평양 바닥에 고꾸라져 있지 않아 미친 듯이 화를 내는 게 아니라 오히려 기뻐 보였다.
"무슨 뜻인지 모르겠네요."
"작년 내내 넌 유령처럼 날 쫓아다녔어, 옥타비아."
그녀가 더 크게, 승리에 취해 미친 듯 웃었다.
"다시 살아난 널 보게 될 줄이야."
난 충격을 받았다. 들키지 않으려고 아주 조심했다.
"언제? 어디서요?"
"엑스포를 위해 완벽하게 준비된 서류 속에서. 너 말고 누구도 그렇게 준비할 수는 없어."
"하지만 그건 단지…."
"숫자일 뿐이라고? 어디에 있든 난 너와 네 작품을 알아봤을 거야. 우린 서로 교감하고 있잖아, 모르겠니?"
그녀가 몇 센티미터 앞까지 다가왔다.
"나랑 같이 가자, 옥타비아. 우리 둘이 새로운 인생을 시작하는 거야."
"싫어요."
난 고개를 저었다. 생각만으로도 혐오스러웠다.

"옥타비아, 난 다 해줄 수 있어. 네가 지금 가지고 있는 것 대부분도 그렇잖니."

"당신이 나한테서 모조리 빼앗았잖아요, 셀리아."

"전부는 아니지. 얘야, 내겐 아직 비밀이 있단다. 같이 가자. 그러면 다 말해 줄게."

"사방에 경찰이 깔렸어요, 셀리아. 이번에는 빠져나갈 수 없어요."

바이 요원이 그 자리에 가만히 있으라고 말한 지 4분이 지났다. 그는 어디에 있을까? 내가 무사하다고 생각하는 걸까?

"옥타비아, 네가 나보다 더 잘 알잖니. 난 항상 한 걸음 앞서 있다는 거."

그녀는 마치 숨겨진 의도를 파악하라는 듯 바짝 기대어 속삭였다.

"비밀 말이야. 그들이 오늘 날 체포해도 내일이면 풀려날 거야. 그들이 저기 있고, 네가 여기 있을 걸 내가 모를 줄 알았니? 난 어쨌든 왔을 거야. 널 보려고. 그리고 넌 살아 있지. 부탁이니 가자. 난 그저 널 사랑하고 보호해 주고 싶거든."

날 사랑해 준다고?

난 몸을 움츠렸다. 같이 사는 동안 그녀는 어머니처럼 날 사랑해 주려고 했다. 내게 선물과 돈을 줬어도 선택권은 주지 않았다. 그리고 자유가 없다면 사랑은 자랄 수 없다. 이번에는 그녀에게 날 압도할 힘이 없었다.

더 많은 남자가 안으로 들어왔다.

"맥시마, 시간이 없습니다."

그녀가 날 쳐다봤다.

"네가 선택해, 옥타비아."

"당신은 날 죽여야 할 거예요, 셀리아. 당신과 함께 가지 않을 거니까."

내 목소리에 담긴 결연한 의지로 그녀는 충격을 받았다. 나 역시 충격을 받았다. 내 깊은 곳에서는 내가 죽더라도 그녀가 이기지 못한다는 걸 알았다. 그녀는 내 본질을 바꿀 수 없으니까.

"이러고 싶진 않았어."

그녀는 인상을 쓰며 남자가 들고 있던 총을 챙겼다.

"벽을 보고 돌아서."

난 차가운 시멘트에 이마를 기댔다. 눈을 꼭 감고 마지막을 기다렸다. 어쩌면 다른 세상에서 레드와 만날 수도 있겠지.

"옛정을 생각해서 지금부터 열까지 셀 수 있게 해줄게."

"하나… 둘…."

난 천천히 말하며 죽음의 카운트다운인 숫자마다 기도했다. 내가 보낸 파일, 사실로 확인된 금액들. 경찰이 그녀를 잡을 테고 그렇게 되면 이제 밀수도 끝장이었다.

"여덟… 아홉… 열."

내가 멈췄지만 아무 일도 일어나지 않았다. 총알은 날아오지 않았다. 열셋… 열넷….

15초 뒤 난 눈을 뜨고 몸을 돌렸다. 셀리아가 흔적도 없이 사라졌다.

56초가 되자 경찰이 들이닥쳤다. 그들은 모퉁이에서 같은 말을 되뇌고 있는 날 찾았다.

"그녀가 날 놔줬어."

난 3시간 동안 거실을 서성이며 새로운 소식을 기다리면서 오늘 있었던 일을 생각해 봤다. 우리가 거기 있다는 걸 그녀는 어떻게 알았을까? 왜 날 풀어줬을까? 시간이 지날수록 셀리아의 말이 기생충처럼 날 갉아먹었다.

난 항상 한 걸음 앞서 있잖니.

경찰이 날 찾아 이송하고 반경 여섯 개의 도시 블록을 폐쇄했다. 상하이의 모든 관계자가 수색에 나섰다.

문에서 노크 소리가 나자, 카이가 얼른 소파에서 일어났다. 바이 요원과 상 형제가 들어왔다. 패배감이 깃든 그들의 표정이, 내가 듣고 싶지 않은 말을 1초 먼저 알려줬다.

"마담이 도망쳤어요."

"어떻게 그녀를 놓칠 수 있어요?"

가슴이 조여왔다. 구역질이 올라오고 화가 났다. 모두 침묵했다. 난 주먹으로 책상을 내리쳤다.

"사방을 포위했잖아요, 피닉스. 그녀가 도망치는 건 불가능했어요." 마스터 상이 말했다.

"그런데 그렇지 않았잖아요."

난 다시 안절부절못했다. 산소가 없는 상자 안에 갇힌 것 같았다. 1초가 흐를 때마다 상자는 더 작고 좁아졌다.

그들이 저기 있고, 네가 여기 있을 걸 내가 모를 줄 알았니?

"우리가 그녀를 놓치면 제가 이룬 모든 걸 잃게 되는 거예요."

"그녀의 모든 계좌에 접속할 수 있잖아요."

"돈이 무슨 상관이에요? 그녀는 신분을 새로 만들고 다시 시작할 텐데." 내가 말했다.

"그녀를 찾으려면 당신 재능이 필요해요, 피닉스." 바이 요원이 말했다.

"그녀의 위치를 추적해야 해요. 그녀가 사용한 소스를 정확히 찾아내면 불러내서 찾을 수 있을 겁니다."

머릿속에서 98곳의 목적지와 이름이 떠올랐다. 난 그 목록을 줄줄 읊었다.

"잠시 중단해요." 바이 요원이 날 멈췄다.

"추적은 한센 경감이 전문이니까."

"우리가 어떻게 하면 좋을까요, 피닉스?" 마스터 상이 물었다.

모두 내가 확률이 낮은 변수를 걸러내고 논리적인 시작점을 제시해 주길 기다리고 있다. 결국, 그녀를 가장 잘 아는 사람은 나니까. 재능을 갖고 있는 사람은 나니까.

그러나 새로운 계획을 계산하자마자 수치에 버퍼링이 생겼다. 그녀가 어디로 가고 뭘 할지를 예측하다가 숫자들이 사라지면서 난 백지상태가 되었다.

완전히 새로운 차원의 두려움이 몰려들었다. 숫자가 갑자기 멈춘 타당한 이유는 단 한 가지뿐인데 그게 가능해선 안 된다. 지금은, 아니 언제라도.

카이가 내 표정을 읽고 그들의 주의를 끌었다.

"호텔은요?"

"인터폴이 상하이의 가능한 모든 호텔을 이 잡듯 뒤졌는데 아무것도 안 나왔어." 바이 요원이 말했다.

"PGF도 허탕 친 건 마찬가지였고. 인터폴은 피닉스가 우리에게 올바른 지침을 내려 주길 바라고 있어."

난 욱신거리는 눈동자를 엄지로 눌렀다.

피닉스, 생각을 해. 다들 널 의지하고 있잖아.

마담에 대해 네가 뭘 알지? 하지만 난 여전히 백지상태였다! 백지! 백지라고!

상 형제들이 전화를 걸었고 문이 열리고 닫혔다. 자동차 시동이 걸리고 움직였다. 전부 들려왔지만, 수치로 정의할 수 없다면 아무 쓸모가 없다.

난 모두를 실망하게 하고 있다. 셀리아를 도망치게 했다.

어째서 지금 이런 일이 생긴 걸까? 왜 이런 일이 벌어지는 거지? 이럴 줄은 상상조차 못 했다. 하지만 지금 일이 벌어지고 있었다.

난 느낄 수 있다. 내 재능, 그걸 잃어가는 중이다.

내 재능에 관해선 한마디도 하지 않았다. 그냥 뭔가 생각나면 연락하겠다고 약속했다. 다행히 다들 바쁜 사람들이라 동의했다.

카이는 바이 요원에게 나중에 얘기하자고 말했다. 문이 닫히는 순간, 난 모든 걸 잊어버렸다. 소녀들, 채권, 킹의 재판. 셀리아가 날 봐줬다거나 그녀가 종적을 감춘 것조차 기억에서 사라졌다. 내 존재, 내 완전한 정체성을 위협하는 한 가지에 사로잡혀 얼어붙었다.

바로 내 재능이다.

다시 안 돌아오면 어떡하지? 그 생각을 하니 슬픔이 밀려왔다. 시계가 한 시간이 지났다고 알려 주고 현재로서는 가장 긴 공백으로, 내가 갈매기처럼 날 수 있는 가능성보다 숫자가 돌아오지 않을 확률이 더 커 보였다.

날 이렇게 만든 원인이 뭘까? 스트레스? 트라우마? 눈물이 얼굴을 타고 흘렀다.

카이의 손이 내 얼굴을 어루만졌다.

"뭐 때문에 그래?"

"카이, 안 좋은 소식이야."

지금까지와는 차원이 다른 절박한 목소리에 그가 놀랐다.

"나한테 말해봐."

"내 재능, 숫자들이 사라졌어."

그가 고개를 저었다.

"확실해?"

난 고개를 끄덕였다.

손이 부들부들 떨렸다. 팔을 뻗는 그의 움직임이 엄청 느리게 보였다. 지금 난 분명 추측하고 있었다. 그가 다시 내 턱을 잡을까? 내 손을 잡을까? 둘 다 아니었다. 그는 날 자기 품으로 끌어당겼다. 내 숫자는 그의 움직임을 예측하지 못한다.

꿈속에서도 그랬듯 이런 일이 생기면 좋을 것 같다고 생각하곤 했다. 하지만 지금은 숫자 없이 내가 제대로 기능할 수 있을 거란 확신이 없다. 숫자는 아주 오랫동안 내 일부였고, 그게 없는 나는 누군지 모르겠다.

"지금 재능을 잃을 순 없어."

내가 웅얼거렸다. 커피 테이블에 놓인 수많은 신청서는 내 특별한 기술이 필요할뿐더러 탈주 중인 마담에 관한 일은 말할 것도 없다.

"내 재능 없이 우리가 어떻게 마담을 찾아? 채권에 넣을 자금을 불리는 문제는 또 어떻고?"

"네가 말했잖아, J.J. 본드는 자리를 잡았다고." 그가 날 안심시키려고 애썼다.

"우리에게 필요한 건 투입할 자금뿐이야."

"카이, 마담의 돈으로는 부족해. 그 몇 배가 필요하다고. 그런데 지금…."

"괜찮을 거야." 카이가 말했다.

"방법은 모르지만 내가 약속할게. 우린 길을 찾을 거야."

레드의 목소리가 카이 뒤에서 울려 퍼졌다.

운명은 네가 뭘 하느냐가 아니라 네가 어떤 사람이 되느냐에 있으니 다른 모든 건 거기서 치워버리렴. 재능이 없다면 너는 어떤 사람이 될 수 있을까?

"미안한데, 난 가봐야 해. 한센 경감님이 기다리고 계셔."

자리를 뜨기 전 카이가 내 뺨에 입을 맞췄다.

"뭘 찾는 즉시 너한테 문자 보낼게."

CHAPTER 39

현재 : 피닉스

중국 상하이, 프랑스 조계지

난 하루 종일 집에서 J.J. 슈퍼 본드 신청서를 검토했다. 이건 내가 할 수 있는 일이다. 다행히 미리 채권 필요 요건에 관해 적어둔 덕분이다. 휴대전화를 들어 단체 메시지 방을 살필 땐 이미 해가 저물었다.

바이 요원: 마담은 아직 못 찾았음. 그래도 또 다른 흔적을 찾음.
마스터 상: 호텔 한 곳을 더 폐쇄함. 소녀 30명 구출.
유타이: 터널을 싹 치웠고 일요일에 고고학팀이 올 예정.

기분이 좋아야 하는데. 내 악몽의 공간들이 전부 사라졌는데, 난 기뻐할 수가 없었다. 숫자가 없는 인생을 생각하니 겁이 났다.

어쩌면 좋지? 난 어떤 사람으로 살 수 있을까?

자는 건 전혀 관심 밖이라 계속 일에 몰두했다. 스웨트 반바지와 티셔츠로 갈아입고 주방에서 따뜻한 재스민차를 마셨다. 소파로 가서 컴퓨터를 켜고 밤새 서류를 살필 준비를 하는데 노크 소리가 났다. 내 집의 문을 두드릴 사람은 거의 없고, 그들 모두 바쁘다. 그중에서도 이렇게 늦은 밤에 올 사람은 극히 드물다.

난 복도 불을 켜고 현관으로 갔다. 아마 카이나 하이가의 공장에서 온 소녀일 테지. 그러나 문에 난 작은 구멍에는 전혀 다른 사람이 보였다.

빗장을 풀고 문을 열었다. 한 남자가 날 빤히 쳐다봤다. 그의 손에 체스 폰이 들려 있다.

"챈, 이 시간에 웬일이에요?"

그는 편안한 바지에 폴로 셔츠 차림인데 가정용 슬리퍼를 신고 있었다. 즉흥적으로 본가에서 이리 넘어온 게 분명하다. 아무리 피곤하고 늦은 시간이라지만, 난 그에게 예의상 차를 같이 마시자고 했다. 관습에 따라 그가 거절했고 난 수락할 때까지 여러 번 더 요청했다.

"좋아, 딱 한 잔만이야."

그의 목소리가 달라졌다. 사무실에서 내가 알던 명령조의 목소리가 아니었다.

"너한테 할 말이 있어."

"들어오세요." 난 문을 활짝 열어 주었다.

"당신 집이잖아요."

"넌 나한테 뭘 받는 게 그렇게나 어렵니? 이 집은 네 거라고 했잖아."

그가 날 쳐다봤다. 처음으로 난 그의 얼굴에서 카이의 얼굴을 봤다. 안경을 쓰지 않아서인지 주름이 옅어 보였다.

그는 거실을 지나며 자신의 옛 소유물들을 살폈다.

"아무것도 바꾼 게 없구나."

"꾸미는데 별로 소질이 없어서요."

지난주 이후로 그는 내 퇴근 후 활동에 익숙해졌다. 공장에 관한 이야길까?

주방으로 가는 길에 그는 곧바로 의자를 들면서 내게 회의를 시작하자, 시간은 돈이야, 라는 표정을 지었다. 뭔가 잘못됐다는 느낌이 왔다. 카운터에 있던 녹차 통을 연 다음 집게로 잎사귀 몇 개를 들어 작은 찻잔에 떨어트렸다. 전기 주전자의 전원 버튼을 켜고 그의 컵에 물을 채워서 앞에 놔주었다.

챈의 얼굴은 손에 쥔 폰만큼 심각해 보였다. 내가 의자에 앉자, 그는 우리 둘 다 잘 보이는 테이블 위에 폰을 놓았다.

"내가 링 박사를 어떻게 아는지 궁금하겠지."

"그런 생각이 들긴 했었죠." 내가 말했다.

"레드, 카이의 어머니, 그리고 킹도요."

"레드는 내 가장 친한 벗이었어." 그가 말했다.

"제일 친한 친구라고요? 설마요."

둘은 모든 면에서 성향이 하나도 맞지 않는데.

"운명을 탓해야지. 뭐든 엮이게 하니까." 그가 대꾸했다.

"우리는 사회적 지위와 가문이 완전히 달랐어. 난 상류층이었지. 그는 시골 출신이고. 그의 가족은 종교가 있지만, 우리 가족은 미신을 믿었어. 그는 주황색을, 난 검정을 제일 좋아했지. 난 키가 크고 그는 작아. 계속 그런 식으로 우리는 최악의 조합이었지. 그런 우리한테도 공통점이 있었단다."

그가 체스 폰을 집어 들었다.

"우린 장기, 바둑도 다 둘 줄 알았지만, 제일 좋아하는 건 체스였어. 난 우리 지역 체스 챔피언이었고 레드는 그의 지역 챔피언이었지. 어느 여름, 운명이 우리를 대결시켰어."

레드. 수학적 재능이 없어도 그는 날 이길 수 있었다. 하지만 챔피언에 관해선 한마디도 하지 않았다. 그런 부분에서 그는 너무 겸손했다.

"레드를 만나기 전 난 모든 시골 사람은 닭이나 키우는 그런 부류라고만 생각했어. 내가 농민 전부를 그렇게 생각했다는 거지. 그래서 내 상대가 누군지 알게 된 뒤엔 당연히 이길 거로 생각해서 점심 전에 승리를 자축할 예정이었어. 그런데 레드가 날 이겼지. 정정당당하게. 난 받아들일 수 없었어. 소리를 지르고 악다구니를 썼어."

"마지막 부분은 믿기 어려운걸요."

내가 씩 웃으며 말하자, 챈이 얼굴을 찡그렸다.

"우리 가족의 사회적 지위 때문에 내가 그보다 더 나을 거라 믿었던 거야. 난 그가 편법을 썼다고 비난했어."

챈이 작은 폰을 빙글빙글 돌렸다.

"그러자 레드가 이 폰을 들고 말했어. '모든 폰은 각기 다른 강점이 있고 모든 킹과 퀸에게도 약점이 있어요. 당신이 화가 난 건 폰이 킹을 이겨서겠죠. 하지만 보이는 게 다는 아닙니다. 어떤 폰은 사실 킹과 퀸이고, 어떤 킹과 퀸은 그저 폰에 불과하니까요.'"

처음 레드와 만났던 때가 떠올라 목이 멨다. 살짝 흐려진 눈으로 슬쩍 챈을 쳐다봤다. 우린 둘 다 같은 생각을 하고 있다.

"레드와 그의 말!" 챈이 혼잣말했다.

"더 끔찍한 건 그는 다른 챔피언들처럼 잘난 척하지 않았다는 거야. 시합이 끝난 뒤, 그는 내 손에 폰을 내려놓고 이렇게 말했어. '당신이 원한다면 내가 가르쳐줄게요.' 난 거절했지. 번외 경기까지 하면서 그에게 도전한다면 내 체면이 엄청나게 구겨질 테니까. 그는 수긍했어. 하지만 난 몰래 폰을 챙겼고, 날 가르쳐준다던 그의 제안도 받아들였어."

챈은 잠시 말을 멈추고 침통한 표정을 지었다.

"우리는 5판 3승제로 경기했고 첫 두 판은 그가 이겼어. 나보다 뛰어난 게 분명했지. 그러고 나서 그는 예상치 못한 행동을 했어. 다음 세 판을 내가 이기도록 해준 거야. 바보 같은 실수를 저질러서 날 이기게 해줬지. 난 그에게 따지고 다시 도전했지만, 그는 더 좋은 생각이 있다고 했어."

"'우리 집으로 갑시다.' 그가 말했어. '내 비밀을 알려줄게요. 내년에 당신은 챔피언이 될 거예요.'"

챈은 놀라워하며 고개를 저었다.

"챔피언은 절대 자신의 비밀을 공유하지 않아. 자기만 알고 있어야 유리하니까. 그런데 레드는 그렇지 않았어. 이기거나 지는 것에 연연하지 않았지. 그는 친구와 사람들에 연연했지. 옳은 일을 하면서."

챈이 이야기하는 동안 내가 좋아하던 레드의 장점이 전부 생각났다. 그는 사람의 마음을 얻었다. 그의 전적인 목표는 타인을 위하는 것이었다. 그들에게 각자의 가능성을 보여주는 일. 그게 그에게는 값진 상이었다. 내가 바로 그 증거였고, 지금 그를 생각하니 가슴이 저렸다.

"다음날, 난 부모님 몰래 그의 고향인 송 밸리로 갔어. 그의 부모님은 농사를 지으며 사는 겸손하고 소박한 분들이셨지. 나무로 지은 집과 더러운 바닥, 창문에 커튼 한 장도 없었어. 하지만 그들은 영민했어. 우리 집에서는 볼 수 없는 지혜와 조화가 있었거든. 모두가 서로를 사랑했고….

레드는 자기가 한 말을 그대로 지켰어. 그가 아는 모든 걸 내게 가르쳐줬지. 왠지는 몰라도 난 계속 거기로 갔어. 내 체스 실력은 나아졌고, 그 집에서 웃기 시작했지. 그의 어머니께선 내가 한 번도 먹어본 적 없는 야생 뿌리와 채소로 요리를 해주셨어. 난 어머니에게 줄 선물로 고기를 가져갔지.

레드의 가족들은 가난했지만, 자기들보다 더 가난한 이들을 돕고 있었어. 그 집에서 가족이란 무엇인지를 배웠어. 우리 부모님은 내 농담에 웃어 준 적이 한 번도 없었거든. 하지만 레드의 가족들은 웃어줬지. 난 우리 집에서 어울리던 무리보다 그쪽을 더 좋아하게 되었어."

챈이 차를 홀짝였다.

"레드의 실력은 최고였지만 절대 다른 대회에 나가지 않았어. 그가 예상한 대로 이듬해 난 챔피언이 되었고 인생의 벗을 얻었지."

"그런데 뭐가 잘못된 거예요?" 내가 물었다.

"대회 이후 난 다른 걸 얻게 됐어. 레드의 여동생이야."

"링 박사님이요?"

"아니, 장녀 몰리." 그가 말했다.

"그녀가 바로 내 아내였어."

"당신 아내라고요?"

몰리 꽃이 그의 라펠에도, 사무실에도 있는 건 지나치다고 생각했다. 이제야 퍼즐이 맞춰졌다.

"레드가 카이의 외삼촌이란 말이에요? 레드는 한 번도 말해주지 않았어요. 카이는 알아요?"

"중국에선 비극이 생기면 그걸 입 밖으로 꺼내지 않아." 그가 말했다.

"몰리는 레드만큼 친절하고 똑똑했지. 정식 교육을 받지 않았지만, 사람의 마음에 있어서는 전문가였어. 레드가 그런 인성을 가진 건 그녀 덕분이야. 그녀 가까이에 있으면 온 세상을 가질 수 있을 것 같았어. 난 그녀를 사랑했어. 내 결점에도 불구하고 그녀도 날 사랑했지.

그녀의 부모님은 기뻐하셨어. 하지만 예상하는 것처럼 우리 집안의 반대가 심했지. 난 부모님과 다투면서 그녀를 사랑한다고 말씀드렸고, 그녀가 자립할 수 있도록 학교에 보내겠다고도 했어. 부모님은 그래봐야 소용없을 거라고, 결국엔 뭔가 잘못될 거라고 내게 경고하셨지. 하지만 결혼식 전에 그녀가 교대에 들어간다면 허락하겠다고 하셨어.

결혼식 날, 레드는 덕담을 해줬어. 그가 폰 두 개를 들어 올렸지. '이건 우리 우정의 상징으로 사랑과 합일을 뜻합니다. 폰과 킹으로써 우리에게 불가능이란 없습니다. 체스는 게임일 뿐이지만 인생은 그렇지 않습니다. 우리에게는 다른 두 세계가 이룩한 형제애가 있고 운명이 스스로 결혼을 통해 그 세계를 하나로 만들었습니다. 사랑은 명예보다 더 강력합니다. 이 폰이 우리에게 킹 같은 폰이자, 폰 같은 킹으로 자신이 아닌 서로를 위해 살아갈 수 있도록 상기시켜 주길 바랍니다.' 그렇게 그는 우리의 결혼을 축복해 줬어."

잠시 난 챈이 말을 멈춰서 이 모든 사연을 받아들일 시간을 주길 바랐다. 하지만 그는 계속 말을 이었다.

"우리 부모님은 절대 그녀를 받아들이지 않았어. 하지만 우리는 그걸 알아차리지 못할 만큼 너무 행복했어. 한편 레드는 계속 자신의 전 고등학교 제자가 아주 위험한 인물이라며, 날 들볶아 댔지. 바로 킹이야. 레드는 누가 막지 않는다면, 그가 많은 사람의 인생을 망칠 거라는 걸 예측했어. 처음에는 그저 돈, 재물, 차였지만 나중에는 그가 원하는 것 전부 다였어. 처음에 킹은 부동산을 빼앗았어. 매춘 일도 벌였고 소녀들, 딸들이 실종되기 시작했어. 킹은 송 밸리에 사는 사람들에게 협박해 침묵하게 했어."

그가 이마를 문지르며 말을 이었다.

"레드는 6년간 내게 도와달라고 사정했어. 한창 내 사업이 성장하고 있던 때였고, 카이가 막 태어났지. 그래서 정신이 없었어. 범죄 사업에 엮이고 싶지도 않았고. 결국 나는 송 밸리로 놀러 가는 걸 그만두게 됐어. 카이도 가지 못하게 했지. 하지만 몰리는 레드와 송 밸리를 돕고 싶어 했어.

카이가 여섯 살 때, 킹이 프랫 안 터널을 발견했고, 유챈에게서 그 땅을 빼앗으려고 했어. 토지는 수년간 유 가문 소유였고, 그들은 친한 친구였지. 킹 때문에 인생을 망친 사람들이 마침내 용기를 내서 그에게 맞서기로 하고 레드의 집에 모인 거야. 그 주말에 몰리도 그곳에 갔어. 난 진절머리가 나서 아내에게 가지 말라고 애원했고 딱 이번 한 번뿐이라고 그녀가 약속했어. 그리고 정말 그렇게 된 거야.

레드는 킹이 달라지도록 자신이 설득할 수 있을 거라 확신했지만 운명이 그렇듯 그는 모종의 거래를 망친 장본인이 되어 버렸어. 킹의 구매자들이 배신당했다고 생각하고, 킹의 돈을 챙겨 도망친 거야. 킹은 레드를 탓했고, 추적이 시작됐지. 레드는 서둘러 사람들이 모여 있는 자기 집으로 갔지만 킹이 바짝 추격해 왔어. 모두가 달아났고, 킹은 불을 질렀지. 화마에 당한 건 유챈과 몰리였어.

킹은 레드를 잡아 거래 파기로 인한 손실액을 전부 갚지 않으면 나머지 가족도 다 죽여버리겠다고 위협했지. 레드는 내게 도움을 청했어. 그는 모든 걸 제자리로 돌려놓겠다고 약속했어. 킹을 설득해서 송 밸리에서 빼앗아 간 걸 전부 되찾을 확실한 방법을 찾을 거라고 했지. 하지만 난 화가 났어. 몰리의 죽음을 그의 탓이라고 여겼거든.

일 년이 지나고서야 보공을 통해 레드에게 연락해 몸값을 내주겠다고 했지만, 레드는 널 위해 그 일을 해주기 전까지 대답이 없었어. 난 킹이 그냥 어린애였을 때, 레드를 돕지 않은 걸 늘 후회했어." 그가 인상을 찌푸렸다.

이제 난 그가 왜 하루 종일 사무실에 틀어박혀 살게 됐는지 알았다. 그는 12년도 넘게 이 이야기를 자기 안에 품고 살았다.

"몰리의 장례식을 치른 뒤, 그녀의 가족들을 볼 면목이 없었어. 카이한테 레드나 외가 이야기는 일절 하지 않았지. 우리 부모님은 내가 자기들이 시키는 대로 하지 않아서 이 사달이 났다고 하셨고, 이내 나도 그 말을 믿게 되었어. 내 가여운 아들이 다시는 엄마를 만나지 못하게 되었으니까. 다정한 내 천사가 사라진 거야. 남은 거라곤 사업의 성공과 아들뿐이었어. 내가 겪은 고통으로부터 그 아이를 지킬 거라고 맹세했어. 하지만 카이는 몰리를 너무 많이 닮았어. 레드도 너무 많이 닮았고."

그가 잠시 멈칫했다.

"널 만났을 때, 그 점이 날 두렵게 했어, 네 안에 레드가 있었지. 네가 너무 가까이 오면 우릴 해치고, 카이에게 상처를 줄 것 같았어. 이제야 난 그만 포기해야 한다는 걸 깨달았어. 더 이상 그 애를 보호할 수 없으니까."

"그래서 어떻게 할 거예요?"

"보잘것없는 킹과 킹 같은 폰이 맞는 거지?" 그가 이마를 긁적였다.

"아, 모르겠어! 이런 이상주의적인 쪽으론 난 문외한이야! 어쩌면 몰리를 위해 온 걸지도 모르겠어. 아니면 카이나 레드를 위해서. 나 자신은 고통에서 구할 수 없었지만 다른 이들을 구할 수 있을지도 모른다고 생각했거든. 레드를 용서하지 않은 건 내 잘못이었어. 그를 거기에 방치한 것도. 이제 와서 바꿀 순 없지만 지금 나는 뭔가를 할 수 있는 위치에 있지. 카이와 몰리가 자랑스러워할 만한 일을 하고 싶어. 레드의 목표를 이룰 수 있도록."

그가 폰을 들어 올렸다.

"더는 물러서지 않을 거야. 내가 J.J. 슈퍼 본드를 담당할게. 아시아 은행에 제안해 뒀어."

난 믿기지 않아서 눈만 깜박였다. 방금 내가 제대로 들은 게 맞을까?

챈의 눈이 커지고 얼굴이 환하게 빛났다. 철창에 갇혀 있던 한 남자가 자유의 몸이 되었다. 길을 잃고 방황하던 한 남자가 자신의 운명으로 되돌아왔다. 내가 지금 보고 있는 이 사람이 레드와 몰리가 아는 남자일까? 그렇다면 왜 그들이 그를 사랑했는지 알 것 같았다.

"레드가 자랑스러워할 거예요. 저도 그렇고요." 눈물 한줄기가 내 뺨을 타고 흘렀다.

그는 이 감성적인 순간이 민망한지 앓는 소리를 하며 고개를 돌렸다. 난 눈물을 추스르고 다시 사업 모드로 돌아갔다.

"그저 이론일 뿐인데. 정말 투자하고 싶어요?"

"네 기획안을 다시 읽어봤어. 카이와도 상의했고."

그가 더 말하려는데 내가 막았다.

"할 이야기가 있어요. 제 능력에 대해서요."

내 재능이 어떻게 작용하고 지금 그게 어쩌다 사라졌는지 설명하자, 챈의 얼굴이 창백해졌다. 난 그가 이 일은 없던 걸로 하자는 듯 자리를 박차고 나갈 것으로 생각했다. 그러나 그는 그러지 않았다. 대신 생각에 잠겨 거뭇거뭇한 턱 그루터기를 비볐다.

"그래서 어떤 피해가 있니?"

"아직은 없어요. 우리한테 필요한 건 당신이니까요. 이미 J.J. 슈퍼 본드를 실행해 두었어요. 지금은 테스트 기간이고요. 잠정적으로는 향후 백 년간 당신이 중국에서 가장 영향력이 큰 인물로 남을 거예요. 그 정도면 리스크를 감수할 만하지 않나요?"

"이 낡은 폰은 오래 기다렸어." 그가 말했다.

"우리한테 기회가 있을까?"

그가 손을 뻗었다. 챈과 나, 한 팀이 될 운명. 우리는 손을 잡았다.

"그럴 확률이 방금 더 높아졌어요." 내가 말했다.

CHAPTER 40

현재 : 피닉스

∞

중국 상하이, 프랑스 조계지

챈이 들려준 이야기가 내 머릿속에 생생하다. 난 에너지로 요동치고 있다. 우선 잠을 쫓아 버렸다. 아직은 자세한 부분들을 까먹고 싶지 않거나, 아니면 셀리아나 잃어가는 내 재능에 대해 생각하고 싶지 않은 것일 수도 있다. 이제 용기가 가득 차올랐다. 그러니 전에는 꺼렸던 일로 한 걸음 나아가 보기로 했다.

수영을 할 때다. 수영복으로 갈아입고 가운을 걸쳤다. 카이가 연락할 경우를 대비해 휴대전화를 챙겨 풀장으로 갔다. 더운 밤 풀장은 깔끔하게 잘 정돈되어 있었다. 여기 온 첫날밤을 떠올리며 풀하우스로 들어갔다. 그때와 똑같이 후덥지근한 공기에 꽃향기가 풍겼다. 카이를 청소부로 착각했던 게 떠올라 웃음이 터졌다.

난 가운을 벗고 물을 빤히 쳐다봤다. 아주 큰 일처럼 호들갑을 떨며 물에서 벗어나야 할 오만가지 이유를 되살리느라 시간을 낭비하고 싶지 않다. 그래서 거창한 의식 같은 건 생략하고 그냥 뛰어들었다.

물속은 따뜻하고 포근했다. 숫자 없이 수영하는 건 처음이었다. 자유롭다. 내 재능을 잊어버릴 수 있는 장소가 있다면 바로 물속이다. 배와 손끝이 풀장 바닥에서 2.5센티미터 정도 남을 때까지 잠수했다. 그리고 물살을 헤치며 수면 위로 올라왔다. 등으로 뜬 상태에서 돌고래처럼 돌아 헤엄치고, 헤엄치고, 또 헤엄쳤다.

나의 바다.

어쩌다 이렇게 오래 걸렸을까? 물을 얼마나 사랑하는데 어떻게 그걸 잊을 수가 있었지? 다시는 마담이나 킹 혹은 레브로 인해 수영을 멀리하지 않을 거다.

바로 그거다. 난 최대한 빨리 끝을 향해 헤엄친 뒤 팔로 몸을 밀어 올렸다.

숫자가 없어도 마담을 잡을 방법을 정확히 알고 있다. 왜 더 일찍 이 생각을 하지 못했을까?

몸에서 물을 뚝뚝 흘리며 재빨리 휴대전화를 찾았다. 카이가 여전히 바이 요원과 있길 바라면서.

신호 한 번 만에 카이가 전화를 받았다.

"카이? 마담을 찾을 방법을 알았어."

그가 스피커폰으로 바꿨다. 바이 요원이 뒤에서 소리쳤다.

"그게 뭐죠?"

내 혀끝에 올라온 다섯 글자가 너무 더럽고 써서 얼른 뱉어버리고 싶었다.

"레브 담브레."

문자 메시지의 진동 소리 때문에 잠에서 깼다. 체스, 레드와 챈, 웃음소리, 간간이 보이는 레브의 꿈에서 정신을 차리기까지 시간이 좀 걸렸다.

난 휴대전화를 찾아 협탁을 더듬었다. 전화기가 손에 닿았고 실눈을 뜬 채, 염소에 찌든 눈을 활짝 뜨려고 애썼다. 새벽 두 시까지 수영하는 건 좋은 생각이 아니었을지도 모르겠다.

카이에게서 온 메시지: *레브를 찾았대. 20분 뒤에 밖에서 볼래?*

난 답장을 하고 연보라색 원피스에 검정 플랫 슈즈, 선글라스를 걸쳤다. 밖으로 나가니, 카이가 차에서 기다리고 있었다.

"안녕."

난 몸을 구부려 그의 뺨에 입을 맞췄다.

"원피스 근사한데."

그의 얼굴이 창백했다. 아마 피곤해서 그럴 테지.

그가 도로로 출발했다.

"저기, 난, 음…."

카이는 가는 길에 세 번이나 뭔가를 말하려다가 주제를 바꿨다.

"네 재능은 돌아왔어?"

난 고개를 저었다.

그가 호흡을 가다듬었다. 확실히 뭔가 고심하고 있다.

"왜 그렇게 이상하게 굴어?" 내가 물었다.

"너희 아버지 때문이니?"

"너한테 할 말이 있어." 그가 입을 열었다.

"근데 지금 넌 네 일로도 벅차잖아. 레브 건부터 처리한 뒤에 말할게. 알겠지?"

난 어깨를 으쓱였다.

"알았어."

카이의 턱에 힘이 잔뜩 들어갔다. 내 재능에 관한 것일까? 아니면 셀리아? 라파엘?

PGF 사무실에서 우리는 한센 경감, 바이 요원과 함께 반투명 창문 앞에 앉았다. 취조실 안에 남자 한 명이 보였다. 레브 담브레다.

난 카이의 손을 꽉 잡았다.

"저 사람을 어디서 잡았어요?"

"당신이 알려준 바로 거기, 골든 에인절 호텔."

난 레브를 노려보았다. 그는 완벽한 헤어스타일 위로 손을 올렸다. 저 인간은 늘 셀리아를 배신한다. 속이 울렁거려 토할 것 같다. 그날 느낀 두려움이 되살아났다. 내가 몸을 떨자, 카이가 자기 쪽으로 가까이 당겼다.

"괜찮아." 그가 내 귀에 두 번 속삭였다.

"다시는 누구도 널 건드리게 두지 않을 거야."

난 침착함을 찾았다.

"계획이 뭔가요?"

내가 한센 경감에게 물었다.

"마담은 지도상에서는 완전히 사라졌어요." 그가 설명해 주었다.

"그녀를 찾으려면 다시 온라인으로 불러들여야 하죠. 당신이 말한 것처럼 우리는 레브의 동영상이나 메시지로 그녀를 꼬여 낼 생각입니다. 40초만 봐준다면 위치를 추적할 수 있으니까요."

녹화가 시작됐다. 그의 자백은 차갑고 사실적이었다. 자기 살길을 찾아 마담이 한 짓을 전부 까발리라고 구슬릴 필요가 없었다. 그는 겁을 먹었다. 마담을 아는 사람이라면 누구든 그럴 것이다. 그는 신변 보호를 요청해 주면 모든 걸 다 말하겠다고 했다. 그 말이야말로 그가 셀리아를 전혀 사랑하지 않았다는 증거였다. 그런 점에서 그는 이제 자유였다.

레브는 억울하다고 주장했다. 그저 연인 관계라서 얽힌, 셀리아의 가장 큰 피해자일 뿐이라면서. 자기가 바라는 건 고향인 유럽으로 돌아가는 것뿐이라고. 경찰이 어떻게 할지 몰라도 그가 자유롭게 풀려날 것 같진 않다.

"스페인에서 처음 셀리아를 만났을 때, 그녀의 이름은 실비아였어요. 그땐 그녀의 가명이 일곱 개라는 걸 몰랐죠…."

두 시간 동안 레브는 그녀의 '사업'에 대해 자신이 알게 된 계기와 그녀의 진짜 성격 이야기를 술술 불었다. 도망치려고 했지만, 그녀가 놔주지 않았다고 주장했다. 그게 자가 투약, 여성 편력의 시작이었고 그렇게 공포 속에서 살았다면서.

그는 구체적인 정보, 장소, 심지어 사적인 비밀까지 털어놨다.

"우린 스페인 오로에 집이 있어요." 그가 말했다.

"인적이 없는 곳에 자리한 작은 오두막이에요. 제 명의로 되어 있지만 셀리아의 돈으로 샀죠. 우리가 도망자 신세가 될 경우, 필요한 물자가 다 갖춰져 있어요. 만약 일이 잘못되면 늘 거기서 만나는 걸로 합의했고요. 이틀 전 그녀가 저한테 '거기'서 만나자고 했어요. 전 오로가 거기를 말한다고 생각해요."

그 뒤로 한센 경감이 셀리아에게 보낼 메시지 두 개를 녹화했다. 첫 번째 메시지에선 레브가 항공권을 샀지만, 그녀가 안전하다고 알려 주기 전까지는 못 가겠다고 말하는 내용이 담겼다. 첫 번째 메시지가 소용이 없으면 두 번째 메시지를 쓸 거였다. 레브가 경찰에 자백했다고. 메시지는 모두 그녀가 40초 동안 보도록 만들었다.

어느 순간 경찰이 레브에게 나에 관해 물어보고 내가 살아 있다고 말했다. 그의 얼굴이 죄책감으로 뒤범벅되더니 킹처럼 씰룩거리기 시작했다.

녹화가 끝났다.

"다 보고 나니 심정이 어때?" 카이가 물었다.

난 어깨를 으쓱였다.

"이번 작전이 성공하기만 바랄 뿐이야."

"여기서 저들과 같이 있을래?" 카이가 물었다.

"마담이 미끼를 물면 위성을 통해 그녀가 어떻게 반응할지 보게 될 거야."

머릿속이 혼란스럽다. 우선, 레브에게 딴 여자가 있다는 걸 알아차린 마담의 얼굴을 보고 싶긴 했다. 하지만 그 부분을 생각하고 나니, 보지 않는 쪽으로 마음이 기울었다. 배신은 상처가 된다. 아직도 마라 언니의 배신이 내 가슴을 아프게 찌르니까.

마담은 사악하지만, 그녀에게 배신의 고통은 아주 깊고 치명적이다. 아무리 그래도 마땅한 인물일지라도 그 사람의 배신당한 얼굴을 볼 수는 없었다.

내 속을 가장 후벼파는 건 레브가 자기를 진정으로 사랑한다고 마담이 믿었다는 부분이다. 이게 그녀의 마지막 브레이킹 포인트가 될 것이다. 두 사람의 관계는 늘 파멸로 치달을 운명이었다. 그저 거짓 위에 지어진 허상에 불과했으니까. 하지만 레드의 말을 빌자면, 거짓의 뿌리를 뽑고 나면 새로운 생명이 자랄 수 있다. 어쩌면 그건 좋은 일인지도 모르겠다.

마침내 난 자리에서 일어나 핸드백을 집었다.

"아니. 난 여기 있지 않을 거야. 다시는 그녀의 얼굴을 보고 싶지 않아."

∞

PGF에서 오전 시간을 다 보내서 오후에는 J.J. 슈퍼 본드에 집중하려고 택시를 타고 차이나 제너레이션 앞에 내렸다.

사무실에 들어가니, 챈이 필립과 이야기하다 말고 날 향해 손을 흔들었다. 난 미소로 화답하고 사무실로 갔다. 다른 직원들도 날 반겨줬다. 정상적이라고 부르는, 그 두드러지지 않는 축복이 내 안을 따듯하게 데워주었다.

마음이 완전히 편안해진 건 아니었다. 재능을 잃어가고 있다는 부담감이 크고 마담을 쫓는 일 때문에 불안하지만, 사무실로 돌아오니 가슴이 얼마나 가볍고 희망이 차오르는지, 여기서 내가 얼마나 편안함을 느끼는지 알게 되었다.

저녁 여섯 시에 기사가 날 빌라로 데려다주었다. 마찬가지로 가벼운 마음으로 정문을 통과하고 내 집으로 들어갔다. 거실 창문 너머로 해가 지면서 벽에 걸린 예술 작품을 황금빛으로 물들이고 있었다. 색이 더욱 두드러졌다. 차를 마시러 주방으로 갈 때 늘 예사롭게 지나쳤던 대리석 바닥 위를 걸어가다 말고 주변을 자세히 살폈다.

지난 몇 달 동안 상하이 프랑스 조계지에 있는 이 저택이 내 집이 되어 주었다. 여기서 많은 시간을 보낸 건 아니지만, 안심하고 편안하게 해준 장소다. 좋은 기억도 생겼다.

다이닝 룸 테이블에는 카이가 가져다 놓은 더 많은 꽃이 활짝 피었다. 그 옆으로 그의 아버지에게 줄 재정 보고서와 하이가의 공장 열쇠가 있었다. 카이, 일, 소녀. 이 세 가지가 내 마지막 '죽음' 이후로 일상을 운영해 왔다. 내 인생의 목표를 다시 불러냈다. 최근에는 그리 나쁘지 않았다는 생각이 스쳤고, 마침내 운명이 날 향해 미소 짓는 것 같았다.

조금 있으면 카이가 같이 저녁을 먹고 일을 도와주러 올 것이다. J.J. 슈퍼 본드의 해외 인터뷰가 시작되었고 챈이 동참한 지금, 우리한텐 할 일이 산더미였다.

노크 소리가 났다.

"들어오세요."

카이가 내가 제일 좋아하는 베이징 오리 레스토랑 포장 용기를 들고 들어왔다. 그는 음식을 내려놓고 내게 왔다. 다가가 입을 맞추려는데, 그가 인상을 쓰고 있는 걸 알아차렸다. 가슴이 덜컥 내려앉았다. 그가 내게 할 말이 있다고 했었다.

"무슨 일이야?"

그가 서류 한 장을 꺼냈다.

"경찰 보고서야. 읽어 봐."

"마담을 찾았어?"

"그건 아닌데…."

"지금은 아무것도 읽고 싶지 않아." 난 한숨을 쉬었다.

"너와 다른 사람들이 마담을 찾고 있잖아. 프랫은 사라졌어. 난 J.J. 슈퍼 본드에 집중해야 하고. 내일까지 기다려 줄 순 없어?" 난 음식 용기를 들어 냄새를 맡았다.

"음, 나 배고파."

"마담에 관한 일이 아니야." 그가 내게서 음식을 빼앗았다.

"넌 이걸 읽고 싶을 거야."

"어째서?"

카이는 물러서지 않았다.

"읽어 봐."

난 내가 졌다는 의미로 한숨을 쉬고, 헤드라인을 크게 읽었다.

"보트 사고에서 살아남은 벤저민 존스."

"벤저민 존스가 누군데?"

"2년 전 시애틀 씨 페어 행사 때 형제 두 명과 보트 사고로 숨졌다고 알려진 사람이야."

카이가 고개를 똑바로 들고 내 반응을 기다리며 말했다.

"충돌한 보트는 제이슨 리버스의 것이 아니었어."

방 안의 모든 산소가 다 빠져나간 건가?

"농담이지?"

"내가 직접 알아봤어. 제이슨 조셉 리버스는 죽지 않았어."

"카이, 그만해. 난 기사를 봤어. 우리 가족이 죽었다고. 마담이 그들을 죽였어. 그리고 날 데리고 왔고."

"실제로 그 기사를 읽어봤어?"

내 머리가 수치가 아닌 기억을 떠올리며 이리저리 움직였다. 그날, 마담은 레브와 수영장 사건을 막 알게 된 참이었다. 그녀는 화를 내뿜었고 손에 신문 쪼가리를 들고선 날 킹에게 던져주기 직전이었다. 난 얼핏 헤드라인을 봤다.

치명적인 보트 사고로 일가족 세 명 사망.

하지만 실제로 그 기사를 읽진 않았다. 입이 바짝 말라왔다.

"그녀가 네게 보여준 기사는 진짜야. 사고가 있었지. 하지만 그건 삼 형제의 사고였어. 너희 가족이 아니라. 마담이 그걸 이용한 거야. 너희 아버진 살아 계셔. 네 가족들도 살아 있다고."

"그럴 리가 없어."

의구심과 감정이 날 마구 헤집었다.

순금은 두려워하지 않아….

"나도 알아봤어. 하지만 시애틀에서 우리 가족의 흔적이 없었어. 우리 집이 사라졌어. 우리 가족 앞으로 된 주소가 없고. 지난 2년간 그들 앞으로 발행된 고지서조차 없었다고."

"나도 너와 같은 식으로 추적했고 그러다…." 그가 내 손을 잡았다.

"지금부터 내가 하는 말을 차분하게 들어줘. 네가 죽고 난 뒤 너희 가족은 이사했어… 중국으로.”

무릎에 힘이 풀렸다. 그동안 내가 들었던 모든 절규가 록 콘서트처럼 고막을 때렸다. 어지럽다. 기절할 것 같다. 카이가 날 잡았다.

“어디로?”

난 스스로에게 숨을 쉬라고 일렀다.

“아직 확실치 않아. 하지만 우리가 찾아낼 거야. 우리가 널 집으로 보내줄게.”

CHAPTER 41

현재 : 피닉스

∞

중국 상하이, 프랑스 조계지

집, 가족. 그 말이 입 밖으로 꺼내선 안 되는 금지어처럼 입술에서 작게 맴돌았다. 혹시라도 입 밖으로 말하면 집이 그리워 울다 구석에서 웅크리고 잠든 열다섯 소녀가 다시 돌아올까 봐 두려웠다.

그러니까… 내가 가족들을 다시 볼 수 있게 된다는 거고, 그 다음에는? 그들에게 뭐라고 말해야 할까? 우리가 예전으로 돌아갈 수 있을까?

난 소파를 걷어차고 핸드백을 바닥으로 내동댕이쳤다. 상 형제를 찾아가 갈색 펀칭백에 감정을 다 쏟아버리고 싶었다.

"이 멍청이!"

난 스스로를 나무랐다. 마담과 같이 있던 그날, 그녀가 우리

가족에 관해 거짓말을 할 가능성이 있었다. 그녀는 모두에게 거짓을 말한다는 걸 늘 알면서도 난 기사의 헤드라인만 봤고, 그녀가 내게 한 말을 진짜로 받아들였다. 죽을지 두려워서 그녀의 말을 철석같이 믿는 바보가 되었다.

어째서 지금이지? 어떤 감정을 느껴야 할지 모르겠다. 나에겐 다시 가족들을 본다는 가능성 자체가 없었으니까.

양손으로 머리를 감쌌다. 카이는 말없이 내 등을 토닥여 줬다. 이제 막 이곳의 삶에 익숙해졌는데, 가족 없이 살 수 있게 되었는데, 다시 시작하게 됐는데.

어째서 이 소식은 가혹한 한 방이 아닌, 링거 방울처럼 천천히 전달된 걸까? 그것도 하필 내가 재능을 잃어버리고 마담이 도망치는 걸 본 주에? 이제 이 일까지 감당해야 하나?

난 고통에 익숙하다고 스스로 상기시켰다. 상처가 찢어지는 즉각적이고 날카로운 고통 말이다. 난 상처를 입어도 회복할 수 있다. 불이 날 더 강하게 만들지 않을까?

고개를 들었다. 카이는 혼란스러워했다. 내가 지금 어떤 감정인지 그는 이해하지 못했다. 그는 내가 행복해져야 한다고 생각한다. 그런가? 대답이 바로 떠오르지 않았다.

우리만의 한 주를 준비해야 하는데 가족들이 살아 있는 모습을 보거나 집에 가는 일을 머리에서 떨쳐낼 수 없다. 내가 집으로 간다면? 카이는 어떡하지? 그를 놔두고 그냥 떠나야 할까?

또다시 다른 형태의 죽음이 날 찾아왔다. 내 기대, 생각, 계획을 다 없애버리는. 다시 난 수정하고 적응해야 한다. 레드가 이런 죽음을 이야기해 준 적이 있었다.

"식물은 죽고 난 뒤에야 새로운 씨앗이 싹틀 수 있단다." 그가 말했다.

"넌 두 번 죽었어. 그러니 평범한 우리보다 더 많이 활짝 피어날 거야."

그는 내가 그랬듯 우리 모두 새로운 계절에 들어가면서 이런 일을 마주하게 될 걸 알았다. 레드라면 내가 재능을 잃은 건 새로운 무언가에서 씨앗이 싹트려고 그러는 거라고 말할 것이다.

거기서 난 다시 재능에 대해 생각하면 됐다. 아니면 재능을 잃지 않거나.

우리 아빠는 어떻게 생각할까?

난 아직 수학을 잘하지만 더 이상 평범한 사람보다 더 또렷하게 수치를 살필 수 없다. 당연히 아빠는 실망할 거고, 그러면 마라 언니는? 마냥 행복해하겠지. 릴리가 어떻게 생각할지 누가 알까? 릴리가 내 생각을 하기나 할까?

시곗바늘 소리만 공허하게 거실을 울렸다.

"시간이 많이 지체됐네." 내가 말했다.

"우린 할 일이 있어. 너희 아버지가 내일 아시아 은행 관리자들과 만날 거야. 사람들은 차이나 제너레이션 문 앞에 줄을 설 거고. 내일 셀리아 건으로 바이 요원과 만나는 일도 잊지 마."

난 테이크아웃 상자를 찢어서 젓가락을 집었다.

"어서 먹자."

그날 밤, 우린 가족에 대한 이야기를 더 이상 입에 올리지 않았다.

인터뷰는 오전 내내 진행됐다. 카이는 점심을 먹으며 우리 가족 이야기를 빼고 오만가지 이야기를 다 꺼냈다. 내가 그 주제를 입에 올리길 거부해서였다.

그는 내게 프랫 재소자들이 자발적으로 증언할 거고, 라파엘은 인터폴과 아버지의 형량 거래를 한 후 증언하는 데 동의했다고 알려줬다.

"유타이는?" 내가 물었다.

"그의 가문은 엄청난 금액을 받고 프랫을 정부에 팔았고, 홍콩으로 이사 간대."

마침내 카이가 내 어깨에 손을 올렸다. 난 그가 무슨 말을 할지 알았다.

"아직 너희 가족을 찾진 못했어." 그가 말했다.

"사방으로 알아보고 있는데 중국이 워낙 큰…."

"나라라고?" 내가 끼어들었다.

"9,600,000제곱킬로미터지. 그래, 나도 알아."

그는 내가 이야기할 준비가 안 되었다는 힌트를 알아들었다. 우리는 다시 사무실로 향했다. 저녁 시간까지 일하다가 한센 경감의 전화를 받았다.

"빨리 이리 와봐요. 동영상이 효과가 있었어."

우린 하던 일을 제쳐두고 얼른 나섰다.

바이 요원의 얼굴을 보자마자 내가 물었다.

"그녀는 어디 있어요?"

"푸동 공항에."

"서둘러요!" 난 좋은 생각이 떠올랐다.

"오늘 밤 상하이에서 출발하는 모든 항공편 목록을 주세요. 뭘 찾아야 할지 알아요."

검색이 끝났다. 그들이 내게 목록을 줬다. 난 누구보다 마담을 잘 안다. 지금 내 머리가 '계산'을 할 수 없을지도 모르지만 뇌의 다른 신경세포가 새로운 게임을 파악하는 평범한 사람들처럼 활발히 움직였다. 이름에 금이 들어가는 항공사가 여덟 곳이다.

골든 재패니즈 항공, 골든 로터스.

바이 요원과 한센 경감과 같이 있으니 모든 탑승자 명단을 확보하는 것도 어렵지 않았다. 그녀는 속임수에 능했다. 이름에 금이 들어갔든 아니든 88편기의 티켓을 전부 살 수 있었다. 금이 들어간 여덟 개의 항공사 중 우리는 셀리아의 가명으로 된 일곱 명을 찾았다.

마이애미로 가는 셀리아 마소비치, 바르셀로나로 가는 도라 산체스, 베네수엘라로 가는 실비아, 남아프리카 요하네스버그로 가는 맥시마 모로.

그중 하나가 내 눈에 들어왔다. 호주 브리즈번으로 가는 골든 미얀마 항공기에 탑승하는 마리엄 마타다.

마담은 호주에서 사업을 하지 않아. 킹이 말한 적이 있다.

오래전 그녀의 파일에서 본 그 숫자. 브리즈번은 금이랑 전혀 관계가 없지 않나? 그렇지만 내 직감이 요동치고 있다. 레드라면 말이 안 되더라도 그걸 믿으라고 할 것이다.

"그녀는 호주로 가요." 내가 말했다.

그러자 카이, 라파엘, 바이 요원이 놀란 눈으로 날 쳐다봤다.

"호주?" 바이 요원이 못내 의심쩍은 듯 말했다.

"자기 본명으로? 그녀가 우릴 바보 멍청이라고 생각하는 걸까요? 거길 지명할 증거가 없는데. 레브가 스페인이라고 했어요. 그리고 오늘 아침 그녀는 베네수엘라로 국제 전화를 걸었고."

"그래요, 저도 알아요. 하지만 그녀가 진짜 이름을 쓰는 건 공개된 장소에 숨는 것과도 같아요. 전에도 그런 적이 있어요."

난 골든 에인절 호텔의 내 자물쇠 치환 잠금 번호를 떠올렸다.

"게다가 가짜 여권은 일곱 개뿐이니, 여덟 번째가 진짜 선택이죠. 여덟 번째가 그녀의 진짜 이름이에요. 그녀는 다른 어디도 가지 않을 거예요. 너무 똑똑하니까."

"어째서 브리즈번이죠?"

"그건 모르겠어요. 하지만 레브가 자백했으니 우리가 자길 쫓을 걸 알아요. 만약 레브도 모르게 그녀가 진짜 여권을 숨겨뒀다면요. 그녀는 우리가 헛수고하게 만들려는 거예요."

"셀리아는 절박해요." 한센 경감이 말했다.

"절박한 사람은 제대로 생각하지 못하지. 항상 도움을 받을 곳으로 가게 돼 있어요. 스페인에서 더 많은 여권과 돈, 탈출 계획을 확보할 가능성이 커요. 레브가 말한 것처럼. 게다가 당신과 킹은 그녀가 호주에서 일한 적이 한 번도 없다고 했잖아요."

"맞아요. 그러니 우리가 예상하지 못하는 곳이죠."

"킹은 그녀가 집착이 심하고 광적이라고 했어요. 어떤 이유로 호주를 피하고 있다고. 본명을 쓰는 건 우리를 자신이 절대 가지 않는 곳으로 이끌려는 수작일 테죠. 미치광이가 갑자기 자신의 두려움을 극복하지는 못하니까. 지금 우리한테 그녀의 이름이 담긴 88편의 비행기가 있고 가능한 선택은 일곱 개뿐이에요. 우리는 은행 이체 내역, 전화를 바탕으로 스페인과 베네수엘라로 반경을 좁힌 거예요." 바이 요원이 이의를 제기했다.

"곧바로 투입할 수 있는 인력은 두 팀뿐이고."

"미안하군요, 피닉스." 한센 경감이 말했다.

"다른 팀은 그렇게 빨리 목적지를 바꿀 수 없어요. 특히 완전무결한 증거가 없으면 말이죠. 우리는 이번 일에서 가장 가능성이 큰 쪽에 걸어야 해요."

"1년 전에 호주 지역번호로 된 전화번호가 적힌 그녀의 메모를 봤어요. 거기 뭔가가 있다고요." 내가 말했다.

"또 요양원 얘길 꺼내는 거예요?" 바이 요원이 물었다.

"네."

"우리가 확인해 봤어요. 거긴 아무것도 없어요. 브리즈번에 금이 들어가는 명칭도 없고. 작년에 그녀는 수많은 도시로 전화를 걸었지만, 호주는 한 번뿐이었죠."

"그래도…."

난 가슴이 더 조여왔다. 숫자가 없어도 뭔가 잘못된 걸 느낄 수 있었다.

"전 그녀를 알아요. 그녀는 호주로 간다고요."

"저기, 피닉스. 당신은 그동안 많은 도움이 됐어요. 하지만 호주는 우리가 손을 뻗치기엔 너무 멀어요. 모든 증거가 스페인 아니면 베네수엘라를 가리키고 있잖아요."

"알겠습니다."

그들을 확신시킬 증거가 내겐 없어서 그냥 놔두기로 했다. 하지만 호주의 그 전화번호가 계속 마음에 걸렸다.

바이 요원이 지시를 내리려고 팀을 불렀다.

난 카이에게 나중에 만나자고 말하고 자리를 떴다.

시계를 봤다. 중국과 호주는 여섯 시간 차이다. 이제 막 해가 떠올랐다. 두 번 생각하지 않고 난 곧장 택시를 타고 사무실로 가서 번호를 찾아 전화를 걸었다.

"서머 센터입니다. 무엇을 도와드릴까요?"

"간호사 한 분과 통화할 수 있을까요?"

"죄송합니다만, 여긴 간호사는 없습니다. 브리즈번은 본사예요. 저흰 금융과 등록 업무만 보고 있습니다. 저희 간호사와 통화를 원하시면 골드 코스트에 있는 사무실로 직접 연락해 주세요. 전화번호를 알려드릴까요?"

"골드 코스트요?" 난 목이 메었다.

"네, 그렇습니다." 여자가 말했다.

"전화번호를 알려드릴까요?"

"아니, 괜찮습니다."

난 전화를 끊었다.

골드 코스트. 여덟 번째 장소. 여덟 번째 이름.

인터폴이 그녀를 막을 수 없다면 내가 직접 막을 수밖에. 하지만 어떻게? 난 호주에 아는 사람이 아무도 없는데.

아, 잠깐만… 있었다.

출근 첫날 그랬던 것처럼 챈의 회계 파일을 살피며 무작위 송

금을 찾았다.

한 남성이 전화를 받았다. 끔찍한 호주 억양에 걸쭉한 목소리.

"밥 리?" 내가 말했다.

"더블 에잇이에요. 좋은 사람들 편에 한 번 서 볼래요? 여왕을 쓰러뜨리는 데 당신 도움이 필요해요."

CHAPTER 42

현재 : 피닉스

중국 상하이, 상하이 타워

다음날은 소식을 기다리느라 고역이었다. 일이라도 바빠서 얼마나 다행인지. 우리 채권과 대출 프로그램에 등록할 기회를 얻길 바라며 중국 전역에서 올라온 사람들이 회사 정문 앞에 모여 장사진을 이루었다.

비서가 내 사무실로 일정표를 가져다주었다.

"또 다른 건설 업체가 인터넷을 통해 인터뷰 신청을 해왔습니다. 외국계 회사예요. 그 파일은 맨 위에 있습니다."

"건설 쪽 할당분은 이미 다 찼어요. 그쪽에 죄송하지만, 세계은행으로 연락하라고 알려 주세요."

"네, 알겠습니다."

신청서 파일을 내 쪽으로 당겨 건설 파일을 버리려고 하는데

페이지에 적힌 이름이 눈에 들어왔다. 눈앞으로 가까이 가져왔을 때 그만 종이를 찢을 뻔했다.

그럴 리가 없어.

수화기로 향하는 내 손이 떨렸다. 너무 심하게 떨려서 겨우 내선을 찾아 로비로 연락했다.

"린 비서님?" 난 내선에 대고 말했다.

"그 건설 업체를 다시 목록에 올리고 마라 리버스 양에게 오늘 저녁에 보자고 연락해 주세요."

마음이 바뀌기 전에 재빨리 수화기를 내렸다. 떨리는 손가락으로 겨우 카이의 번호를 눌렀다.

인터폴이 베네수엘라에 진을 쳤으나 소득이 없었고, 스페인 오로 쪽 소식을 기다린다는 카이의 이야기를 다 듣고 난 뒤 나는 마라 언니에 대해 말했다.

"피닉스, 네가 원하면 지금 당장 갈게." 그가 걱정이 담긴 목소리로 말했다.

"아니, 괜찮아."

"어쩌려고?" 그가 물었다.

"아직 잘 모르겠어."

"강해져야 해." 그가 말했다.

"우연이 아닐 거야. 넌 할 말을 제대로 찾을 거야. 난 소식을 들을 때까지 PGF에서 기다릴게. 그다음 곧바로 달려갈게. 괜찮지?"

"응, 괜찮아."

요구한 대로 마라 리버스가 오후 다섯 시에 왔지만, 나는 미팅을 일곱 시로 미뤘고 그래서 임원진 카페에서 어색하게 기다리도록 만들었다. 내 개인 비서가 언니에게 저녁을 가져다주며 잘못된 건 전혀 없으며 그저 내가 너무 바빠서 그렇다고 확인시켜 주었다.

일몰 뒤에 직원들이 언니를 회의실로 데려왔다. 난 언니를 만날 때 조명이 흐리길 바랐다. 모든 내 미팅 때처럼 통역사도 곧바로 도착했다.

난 진한 밤색 생머리를 길게 늘어뜨렸다. 평소보다 더 음영을 줘서 메이크업했고, 어두운 테의 안경도 썼다. 굽이 높은 구두와 긴 원피스로 몸매를 가렸다. 거울을 보니 나조차도 누군지 알아보지 못할 정도였다.

나에게는 계획도, 도와줄 숫자도 없었다.

난 이미 프랫에서 언니를 평화롭게 묻었다. 언니도 그랬을까? 날 묻었을까? 그런데 지금 우리는 죽음에서 되살아났다. 그리고 이번 생에서 언니의 운명이 내 손에 달렸다.

내가 들어가자, 사무실 비서가 말했다.

"이분이 피닉스 양이십니다."

스탠드 램프에서 흘러나온 은은한 빛이 회의실을 밝혔다. 내 통역사인 다리가 따라 들어와 모든 중국어를 영어로 통역해 주었다.

"안녕하세요?"

마라 언니가 일어나서 날 반겼다. 언니와 마주하며 그만 균형을 잃을 뻔했다. 엄마를 빼다 박은 완벽하게 세련된 여성이 내 앞에 서 있었다. 그저 엄마보다 어리고 눈빛에 즐거움이 덜할

뿐이었다.

"전 리버스라고 해요."

언니가 손을 내밀었다.

곧장 피닉스 자아가 자리 잡았다. 난 그녀를 향해 고개를 까닥이고 내민 손을 봤지만 잡지 않고 내 책상으로 걸었다.

"앉으세요."

통역사가 말을 전했다. 마라 언니는 맞은편 가죽 소파에 앉았다. 불안한지 양손을 앞으로 곱게 모았다. 통역사가 언니 옆에 앉았다.

"감사합니다." 언니가 말했다.

날 알아보는 낌새는 없지만 내 얼굴의 모든 부분을 자세히 살폈다. 내가 틀린 게 아니라면 언니는 좀 떨면서 자기 팔을 비볐다.

"이렇게 빨리 만나주셔서 정말 감사하게 생각하고 있습니다. 신청서가 많이 쌓여 있다는 걸 압니다. 다들 미라클 본드라고 부르니까요. 차이나 제너레이션은 어떻게 이런 자금을 마련해 호의를 베풀 수 있는 건가요?"

난 그림자 쪽으로 고개를 기울였다. 마라 언니의 목소리가 다정하다. 내게 아첨하는 걸까, 아니면 성격이 많이 순해진 걸까? 엄청 주의 깊게 듣고 있지 않아서 모르겠다. 난 언니의 눈을 살폈다. 무언가를 찾았다. 진실, 거짓, 심판, 뉘우침 아무거나. 그게 뭐든 내가 조처하기 전에 봐야 한다. 그토록 바라는 머릿속 방정식은 절대로 나타나지 않았다.

"어쩌면 운명인지도 모르죠."

내가 낮은 목소리로 대꾸했다.
“저희 쪽 제안서입니다.”
언니가 또 다른 파일을 건넸다.
하지만 난 그걸 집어 들지 않았다. 이미 두 번이나 읽었다. 아니, 세 번. 신청서 따윈 관심 없다. 내가 관심이 있는 건 언니의 가족이다. 내 가족.
“네.”
난 사무적으로 대답하고 뚫어지게 쳐다봤다. 언니가 움찔했다. 내 눈동자는 움직이지 않았다. 그래서 언니는 더욱 불안해했다.
언니가 통역사를 향해 몸을 구부리고 작게 속삭였다.
“이 부분은 전하지 말아 주세요. 혹시 제가 문화적인 실수를 하면 알려 주세요.”
통역사는 아무것도 잘못하지 않았다고 말해 줬다.
“현 상황을 직접 설명해 주세요.” 내가 말했다.
“그런 다음 아주 개인적인 질문을 하겠어요. 전부 프로그램의 일환입니다.”
마라 언니가 고개를 끄덕였다.
“저흰 2년 전에 중국으로 왔어요. 처음에는 꽤 잘해 나갔는데, 지금은 자원이 고갈되어 프로젝트가 멈춰 있습니다. 아시다시피 건설 쪽은 경기 침체에 직격탄을 맞는 분야라서요. 귀사의 채권을 살 수 있다면 저희는 다 갚을 때까지 일부 소유권자로 남을 수 있습니다.”
카이와 통화한 뒤 난 그들이 시작했다는 회사에 대해 내가 찾을 수 있는 모든 정보를 파헤쳤다. 수년 전 아빠가 중국에 땅을 사뒀었다. 나는 아빠의 옛 파트너인 바오 씨와 건설업을 시작하려 했다는 걸 꿈에도 생각하지 못했다.

필립의 말을 따르면, 시혜 건설은 첫해에는 잘 나갔지만, 채무 때문에 올해 말, 모든 걸 다 잃을 판국이었다. 이 부분은 흥미롭지 않았다.

"'저희'라고 하는데 당신이 대표는 아니군요."

"저희 아버지 제이슨 리버스 씨가 대표입니다."

아빠가 살아 있다.

전기 충격을 받고 난도질을 당한 듯 온몸이 자극으로 얼얼하다. 아빠의 이름을 듣는 순간, 폭풍이 돌격해 오는 듯한 충격에 눈을 질끈 감았다. 이제 팔을 비비는 쪽은 나였다.

"이 자리에 왜 같이 오지 않았나요?"

내가 날카롭게 물었다.

"몸이 편찮으세요."

"어디가 아프신지?"

내 얼굴과 목소리에 담긴 걱정이 드러났는지 마라 언니가 놀랐다. 언니는 허리를 곧추세웠다.

"1년 이상, 거의 2년 가까이 상태가 좋지 않아요. 의사들도 뭐라 설명하지 못하고 있고요."

거의 2년이 됐다고 했나? 그건 내가 납치당했을 무렵인데….

"가족 구성원이 어떻게 되나요?"

"네?"

마라 언니가 채권신청서를 손에 쥐었다.

"신청서는 빠짐없이 기재했습니다만."

"우린 면담에서 이런 질문을 해요." 나는 거짓말을 했다.

"진실을 입증하기 위해 많은 정보가 필요하니까요. 경기 침체로 각종 사기가 판을 치고 있습니다."

"물론 그러시겠죠." 그녀가 어쩔 수 없이 말했다.

"여동생이 한 명 있습니다."

"다른 가족은 없나요?"

"네. 없습니다."

언니가 통역사에게 대답했다.

"캐물을 의도는 없지만 혹시 돌아가신 분이 또 있는지 알고 싶군요. 아시겠지만 신청 승인이 난 뒤에 그쪽에서 입증하지 않은 사실관계가 우리 쪽에서 밝혀지면 자동으로 채권은 거절될 수 있습니다."

마라 언니는 창백해졌다. 입술이 일그러졌다. 주제가 너무 정곡을 찔렀나? 상관없다. 언니 입으로 말하는 걸 듣고 싶다. 어떤 얼굴인지 보고 싶다.

나 역시 중국어로 말해야 한다는 걸 기억해야 했다. 영어가 댐으로 밀려든 홍수처럼 혀끝까지 치고 올라왔다. 조심하지 않으면 댐이 무너질 거고, 어릴 때 그랬듯 난 언니한테 고래고래 소리를 지르겠지.

마라 언니가 펜을 만지작거리며 천천히 할 말을 생각했다. 인상을 찌푸리더니 침을 꾹 삼켰다.

"저희 어머니는 자동차 사고로 돌아가셨어요." 언니가 말했다.

"그리고 다른 여동생도… 마찬가지로 목숨을 잃었습니다."

"사망한 여동생의 이름이 어떻게 되나요?"

말에 회한이 담길까? 언니도 나처럼 무거운 고통을 안고 있을까? 내 얼굴은 뜨거웠지만 프랫의 찬 공기가 내 안으로 들어왔고 마담의 사악함이 내 눈동자를 채웠다. 고함을 지르지도, 고통을 드러내지도, 몸에 남은 흉터를 보여주지도 않는 게 내가 할 수 있는 전부였다.

"그 애의 이름은 조세핀이에요."

거의 들리지 않을 정도로 작은 속삭임이었다.

"뭐라고 하셨죠?"

난 언니가 말하는 걸 들어야 했다. 납치당했을 때, 모든 걸 빼앗겼다. 심지어 내 이름까지도. 그걸 되찾고 싶다. 내 이름이 불리는 소리가 2년 동안 악몽처럼 날 따라다니며 잃어버린 내 삶을 조롱했다. 어쩌면 언니 입으로 말하는 걸 들으면 정의를 되찾고 싶다는 욕망이 충족되고 내 악몽도 멈출지 모른다.

"조세핀이요." 언니가 더 큰 소리로 말했다.

언니의 입에서 나온 내 이름은 정반대의 효과를 가져왔다. 정의 구현이란 느낌 대신 깊은 선율이 퍼졌다. 두 소녀가 인형을 가지고 놀고, 피자를 먹고, 크리스마스 선물을 풀어보던, 어린 시절의 기억이 밀려들었다. 고개를 돌려야 한다.

"어쩌다 목숨을 잃었나요?"

목이 잔뜩 잠긴 채 난 책상 위 파일에 시선을 고정했다.

"죄송합니다. 피닉스 양, 저희도 몰라요. 실종됐거든요."

"실종이라고요? 사망했다고 하지 않았나요?"

"저흰 그렇게 생각해요. 동생은 납치당했어요. 불행하게도 시신은 발견되지 않았고요."

마라 언니는 속이 안 좋아 보였다. 아니면 죄책감일까? 슬픔일까?

"그렇다면 살아 있지 않을까요? 기적이 일어나지 말라는 법도 없으니."

"기적이라면 저희 아버지 심장을 멈추는 것이겠죠. 아버지는 동생을 잃은 뒤로 죽은 상태나 다름없으니까요."

마라 언니가 말했다.

"그분… 아…."

난 영어로 말하다 퍼뜩 알아차리고 중국어로 바꿨다. 그리고 의자 끄트머리에서 몸을 꼼지락거렸다.

"그분에게 또 무슨 일이 일어났나요?"

"제 동생이 납치당한 뒤로 아버지는 심각한 PTSD를 겪으셨고, 몇 달 뒤 한동안 병원에 입원하셨어요. 작년에는 일종의 근육 퇴화가 진행되었고요."

"그렇군요."

목구멍에 커다란 돌덩이가 박혔다. *아빠.* 지금 내 눈에 맺히는 게 눈물인가? 난 얼른 눈물을 삼켰다. *인터뷰를 진행해, 피닉스.*

"다른 여동생은요?" 내가 물었다.

"죄송합니다만, 인터뷰에 이런 것도 필요한가요?"

"양해해 주세요. 저희 쪽에서는 세세한 부분을 많이 필요로 합니다. 각 회사는 그들만의 역사로 평가할 수 있으니까요."

난 말을 멈추고 침을 꿀꺽 삼켰다. 엄청나게 노력하는데도 내가 원하는 모든 구체적인 사항을 알고자 하는 심리에 저항하는 게 너무 어려웠다.

"음, 그냥 동생 이야기를 해주시면 제가 알아서 기재하죠. 직업은 뭔가요? 다룰 수 있는 악기 같은 게 있나요?"

"아, 음… 있어요. 동생은 피아노를 쳐요."

마라 언니의 얼굴에 혼란스러운 표정이 드리웠다. 내 질문이 언니를 루프로 던져 넣었다. 이게 무슨 상관이 있는지 궁금한 거다. 언니가 이해하지 못한 건, 내게 릴리는 죽은 지 얼마 되지 않았는데, 지금 그 애가 살아 있다는 점이다. 삶을 살고 있다. 호흡한다. 형상이 있고 내 앞에서 말할 수 있다.

"대출 관련해서 제가 해야 할 일을 말씀해 주세요."

"네, 리버스 양." 내가 답했다.

통역사 역시 살짝 당황한 표정이었다. 그는 다른 미팅에도 참석했고, 이런 적은 처음이었으니까.

뺨이 달아오르며 화가 치밀었다. 날 부두에 떨군 사람이 바로 언니다. 내 정보를 마담에게 넘긴 장본인. 프랫에서 내가 언니를 용서한 게 지속될 수 있을까?

"마지막 질문입니다."

너무 과하지만 나도 어쩔 수 없었다.

"범죄 행위에 관여한 적이 있나요?"

마라 언니가 고개를 갸우뚱거렸다.

내 눈동자가 언니를 뚫어지게 살폈다. 언니에게 물어보길 고대했던, 내 안에서 소멸시킬 수 없었던 토네이도 같은 질문들.

그런 쪽에 가담한 적이 있나요? 뇌물을 받은 적은요? 불법 자금을 받은 적은? 고문을 당한 적은? 굶어본 적은? 의지가 꺾여본

적은?

난 있어.

난 그렇게 말하고 싶었다.

언니는 불안한 듯, 내 눈길을 피해 소파 깊숙이 기댔다.

"없습니다." 언니가 말했다.

"어떤 범죄에도 가담한 적이 없습니다. 그게 질문이라면요."

새빨간 거짓말.

언니는 지금 부르르 떨고 있다. 나도 마찬가지다. 통역사는 눈이 휘둥그레져서 언니와 나를 번갈아 쳐다봤다. 심장이 미친 듯이 뛰었다. 언니의 거짓말에 내 팔다리로 분노가 퍼졌다. 언니가 사실대로 말했다면 미팅이 이런 식으로 진행되지는 않았을 것이다.

"설명해 드려야겠군요. 저희 차이나 제너레이션은 아주 꼼꼼하게 일을 처리합니다. 그쪽의 사례를 좀 더 자세히 평가할 필요가 있어 보입니다. 인터뷰에 가족을 전부 데리고 와 주세요. 그게 가능하다면 일 년 동안 채권을 승인해 드리죠. 기한은 사흘입니다."

마라 언니는 곧장 자리에서 일어나 내게 조용히 감사 인사를 전하고 회의실을 나섰다. 언니와 통역사가 나가고 문이 닫히자마자, 난 바닥으로 주저앉아 눈물을 쏟았다. 머리를 무릎에 놓고 몸을 흔들었다.

난 하늘을 나는 불사조야.

지금 이성을 잃게 두지 않을 것이다. 이제 막 다시 찾았으니까.

난 재에서 태어났어.

우리 가족이 사흘 안에 이곳에 온다.

난 추락하지 않아. 날아오를 거야.

난 자리에서 일어났다. 몸은 명령을 따랐지만, 감각이 없었다. 손이 전화기를 찾았다. 비서에게 연락했다.

"네?"

"리버스 양에게 목요일까지 오지 않으면 채권은 없을 거라고 알려 주세요." 난 감정 없이 말했다.

"그리고 린 비서님? 그쪽에 10만 달러를 예치금으로 보내고 교통비도 지급해 주세요."

"알겠습니다."

난 창가 옆 의자로 갔다. 상하이의 야경이 반짝였다. 전처럼 조명수를 셀 수 없어서 모닥불을 보듯 멍하게 바라봤다.

고작 5분 정도 지났을 때, 비서 린이 다시 연락을 줬다.

"방해해서 죄송합니다만 경찰에서 연락이 왔습니다."

"연결해 줘요."

난 한숨을 쉬었고 지쳤지만, 이 일을 끝낼 준비를 했다.

"피닉스? 바이 요원입니다." 그가 낮은 목소리로 말했다.

"마담을 잡았습니다."

"그렇다면 스페인인가요?"

"아니요." 잠시 정적이 있었다.

"호주에서. 당신 친구인 밥 리라는 사람이 우리가 베네수엘라에 도착했을 때, 연락해 왔어요. 황소처럼 대단한 인물이더군요. 어젯밤, 그가 길길이 날뛰는 마담을 호주 관계 당국이 도착할 때까지 붙들고 있었어요. 우리 내부에도 그와 같은 인물이 있으면 좋을 것 같더군요."

그들이 마담을 잡았다.

보공. 난 그가 해낼 줄 알았다. 잠시 마라 언니를 잊고 내 얼굴에 기쁨이 드러났다.

"인정하긴 싫지만 당신 말이 옳았어요. 고마워요, 피닉스."

"마담은 지금 어디 있어요?" 내가 물었다.

"중국으로 이송 중입니다. 감옥에 가야죠."

난 길게 안도의 한숨을 쉬었다. 모든 게 끝났다. 마무리됐다. 이제 그녀를 잊을 수 있다.

난 바이 요원에게 고맙다고 말했다. 전화를 끊으려는데 그가 말문을 열었다.

"피닉스?"

그는 앞으로 할 말이 힘들다는 듯 머뭇거렸다.

"마지막으로 하나만 더요."

"뭔데요?"

그가 무슨 말을 하든 난 이미 마라 언니와 만나서 경험한 감정적 고통, 그 이상의 아픔은 없을 거라고 판단했다. 감당할 수 있다.

"말해 보세요."

"재판 전에 셀리아가 한 가지 청이 있다고 했어요."

그 말을 들으며 내 판단이 틀렸다는 걸 알았다. 그것도 아주, 많이, 틀렸다. 난 감당할 수 없을 것 같다.

"그녀의 요구는 바로." 그가 말했다.

"당신을 만나고 싶다는 겁니다."

CHAPTER 43
현재 : 피닉스

중국 상하이, 홍커우 교도소

다음 날 밤, 난 꿈에서 셀리아 마소비치의 얼음장 같은 눈과 붉은 입술에 시달렸다. 누군가의 최후 요구를 거절하는 건 큰 문제였다. 그녀에게 무슨 일이 벌어질지 모르고 신경을 안 쓸 수도 없지만, 무엇보다 내가 바라는 뭔가를 그녀가 가지고 있기 때문이었다. 지금 숫자가 조언해 줄 수도 없는 상황이라 마음에 휘둘리느라 내 안에서 전쟁이 벌어졌다. 난 이리저리 뒤척이고 땀을 흘리고 비명을 질렀다. 고군분투하고 분석도 했다.

그녀는 왜 날 골랐을까? 날 왜 놔줬을까? 그녀만이 대답해 줄 수 있는 부분이었다.

아침이 되어 난 결론을 내렸다. 마지막으로 그녀와 만나겠다고. 대답을 얻는다면 그녀를 영원히 묻을 수 있을지도 몰랐다.

카이와 교도소에 도착했을 때, 경찰관이 내게 보고서를 건네줬다.

"받으세요. 관심이 갈 겁니다."

사진 속 여성, 셀리아는 나이가 들어 보였다. 화장기 없는 얼굴은 창백하고 주근깨투성이에 머리카락이 마구 삐져나와 보기만 해도 끔찍한 몰골이다.

"셀리아와 호주에 있는 요양원의 연관성은 어머니로 보이는 여성이었습니다. 한때 셀리아를 보살폈던 사람이지만 그녀의 범죄 행각에 대해서는 아무것도 모르고 있어요. 치매 5기가 되자, 셀리아가 호주로 보내버린 거죠. 그 이후 호주에는 일절 발길을 끊었고요."

또 다른 경찰이 두꺼운 금속 문 뒤에서 나왔다.

"시간이 됐습니다."

난 나중에 읽어 보려고 보고서를 주머니에 집어넣었다.

난 카이의 손을 찾아 꼭 잡았다. 그가 내 어깨를 감쌌다.

"같이 가줄게."

"아니, 난 혼자 그녀와 마주해야 해."

또 다른 복도로 내딛는 발걸음이 무거웠다. 텅 빈 복도는 을씨년스럽게 고요하고 말 없는 질문만이 사방으로 메아리치다 벽에 맞고 튕겨 돌아왔다. 그녀는 내가 엑스포에 올 줄 알았다. 내가 자기와 같이 도망치길 바랐다. 이번에는 뭘 원할까?

심장 박동이 빨라졌다.

난 *안전해. 그녀는 더 이상 내게 상처를 줄 수 없어.*

이번에는 내가 그녀의 모든 걸 빼앗을 차례다. 그녀의 인생,

돈, 레브, 범죄 행각. 앞으로 그녀에게 남은 건 고통뿐이다.

내가 고통까지 다 가져갈 수 있다면 그렇게 해야 할까?

그 생각에 난 힘들었다. 이건 '레드'식 질문이다. 숨이 차고 초조해 몸이 꼼지락거렸다. 난 그녀가 죽는 걸 보고 싶은 걸까?

아니, 더 이상의 죽음을 보고 싶지 않다.

마지막 복도를 걸어갈 때, 후회하는 그녀의 얼굴을 보게 해달라고 조용히 기도했다. 변화는 일어날 수 있다. 어쩌면 두 번째 기회와 함께 셀리아도 바뀔 수 있을지 모른다.

복도 끝에는 커다란 흰 문에 '최고 보안 등급: 독방'이라는 팻말이 달렸다. 경찰이 날 안으로 데리고 들어갔다. 셀리아가 여기 머문 지 꽤 여러 날이 되었는데도 그녀의 향수 냄새가 아직 희미하게 공기 중에 남아 있다.

어린아이용으로 나온 플라스틱 스툴이 그녀의 독방 옆에 있었다. 난 자리에 앉았다. 처음에 그녀는 날 알아보지 못했다. 나는 손톱을 뜯는 그녀를 지켜봤다. 죽은 사람처럼 얼굴이 창백했다. 머리는 피부가 심하게 당길 정도로 아주 높고 단단하게 묶어 붉은 매듭 같다. 화장하지 않은 그녀의 얼굴은 전에 보지 못했던 주름과 주근깨가 두드러졌다. 그녀는 실제로 몇 살일까? 뺨이 촉촉한 건 울어서일까? 그랬으면 좋겠는데.

간수가 그녀 옆에 있는 벨을 눌렀다. 아주 천천히 길게 그녀가 날 쳐다봤다.

"옥타비아?"

그녀는 더듬거리며 말했고, 검은 눈동자에 눈물이 고였다.

"네가 올 줄 알았어."

셀리아는 우리에 갇힌 짐승처럼 기어서 철장을 잡았다. 아이 같은 모습이다. 금과 보석으로 치장하고 손끝 하나로 엄청난 권력을 휘두르던, 내가 알던 여자가 아니다. 그렇다고 겁을 먹은 것 같지도 않다. 그녀가 했던 말이 내 귓가를 맴돌았다.

그들이 오늘, 날 체포해도….

"가까이와 봐."

그녀가 손으로 유리를 만졌다.

"지금 환각을 보는 게 아닌지 확인하고 싶어."

유리 위로 내가 왜 그녀의 손을 만져야 하는지 논리적으로 설명할 수 없다. 유리가 우리를 갈라놓고 있다고 해도 난 그녀의 손이 얼음장처럼 차다는 걸 알 수 있었다. 그녀가 다른 짓을 하기 전에 재빨리 손을 거뒀다.

"어째서 나죠, 셀리아? 왜 날 골랐어요? 다른 소녀들은 전부…."

목구멍에 큰 덩어리가 올라와 막혔다. 나머지 말을 할 배짱이 없다.

"엑스포에서 왜 날 놔줬어요?"

그녀는 손가락으로 허공에 숫자 같은 걸 적었다. 그리고 다시 입을 열기까지 얼마나 기다렸는지 모른다.

"넌 나니까." 그녀가 철장 사이로 유심히 나를 살폈다.

"넌 내게서 훔쳐 간 재능이 있으니까."

지금 그녀가 자기 입으로, 내가 생각하던 걸 말한 걸까? 그 생각을 하니 눈이 커졌다. 마치 내가 처음부터 알고 있었던 것처럼. 셀리아는 나와 어울리는, 동등한 뭔가를 가지고 있었다는 걸. 그녀의 집착, 증오, 천재성이 모두 거기 있었다.

"맞아, 옥타비아. 이제야 알아차렸구나. 나도 너처럼 천재였어." 그녀의 눈이 반짝였다.

"하지만 너와는 달리 내게 기회는 거의 없었지. 아홉 살 때 난 고아가 됐어. 누구도 나와 내 재능을 보살펴 주지 않았어. 내 세상에 침투한 숫자에는 아무도 관심이 없었지. 난 내 재능으로 혼자 2년을 살아남았고 한 이웃이 날 받아줬어. 친절하고 상냥한 여자였는데, 남편한테 학대받았지…. 남자들은 위험해, 옥타비아. 그때 난 재능을 이용해 더 빠르고 현명해져야 한다는 걸 깨달았어. 그렇지만 그 남자는 더 강했어. 그가 날 만질 때마다 내 재능은 줄어들었지. 열일곱 살이 되었을 때, 난 그보다 한 수 앞설 수 있었어. 위험에서 벗어나고, 돈을 벌고, 복수하는 법을 배웠지. 위대해지는 법을 배웠어. 내 숫자가 다시 돌아온다고 생각하는 것만이 날 미치지 않고 살아가게 해준 유일한 이유야. 사악함, 선함은 아무 의미가 없어."

실내 공기가 달라졌다.

"난 인간도, 사물도 전부 싫어했어…. 널 보기 전까지는. 한눈에 너의 재능을 알아봤어. 너희 아버지 회사에서 네가 하는 일도. 너에게 내 숫자가 있었지. 하지만 넌 순수했어. 처음엔 널 없애버리고 싶었지만 그럴 수 없었어. 내 인생을 끝내는 것 같았거든. 그래서 널 보호해 주겠다고 맹세했어. 어떤 나쁜 일도 네게 일어나지 않게 하려고. 나한테 상처를 준 방식대로 그 누구도 네게 상처를 주지 못하도록. 난 널 선택했어, 옥타비아. 넌 내 제국을 물려받을 거야. 네가 내 유일한 성공이니까."

셀리아가 미소를 지었다. 지금 내가 보고 있는 것이 친절함인지 완전한 광기인지 확신할 수 없었다. 날 보호하겠다면서 내 가족과 생이별을 시키는 게 잘못된 생각이라는 걸 그녀는 이해하지 못하는 걸까?

"우린 똑같아, 옥타비아. 모르겠니? 널 내 집에 들이고 모든 걸 줬어. 난 한 번도 받아보지 못했던 사랑을 네게 주었어."

그녀는 지진에 벽이 무너지는 순간을 경험한 피해자처럼 표정이 일그러졌다.

"널 킹에게 보냈을 때, 난 수년 만에 처음으로 후회와 죄책감을 느꼈어. 내가 보호하겠다고 맹세한 사람에게 상처를 입혔으니까. 내 손에 네 피를 묻혔지. 네가 '죽은' 후에도 넌 어디에나 있었어. 컴퓨터 안, 길거리, 내 꿈속에. 난 날마다 조금씩 죽어갔지만, 그러다 다시 불꽃이 일었어. 네가 살아 있었던 거야. 엑스포는 내 마지막 기회였어. 널 살게 해주면 나도 살 수 있을 테니까."

그녀가 말하는 동안에도 난 도무지 믿을 수 없었다. 거짓말을 감지하는 내 능력이 탁월해졌는데 거짓은 전혀 없었다. 그녀도 나처럼 피해자였다. 그녀는 수년간 고통을 겪었다. 매듭처럼 뒤틀리고 세게 당겨져 질식해 버렸으나 엉망진창인 상황 속에서도 선함이 구원을 위해 싸워온 것이다.

"내가 가장 신경 쓰는 걸 알려준다고 했잖아요?"

더 많은 걸 감당할 수 있을 거란 확신은 없었지만, 난 물었다.

"네 가족은 살아 있어." 그녀는 자신에게는 뼈아픈 말인 양 내뱉었다.

"이미 알고 있어요."

그녀의 눈동자는 제자리에 얼어붙어 실제로 이야기하는 것 같지 않았다.

"난 거짓말을 했어…."

그녀가 물어뜯어서 짧아진 검은 손톱을 뜯으며 말했다.

"너희 아버지 말이야."

"어떤 부분을요?"

가슴이 너무 세게 쿵쾅거려 당장 튀어나올까 봐 두려웠다.

"그는 한 번도 널 버린 적이 없어." 그녀가 말했다.

"널 찾으려고 전 재산을 썼는데도 난 그를 믿을 수가 없었어, 옥타비아. 그는 남자잖아."

그녀는 그 단어를 이상한 맛인 것처럼 내뱉었다.

"우리 언니는요?"

"그 애는 너한테 뭔가를 했다는 걸 알아. 그저 그게 뭔지를 모를 뿐이지. 전적으로 자신을 탓하고 있어. 그 애가 힘들어하는 걸 지켜보는 건 즐거웠지."

가슴이 불처럼 타올랐다. 2년 가까이 아빠가 날 쓸모없는 잔돈처럼 내팽개쳤다고 믿었다. 마라 언니가 날 싫어해서 결코 자신이 한 짓을 후회하지 않을 거라고. 막이 걷히고 구름이 사라진 것 같은 기분이다. 흐릿하기만 했던 장면에 차츰 초점이 잡혔다.

면회 시간이 거의 끝났고, 내 감정은 엉망진창이 되었다.

셀리아가 눈을 깜박였다. 그녀의 눈동자가 다시 야성적으로 변했다.

"여전히 재능을 가지고 있어?"

"꼭 그렇진 않아요." 내가 대답했다.

"누구야? 내가 나가면 반드시…."

그녀가 으르렁거리다 갑자기 방어적인 태도로 바뀌었다.

"그런 게 아니에요. 그냥 없어졌어요."

재능을 잃은 후 처음으로 공허하지 않았고 가슴속에서 온기가 차올랐다. 내가 생각을 나누는 모든 이에게 그랬듯 이제 마담과도 그렇게 할 수 있다.

"사방에서 숫자가 안 보이니 이상해요." 이 말부터 나왔다.

"하지만 이제 난 숫자가 필요하지 않다는 걸 알아요. 숫자는 내 가슴속에 뭐가 있는지 가르쳐 줬어요. 내 한계를 알죠. 내가 누구인지도요. 위험이 무엇인지 알고 그걸 마주하는 게 더는 두렵지 않아요. 위대해지기 위해서 천재가 될 필요는 없어요. 그리고 올바른 선택을 하기 위해서라면 더더욱 천재일 필요는 없고요."

가슴을 누르던 압박이 사라졌다.

"그건 당신에게도 마찬가지일 거예요. 우리의 재능은 달라졌어도 결코 완전히 잃은 건 아닐 거예요. 당신은 재능을 가지고 태어났고, 그걸 잃은 뒤에도 성공했잖아요. 당신은 마담이었을 때 자기 재능을 선 대신 악을 위해 쓰기로 했죠. 하지만 지금 두 번째 기회가 주어졌어요, 마리엄. 변화를 선택할 수 있어요. 그때의 소녀가 돌아올 수 있다고요."

레드는 누구든 원한다면 변할 수 있다고 믿었다. 지금, 이 순간 나도 그렇게 믿는다.

"마리엄은 오래전에 죽었어." 그녀가 말했다.

"셀리아가 그 자리를 차지했거든. 마담이 둘을 조종하고 있고."

"아뇨. 난 그렇게 생각하지 않아요." 내가 반박했다.

"마리엄에게는 기회가 있어요. 조세핀이 그랬던 것처럼."

뒤이어 내 입에서 나온 말에 나조차도 놀랐다.

"당신이 뉘우치고 있고, 달라지고 싶어 한다고 내가 법정에서 증언할 수 있어요. 그러면 당신 형량을 줄이는 데 도움이 될 거예요."

"날 위해 그래 준다고?"

그 시절 소녀의 모습을 살짝 풍기며 그녀가 물었다.

"그럴게요."

잠시 그녀의 눈동자가 반짝였다. 내가 전에 봤던 빛이 거기에 있었다. 안기고 사랑받고 만회하길 바라는 꼬마 아이. 가슴이 갈가리 찢어졌다. 고심하지 않고 난 다시 창문을 향해 손을 내밀었다. 그러자 소녀가 미소 지었다.

내 손가락을 바라보면서 난 놀랐다. 날 납치한, 내 고통의 근원이자 영원히 내가 두려워할 여자. 그런 그녀에게 어떻게 내가 손을 내밀었지? 어떻게 그녀를 용서할 수 있지? 어쨌든 난 그렇게 했다. 할 수 있었다. 그러는 쪽을 택했다.

마리엄이 내 손을 만질 것 같은 순간, 그 눈동자 속 소녀는 사라졌다. 성숙하고 강인한 심장을 가진 여자가 튀어나와 신음했다. 그녀는 내 손길을 거부했다. 눈동자가 차가워졌다. 이 여자는 이성적인 모습이 아니었다.

"너에게 살려달라고 부탁한 적 없어." 그녀가 신경질을 냈다.
"그렇게 해줄 사람은 많아, 옥타비아. 이제 그만 가 봐."
간수가 도착했다. 진실의 순간이 지나갔다. 그녀가 보여준 상냥한 모습이 사라졌다.
"마리엄, 잠시만요."
"싫어. 널 살려둘게. 하지만 절대로 내게서 벗어날 수 없을 거야, 옥타비아. 우린 늘 연결되어 있을 거야. 다시 서로를 찾을 거라고."
"당신 안에 달라질 힘이 있어요."
내가 외쳤지만, 그녀는 이미 간수에게 날 데려가라고 악다구니를 썼다.
난 현기증을 느끼며 방을 나왔다.
마지막 복도에 도달하기 전에 잠시 시간을 달라고 부탁했다. 난 차가운 금속 의자에 주저앉아 경찰이 내게 준 마리엄에 관한 보고서를 꺼냈다.
이스탄불에서 열린 대회에서 우승한 어린 천재, 셀리아에 관한 기사였다. 그걸 보니, 온몸에 소름이 돋았다. 사진 속 여자애는 나와 닮아 있었다. 활짝 웃는 얼굴과 미래에 대한 희망으로 빛나는 눈동자. 난 그 자리에서 멈춰버렸다.
이건 나야. 나도 납치당했어. 그녀 때문에.
기사에는 이렇게 적혀 있었다.

마리엄 마타.
뛰어난 재능을 가진 꼬마가 부모를 잃고 학대받다가 아홉 살에

인신매매를 당했다. 열일곱 살에 그녀는 자신을 납치한 사람을 죽였다. 유럽에서 몇 년을 살다가 미국과 다른 아홉 개 국가로 옮겼다. 9개 국어를 하고 거의 29년간 소녀 인신매매를 해 왔다.

난 하얀 벽을 응시했다. 무력하게 학대당한 어린 셀리아의 끔찍한 모습이 떠올라 속에서 눈물이 났다. 그녀는 고통에 찬 표정을 숨기는 법을 배웠다. 그 슬픔을 가슴 깊이 새겨놓았다. 날 보호하겠다는 삐뚤어진 발상, 내게 애정을 주려고 할 때마다 보이는 어색함. 난 울고 싶은 충동을 억누를 수 없었다.

마침내 난 자리에서 일어나 혼란스러운 감정을 가득 안고 조용히 걸었다. 그녀가 달라지는 쪽을 선택하길 바란다. 그리고 그럴 확률은 거의 없지만, 저 감옥에도 레드가 있어서 그가 내게 해준 것처럼 그녀를 깨우쳐 줬으면 좋겠다.

CHAPTER 44

현재 : 피닉스

중국 상하이, 프랑스 조계지

셀리아와 킹의 자금이 마침내 J.J. 슈퍼 본드 시스템 안으로 들어왔다. 챈의 아시아 은행 인수는 성공적이었고 총자금의 마지막 분할금이 어젯밤 준비를 마쳤다. 이제 진짜 테스트를 시작하면 된다. 이 채권이 효과가 있을까?

이론적으로 하락과 손실이 생기겠지만, 통제 불가능할 정도로 떨어지진 않을 것이다. 평소와 다름없이 인생은 계속되어야 한다. 국가들은 분열하지 않고 전쟁도 일어나지 않을 것이다. 적어도 숫자는 그렇지 않을 거라고 말했었다.

유타이가 프랫을 판 후로 터널은 과학자, 역사학자, 고고학자, 언론인들로 북새통을 이루었다. 프랫은 중국과 세계 전역의 텔레비전에 등장했다. 재소자들이 각자의 사연을 알리고 경찰은 과거의 범죄를 해결했다. 이 사건을 영화화하자는 의견도 나왔다. 이 과정에서 카이에게는 새로운 문이 열렸다. 인터폴은 그의 도움에 감명받아 다음 해 인턴십을 제안했다. 카이는 엄청나게 기뻐했다.

이제 한 가지 일만 남았다. 내일 도착하는 우리 가족을 만나기만 하면 된다.

오늘 밤, 난 카이와 그의 집에서 저녁을 먹기로 했다. 하지만 그 전에 준비를 마쳐야 한다.

난 거울 앞에 섰다. 일자로 떨어지는 짧은 검정 칵테일 드레스를 입었다. 화장했다는 정도만 알 수 있을 만큼 가볍게 메이크업했다. 머리는 언제나처럼 앞으로 내려와 가슴을 가렸다.

손목에 차고 있던 머리끈을 빼 손가락에 놓았다. 조심스럽게 머리카락을 뒤로 넘겨 한 손에 잡았다. 그리고 비틀어서 위쪽으로 올림머리를 하고 끈으로 고정했다.

목이 훤히 드러난 것만 같다. 머리를 풀거나 목걸이를 할까도 생각했지만 그러지 않았다. 덕분에 턱선과 귀가 두드러졌다. 몇 년 만에 처음으로 내 모습을 똑바로 보게 되었다. 엄마를 닮아 얼굴이 타원형이었다. 나이가 더 들어 보였다. 머리를 고정하는 핀을 몇 개 더 꽂은 뒤 걸어 나갔다. 허리를 꼿꼿이 펴고 고개도 똑바로 들었다.

챈의 집으로 들어가니, 그가 링 박사를 보며 웃고 있었다. 당연하게도 두 사람은 연인 사이라는 걸 인정했다. 그는 이제 다른 사람처럼 보였다. 그녀도 반짝거리며 빛이 났다. 그런 모습을 보니 행복하다. 그들이 내게 손을 흔들었다. 내 헤어스타일이 달라진 걸 그들은 몰랐지만, 카이는 알아차렸다. 그가 자리에서 벌떡 일어나 곧장 다가오더니 날 한쪽으로 데려갔다.

“오늘 엄청나게 근사하네. 더 자주 머리를 묶어줘.”

그는 내 머리카락을 만졌고, 손가락이 귀와 턱 그리고 목을 따라 내려왔다.

“뒤돌아봐.” 그가 손가락을 돌렸다.

그는 내 드레스를 보고 싶어 하는 것처럼 굴었지만 난 무슨 속셈인지 안다. 그가 시키는 대로 천천히 돌았다.

“넌 아름다워.” 그가 말했다.

그리고 갑자기 따뜻한 손가락이 내 상처를 훑더니 그의 입술이 닿았다. 짜릿함이 척추를 타고 흘렀다.

“그리고 강하지.”

우리는 자리를 잡고 근사한 식사를 즐겼다. 식사를 마칠 때쯤 챈이 잔을 들고 건배를 제안했다.

“이론과 리스크를 위하여, 킹과 폰을 위하여!”

우리의 잔이 한 곳에서 부딪혔다.

“재능이 사라진 지금은 뭘 할 거야?”

테이블 맞은편에서 대놓고 애정 행각을 벌이는 이들을 무시하고 카이가 내 쪽으로 몸을 돌려 물었다.

“글쎄? 책을 쓴다거나 연기를 한다거나 뭐 그런 터무니없을 정도로 힘든 뭔가에 도전해 볼지도 모르지. 내가 예술 분야에서 성공할 확률은 우리 모두 잘 알잖아.” 난 그에게 윙크했다.

“네 행운, 아니 운명을 아니까 넌 잘 해낼 거야.” 카이가 말했다.

그는 젓가락을 내려놓고, 조금 남은 탄산수를 마저 비운 뒤 손을 내밀었다.

"정원을 좀 걸을까? 너랑 큰 결정을 상의할 게 있어. 넌 여전히 훌륭한 조언자잖아."

"좋지."

우리는 링 박사와 챈을 남겨두고 풀하우스 옆 파티오로 가는 정원을 걸었다. 밤은 후덥지근했고 조명이 켜져 있었다. 처음 풀장을 수리하던 카이를 봤던 때가 떠올랐다. 우린 나란히 서서 아름다운 정원을 감상했다.

난 아직도 새로운 삶, 새로운 두뇌에 적응하는 중이었다. 가령, 울타리를 따라 꽃들이 아름다운 꽃잎을 활짝 벌리고 빨강, 파랑, 노랑으로 피어나며 재스민과 인동, 장미 향을 풍기는 걸 알게 되어 좋았다. 이것들은 더 이상 내게 숫자가 아니었다.

물론 나는 아는 걸 절대 잊지 않았다. 내가 배운 모든 진실은 여전히 그 자리에 남았다.

아직 숫자를 계산하는 능력을 갖추고 있지만, 그저 한 번에 하나씩만 할 수 있을 뿐이다. 그리고 엄청나게 열중하지 않으면 주변에서 일어나는 일에 대한 뉴턴의 법칙의 복잡성을 즉석에서 줄줄 읊을 수 없다. 숫자는 더 이상 나의 낮과 밤을 침범하지 않는다. 반짝이는 별을 봐도 머리가 아프지 않다. 일몰이 내게 이란이나 남아프리카의 낮을 알려 주지 않는다. 지구의 자전에 대해서도 걱정하지 않는다.

카이가 있는 이곳에서, 지금 난 그의 옆에 있다. 그래도 여전히 내 재능을 느끼고, 그게 변하는 걸 느낀다. 무엇으로 바뀔지는 기다려 봐야겠지만.

카이가 몸을 구부리고 처음에는 가볍게, 그리고 진하게 키스했다. 그러고 나서 그가 진지하게 물러났다.

"내일, 우리 가족을 만나기 전에 논의해야 하는 중요한 결정이 뭐야?" 내가 물었다.

"향후 투자에 관해서야. 장기 건이지." 그가 봉투를 내밀었다.

사업? 이 시간에? 난 실망감을 감추려고 노력했다. 좀 더 사적인 이야기를 할 줄 알았는데. 아니면 내일 우리 가족을 만나고 난 후에 논의해도 좋았을 텐데. 난 몸을 구부리고 재스민 화분의 향을 맡는 척했다.

"아, 그래?" 내가 말했다.

"네가 아직 투자하지 않은 곳도 있어?"

"너." 그가 봉투를 가리켰다.

"열어 봐."

난 봉투 아래로 손을 밀어 넣어 들어 있는 걸 끄집어냈다. 시애틀행 비행기 표 두 장이다. 한 장엔 내 이름이, 다른 한 장에는 그의 이름이 적혀 있다. 나는 입을 열면 울음을 터트릴 것 같아 아무 말도 할 수 없었다.

"널 집에 데려다줄 거라고 약속했잖아. 그렇지만 넌 날 쉽게 떼어낼 순 없어." 그가 내 손을 잡았다.

"네가 전에 지적했듯 확률은 우리에게 불리해. 우리는 어리고 충동적이지. 게다가 다르고. 하지만 어떤 확률은 이길 수 있다는 걸 우리 배웠잖아? 너희 가족이 널 다시 미국으로 데리고 가면 난 널 쫓아갈 거야."

그가 내 턱을 들어 올렸고, 우리는 서로 눈을 마주했다.

"우리가 확률을 극복할 수 있다고 말해줘. 그리고 절대 널 내 눈에서 벗어나게 하지 않을 거야."

"너희 아버지는 어쩌고?"

"지금, 아버진 널 좋아해."

"절대 이 관계를 허락하지 않을 거야."

챈과 나는 계약을 했다. 그가 바뀐 건 인정하지만 그래도….

"난 너희 아버지를 화나게 했어. 그가 프랫에 있던 날 찾았지. 처음 만난 날, 너희 아버지 코를 부러뜨렸고. 한 방에 너희 아버지가 일궈 놓은 제국을 무너뜨릴 뻔했다고."

"모두 사실이야. 하지만 넌 아버지가 새로운 삶, 더 나은 삶을 살 수 있게 해줬잖아." 카이가 웃었다.

"아버지는 내 감정이 어떤지 알고 계셔. 허락하셨어."

"네가 허락을 구했어?"

"당연하지." 그가 웃으며 말했다.

"난 보수적이야. 그 아버지에 그 아들이고."

카이가 팔로 날 감싸안았다. 온기, 안정감이 운명과 같이 느껴졌다. 언제 혹은 어떻게 시작됐는지 모르지만 카이에 대한 내 감정이 각기 다른 조각으로 한데 얽힌 화환으로 자라 시작과 끝이 없는, 언제나 그래야 하는 원을 만들었다. 난 미래를 볼 수 없지만 한 가지는 확실했다. 나는 그가 없는 미래를 바라지 않았다.

난 카이를 가까이 당겨 익숙한 체취를 맡으며 그 어느 때보다 밀착했다.

"사랑해, 피닉스."

그가 내 귀에 속삭였다.

"이제 난 피닉스가 아니야. 난 조세핀이야."

CHAPTER 45

현재 : 피닉스

∞

중국 상하이, 상하이 타워

인생에서 문득 멈춰 서서 어쩌다 내가 여기까지 왔을까? 하고 묻는 순간이 있다. 내겐 그 순간이 지금이다. 그들은 날 피닉스라 부르지만, 본명이 아니다. 난 중국에 살지만 여기서 태어나지 않았다. 난 부자고 힘을 가졌지만, 명품엔 관심이 없다. 저 문 뒤에 있는 사람들에게는 죽은 걸로 알려졌지만, 사실이 아니다. 진실이 정말로 우리를 자유롭게 한다면 2년이 지난 지금 비로소 사슬이 끊어질 것이다.

어젯밤, 난 자연이 앞다퉈 우리 가족의 재회를 막는 악몽에 시달렸다. 토네이도, 지진, 홍수가 일어났다. 생각할 수 있는 모든 재앙이 나와 내 가족을 영원히 갈라놓았다. 하지만 난 살아서 잠에서 깼다. 주식이 하락한 것 말곤 아무 일도 일어나지 않았다. 우리 가족이 푸동에 도착했고, 지금 여기로 오는 중이다.

손발이 잠시도 가만히 있지 않았다. 난 2초마다 시계를 봤다. 찻잔을 쏟지 않고 들고 있기 힘들 정도였다.

가족들을 만나면 무슨 말을 해야 할까? 내가 누구라고, 어떻게 말해야 할까? 지난 2년을 어떻게 설명해야 할까? 날 받아줄까, 아니면 이방인 취급할까? 내가 해 온 일을 알고 나면 날 혐오하게 될까? 내가 없는 삶을 즐기고 있었을까? 내가 보고 싶었을까?

머릿속에선 계속 아빠와 릴리의 얼굴이 떠올랐다. 내가 기억하는 그런 모습이 아닐 것이다. 사람은 변한다. 나도 달라졌는데 그들이라고 안 그럴까?

난 거울로 머리를 살폈다. 길고 검다. 갈색 컬러 렌즈를 빼니 눈동자 색이 짙어졌다. 더 이상 오션 그레이에 연한 비치 우드 빛이 아니라, 비가 내린 뒤의 풀숲 같은 색이다. 눈동자는 한층 부드러워졌다. 이글거리지 않고 정화된 눈빛에 희망이 담겨 있다. 새로운 시작을 기대하는 희망.

노크 소리가 나서 잡생각이 달아났다.

카이가 내 뒤로 왔다.

"조."

그의 목소리가 두려움을 녹이고 의구심을 잠재워 주었다. 마음에 안정이 찾아왔다. 더 이상 손이 떨리지 않았다.

"그들이 도착했어."

난 몸을 돌려 카이를 마주 봤다. 매끈하고 높은 갈색 광대뼈, 침착한 목소리. 난 그의 팔에 기댔다. 지금은 그가 내 안전지대

다. 날 더 강하게 만들어 주는. 이제 쓰러지지 않고 회의실로 들어갈 용기가 생겼다.

“내가 같이 가줄까?”

그의 입술이 내 귀에 속삭였다.

“아니, 넌 충분히 도와줬어.” 내가 대답했다.

그가 우리 가족을 찾아줬다. 날 위해, 날 치유해 주려고.

“고마워, 카이.”

그가 내 이마에 입을 맞추고 팔을 내렸다. 난 사무실을 나와 회의실로 갔다.

눈앞에 있는 문이 마치 보이지 않고, 관통할 수 없는 벽돌 벽처럼 느껴진다. 2년이 넘게 닫혀 있었다. 처음에는 국가의 경계로, 그다음에는 거짓말로, 이어서 감옥으로, 그리고 죽음으로 단절되었다. 하지만 지금 그 벽이 허물어졌고, 난 한때 잃어버린 걸 찾으러 안으로 들어가려고 한다.

불가능한 확률이 우리를 갈라놓았고 불가능한 확률이 다시 우리를 한곳으로 불렀다. 불가능은 항상 보이는 모습 같진 않은가 보다.

문을 열었다.

낯선 세 사람이 테이블 앞에 앉아 있다. 아빠는 훨씬 더 나이 들어 보였다. 흰머리가 더 많아진 데다 얼굴은 지치고 핼쑥했다. 마라 언니 옆에는 한 소녀, 실제로는 어린 숙녀이자, 내 상상보다도 더 아름다운 릴리가 있었다. 얼굴이 갸름해지고 높은 광대가 두드러졌다. 릴리는 엄마를 빼닮았다.

다들 너무 많이 변했어.

내 안에서 긴박감이 끓어올랐지만 난 천천히 회의실 안으로 들어가 정중하게 인사했다. 세 사람 모두 일어나서 내 인사에 답했다. 난 컬러 렌즈도, 화장기도 없이 맨얼굴을 드러낸 채 고개를 살짝 들고 조용히 섰다.

아빠는 유령이라도 본 사람처럼 창백해졌다. 내게서 눈을 떼지 못했다. 아빠가 주머니에서 손수건을 꺼낸 뒤에 눈썹을 닦았다. 릴리와 마라 언니는 서로 쳐다봤다. 그들의 반응을 어떻게 받아들여야 할지 확신이 서지 않았다. 어쩌면 마라 언니가 가족들에게 피닉스가 조를 닮았다고 말을 한 걸까?

난 옅은 미소를 지은 다음 떨리는 손으로 그들이 날 알아보고 뭐라고 말해 주길 기다렸다. 하지만 그들은 아무 말도 하지 않았다.

그들에게 달려가고 싶은 충동이 몸을 타고 솟구쳤는데, 발이 말을 듣지 않았다. 이 순간이 오면 무슨 말을 할지 사흘 내내 생각했는데, 지금 그 말은 완전히 잊혔다. 그들은 내가 누군지 몰랐다.

마라 언니가 먼저 입을 열었다.

"통역사는요?"

"필요 없어요."

목소리로 날 알아차리길 바라며 곧바로 영어로 말했다. 더 가까이 불빛 아래로 걸어갔다. 그들은 여전히 내 얼굴이나 목소리를 못 알아보는 걸까? 가족들에게 생각했던 모든 걸 말하지 않고 난 피닉스로 행동했다.

"귀사의 대출이 승인되었습니다."

날카로운 내 목소리가 울려 퍼졌다.

"1년간 전액 자금 지원을 받게 될 겁니다."

마라 언니가 염려스러운 표정을 지었다. 아빠는 확실히 힘들어 보였지만 자리에서 일어났다. 팔다리를 떨며 일어선 아빠의 시선이 나와 마주쳤다.

"피닉스 양, 몇 주나 걸린다는 슈퍼 본드를 승인해 주셔서 영광입니다. 호의에 감사드립니다."

아빠의 울리는 저음에 목구멍에서부터 눈물이 차올라 쏟아지려는 걸 막으려고 얼른 몸을 돌렸다.

마라 언니가 끼어들었다.

"뭔가 실수가 있었던 것 같아요. 상당한 금액이 저희 아이비전 계좌로 들어왔습니다. 어떻게 그리로 갔는지, 왜 그런 일이 생긴 건지 모르겠네요. 아이비전은 오래전에 해체된 회사입니다. 저희는 시헤 건설로 지원했습니다. 돈을 돌려드리려고 가지고 왔어요."

난 대답하지 않았다. 마라 언니의 말은 귀에 들어오지 않았고, 내 눈은 온통 릴리에게 가 있었다. 그 애의 순수한 눈빛이 내 가면을 무너뜨리는 중이었다.

"아주 많이 자랐구나."

난 그 애에게 말했다. 지금 내 목소리가 떨리고 있나? 그렇다고 해도 신경 안 쓴다. 뭐라고 대답할지 난감해하며, 릴리가 의자에서 꼼지락거렸다.

"아직도 피아노를 치니?"

"네."

그 애의 얼굴로 경계하는 표정이 드리웠다. 릴리는 몸을 똑바로 펴고 이렇게 덧붙였다.

"사실 최근에 전 명문 예술 고등학교에 합격했어요."

"난 네가 잘해 낼 줄 알고 있었어. 마라 당신은 어때요?"

나는 그녀를 향해 몸을 돌렸다.

"아직도 요트를 모나요?"

내가 쳐다보니, 마라 언니가 불편해하며 얼굴이 굳어졌다. 사흘 전, 우리의 대화에서 언니는 분명 벼랑 끝에 몰렸다. 의심스러운 돈이 그들의 계좌로 들어왔을 뿐만 아니라 내가 언니의 질문에 대답하지 않았으니까. 언니가 헛기침했다.

"가끔요."

아빠가 끼어들었다.

"실례지만 아이비전을 어떻게 알고 있나요?"

"전 많은 걸 알고 있어요." 내가 말했다.

"당신은 사람에 대한 믿음으로 그 회사를 세우셨죠. 그리고 뭐든 고칠 수 있다고 믿으셨어요. 심지어 당신의 비치 하우스의 금이 간 계단까지도요. 그걸 고치기까지 엄청나게 많이 신경 썼잖아요."

난 한 단계 더 나갔다.

"일요일마다 따님들과 〈프로페서 큐〉를 보셨죠. 부인 이름은 캔디스고요. 돌아가실 때, 거의 제정신이 아니셨잖아요. 사무실에 늦게까지 틀어박혀 눈물을 흘렸으니까요."

난 자매들에게 몸을 돌렸다.

"당신들이 키우는 고양이 테일스는 회색이죠. 그 애는 아직 살아 있나요? 서쪽 돌출 창에서 자는 걸 좋아했는데. 릴리는 엄마가 돌아가시기 전까지 고양이와 같이 자는 걸 좋아했어요. 악몽이 고양이를 무서워한다고 말했죠. 마라, 난 사실 당신이 계속 요트를 몰길 바랐어요. 고통을 잊기 위해 전 세계를 여행하고 싶다고 했으니까요…."

그들의 얼굴은 혼란, 놀람, 고통으로 굳어졌다. 두려움도 있을까?

"당신들에 대해 많은 걸 알고 있어요." 내가 말을 이었다.

"이를테면 실종된 여동생이라든지."

난 프랫에서 그들을 묻었을 때를 떠올렸고, 그때 했던 말을 아빠와 마라 언니에게 했다.

"그녀는 당신을 용서했어요, 마라. 더 이상 당신을 원망하지 않아요. 일어나야 했던 일이었으니까요."

내 손이 벽돌처럼 옆으로 무겁게 떨어졌다. 머리와 팔에 있던 피가 몸으로 몰려들었다. 심장이 가슴을 뚫고 나올 듯 쿵쾅댔다. 어지러움이 밀려왔다. 난 벽에 기대서 몸을 추슬렀다.

릴리가 입을 막았다. 마라 언니는 크게 신음했다.

"어떻게?"

아빠는 눈물이 그렁그렁 맺힌 채 물었다. 너무 빨리 내 쪽으로 오는 바람에 앉아 있던 의자가 옆으로 쓰러졌다.

"저예요." 난 거의 속삭임에 가까울 정도로 겨우 말했다.

"조세핀이라고요."

세 시간 동안 눈물을 흘리고 한두 시간 더, 지난 2년간의 공백을 채운 뒤에도 난 수학 재능이 사라졌다는 말을 꺼내지 못했다. 엉엉 울면서 마담, 킹, 프랫, 그리고 경제 위기, 얼마나 내가 그들을 그리워했는지, 다시는 못 볼 것 같다고 생각했는지, 어떻게 죽었다고 여기게 됐는지, 레드가 날 어떻게 바꿔놨는지, 카이가 어떻게 날 살려 주었는지를 하나의 긴 끈으로 이었고, 거기에 그저 눈물, 휴지, 더 많은 울음만이 간간이 끼어들었다.

아빠는 지난 시간을 만회하려는 것처럼 포옹과 입맞춤을 멈추지 않았다.

마라 언니도 날 껴안았고, 너무 세게 안는 바람에 갈비뼈를 부러뜨릴 심산인가 싶은 정도였다.

"널 영원히 잃었다고 생각했어." 언니가 말했다. 그녀는 날 사랑한다고 백번은 더 말한 것 같다.

"날 용서해 줄 수 있겠니?"

"벌써 용서했어, 언니. 언니에 대한 사랑을 멈출 수 없거든."

"다시 날 믿어줄 거야?"

내가 언니를 꽉 붙잡자 또다시 울음이 터져 나오려고 했다. 하룻밤 사이에 가족 관계를 완전히 회복할 수 없을 거라는 걸 알지만, 어쨌든 그렇게 될 게 분명했다. 나에게는 어떤 앙금도 남아 있지 않았다.

"오늘부터 시작할 거야."

다시 한 시간이 흘렀고 아무도 말하지 않았지만, 우린 모두 같은 생각을 했다. 엄마가 이 자리에 있었다면, 우리 모두를 안아줬으면, 엄마의 웃음소리를 듣고 그 미소를 볼 수 있다면. 엄마가 간절히 그리웠다. 오로지 시간만이 치유할 수 있는 부분이었다. 난 언제나 엄마를 그리워하겠지만 지금은 가족을 되찾았다. 우리가 다시 함께하게 되었으니 난 엄마가 기뻐할 거라는 걸 안다. 엄마는 내가 이 시간을 소중히 간직하기를 바랄 것이다.

릴리는 내 얼굴을 만지고 머리카락으로 장난치면서 많이 예뻐졌다고 말해줬다. 다시 여동생에게 존경받으니 기분이 좋았다. 릴리는 고등학교와 새 남자 친구 메이슨에 관해 이야기해줬다. 그리고 지갑에서 뭔가를 꺼냈는데, 줄이 쳐진 낡은 종지 쪽지였다.

"언니의 연설문이야." 릴리가 말했다.

"어딜 가든 항상 가지고 다녔어."

도무지 믿기지 않아 난 눈을 깜박였다.

"정말이야?"

졸업식 날 밤, 그 쪽지를 릴리에게 준 게 기억난다. 그걸 받아 2년 전에 쓴 글을 읽어보았다.

졸업식 연설문

(농담을 먼저 던지고 시작) 우리 모두 졸업식만을 '세면서' 기다렸겠죠? (웃음)

전 조세핀 리버스이고 이 자리에 선 건 제가 숫자를 셀 수 있어서예요. (웃음) … 인생이라는 웅장한 계획 속에서 여러분도 셀 수 있답니다. 우리 모두 셀 수 있어요.

(진지하게 잠시 멈춤)

한번은 존경하는 친구가 제게 죽고 난 뒤에 어떤 사람으로 기

엇되고 싶은지 물었습니다. 천재? 수학자? 전 몰랐습니다. 그래서 생각해 봤어요. 노벨 평화상으로 유명한 알프레드 노벨의 옛 이야기가 떠올랐습니다. 그가 늘 유명했던 건 아니었죠. 그건 선택이었습니다.

평화의 사절이 되기 전 그는 다이너마이트와 같은 무기를 개발한 천재 화학자였습니다. 결국 그 무기가 세상을 공포와 고통으로 몰아넣었지만요. 하던 이야기로 돌아가자면, 그의 고향에서 미리 적어둔 그의 부고를 실수로 신문에 내보냈고 어느 날 아침, 그는 일어나 신문에서 자신의 부고 소식을 보게 되었습니다. 거기에는 이런 내용이 적혀 있었어요,

"죽음의 상인, 알프레드 노벨 사망하다."

여전히 살아 있던 알프레드는 충격을 받은 채 의자에 앉아서 자신에게 중요한 질문을 던졌습니다. 그는 죽음과 파괴라는 유산을 남기길 바랐을까요?

고맙게도 그에게는 인생 항로를 바꿀 두 번째 기회가 생긴 겁니다. 자신의 운명과 세상의 운명을 바꾸어 평화의 상징으로 알려질 수 있도록요.

우리 모두에게도 이처럼 기회가 있습니다.

전 우연을 믿지 않습니다. 숫자로 이루어진 제 세상에서 우연 같은 건 존재하지 않습니다. 우리가 지금 이 시간, 이 자리에 와 있는 건 이유가 있어서입니다. 매일매일이 쌓여서 이루어진 것이지요. 저에겐 제 재능이, 여러분에게는 여러분의 재능이 있고 우리는 알프레드 노벨처럼 재능을 어떻게 사용할 것인지 직접 선택할 수 있습니다. 무슨 일을 하든 제가 수학을 잘 활용할 수만 있

다면 중요하게 하루하루를 쌓아나갈 겁니다.

우리 서로 함께 노력합시다.

고맙습니다.

난 나 스스로에게 미소를 지으며 쪽지를 주머니에 넣었다. 내 안 어딘가에서 마음이 계속 이야기하고 있었다.

CHAPTER 46
현재 : 피닉스

중국 상하이, 상하이 타워

리버스 가족(이렇게 말하니 너무 좋다)은 배가 고팠다. 우리는 잠시 우는 걸 멈추고 뭘 먹고 싶어졌다.

난 챈, 카이, 링 박사와 저녁 약속을 잡아놨다. 그들은 이곳에서 이룬 내 또 다른 가족이다. 진짜 내 가족이 그들을 만나길 바랐다.

아빠는 밖에서 내가 택시를 잡고 유창한 중국어로 운전사에게 말하는 걸 미소로 지켜보았다. 아빠는 늘 내가 중국어를 배우길 바랐었다. 난 가족들을 차로 안내했다.

아빠가 차에 타기 전에 동방명주를 올려다봤다.

"조, 내 천재 딸이 결국 중국에 와서 아시아 최고 부자와 일하며 그 아들과 데이트하다니!"

아빠는 크게 한숨을 쉬고 말을 이었다.

"넌 절대 다른 걱정거리가 없겠구나."

아, 맞다. 난 J.J. 슈퍼 본드에 내 돈을 밀어 넣은 데다 숫자에 대한 재능도 사라지는 중이라는 부분을 깜박하고 말하지 않았다.

우리는 택시에 끼어 올라탔다. 상당히 큰 고백을 하기에 지금이 최적기는 아니었다. 저녁 식사를 즐긴 다음 프랑스 조계지에 있는 내 빌라로 돌아가서 아빠한테 말하기로 마음먹었다.

저녁은 아주 즐거웠다. 자매들은 바로 카이를 마음에 들어 했고, 디저트를 먹을 무렵엔 그가 쿵후를 가르쳐주는 지경에 이르렀다. 아빠와 챈은 사업 이야기를 하며 같이 꾸려갈 새 회사에 대한 아이디어를 나눴다.

챈은 자기 가족 명의로 된 시골 별장에 우리 가족이 머물도록 해줬다. 링 박사의 다정함이 빛을 발해 모두가 마치 집에 온 듯, 중요하고 사랑받는 사람처럼 느끼게 해주었다.

다른 사람도 이 자리에 있었다. 어쩌면 우리의 대화 속에, 아니면 카이의 얼굴에서 혹은 링의 부드러운 목소리나, 내 마음속에 레드가 우리와 함께 있었다. 그리고 그도 크게 기뻐했다.

식사를 마치고 우리는 집에 도착했다. 손에 따뜻한 찻잔을 들고 난 아빠에게 말할 용기를 최대한 모았다.

"저기, 아빠? 우리가 경제를 되살리기 위해 투자한 모든 돈이 없어질 수도 있어요."

"그래, 네가 그런 말을 했었지. 그게 왜?"

"그게." 난 불안하게 말을 이었다.

"이 경기 침체가 끝난 뒤에 제 이름으로 돈이 한 푼도 남아 있지 않을 수도 있거든요."

"돈 버는 걸로는 넌 걱정할 일이 없잖니, 조세핀." 아빠가 찡긋 윙크를 날렸다.

우리 아빠는 챈보다, 그 누구보다 내가 돈에 능하다는 걸 안다. 능했다는 걸.

그러나 더 이상 내게 그런 능력은 없다. 다시 그럴 수 있을 거라고 아빠가 생각하지 않았으면 좋겠다. 난 우리의 새로운 삶을 완전히 새로운 토대 위에서 시작하고 싶다. 마라 언니가 지금은 평범한 언니가 되었다는 걸 알면 좋겠다. 그 말은 곧 내가 더는 가족의 미래를 보장해 줄 수 없다는 뜻이다. 지금 정확히 해 두지 않으면 나중에 더 힘들어질 수도 있다. 아빠가 실망하실까? 이제 진짜 시험해 볼 때가 되었다. 내 재능이 아닌, 나라는 존재로서 가족들이 얼마나 날 사랑하는지.

"전 더 이상 천재가 아니에요."

입 밖으로 말이 불쑥 튀어나왔다. 아빠와 마라 언니가 멍한 표정을 지었다.

"무슨 말이야?" 아빠가 급히 물었다.

"숫자가 사라졌어요. 전처럼 방정식을 계산할 수 없어요. 이제 보통 사람처럼 계산기가 필요해요." 난 마라 언니를 쳐다보며 말했다.

"죄송해요, 아빠. 다시 아빠 회사에서 일하고 싶었는데, 아빠의 돈을 되찾아 주고 싶었는데, 우리의 미래를 안전하게 만들고 싶은데 그럴 수 없어요. 어쨌든 수학으로는 불가능해요. 하지만 아빠를 보살피겠다고 약속해요. 올해가 지나면 우린 정당하게 돈을 벌 수 있으니까요. 우리가 잃어버린 모든 걸 다시 찾을 거예요."

아빠는 가만히 앉아 웃기만 했다.

"아빠, 전 진지하다고요."

아빠가 왜 그렇게 계속 웃는지 이유를 모르겠다. 충격이 심했나?

"일자리를 찾을게요. 전 아직 어리잖아요. 다른 분야에서 잘하는 게 있을 거예요."

아빠의 웃음소리가 더 커졌다. 아빠는 내가 다른 건 아무것도 못 한다고 생각하는 걸까?

"아빠, 왜 웃는 거예요? 수천 수백만 달러보다 제가 더 귀하다고 늘 말했잖아요?"

"조, 넌 잘하는 게 아주 많아. 하루빨리 그 모습을 보고 싶구나."

"아빠가 잃어버린 돈을 제가 다시 벌 수 없게 되어 화가 난 거 아니죠?"

"난 모조리 되찾았어. 널 다시 만났잖니."

말이 안 된다. 어쩌면 머릿속에서 나노초 단위로 방정식이 굴러가지 않아서 내 사고가 좀 느려진 건지도 모르겠다.

아빠가 내 볼을 잡고 눈을 마주쳤다.

"조세핀, 네가 아이비전에서 벌어들인 모든 돈이 너만 열 수 있는 계좌에 들어가 있어. 네 월급이나 네 몫을 절대 내 주머니로 넣지 않았단다."

오늘 처음 듣는 이야기였다. 난 더 많은 답을 얻으려고 아빠의 얼굴을 살폈다.

아빠가 내 손을 잡았다.

"처음 네 계산에 따라 투자한 곳에서 수백만 달러를 벌었을 때, 난 중요한 결정을 내렸어." 아빠가 말했다.

"내 딸인 너를 자금줄로 여기고 네 재능을 이용하고 싶지 않았단다. 사업과 우리 가정을 꾸려나가는 데 드는 비용만 제하고 나머지는 모두 네 이름으로 된 개인 계좌에 넣어뒀어. 너한테 말해줄까도 생각했지. 하지만 네가 준비되었다고 생각하지 못했고 그러다…."

아빠가 말을 멈추고 슬픈 표정을 지었다. 그날 해변에서 아빠가 내게 말하려고 했던 게 이거였다.

"내가 조사를 받게 되면서 금감원에서 아이비전을 폐쇄했지만, 그들은 네 돈에는 손을 댈 수 없었어."

"제가 죽었다고 생각했을 때도 예금 청구를 하지 않았어요?" 내가 물었다.

아빠가 고개를 저었다.

"한 번도 네가 죽었다고 생각한 적이 없단다."

아빠가 내게 다가왔다. 난 아빠의 가슴에 얼굴을 묻었다. 오래전 알던 그 체취, 내가 아빠의 무릎에 기어오르던 때와 같은 포옹이다.

"전부 네 거야. 난 돈에 신경 써 본 적이 없단다, 조. 널 신경 썼지. 널 찾으려고 가진 건 다 써버렸어. 모든 확률을 뛰어넘어 네가 어딘가에 있길 바랐단다. 그리고 이렇게 널 찾았잖니. 사랑한다, 우리 딸. 아빠가 원하는 건 너뿐이야."

아빠의 말이 파도처럼 내게 밀려와서 부딪히고 또 부딪쳤다.

난 돈에 신경 써 본 적이 없단다. 널 신경 썼지. 사랑한다.

머리가 무겁고도 동시에 가벼워졌다. 나는 파도와 조류 위를 달렸다. 달 위에서 춤을 췄다. 별 사이를 날았다.

내가 했던 모든 일은 아빠를 위해서였다. 아빠가 한 모든 일은 날 위해서였다. 전부 사랑에서 비롯되었다.

레드의 말이 맞았다. 사랑은 셈하거나 계산할 수 없다. 많이 베풀수록 더 많이 돌아온다. 돈으론 할 수 없는 영역에서 사랑이 자라고 세상이 그렇지 않을 때도 여전히 남아 있을 것이다. 믿고 자유를 주고 위험을 감수해야 한다. 이제 이해할 수 있다. 사랑 안에서 우리가 무한대를 찾을 수 있다는걸.

내가 잃어버렸다고 생각했던 전부가 다시 돌아왔다. 심지어 두 배로. 난 이제 두 가족과 고향이라고 부를 두 나라가 생겼다.

아빠가 날 더 가까이 끌어당겼다. 아빠의 손아귀 힘이 느껴졌다. 우리는 그 상태로 약… 솔직히 모르겠다. 아주 오래 있었다.

CHAPTER 47

현재 : 조세핀

워싱턴주 시애틀, 알카이 비치

끈적한 바다 안개가 폐를 가득 채웠다. 갈매기가 끼룩거렸다. 페리에서 고동 소리가 들렸다. 난 몸을 구부려 손가락으로 내 바다의 차가운 모래를 만졌다. *집에 왔다.*

카이와 난 파도를 피하며 해변을 따라 걸었다. 가족들은 저 앞 작은 커피숍에서 아침을 먹으려고 기다리는 중이다. 이보다 더 좋을 수 없다. 그런데 왜 지금 셀리아 생각이 날까?

오늘이 베이징에서 열리는 그녀의 공판일이라서 그런지도 모르겠다.

몇 주 전 이곳에 온 뒤로 난 카이를 데리고 옛날 우리 집, 내가 다니던 학교, 심지어 납치되었던 항구에도 갔다. 고통스럽기도 하고 즐겁기도 했지만, 무엇보다 힐링하는 시간이었다.

셀리아의 협박이 여전히 머릿속을 맴돌았는데, 과거의 망령은 희미해지는 중이었다. 완전히 그녀에게서 자유로워질 수 없을지도 모르지만 더 이상 그녀가 두렵지 않았다. 그건 내가 직접 내린 결정이다. 레드는 빛에 집중하라고 가르쳐주었다.

여전히 해야 할 일이 있어, 넌 아직 죽지 않았잖니.

그리고 언제나처럼 그의 말이 옳았다. 난 그저 무엇을, 어디서, 어떻게 해야 할지 아직 모를 뿐이다.

카이가 듬성듬성한 바위 쪽으로 날 데려가 바닥으로 살짝 당겼다. 얼른 그에게 밀착했다. 그는 내게 안정감을 주는데 오늘, 특히 셀리아 생각이 강하게 떠올라 속에서 어떤 감정이 일었다. 난 그걸 무시하지 않는 법을 배웠다. 감정이 멈추면 그에게 말할 것이다.

굽은 지형 주변으로 보트 한 대가 지나갔다. 갑자기 숨이 막히고 어지러웠다. 심장이 미친 듯이 뛰어 무릎을 꿇고 주저앉았다.

"카이."

난 떨리는 목소리로 속삭였다.

"첫 공판이 끝나면 마담은 탈출하려고 할 거야. 그녀가 어떤 방법을 쓸지 알아. 지금 당장 한센 경감에게 연락해야 해."

"어떻게 알아?" 그가 물었다.

난 움직이지 않았다. 눈도 깜박이지 않았다. 조용히 손가락을 들어 앞을 가리켰다.

요트. 저것은 더 이상 퓨젓사운드를 돌아보는 단순한 흰 여객선이 아니었다. 숫자와 규격과 각도와 거리로 이루어진 청사진이다.

자전거를 탈 때처럼 두뇌가 본능적으로 행동에 들어갔다. 기록하고 관련짓고 예측하고 이론화했다. 저 선박에는 다른 이름이 붙어 있고 새 모델이었지만 난 그 쌍둥이 배를 결코 잊지 않았다. 저 요트는 날 납치해 갔던 마담의 스쿠너인 시크릿츠 호와 규격이 일치한다.

엑스포에서 셀리아가 내게 두 번 자신의 '시크릿츠'에 대해 말했다. 그녀는 내가 자신의 꿍꿍이를 알아차리길 바랐던 거다. 지금 난 알았다. 모든 가능성과 변수가 담긴 복잡한 방정식들이 한 줄로 이어졌다. 이제 한센 경감의 전화번호까지 보였다.

이 일을 막을 수 있다. 이번에는 내가 한 걸음 앞서있다.

"조?"

카이가 내 어깨에 손을 올렸다.

눈을 깜박이니 숫자가 돌풍처럼 사라져 버렸다. 흰 범선은 시야에서 멀어졌고, 이제 우리 사이에는 파도밖에 남지 않았다. 잠시 기다렸지만, 숫자는 돌아오지 않았다. 그래서 휴대전화를 꺼내 한센 경감의 번호를 눌렀다.

신호가 가는 동안 잠시나마 다시 나타난 내 재능에 대해 생각했다. 우연일지도 모르지만, 알다시피 난 우연 같은 건 믿지 않으니까.

에필로그

두 달 후.
워싱턴 주 시애틀, 프로디지 스텔스 설루션

아빠가 과하게 날 보호하는 관계로 일주일 중 월요일이 가장 흥이 난다. 난 워싱턴대학교 캠퍼스에서 영재 고등학생들에게 정량 분석을 가르친다. 아빠가 생각하는 생명의 위협이 없는 유일한 일자리였다. 막 수업을 마쳤는데, 휴대전화에 불이 들어오면서 아는 번호가 떴다. 내 재능 덕분이 아니다. 이 번호의 경우, 평범한 사람의 두뇌로 단순히 암기했다. PSS다.

몇 달 전, PSS에서 내게 연락을 해왔다. 무슨 일을 하든 그들과는 절대 안 된다는 아빠의 강한 반대에도 불구하고 그쪽 제안이 머릿속에서 계속 맴돌았다.

"조?"

또 그녀다. 작고 통통하며 엄청나게 고집이 센 PSS의 설립자 테일러.

"더 이상 저에게 연락하지 마세요."

나조차도 확신시킬 수 없는 목소리로 대꾸했다. 극소수의 몇 명에게만 알려준, 전화번호부에도 안 나오는 개인 번호를 내 손으로 알려줘 놓고선.

"당신과 통화한 걸 알면 아빠가 절 죽이려 할 거예요. 제안하신 일을 제가 맡을 수 없다는 거 알잖아요."

막 모래 한 사발을 들이마신 것처럼 목구멍이 따가웠다.

대중과는 달리 PSS에선 내 재능이 불안정하다는 걸 안다. 중국에서부터 숫자가 들어왔다가 사라졌다가 하고 있다. 그러나 이 특별한 왜곡이 아니더라도 난 여전히 수학 천재인 데다 지금은 사업 경력까지 가지고 있다. 내가 살아 있다는 뉴스가 보도된 직후 온갖 일자리 제안이 파도처럼 쉴 새 없이 쏟아졌다.

대부분은 내 흥미를 끌지 못했지만, PSS에서 연락이 왔을 땐 두 가지 물질이 결합했을 때처럼 화학 작용이 벌어졌다. 난 그 일을 할 수 있고, 도움을 줄 수 있다고 믿었다. 하지만 아빠는 내 인생을 다시 평범한 삶으로 구축하는 데 열중하고 있다. 아빠는 내 안전을 지키는 데 열을 올렸다. 영원토록. 하지만 평범함은 내가 바라는 것이 아니다. 내가 추구하는 건 목표다. 안전하든 아니든.

"일자리 때문에 전화한 게 아니에요."

테일러는 완고하지만 부드러운 목소리로 말을 이었다.

"우리 기술 부서의 아이들이 뭘 발견했어요."

난 아무 대꾸도 하지 않았다. 그런데도 그녀가 이어서 할 말을 아는 것처럼 가슴속에서 희망의 불씨가 마구 피어났다.

"이리 와줄 수 있어요?" 그녀가 물었다.

테일러는 오늘이 월요일이라는 걸 알고, 언제나처럼 내가 들를 것도 안다. PSS 사무실은 편리하게도 내가 수학을 가르치는 구겐하임 홀 안에 자리하고 있다. 아빠한테 들키지 않고 난 수업이 끝나고 거기 놀러 가는 버릇이 생겼는데, 몇 안 되는 내 천재 친구들이 거기서 일하고 있어서기도 했다.

대답하기도 전에 발길이 그 방향으로 향했다.

"금방 갈게요."

난 손목을 슬쩍 내려다봤다. 전에는 필요 없던 시계가 낡은 머리끈 대신 자리 잡았다. 그쪽으로 가기 전 타이머를 설정하고 머릿속에서 PSS 사무실로 가는 길을 지도로 표시했다. 계단을 3층 내려가서 복도 끄트머리에서 오른쪽으로. 한때 내 머리가 자연스럽게 했던 일들을 지금은 매일 시뮬레이션해 본다.

마지막 계단을 내려갔을 때, 다시 휴대전화가 울렸는데 모르는 번호였다. 난 국가 번호를 등록했고 +216은 튀니지였다. 그런데 곧바로 숫자가 깜박하더니, 국가 번호가 +44 영국 런던으로 바뀌었다. 전화를 받아야 할지 고민하고 있는데 다시 국가 번호는 뉴욕으로 바뀌었다.

대체 뭐지?

"여보세요?" 잊고 있던 내 대담한 목소리가 흘러나왔다.

로봇처럼 변조한 음성이 잡음과 함께 들렸다.

"조세핀 리버스 씨인가요?"

젊은 남자의 목소리가 물었다. 분명한 영국 억양에 약간 다른 느낌이 묻어났다. 아랍계? 이란 쪽? 스웨덴?

"누구시죠? 이 번호는 어떻게 알았어요?"

내 몸에 긴장이 들어가 방어 태세를 취했다.

"당신이 재능을 잃기 전 나도 당신과 똑같은 방식으로 납치를 당했죠, 더블 에잇."

숨이 턱 막혔다. 이럴 리가. 이 낯선 사람이 나랑 똑같은 재능을 가지고 있다고 주장하는 걸까? 그렇게 주장한 사람은 지구상에 마담이 유일한데.

"재능이 그립지 않나요? 숫자가 세상을 아름답고 흥미로운 길로 분류하는 방식 말이에요."

저음의 목소리다. 날 놀리는 건지 아닌지 확신이 안 섰다.

난 전화를 끊고 이 번호를 한센 경감에게 넘겨 추적해달라고 해야 했다. 그런데 그의 말이 내 안의 민감한 부분을 건드렸고, 난 화가 나서 전화를 끊지 못했다. 그는 굶주린 말 앞에 당근을 흔들었다. 내 입이 간절하게 그걸 한입 베어 물고 싶어 했다.

"당신이 누구든 해답을 아는 건 그쪽이라고 생각하는데요." 내가 쏘아붙였다.

사실 난 재능 없이 살아가는 법을 그럭저럭 터득했다. 그렇다고 그 삶이 좋다는 건 아니지만.

"계속 걸어요, 조세핀. 그들이 기다리고 있잖아요. 아직 39.3192미터 더 가야 하니 내 계산에 따르면 대략 1분 32초 뒤에 도착하겠네요. 그들이 당신한테 뭐라고 할지 분명 듣고 싶을 테죠…."

"원하는 게 뭐예요?"

"당신 남자 친구에 대해 경고해 주려고요. 또 연락하죠."

전화가 끊어졌다.

실내가 내 머릿속처럼 살짝 돌고 있다. 그는 카이에 대해 뭘 알고 있는 걸까? 더블 에잇은 어떻게 알고? 난 카이, 바이 요원, 한센 경감한테 전화해야 한다. 당연히 아빠한테는 비밀로 하고. 카이한테 연락하려는데 낯선 남자가 했던 말이 되돌아왔다.

그들이 당신한테 뭐라고 할지 분명 듣고 싶을 테죠.

테일러. 그녀가 기다리고 있다.

남은 39.3192미터를 달려 젊은 남자가 예측한 시간에 정확히 도착했다. PSS로 가는 문을 열 때 살짝 몸이 떨렸다.

157센티미터의 신장에 체구가 작은 테일러가 뒤편 사무실에서 급히 나왔다. 검은 곱슬머리 덕분에 몇 센티미터 더 커 보인다. 커다란 뿔테 안녕 너머로 그녀의 눈빛이 흥분으로 빛나다가 내 창백한 얼굴을 보았다.

"조? 괜찮아요?" 그녀가 물었다.

난 그녀의 눈 주변 주름으로 시선을 집중했다. 확실히 그녀의 주름은 과학이 비약적으로 발전한 해를 대변하고 있다. 그걸 보니 마음이 편안해졌다.

그녀에게 말할까도 생각했지만 그러지 않기로 했다.

"전 괜찮아요." 내가 말했다.

"저한테 할 말이 있다면서요?"

"우리가 찾은 것 같아요." 그녀의 미소가 내 바다보다 더 넓게 느껴졌다.

"뭘 찾았다는 거예요?" 내가 반문했다.

그녀가 내 쪽으로 몸을 구부리고 안경을 벗었다.

"당신의 숫자를 되돌릴 방법."

CALCULATED
SEQUELS
SIMULATED
ACTIVATED
LIBERATED

감사의 말

첫 책을 출간한다는 건 아주 큰 일인지라 이 책에 도움을 준 분들 모두에게 감사 인사를 하면 엄청나게 내용이 길어질 테지만… 최선을 다해 적어보겠다.

우선 내 책을 계약해 주고 작가이자 한 인간으로 날 믿어준 에이전트 에이미 제임슨(Amy Jameson)에게 감사한다. 보이지 않는 곳에서 날 위해 힘든 일도 마다하지 않고 항상 내 전화를 받아 주고 함께 일을 진행하면서 필요할 때면 언제고 달려와 줬다. 당신은 정말 대단한 사람이다.

두 번째, 와이즈 울프 북스와 울프 팩 팀에게 엄청 고마움을 전한다. 내 출판 담당자인 레이첼 델 그로소(Rachel Del Grosso), 마이크 브레이(Mike Bray), 폴 비숍(Paul Bishop), 로렌 브리지스(Lauren Bridges), 북 커버 디자이너 셰리 채프먼(Cherie Chapman)까지. 이 팀은 자신감, 열정, 근면함과 혁신으로 무장해 영감을 주고 내가 다음 단계로 도약할 수 있게 해주었다. 나와 내 책들, 《캘큐레이티드》 시리즈를 믿고 위험을 감수해 주고 리드 타이틀로 각인시켜 줘서 고맙다. 너무나 큰 영광이고 내가 큰 축복을 받은 것만 같다.

청두 식구들에게도 고마움을 전한다. 여러분의 격려와 지지가 없었다면 이 책은 나오지 못했을 것이다. 청두의 내 첫 글쓰기 파트너인 케이티 웡(Katie Wong), 세계 지도에서 금이 들어간 도시를 얼마나 많이 찾을 수 있을까와 같은, 브레인스토밍에 많은 시간과 공을 들여줘서 고맙다(사랑해). 게럿 존스(Garrett Jones),

이 책에 생명을 불어넣고 수년 동안 만날 때마다 작가로서의 내 꿈을 지지해 준 당신의 격려는 값을 매길 수 없을 만큼 귀하다. 사라 장(Sarah Zhang), 에린 험프리(Erin Humphrey), 레베카 우-크라우스(Rebecca Woo-Krauss)에게 감사한다. 최대한 빨리 피드백을 받아야 해서 가끔 하루 만에 책 한 권을 읽어달라는 부탁을 들어주고 다시 또 읽어준 여러분의 헌신과 배려에 감동 받았다. 내가 사랑하는 청두와 전 세계의 모든 숙녀들, 누군지 본인은 알 거다. 지금까지도 날 쭉 믿어 주었다. 나만이 아닌 우리 팀의 승리다. 수도 없이 많은 방식으로 날 지지해 주고 내 아이들을 사랑해 준 보웬(Bowen) 가족들, 여러분 덕분에 이 책을 끝낼 수 있었다.

베서니 주(Bethany Zhu), 중국에 관한 책을 써야 한다고 내게 말해 줬던 날을 결코 잊을 수 없다. 우리는 그 책이 소설이 될 거라고 생각조차 못 했다. 정말 놀랍지 않은가! 당신이 해준 말이 상상 이상의 결과물로 탄생했다. 날 사랑해 주고 자신의 집, 삶, 가슴속에 영원히 살게 해준 중국 친구들, 슈아이 후안후안(Shuai Huan Huan), 아네트 후(Annette Hu), 줄리아 주(Giulia Zhu), 제이콥 첸(Jacob Chen), 비비안 웬(Vivian Wen), 리사 정(Lisa Zeng), 에이글(Aygul), 구잘 J(Guzal J)와 조리굴 Y(Zorigul Y)에게 감사한다. 여러분의 우정이 내 인생을 바꿔 주었다. 여러분이 없었다면 이 책을 쓰지 못했을 거다.

수없이 많은 중국 친구와 학생들에게 감사한다. 여러분 모두의 이름을 다 밝힐 수 없어서 유감이다. 여러분은 내게 언어와 문화, 시를 알려 주고 쓰촨 요리법도 가르쳐 주고 혼자서는 절대 찾을 수 없는 곳에 데려다주었다. 내게 중국의 풍성함을 알려 주고 더불어 우정과 소속감까지 심어줘서 고맙다.

마스터 리 콴(Master Li Quan)에게 감사한다. 다음 세대에게 전통 쿵후의 진정한 미학을 알려 주느라 헌신하는 열정적인 모습에 감명받았다.

내 중국 독자들과 작가 친구들, 제니 수(Jenny Xu), 댄 지(Dan Ge), 아네트 후(Annette Hu)에게 감사한다. 여러분의 통찰력이 빛을 발했다.

내 피치 워스(Pitch Wars) 커뮤니티에 공을 돌린다. 여러분이 나의 작가 인생을 바꿔놓았다. 이 책을 읽고 더 발전시켜 세계에서 성공할 기회를 준 핀팁 던(Pintip Dunn)에게 감사한다. 2016 피치 워스 친구들, 오랫동안 날 격려해 주고 이 책을 읽고 비평과 지지를 보내준 타라 크릴(Tara Creel), 애머리스 글래스(Amaris Glass), 레이첼 그리핀(Rachel Griffin), 어니 키아라(Ernie Chiara), 애들린 그레이스(Adalyn Grace)에게 감사한다. 브렌다 드레이크(Brenda Drake)에게 특히 고마움을 전하고 싶다. 당신의 도움이 내게는 큰 축복이었다. 엘렌 맥긴티(Ellen McGinty)와 로리 랭던(Lorie Langdon)에게 감사한다. 여러분의 지혜, 웃음 격려와 피드백이 소중했다. 두 사람 다 너무 좋아한다.

키드릿 넷(Kid-Lit Net) 커뮤니티의 엘리자베스 반 테슬(Elizabeth Van Tassel), 카라 스완슨(Kara Swanson), 첼시 보불스키(Chelsea Bobulski), 섀넌 디티모어(Shannon Dittemore), 메리 웨버(Mary Weber)에게 감사한다. 이 책을 출판하는 동안 여러분의 든든한 지원이 큰 힘이 되었다.

스피닝 펜(Spinning Pen)의 아끼는 친구들과 초기 독자들인 킴 반델(Kim Vandel), 캐슬린 프리먼(Kathleen Freeman), 제니 클라(Jenni Claar), 레베카 헨리(Rebecca Henry), 제시카 제이드(Jessica Jade), 도리스 플레밍(Doris Fleming), 미셸 창(Michell Tsang), 힐러리 보웬-매그너슨(Hilary Bowen-Magnuson). 이 책을 사랑해 줘서 고맙다! 작가의 꿈을 나와 같이 해준 다나 브라운(Dana Brown), 캔데이스 미딩(Candace Mieding), 아비기얼 오브라이언(Abigial O'Bryan), 케이티 웡(Katie Wong), 칼렙 로빈슨(Caleb Robinson)에게 감사한다. (이제 난 여러분의 책을 기다리고 있겠다.)

이 책의 출간에 기여해 준 스트리트 팀(Street Team)원 모두에게 감사한다. 여러분이 최고다!

사이보론스(Cyborons), 룬드퀴스츠(Lundquists), 케나이(Kenai)의 우리 캘버리(Calvary) 커뮤니티와 웨스트게이트(Westgate) 가족 모두에게 감사한다. 여러분이 엄청나게 지지해 준 덕분에 이 책이 나왔다. 이 책의 모티브를 잡고 초안이 나온 게스트하우스에서 우리를 살게 해준 데커(Decker) 가족들에게도 고마움을 전한다.

작가의 꿈에 자신감을 심어준 런던과 파키스탄 친구들, 엉클 자페르(Uncle Zafer), 사이라 피터(Saira Peter), 스티븐 스미스(Stephen Smith)에게 감사한다. 그리고 제임스(James)와 돌리(Dolly). 여러분의 믿음과 호의가 다른 이들이 불가능을 극복할 수 있게 해주었다.

우리 근사한 시댁 식구들 다이앤(Diane)과 테리(Terry)를 비롯해 모든 맥비 가족들에게 감사한다. 자식들이 꿈을 이룰 수 있도록 전적으로 지원해 주고 여러 국가로 와 줘서 감사한다!

우리 부모님 리처드(Richard)와 헬렌(Hellen)에게 큰 감사를 전한다. 자녀들이 탐구하고 창조하고 엉망을 만들 모든 기회를 주셨다. 무슨 행동을 하든 우리를 믿어 주셨다. 내 첫 독자이자, 이야기꾼이고 내 인생의 작가인 아버지, 내게 창의적인 재능과 부지런함을 물려 주셔서 감사한다. 두려워하지 않는 법을 알려 주고 꿈을 좇을 수 있게 해준 어머니, 항상 나와 함께 큰 꿈을 꾼 큰 오빠 아이작(Issac)에게 감사한다. 여동생 올리비아(Olivia)와 제부 이스마엘(Ishmael), 두 사람은 진짜 팀 플레이어로 이 책에 마치 자신의 책처럼 열정을 쏟아 주었고 두 사람의 든든한 지원에 깊이 감동했다. 나와 함께 엄청난 창의력을 가진 동생 린(Leanne), 항상 날 믿어줘서 고맙다.

내 어린 세 아이, 내가 들려주는 이야기를 좋아하고 글을 쓸 동안 열심히 기다려 주고 이 순간이 오기까지 믿어줘서 고맙다.

남편이자 제일 친한 친구 이라(Ira)에게 고마움을 전한다. 내가 시켜서 백 번도 넘게 이 책을 읽고 모든 새 플롯과 아이디어를 들어 주었으며 멋진 피드백도 해주었고 무엇보다 지치지 않는 사랑과 지지를 내게 보내 주었다. 한 번도 이 책에 의구심을 가지지 않고, 내가 그럴 때면 다시 제자리를 찾을 수 있게 도와주고 책을 끝내는 데 필요한 모든 걸 해줬다. 이 책의 근간은 당신이라고 해도 과언이 아니리라.

내 근사한 모험과 거창한 꿈에 대한 영감과 그걸 이룰 수 있는 강인함과 창의력, 신념을 주신 신, 당신이 진정한 제 무한대이십니다.

《캘큐레이티드》에 쏟아진 호평들

“영 어덜트 소설에서 가장 인기 있는 화두인 배신과 복수에 수학이라는 조합까지…. 매력적이고 공감되는 주인공이 돋보이는 스릴러.”

- 커커스 리뷰(Kirkus Reviews)

“첫 장부터 단숨에 독자를 사로잡고 더 많은 걸 기대하게 하는 근사한 책.”

- 스쿨 라이브러리 저널(School Library Journal)

“어떤 말로도 이 책을 제대로 설명할 수 없을 것 같다. 능수능란함? 눈을 떼지 못하게 만드는 매력? 중독성? 강렬함? 완벽함? 《캘큐레이티드》는 이 모든 걸 담고 있지만 그런 표현으로 페이지 속에 담긴 이야기를 충분히 혹은 제대로 묘사했다고 할 수 없다. 처음부터 끝까지 스릴 넘치고 수많은 반전을 거듭하며 어떤 식으로 마무리할지 궁금증을 유발하다가 마지막에 완전히 마음을 매료시켜 다음 장이 너무 궁금해지게 만든다. 이 책을 읽지 않고 단 1분도 헛되이 보내지 마라.”

- 《더 우드(원제: The Wood)》와 《리멤버 미(원제: Remember Me)》의 저자 첼시 보불스키(Chelsea Bobulski)

“《캘큐레이티드》는 놀이공원의 스릴 넘치는 기구를 책으로 만든 것 같다! 작가 노바 맥비(Nova McBee)는 조 리버스를 통해 상상 이상으로 수학적 재능을 가진 여주인공을 선보이고, 세계적인 범죄자들에게 이용당하는 과정을 설득력 있게 풀었다. 영리하고 세련되면서도 구석구석 어두운 비밀이 숨겨져 있는 이 책은 한 번 읽기 시작하면 중간에 그냥 내려놓을 수 없다."

-《희고 사악한 겨울(원제: Winter, White And Wicked)》의 저자
섀넌 디트모어(Shannon Dittemore)

"매혹적인 이 스릴러를 통해 맥비는 어마어마한 위험, 술술 넘어가는 전개에 복수, 심판, 용서, 사랑의 폭발적인 에너지를 더하고 쉽사리 잊지 못할 영감 넘치는 여주인공까지, 독자들에게 제대로 전하는 데 성공했다."

-《늪의 살인(원제: Every Stolen Breath)》의 저자로 작가상을 받은
킴벌리 가브리엘(Kimberly Gabriel)

"강렬하고 근사한 전개로 의자에 딱 붙어서 페이지를 계속 넘기게 하는 스릴러!"

-《실버 인더 블러드(원제: Silver in the Blood)》로 〈뉴욕타임스〉 베스트셀러
작가 반열에 오른 제시카 데이 조지(Jessica Day George)

"시애틀부터 상하이까지의 여정을 독자가 함께 헤쳐갈 수 있도록 정교하게 짜인 스토리가 일품인 책."

-《네임리스(원제: Nameless)》 시리즈와 《십 대 작가용 지침서(원제: Teen Writer's Guide)》의 저자 제니퍼 젠킨스(Jennifer Jenkins)

"빠른 전개와 서스펜스가 압도적인 스릴러가 나타났다!"

- 《선 안에서(원제: Within These Lines)》의 저자
스테파니 모릴(Stephanie Morrill)

"《캘큐레이티드》는 뒷이야기가 궁금해서 못 견디게 만드는 활약상과 용감한 여주인공의 여정이 잘 버무려진 영리한 소설이다. 심금을 울리는 소재가 평범한 우리도 세상을 바꿀 수 있을 것이라는 영감을 심어준다. 반전과 독창성이 뛰어난 이야기는 계속 추측하게 하며 독자들을 마지막까지 두근거리게 만든다!"

- 베스트셀러 《둔(원제: Doon)》과 《올리버 트위스트(원제: Oliver Twist)》의 저자 로리 랭던(Lorie Langdon)

"《캘큐레이티드》는 속도감 있는 전개와 스릴 넘치는 이야기로 시간 가는 줄 모르고 읽게 만드는 책이다. 상하이의 휘황찬란한 도심 야경부터 지하 감옥, 소름 끼치도록 현실적인 등장인물들이 직면한 곤경까지, 반전에 반전을 거듭하며 독자를 잠시도 가만히 두지 않는다. 감동이 담긴 액션 어드벤처물이다."

- 《마법의 독약(원제: A Magic Steeped in Poison, 출간 예정)》의 저자 주디 린(Judy Lin)

옮긴이 | 공민희
부산외국어대학교를 졸업하고 영국 노팅엄 트렌트 대학교에서 문화유산학으로 석사학위를 받았다. 현재 번역가로 활동 중이다.
옮긴 책으로는 《상속 게임》, 《제인 오스틴, 19세기 영국에서 보낸 편지》, 《난민, 세 아이 이야기》, 《미스터리 살인 사건 7+1》, 《음탕한 늙은이의 비망록》, 《죽음 앞에서 선택한 완벽한 삶》, 《천의 얼굴을 가진 사나이, 조니 뎁》, 《우리는 거인이다》, 《유대인 수용소의 두 자매 이야기》 등 다수가 있다.

캘큐레이티드

발행일 | 2024년 6월 19일 초판 1쇄
지은이 | 노바 맥비
옮긴이 | 공민희
펴낸이 | 장영훈
펴낸곳 | (주)이츠북스
편집 | 고은경, 임승경
마케팅 | 남선희, 박성연
디자인 | 디자인글앤그림
인쇄 | 영신사
용지 | 월드페이퍼

출판등록 | 2015년 4월 2일 제2021-000111호
주소 | 서울특별시 강서구 화곡로 416, 1715~1720호
대표전화 | 02-6951-4603
팩스 | 02-3143-2743
이메일 | 4un0-pub@naver.com

홈페이지 | www.4un0-pub.co.kr
SNS 주소 | 페이스북 www.facebook.com/saungonggam
인스타그램 www.instagram.com/saungonggam_pub
블로그 blog.naver.com/4un0-pub

ISBN | 979-11-959138-6-2 03840